지나가는 녹색 바람

SUGIYUKU KAZE WA MIDORI IRO(GONE WITH THE GREEN WIND)
by Jun KURACHI

Copyright © 1995 by Jun KURACHI
All rights reserved.
First published in Japan 1995 by TOKYO SOGENSHA Co., LTD.
Korean Translation Copyright © 2017 by Sigongsa Co., Ltd.
This Korean translation edition is published by arrangement with TOKYO SOGENSHA
Co., LTD., Japan through Shinwon Agency.

지나가는 녹색 바람

구라치 준 지음 · 김은모 옮김

검은숲

호조 효마 은퇴한 부동산업자

호조 다키에 효마의 큰딸

호조 가쓰유키 다키에의 남편

호조 세이치 다키에의 아들

호조 미아 다키에의 딸

호조 나오쓰구 효마의 아들

후지시게 사치에 효마의 작은딸. 고인

후지시게 게이고 사치에의 남편. 고인

후지시게 사에코 사치에의 딸

기요사토 후미 호조 집안의 가사도우미

기요사토 에이키치 후미의 남편. 고인

아나야마 지운사이 영매

가미시로 도모야 세이케이 대학교 심리학과 조교

오우치야마 와타루 세이케이 대학교 심리학과 조교

네코마루 세이치의 대학교 선배

세 가지 풍경으로
이루어진 프롤로그

1

이러고 있으니 바람 색깔까지 보이는 것 같아.

엄마는 어린 나를 무릎에 안아 올리고 자주 그렇게 말하곤 했다. 5월 바람에 온몸을 맡기듯이 뜰 한가운데 놓인 벤치에 편안하게 앉아서.

저기 좀 보렴, 사에코. 바람이 나뭇가지를 마구 흔드네. 바람이 빛을 머금고 물들어가는 모습이 보이는 것 같아. 새로 돋은 나뭇잎 색깔로 물드는 것처럼, 조금 부끄러운 듯하면서도 아주 기쁘게, 녹색으로 반짝이는 게 보이지? 예쁘다. 엄마는 아름다운 5월 바람이 정말 좋아. 이러고 있으니까 엄마랑 사에코 몸속에도 눈부신 녹색 바람이 불어 들어오는 것 같다. 그렇지?

뜰에 심은 나무들의 우듬지가 바람에 흔들리는 모습을 올려다보며 엄마는 자주 그렇게 말했다. 무릎 위에 앉은 나를 한 손으로 받치고 다른 손으로는 내 머리를 마치 바람처럼 살짝 쓰다듬으면서. 뜰에서 휴식을 취하는 엄마 얼굴은 새로운 생명을 얻어 생동감이 넘치는 신록을 닮아 눈이 부셨다.

아빠와 나를 사랑할 때 엄마의 웃는 얼굴은 성스럽게 느껴질 만큼 빛났더랬지. 그건 행복에 찬 평안함과 안도감에서 비롯된 미소였다.

엄마는 분명 행복했을 거야.

요즘 자주 그런 생각을 한다.

당신의 인생이 결코 길지는 않았지만 사랑하며 느낀 기쁨과 사랑받으며 느낀 감동, 그리고 나라는 조그마한 생명을 길렀다는 자부심과 행복감을 양손에 넘칠 만큼 꼭 끌어안고 살았겠지.

조금 버릇없어 보이겠지만 엄마 흉내를 내어 벤치에 살짝 걸터앉았다. 그리고 상체를 뒤로 젖히고 부드러운 5월 바람에 몸을 맡긴다.

약간 습한 흙냄새.

바람이 흘러간다.

크게 심호흡을 해본다.

5월.

엄마가 좋아했던 계절.

상쾌한 바람이 녹색으로 물들어 재잘대는 아름다운 5월.

물론 나도 이 계절을 아주 좋아한다.

하지만 한편으로는 이 아름다운 시간을 진심으로 만끽할 수가 없다.

믿기 어려운 악몽 같은, 마치 악몽의 철저한 장난 같은 그 사고도 이 아름다운 계절에 일어났다.

17년 전.

아빠와 엄마, 그리고 내 몸의 자유까지. 다섯 살이었던 나의 세계를 한순간에 모조리 앗아간 끔찍한 사고.

너무 어렸던 탓에 그때의 기억은 전혀 없지만 악마의 변덕스러운 손톱자국은 지금도 뚜렷한 형태로 내 몸에 남아 있다.

하지만 그 사고 때문에 괴로웠던 적은 단 한 번도 없다. 비극으로 받아들일 분별력을 지니기에는 너무 어렸고, 무엇보다 나는 엄마 딸이니까.

다정하고, 아름답고, 늘 얼굴 가득 웃음을 지었던 엄마 딸이니까.

그러니까 나는 내 몸이 평범한 여자애들과 다르다는 사실을 알고 나서도 결코 신을 원망하지 말고 살기로 결심했다.

하지만 요즘 좀 이상해졌다.

벤치에 홀로 앉아 바람에 몸을 맡긴 채 생각에 잠겨 있는 시간이 많아졌다.

갑자기 마음이 뜻대로 되지 않는다.

좋아하는 곳에서 따스한 봄 햇살을 쬐며 녹색 바람의 속삭임에 귀를 기울이고 있을 때도, 내 마음은 멋대로 어딘가로 날아가버린다.

어딘가.

나는 답을 알지만 너무나도 당황스럽다.

고작 한두 번 만났을 뿐이고 말을 제대로 나눠본 적도 없는 그 사람에게로.

어째서일까.

문득 정신을 차리면 어느새 그 사람 생각을 하고 있다.

어째서일까.

가슴이 왜 이렇게 답답할까. 마치 납 구슬 같은 것이 가슴속에 걸린 것처럼.

어째서일까.

몸속 괴로움이 이러지도 저러지도 못하게 나를 압박한다.

애가 타서 가슴이 메고 울고 싶어진다.

사랑일까?

아니다. 아닐 거야. 이건 사랑이 아니다. 그저 희미하고 어렴풋한 동경일 뿐.

나는 이 이상한 감정을 그렇게 해석하기로 했다.

하지만 어째서 마음이 이토록 애달프게 죄어드는 걸까.

이게 사랑이라는 걸까?

처음으로 맛보는 감정에 가슴이 두근거려 어찌할 바를 모르겠다. 몸서리를 칠 만큼 겁이 난다.

엄마도 이런 감정이었을까. 떨리는 마음을 아빠에게만 살짝 고백했을까. 아빠는 그런 엄마를 꼭 끌어안아주었을까.

엄마, 나 어쩌면 좋아.

그렇게 중얼거려도 대답은 돌아오지 않는다.

바람만이 내 머리카락을 살며시 흔들고 간다. 마치 어렸을 적 엄마가 쓰다듬어주었던 것처럼.

바람이 차가워졌다.

저물녘이 다가왔다.

나는 벤치 등받이에서 몸을 일으키고 곁에 놓아둔 목발로 천천히 손을 뻗었다.

그리고 기도했다.

신이시여, 신이시여 부탁입니다. 부디 제 마음을 그 사람에게 전해주세요.

2

어두운 방이었다.

사방에 두껍고 묵직한 천으로 만든 암막이 둘러쳐져 있었다. 암막은 방을 여러 겹으로 단단하게 봉인해 바깥의 빛을 완벽하게 차단했다. 외광을 철저하게 거부하는 암막 안쪽을 밝히는 유일한 빛은 방 한가운데 놓인 촛불뿐이었다.

방은 서양식 구조다. 일본식으로 환산하면 넓이가 족히 다다미 스무 장*쯤 될까. 가녀린 촛불 불빛만으로 방을 가득 채운 어둠을 몰아내기는 어려울 듯했다. 촛불은 그저 주변만을 희미하게 비출 뿐이었다.

만약 신의 시점이라는 것이 있어 유리를 통해서 보듯이 이 방 천장을 투시할 수 있다면 어둠 한가운데 빛으로 된 돔이 외따로 놓여 있는 듯 보였을 것이다. 흡사 무슨 주술로 만들어낸 결계처럼.

돔 양 가장자리에 남자 두 명이 등을 반쯤 어둠에 파묻은 채 앉아 있었다.

한 명은 노인이었다.

비싸 보이는 비단 기모노를 아무렇게나 입고 홀치기염색을 한 부드러운 헤코오비**를 격식 없이 소탈하게 맸다.

머리가 거의 다 벗어져 이마는 더욱 넓어 보였고, 오랜 세월을 겪으며 생긴 주름 탓에 얼굴은 까다롭게 느껴졌다. 빛바랜 입술

*약 열 평.
**어린이 또는 남자용 기모노 띠.

은 강한 의지를 드러내듯 일자로 꾹 다물었다. 맹금류가 연상되는 푹 꺼진 눈구멍 안쪽에서는 오만함이 깃든 두 눈이 노인에게 어울리지 않는 날카로운 빛을 뿜어내고 있었다. 하지만 이따금 노련함과 교활함이 뒤섞인 그 눈빛에도 불안과 두려움의 그림자가 스쳤다. 노인은 진지하고 깊은 생각에 잠긴 표정으로 마주 앉아 있는 상대를 응시했다.

다른 한 명은 초로의 중년이었다.

이쪽 남자도 기모노를 입었지만 고급스러워 보이는 노인의 비단 기모노와 달리 올이 성긴 무명천으로 지은 수행자의 작업복과 비슷했다. 굳이 따지자면 사무에*에 가까운 검소한 차림이었다. 그럼에도 이 남자에게는 결코 노인에게 뒤지지 않는 일종의 이상하고 위엄 있는 분위기가 풍겼는데 이는 절대 용모 때문만은 아니리라. 마치 두꺼비를 정면에서 압축시킨 듯한 괴이한 면상은 호호야**라는 표현과는 거리가 멀었다. 흉측하게 뒤틀린 입술에서는 선량한 사람들이라면 겁에 질릴 만한 일종의 광기가 느껴졌다. 더불어 지금 이 순간 그에게서 전해져오는 것은 뭐라고 형용하기 어려운 일종의 요기였다.

집중력. 광적인 세계에 한 발을 들여놓은 사람만이 뿜어내는 특이하고도 기백 넘치는 박력.

그는 지금 정상이 아니라고 할 만큼 고양된 상태를 유지하고 있었다. 눈을 꼭 감고 이를 악물었으며, 피가 쏠린 얼굴은 두꺼비처럼 붉게 물들었다. 관자놀이 혈관이 터질 것처럼 부풀어 올

---

*일본 선종의 승려가 청소나 밭일 등의 잡일을 할 때 입는 옷.
**인품이 뛰어난 늙은이라는 뜻.

랐다.

비단 기모노를 입은 노인은 상대의 변화를 놓치지 않겠다는 듯 마른침을 삼키며 그 모습을 지켜보았다.

잠시 후, 두꺼비 낯짝을 한 남자가 천천히 눈을 떴다. 삐걱삐걱 소리가 날 것처럼 느릿한 움직임이었다. 동시에 꾹 다문 입은 힘을 빼지 않고 벌렸다. 괴어가 먹잇감을 물어뜯을 때 아가미를 뻐끔거리는 것처럼, 한바탕 일을 저지른 악귀가 만족감을 품고 잠자리에 들기 전에 하품을 하는 것처럼 입은 일그러진 채 천천히 벌어졌다.

그러자 입속에서 하얀 안개 같은 물체가 소리 없이 천천히 흘러나오는 것을 노인은 보았다.

묵직하고 농도가 짙은, 중량감 있는 기체였다.

안개는 소용돌이치듯 서로 뒤얽히며 가라앉았다가 촛불의 미약한 열기를 받고 한 덩어리로 뭉쳐 떠올랐다. 안개는 계속해서 흘러나왔다. 사뿐히 내려앉았다가 두둥실 떠올라 허공으로 퍼져 나갔다. 어떤 부분은 짙게, 또 어떤 부분은 연하게.

퍼져 나간 안개는 마치 자의식을 가진 생물처럼 춤추고, 부유하고, 분산됐다. 남자의 입에서는 멈출 줄 모르고 안개가 흘러나왔다.

노인의 눈이 휘둥그레졌다.

무릎 위에 얹은 손이 땀에 젖어 저도 모르게 주먹을 꽉 움켜쥐었다. 매끄러운 기모노 무릎 부분이 노인의 손안에서 구겨졌지만 그딴 일에 신경 쓸 여유가 없었다. 그는 진심으로 경탄했다.

엑토플라즘.

이 '실험'을 시작하기 전에 그렇게 들었다.

몸 안의 영기를 정화하고 집중하여 눈에 보이는 물질로 만들어 밖으로 방출한다. 고도의 집중력과 예리한 감각을 지닌 영매만이 가능한 기술 어쩌고저쩌고했지만 지금 노인은 사전에 들은 설명을 되새길 정도의 분별력조차 잃었다.

'이제 소원을 이룰 수 있다!'

노인은 저도 모르게 환희로 벅차올랐다. 요 몇 년간 세상과 관계를 끊고 칩거한 이후로 처음 느끼는 흥분이었다.

'틀림없어, 이건 진짜다.'

두 눈을 찢어질 것처럼 크게 뜨고 노인은 몸을 내밀었다.

'이 남자라면 분명 할 수 있다. 분명 해줄 거야. 만날 수 있어, 만나서 이야기를 할 수 있다고. 하쓰에, 하쓰에.'

노인은 저도 모르게 죽은 아내의 이름을 소리 내어 중얼거렸다.

당대에 부를 축적하여 잠깐이라고는 하나 '쇼와*의 후쿠자와 모모스케**'라고까지 불렸던 시절의 지성은 더 이상 느껴지지 않았다.

최근 노화로 흐려지기 시작한 노인의 머리에는 아내 생각만 가득했다.

젊었을 적에는 가정을 돌보지 않고 일에만 매달렸다. 아내는 부리기 편한 무급 하녀로밖에 보지 않았다. 아니, 오히려 하녀에게도 그러지는 않을 만큼 못살게 굴고, 경멸하고, 업신여기고, 매정하게 대했다. 고생하여 사 모은 주식이 예상과 달리 가

---

*일본의 연호로 1926년에서 1989년에 해당한다.
**나고야 발전의 아버지라고 불린 실업가이자 정치가(1868~1938). 러일전쟁 후 주식 투기로 떼돈을 벌었다.

격이 떨어졌을 때는 홧김에 때린 적도 여러 번이었다. 노인은 무엇보다 일을 중시하는 전형적인 일본인이었는데 제일선에서 물러나자마자 이렇게 총기가 순식간에 사라질 줄은 예상조차 못 했다.

그래서 노인은 남들보다 배로 죽음이 두려웠다. 죽음 그 자체가 두려운 것은 아니었다. 죽은 후에 저세상에서 아내와 만날 일이 두려웠다.

노인의 아내는 아이 셋을 길러낸 후 마치 사명을 다했다는 듯이 아무도 모르게 병을 얻어 덧없이 세상을 떠났다. 젊은 시절 한탕을 노리고 도박하듯 홀로 주식시장을 누비던 투기꾼의 아내로 살다 보니 마음고생이 심해서 수명이 줄어들었는지도 모른다.

'하쓰에, 하쓰에.'

아내에게 사과하지 않으면 무서워서 죽을 수도 없다.

늙음이라는 병마에 좀먹혀 이미 논리를 잃어버린 그 생각이 뇌리에 뿌리박혀서 노인은 한시도 마음 편히 지내지 못했다.

'하쓰에, 하쓰에, 요즘 당신이 곁에 있는 게 느껴져. 근처에 있는 기 다 일아. 그런네노 이야기를 못 하다니 안타깝구먼. 난 당신과 이야기를 하고 싶어. 만나서 이야기를 하고 싶다고. 이제 금방이야. 곧 만날 수 있어. 이 남자가 반드시 만나게 해줄 걸세. 당신을 만날 수 있어. 만나서 용서를 빌 거야. 당신이 내 죄를 용서해줄 때까지 난 죽어도 죽는 게 아니야. 그러니까 기다려주게. 하쓰에.'

어지러이 춤추는 신비한 안개를 응시하며 노인은 가만히 손을 뻗어 곁에 놓아둔 밥공기를 집어 들었다.

별다른 특징 없는 싸구려 밥공기였다. 유치한 물결 그림을 그려 넣고 질 나쁜 유약을 막 발라 대충 구워낸 낡은 물건이었다.

하지만 노인은 이것을 현세와 피안을 연결하는 단 하나의 구심점으로 여겼다.

아내의 유품에서 이 밥공기를 발견했을 때 노인은 작지 않은 충격을 받았다. 가난했던 젊은 시절을 돌이켜보면 검소한 신혼여행 말고는 아내와 여행을 가본 적이 없었다. 신혼여행을 갔을 때 이쓰쿠시마 섬에서 산 부부 밥공기 중 하나. 오래전에 깨져서 버린 줄만 알았다. 아내는 추억을 되새길 단 하나의 물건으로 밥공기를 아주 소중하게 간직해두었다.

아내의 그 마음이 측은했다.

'하쓰에, 기다려. 이 남자가 분명 당신을 불러줄 거야. 그때 반드시 사과함세. 당신을 소중히 대하지 않았던 내 죄를. 그러니 하쓰에, 용서해주게. 날 용서해줘.'

노인은 삐쩍 말라 가늘어진 주름투성이 손가락으로 밥공기를 가만히 어루만졌다.

그 움직임에 호응이라도 하듯이 촛불 불빛이 살짝 흔들렸다.

3

"이 녀석아, 뭘 그렇게 답답한 표정을 짓고 있냐. 자, 마셔라. 쭉쭉 마셔. 이렇게 혼잡한 신주쿠 역에서 딱 마주치다니 엄청난 우연이라고. 그래서 내가 이렇게 쏘겠다는 거 아니야. 자, 마셔. 벌컥벌컥 마셔. 사양할 것 없다니까 그러네."

"하아."

"한숨 쉬다 땅 꺼지겠다. 넌 변함없이 어둡구나. 한밤중에 묘지에서 독경하는 목소리 좀 내지 말란 말이야. 왜 그렇게 우울해 보이는 거야? 오랜만에 허물없이 대할 수 있는 선배를 만났잖아, 좀 더 기쁜 표정을 지어도 천벌은 안 받을 거라고."

"하아, 죄송해요."

"넌 그래서 안 돼. 이거야 원 장례식에서 인사하는 상주 저리 가라네. 목소리가 어둡다고, 목소리가. 네가 입을 열면 분위기가 축 처진단 말이다. 음울한 쪽으로는 완전히 도가 텄네. 뭐 그딴 거에 도가 트여봤자 아무 소용도 없다만. 세이치, 언짢은 일이라도 있었어? 여자한테 차였다거나?"

"아니요, 그런 건 아닌데요."

"그야 그렇겠지, 네가 여자한테 차이다니 말도 안 돼. 오래전부터 여자를 싫어하는 남자로 통했으니 차이고 싶어도 여자가 있어야 차이지."

"특별히 여자를 싫어하는 건 아닌데요."

"하지만 그렇잖아. 학교 다닐 때부터 여자한테는 눈 한번 돌리지 않았으니 말이다. 한때는 네가 호모 아니냐는 소문까지 돌았어."

"누, 누가 그딴 소리를 했습니까?"

"내가."

"이상한 소문내지 마세요."

"하지만 어쩌겠냐. 들어봐. 네가 멀끔하게 생겨먹다 보니 여자들이 소개해달라고 야기사와랑 나한테 난리를 친단 말이야. 그런데 말을 꺼낼 때마다 매번 흥미 없다는 얼굴로 거절했잖아. 그래서 내가 선수를 친 거야. 나도 그런 어처구니없는 소문을 내기는 싫었어. 하지만 다 너를 위해서 내가 몸소…….”

“저기, 선배.”

“왜.”

“저, 집에 돌아가려고 해요.”

“뭐야, 벌써 집에 가려고?”

“아니요, 그게 아니라 본가예요.”

“뭔 소리래, 네 본가 세타가야에 있지 않았던가?”

“네, 그런데요.”

“뭐야, 고작 집에 돌아가는 것 정도로 세상 다 산 것처럼 심각한 표정을 짓고 그래.”

“하아.”

“그러고 보니 너 할아버지랑 싸우고 집 나오지 않았었냐?”

“네.”

“내 눈에 흙이 들어가기 전에는 집에 들어올 생각도 하지 말라고 할아버지가 대못을 꽝꽝 박았다는 이야기 들었어.”

“뭐, 그런 셈이죠.”

“그 집에 돌아가겠다는 거야?”

“네.”

“아, 할아버지가 돌아가셨구나.”

“재수 없는 얘기 하지 마세요. 그런 게 아니라 요전에 어머니한테서 전화가 왔었거든요.”

“할아버지가 돌아가셨다고?”

“아니라니까요. 어머니 말로는 요즘 할아버지 상태가 이상하대요.”

“그렇구나. 돌아가시기 직전인가.”

"남의 할아버지를 멋대로 죽이지 말라고요. 몸이 약해지신 것도 그렇고 정신이 또렷하지 못하시대요."

"간략하게 말하면 노망이 나셨다는 말이군."

"네, 뭐."

"그러니까 정신이 완전히 흐려지기 전에 한번 만나러 와라, 어머님 말씀은 그거로구나."

"네. 하지만 그뿐만이 아니라……."

"뭐야, 할머니도 돌아가시려고 그래?"

"할머니는 옛날에 돌아가셨어요. 그런 게 아니라 어쩐지 집안이 어수선한 것 같아서."

"아하, 할아버지 장례식 준비로군."

"이제 그만하세요. 끈질기기는. 전화로 전해 들은 이야기라 확실치는 않은데 아무래도 외삼촌이 유령을 보셨다나봐요."

"뭐야 그게, 아닌 밤중에 홍두깨도 이만저만이 아닌데."

"잘은 모르겠지만 외삼촌이 그 후로 완전히 그쪽 방면에 푹 빠져서 수상한 영능력자인지 뭔지를 데려왔대요. 그러니까 이번에는 할아버지가 그 남자 역성을 들면서 할머니의 영혼을 불러내겠다고 기세가 대단하신가봐요."

"우아, 이것 참 요즘 세상에 드문 이야기로군."

"하아, 게다가 어머니가."

"뭐야, 또 있어?"

"네, 영능력자에 빠진 할아버지를 어떻게든 말리려고 심리학, 그러니까 초심리학이라고 하나요? 그런 방면에 능통한 대학교 연구자에게 부탁해서 영능력자가 사기꾼이라는 걸 밝혀내겠다네요. 지금 그런 상황이래요."

"뭐야, 그게. 너희 집에서 스페셜 다큐멘터리를 찍어서 어쩌자는 거야."

"그러니까 말썽이 가라앉도록 저더러 집에 돌아와서 할아버지를 설득해달라고 어머니가……."

"하지만 그 승부, 진흙탕 싸움이 될 게 불 보듯 뻔해."

"진흙탕 싸움요?"

"응, 초자연적 현상과 과학의 대결. 이건 옛날부터 지겹도록 이어지는 영원하고도 아주 소모적인 싸움이거든. 영능력자의 힘을 믿는 사람들에게 과학자는 유물론에 치우친 편협한 놈으로 보일 테고, 과학자에게 영능력자는 전부 사기꾼이니, 그런 사기꾼을 신봉하는 사람들은 마녀재판을 일삼던 중세의 사고방식에서 벗어나지 못한 전근대적이고 저열한 놈들로 보이겠지. 그래서 양쪽 다 어떻게든 상대의 콧대를 뭉개버리고 싶어서 고금동서를 막론하고 다양한 형태로 논쟁과 실험을 되풀이해왔다는 말씀이야. 미국에서는 재판까지 가는 경우도 드물지 않은 모양이다만 결론은 아직도 나지 않았어. 도대체가 말이야, 평행선을 달리리라는 건 처음부터 뻔할 뻔 자 아닌가? 애초에 인간의 지혜로는 명쾌하게 결론을 내릴 수 없는 차원의 문제니까. 끝까지 따져보면 '믿느냐, 믿지 않느냐' 이 한마디로 집약되는 문제거든."

"하지만 아무래도 그 영매, 진짜인가봐요."

"진짜? 너 그런 걸 믿는 사람이었냐?"

"그게, 무조건 부정할 수만은 없겠다는 생각이 들어서요. 그리고 할아버지는 뭐더라, 엑토플라즈마?"

"엑토플라즘이겠지."

"네, 그거, 그거예요. 그 실험을 직접 보시고는 백 퍼센트 믿으시는 모양이에요."

"이야, 그것참 호기롭다. 요즘에도 엑토플라즘 실험을 보여주는 영매가 있나."

"네, 할아버지만 보셨다고 하네요. 그런데 선배, 도대체 엑토플라즘이 뭔가요?"

"뭐야, 너 그런 것도 모르냐? 정말이지 상식이라고는 없는 녀석일세. 엑토플라즘은 최면 상태에 빠진 영매의 몸에서 나오는 연기 같은 물질을 가리키는 심령 용어야. 프랑스의 아무개 박사가 그리스어 엑토스와 플라즈마를 합성해서 만든 말이라고 알고 있는데. 15세기 무렵에는 이미 대중에게도 널리 퍼져서 제1물질이니 머큐리니 하는 호칭으로 불렸다나봐. 야, 수상한 잡지 같은 데서 본 적 없냐? 입에서 이렇게 연기가 나오고, 그 연기가 사람 얼굴로 변하는 거."

"아아, 알죠. 본 적 있어요. 입에서 솜사탕 같은 물체가 나와서 사람 모양으로 변하는 사진. 두건 같은 걸 머리에 두른 젊은 여자 모습이 자욱하게 피어오르는 거."

"그 사진이라면 유명하지. 에델 포스트페리시라는 영매가 펜실베이니아에서 강령회를 열었을 때 찍은 사진이야. 실버 벨이라는 인디언 아가씨의 영혼을 **불러왔다**고 선전하는 사진이지."

"뭐 그거야 아무래도 상관없지만, 선배 별난 걸 많이 알고 계시는군요."

"별나기는. 오컬트에 조금이라도 흥미가 있으면 이 정도쯤이야 요즘은 초등학생들도 다 안다고. 네 상식이 모자랄 뿐이야."

"하아, 그것참 유감이네요."

"어쨌든 그렇게 본격적인 영매가 있다니 깜짝 놀랐네. 어지간 해서는 구경하기 힘든데, 이거 재미있겠는걸."

"재미있기는 뭐가 재미있어요. 저희 집은 큰 문제에 직면했단 말입니다."

"그야 그렇겠지만. 그래서 돌아가려고?"

"네. 집도 걱정되고 사촌 동생도 얼마간 못 봤으니까요."

"사촌 동생이라면 그 몸이 불편한 여동생?"

"네."

"사촌 동생은 집 밖으로 거의 나오지 않는다고 했지?"

"네."

"아이고 딱해라. 야야, 또 우울한 얼굴로 생각에 잠겨 있냐. 네가 우울한 표정을 짓는다고 해서 심령술병에 걸린 할아버지 가 낫기라도 한다든?"

"어쩐지 안 좋은 예감이 들어서요."

"예감이라니. 그러고 보니 넌 학교 다닐 때도 자주 예감이니 뭐니 떠들어댔지."

"네…… 뭐."

"나쁜 버릇이야. 만사 소극적이라 행동을 하지도 않으면서 예 감이 어쩌고저쩌고하면서 핑계나 대잖아."

"특별히 그런 건 아닌데요."

"그렇게 깊이 생각할 것 없어. 네가 그러고 있으면 주변 분위 기까지 어두워지니까. 자, 마셔라. 쭉쭉 마셔. 시시껄렁한 걱정 을 할 틈이 있거든 벌컥벌컥 들이켜라고. 어서 마시라니까. 쓰 러질 때까지 마시는 거야. 아, 저기요. 여기 해물 샐러드랑 두부 튀김이랑 닭튀김요. 그리고 이 녀석한테 술 한 병 더 가져다주세요. 저는 우롱차 하나 더 부탁해요. 자, 내가 쏜다. 사양할 것 없어, 팍팍 마시라고. 기절할 때까지 마셔. 뭣하면 뒷병으로 시킬까? 안주도 더 먹어라. 뭐든지 먹고 싶은 걸 시켜."

"호주머니 사정이 제법 괜찮은 모양이네요, 선배."

"아아, 괜찮다마다. 지금 아주 큰일을 하고 있거든. 엄청 바빠."

"일이요? 별일이네요, 선배가 일을 다 하다니."

"남 듣기 안 좋은 소리 하지 마라. 일하지 않는 자 먹지도 말라는 말이 있잖아. 나도 엄연한 노동자라고. 매일 이마에 땀을 흘리며 근면 성실하게 일하고 있단 말이다. 들어라, 만국의 노동자여!"

"알았으니까 큰 소리로 노래하지 마세요. 여전하네요, 우롱차를 마시고 취하다니."

"꼭 우롱차 때문만은 아니야. 이런 가게에서 음료를 마시면 누구든지 취기가 도는 법이라고."

"선배는 술도 못 하면서."

"술을 못 하니까 더 그렇지."

"그런데 선배, 도대체 무슨 일을 하시는데요?"

"헤헤, 지금은 비밀이야. 다만 이게 성공하는 날에는 전국이 뒤집힐 거다."

"전국이 뒤집히다니, 또 이상한 일에 끼어든 건 아니겠죠?"

"이상한 일이라니 무슨 말이 그러냐. 아무튼 기대해. 분명 아주 시끌벅적해질 테니."

"하아, 아무 기대도 하지 않고 기다릴게요, 네코마루 선배."

적어도 오전 중에는 도착할 작정이었다.

그래서 일부러 아무 일정도 없는 일요일에 본가로 돌아가기로 결정했다. 그런데 이러니저러니 급하지도 않은 볼일을 만들고 그 핑계로 출발이 늦다 보니 결국 3시가 다 되어서야 도착했다. 역시 마음속 어딘가에 켕기는 구석이 있는 것 같았다.

10년 만에 돌아오는 집이니 이제 와서 오전이 오후가 된들 큰 차이는 없으리라. 호조 세이치는 그렇게 생각하기로 했다. 그는 방금 전 도착했지만 들어가지 못하고 대문 앞에 우두커니 서 있었다.

문기둥은 네모나게 잘라낸 화강암을 쌓아 올려 만들었다. 문짝은 가느다란 쇠막대를 격자 모양으로 짜 맞추어 만든 것으로 역시 철로 된 담쟁이덩굴로 장식되어 있다. 공들여 만든 문짝이었다. 대문 좌우로 뻗은 철책 너머 뜰에는 나무들이 세이치의 머리 위를 덮을 만큼 무성했다. 문기둥에 끼워진 하얀 도자기

문패에는 붓글씨체로 '호조 효마'라는 이름이 적혀 있었다.

'문턱이 높다'라는 말은 약간 고풍스럽기는 하지만 이런 기분에 딱 맞는 표현이라고 생각하며 세이치는 홀로 쓴웃음을 지었다. 솔직히 말해 마음이 무거웠다.

세이치는 마음을 단단히 먹고 당장 필요한 일용품만 담은 큼지막한 천 가방을 어깨에 추슬러 멘 후, 철문을 밀어젖혔다. 단출한 살림살이는 나카노의 연립주택에 그대로 두었다.

할아버지와 만나 이야기가 어떻게 되느냐에 따라 언제 다시 돌아갈지 모른다. 연립주택은 여기서 신주쿠를 경유해 고작 45분도 걸리지 않는 곳에 있지만 세이치는 근 10년간 단 한 번도 세이조의 본가에 발을 들여놓은 적이 없었다. 시간상으로 고작 1시간도 되지 않는 거리지만 세이치에게는 높은 문턱이었다.

대문으로 들어서자 앞뜰에 심은 나무들 저편으로 그리운 집이 보였다.

팔작지붕에 기와를 올린 2층 목조건물.

재력을 경쟁하듯 웅장하고 화려한 개인 저택이 줄지어 들어선 세타가야 주택가에서는 별반 드물지 않은 평범한 일본 가옥이다. 하지만 집터만은 독보적으로 넓어서 대문에서 현관까지만 해도 징검돌이 스물세 개나 놓여 있으니 어느 정도 넓은지 상상이 갈 것이다.

세이치는 완만하게 호를 그리는 돌길을 따라 현관으로 향했다.

오른편으로 뜰이 펼쳐졌다.

계수나무, 백합나무, 참식나무, 녹나무, 목련나무, 태산목, 초령목 등 잡다한 나무들이 통일성을 완전히 무시하고 무질서하게 심겨 있었다. 한 가지 공통점은 전부 10미터가 넘는 거목이라는 점이다. 나무들은 마치 패권을 다투듯이 제각기 가지를 뻗은 채로 빽빽하게 자리 잡았다. 뜰이라기보다 작은 숲이라고 부르는 편이 어울릴지도 모른다. 5월의 해가 기울기 시작한 것이 아쉬워 앞다투어 기지개를 켜듯이 나무들은 하늘을 향해 녹색 가지를 힘차게 펼치고 있었다. 나무들의 보호를 받듯이 원형으로 트인 한가운데 공간에는 잔디가 깔려 있는데 그 녹색 융단 중앙에, 마치 우윳빛 샘물이 솟아오른 것처럼 선명한 하얀색 나무 벤치가 하나 놓여 있었다.

저건 아직도 그대로네.

세이치는 벤치에 눈길을 멈추고 중얼거렸다. 갑자기 가슴이 욱신거렸다. 뭉툭한 막대기 끝으로 찌른 것처럼 근질근질하고 괴로우면서도 감미로운 기분이었다.

젊은 나이에 세상을 떠난 이모가 좋아했던 곳이다. 이모는 자주 벤치에서 조용한 오후 한때를 보냈다. 등받이에 편안히 몸을 맡긴 채 독서, 뜨개질 그리고 사색을 하던 우아한 모습이 지금도 눈에 선했다. 이모가 죽은 후 이모가 남긴 아이가 저곳을 물려받았다. 사에코도 자주 저기서 혼자 시간을 보냈다.

징검돌 스물세 개를 다 건너자 커다란 박공장식이 달린 처마가 머리 위를 덮었다.

낡은 목조 가옥. 오래되기는 했지만 그만큼 그윽한 멋이 느껴진다. 나무의 질감은 세이치가 태어나기 전부터 지금까지 변함없이 사람의 마음을 편안하게 해준다.

현관문은 젖빛유리가 촘촘하게 끼워진 격자문이었다.

세이치는 잠깐 망설였지만 여기까지 와서 되돌아가는 것도 이상하다 싶어 미닫이를 열었다.

　현관은 무엇 하나 바뀌지 않았다. 윤이 나게 닦은 현관 마루도, 신발장에 다 넣지 못해 현관 바닥에 깔끔하게 정리된 가족들의 신발도, 부끄러울 만큼 요란한 공작새 모양 슬리퍼 걸이도. '집' 특유의 독특한 냄새조차도 10년 전 그대로였다. 세이치는 어릴 적 사진을 느닷없이 눈앞에 들이댄 것처럼 당혹스럽고도 달콤쌉쌀한 기분이 들어 잠시 발을 멈췄다.

　가족들의 신발에서 조금 떨어진 곳에 신발 두 켤레가 가지런히 놓여 있었다. 아무래도 손님이 온 모양이었다. 하나는 멋을 중시한 디자인의 갈색 가죽구두고, 다른 하나는 조리*였다. 조리는 오래 신었는지 때가 묻고 전체적으로 모양이 납작했다. 발가락 사이에 끼는 끈 역시 당장에라도 끊어질 것처럼 헤져서 깨끗한 현관 바닥과 어울리지 않았다.

　세이치는 신발 끈을 풀려고 현관 마루에 앉아 요전부터 몇 번이고 되풀이한 생각을 떠올렸다. 어머니 전화를 받은 후로 할아버지와 대면하는 장면을 수도 없이 머릿속으로 그려보았다.

　피를 나눈 가족일수록 오랜만에 만나면 쑥스러운 법이다. 특히나 이번에는 결코 원만하다고는 할 수 없는 형태로 헤어진 할아버지가 상대. 물론 진심으로 미워서 싸운 것은 아니지만 당시는 일이 그렇게 될 수밖에 없는 상황이었다. 할아버지는 자기 생각대로 되지 않으면 바로 역정을 내는 사람이었고, 세이치 또한 스무 살도 되기 전이라 너무 어렸다. 쉽게 말해 자존심 싸움을 10년이나 질질 끌어왔다는 뜻이다. 맞서서 오기를 부리던 상

---

*짚, 골풀 등을 엮어 만들고 끈을 단 일본식 짚신.

대가 나이를 먹어 심약해지면 어떻게 대처해야 할지 난감해진다. 고압적으로 나가는 것도 어른스럽지 못하고, 노골적으로 비위를 맞추는 것도 썩 내키지 않는다. 그렇다고 너무 다정하게 대한다면 노인은 긍지에 상처를 입을 것이다. 어떻게 해야 할까.

"어머, 어머, 어머, 세이치 도련님!"

느닷없이 요란한 발소리와 함께 시끄러운 목소리가 들려왔다. 세이치가 고개를 들자 기요사토 후미가 포동포동한 몸을 흔들며 복도를 달려오고 있었다.

"어머, 어머, 어머! 오늘 돌아오실 거면 전화라도 한 통 주시지 그러셨어요. 도련님은 정말 성격이 별나시다니까. 그나저나 오랜만이에요. 어서 오셔요."

후미는 가느스름하고 온화한 눈을 거듭 깜빡이며 말했다. 좀 늙었구나. 몸 둘 바를 모르고 환영의 뜻을 표하는 후미를 보며 세이치는 생각했다. 짧게 잘라 가지런히 정리한 머리에 흰머리가 제법 눈에 띄었다. 세이치가 집을 나갔을 때 40대 중반이었으니 이제 쉰대여섯 살은 됐을 것이다. 그래도 어렸을 적에 기어오르며 놀았던 붕긋한 동산 같은 몸집은 여전히 듬직했다.

"아유, 정말 반갑네요. 도련님이 돌아오신다는 말씀 듣고 방 청소하고 이불도 말려놨어요. 에구머니나, 어쩌죠? 오늘 오시는 줄 몰라서 맛있는 음식을 하나도 안 해놨는데, 정말 큰일이네. 이걸 어쩌나. 도련님의 사람 놀라게 하는 재주 때문에 참 난처하다니까요."

"신경 쓸 것 없어요. 그리고 이제 그 도련님이란 말 좀 그만두면 안 돼요? 저도 이제 조금만 더 있으면 서른 살인데."

"무슨 말씀이셔요. 도련님은 몇 살을 먹든 도련님이죠. 그것보다 큰일이네. 도련님이 돌아오시면 좋아하시는 크림소스 닭찜을 제일 먼저 만들어드리려고 했는데. 오늘은 아무것도 준비를 못 했어요."

"정말 괜찮다니까요. 그건 내일이든 모레든 먹으면 되죠."

"어머나, 그럼 계속 집에 계실 건가요?"

"네, 뭐 일단은 그럴 생각인데요."

"어머, 어머, 어머, 참 잘 생각하셨어요. 아가씨랑 미아 아기씨도 기뻐하실 거예요. 그런 곳에 계시지 말고 들어오셔요. 차를 금방 갖다드릴게요."

후미는 나이와 포동포동한 몸집에 어울리지 않는 몸놀림으로 재빨리 세이치의 가방을 집어 들었다. 따발총처럼 빠른 입담도 전혀 변하지 않았다.

"오늘 회사는요? 쉬는 날이셔요?"

"네, 일요일이니까."

"어머나, 그렇죠. 일요일이었죠 참. 깜빡했네요. 도련님, 조금 수척해지신 것 같은데 식사는 제대로 하셔요?"

"네, 뭐 적당히."

"적당히라니요. 도련님은 항상 건성건성 넘어가신다니까. 어쩜 이렇게 하나도 안 변하셨는지."

후미는 30년 넘게 입주 도우미로 일하면서 집안 살림을 도맡아 꾸리고 있다. 만사를 옛날 사고방식으로 대하고 말투에서도 사극에 등장하는 유서 깊은 가문의 하녀 우두머리 같은 분위기가 묻어난다. 하지만 이미 가족의 일원이자 세이치에게는 두 번째 어머니나 마찬가지였다.

커다란 몸을 웅크리고 슬리퍼를 척 내려놓는 후미의 등을 보고 있자니 세이치는 왠지 모르게 굳어 있던 마음이 풀어졌다.

살짝 쓴웃음을 짓다가 문득 인기척을 느끼고 눈을 들자 계단 위에 사에코가 나타났다.

"아가씨, 아가씨. 도련님이 돌아오셨어요."

후미가 큰 소리로 알렸다.

사에코.

세이치는 무슨 말이라도 해야겠다 싶었지만 할 말을 찾지 못해 입을 다물었다.

정월 휴가 때 여동생 미아와 셋이서 외식을 하려고 만난 것이 마지막이니 거의 다섯 달 만이었다. 어깨 아래까지 기른 매끄러운 흑발도, 투명하게 느껴지는 뽀얀 뺨도, 발그레한 작은 입술도, 만날 때마다 사에코는 이모를 닮아갔다. 긴 회색 치마에 하얀 블라우스를 입어서 수녀 같아 보이기는 했지만 수수하게 입어도 청초하고 우아한 아름다움이 돋보일지언정 퇴색되지는 않았다. 다만 외모가 뛰어난 만큼 오른쪽 겨드랑이 아래에 투박한 목발을 낀 모습이 한층 가련해 보였다. 쓰디쓴 죄악감이 통증과 비슷한 양심의 가책을 동반하여 세이치의 가슴을 쿡 찔렀다.

세이치가 말없이 지켜보고 있자니 사에코는 천천히 왼손을 뻗어 벽에 달린 봉을 잡았다.

호조가에는 도처에 쇠막대가 달려 있다. 발레 교실 같아서 목조 가옥에는 어울리지 않는 경관이지만 사에코가 편하게 돌아다닐 수 있도록 할아버지 효마가 설치하라고 분부했다. 물론 계단 옆 벽에도 계단과 같은 각도로 짙은 쥐색의 봉이 빛나고 있었다.

"세이치 오빠."

금속 봉에 의지한 채 목발을 솜씨 좋게 다루며 계단을 내려오던 사에코가 떨리는 목소리로 말했다.

"진짜 돌아온 거야?"

너무 놀란 탓인지 감정을 억누른 것처럼 목소리에는 아무 억양도 없었지만 완전히 억누르지 못한 기쁨이 흘러넘치는 듯했다. 세이치는 가슴이 뭉클해져 "응" 하고 작은 목소리로 대답하는 것이 고작이었다.

*

세이치 오빠가 돌아왔다.

진짜 오빠가 돌아왔다.

오빠가 집을 나간 지 이럭저럭, 벌써 10년이나 됐다.

그때 난 아직 어린애였다.

오빠가 진로 문제로 할아버지와 싸우고 나갔다는 이야기를 들었지만 도저히 이해할 수 없었다. 할아버지가 오빠를 쫓아냈다고 올며불며한 기억이 난다.

"아이고, 그렇구먼. 세이치가 없으면 사에코가 쓸쓸해지겠구나. 할애비가 잘못했다. 미안하다, 미안해."

할아버지는 어쩔 줄 몰라 내 머리를 쓰다듬으며 달래주었지만 오빠를 다시 불러오겠다는 말은 하지 않았다. 화가 아주 단단히 나셨던 모양이다.

오빠가 집에 없다는 쓸쓸함이 삭을 때까지 꽤 긴 시간이 걸린 것 같다. 밤마다 "오빠가 없어, 오빠가 없어" 하고 칭얼대서 후미 아주머니를 애먹였다. 미아가 이야기 상대를 해줄 만큼 자란 후에야 겨우 견뎌낼 수 있었던가.

오빠는 집에 돌아오지 않았고 나는 몸이 이러니 밖에 자주 나가지 못한다. 그래서 오빠와 만날 수 있는 날은 1년에 손가락으로 꼽을 정도밖에 되지 않는다. 대개는 이모부나 이모, 아니면 미아와 함께 나가서 밥을 먹는 정도다.

나는 그게 불만이었다.

오빠가 집에 돌아오면 좋겠다고 내내 생각해왔다.

신이시여, 신이시여, 부탁드립니다. 부디 오빠가 집에 돌아오게 해주세요.

기도가 이루어졌다.

오빠가 돌아왔다.

물론 친오빠는 아니다. 엄마 언니의 아들이니까 정확하게는 사촌 오빠지만 어렸을 적부터 오빠라고 불러왔다. 오빠는 오빠 이외의 그 누구도 아니니까.

아니, 어린 내게 오빠는 그 이상의 존재였다. 어린 나이에 부모님을 여읜 내게는 아빠 대신이었다고 해도 과언이 아니다.

오빠는 언제나 내 곁에 있어주었다.

나를 지켜주었다.

지금 돌이켜보면 중고등학생이었던 오빠는 한창 놀고 싶을 나이였는데도 학교를 마치면 곧장 집으로 돌아왔다.

오빠는 자주 '선물'을 가지고 돌아왔다. 선물은 좋은 냄새가 나는 꽃목걸이나, 진귀한 모양의 반질반질한 돌, 후미 아줌마와 이모 몰래 건네준 과자 등등 다양했다. 별것 아닌 물건들이었지만 내게는 무엇과도 바꿀 수 없는 보물이었다.

오빠는 그렇게 늘 내 곁에 있었다. 밖에 나가지 못하는 내가 안쓰러웠던 것이리라. 다정한 오빠.

신이시여, 신이시여, 부탁드립니다. 부디 오빠가 앞으로 영원히 집에 있게 해주세요.

*

세이치는 2층 자기 방에 짐을 풀고 편한 옷으로 갈아입은 후 1층으로 내려왔다.

거실에서는 후미와 사에코가 차를 준비하고 있었다.

"할아버지는 뭐 하세요?"

세이치는 소파에 앉으며 후미에게 물었다. 내키지는 않았지만 가능한 한 빨리 할아버지께 인사를 드리고 싶었다.

본채 동쪽 모서리에 자리한 거실에서는 남쪽과 동쪽 통유리로 뜰을 한눈에 바라볼 수 있다. 소파가 전부 바깥을 향해 배치되어 있기 때문에 울창한 작은 숲이 바로 눈앞에 펼쳐진다. 채광도 아주 뛰어나서 맑은 날에는 나뭇잎 사이로 햇빛이 듬뿍 비쳐 들지만 어느새 구름이 끼었는지 지금은 약간 어두웠다.

동쪽 유리로는 효마가 거처하는 별채 건물도 보였다. 노* 무대와 대기실 사이에 놓인 다리 모양 통로처럼 본채에서 별채로 이어진 지붕 달린 통로가 거실에서도 잘 보였다.

후미가 데운 찻잔을 행주로 닦으며 유리 너머 별채를 눈으로 가리켰다.

*일본의 고전 가면극.

"지금 나오쓰구 씨가 오셔서 이야기하고 계셔요."

"아아, 외삼촌 오셨구나."

나오쓰구는 세이치 어머니의 남동생으로 교바시에서 화랑을 경영한다.

"그리고 할아버지가 최근에 가까이 지내시는 이상한 아저씨도."

사에코가 목발을 사용하지 않는 왼손으로 설탕 단지를 내려놓으며 덧붙였다.

"이상한 아저씨라니, 그게 누군데?"

"그게요. 아나야마, 아나야마 뭐랬는데. 하여간 영매인지 영능력자인지 하는 이상한 사람이에요."

후미의 말에 사에코가 쿡쿡 웃었다.

"아나야마 지운사이. 외삼촌이 데려온 사람인데 할아버지는 아주 마음에 드셨나봐. 후미 아주머니는 마음에 들지 않는 모양이지만."

"당연하죠, 그렇게 이상한 사람의 어디가 마음에 들겠어요."

"후미 아주머니는 왜 마음에 안 들어요?"

세이치가 물었다.

"꼴이 너저분하잖아요. 정말이지 가까이 다가가기만 해도 냄새가 나는 것 같아서 너무 싫어요."

후미가 사람을 평가하는 방식은 변함없이 단순명쾌하다.

"도락에도 정도가 있는 법인데 도련님도 한 말씀 드리셔요. 집에 이상한 사람 들여놓지 마시라고요."

후미는 부루퉁한 얼굴로 하얀 요리복을 펄럭이며 부엌으로 들어갔다. 사에코가 재미있다는 듯이 웃기에 세이치도 따라서 쓴웃음을 지었다. 평소에 싫은 소리를 어지간히 하는 모양이다.

"그런데 다른 사람들은? 집이 조용하네."

"이모는 근처 아주머니들이랑 나가우타* 배우러 나가셨어."

"나가우타? 패치워크 교실은 어쩌고?"

"작년에 그만두신 모양이야."

"칠보공예는?"

"그건 재작년까지."

"변함없이 여기저기 쏘다니시는구나."

"그런 말 하면 안 돼. 이모도 기분전환은 하셔야지."

집안일을 전부 후미에게 맡긴 어머니에게 기분전환이 필요할 것 같지는 않았지만 세이치는 굳이 반박하지 않기로 했다.

"아버지는?"

"이모부는 아침 일찍 골프 치러 나가셨어."

"미아도 없어?"

"응, 동아리 활동이래."

"그것참, 일요일인데 전부 나갔다니."

"도련님도 미아 아기씨처럼 좀 활발해지시면 좋을 텐데요."

후미가 찻주전자를 들고 놀아와서 대화에 끼어들었다.

"운동이라도 좀 하시지 그러셔요. 볕에 조금 타면 늠름해 보이실 텐데."

툴툴거리기는 했지만 후미의 말투에서는 어쩐지 들뜬 기분이 전해져왔다. 사에코의 찻잔에 설탕을 넣어주는 등 이것저것 챙겨주는 후미를 보자 세이치도 마음이 편안해졌다. 오랫동안 잊

---

*에도 시대 가부키의 반주곡으로 발달한 샤미센 음악.

고 있던, 신기한 느낌이 드는 편안함이었다.

후미가 끓여준 홍차를 마시며 사에코의 옆얼굴을 가만히 뜯어보았다.

긴 속눈썹이 우아한 곡선을 그린다.

화장기가 전혀 없는데도 입술이 발그레하니 고운 빛을 띠고 있다.

사에코.

가슴속 깊은 곳에서 잔물결이 일렁이며 소란을 떨었다.

그 술렁임은 의무를 포기했을 때 가슴을 무겁게 짓누르는 양심의 가책과 비슷했다. 물론 연애 감정과는 거리가 멀다. 의무. 이 박복한 사촌 동생을 지키는 것은 세이치가 평생 짊어져야 할 의무였다. 적어도 세이치는 그렇게 믿었다. 안심하고 사에코를 맡길 수 있는 상대가 나타날 때까지 동화 속 기사처럼 사에코를 지킨다. 마치 왕자가 맞이하러 올 때까지 공주를 수행하는 기사처럼. 세이치에게는 그래야 할 이유가 있었다. 하지만 실제로는 10년 가까이나 곁에 있어주지 못했다. 세이치는 자신이 얼마나 유약하고 패기가 없는지 뼈저리게 느꼈다.

한숨을 내쉬며 세이치가 찻잔에 손을 뻗었을 때 복도를 가볍게 밟으며 달려오는 소리가 울려 퍼졌다. 부엌을 힘차게 가로질러 미아가 산토끼처럼 뛰어 들어왔다.

"있죠, 있죠. 후미 아줌마, 급해요, 급해."

미아는 식당을 통통 뛰듯이 통과하여 거실로 달려왔다. 열일곱 살, 도내 사립 고등학교에 다닌다. 짧은 머리와 벌써부터 볕에 탄 건강한 피부색이 남자아이 같다.

"우아, 오빠다. 돌아왔구나!"

세이치를 알아보고 미아는 제자리에 우뚝 서서 눈을 둥그렇게 떴다.

"그래."

"뭐야, 그 어두침침한 반응은. 오빠, 좀 더 반갑게 인사 못 하겠어? 진짜 음침하다니까."

"그것보다 미아, 너야말로 그 꼴은 뭐냐."

"뭐냐니, 뭐가?"

반바지에서 뻗어 나온 길고 가느다란 다리를 내려다보며 미아가 되물었다.

"동아리 활동하러 갔다면서."

"응."

미아는 손에 든 더플백과 테니스 라켓을 세이치에게 보여주며 고개를 끄덕였다.

"그런 차림으로 학교에 간 거야?"

"일요일에 연습할 때는 사복 입어도 괜찮아. 아차, 여자한테 면역이 안 된 오빠한테는 자극이 너무 심했나."

"이 녀석아, 꼴사납다는 말이다."

"어디가!"

미아는 뽀로통해져서 쏘아붙였다.

"멋있잖아. 보라고, 이 꽃사슴 같은 각선미. 이야, 전철에서 시선이 얼마나 따갑던지."

"그것보다 미아 아기씨."

후미가 옆에서 끼어들었다.

"급하다니 무슨 일이에요?"

"아, 그거."

미아는 펄쩍 뛰어올랐다.

"오빠를 놀리고 있을 때가 아니었어. 후미 아줌마, 차 좀 준비해주세요. 손님 오셨어요. 아까 대문 앞에서 딱 마주쳐서 응접실에 모셔다놨어요."

*

손님.

미아의 말에 가슴이 쿵쿵 뛰었다.

어쩌면 그 사람일지도 모른다.

그러고 보니 오늘 아침부터 어쩐지 그런 기분이 들었다. 뭔가 좋은 일이 생길 것 같은 기분.

그러자 오빠가 돌아왔다.

게다가 어쩌면 그 사람을 만날 수 있을지도 모른다.

"손님이라니 누군데?"

오빠가 미아에게 물었다.

"엄마한테 못 들었어? 세이케이 대학교에서 심리학 연구하는 학자님들."

역시, 역시 그 사람이다.

가미시로 씨.

가슴이 더욱 두근거렸다.

그 사람을 만날 수 있다. 어쩌지, 어떡하면 좋지.

뺨이 주체할 수 없이 달아올랐다.

"가미시로 씨랑 오우치야마 씨라는 사람인데, 초능력 같은 걸 연구한대. 아직 젊어서 누구 교수 밑에 조교로 있대."

미아가 말했다.

"할아버지가 이상한 영매한테 푹 빠지셨잖아. 아빠랑 엄마도 그런 이상한 사람은 믿으면 안 된다고 말렸지만 할아버지는 들은 척도 안 하셔."

"아아, 그래서 어머니가 부른 거구나."

오빠가 말했다.

"응, 아빠 지인이 그 교수랑 친한가봐. 그래서 소개받았대. 요전에 둘이 와서 할아버지를 설득했지만 실패한 모양이야."

"워낙 완고하시니까."

"그렇지. 하지만 이런 경우는 원래 설득하는 데 시간이 걸린대. 몇 번이고 이야기를 나누어서 비과학적인 접근법은 믿으면 안 된다는 걸 설명해야 한다더라고. 있지, 있지, 오빠도 한번 만나보면 어때? 분위기가 꽤 학구적인 데다 멋있어. 이야기도 제법 재미있고."

"아니, 난 됐어."

"또 어두운 반응 나온다. 오빠가 사람 싫어하는 건 알아줘야 한다니까. 아무튼 안 돼. 아빠도 엄마도 없으니까 오빠가 상대해야지. 자, 손님 기다리시니까 빨리 일어서."

"야, 그만둬. 잡아당기지 마."

"투덜대지만 말고 빨리! 아, 맞다. 언니는 요전에 만났지. 오늘도 잠깐 이야기해볼래?"

느닷없이 미아가 물어서 당황하고 말았다.

그래, 요전에도 가미시로 씨 일행은 할아버지를 설득하러 우리 집에 와서 함께 이야기를 나누었다. 그리고 그때부터 내 마음은 내 것이 아니게 됐다.

그 사람의 차분하면서도 열의로 가득한 말 한마디 한마디가 묵직한 작살에 꿰뚫린 것처럼 내 혼에 꽂혀서 애타고, 괴롭고, 가슴이 죄어든다. 어떻게 해야 할지 몰라서 가만히 고개만 숙일 뿐이다.

오늘도 애타고, 괴롭고, 가슴이 죄어드는 그런 기분이 들까.

하지만 만나고 싶다. 만나서 그 사람 곁에 있고 싶다.

그러나 곁에 있으면 지독한 애틋함과 비슷한 안타까움을 금할 길이 없다.

반으로 갈라진 내 마음.

어쩌지, 어쩌지, 어쩌지. 속마음의 동요를 미아가 눈치채지 못하도록 "응, 나중에" 하고 대답하는 것이 고작이었다.

*

세이치는 내키지 않지만 미아의 재촉을 견디다 못해 응접실로 들어갔다.

세이치와 미아가 들어가자 방에 있던 두 젊은 남자가 일어서서 인사했다.

둘 다 양복을 입었고 서른이 좀 안 되어 보였다. 한 명은 훤칠하니 키가 크고 이목구비가 뚜렷했고, 다른 한 명은 중키에 약간 통통하고 촌스러운 인상이었다.

"기다리게 해서 미안해요. 이쪽은 우리 오빠, 세이치예요."

미아가 거침없이 두 사람에게 세이치를 소개했다. 천진난만하고 구김살 없는 것이 미아의 장점이지만 나쁘게 말하면 약간 예의가 없기는 하다. 하는 수 없이 세이치는 두 청년에게 머리를 숙였다.

"처음 뵙겠습니다. 저희는 세이케이 대학교 인문학부 심리학과의 와타누키 교수님 밑에서 초심리학을 연구하고 있습니다."

미남이 싹싹하게 인사를 하고 나서 손바닥을 옆의 통통한 남자에게 펼치며 말했다.

"오우치야마라고 합니다."

"가미시로입니다."

그렇게 서로 상대를 가리키며 소개했다. 상당히 괜찮은 콤비인 듯했다. 테이블 위에는 대학 이름이 들어간 큼지막한 봉투가 놓여 있었다.

"반갑습니다. 아, 편하게 앉으세요."

세이치는 두 젊은 연구자가 소파에 다시 앉은 후에 입을 열었다.

"어머니께 이야기는 들었습니다. 할아버지 때문에 일부러 먼 길 오시게 해서 정말 면목 없습니다."

새삼스레 예의를 차리자 미아가 옆에서 고개를 숙이고 킥킥 웃었다. 세이치가 딱딱한 인사를 하는 모습이 우스운 모양이었다. 말주변이 없다고는 하나 세이치도 직장을 다니는 엄연한 사회인이다. 뭐가 우습냐고 따지듯이 테이블 아래로 맨살이 드러난 미아의 정강이를 살짝 걷어찼다.

"저, 죄송합니다만 할아버지가 지금 손님과 이야기를 나누고 계셔서요."

"예, 그 영매 말씀이로군요. 현관에 조리가 있어서 대번에 알았습니다."

가미시로가 단정한 얼굴을 찌푸리며 쓴웃음을 짓더니 흔쾌히 말했다.

"또 뭔가 당치도 않은 수작을 부려 할아버님을 속이려 하겠죠. 상관없습니다. 잠시 기다리죠."

아무래도 세이치는 그다음에야 할아버지를 만날 수 있을 것 같았다. 할아버지도 상당히 바쁘다.

"기다리게 해서 미안해요. 우리 할아버지, 완고하셔서 애 좀 먹겠어요."

미아가 그렇게 말하자 가미시로는 고개를 저었다.

"아니요, 익숙하니까요. 게다가 저희는 이것도 연구의 일환이라고 생각하고 있습니다."

"이런 것도 연구라고요?"

세이치가 의문을 입에 담자 가미시로는 말을 머뭇거렸다.

"예, 그걸 설명하려면 저희가 어떤 연구를 하는지 아셔야 하는데."

그러자 말이 끝나기 무섭게 "들려줘요, 들려줘요" 하고 미아가 무릎을 내밀고 신이 난 목소리로 재촉했다.

"두 분 이야기는 재미있단 말이에요. 어차피 저도 오빠도 한가한걸요."

가미시로는 약간 쑥스러운 듯이 웃으며 말을 이었다.

"그런가요. 그럼 간단하게 말씀드리자면 저희는 세상에서 흔히 말하는 초상현상, 즉 기존 과학으로는 결론을 내릴 수 없는 불가사의한 현상을 정신심리학과 통계학 방면에서 연구하고 해명하려고 합니다. 저희는 이걸 사이 연구라고 부르죠. 사이는 'Psi'라고 씁니다. 그리고 투시, 텔레파시, 예지 등의 ESP, 이른바 초감각이라고 일컬어지는 보통은 믿기 힘든 정신 활동, 그러니까 좀 신기한 힘 말이죠. 그런 현상을 사이 현상이라고 부르는데 이러한 현상을 과학적으로 해명하는 것이 저희 목적입니다. 초상현상이 현실적으로는 믿기 어려운 현상이다 보니 일반인의 이해를 얻기가 워낙 힘들어요. 실제로 제가 지금 초심리학 용어를 늘어놓자 세이치 씨는 조금 난감하다는 듯한 표정을 지으셨죠. 아무래도 수상쩍다는 반응이었어요."

"아니요, 특별히 그런 생각은 아니었습니다."

"신경 쓰실 필요 없습니다. 대개는 다 그렇게 반응하거든요. 사이 연구에는 아무래도 수상쩍고 미심쩍은 부분이 있어요. 왜냐하면 불가사의한 현상은 종교나 미신과 아주 잘 결합되는 측면이 있기 때문입니다. 예지몽, 빙의, 신내림, 신의 계시…… 보통 사람들은 이렇게 표현해야 이해하기 쉬울 것 같군요. 불가사의한 현상은 사람의 지혜를 뛰어넘은 신의 힘에 의해 일어난다고 설명해야 잘 받아들여집니다. 고금의 종교가 기적을 보여주며 신자를 모은 것처럼요."

가미시로는 차분한 말투로 이야기했다.

야무지게 쭉 뻗은 눈썹과 사려 깊어 보이는 눈매가 인상적인 청년이었다.

"그런가. 저는 예지몽보다 초능력이라고 하는 편이 마음에 딱 와 닿는데요."

미아가 끼어들자 가미시로는 온화한 미소를 띠고 말했다.

"그건 미아 씨가 젊기 때문입니다. 나이 드신 분들은 그렇게 안 됩니다."

"그런가요?"

"그렇죠."

이번에는 오우치야마가 입을 열었다.

"젊은 사람들 중에도 사이비 종교에 속아 넘어가는 사람들이 많습니다."

나직하게 중얼거리는 듯한 목소리였다. 이쪽은 둥근 얼굴이 었는데 살이 붙어 축 처진 뺨과 턱선에서 약간 둔중함이 느껴졌다. 오우치야마는 용모에 어울리는 느릿느릿한 말투로 덧붙여 말했다.

"교주님의 초능력은 신이 내려주신 것이라는 교의를 주입당해서 말이죠. 이 역시 초상현상과 신비주의를 잘 버무려서 사람을 속이는 겁니다. 젊은 사람들 중에서도 그런 술수에 당하는 사람이 적지 않습니다."

"아아, 그렇지. 그런 걸 믿는 사람 있어요, 있어."

미아가 고개를 끄덕이자 가미시로가 여전히 미소를 띤 얼굴로 다시 말했다.

"예를 들어 사후존속은 사이 연구에서 중요한 주제 중 하나인데요. 이것도 문제가 문제인 만큼 안이한 스피리추얼리즘, 즉 강신론과 결합되기 쉽습니다. 영혼의 정화나 극락왕생, 사후 세계 같은 이를테면 전근대적인 종교적 세계관 말입니다. 신비 사상과 순수한 사이 현상을 일반인은 분리해서 생각하기가 어렵습니다. 아무래도 일반인에게 사이 현상은 사이비 종교가나 가짜 초능력자가 사용하는 수상한 술수라고 인식되고 있는 듯합니다."

가미시로가 깊이 있고 차분한 목소리로 또박또박 이야기했다.

"그런 인식은 저희들처럼 사이 연구에 정면으로 부딪치고자 애쓰는 사람들에게 큰 장애물입니다. 일반인의 이해를 얻어 연구하기 쉬운 환경을 만드는 것도 현재 저희에게는 꼭 필요한 일이죠."

"그래서 아까 가미시로가 연구의 일환이라고 말씀드렸던 겁니다."

오우치야마가 뒤이어 말했다.

"초상현상에 관한 전문 지식이 없는 사람들을 그럴듯한 속임수로 속여 넘기는 사이비 종교가나 사기꾼들의 활동을 막는 것도 연구의 일환이라는 게 저희 스승이신 와타누키 박사님의 주장이십니다."

통통한 오우치야마가 음침한 말투로 나직하게 이야기를 계속했다.

"저희들의 연구를 조금이라도 많은 분들에게 알려서 어디까지나 과학적이고 정당한 시점에서 사이 연구를 이해할 수 있도록 일깨워드리는 것도 저희 사명이죠."

"그렇군요. 그래서 할아버지를 설득하러 오신 건가요?"

세이치가 묻자 가미시로가 힘 있게 고개를 끄덕였다.

초능력 연구자라는 말을 듣고 세이치는 좀 더 광신적이고 융통성 없는 사람일 것이라 상상했지만 아무래도 지레짐작이었던 듯했다. 상상했던 것보다 훨씬 제정신이었다. 둘 다 성실하고 정직해 보였다. 가미시로는 대학교 조교라기보다 유능한 청년 사업가라고 해도 될 만한 풍모였고, 오우치야마도 어디나 흔히 있을 법한 청년이었다. 굳이 따지자면 오우치야마는 약간 음침하고 마니아 같은 느낌이 들었지만.

"있죠, 있죠. 그럼 유리 겔라같이 텔레비전에 나오는 초능력자는 모두 가짜예요?"

미아가 물었다.

"미아 씨는 어떻게 생각하세요?"

그러자 가미시로는 질문으로 답했다. 미아는 고개를 살짝 갸웃거리다가 대답했다.

"으음, 글쎄요. 그야 눈에 빤히 보이는 트릭도 있었지만 반 정도는 진짜 아닐까요? 숟가락 구부리기 같은 거요."

"오호, 미아 씨는 긍정파시군요."

가미시로는 재미있다는 듯이 희미하게 웃었다.

"전 그런 걸 그다지 믿지 않는 편이지만 친구 중에는 점이나 술법 같은 걸 믿는 애들이 제법 많아요. 같이 이야기하다 보면 역시 초능력은 진짜라는 결론이 나요."

"그렇겠죠. 사실 저희 같은 연구자들 사이에서 그런 사람들은 좋은 평가를 받지 못합니다. 오히려 불쾌하게 생각하시는 선생님들이 압도적으로 많죠. 사회에 해악을 끼친다면서요."

"엥, 어째서요? 방송에서 그렇게 대단한 힘을 보여줬잖아요."

미아가 불만스레 말했다. 세이치도 거들었다.

"방송에서 트릭을 사용하면서 초능력이라고 주장한다면 분명 당신들은 불쾌할지도 모르겠습니다만, 해악이라고요? 굳이 그렇게까지 생각할 필요는 없을 것 같은데요."

"아니요, 바로 그래서입니다."

가미시로가 조용한 말투로 말을 막았다.

"아까 말씀드린 일반인의 인식 문제입니다. 방송에 나온 자칭 초능력자를 보고 그게 진짜라고 단단히 믿는 사람도 있습니다. 미아 씨의 친구들처럼 젊은 여성을 필두로 보통 성인 시청자 역시 백 퍼센트 믿지는 않더라도 반신반의하게 되죠. 그러다 보면 어느덧 세간에 신기한 힘을 믿는 풍조가 생겨납니다. 오컬트 붐이죠. 이건 사회심리학적 방면에서 '사회적 규범의 동조와 변화'라는 주제로 보아도 매우 흥미롭습니다만, 뭐 그건 제쳐두고요. 그런 토양이 배양되고 나면 자칭 초능력자들이 악덕 상법의 영역에 발을 들여놓기가 아주 수월해지죠."

"악덕이라면 영감 상법* 같은 것 말씀입니까?"

세이치가 말하자 가미시로는 잘생긴 눈썹을 찡그렸다.

"예, 그런 작자들은 '그럴 수도 있으니 한번 믿어볼까'라는 심리를 파고듭니다. 예를 들어 선조의 공양을 소홀히 했기 때문에 댁네 병자의 병이 낫지 않는 것이다. 죽은 아이의 영혼이 저주를 퍼붓고 있으니 당신은 앞으로 평생 행복해질 수 없다. 집의 방위가 좋지 않으니 액막이를 하지 않으면 반드시 나쁜 일이 일어난다는 식으로 으르대며 항아리나 다보탑, 도장 따위를 터무니없는 가격으로 팔아넘기는 것이 그들의 수법입니다. 사람들의 '혹시나 모른다'라는 마음을 살살 자극하는 악랄하고 비열한 수법이죠. 우리는 그런 자들의 사기 행위를 폭로하여 피해자가 늘어나지 않도록 해야 한다고 와타누키 교수님이 말씀하셨습니다."

가미시로는 감정을 드러내지 않고 온화한 말투로 정확하게 요점을 말했다. 침착하고 냉정한 수재 타입이라고 해야 할까, 세이치는 그가 상당히 똑똑하다는 인상을 받았다.

* 영감이 있는 것처럼 행동하며 조상의 영혼 등을 들먹여 물건을 사게 하거나 돈을 우려내는 악덕 상법.

"우아, 그럼 지금 저희 집에 와 있는 사람도 사기꾼이에요?"

미아가 묻자 오우치야마가 나지막하게 대답했다.

"물론이죠. 저희는 그렇게 보고 있습니다."

호빵처럼 동그란 얼굴에 자국을 낸 것 같은 가느다란 눈이 약간 으스스하게 빛났다.

"하지만 할아버지가 뭔가 샀다는 말씀은 안 하셨는데."

"아니죠, 지금은 흑심을 감추고 있을 뿐입니다."

오우치야마가 재깍 말했다. 가미시로가 뒤이어 입을 열었다.

"이렇게 말씀드리면 실례겠습니다만, 효마 씨는 엄청난 자산가 같으시니까요. 큰 먹잇감을 앞에 두고 신중해진 거겠죠. 걱정하지 마세요. 저희가 반드시 사기꾼의 정체를 밝혀내겠습니다."

자신만만하게 말을 마치고 나자 후미가 차를 가지고 왔다. 바퀴 달린 식기대를 밀고 방으로 들어오는 후미의 듬직한 몸 뒤편에 사에코가 그림자처럼 바싹 붙어서 따라왔다.

*

"죄송해요, 나리를 뵈러 온 손님이 아직 돌아가시지 않아서요. 여기서 잠시만 더 기다려주셔요."

후미 아주머니가 사람들에게 차를 권하며 말했다.

나는 눈에 띄지 않도록 미아 옆에 살그머니 앉았다. 목발을 내려놓을 때 큰 소리가 나지 않도록 조심했다. 이렇게 몸을 사릴 필요는 없지만 어쩐지 쑥스러웠다. 그 사람, 가미시로 씨의 주의를 끌지 않도록 가만히, 조용히 있자. 눈에 띄지 말자. 지금

은 가미시로 씨와 같은 방에 있다는 것만으로도 충분하다. 옴짝
달싹도 하지 않고 가미시로 씨가 사람들과 나누는 이야기를 얌
전히 듣고 있는 것만으로도 좋다. 그 사람의 숨소리까지 들려올
듯한 여기서 이렇게.

"그럼, 천천히 말씀들 나누셔요."

후미 아주머니가 차를 나누어주고 나갔다.

"그럼 대학에서도 초심리학인가, 그런 연구를 전문으로 하시
는 거군요."

오빠가 말했다. 아무래도 지금까지 가미시로 씨 일행이 하는
일 이야기를 하고 있었던 모양이다.

"그게 실은, 진짜 전공은 사회심리학입니다."

가미시로 씨가 낮고 잘 울려 퍼지는 목소리로 약간 쑥스러운
웃음을 섞어서 말했다.

"집단 내의 유지 기능과 목표 달성 기능의 분석 해명이 주된
과제죠. 간단하게 말하자면 집단의 응집성과 규범 변화의 상관
관계를 연구합니다."

"그게 뭐예요? 전혀 간단하지 않잖아요."

미아가 어이없다는 듯이 말하자 가미시로 씨는 겸연쩍이 대
답했다.

"이해하기 어려우실지도 모르지만 그쪽이 본업입니다. 그리
고 사실 세이케이 대학교에 정식으로 설치된 사이 연구 기관은
없습니다."

"없다고요?"

오빠가 말했다. 가미시로 씨가 그 말을 받아 바로 다시 입을
열었다.

"예, 실은 세이케이 대학교뿐만 아니라 국내에 공적인 사이 연구 기관은 존재하지 않습니다. 대부분 민간 연구 단체나 대학교 심리학 교실에서 자기 일을 해가며 연구를 병행하는 실정이죠. 저희 '세이케이 사이 연구회'도 와타누키 교수님께서 개인적으로 설립하신 연구 단체입니다. 교수님이 바쁘신 탓에 저희 같은 젊은 조교들이 주로 이쪽 연구를 하고 있죠. 뭐, 그런 상황입니다."

"초심리학이라는 분야에서 일본은 다른 나라에 크게 뒤떨어져 있습니다."

이번에는 오우치야마 씨가 착 가라앉은 목소리로 말했다.

"유럽과 미국에는 근대 초심리학의 아버지라고 불리는 라인 박사가 설립한 듀크 대학교 초심리학 연구소를 비롯하여 각국의 대학교에 공식 연구 기관이 있죠. 물론 그 기관들은 다른 과학 부문과 동등한 대접을 받습니다. 어느 나라에든지 다 있어요. 미국 하버드 대학교 심리학 연구 특무 위원회, 스탠퍼드 대학교, 텍사스 대학교, 워싱턴 대학교의 물리학 연구실, 독일 프라이부르크 대학교, 네덜란드 유트레히트 대학교, 스코틀랜드 에든버러 대학교 등등 헤아리자면 끝도 없습니다."

오우치야마 씨는 이렇듯 자신의 전문 분야가 나오면 말이 많아진다. 실례지만 너무 깊이 빠져드는 느낌이라 좀 무섭다. 별로 입에 담고 싶지는 않은 말이지만 '오타쿠' 같다고 할까.

"국내에서는 어림도 없는 일이지만 외국에서는 오래전부터 수많은 과학자들이 사이 연구에 열을 올리고 있습니다."

오우치야마 씨의 이야기가 계속 이어졌다.

"영국에서는 옥스퍼드 대학교와 케임브리지 대학교의 초심리학 연구회가 함께 발전한 결과 런던 초심리학 연구 협회가 설립됐죠. 1882년에 말입니다. 영국에서는 100년이 넘도록 정식 연구소가 운영되고 있는 겁니다. 그리고 이탈리아에서는 정신 병리학자 롬브로소와 생리학자 리셰가 공적 연구 위원회를 만들어 유사피아 파라디노라는 특수능력자를 본격적으로 조사했습니다. 이게 분명, 그러니까."

"1892년."

가미시로 씨가 슬쩍 도와주었다. 역시.

"응, 그렇지. 1892년입니다. 러시아에서도 유물론을 표방하던 스탈린이 집권했을 때는 사이 연구가 금기시되었지만 구소련 시절이었던 1967년에 모스크바와 레닌그라드 사이에서 텔레파시 실험이 진행되었습니다. 그 해 소련이 사이 연구 기관에 쏟아부은 예산은 2천만 달러가 넘었다고 합니다."

느릿느릿한 말투로 설명하고 나서 오우치야마 씨는 입을 다물었다. 왠지 불쾌한 기분이 들었다.

"유감스럽게도 국내에는 그런 공적 연구 기관이 없습니다만."

가미시로 씨가 차분하게 덧붙여 말했다.

"그래도 민간 연구소와 촌음을 아껴가며 연구에 몰두하는 각 대학교 교수님들 덕분에 나름대로 성과를 올리고 있습니다."

"국내 연구소의 성과라, 어떤 겁니까?"

오빠가 물었다. 오빠도 기업 연구실에 있으니까 흥미가 있는지도 모른다.

"어디 보자, 예를 들어 전기 통신 대학교의 사사키 교수님은 초심리 현상의 과정을 기계를 이용해 물리적으로 측정하려고 시도하고 계십니다. 염사*할 때 발생하는 염장(念場)을 실리콘

다이오드 기전력을 이용해 포착한다고 하더군요."

"엑, 그게 뭔가요. 뭔 말인지 하나도 모르겠네."

미아가 옆에서 끼어들었다.

"그리고 심리학자 모토야마 히로시 선생님은 '종교 심리학 연구소'를 발족하여 정신 물리학적 방법으로 초심리학을 해명하고자 노력 중이십니다. 즉 정신 상태의 변화에 대응하는 뇌파, 맥박, 심전도, 호흡, 피부 전기 반사 등을 측정 실험하는 방향이죠. 또한 물리공학을 연구하시는 하시모토 선생님은 초물리학의 구상안을 제창하시고 본인이 직접 염력 측정기 등의 각종 장치를 고안⋯⋯."

"있죠, 있죠! 그런 복잡한 이야기 말고요."

미아가 가미시로 씨의 말을 막았다.

"딱 잘라 말해서 초능력은 진짜로 있어요?"

"아주 단적인 질문이군요."

가미시로 씨는 웃음을 머금은 목소리로 말했다.

"미아 씨는 긍정파셨죠. 있다고 생각하십니까?"

"음, 역시 있지 않을까요. 그런 말들 자주 하잖아요. 초능력은 신비한 능력이 아니라 누구나 지니고 있는 능력이라고. 그런 엄청난 힘이 내 안에 잠들어 있다니 꽤 멋지잖아요."

"그렇군요, 좋은 대답입니다. 사이 능력은 특별한 능력이 아니다, 이건 옛날부터 있었던 설이니까요. 사에코 씨는 어떠세요? 있다고 생각하십니까?"

---

* 念写, 마음속으로 생각하는 것만으로 필름을 감광시켜 풍경이나 인물의 상을 찍어내는 것을 가리킨다.

가미시로 씨가 느닷없이 물었다.

심장이 목구멍까지 튀어 올랐다.

이런, 갑자기 말을 걸다니.

나는 스스로도 딱하게 느낄 만큼 당황했다.

가슴이 쿵쿵 뛰고 생각이 정리되지 않았다. 이럴 때는 어떻게 대답해야 할까. 어쩌지, 어쩌지.

"어어, 저도 분명 있다고 생각해요. 어려운 내용은 잘 모르겠지만 있으면 근사할 것 같네요."

귀가 뜨거워지는 것이 느껴져서 부끄러웠다. 이 얼빠진 대답은 또 뭐람. 멍청해 보이지는 않았을까.

가미시로 씨도 짓궂다. 갑자기 그렇게 물어보면 깜짝 놀라서 누구든 만족스러운 대답을 내놓지 못한다. 어째서 나 따위에게 갑자기 이야기를 돌린 걸까. 나 따위에게.

혹시 내가 입을 꾹 다물고 있어서 배려한 걸까. 내가 지루해하는 줄 알고 일부러 나를 위해.

동정, 아니면 상냥함?

친절한 사람이라 나를 배려해주었다.

가미시로 씨는 나를 조금은 마음에 두고 있는 걸까.

나는 달아오른 뺨이 식을 때까지 잠시 고개를 숙이고 있을 수밖에 없었다.

*

"세이치 씨는 어떠신지요? 초능력이 있다고 생각하십니까?"

사에코 다음으로 질문을 받고 세이치는 잠깐 망설였다. 잠시 생각하다 신중하게 말을 고르며 입을 열었다.

"글쎄요, 아마 있지 않을까 합니다. 두 분은 역시 있다고 믿으시겠죠."

"예, 물론."

가미시로가 미소를 지으며 고개를 끄덕였다.

"사이 현상은 지극히 보통의 자연현상입니다."

"그렇다면 역시 초능력은 과학적으로 증명된 건가요?"

미아가 묻자 이번에는 오우치야마가 흐리멍덩하게 고개를 끄덕이며 대답했다.

"당연하죠. 그렇지 않으면 많은 과학자들이 사이 연구에 힘을 쏟을 리 없으니까요."

"이야, 그럼 어떤 식으로 증명할 수 있나요? 아, 어려운 이야기는 빼고요."

"어디 보자, 간단한 예로."

오우치야마가 히죽 웃고는 말을 이었다.

"제너 카드를 사용한 실험이라면 이해하시기 쉬우려나요. 이건 ESP 카드라고도 불리는 물건인데 트럼프 크기의 카드에 동그라미, 네모, 별……."

"아, 그거 알아요. 텔레비전에서 본 적 있어요."

미아가 큰 소리로 말했다.

"그리고 십자가랑 물결 모양 아닌가요? 분명 다섯 가지 모양이 그려져 있었던 것 같은데."

"맞습니다, 잘 아시네요. 마술사들 덕분에 제너 카드도 유명해졌으니까요. 한 가지 그림당 다섯 장씩, 합쳐서 스물다섯 장이 한 벌입니다. 이걸."

오우치야마는 미아의 안색을 잠깐 살폈다.

"자세한 순서는 생략하고 이걸 뒤집거나 멀리 놓아둔 상태에서 무슨 모양인지 맞히는 겁니다. 순수한 수리학적 확률론으로 따지면 맞힐 확률은 5분의 1, 즉 20퍼센트라는 건 모두 아시겠죠. 그런데 실험 결과 적중률이 40퍼센트에서 60퍼센트에 달하는 피험자가 몇 명이나 나왔습니다. 개중에는 실험을 십수 번 거듭한 결과 평균치 72퍼센트라는 경이적인 수치를 달성한 사람까지 있었죠. 이건 우연으로 치부하고 넘어갈 수 있는 수준이 아닙니다. 역시 사이 능력이 작용했다고 봐야겠죠."

"우아, 대단하다!"

미아가 감탄했다.

"과연. 머릿속에 쏙 들어오는군요."

세이치도 무심코 중얼거렸다. 사람들의 반응에는 아랑곳없이 가미시로가 담배를 꺼내며 냉정한 말투로 이야기를 진행했다.

"실례합니다만 피워도 되겠습니까? 저희는 와타누키 교수님의 지도 아래 현재까지 3천 6백 명가량의 피험자에게 협력을 받아 데이터를 수집했습니다. 그중 반수는 유의미하다고 결론을 내렸죠."

"3천 6백 명!"

미아가 감탄한 듯이 소리를 지르자 가미시로는 담배 끝을 흔들어 제지하더니 조용하게 딱 잘라 말했다.

"그래야만 과학적인 증명이라 할 수 있죠. 가능한 한 많은 실험을 거쳐야 그 결론이 확실해지는 법입니다. 그것이 바로 엄정한 과학의 눈입니다."

그때 리드미컬하게 똑똑 노크하는 소리가 나더니 문이 열렸

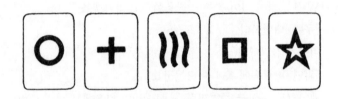

ESP 카드

다.

나오쓰구가 고개를 불쑥 들이밀었다.

광택 있는 천으로 만든 깃 없는 셔츠를 입고 가슴 호주머니에 천연덕스럽게 네커치프를 꽂은 모습이 약간 눈꼴시었다.

"이거, 이거, 젊은 연구자님들 아니신가. 다시 오신 걸 환영합니다."

나오쓰구는 빈정거리듯이 히죽히죽 웃으며 응접실로 들어왔다. 그리고 문 옆에 선 채 두 청년을 향해 말했다.

"또 아버지를 설득하러 왔습니까? 이제 아버지도 나이가 나이인지라 여기저기 시원찮은 곳이 많아서요. 너무 오래 이야기하면 몸에 안 좋으니까 부디 살살 부탁합니다. 어, 세이치 아냐, 돌아왔어?"

나오쓰구는 한 손을 척 들고 얼굴 가득 웃음을 지었다. 마흔 살이 조금 넘었지만 청년처럼 젊어 보이는 몸짓이었다.

"외삼촌, 지금 두 분한테 초능력 이야기 듣고 있었어요."

미아가 말하자 나오쓰구는 한쪽 눈썹을 약간 추켜올렸다.

"허어, 그건 나도 들어보고 싶었는데. 재미있었니?"

"네, 조금 어려웠지만. 그래도 초능력은 역시 진짜로 있대요."

"그야 그렇지. 외삼촌이 전부터 말했잖니. 세상에는 상식으로는 설명할 수 없는 신기한 일이 많다고. 실제로 지운사이 선생님은, 아아 그렇지. 세이치는 아직 뵌 적이 없구나. 소개할게. 선생님, 지운사이 선생님!"

나오쓰구가 복도를 향해 이름을 불렀다. 천천히 응접실로 들어온 사람을 보고 세이치는 적지 않게 놀랐다.

은발과 흑발이 뒤섞인 머리를 단정하게 빗질한 초로 남자.

키는 그렇게 크지 않았지만 두꺼비를 정면에서 짓누른 듯한, 어쩐지 양서류를 닮은 얼굴에는 뭐라고 형용할 수 없는 박력이 서려 있었다. 얼마나 많이 빨았는지 입고 있는 사무에 비슷한 기모노는 완전히 빛이 바랬다. 잔주름 사이에서 날카로운 빛을 뿜어내는 눈과 언짢은 듯이 꾹 다문 입. 척 보기에도 상당히 모진 세파에 시달리며 살아온 인물임을 알 수 있었다.

"선생님, 이쪽이 제 조카 세이치입니다. 세이치, 이쪽은 아나야마 지운사이 선생님이셔. 뛰어난 초능력을 지닌 영매시지."

나오쓰구의 소개를 듣고 세이치는 약간 주눅이 들어 인사를 했다. 지운사이도 무뚝뚝한 얼굴로 가볍게 인사를 받아주었다. 이상한 긴장감이 온몸에 넘쳤고, 특히 눈동자에 깃든 예리한 빛이 심상치 않았다. 길거리에서 마주치면 피해 가야 할 것 같은 분위기였다.

지운사이는 번뜩이는 눈을 세이치에게서 돌려서 가미시로와 오우치야마를 매섭게 노려보았다.

"너희들 또 왔느냐, 지긋지긋한 것들."

지운사이의 일그러진 입에서 새어 나오는 목소리는 탁하고 나지막해서 알아듣기 힘들었다. 그래도 목소리에 악의가 숨겨져 있다는 것만은 세이치도 충분히 느낄 수 있었다.

"또 과학이니 물리니 쓸데없는 헛소리를 지껄이겠지. 너희들은 아무것도 모른다. 영혼의 세계는 너희들이 의기양양한 낯짝으로 뽐내는 과학이라는 조그만 그릇으로는 다 담아낼 수 없어. 훨씬 원대하고 헤아릴 수 없이 심원한 세계, 그것은 바로 원초적인 기억이다. 생명을 받아 살아가는 만물이 이 세상에 존재하기 위한 우주의 법칙이라고. 우리 인간이 엿볼 수 있는 것은 그

거대한 본질의 극히 일부에 지나지 않아. 고작 몇십 년밖에 살지 못하는 인간이 신비한 비법을 해명하려 들다니 교만하다고 생각지 않느냐. 썩 물러가거라. 너희들은 곰팡내 나는 연구실에 틀어박혀서 썩어빠진 과학 나부랭이에 매달려 있는 편이 어울려. 얼토당토않은 현세의 권위를 애지중지하며 맹신하는 수식에나 푹 빠져 있도록 해라."

"외람된 말씀이지만 아나야마 씨, 저희에게는 저희 방식이 있습니다."

지운사이가 명백하게 도발하고 있는데도 가미시로는 태연하게 말을 꺼냈다.

"아나야마 씨, 저희의 과학적 검증이 믿기지 않으신다면 어째서 엑토플라즘 실험을 저희에게 보여주기를 거부하십니까? 효마 씨는 그 실험을 보신 후에 당신을 단단히 신뢰하게 되었다고 들었습니다. 당신의 엑토플라즘만 채취하면 저희가 가지고 있는 설비로 그 유체를 분자 단위로 분석해서 조사할 수 있습니다. 만약 한 점의 거리낌이나 속임수도 없다면 저희에게 보여주셔도 될 텐데요."

차분하고 담담하지만 말 속에 날카로운 갈이 들어 있었다. 그러자 지운사이는 눈을 부릅떴다.

"이 천치 같으니라고, 아직도 그런 소리를 하는 거냐. 신성한 영력을 부정하고 흐린 눈으로밖에 보지 못하는 멍청한 놈아. 그건 성스러운 힘이다. 신이 내려주신 불가침한 법력이지 너희 같은 발칙한 놈들의 장난감이 아니다."

"보여주실 수 없다면 역시 뭔가 꿍꿍이가 있다고 판단할 수밖에에요."

가미시로가 말했다.

과연 진흙탕 싸움이라고 세이치는 생각했다. 요전에 우연히 만난 대학 선배도 그런 말을 했다. 과학과 영능력자의 논쟁은 진흙탕 싸움이 될 게 불 보듯 뻔하다고. 신기하게도 눈앞에 펼쳐진 그 진흙탕 싸움을 세이치는 흥미진진하게 지켜보았다.

"물질에 눈이 멀어 사물의 본질을 보지 못하는 어리석은 자여, 신성한 힘을 인정하려 들지 않는 우매한 자들이여. 영혼을 업신여기는 자에게는 신령님이 반드시 재앙을 내리실 것이다. 좋다, 이렇게 하자. 오늘 효마 씨가 강령회를 열어달라고 정식으로 의뢰하셨다."

"강령회?"

오우치야마가 흐릿한 목소리로 되물었다.

"돌아가신 부인의 영혼을 불러달라고 하시더군. 난 그 의뢰를 받아들였다. 너희들이 강령회의 말석을 더럽히는 걸 허락하지. 상식으로 흐려진 그 눈으로 영혼의 세계가 얼마나 심원한지 똑똑히 보아라. 자, 어찌하겠느냐?"

"알겠습니다, 꼭 참석하죠."

가미시로가 말했다. 지운사이는 고개를 빙글 돌리고 물었다.

"나오쓰구 씨는 어떻소? 이자들을 부르는 것을 반대하오?"

"아니요, 바라던 바입니다. 두 사람이 참석한 가운데 강령회가 성공하면 누나와 매형도 더 이상 선생님의 힘을 의심하지 않을 테니까요."

"알겠소. 그럼 일시는 추후에 알려줄 테니 나오쓰구 씨에게 듣도록. 어리석음에 젖어 부정하게 흐려진 너희들의 눈이 휘둥그레질 때가 기다려지는구나."

그리고 지운사이는 느닷없이 세이치 쪽으로 획 돌아서서 말했다.

"세이치라고 했는가?"

"네."

미끈미끈한 양서류 같은 눈으로 쏘아보는 바람에 세이치는 등골에 소름이 돋는 것을 느끼며 고개를 끄덕였다.

"듣자 하니 오랫동안 집을 떠나 있었다던데."

"네, 그런데요."

"아니 되네."

지운사이가 입술을 일그러뜨렸다.

"사람에게는 자신에게 어울리는 곳이 저절로 생기는 법이야. 힘의 흐름에 거역하지 말고 머물러야 할 곳에 머물러야지. 그것도 자연의 섭리일세. 자네도 언젠가 알 때가 올 테지. 그럼 이만 실례하겠소. 아니, 배웅은 됐소이다."

지운사이는 그렇게 말하고 문밖으로 모습을 감추었다. 팽팽한 긴장감이 감돌았던 방 안 분위기가 한숨을 푹 내쉰 것처럼 누그러졌다. 한바탕 새카만 바람이 불기라도 한 것 같았다. 영매의 강한 개성과 영향력은 위력이 상당했다. 특히 세이치는 무슨 뜻인지 모를 말을 듣고 나자 말문이 턱 막혔다.

"세상에 저런 사람도 다 있구나. 역시 저 사람 뭔가 이상해."

긴장감에서 해방된 미아가 맨살이 드러난 긴 다리를 아무렇게나 뻗으며 말했다.

"괴상한 신이나 뭔가에 쓴 것 같아서 무서워. 그렇지, 언니."

"응, 그러게. 좀 무서웠어."

사에코도 가녀린 어깨를 떨면서 말했다. 분위기를 수습하려는 듯이 나오쓰구가 나섰다.

"예의 없이 그런 말 하면 못써. 저런 사람은 많든 적든 간에 신기가 있는 법이라고. 분명히 영계와 인간계를 오가서 그럴 거야."

"하지만 가미시로 씨랑 오우치야마 씨도 사기꾼이라고 한걸요. 맞죠, 맞죠, 그렇죠?"

미아의 말에 가미시로는 쓴웃음을 지었다.

"적어도 저희는 그렇게 판단했습니다만……."

나오쓰구의 입장을 고려해 말을 흐린 것이리라.

"뭐, 강령회에 참석하도록 허락을 받았으니 분명한 결과는 그때 나오겠죠. 자, 그럼 이번에는 저희가 효마 씨를 뵙고 오겠습니다. 이만 실례할게요."

가미시로는 오우치야마를 재촉하여 응접실에서 나갔다. 오우치야마는 테이블 위에 놓아둔 봉투를 끌어안고 허둥지둥 따라나섰다. '초심리학 임시 출장 강좌'와 '영매 대 연구자 제1라운드'는 이렇게 막을 내렸다.

10년 만에 돌아온 세이치에게는 조금 피곤한 구경거리였다. 이런 일이 보통 가정집에서 벌어지다니 확실히 일반적이지는 않다. 어머니 말마따나 집안은 생각보다 더 어수선한 것 같았다. 돌아오라고 어머니가 거듭 부탁한 것도 이해가 갔다.

"그럼 이제 저녁 먹기 전에 가볍게 공부를 해볼까. 언니도 방에 돌아갈래?"

미아가 사에코를 데리고 2층으로 올라가자, 세이치는 나오쓰구와 함께 거실로 가기로 했다. 할아버지와 만나려면 아직도 멀었다.

나오쓰구의 제안으로 손님들이 마신 찻잔을 포개어 함께 들고 갔다. 나오쓰구는 겉보기와는 달리 성실하고 가정적이다.

집 한가운데를 가로지르는 복도를 지나 부엌으로 들어갔다. 통유리로 된 거실로 가려면 부엌과 식당을 지나쳐야 한다.

부엌에서는 후미가 저녁을 준비하고 있었다.

세이치와 나오쓰구가 찻잔을 싱크대에 내려놓자 후미는 "어머나, 이를 어째, 감사해요" 하고 요란스럽게 감사의 뜻을 표했다.

식당을 지나 거실로 들어가서 뜰이 보이도록 통유리 쪽에 놓은 소파에 앉았다.

5시가 조금 지났을까. 나무 우듬지 사이로 보이는 흐린 하늘이 어스름해졌다. 느긋한 표정으로 소파에 몸을 맡기고 쉬는 것으로 보아 아무래도 나오쓰구는 저녁을 함께 먹으려는 모양이었다. 이 나이 먹도록 아직 독신인 외삼촌은 세이치가 본가에 살 적에도 자주 저녁을 먹으러 왔다. 본인이야 "후미 씨가 손수 만들어준 요리가 제일"이라는 이유를 대지만 실은 집에서 혼자 저녁을 먹으려니 쓸쓸하기 때문이라는 것이 가족 모두의 일치된 견해다.

"저기, 외삼촌."

세이치는 새가 뜰의 나무를 옮겨 다니는 모습을 눈으로 좇으며 입을 열었다.

"영매인가 뭔가 하는 저 사람, 도대체 어떤 사람이에요?"

"잘은 모르지만 예전에는 천태종 스님이었다나봐."

나오쓰구는 모델이 포즈라도 잡는 양 소파에 몸을 깊숙이 묻고 한쪽 무릎을 양손으로 끌어안은 채 말했다.

"어느 날 꿈에 나타난 아미타여래의 인도로 우주의 진리를 깨쳤다는군. 그리고 구라마 산에 3년을 칩거하며 수행한 끝에 영력을 얻었대. 그 후로는 저렇게 영매가 되어 불쌍한 중생들을 고뇌에서 구제하기 위해 애쓰고 있다지. 자세한 건 나도 모르지만."

어째서 천태종의 승려가 구라마 산*에 칩거하는지 이해가 잘 가지 않았다. 몸에서 쏟아져 나오는 기운이 심상치 않기는 했지만 세이치가 보기에 아무래도 그 남자에게는 수상한 구석이 있었다. 굳이 말하자면 가미시로와 오우치야마의 주장에 손을 들어주고 싶은 심정이었다.

"그런데 외삼촌, 실은 어때요? 저 영매 진짜예요?"

"물론 진짜지. 게다가 꽤나 독특하잖니."

나오쓰구는 능글맞게 웃으며 세이치에게 얼굴을 돌렸다.

"대단한 사람 같지 않아? 가짜는 저만한 분위기를 못 풍겨."

"그야…… 확실히 보통내기는 아닌 것 같지만. 외삼촌은 정말로 믿는 것 같네요."

"당연하다마다. 아아, 내가 이렇게 진지하게 믿다니 이상하게 보이는 모양이구나."

"네, 뭐."

원래 나오쓰구는 청개구리 같은 사람이다. 독신주의로 일관하는 것도, 누가 보기에도 돈벌이가 될 것 같지 않은 화랑을 포기하지 않는 것도 모두 그 청개구리 기질 때문이다. 혼담을 꺼내거나 도락 삼아 장사를 하는 허튼짓은 그만두라고 참견하는 등, 남이 뭐라고 할 때마다 그 말과는 다르게 행동한다. 이를테면 일가의 별종이라고 할 수 있는 외삼촌의 성격을 잘 알기 때

---

*신령스러운 산으로 일컬어지며 밀교에서 산악 수행을 하는 곳으로 번역했다.

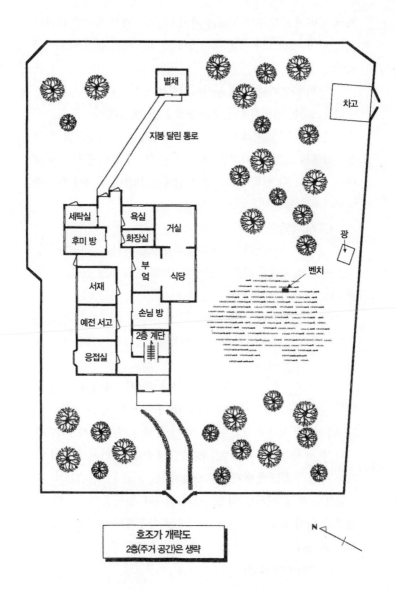

별채

지붕 달린 통로

차고

세탁실

욕실

거실

후미 방

화장실

부엌

식당

서재

예전 서고

손님 방

응접실

2층 계단

광

벤치

호조가 개략도
2층(주거 공간은 생략)

N

65

문에 세이치는 도무지 이해가 가지 않았다. 저런 특이한 캐릭터를 만나면 대뜸 코웃음을 치며 얼간이 취급하는 편이 나오쓰구답다.

"예전의 나였다면 아예 무시해버렸겠지."

나오쓰구는 여전히 능글맞은 웃음을 띤 채로 말했다.

"아니면 재미있어하며 어떻게든 속임수를 밝혀내려고 물고 늘어졌을지도 몰라. 하지만 일단 저 선생님의 심령 실험을 보고 나면 마음이 확 달라져. 난 알고 지내는 화가네 집에서 봤는데 얼마나 대단하던지."

"어떻게 대단한데요?"

"엄청나게 소란스러워. 의자가 떠오르고 접시는 날아다니지. 으스스한 소리도 들려오고 말이야. 물론 속임수는 없어. 그 후로 나도 완전히 믿게 됐지."

"어쩐지 외삼촌답지 않은데요."

세이치의 말에 나오쓰구는 잔뜩 폼을 잡으며 어깨를 으쓱했다.

"뭐, 나도 나이를 먹었다는 뜻이려나. 하지만 세이치, 그런 신비한 현상은 진짜로 일어나. 나도 내 두 눈으로 볼 때까지는 믿지 않았지만 말이야. TV 프로그램에서 하는 말을 따라 하는 건 아니지만, 세상에는 과학으로는 해명할 수 없는 미지의 힘이 있다는 사실을 최근에 뼈저리게 느꼈지."

말은 그렇게 했지만 나오쓰구의 입가에 능글맞은 웃음이 어렴풋이 남아 있었기 때문에 세이치는 아무래도 진심으로 느껴지지 않았다.

그때 전화벨이 울렸다.

짧게 두 번 울린 후 한 박자 쉬고, 두 번 울리고 한 박자 쉬고. 내선 전화는 이렇게 울린다. 이 또한 10년 전과 다를 바 없었다. 계단을 오르내리기 힘든 사에코 때문에 1층과 2층을 연결하는 내선 전화는 필수품이다.

전화기는 식당에 있다. 세이치와 나오쓰구가 뒤돌아보며 동시에 몸을 일으키자 부엌에서 후미가 둥글둥글한 몸을 흔들며 뛰어나와 수화기를 들었다.

"예, 아, 나리. 예예, 알겠습니다. 지금 바로 할게요."

통화는 짧았다.

할아버지였다. 할아버지가 별채에 은거한 뒤로 그쪽에도 전화선을 연결한 모양이다.

"아버지가 뭐라고 하세요?"

나오쓰구가 소파 등받이 너머로 물어보자 후미는 하얀 요리복 허리 부분에 손을 대고 조금 난처한 듯이 대답했다.

"예, 바람이 부니까 뜰에 물을 뿌려두라고요. 밤에 별채로 먼지가 들어올까봐 신경 쓰인다고 하셨어요."

"이런 시간에요? 좋아, 나랑 세이치 둘이서 할게요. 후미 씨 지금 바쁘잖아요."

"어머나, 정말요? 그럼 죄송하지만 부탁 좀 드릴게요. 정말로 죄송…….."

미처 말도 마치지 못하고 후미는 부엌으로 달려갔다. 뭔가 탈 뻔한 모양이었다. 나오쓰구는 그 모습을 보고 웃으며 말했다.

"너야 모르겠지만 최근에 너희 할아버지한테 이상한 버릇이 생겼거든. 마음에 안 드는 손님이 오면 집안사람한테 굳이 할 필요도 없는 일을 시키셔. 기분이 언짢다는 걸 손님한테 알리려고 말이야."

"할아버지가요?"

세이치는 고개를 갸우뚱했다. 세이치가 아는 할아버지는 그런 손님이 오면 대번에 호통을 쳐서 내쫓을 사람이다. 세이치의 궁금증을 눈치챘는지 나오쓰구가 씩 웃으며 말했다.

"너희 할아버지도 나이가 드셨으니까. 왕년의 펄펄 넘치던 기운은 이제 온데간데없어. 그럼 가볍게 물을 뿌리고 올까. 잠깐 같이 가자. 어차피 진짜로 물을 뿌리라는 뜻은 아니니까 뿌린 티만 내자고. 나중에 후미 씨가 야단맞으면 불쌍하잖아."

나오쓰구가 등을 돌리고 식당 쪽으로 걸어갔다. 세이치도 그 뒤를 따랐다. 할아버지의 성격이 둥글어졌다면 그건 그것대로 환영해야 할 일이라고 생각하면서.

현관으로 가서 실외용 샌들로 갈아 신고 뜰로 나갔다.

나뭇가지가 엷은 먹을 바른 듯이 흐린 하늘을 배경으로 흔들리고 있었다.

저물녘이 가까워졌다.

둥지로 돌아가는지 까마귀 몇 마리가 얼빠진 울음소리를 내며 멀어져갔다.

뜰의 풍경은 10년 전과 조금도 달라지지 않았다.

녹색으로 단장한 나무들도, 신기하게 따스함이 느껴지는 축축한 흙냄새도, 어느 정도 맑은 기운이 느껴지는 공기도.

바람이 조금 차가웠지만 세이치는 옛 생각에 취해 잠시 제자리에 멈춰 섰다.

집도, 이 뜰도, 그리고 가족도. 물론 사에코와 미아는 어린애였던 그 시절과 비교하면 아주 많이 컸다. 그래도 1년에 몇 번이나마 밖에서 얼굴을 볼 기회를 만든 덕분에 크게 위화감을 느낄 정도는 아니었다. 세이치 스스로도 자신이 변했다고는 생각하지 않았다. 사회에 나와서 세상 돌아가는 이치를 약간 알았다고는 하나 그 정도는 사소한 변화에 불과하다. 본질적으로는 아무것도 변하지 않았다. 그 사실이 세이치가 품은 조급함과 조바심을 견딜 수 없을 만큼 쑤석거리기는 하지만, 지금이라면 분명할아버지와 화해할 수 있을 듯한 기분이 들었다. 옛날처럼 다투지 않고 차분하게 이야기를 나눌 수 있을 것 같았다.

"세이치, 뭘 멍하니 서 있어."

나오쓰구가 뜰 구석에 있는 광에서 고무호스 다발을 메고 다가왔다.

"자, 빨리 해치우자."

나오쓰구는 선선히 호스 한쪽 끝을 들고 현관 옆 수도로 걸어갔다. 청개구리라 그런지 이런 의미 없는 작업은 비교적 재미있어한다.

나오쓰구가 수도꼭지를 열고 돌아와 물을 뿌리기 시작했다. 나뭇가지를 흔들고, 굵은 줄기를 때리고, 하늘에 물보라를 흩뿌렸다 역시 재미있어하는 듯했나. 세이치는 나오쓰구 옆에 그저 우두커니 서서 그 모습을 바라보며 말했다.

"아까 이야기 말인데요, 외삼촌."

"응? 뭐였더라."

나오쓰구는 호스 끝으로 팔자를 그리며 건성으로 대답했다.

"외삼촌이 영혼이나 신비한 힘을 믿는다는 이야기."

"아아, 그랬지. 세이치는 안 믿니?"

"음, 뭐 부정은 하지 않지만요. 그런데 정말 갑자기 믿게끔 됐네요."

"난 강렬한 계기가 있었으니까. 어쨌거나 유령을 봤잖니."

"아, 어머니한테 얼핏 들었어요."

"들었구나. 그때는 깜짝 놀라 자빠질 뻔했지."

"어디서 봤는데요?"

"어라, 자세한 이야기는 못 들었어? 그게 실은 여기야."

"여기?"

"응, 2월쯤이었나. 저녁에 밥을 먹으러 왔는데 계절이 계절인 지라 이미 꽤나 어두웠거든. 대문으로 들어와서 징검돌 근처에 서 별생각 없이 뜰을 봤더니 누가 서 있는 거야. 이런 시간에 누 구지 싶어서 자세히 봤더니만 네 할머니더라고."

"할머니요?"

"응, 30년도 전에 돌아가셨으니 살아계실 때 난 어린애였지만 잘못 봤을 리 없어."

"정말요?"

"아무렴. 희뿌연 기모노를 입고 약간 구부정한 자세로 그림 자처럼 서 계시더라. 등골이 오싹했지. 다이소 요시토시*의 괴 기 그림도 저리 가라 할 만큼 생생했어. 간이 철렁 내려앉아서 허둥지둥 집으로 뛰어 들어갔지. 누나는 상대도 해주지 않았지 만 아무리 생각해도 어머니였어. 지금 다시 떠올려봐도 몸이 부 들부들 떨리네. 뭐, 모습을 봤을 뿐이니까 괴담으로서는 아무 런 재미도 없겠지만 실제로 본 사람 입장에서는 장난이 아니라

---

*일본의 우키요에 화가(1839~1892). 연극의 살인 장면 등을 주제로 하여 혈액, 혈 흔 등을 특히 선명하게 그려내는 무잔에(無殘絵)로 유명하다.

니까. 그때부터 흥미를 품고 지운사이 선생님의 모임 같은 데도 참석하게 됐지. 그래, 딱 그쯤부터야."

나오쓰구는 말을 마치고 호스에서 나오는 물을 멀리 뿌려서 목련나무에 명중시켰다.

세이치는 가만히 눈썹을 찌푸렸다. 이 청개구리 외삼촌이 허심하게 그런 일을 받아들이다니 조금 의외였다. 할아버지의 성격도 그렇고, 세이치만 남겨둔 채 주변 사람들은 확실히 변했는지도 모른다.

"자, 이쯤 해둘까. 사방을 물바다로 만들 것도 아니니까 말이야."

나오쓰구는 돌아다보고 씩 웃더니 세이치의 등 뒤를 턱으로 가리키며 말했다.

"어, 선생님들 돌아가시나보네."

세이치가 뒤를 돌아보자 뜰 건너편에 별채가 보였다.

가미시로와 오우치야마가 별채에서 나와서 본채로 이어진 통로로 막 들어선 참이었다. 그리고 두 사람 뒤에서 기모노를 입은 노인이 모습을 드러냈다. 10년 만에 보는 할아버지였다.

"꽤 일찍 물리났는데."

세이치 옆에서 나오쓰구가 야유하듯이 말했다. 손목시계를 보니 5시 15분이었다. 두 사람이 할아버지를 만나러 간 지 고작 15분밖에 지나지 않았다.

"아버지께 보기 좋게 퇴짜를 맞았다는 뜻이겠지. 아무리 둘이서 덤벼들어봤자 새파랗게 젊은 사람들이 어떻게 아버지를 상대하겠어."

나오쓰구는 재미있다는 듯이 말했지만 세이치는 오랜만에 보는 할아버지에게서 눈을 뗄 수가 없었다.

키가 큰 가미시로가 옆에 있는 탓인지도 모르지만 할아버지
는 예전보다 작아 보였다. 10년 전보다 등이 좀 굽어서일까. 마
음속에서 뭔가 울컥 치밀어 올랐다. 효마는 두 사람과 뭔가 이
야기하고 있는 듯했지만 멀어서 표정까지는 똑똑히 알아볼 수
없었다. 그래도 그리운 걸걸한 목소리가 들려오는 것 같았다.

가미시로와 오우치야마는 효마에게 꾸벅 인사를 하고 본채를
향해 통로를 걷기 시작했다. 그때였다.

"어, 뭐야. 비잖아."

나오쓰구가 뒤집힌 목소리로 외쳤다. 세이치도 하늘을 올려
다보자 열은 잿빛 하늘에서 빗방울이 떨어져 내렸다.

"에고, 이게 뭐야. 애써 물을 뿌렸더니만 헛수고했네. 세이치,
넋 놓고 있지 말고 후딱 정리하자."

나오쓰구는 물이 쏟아져 나오는 호스를 들고 달렸다. 그 뒤를
따라 달리며 세이치가 돌아다보자 별채로 돌아가는 효마의 뒷
모습이 시야 가장자리를 얼핏 스쳤다. 기모노 띠의 끄트머리가
노인의 허리 뒤쪽에서 고양이가 가지고 노는 장난감처럼 흔들
렸다.

*

우연.

우연에는 의미 있는 우연과 의미 없는 우연 두 가지 종류가 있
다고 한다. 요전에 가미시로 씨가 그런 이야기를 해주었던 기억
이 난다.

가미시로 씨와 오우치야마 씨가 처음으로 집에 와서 미아와 함께 잠깐 이야기를 나누었을 때였다.

　어쩌다 어떤 사람을 떠올린 순간 그 사람과 딱 마주치는 게 의미 있는 우연이라는 이야기였다.

　공시성. 싱크로니시티.

　가미시로 씨는 분명 그런 전문 용어를 쓰며 설명해주었다.

　심리학자 융이 어떤 여자 환자와 숲을 거닐다가 체험했다는 일화를 들려주었다. 환자가 여우 괴물이 자기 집 계단을 달려 내려갔다는 꿈 이야기를 하자, 마침 그때 숲에서 진짜 여우가 나타나 두 사람을 가만히 바라보는 바람에 몹시 놀랐다는 이야기였다.

　그것도 텔레파시 현상의 일종이라고 한다. 가미시로 씨는 마음속에서 일어난 현상이 바깥세상에서 일어난 물리적인 현상과 텔레파시 같은 형태로 동조하여 대응한다고 말했다.

　심리적 현상과 물리적 현상이 정보의 의미를 인지하는 단계에서 일치했다나 뭐라나. 이야기가 그런 쪽으로 넘어가자 내게는 좀 어려웠지만.

　하지만 그런 일은 분명히 실재할 것이다. 사람과 사람은 보이지 않는 신비한 힘으로 이어져 있다. 사람의 마음은 하늘을 나는 배처럼 모든 장벽을 뛰어넘어 어디까지나 한없이 펼쳐진다.

　그러니 분명 이것도 가미시로 씨가 말한 의미 있는 우연이겠지.

　계단을 내려갔을 때 돌아가려는 가미시로 씨와 현관에서 딱 마주쳤으니까.

　물론 가미시로 씨와 오우치야마 씨는 할아버지를 뵈러 집에 왔으니 나와 언제 어디서 마주쳐도 전혀 이상하지 않다. 하지만 내게는 정말로 의미 있는 일이었다. 어쩐지 방에 혼자 있기 싫어서 계단을 내려왔는데 그 사람이 있다니.

내게는 정말로 의미 있는 일이다.

멋진 우연, 아니면 눈치 빠른 신의 도움이라고 할까.

하지만 도저히 순수하게 기뻐할 수가 없다.

물결치듯이 두근대는 가슴을 가라앉히고 태연한 척 서 있는 것이 고작이었다.

"사에코 씨. 저, 오늘은 이만 실례하겠습니다."

기껏 가미시로 씨가 말을 걸어주었는데도 고개를 들지조차 못했다.

"이제 돌아가세요?"

목소리가 떨리지는 않았을까. 가미시로 씨가 이상하게 생각지는 않았을까.

"할아버님 기분이 별로 좋지 않으신 듯해서요. 저희 얼굴을 보기도 싫어하시는 것 같더군요."

"죄송해요."

"아, 미안해요. 그런 의도로 한 말이 아닌데. 사에코 씨가 사과하실 필요 없어요."

가미시로 씨는 당황한 듯이 말했다.

역시 내게 마음을 써주는 걸까.

"하지만 오늘은 나름대로 수확이 있었습니다. 강령회에 참석해도 된다는 승낙을 얻었으니까요."

"저기, 가미시로 씨."

"아, 예. 뭔가요?"

"저, 그 영매라는 사람이 한 말 진짜일까요?"

"영매가 한 말? 어떤 말요?"

"신령님이 재앙을 내릴 거라고 했잖아요."

"아아, 그거요."

가미시로 씨는 쾌활하게 웃었다.

"물론 엉터리죠. 그런 사람들이 걸핏하면 내뱉는 협박 문구입니다. 그런 말에 휘둘려서는 안 돼요. 사람들의 마음에 공포를 심는 게 그들의 상투 수단이니까요."

"그럼, 그, 할머니의 영혼을 불러낸다는 것도……."

"거짓말이죠. 속임수를 쓸 게 뻔합니다. 안심하세요. 저희가 반드시 그 사기꾼의 정체를 밝혀낼 테니까요. 그럼 실례하겠습니다."

"저, 저기, 비가 내리는 것 같던데 괜찮으시겠어요?"

"어, 진짜네. 괜찮습니다."

"혹시 괜찮으시면 우산을."

"뭘요, 이슬비니까 걱정 안 하셔도 돼요. 마음만 감사히 받겠습니다."

"그럼 다음에는 언제 오세요?"

나는 말하고 나시야 당황해서 입을 다물었다.

이 무슨 창피한 말이람. 목덜미가 뜨끈하게 달아올랐다. 어쩌지, 어쩌지, 어쩌지.

가미시로 씨와 오우치야마 씨는 특별히 **나를 위해 오는** 게 아니다. 일 때문에 우리 집을 드나들고 있을 뿐인데. 이래서야 가미시로 씨가 오기만을 고대하고 있다고 고백한 것이나 마찬가지다.

내 말실수를 알아차렸을까. 제발 모르고 넘어가기를.

부끄러운 나머지 나는 뻣뻣하게 굳은 채로 상기된 얼굴을 푹 숙였다.

하지만, 하지만 나는 기다리는 수밖에 없다. 자유로이 밖을 돌아다니시 못하는 내가 할 수 있는 일이라고는 그저 기다리는 것뿐이다.

신이시여, 신이시여, 부탁드립니다. 부디 가미시로 씨가 금방 다시 오게 해주세요.

*

빗발은 그다지 굵지 않았다.

그래도 질퍽해진 땅 위로 질질 끌고 온 탓에 고무호스는 진흙투성이가 되고 말았다. 세이치는 나오쓰구를 도와 고생 끝에 호스를 정리한 후 뜰 구석의 광에 집어넣었다.

"이야, 힘들다. 물을 뿌리자마자 비가 내리다니 운이 없네."

나오쓰구가 계속해서 투덜거렸다.

손을 씻고 나서 현관으로 돌아오는 도중에 세이치는 별생각 없이 대문 쪽을 쳐다보았다. 마침 오우치야마가 철문을 밖에서 닫는 모습이 나무 사이로 보였다. 그쪽도 알아차린 듯 둥그런 얼굴을 꾸벅 숙이기에 세이치도 가볍게 눈인사를 했다. 아무래도 이제야 할아버지를 만날 순서가 돌아온 듯했다.

어깨에 묻은 빗방울을 털어내며 현관으로 들어갔다.

현관 마루에 어쩐 일인지 사에코가 멍하니 서 있었다.

"사에코, 왜 넋 놓고 그런 데 서 있어?"

나오쓰구가 말을 걸자 사에코는 꿈에서 깬 듯이 입을 열었다.

"예? 아아, 아니요. 아무것도 아니에요."

"뭔가 이상한데. 사에코, 무슨 일 있어?"

"아니요. 아무 일도 없어요."

"그건 그렇고 두 사람은 돌아간 모양이야."

"예? 아, 지금 여기서 우산을 빌려드리려고 했는데 필요 없다고 하셨어요."

"뭐, 그야 젊으니까 이 정도 비쯤 맞아봤자 감기에 걸릴 걱정도 없겠지."

"그렇겠죠."

사에코는 중얼거리듯이 말하고 2층으로 올라갔다. 금속으로 된 봉을 잡고 목발을 짚으며 천천히.

세이치는 사에코의 머리카락이 어깨 언저리에서 흔들리는 모습을 미심쩍은 눈으로 올려다보았다.

마음이 딴 데 가 있다. 확실히 사에코의 상태는 평소답지 않았다. 무슨 걱정이라도 있는 걸까.

거실로 돌아가려고 부엌으로 들어가자 미아가 후미와 함께 가스레인지 앞에 서 있었다. 레몬처럼 노란 앞치마를 걸쳐서 그런지 아주 싱그러워 보였다.

멸치와 다시마를 우린 국물과 간장 끓는 냄새가 가득해서 세이치는 별안간 배가 고파졌다.

"후미 씨, 물 뿌려뒀어요."

나오쓰구가 말하자 후미는 커다란 냄비를 들여다보고 있다가 고개를 들었다.

"어머나, 정말로 감사해요."

"그런데 비가 와서 헛수고했어요."

"에구머니, 그것참. 하지만 요즘 들어 계속 햇볕이 쨍쨍했으니 비가 한 번쯤 와야죠."

후미는 됫병에 든 맛술을 한 손으로 가볍게 들어 올리며 다행이라는 듯 말했다.

"외삼촌이 물을 뿌리니까 그런 거잖아요."

아슬아슬하게 손을 놀려 달걀을 깨면서 미아가 놀리듯이 말했다.

"그런 기특한 짓을 하니까 비구름이 놀란 거예요, 분명."

"이런, 이런. 그런 소리를 하는 넌 어떻고."

나오쓰구가 웃으며 반격했다.

"뭐가요?"

"기특한 짓 말이야. 미아는 여자지만 주방 출입은 하지 않는 축 아니었어?"

"그것참 미안하게 됐네요. 요즘 후미 아줌마한테 이것저것 배우고 있거든요."

"이야, 진짜야? 후미 씨, 손이 많이 가는 제자를 둬서 힘들겠네요."

"아니요, 아니요. 말귀를 잘 알아듣는 학생이라 편해요. 언제든지 시집갈 수 있을 정도인걸요."

후미가 벙글벙글 웃었다.

"안 믿기는데. 후미 씨, 거짓말하면 안 돼요."

"뭐예요, 외삼촌. 요전에 맛있다는 말을 연발하며 무쩜을 실컷 드셨잖아요."

"그랬나?"

"그래요. 그거 제가 간 맞췄다고요."

"우아, 미아가 몸소?"

"너무 표 나게 놀라시는 것 아니에요?"

"아니, 참 대단하다 싶어서. 그런데 미아 너, 아까 공부한다고 하지 않았던가?"

"여자한테는 공부보다 요리가 더 중요해요."

"어이쿠, 변명 한번 그럴듯하다. 미아도 여자였구나."

"네? 뭐라고 하셨어요, 외삼촌?"

두 사람의 농담을 흘려들으며 세이치는 식당으로 쓱 들어갔다. 가미시로와 오우치야마가 돌아가서 할아버지 혼자 계실 테니 지금 당장 별채에 가봐도 되겠지만 어쩐지 마음이 내키지 않았다. 좋은 냄새 때문에 배가 고파진 탓인지 귀찮았다. 저녁을 먹고 나서 가도 되지 않을까. 세이치는 변명이라도 하듯 그렇게 생각했다.

전화벨이 울렸다. 짧게 두 번 울린 후 한 박자 쉬고, 두 번 울리고 한 박자 쉬고. 내선 전화였다.

마침 전화 옆에 있던 세이치는 반사적으로 수화기를 들었다. 후미가 부엌에서 뛰어오려고 하기에 눈짓으로 만류했다.

"네."

"나오쓰구냐?"

할아버지 목소리였다. 후미가 받지 않아서 당황했는지 약간 뜸을 들이다 말을 꺼냈다.

"아니요."

"그럼 누구냐?"

"세이치예요."

"······."

이번에는 아까보다 더 오래 침묵이 흘렀다. 어느덧 세이치의 손바닥에는 땀이 맺혔다. 하지만 효마는 여전히 차분한 목소리로 말했다.

"돌아왔느냐."

"네."

"그래. 저녁 먹고라도 괜찮으니 별채로 오너라."

말을 마치고 효마는 일방적으로 전화를 끊었다. 세이치는 크게 숨을 내쉬었다. 괜히 긴장할 필요 없는데 동요한 자신이 우스워서 무심코 쓴웃음을 지었다.

"아가씨 전화예요?"

후미가 부엌에서 얼굴을 내밀고 물었다.

"아니요, 할아버지."

"어머나, 나리께서."

"저녁 먹고 오라시네요."

"화나셨던가요?"

"아니요, 그런 건 아닌데."

"그래요? 그럼 분명 도련님 일을 더 이상 마음에 두고 계시지 않은 거예요."

"그럼 좋을 텐데요."

세이치의 말에 후미는 괜찮다고 격려하는 듯이 방글 웃고 부엌으로 돌아갔다.

술 익자 체 장수 지나가는 격이라고 생각하며 세이치는 뜰이 보이는 거실 소파에 앉았다. 할아버지가 저녁 먹고 오라고 했으니 그 말에 따르면 된다. 어깨의 짐을 내려놓은 기분이었다.

편안하게 몸을 쭉 뻗고 창밖을 바라보았다. 우거진 관목 저편에서 별채가 보였다. 안개처럼 가는 비에 젖어 기와가 둔탁하게 빛났다.

별채는 원래 농기구를 보관하던 곳간으로 세이치가 철이 들었을 무렵에는 이미 사용하지 않았다고 기억한다. 그런데 3년쯤 전에 효마가 사업을 모조리 남의 손에 넘긴 후 은거하기 위해 개축했다고 한다. 굳이 곳간에 살 필요가 있느냐며 가족은 반대했지만 효마의 마음속에는 은퇴하면 은거할 곳을 마련해 거기 살아야 한다는, 남이 이해하지 못할 확고한 신념이 있었는지 한사코 고집을 꺾지 않았다고 한다. 일단 말을 꺼내면 어지간해서는 물러나지 않는 효마다운 일화다.

그런 생각을 하며 멍하니 별채를 바라보고 있자니 갑자기 효마가 문을 열고 나타났다. 세이치는 저도 모르게 몸이 뻣뻣하게 굳었다.

역시 나이를 꽤 먹었다. 매처럼 날카로운 눈과 신경질적으로 꾹 다문 입은 예전 그대로였지만 훤히 벗어진 이마에 새겨진 주름에서 축적된 세월이 느껴졌다.

효마는 별채 입구에 서서 가만히 이쪽을 바라보는 것 같았다.

시력이 나빠진 할아버지의 눈으로 자신의 얼굴을 알아볼 수 있을지 없을지 확실치는 않았지만 일단 세이치는 가볍게 고개를 숙여 인사했다. 하지만 역시 보이지 않는 듯 할아버지는 아무 반응도 하지 않았다.

두 사람은 잠시 그렇게 마주하고 있었다. 이윽고 효마는 하늘을 휙 올려다보더니 인상을 찌푸리고 등을 돌렸다. 등 뒤에 매듭지은 기모노 띠 끄트머리가 팔랑 흔들렸다. 효마가 안으로 들어가자 문이 소리 없이 닫혔다.

별채 창문에 불빛이 비쳤다. 동시에 지붕 달린 통로에도 불이 점점이 들어왔다. 아무래도 할아버지는 그저 날씨가 어떤지 보러 나온 것 같았다.

"봐, 할아버지도 네 소식이 궁금하신가보다."

어느 틈엔가 나오쓰구가 뒤에 서 있었다.

"네가 돌아온 걸 알고 마음이 싱숭생숭하셨겠지. 그래서 저렇게 상황을 살피신 거야."

"그렇게 귀여운 구석이 있는 분이셨던가요?"

세이치의 말에 나오쓰구는 씨익 웃으며 소파에 앉았다.

"그야 옛날과는 달라지셨으니까."

"흐음. 두 번 다시 돌아오지 말라고 붉으락푸르락한 얼굴로 호통을 치셨는데."

"말했잖니. 몸이 약해지신 후로 기력도 부쩍 떨어지셨다고. 이 정도면 널 끌어안고 엉엉 우실지도 모르겠다."

"설마요."

"아니야, 모를 일이지. 사람이 싹 바뀌셨으니."

"그러고 보니 외삼촌이랑 마찬가지로 그딴 영매를 믿을 분이 아니셨는데 말이죠."

"야야, 괜히 비꼬지 마. 확실히 무턱대고 남을 믿는 분은 아니셨지만."

"그런데 지금은 영매에게 돈을 쏟아붓고 있다……."

"응, 그만큼 마음이 약해지셨다는 뜻이지. 뭔가에 매달리지 않으면 불안한 거야. 그러니까 널 만나도 전처럼 입씨름을 벌일 일은 없을걸. 그 일에는 나도 다소 책임감을 느끼고 있어. 내가 아버지 사업을 이어받았다면 아무 문제도 없었을 테니까. 세이치도 이제부터 여기 살면서 할아버지께 열심히 효도하도록 해."

"아, 네."

세이치는 창밖 별채를 바라보며 어중간하게 대답했다.

"그런데 세이치, 일은 좀 어때?"

"음, 여전해요."

"여전히 하루 종일 렌즈를 갈고 닦는 거로군."

"뭐, 그런 셈이랄까요."

"하하하, 세이치 팔자 한번 좋구나. 간게쓰*랑 똑같잖아."

나오쓰구는 재미있다는 듯이 웃었다. 외삼촌에게 팔자가 좋다는 말을 듣다니 약간 뜻밖이었지만 세이치는 굳이 반박하지 않았다.

세이치의 직장은 중견 광학 회사로 공업용 측원기와 광학 실험 장치 등을 제조한다. 세이치는 연구 개발과 소속이다.

나오쓰구 말처럼 매일 렌즈를 연마하는 것은 아니지만 갓 입사했을 무렵에는 그 일을 자주 했다. 예전에 나오쓰구가 무슨 일을 하는지 물었을 때 자세하기 설명하기 귀찮아서 렌즈를 연마한다고 대답하자 그 대답이 마음에 쏙 들었는지 그 후로는 조가가 하루 종일 렌즈를 갈고 닦는다고 여겼다. 정정해도 어차피 이해해주지 않을 테니 그냥 내버려두었다. 비구면 렌즈의 구면 수차 수정과 프리즘 접합에 사용되는 발삼 수지의 내열 내습 검사를 한다고 말해봤자 아무 소용 없을 것이다.

"그런데 그렇게 느긋하게 지내도 돼? 보통 기업 연구실 하면

*나쓰메 소세키의 소설 《나는 고양이로소이다》의 등장인물. 박사 논문을 준비하느라 하루 종일 유리알 갈기에 매진한다.

치열하게 개발하고 경쟁하는 이미지가 떠오르잖아. 소설 같은 데서는 산업 스파이가 암약하고."

"음, IC나 LSI를 다루는 팀은 나름대로 바쁜 모양이지만 제가 속한 곳은 소소한 개량 정도밖에 하지 않아서요."

"어쩐지 무사태평하게 지내는 것 같구나, 세이치."

폼을 잡으려는 듯이 어깨를 으쓱하며 나오쓰구는 웃었다.

"그것보다 외삼촌은 어때요? 일요일인데 여기서 놀고 있어도 괜찮아요?"

화랑은 일요일에 바쁠 것이다. 세이치가 은근슬쩍 반격했지만 나오쓰구는 전혀 개의치 않았다.

"뭐, 말레비치 전람회가 끝났으니까. 한숨 돌렸지."

"그럼 한가하겠네요."

"한가하기는. 가난한 사람은 쉴 틈도 없다고 하잖니. 긴자, 니혼바시, 교바시만 해도 화랑이 380군데나 있으니까 우리 화랑만의 특색을 널리 알릴 필요가 있어. 이렇게 보여도 제법 바쁘다고."

전형적인 탕아였던 나오쓰구는 대학 시절 화가를 지망했지만 재능에 한계를 느껴 단념한다는 상투적인 과정을 거쳐 화랑 경영으로 눈을 돌렸다. 하지만 세상일이 그리 쉬우랴, 화랑 수익도 그다지 변변치 않은 모양이었다.

"화랑 임대가 전문이라면 부동산업과 마찬가지지, 네 할아버지가 하시던 것처럼 말이야. 하지만 우리처럼 작은 곳은 자신만의 방침을 정해서 독자적인 기획전으로 승부를 보는 수밖에 없으니 큰일이야."

"기획전?"

"너도 요전번 전람회에 왔었잖아, 리니위치 전람회. 그런 기획전을 1년에 여덟 번이나 열었으니 그야말로 고양이 손이라도 빌리고 싶을 지경이라고."

"흐음, 그럼 평소에는 바쁘구나. 돈은 좀 벌었어요?"

"뭐, 당대의 추상파와 초현실주의는 주목을 덜 받아서 말이야. 우량 재고가 있는 것도 아니라서 은행도 융자를 해주지 않으니 원. 밑돌 빼서 윗돌 괴고 다시 그 돌 빼서 윗돌 괴는 격이지. 하지만 화가의 사인만 가지고 그림을 팔아먹는 장사치는 되고 싶지 않아. 내 취향과 심미안을 잘 살려서 해나가보려고."

요컨대 도락으로 장사를 계속하겠다는 뜻이다. 결코 미워할 수 없는 사람이지만 이렇듯 미덥지 못한 면이 결점이기는 하다.

"외삼촌이 훨씬 무사태평한 것 같은데요."

"그럴 리가 있나. 내가 세이치를 어떻게 당해내겠어."

나오쓰구는 별걸 다 가지고 겸손을 떨었다.

그때 부엌에서 떠들썩한 목소리가 들려왔다.

"후미 씨 일기예보가 맞았어. 비가 내리네."

목소리의 주인공은 부엌을 통해 식당으로 들어왔다. 화려한 색채가 식당을 가늑 채웠다.

"우산 가져가기를 잘했어. 기상청도 가끔은 날씨를 맞힌다니까."

색채의 근원은 부엌 안쪽을 향해 말을 걸었다.

세이치의 어머니 다키에였다.

원앙이 앉은 벚나무 무늬를 넣은 기모노와 연보라색 띠. 쉰 살 가까운 나이치고는 너무 젊게 차려입었다고 해도 될 만큼 화려한 나들이옷이었지만 조금도 부자연스럽지 않았다. 눈가의 주

름과 처진 턱살만 가리면 아직 마흔 살이 되지 않았다고 해도
통할지도 모른다. 동그라니 큰 눈과 곧게 뻗은 콧날은 젊을 적
그대로인지라 딸 미아와 자매 같다고 평가하는 사람들의 말도
빈말은 아니다.

"우산 가져가셔서 다행이네요."

부엌에서 후미가 대답하는 목소리가 들렸다.

"정말 그렇다니까. 늦어서 미안해, 후미 씨. 오카무라 씨 부인
이 차를 마시고 가라고 해서."

다키에는 조금도 미안한 기색 없이 덤덤하게 말하고 나서 환
성을 질렀다.

"어머, 토란찜이네. 맛있겠다."

"엄마, 그거 내가 한 거야."

안쪽에서 미아 목소리가 들렸다.

"우아, 미아도 솜씨가 좋아졌구나. 때깔 고운 것 좀 봐. 다른
건 또 뭐야?"

다키에는 부엌을 들여다보며 어린아이처럼 재잘거렸다. 어머
니 역시 예전 그대로다.

"에이, 엄마도 참. 초등학생도 아니면서."

"뭘 그런 걸 갖고 그래. 반찬이 뭔지 정도는 물어봐도 괜찮잖
아."

"어쩔 수 없네. 이쪽은 곤약. 아, 엄마! 그거 뜨거우니까 만지
면 안 돼."

"알았어, 알았어. 그리고?"

"양배추 샐러드랑 메인은 튀김."

"흐음, 그 새우 냉동이야?"

"그것보다 사모님."

후미 목소리가 어머니와 딸의 한가로운 대화에 끼어들었다.

"모처럼 도련님이 돌아오셨는데 반찬이 이런 것밖에 없어서 죄송해요."

"어머, 세이치가 돌아왔어?"

말을 듣고 나서야 비로소 알아차린 듯 다키에는 휘둥그레진 눈으로 세이치 쪽을 보았다. 생각해보면 어머니가 제일 무사태평하다.

"어머, 어서 오렴. 나오쓰구도 왔네."

세이치가 고개를 살짝 끄덕이자 다키에는 명랑하게 한 손을 팔랑팔랑 흔들며 인사를 받아주었다.

"신경 쓸 것 없어, 후미 씨. 손님도 아닌데 뭘."

다키에는 별일 아니라는 듯이 말하고 이쪽으로 다가왔다.

"세이치, 너 아버지는 벌써 뵀니?"

다키에가 말하는 '아버지'는 효마를 의미한다.

"아니, 아직. 아까 전화로 저녁 먹고 오라고 하시던데."

"아아, 그래. 신경 좀 써드려. 노인네가 망령이 드신 모양이니까. 어머, 애들 아빠는 아직 안 왔어?"

'애들 아빠'는 남편 가쓰유키를 가리킨다.

"매형? 아직인 모양인데."

나오쓰구가 대답했다.

"별일이네, 집에 온 줄 알았는데. 뭐, 됐다. 그건 그렇고 나오쓰구, 너 또 여기서 밥 먹고 가려고?"

"응, 가끔은 후미 씨가 만들어주는 요리를 먹고 싶어서."

"뭐가 가끔이야. 한 달에 보름은 오면서."

"그렇게 자주 안 와."

"왔어. 그러게 뭐하러 맨션 같은 데 사니. 세이치도 돌아왔겠다, 거기는 다른 사람한테 빌려주고 집에서 같이 살면 될걸."

"그것보다 누나, 나가우타 배운다면서."

"그래그래. '비가 내리는 밤도 눈이 오는 날도 오이소를 오가니 유곽에서 맺은 인연 정에 얽매이기 쉽누나.'* 선생님의 샤미센 음이 좀 높아서 '유곽에서 맺은 인여언' 이 부분이 안 올라가. 아, 소리를 지르고 왔더니 배고프네."

다키에는 웃으며 소파에 털썩 앉았다. 후미를 도와줄 마음은 눈곱만큼도 없는 듯했다. 한 지붕 아래 두 명의 주부는 필요 없다는 속담이 있다. 전업주부 다키에와 만능 가사도우미 후미가 한 번도 충돌하지 않고 그럭저럭 잘 지내온 것은 체면에 구애받지 않는 천연스러운 다키에의 성격에 힘입은 바가 크다. 다키에는 후미를 좋은 핑계 삼아 취향과 흥미가 동하는 대로 매일 놀러 다닌다. 그런데도 모든 면에서 탈 없이 둥글둥글 잘 지내니 세상사 뭐가 도움이 될지는 모를 일이다.

"저기, 어머니. 할아버지 좀 어떠셔?"

세이치가 물었다. 나오쓰구의 이야기로 상상하건대 사람이 꽤 변한 듯싶어서 마음에 걸렸다.

"그게 완전히 이상해지셔서 골치 아파."

아니나 다를까 다키에는 눈살을 과장되게 찌푸리고 말했다.

"어디서 찾았는지 낡은 불단에, 목탁에, 불상까지 왠지 기분 나쁜 물건들을 방 안에 늘어놓으시더니만 결국에는 엄마, 그러

---

*아버지를 잃은 주로스케나리와 고로도키무네 형제의 복수극을 그린 노래의 일부.

니까 네 할머니가 곁에 와 있는 게 느껴진다는 둥 무서운 소리를 하시지 뭐니. 얼마나 으스스하던지. 요즘은 엄마 유품이라는 허름한 밥공기를 꺼내서 하루 종일 어루만지며 중얼중얼하신다니까. 아무래도 찜찜해."

다키에는 제 아버지에 대해 신랄한 말을 퍼부었다. 하기야 천연스럽고 악의가 없으니 불쾌하게 들릴 정도는 아니다. 아무튼 솔직한 사람이다.

"상당히 중증인가보네."

세이치의 말에 다키에는 바로 그렇다는 듯이 고개를 끄덕였다.

"그래, 얼마 전에는 또 응접실 옆 서양식 방 있잖니, 전에 서고였던 방에 암막을 쳐서 캄캄하게 만드셨다니까. 나오쓰구가 두 팔 걷어붙이고 신나게 나섰지. 정말이지 얘는 그런 시시한 일만 했다 하면 물불 안 가리고 나선다니까."

"어허, 누나. 난 아버지가 시켜서 도왔을 뿐이야."

나오쓰구는 그렇게 말하고 거드름을 피우며 다리를 다시 꼬았다.

"뭐, 됐잖아. 아버지가 좋으시다니까."

"되기는 뭐가 돼. 애당초 네가 그런 이상한 영매를 데리고 온 게 문제야."

"글쎄, 아버지는 기뻐하시던데. 난 아버지를 생각해서 소개한 것뿐이야."

나오쓰구는 능청스럽게 웃으며 말했다. 다키에가 크게 숨을 내쉬었다.

"만날 핑계만 대고 제멋대로라니까. 아버지가 철석같이 믿는 바람에 큰일인 건 알지? 세이치 들어보렴. 그게 말이야, 그 영매라는 사람이 또 별난 사람이라…….

"알아, 오늘 잠깐 봤어."

세이치가 말하자 다키에는 눈을 부릅뜨고 나오쓰구를 흘겨보았다.

"또 데려왔어? 이제 그만두라고 했잖니."

"하지만 누나. 아버지가 불러오라고 어찌나 성화를 부리셨는지 몰라. 그러니 어쩌겠어."

나오쓰구는 여전히 능청맞게 웃으며 말했다.

"그리고 이번에 지운사이 선생님이 강령회를 열겠대."

"강령회라니, 그게 도대체 뭐니?"

"어머니 영혼을 영계에서 불러온다나봐."

"그런 기분 나쁜 짓은 하지 마."

"아버지가 하자고 하셨으니 별수 없지. 강령회는 영력 소모가 심해서 선생님도 마뜩잖아 했는데 아버지가 억지로 부탁한 거라고."

"아유, 이렇다니까. 애, 세이치. 네가 말씀 좀 잘 드려봐."

"내가 말해봤자 아무 소용도 없을 것 같은데."

세이치는 인상을 찌푸리고 나서 생각났다는 듯이 말했다.

"그러고 보니 세이케이 대학교의 조교 두 명도 오늘 왔어."

"어머, 진짜? 아버지랑 이야기하러 왔구나."

"아버지께 퇴짜를 맞고 바로 물러간 모양이지만."

나오쓰구가 재미있다는 듯이 말했다. 다키에는 불만스러운 표정으로 입을 열었다.

"와타누키 교수님이 직접 와주지 않으시려나. 그 두 사람은 너무 젊어서 아무래도 미덥지 못하단 말이야."

그때 전화벨이 울렸다. 이번에는 일반전화였다. 호랑이도 제 말 하면 온다더니.

*

호랑이도 제 말 하면 온다더니. 이 역시 공시성, 싱크로니시티를 나타내는 말이라고 가미시로 씨가 가르쳐주었다. 속담은 옛날 사람들이 축적한 경험을 바탕으로 하여 전해져 내려오는 것인데 옛날 사람들은 텔레파시를 모르니까 이런 말로 남긴 게 아닐까. 가미시로씨는 그렇게 말했다.

텔레파시.

나와 가미시로 씨도 뭔가 보이지 않는 끈으로 이어져 있을까.

그렇지 않다면 오늘은 참으로 우연이 겹치는 날이다.

식당으로 들어가자 어느덧 이모가 돌아와 거실에서 외삼촌과 오빠랑 이야기를 나누고 있었다.

"그 두 사람은 너무 젊어서 아무래도 미덥지 못하단 말이야."

이모가 말했다. 가미시로 씨와 오우치야마 씨 이야기라고 생각한 순간 전화가 울렸다.

마침 전화기 옆에 있던 나는 바로 수화기를 들었다.

"네, 호조입니다."

"아, 아까 찾아뵀던 세이케이 대학교 심리학과……."

"아, 가미시로 씨죠?"

목소리를 듣고 바로 알았다. 나지막하고 깊이 있는, 내 영혼을 뒤흔든 그 목소리.

공중전화에서 걸었는지 사람들이 지나다니는 소리와 전철의 소음이 섞여서 들려왔다.

분명 이것도 '의미 있는 우연'이겠지. 내가 전화기 옆을 지나칠 때 마침 그 사람에게서 전화가 오다니.

오빠가 돌아온 것도 그렇고 오늘은 정말로 멋진 날이다.

신이시여, 신이시여, 오늘 제게 근사한 우연 몇 가지를 내려주셔서 감사합니다.

"아아, 사에코 씨세요?"

그가 내 이름을 불러주었다. 나는 수화기 너머에서 들려오는 그 사람의 목소리에 넋을 잃었다. 가미시로 씨도 내 목소리를 알아들었다. 얼굴이 뜨겁게 달아오른 것을 들키지 않도록 허둥지둥 가족들이 있는 거실에 등을 돌렸다.

"실은, 저기 부끄러운 이야기지만 제가 댁에 뭔가 두고 가지 않았나요?"

"뭘 두고 가셨다고요?"

"예, 커다란 봉투요. 대학 이름이 들어간 건데요. 할아버님 별채에서 나올 때는 분명히 가지고 있었거든요. 지금 신주쿠 역인데 여기까지 와서야 없다는 걸 알았습니다. 혹시 현관에 있지 않나 싶어서요."

"사에코. 누구 전화야? 뭘 두고 갔다고?"

등 뒤에서 외삼촌이 물었다. 송화구를 손으로 막은 후 상기되어 있을 얼굴을 숙이고 몸을 돌렸다.

"세이케이 대학교에서 오신 분이 현관에 봉투를 두고 가셨대요."

"아아, 그러고 보니 무슨 봉투를 가지고 왔었지 참."

오빠가 말했다.

"현관에? 아무것도 없던데."

이모가 알려주었다. 나는 급히 모두에게 등을 돌리고 수화기에 입을 댔다.

"저기, 이모가 아까 돌아오셨는데 현관에는 아무것도 없었다고 하시네요."

"그런가요. 그럼 역시 전철이겠네요. 선반에 짐을 올려놓고 깜빡할 때가 종종 있거든요."

"저기, 중요한 물건인가요?"

"아니요. 별것 아닙니다. 집에서 조사하면서 찾아놓은 자료의 사본이에요. 심려를 끼쳐 죄송합니다. 그럼 실례하, 앗!"

느닷없이 가미시로 씨가 비명을 질렀다.

"무, 무슨 일이에요?"

나도 깜짝 놀라서 하마터면 목발을 놓칠 뻔했다. 가미시로 씨는 겸연쩍은 듯이 웃고는 말했다.

"어휴, 놀라게 해서 죄송합니다. 아아, 깜짝 놀랐네. 진돈야*가 지나가서요."

"네?"

"진돈야요. 왜 지체 높은 양반이랑 공주님 차림을 한 사람들 있잖아요. 그 사람들이 갑자기 눈앞을 지나가서 좀 놀랐어요."

가미시로 씨가 재미있다는 듯이 웃어서 나도 따라 웃고 말았다.

"저런 사람들도 전철로 통근하는군요. 통근이라고 하면 이상

*기이한 옷차림으로 악기를 연주하며 상품이나 점포 등을 선전하는 사람을 가리키는 말.

한가. 어쨌든 저런 차림으로 혼잡한 신주쿠 역을 돌아다니다니 용기 있네요."

"그러게요."

"하하하, 야마노테 선을 타고 갔어요. 주변 사람들도 깜짝 놀랐네요. 아 참, 이런 이야기를 할 때가 아닌데. 그럼 번거롭게 해서 죄송합니다. 이만 끊겠습니다."

"저, 저기, 가미시로 씨."

"아, 예."

"저기…… 아니요, 아무것도 아니에요. 죄송해요."

"어, 예, 그럼 이만."

전화를 끊고 나서도 두근거리는 가슴은 진정되지 않았다. 가족들의 시선이 모두 내게 꽂힌 듯한 느낌이 들어서 자리에서 움직일 수가 없었다.

그 사람의 밝고 유쾌한 일면은 진지하게 연구 이야기를 할 때보다도 내 마음을 한층 더 뒤흔든다. 호흡이 가빠져 숨을 쉬는 것도 괴로울 만큼.

하지만 나는 행복감에 감싸여 있다. 단 한 통의 전화만으로 마음이 이렇게 따스해지다니.

이렇게나 가슴이 떨리다니.

이렇게나 애달프다니.

*

"그것 봐. 역시 뭔가 미덥지 못하다니까."

다키에가 전화기 옆에서 등을 돌리고 서 있는 사에코를 살짝 돌아보고 투덜거렸다.

"왜 와타누키 교수님이 직접 와주시지 않는 걸까."

"그래도 그 두 사람, 어리지만 뛰어나다고 들었어."

나오쓰구가 놀리듯이 말했다.

"그야 그렇겠지만 역시 와타누키 교수님이 낫지."

다키에도 세상의 여느 어머니들과 다름없이 권위에는 약한 모습을 보였다.

"어, 매형 왔다."

나오쓰구가 창밖을 가리키며 말했다.

세이치의 아버지, 가쓰유키가 나무 사이를 빠져나와 이쪽으로 다가오고 있었다.

바깥은 제법 어두워졌다. 뜰의 나무들이 실루엣으로 변해 어스름한 하늘로 녹아들었다. 이제 비는 그친 듯 부드러운 바람만이 나무들의 실루엣을 살며시 흔들었다.

가쓰유키는 골프웨어 스타일로 위에는 폴로셔츠, 아래에는 슬랙스를 입었다. 어깨에는 커다란 골프가방을 멨다. 거실 불빛을 받아 길게 뻗은 가쓰유키의 그림자가 나무들 사이에서 넘실넘실 춤췄다.

"비는 그친 모양이네. 별일 없어서 다행이야."

나오쓰구가 가쓰유키를 눈으로 좇으며 누구에게랄 것도 없이 불쑥 말했다.

"어머, 저이도 참. 또 뒤쪽으로 들어오네."

다키에가 난감하다는 듯이 목소리를 높였다.

가쓰유키가 별채에서 환하게 새어 나오는 불빛 앞을 가로질렀다. 차고는 뜰 동쪽 구석에 있으므로 차로 귀가했다면 현관으로 돌아서 오는 것보다 뒷문으로 바로 들어오는 편이 빠르다. 다키에는 그게 불만인 듯했다.

"참 못됐다니까. 몇 번을 말해도 고치질 않으니."

다키에의 말에 나오쓰구는 어깨를 으쓱했다.

"어디로 들어오든 무슨 상관이야. 매형은 현실주의자니까 직선거리가 짧은 쪽을 선택했을 뿐이라고."

"하지만 굳이 뒷문으로 살금살금 들어올 필요가 어디 있어. 꼴 보기 싫게."

다키에가 투덜거리고 있자니 가쓰유키가 식당 쪽으로 천천히 들어왔다.

"이모부, 다녀오셨어요."

"그래."

식당 의자에 혼자 앉아 있던 사에코가 인사하자 가쓰유키는 고개를 끄덕였다.

"있지, 있지, 아빠. 상품 타 왔어?"

부엌 안에서 미아의 큰 목소리가 가쓰유키의 등 뒤로 날아들었다.

"아니."

가쓰유키는 작은 목소리로 대답하고 부엌 쪽으로 고개를 돌렸다. 규모가 그다지 크지 않은 상사회사의 만년 총무과장. 비쩍 마른 몸과 큼지막한 검은 테 안경에서 약간 음울한 기운이 풍겨 나온다. 과장이라고 해봤자 부하 직원이 세 명밖에 없으니 목에 힘도 못 준다며 다키에는 늘 푸념을 늘어놓는다.

"여보, 앞쪽으로 들어오라고 했잖아."

다키에가 냉큼 입을 삐죽 내밀었다.

"현관문 안 잠갔으니까 나중에 문단속 단단히 해."

"응."

아내의 잔소리에도 가쓰유키는 벙하니 고개를 끄덕일 뿐이었다.

"아 참, 그것보다 여보. 세이치가 돌아왔어."

성격이 시원시원한 다키에는 불평을 할 만큼 하고 나면 언제 그랬느냐는 듯이 뒤끝이 없어서 이번에도 대뜸 기쁜 목소리로 말했다. 세이치는 아버지를 보고 가볍게 머리를 숙였다.

"그래."

가쓰유키도 고개를 까딱했다. 지켜보던 나오쓰구가 손뼉을 치며 웃었다.

"하하. 역시 부전자전이야. 세이치, 너 요즘 점점 더 네 아버지를 닮아가는구나. 지금 고개를 숙이는 모습이 똑 닮았어."

"정말이라니까. 패기 없는 부분만 닮아서 참 문제야."

그렇게 말하며 다키에도 웃었다.

"저기, 여보. 세이치가 밥 먹고 나서 아버지한테 인사하러 간대. 당신이 같이 가줘. 애 혼자 두면 말도 제대로 못 하잖아. 부탁할게."

"알았어."

가쓰유키가 대답했다. 아버지가 함께 가도 크게 다르지는 않을 것 같다고 생각하며 세이치는 혼자 쓴웃음을 지었다. 아버지를 보자 마찬가지로 쓴웃음을 짓고 있었다. 분명 같은 생각을 했으리라. 역시 부자는 닮았는지도 모른다.

"그럼 이제 나리께 식사를 올리고 올게요."

후미가 부엌에서 얼굴을 내밀고 양손으로 뭔가를 받쳐 드는 시늉을 하며 말했다.

"어머, 벌써 시간이 그렇게 됐나. 그럼 후미 씨, 부탁해."

다키에가 말했다. 시계를 보니 5시 55분이었다. 그러고 보니 옛날부터 할아버지는 식사 시간을 엄격하게 지켰다. 가족에게 규칙 바른 생활을 강요했고, 규칙을 어기면 바로 언짢아했다. 아무래도 요즘은 6시에 저녁을 먹는 모양이다. 까다로운 성격은 변하지 않은 걸까. 그건 그렇고 식사를 올리다니 그건 또 무슨 소리일까.

"미아 아기씨, 나리가 드실 된장국 좀 퍼주셔요."

"네."

미아의 기운찬 목소리가 들렸다.

"할아버지는 여기서 같이 안 드셔?"

세이치가 묻자 다키에가 눈살을 찌푸리며 대답했다.

"그게 말이지, 이것도 문제인데 요즘 계속 아버지 혼자 식사하셔."

"정확하게는 **둘이서**지만."

나오쓰구가 입을 삐죽대며 덧붙여 말했다.

"둘이서?"

수상쩍다 싶어 세이치가 묻자 다키에가 다시 입을 열었다.

"응. 식사는 어머니랑 둘이서 하겠다면서 떠난 이 밥상까지 준비시키신다니까. 좀 무섭지? 어머니 유품인 밥공기에 밥을 담아놓고 혼자 중얼중얼하면서 드셔. 정말로 골치 아프다니까."

세이치는 암담한 기분에 사로잡혔다. 설마 그렇게까지 심할 줄이야.

"떠난 이 밥상이라."

세이치는 혼잣말을 했다. 원래 객지에 나간 사람이 무사하기를 기원하며 놓아두는 밥상이지만 만약 할아버지가 할머니의 영혼이 가까이 있다고 느끼고, 지금은 할머니가 **집을 비웠다**고 인식하고 있다면 확실히 떠난 이 밥상을 올바르게 사용하는 셈이다.

그래도 도무지 믿기지가 않았다. 재치와 뚝심으로 거친 세상을 헤쳐온 할아버지가 그렇게까지 변했다니. 가슴이 메었다.

"자자, 밥 다 됐습니다. 모두 자리에 앉으세요."

미아가 식당으로 뛰어나와 큰 소리로 외쳤다.

"오늘은 오빠가 돌아온 기념으로 솜씨를 뽐내보았습니다."

미아가 앞치마를 내팽개칠 듯이 벗어서 의자 등받이에 휙 걸쳤다.

나오쓰구가 소파에서 일어섰다.

"허어, 그것참 기대되는군. 미아의 솜씨가 어떤지 어디 한 번 구경해보실까."

"체면 차릴 것 없이 많이 드세요. 다만 너무 맛있어서 둘이 먹다 하나가 죽어도 책임은 못 져요."

"그 말에나 책임을 졌으면 좋겠네."

가볍게 농담을 하며 나오쓰구는 식당으로 갔다.

"어머, 내 정신 좀 봐. 옷도 안 갈아입고 뭐 하는 거람."

다키에는 외출복 자락을 펄럭이며 바쁘게 부엌으로 향했다. 계단을 향해 복도를 달려가는 발소리가 울려 퍼졌다. 사에코와 미아가 웃으면서 다키에를 배웅했다.

세이치도 소파에서 몸을 일으켰다. 창밖은 어둠의 빛깔이 완전히 짙어졌다. 다키기노* 무대로 연결되는 통로처럼 별채로 이

어지는 통로가 어둠 속에 떠올라 있었다. 후미가 큰 쟁반을 들고 통로를 얌전히 걸어갔다. 그 모습을 시야 가장자리로 보며 세이치는 일어서서 식당으로 갔다.

오랜만에 후미가 만들어준 요리를 즐길 수 있을 듯했다. 간장과 된장이 풍기는 가정적이고 정다운 냄새에 세이치는 저도 모르게 표정이 누그러졌다.

가쓰유키, 나오쓰구, 사에코는 이미 식탁에 앉아 있었다. 하지만 오랜만이라 어느 자리에 앉을지 잠깐 망설였다.

"오빠는 여기."

미아가 잽싸게 의자 하나를 끌어냈다.

"하지만 거기는……."

예전에는 할아버지 자리였다.

"괜찮아, 괜찮아. 오늘은 오빠가 주인공이니까."

"그래, 세이치. 사양하지 말고 앉으렴."

나오쓰구의 말까지 듣고 난 후에야 세이치는 겨우 앉을 마음이 들었다.

그때 나오쓰구가 화들짝 놀란 듯이 말했다.

"지금 뭔가 이상한 소리 들리지 않았나?"

사에코도 고개를 들었다.

"그러게요. 뭔가 부서지는 소리가 들렸는데."

"그래? 난 아무 소리도 못 들었는데."

미아가 말하자 가쓰유키도 고개를 갸우뚱했다. 세이치 역시 아무 소리도 못 들었다.

*밤에 장작불을 피우고 야외에서 행하는 가면극.

"아니야, 분명히 들렸어. 별채 쪽에서."

나오쓰구의 말에 가족 모두가 약속이라도 한 것처럼 입을 다물고 귀를 기울였다.

이상한 정적이 식당에 가득 찼다.

무슨 일이 일어났는지 알아내기 위해 세이치도 자리에 앉으려다 말고 온몸의 신경을 곤두세웠다.

"이상하네. 잠깐 상황을……."

나오쓰구가 말을 멈췄을 때 벼락같은 발소리가 부엌 저편에서 울려 퍼졌다. 너무나 요란스러워 모두가 어리둥절해하는데 후미가 구르다시피 달려들어왔다. 반동으로 열렸던 부엌문이 후미의 등 뒤에서 무시무시한 소리를 내며 닫혔다. 불길하고 귀에 거슬리는 소리였다.

후미는 식당 어귀까지 달려와서 풀썩 주저앉았다. 마치 말라리아에 걸린 것처럼 몸을 파르르 떨었고, 둥그런 얼굴에는 핏기가 없었다.

"무슨 일이에요, 후미 씨! 안색이 예사롭지 않은데."

나오쓰구가 말을 걸어도 후미는 벌벌 떨기만 할 뿐이었다.

"후미 아줌마, 후미 아줌마, 정신 차려요."

미아가 달려와서 후미의 커다란 몸을 끌어안았다.

"나, 나리가."

후미는 목소리를 쥐어 짜내듯이 입을 열었다.

"별채에서, 돌아가셔서, 이마가……."

모두가 선 채로 굳어버렸다. 한쪽 다리를 못 쓰는 사에코는 앉은 채로 몸을 크게 움찔했다.

한순간 얼어붙은 분위기에서 빠져나가듯이 나오쓰구가 쏜살

같이 달려갔다. 몸으로 들이받을 듯한 기세로 부엌문을 열고 복도로 뛰쳐나갔다. 미아가 그 뒤를 따라 가려고 하자 가쓰유키가 팔을 와락 끌어당겨서 말렸다. 멍하니 있는 사에코를 흘낏 바라보고 세이치는 나오쓰구를 뒤쫓았다.

별채로 이어지는 통로에서 나오쓰구를 따라잡아 두 사람은 거의 동시에 별채에 도착했다. 나오쓰구도 이럴 때는 농담을 늘어놓지 않았다.

입구는 열려 있었다.

통로와 방의 경계에 쟁반이 뒤집힌 채 떨어져 있고, 그릇과 음식이 사방에 널려 있었다.

어질러진 물건들을 밟지 않도록 주의하면서 세이치는 나오쓰구와 함께 안을 들여다보았다.

이상한 방이었다.

넓이는 다다미 여덟 장* 정도 될까. 정면에 도코노마**와 불단이 나란히 있고, 왼쪽의 화장실 문이 어중간하게 열려 있어 타일을 깐 내부가 보였다.

도코노마에는 후광이 빛나는 아미타여래 그림 족자가 걸려 있었다. 지가이다나***에는 관음보살, 석가여래, 다보여래 등 불상 열 몇 개가 놓여 있었다. 그리고 바닥에는 불경을 얹는 책상, 목탁, 불전에 꽃을 올릴 때 쓰는 꽃병 따위의 법구는 물론이고 사리탑과 깨끗한 물을 받아놓은 구리 물그릇에 다섯 색깔 깃발, 뭔지 모를 큰 냄비 같은 물건과 나뭇가지를 엮어서 만든 지저분

*약 네 평.
**일본식 방에서 바닥을 한 층 높여 족자나 도자기 등을 장식해두는 곳.
***좌우의 판자 두 장을 아래위로 어긋나게 댄 선반. 보통 도코노마 옆에 설치한다.

하고 꺼림칙한 물건 들이 가득 자리 잡고 있었다. 그래도 정연하게 일정한 질서를 유지하고 있었기 때문에 마치 새로 문을 연 중고 매장 같았다.

방의 주인은 물건들에 둘러싸여 쓰러져 있었다.

효마는 입구 쪽으로 발을 향하고 옆으로 누운 자세였다. 몸 오른쪽을 아래로 하여 마치 태아처럼 몸을 웅크리고 있었다. 그리고 배 언저리에 뭔가 조그맣고 하얀 물건을 두 손으로 꼭 부여잡고 있었다. 밥공기였다.

나뭇가지처럼 앙상한 손가락으로 허름한 밥공기를 쥐고 있었다. 마치 애지중지하는 물건이라도 끌어안듯이.

이게 할머니 유품이라는 밥공기인가.

세이치는 발뒤꿈치를 들고 서서 효마의 상태를 확인했다.

비단으로 지은 기모노는 흐트러진 곳이 없어 마치 선잠을 자는 것처럼 보였다. 하지만 얼굴은 금방이라도 울음을 터뜨릴 것처럼 기묘하게 일그러졌고 눈은 허공을 노려보고 있었다. 정수리에 가까운 이마는 반으로 쩍 갈라져 선혈이 뚝뚝 흘러내렸다.

"정말 돌아가셨어."

나오쓰구가 쉰 목소리로 억양 없이 말했다.

"네 할아버지 저걸로 얻어맞았나봐."

나오쓰구가 무슨 말을 하는지 세이치도 바로 이해했다.

효마의 몸 옆에 길이가 30센티미터쯤 되는 쇠막대기가 떨어져 있었다. 한가운데에 장식이 되어 있고 양쪽은 끝이 뾰족한 사각형이었다. 아무래도 오래된 법구 같은데 한쪽 끝에 피가 찐득하니 들러붙어 있었다.

"독고로군."

나오쓰구가 중얼거리듯이 말했다.

"네?"

세이치가 되물었다.

"독고. 금강저의 하나로 밀교의 법구야. 이걸 가시고 번뇌를 쳐부숴서 즉신성불* 할 수 있대."

이름과 속성은 둘째 치고 그 법구는 때려서 사람 머리통을 깨부수기에 길이와 강도가 적합했다.

효마의 이마에서 흘러내린 피는 양이 엄청나게 많지는 않지만 상당한 양이 주변에 튀었다. 조그만 핏방울은 이미 말라가고 있었다.

"그것보다 세이치."

나오쓰구는 굳은 얼굴을 세이치에게 돌렸다.

"아까 거실에서 네 할아버지를 봤지? 네 할아버지 전화를 받은 다음에."

"네."

효마가 별채 입구에서 날씨를 살피던 때다.

"그 후로 네 할아버지는 여기 틀어박혀 있었고, 나랑 넌 계속 거실에 있었어."

"네."

"저기서 여기 입구는 훤히 보여. 세이치, 여기로 다가오는 사람을 봤니? 누가 여기로 들어갔냐는 말이야."

"……."

아무도 별채 입구로 가지 않았다.

---

*현세에 있는 몸이 그대로 부처가 되는 일을 가리킨다.

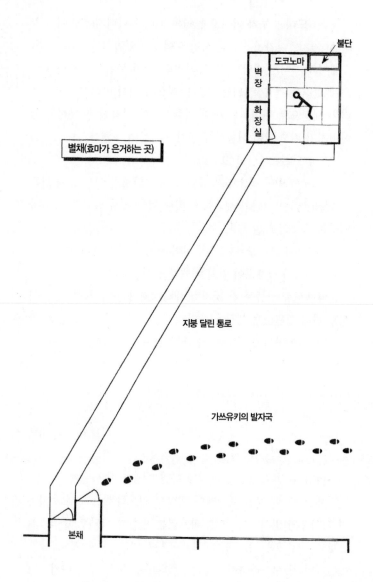

불단

도코노마

벽장

화장실

별채(효마가 은거하는 곳)

지붕 달린 통로

가쓰유키의 발자국

본채

"그럼 도대체 누가 어디로 들어와서 네 할아버지에게 이런 짓을 한 거지? 여기에 접근한 사람은 아무도 없었잖아."

세이치는 아무 대답도 할 수 없었다. 뭔가 무섭고 교묘한 속임수에 걸려든 것 같은 기분이었다. 현실의 빛이 바래고 으스스한 다른 세상으로 뒤바뀌는 듯한 비현실감이 덮쳐왔다. 불현듯 할아버지가 쥐고 있던 허름한 밥공기가 마음에 걸렸다.

"그 영매라는 사람이 그랬죠."

등 뒤에서 미아 목소리가 들렸다. 돌아다보자 어느 틈에 왔는지 가쓰유키와 미아가 새파랗게 질린 얼굴로 서 있었다. 미아가 떨리는 목소리로 말했다.

"그 사람이 그랬잖아요. 신령님이 재앙을 내릴 거라고."

가쓰유키가 달래듯이 딸의 어깨를 끌어안았다.

눈앞에서 손전등을 켠 것처럼 새하얘져가는 머릿속으로 세이치는 전혀 상관없는 생각을 했다.

'결국 할아버지께 죄송하다는 말씀을 못 드렸구나.'

막간
어느 형사의 메모

세타가야, 전 부동산업자 살해 사건 발생한 지 사흘째.

관계자 중 한 명인 세이케이 대학교 인문학부 조교 오우치야마 와타루의 알리바이 확인. 파트너는 관할서 사와모토(사와모토는 정말 싹싹한 청년이다. 차 안에서 프로 야구 이야기를 하며 의기투합).

네리마 구 사쿠라다이 3-18-2 '후타바 세탁소' 주인 나카자키

다이지. 사건 당일 저녁 6시 5분경 오우치야마와 자기 가게 근처 길에서 이야기를 나눔. 오우치야마는 단골이라 잘 알고 지낸다고 함(오우치야마의 증언으로는 저녁 6시경. 5분 차이. 오차 범위인가?).

오우치야마가 사는 연립주택 이웃집 사람은 당일 집에 없었음. 오우치야마가 집에 돌아온 시간 등의 증언은 얻지 못함.

그밖에 주변을 열 몇 군데 돌아다니며 탐문했으나 특별한 수확 없음.

1. 시간상 문제-오우치야마의 증언으로는 5시 15분이 지났을 무렵 호조의 집을 나서서 오다큐 선, 야마노테 선, 세이부이케부쿠로 선을 갈아타고 집으로 돌아갔다고 함. 나카자키의 증언과 시간상으로는 일치.

2. 거리적 문제-5시 15분에 호조의 집을 나서지 않으면 6시에 사쿠라다이로 돌아올 수 없다. 확인 완료. 시간은 아슬아슬. 차는 막혀서 무리일까?

3. 위증 가능성-세탁소 주인 나카자키와 길에서 만난 건 순전한 우연일까(알리바이 공작의 가능성)? 나카자키 변덕스레 산책을 하다 우연히 만남. 사전 공작은 불가능. 확인 완료. 작위적이었을 가능성은 적음.

4. 호조 나오쓰구, 세이치의 증언-5시 25분에 피해자를 목격(거실 유리 너머로). 오우치야마, 5시 15분, 시간 아슬아슬. 범행은 불가능, 알리바이 성립? 탐문을 더 해볼 필요 있음.

오후 9시부터 합동 수사 회의

세이조의 고급 주택가에서 발생한 사건, 상류층 인사도 많이 사는 지역, 조속한 해결을 바란다 운운. 본부장의 격문. 웃긴다!

복어 대가리, 언제나처럼 이야기가 길다.

- 범행 시각

  5시 25분~5시 55분 한정.

  나오쓰구와 세이치 증언(25분 목격). 신빙성 있나? 위증의 가능성은?

- 알리바이

  1)호조가–확인 완료. 가족끼리의 증언이라 증거 능력은 없지만 증거 자체에 모순은 없음. 아무도 현장에 다가가지 않았다?

  2)아나야마 지운사이–5시가 되기 전에 집을 떠남. 아사쿠사의 술집 '오타후쿠'에 5시 35분부터 10시까지 있었음. 가게 주인 요다 히사시 증언, 다른 손님의 증언도 다수(스기하라, 나카야마 조가 확인). 시간상으로 이동은 불가능. 가게에 있던 사람이 모두 위증했을 가능성은?

  3)가미시로 도모야–신주쿠 역, 5시 40분, 진돈야(사에코 증언)? '다쓰미 예능 선전사'(진돈야를 알선하는 일을 한다고 함) 가마타 후미오, 가시마 유키에, 같은 시각에 신주쿠 역에서 갈아탐(고데라, 사쿠마 조가 확인). 목격은 우연. 작위적인 연출은 곤란? 시간상으로 범행 후 이동은 불가능.

  4)오우치야마 와타루–사와모토에게 발표시킴. 약간 긴장. 알리바이 확인. 아니나 다를까 작위적인 연출은 없었느냐는 질문받음. 다시 조사할 필요 있음.

- 가족 및 당일 방문자의 알리바이는 거의 확인. 재검토할 필요 있음.

- 피해자의 개인적 관계–유아사 계장 조, 특별한 수확 없음. 유

아사 조금 조바심을 냄. 꽤나 볼 만함. 꼴좋다.

- 외부에서 침입한 흔적은 전혀 없음-담, 벽, 현장 건물 주변에 흔적 없음. 현장 건물 창문은 잠겨 있었음.
- 발자국
1)차고에서 본채 뒷문까지-가쓰유키.
2)뜰에 다수-현장에는 접근하지 않음. 나오쓰구와 세이치가 증언한 대로임(물 뿌리기). 수상한 발자국은 없음. 강수량이 적어서 발자국이 지워질 정도는 아님.
- 나오쓰구와 세이치의 증언-현장에 다가간 사람 없음. 불가능? 뭔가 착각했나. 가족끼리 감싸주느라 위증했을 가능성은?
- 아나야마가 '영혼의 짓'이라고 거듭 역설했다며 조사한 와키모토 과장이 농담. 웃긴다.

5. 관계자 알리바이 재확인, 피해자의 인간관계, 절도범의 범행일 가능성-이상 세 가지에 중점을 두기로 결정.

6. 세이치-10년 만에 집에 돌아옴! 작위성 있나?

7. 내일 다시 사와모토와 함께 사쿠라다이 주변에서 탐문.

8. 유아사 계장 수사반에 기대-원한?

오후 11시: 각 수사반이 개별적으로 협의 및 정보 교환, 모두 함께 확인.

오전 1시 30분 해산: 서에서 잠깐 취침.

사건이 일어난 지 나흘 후에야 효마의 장례식이 치러졌다.

부검을 하느라 시신이 그때까지 돌아오지 않은 것이 이유였다.

기분 좋게 화창한 5월의 어느 날이었다.

전날 밤 가족만 모여 간소하게 밤샘을 하고 고별식을 위한 자리로는 가장 가까운 장례식장을 골랐다. 복잡한 주택가에서 장례식을 치르면 번잡하기만 해서 요즘 관례대로 하기로 했다.

세이치는 가족과 함께 유족 자리에 나란히 앉았다.

장례식은 세이치의 예상보다 훨씬 수수했다. 화환의 수도 적고 장례식장에 비해 참석자가 적어 썰렁한 인상을 지울 수 없었다.

당대에 부를 쌓아 올려 성공한 사람에게는 어울리지 않는 듯하지만, 효마가 늘 사람을 불신하여 남을 멀리하고 이른바 외톨이 늑대 같은 인생을 살아왔기 때문인지도 모른다.

효마는 메이지* 끝자락에 도쿄 후카가와에서 태어났다. 스자키 유곽 바로 근처에 살았으며, 아버지는 장식품을 만드는 직인이었고 일곱 형제 중 여섯째였다. 어릴 적부터 영리하고 활달하였고 동네에서 소문난 고집쟁이였다고 한다. 부모님과 많은 형제에게 둘러싸여 가난하지만 건강하게 유소년기를 보냈다.

비극은 효마가 여섯 살 되던 해에 일어났다. 시즈오카 현 연안에 상륙한 태풍은 게이힌 지역, 도쿄 북부, 후쿠시마 현을 통과해 미야기 현 긴카잔 앞바다에서 홋카이도로 빠져나갔다. 도쿄를 중심으로 동일본 일대에 엄청난 폭풍우가 몰아쳤다. 그 결과 가옥 4만3천 8백71채가 전파되거나 반파, 유실됐고 20만4천 채가 침수되었으며 사망자 770명, 행방불명자 374명이 나왔다. 사카와가와 철교가 무너지고 야마키타와 고텐바 사이의 터널이 붕괴해서 도카이도 본선이 차단되었으며, 창고 침수로 식료품 가격이 대폭등했다. 물품이 부족한 틈을 노려 폭리를 취하려는 상인들을 통제하기 위해 경시청이 악덕 상인 단속령을 공포할 만큼 혼란스러웠다고 전해진다.

다이쇼 6년(1917년), 9월 30일 '동일본 대폭풍우'라는 명칭으로 기록에 남은 대참사였다.

사망자 770명 중에는 효마의 부모님과 여섯 형제도 포함되어 있었다. 집이 무너져 모두가 파묻혔다. 효마 혼자 비스듬히 쓰러진 들보 아래에서 기적적으로 목숨을 건졌다.

천애 고아가 된 효마를 거두어주겠다는 사람이 있어 니혼바시의 생사 도매점에 사환으로 들어갔다. 봉건적인 상업 세계에

*1868~1912년 사이에 사용된 일본의 연호.

서 최하위에 위치하는 노동력으로서 온갖 고생을 한 끝에 열한 살 때 주인에게 혜안을 인정받아 시중을 도맡게 되었다. 지금으로 치면 사장 비서인 셈인데 당시의 연공서열 제도에 비추어본다면 이례 중의 이례일 것이다. 주인은 상식에 얽매이지 않는 파격적인 사람이었고, 일부에서는 남색 기질이 있다는 소문도 돌았던 듯하지만 진위 여부를 알 수 없다.

생사 도매점 주인의 취미는 주식 투자였다.

다만 아무리 니혼바시에 가게를 차려놓았다고 하나, 아니 차려놓았기 때문에 재정 상태는 생각 외로 좋지 않아 주인이라 해도 자유로이 쓸 수 있는 돈이 남아도는 것은 아니었다. 주인은 이른바 '말로만 주식 투자'를 했다. 주식을 매매하지도 않으면서 주가 정보가 들려올 때마다 일희일우하는 주인을 가까이에서 보다 보니 자연스레 효마도 주식 투자에 대한 관심이 높아졌고 지식이 쌓여갔다. 열일곱 살이 되자 효마는 가부토 초의 조그마한 증권회사에 심부름꾼으로 들어갔다. 거기서 모은 약간의 돈과 전문 지식을 최대한 활용하여 주식 세계에 몸을 던졌다.

효마가 성공한 이유는 눈앞의 시세차액만을 노리는 투기꾼들 사이에서 대국을 파악하여 한 단계 위의 시점으로 주식 시장을 분석했기 때문이다. 상황을 객관적으로 살펴 붐이 일기 직전에 사서 이익을 남기고 붐이 끝나기 직전에 팔아서 또 이익을 남기는, 냉철한 관찰자의 눈을 지니고 있었다. 두각을 나타낸 효마는 어느덧 '쇼와의 후쿠자와 모모스케'라고 불리기에 이르렀다. 후쿠자와 모모스케는 게이오 대학교를 창설한 후쿠자와 유키치의 사위로, 메이지 시대 주식의 달인으로 알려진 인물이다.

상하이사변, 중일전쟁, 제2차 상하이사변 등 시대적 추이를 맡아내는 후각이 뛰어났던 효마는 군수 경기의 파도를 타고 눈덩이를 굴리듯이 자산을 불려갔다. 사람을 불신하여 남과 어울리지 않았기에 기만과 배신이 횡행하는 투기꾼의 세계에서는 그야말로 물 만난 물고기였다. 그리고 전황이 수렁에 빠져들기 직전에 마치 미래를 예견하기라도 한 것처럼 주식 시장에서 깨끗하게 손을 뗐다. 손을 떼는 시기도 후쿠자와 모모스케와 비슷하게 절묘했다.

효마는 세상에 도는 소문만큼 욕심이 많지도 않았고, 야심가도 아니었다. 오히려 자신의 분수를 아는 송사리였는지도 모른다. 전쟁이 끝난 후에는 다시 주식 시장에 복귀하지 않고 부동산업을 시작해 안정된 물건만을 다루며 조용히 살았다. 세타가야에 집을 산 것도 이 시기였다.

쇼와 30년대 끝자락에 세상을 떠난 아내, 하쓰에와의 사이에는 자녀를 셋밖에 두지 않았다. 그 시대 부부치고는 너무 적은 듯하지만 그만큼 젊은 시절의 효마가 바쁘기 그지없었다는 뜻이다.

주식 투자를 할 때 외톨이 늑대였던 것처럼 부동산업자로 활동할 때도 회사를 세우지 않았을 뿐 아니라 휘하에 부하를 한 명도 두지 않았다. 같은 집에 살면서 일하는 운전사 기요사토 에이키치만이 유일한 측근이자 오른팔이었다.

다른 사람에게 냉담했던 것처럼 효마는 아내와 자식들에게도 무관심했다. 스무 살이 될까 말까 하던 큰딸 다키에가 평범한 대학생에 불과했던 세가와 가쓰유키와 결혼하겠다고 난리를 떨었을 때도 가쓰유키를 데릴사위로 받아들인다는 조건만 내걸고는 어이없을 만큼 싱겁게 허락해주었다. 둘째 딸 사치에의 결혼

상대인 후지시게 게이고가 부동산과는 아무런 연관이 없는 약학사 학위를 가진 사람이었는데도 불만을 제기하지 않았다. 단하나뿐인 아들 나오쓰구가 화가를 지망했을 때 역시 잠자코 있었다.

정이 없다고 하는 사람도 있었지만 결과적으로는 자식들에게 최대한의 자유를 주었다고 볼 수도 있다. 효마 자신이 스스로 재능과 실력만으로 인생을 개척하며 방만하게 살았기 때문인지도 모른다.

하지만 만년에 그는 느닷없이 삶의 태도를 바꾸었다.

후계자를 원한 것이다.

십수 년 전, 세이치가 고등학생일 적이었다.

자신이 살아온 증거를 남겨 후세에 전하고자 하는 것이 인간의 본능이라고 한다면, 효마는 일흔 살이 되어서야 겨우 그 본능에 눈을 뜬 것이리라.

둘째 사위 후지시게 게이고와 운전사 기요사토 에이키치는 세상을 떠났고, 가쓰유키와 나오쓰구는 믿음직하지 못하다. 효마는 그렇게 판단했는지 세이치를 후계자로 뽑았다.

효마는 세이치에게 경제학이나 경영학을 공부하라고 요구, 아니 명령했고 세이치는 거부했다.

효마는 완고했고 그 피를 이어받은 탓인지 세이치도 쇠고집이었다.

결국 타협점을 찾지 못하고 세이치는 집을 나갔다. 혼자 살며 학비만 부모에게 받아 광학을 공부했다.

그로부터 몇 년 후, 효마는 땅과 빌딩 대부분을 처분하고 은퇴했다.

세이치는 지금도 자신이 잘못된 선택을 했다고는 생각지 않는다.

다만 치기 어린 반발심 때문에 괜한 고집을 부린 듯하여 후회스럽기는 했다. 할아버지에게 한마디 사과도 못 했다는 것이 유일하게 마음에 걸렸다.

장례식은 차분하고 조용하게 진행되었다.

밝은 햇살 속에서 엄숙하고 장엄하게.

부드럽고 산뜻한 바람이 검은 옷을 입은 참석자 사이를 빠져나갔다.

구지라마쿠*가 천천히 흔들렸다.

장례식에는 어울리지 않을 만큼 화창하고 정적에 싸인 오후였다.

참석자 중 절반은 가쓰유키와 나오쓰구의 지인들이었다. 나머지 반은 효마가 옛날부터 알고 지내던 사람들일까. 그들은 대체로 조용하고 무표정했다. 다만 명백하게 암흑가 사람인 듯한 험상궂은 얼굴의 남자가 검은색 벤츠를 타고 달려왔을 때는 아무래도 긴장감이 높아졌다. 남자는 "옛날에 호조 어르신께 신세를 졌습니다"라고 하더니 눈이 새빨개진 채 몇 번이고 분향했다. 미아가 "우아, 대단하다" 하고 눈을 동그랗게 떴고 세이치는 할아버지의 파란만장한 젊은 시절을 상상해보았다.

사에코는 휠체어를 타고 참석했다.

검은색 원피스 가슴께에 늘어뜨린 진주 목걸이가 청아하게 빛났다. 세이치와 미아는 자신의 몸을 방패 삼아 사람들의 호기

---

*검은색과 흰색 천을 번갈아 이어 만든 막. 장례식 때 쓴다.

심 어린 시선에서 사에코를 지키느라 고생했다.

출관할 때가 되자 후미는 제정신이 아닌 듯이 큰 소리로 엉엉 울었고, 그 모습에 다키에는 "어쩐지 남우세스럽네" 하고 불경스러운 말을 했다.

뜻밖에도 가쓰유키가 앞장서서 모든 일을 알아서 처리하여 만년 총무과장의 업무 능력이 얼마나 뛰어난지 보여주었다.

이럴 때 아무런 도움도 되지 않는 사람이 바로 나오쓰구다. 그는 가쓰유키 뒤에 달라붙어 그저 어정거릴 뿐이었다.

어떻게 보아도 경찰 관계자 같은 남자들이 조문객 사이에 가만히 섞여들어 주변을 관찰하는 모습이 신경 쓰였다. 틀림없이 보도 관계자로 추정되는 사람들이 장례식장 직원에게 쫓겨나는 모습도 눈에 거슬리기는 했다. 하지만 크게 방해가 되지는 않았기에 효마의 장례식은 별 탈 없이 끝났다.

범인만이 아직 잡히지 않았다.

*

오늘은 할아버지 장례식이었다.

오랜만에 휠체어를 타고 밖에 나갔다.

오랜 시간 외출할 때 목발이나 엘보 클러치는 적합하지 않다. 그래서 오빠가 밀어주는 휠체어를 탔지만 역시 금방 지쳤다. 익숙하지 않은 외출은 조금 힘겹다.

피곤한데도 좀처럼 잠이 오지 않았다. 어두운 생각에 사로잡혀 잠이 올 것 같지 않았다.

할아버지가 돌아가셨다.

그것도 누군가에게 살해당했다.

무섭기 짝이 없다. 어째서 그런 끔찍한 일이 일어났을까. 사람이 사람을 죽이다니 그렇게 슬픈 일이.

할아버지, 할아버지.

엄하고 무서운 분이었다고 하는 사람도 있지만 내게는 정말로 다정한 분이셨다. 어째서 그런 인상을 받은 사람이 있는지 도무지 모르겠다. 할아버지는 모든 것을 품어주는 다정한 분이셨다. 크고, 강하고, 어미 새의 품처럼 자애롭게 나를 지켜주는 분이셨는데.

할아버지, 할아버지, 내가 정말 좋아하는 다정한 할아버지.

어째서 돌아가셨을까.

어째서 그렇게 험한 꼴을 당하셔야 했을까.

어째서 내가 좋아하는 사람들은 내 곁에서 사라지는 걸까.

어째서 다들 불행한 최후를 맞이할까.

어째서.

아빠 엄마도 처참하게 돌아가셨다.

17년 전 5월.

교통사고였다.

우리는 요쓰야에 살고 있었다. 듣건대 할아버지가 가지고 계시던 맨션 중 하나였다고 한다. 할아버지가 엄마의 결혼을 축하하며 선물하셨다. 그것 봐, 할아버지는 다정하셨다니까.

외갓집인 세타가야에도 자주 놀러 왔다.

숲이 있는 할아버지 집. 그렇게 부르던 게 기억난다. 오빠랑 같이 놀 생각에 신이 났었지. 술래잡기를 하며 뜰을 뛰어다녔다. 그때는 나도 자유로이 달릴 수 있었는데. 주말에는 아빠 엄마랑 자주 여기서 자고 갔다. 내가 오빠한테 착 달라붙어서 떨어지지 않았으니까.

5월에 그 사고가 났다.

잘 기억나지는 않지만 아빠의 먼 친척 집에서 법사를 한다고 했다. 다 같이 할아버지 집에서 자고 아침 일찍 출발했다. 후미 아주머니의 남편인 에이키치 아저씨가 모는 차를 타고.

그게 17년 전 5월이었다.

사고에 관해서는 기억이 불분명하지만 오빠가 손을 흔들며 배웅해준 모습만은 선명하게 남아 있다. 나는 에이키치 아저씨가 모는 차에 타는 게 좋아서 마구 떠들었다.

일찍 일어난 탓에 엄마 무릎 위에서 졸았을 것이다. 정신을 차려보니 병원이었다.

차는 도쿄와 사이타마 현의 경계에 있는 네거리에서 대형 덤프트럭과 정면충돌했다고 한다.

그 한순간이 후미 아주머니에게서는 남편을, 내게서는 부모님과 신체적 자유를 앗아갔다. 그 한순간이 내 모든 것을 빼앗아갔다.

사고의 충격은 상당해서 덤프트럭은 반쯤 부서졌고 우리가 탄 차는 형태를 알아볼 수 없을 만큼 찌그러졌다고 한다. 내가 구사일생한 것은 몸이 작고 유연했기 때문이다. 무엇보다도 엄마는 나를 감싸 안은 채로, 아빠는 몸을 던져 그 위를 덮은 채로 돌아가셨기 때문이다. 이 사실은 나중에 구조대원들의 이야기로 알았다.

아빠, 엄마. 저는 두 분의 딸이에요. 아빠와 엄마에게 사랑받은 세상에서 하나뿐인 딸이에요. 그러니까 저는 이렇게 살아 있는 거예요.

병원에서 깨어났을 때 온몸에 붕대가 감겨 있었다. 얼굴까지 둘둘 감아놓아서 아무것도 보이지 않았다. 오른쪽 다리가 근질근질해서 짜증났던 기억이 난다. 이제 두 번 다시 움직일 수 없는 다리인데.

할아버지는 내가 딱했을 것이다.

아빠 친가와 상의해서 나를 거두어주셨다. 이 방에 욕실과 화장실을 새로 만들고 집 안 곳곳에 금속으로 된 손잡이를 달았다.

할아버지는 내가 어린이용 목발을 어설프게 다루는 모습을 보고 마음이 아팠을 것이다. 할아버지는 자주 어린 나를 안아 들고 말했다.

"우리 사에코, 참 착하고 예쁘다. 늘 할애비 곁에 있으렴. 할애비는 사에코랑 함께 있고 싶구나. 언제나 이렇게 할애비 곁에 있어다오."

다정한 할아버지.

몸이 자라면서 손잡이의 위치는 해마다 높아졌다. 부품을 다는 위치가 점점 올라가는 바람에 벽이 구멍투성이가 되어 우둘투둘해졌지만 할아버지는 조금도 마음에 두지 않았다. 매년 업자를 불러 봉의 위치를 높였다. 할아버지는 오히려 즐거워하는 것 같았다.

그런 할아버지가 이제 없다.

제법 연세를 드신 데다 근래에는 별채에 틀어박혀 계셨지만, 그래도 할아버지는 내 소중한 할아버지였다.

할아버지가 돌아가셨다.

이제 두 번 다시 볼 수 없다.

어째서 그렇게 끔찍하게.

내가 좋아하는 사람들은 어째서 그런 식으로 세상을 떠나는 걸까.

어째서, 어째서.

신이시여, 신이시여, 부탁드립니다.

더 이상 제가 좋아하는 사람들이 불행해지지 않도록 해주세요.

신이시여, 신이시여, 부탁드립니다.

제가 좋아하는 사람들을 지켜주세요. 아빠, 엄마 그리고 할아버지가 저를 지켜주신 것처럼.

신이시여, 신이시여, 부탁드립니다.

부디 지켜주세요.

오빠를, 미아를, 후미 아주머니를, 이모부를, 이모를, 외삼촌을…… 그리고, 그리고 그 사람을 지켜주세요.

*

사건이 일어난 지 닷새가 지났다.

세이치는 2층 방에 올라가 피곤한 몸을 침대에 던졌다.

스스로도 신경이 가시처럼 곤두서 있다는 것이 느껴졌다.

깜빡하고 치지 않은 커튼 너머로 밤의 어둠 속에서 나뭇가지가 흔들렸다. 나뭇가지가 부산하게 흔들대며 추는 춤이 단조롭게 되풀이되자 세이치는 안 그래도 심란한 마음이 더 뒤숭숭해졌다.

저절로 한숨이 나왔다.

낮에는 회사까지 형사가 찾아왔다. 불쾌감을 씻어내기 위한 주문이라도 되는 양 형식적인 절차라는 말을 늘어놓으며 벌써 몇 번이나 한 이야기를 끈질기게 다시 들으려고 했다.

10년 만에 집에 돌아가자마자 사이가 좋지 않았던 할아버지가 살해당했다. 경찰이 수상하다고 여기기에 충분한 이유일지도 모른다. 아무리 그래도 이쪽 주장을 덮어놓고 믿지 않는 듯한 태도가 불쾌했다. 세이치의 말에서 모순을 찾아내 한 건 올리려고 기를 쓰는 느낌마저 들었다. 형사가 찾아온 것도 마음에 들지 않았지만, 동료와 상사가 호기심을 품고 뭔가 파헤쳐보려는 시선이 더없이 성가셨다.

오후가 되어 프리즘에 각도별로 빛을 비추는 실험을 했을 때는 전혀 집중이 되지 않았다.

어처구니없고 속이 빤히 들여다보이는 촌극은 이제 지긋지긋했다.

신기하게도 할아버지가 돌아가셔서 슬픈 기분은 들지 않았다.

10년이나 얼굴을 보지 않았으니 무리가 아닐지도 모른다. 효마의 피를 이어받은 만큼 가족에게 박정한지도 모른다. 하지만 이유가 무엇이든 세이치는 평정을 유지하는 자신이 더욱 싫어졌다.

창밖 나무들의 춤이 신경에 거슬려 세이치는 일어서서 커튼을 확 쳤다.

그것이 신호였다는 듯 방문을 두드리는 소리가 났다.

"네."

분홍색과 하얀색 줄무늬가 들어간 헐렁한 파자마를 입은 미아가 들어왔다. 양손에 김이 피어오르는 머그잔을 들고 있었다.

"퉁명스럽게 그게 뭐야."

미아는 인상을 찡그리며 말했다.

"오빠, 아직 안 잤구나."

"그래."

"코코아 마실래? 지금 탄 건데."

"응."

미아가 컵 하나를 건네주었다.

"공부는 잘되니?"

"뭐야, 그게. 먼저 고맙다는 말 정도는 해야지. 오빠는 정말이지 무뚝뚝하다니까. 잘하고 있으니까 걱정 마셔. 코코아 마시면서 잠깐 쉬려는 것뿐이니까."

어머니의 무사태평함에 대한 반작용인지 미아는 뜻밖에도 야무진 딸로 자랐다.

"있지, 오빠. 우리 어릴 적에 자주 이렇게 코코아 마셨잖아. 언니랑 셋이서 후미 아줌마한테 타달라고 부탁해서."

미아는 세이치의 침대에 털썩 앉아서 말했다. 세이치는 자연스레 의자에 앉아 미아와 마주 보았다.

"그랬지. 넌 사에코가 입으로 불어서 식혀줘야 마셨잖아."

"그랬나?"

"그래. 막 뛰어다니다가 내 침대에 코코아를 엎질러서 후미 아줌머니한테 혼쭐이 났지."

"그런 적이 있었나? 기억 안 나는데. 뭐, 추억 이야기는 제쳐두고. 있지, 오빠."

갑자기 미아가 목소리를 낮추었다.

"유령이 있다고 생각해?"

"뭐야, 갑자기."

"그게 외삼촌이 할머니 유령을 봤다잖아. 그리고 할아버지가 살해당한 방식, 아무리 생각해도 보통이 아니야."

"아, 뭐 그렇긴 하지."

"요전에 형사님한테 들었는데 입구 말고는 어디에도 별채로 들어간 흔적이 없대."

"하지만 빠뜨리고 넘어갔을 수도 있잖아."

"나도 그렇게 말했는데 형사님은 절대 그럴 리 없다더라고. 감식반이라고 하나? 그 사람들이 조사하면 완벽하게 알아낼 수 있대."

미아의 말을 들으며 세이치는 코코아를 마셨다. 달콤한 코코아가 마음을 풀어주었다. 세이치는 천천히 코코아를 마시며 말했다.

"뭐, 그렇겠지. 그 사람들은 전문가니까."

"그래서 담이랑 별채 주변 뜰도 전부 조사했는데 누가 몰래 숨어든 흔적은 전혀 없었대."

"아, 그날 늦게까지 어수선했었지."

"응. 그러니까 할아버지를 죽인 범인은 입구로 들어왔다고밖에 생각할 수 없는 거지."

"음."

"오빠랑 외삼촌이 거실에서 별채를 계속 보고 있었잖아."

"응, 봤어."

"정말로 아무도 안 들어갔어?"

"응."

그렇다. 그게 이상하다. 세이치도 이해가 가지 않았다. 누가 지나갔다면 못 볼 리가 없다.

미아는 눈동자가 두드러진 큰 눈으로 세이치를 가만히 바라보았다.

"있지, 혹시 몰래 들어갔는데 못 본 건 아니야?"

"경찰도 몇 번이나 물어보더라."

세이치는 얼굴을 찡그렸다.

"너무 끈덕져서 진절머리가 나. 하지만 할아버지가 별채 입구로 나왔다 들어가신 후에 별채랑 지붕 달린 통로에 불이 켜져서 밝았으니까 못 봤을 리 없어."

"맹세할 수 있어?"

미아가 몸을 내밀고 물었다.

"맹세까지는 못 하겠지만 할아버지가 신경 쓰여서 그쪽을 계속 의식하고 있었어. 누가 들어갔다면 모를 리 없지."

"그것 봐. 그러니까 이상한 거잖아."

미아는 코코아를 한 모금 마시고 말했다.

"아무도 가까이 가지 않았는데 할아버지는 돌아가셨어."

"그럼 사고나 자살은 아닐까?"

세이치는 생각나는 대로 말을 꺼내보았지만 스스로도 신빙성이 없다고 생각했다. 아니나 다를까 미아는 바로 짧은 머리를 저었다.

"형사님이 그건 아니라고 했어. 할아버지는 엄청 세게 얻어맞았대, 게다가 그 쇠막대기……."

"독고? 외삼촌이 법구라고 하던데."

"그래, 그 독고를 잡는 부분에 지문을 지운 흔적이 있었대."

"지문을?"

"응, 누가 할아버지를 때리고 나서 천 같은 걸로 닦아낸 모양이야. 역시 이상하다니까. 아무도 들어가지 않은 별채에 할아버지 혼자 계셨는데 누가 할아버지를 때렸으니까."

미아는 그렇게 말하고 두려운 듯이 컵을 양손으로 꼭 잡았다.

"그러니까 역시 유령 같은 게 저지른 게 아닐까 싶어서."

"너 겁이 나서 코코아를 들고 내 방에 온 거구나. 이런 밤중에 그런 쓸데없는 생각이나 하니까 그렇지."

"그런 건 아니지만 유령이 사람을 죽이다니 좀 무섭잖아."

"설마."

사실 세이치도 약간 겁이 났다. 그런 이상한 일이 실제로 일어날 리는 없지만.

"그 영매라는 사람이 분명히 그랬잖아. 신령님이 재앙을 내릴 거라고."

미아의 큰 눈동자에 진지한 빛이 서려 있었다.

"그런 영혼에 씌면 싫은데."

"하지만 유령 살인범이 있다는 말은 못 들어봤어."

세이치는 일부러 밝게 말했지만 미아는 한층 심각해진 표정으로 말했다.

"그럼 초능력인가."

"초능력?"

"응, 초능력자라면 그 정도 쇠막대기쯤이야 멀리서도 거뜬히 조종할 수 있을 거 아니야."

"무슨 말도 안 되는 소리야. SF도 아니고."

"하지만 가미시로 씨랑 오우치야마 씨도 그랬어. 초능력은 진짜로 있다고. 오빠는 그런 거 안 믿어?"

미아가 똑바로 쳐다보는 바람에 세이치는 허둥지둥 눈을 돌렸다. 초능력, 예지. 확실히 존재할지도 모른다. 그렇게 말하고 싶었지만 두려워서 말이 나오지 않았다.

*

오늘은 토요일.

무시무시한 사건이 일어난 지도 벌써 일주일이 다 되어간다.

이제야 겨우 예전의 고요함이 되돌아왔다.

쉬는 날이라 오빠는 하루 종일 나를 상대해주었다. 여러 가지 이야기를 해주어서 어린 시절로 되돌아간 것만 같았다. 하지만 렌즈 굴절률이나 프리즘 곡면 수정 같은 이야기는 이해가 잘 가지 않았다. 아무튼 주 5일 근무제에 감사, 감사.

오랜만에 마음 편하고 평화로운 하루였다.

이제 잠자리에 들기만 하면 된다.

후미 아주머니가 내 방에서 잠자리를 준비해주었다.

어릴 적부터 이어져오는 습관이다.

이제는 나도 알아서 할 수 있다고 말해도 후미 아주머니는 한사코 이 습관을 바꾸려 하지 않는다. 후미 아주머니가 내 침대를 정돈하는 동안 둘이서 잠깐 이야기를 한다. 나는 이 시간을 참 좋아하는데, 후미 아주머니도 즐거운 모양이다. 그래서 나도 우기지 않고 호의를 받아들였다. 그래서 지금도 이 시간이 되면 후미 아주머니가 온다.

"저, 후미 아주머니."

"왜요, 아가씨."

"아저씨랑 연애결혼하셨어요?"

후미 아주머니는 조금 놀란 듯이 말했다.

"갑자기 무슨 말씀을. 어째서 그런 걸 물으셔요?"

어째서일까. 요즘 남들 사랑 이야기에 마음이 쓰인다.

"아니요, 그냥. 이야기 들어본 적 없는 것 같아서요."

"그렇군요. 연애결혼이라니 그렇게 거창한 건 아니에요."

"그럼 뭔데요?"

"돌아가신 마님, 그러니까 아가씨의 외할머니가 병에 걸리셔서 제가 왔는데 그 사람이 이미 여기에 있었다. 그뿐이에요."

"그뿐이요? 그래서는 무슨 뜻인지 모르잖아요."

"그러니까 우리 바깥양반도 여기서 살면서 운전기사로 일했고, 저도 여기 있다 보니까 맺어진 것뿐이에요."

"어머나."

"그래서 연애고 뭐고 한 적 없어요. 일하다 보니까 옆에 있던 길요."

후미 아주머니는 꽤나 부끄러운 듯했다.

"멋지다."

"멋진가요? 꿈도 낭만도 없는데요."

일부로 퉁명스럽게 말했지만 후미 아주머니가 남편을 얼마나 소중히 여겼는지는 나도 안다.

17년 전 그 사고로 아빠, 엄마, 그리고 후미 아주머니의 남편이 세상을 떠났을 때, 후미 아주머니는 미친 듯이 슬퍼했다고 한다. 거기에다 경찰이 에이키치 아저씨가 졸음운전을 하는 바람에 사고가 났을 가능성이 있다고 알려주자 후미 아주머니는 기절하고 말았다. 그런 이야기를 들은 적이 있다.

하지만 할아버지는 에이키치 아저씨를 두둔하며 경찰에게 고함을 버럭 질렀다고 한다. 에이키치가 그렇게 태만한 짓을 할 리 없다면서. 결국 사고 원인은 마지막까지 밝혀지지 않은 모양이지만 후미 아주머니는 책임을 느껴 이 집에서 나가려고 했다고 한다. 남편이 졸음운전을 했다는 사실에 엄청난 충격을 받았겠지. 하지만 할아버지는 후미 아주머니에게 지금처럼 여기 있으라고 말해주었다. 당시 마흔 살에 가까운 여자가 홀로 살아가기는 여간 힘든 일이 아니었다고 한다.

그 후로 후미 아주머니는 할아버지에게 각별한 은혜를 입었다는 마음으로 살아왔다. 그러니 장례식 때 그렇게 울었던 것도 당연하다. 여전히 후미 아주머니는 할아버지를 처음으로 발견한 충격에서 벗어나지 못한 것 같지만 씩씩하게 행동하려고 애쓰고 있다. 나조차 딱하다고 느낄 만큼. 그래도 우리가 걱정하지 않도록 열심이다. 후미 아주머니는 착한 사람이다.

"저기, 후미 아주머니."

"예예, 이번에는 뭔가요?"

"재혼 생각해보신 적 있어요?"

"재혼요?"

"네."

"글쎄요. 나리랑 아가씨를 돌봐야 한다는 중책을 맡고 있었던 데다."

"데다, 뭐요?"

"아무 장점도 없는 시시한 사람이었지만 이 세상에 우리 바깥

양반은 하나뿐이었으니까요."

후미 아주머니는 아련한 기억을 더듬는 것처럼 말했다.

"아주머니, 아저씨를 정말로 사랑하셨군요."

"에구, 망측해라. 아가씨도 참 무슨 말씀이셔요. 자자, 그런 객쩍은 말씀은 그만두시고 이만 쉬셔요."

"네."

나는 순순히 침대로 향했다.

우리는 매일 이렇게 잠자리에 들기 전에 둘이서 이야기를 한다. 어릴 적부터 하루도 빠지지 않고.

잠이 오지 않는 밤은 아주머니가 늘 곁에 있어주었다.

엄마처럼 다정하게 머리를 빗겨주었다.

잠이 들 때까지 손을 잡아주었다.

무서운 꿈에 시달리면 반드시 안아주었다.

"아가씨, 아가씨, 가엽게도 무서운 꿈을 꾸셨군요. 무서운 괴물이 아가씨를 괴롭혔군요. 괜찮아요, 이제 마음 놓으셔요. 후미가 여기 있으니까요. 나쁜 놈은 후미가 몽땅 해치웠어요. 그러니까 아가씨, 안심하고 주무셔요. 자, 아가씨. 푹 쉬셔요."

그리고 언젠가 이런 이야기도 해주었다.

"아가씨 아버님은 어머님을 정말 소중히 아끼셨답니다. 아가씨 이름인 사에코도 어머님 이름인 사치코에서 두 글자를 떼어 와서 지어주신 거랍니다. 어머님처럼 예쁘고 다정한 사람이 되도록, 어머님과 아버님이 그러셨듯이 서로 깊이 사랑하는 사람을 만날 수 있도록요. 그런 소망을 담아 아가씨 이름을 지어주셨답니다."

아빠는 진심으로 엄마를 사랑했다.

후미 아주머니도 남편을 이 세상에서 제일 아꼈다.

나도 그런 사람을 만날 수 있을까.

후미 아주머니, 안녕히 주무세요.

엄마, 잘 자.

그리고, 그리고 그 사람에게.

신이시여, 신이시여, 부탁드립니다.

부디 제 애절한 마음이 밤을 뛰어넘어 그 사람의 꿈에 닿게 해주세요.

*

일요일은 아침부터 분주했다.

효마와 오래 알고 지냈지만 장례식에 참석하지 못한 지인들이 조문을 하러 속속 찾아왔기 때문이다.

원래는 오늘이 초칠일이지만 요즘 관례대로 초칠일 법요는 장례식과 함께 마쳤다.

그래도 조문객은 끊일 줄 몰랐다. 효마가 주소록을 제대로 남겨놓지 않아 가족들은 그의 교우 관계를 거의 몰랐다. 연락을 받지 못한 사람들이 남에게 전해 듣고 일요일에 차례차례 찾아오는 듯했다.

가쓰유키와 다키에, 그리고 세이치까지도 생면부지의 손님들을 맞느라 정신없이 바빴다.

사람들에게 무심한 효마의 일면밖에 몰랐기에 세이치는 약간 의외였다. 하지만 다키에도 기억하지 못하는 고인의 옛 인간관계는 나름대로 흥미로웠다.

오후에는 나오쓰구도 왔다.

끊임없이 찾아오는 조문객들을 응대하는 일을 도와주러 온 것은 물론 아니었다. 여느 때처럼 손님인 양 응접실에 떡하니 자리를 잡았다.

나오쓰구는 영매 아나야마 지운사이를 데리고 왔다.

"그래서 말인데, 매형. 지운사이 선생님 말씀으로는 역시 이 집에 나쁜 영혼이 들러붙어 있을지도 모른대요."

나오쓰구는 전매특허인 비아냥거리는 듯한 웃음을 한쪽 뺨에 띠며 말했다.

상대를 하고 있는 사람은 가쓰유키와 세이치였다. 다키에는 이미 꽁무니를 뺐다. 차를 가져온 후미도 무표정이라는 가면 아래 노골적으로 인상을 팍 쓰고 있는 모습이 훤히 보여서 세이치는 웃음을 참느라 고생했다.

"그러니까 선생님은 좀 더 시간을 들여서 조사해보고 싶으시대요."

"그렇구나."

나오쓰구의 갑작스런 말에도 가쓰유키는 평소와 다름없이 무덤덤했다.

"괜찮으시겠소, 가쓰유키 씨?"

지운사이가 쉰 목소리로 말했다.

"효마 옹이 돌아가신 상황이 아무래도 이상하외다. 그건 잘 알고 계실 테지. 내게는 신령님의 힘이라는 생각밖에 들지 않는구려. 효마 옹은 영혼에게 살해당한 것이오. 일전부터 이 댁에 올 때마다 강한 영혼의 기운이 느껴졌소이다. 흉포한 재앙의 힘 말이오. 심원한 영계에서 악한 영혼이 다가오며 철퇴를 휘두르는 기척을 확실하게 느꼈소. 그리고 예상한 대로 효마 옹은 불행한 일을 당하셨지. 어떻소, 나를 믿어보지 않겠소이까? 악령이 이 집에 불러온 검은 안개의 정체를 밝혀보지 않겠소? 내게 그 영혼을 조복할 기회를 주지 않겠소이까?"

"하지만 아내가 뭐라고 할지⋯⋯."

가쓰유키가 탐탁지 않은 말투로 답했다.

"어머니는 그런 걸 별로 안 믿으시니까요."

미흡하나마 세이치도 가세하자 나오쓰구가 한 손을 팔랑팔랑 폼 나게 흔들었다.

"하지만 세이치, 선생님은 어쩌면 나쁜 일이 또 일어날지도 모른다고 하셨어. 일이 터지고 나면 늦잖아."

지운사이도 덩달아 말을 꺼냈다.

"그렇고말고. 여기는 악한 영력으로 가득 차 있소이다. 확실하오."

그는 두꺼비 같은 얼굴을 앞으로 쑥 내밀었다.

"보시오, 이렇게 앉아 있는 지금도 느낀다오. 사악한 기운과 악의로 가득한 원망과 한탄의 목소리가 똑똑히 들리는구려. 이렇게까지 강하게 느껴지는 것도 참 드문 일이야. 당장에라도 머리카락이 쭈뼛 설 것처럼 느껴진단 말이오. 어떻소, 가쓰유키 씨. 무슨 기척이 느껴지지 아니하오?"

"하아⋯⋯."

가쓰유키는 검은 테 안경을 가볍게 밀어 올리고 성의 없이 대답했다. 지운사이는 양서류 같은 입을 잔뜩 일그러뜨리더니 날카로운 눈을 번뜩이며 말했다.

"하나 더, 여기에 다른 힘이 하나 더 소용돌이치고 있구려. 아마도 그건 그대의 장모님이 아닐까 하오만. 효마 옹도 부인의 영혼이 가까이 있다는 것을 느끼고 계셨소이다. 그건 진실이오. 나오쓰구 씨 어머니의 영혼이, 내가 보기에는 악한 영혼의 힘으로부터 그대들을 지키려하고 있소. 내게는 느껴지오. 모성의 영력과 사악한 영력이 꿈틀거리며 부딪치고 있는 것이 느껴지외다. 하지만 악령의 힘이 강대하여 성스러운 정화의 힘을 도와주지 않으면 안 되오. 그럴 수 있는 사람은 나밖에 없소. 반드시 악한 영혼을 물리치고 멸하여 봉인하겠소이다. 지금 당장 하지 않으면 돌이킬 수 없는 사태가 벌어질 것이오. 더욱이 심각한 흉사가 재앙의 검은 날개가 되어 이 집에 내려앉을 거외다."

지운사이는 불길한 말을 끝도 없이 줄줄 쏟아냈다.

"요전에도 말씀드렸다시피 그게 그자들의 상투 수단입니다."

가미시로는 단정한 얼굴에 쓴웃음을 지으며 말했다.

지운사이가 재수 없는 소리를 실컷 퍼붓고 돌아가고 나서 얼마 지나지 않아 가미시로와 오우치야마 콤비도 찾아왔다.

틀에 박힌 조문이 끝난 후에 세이치는 지운사이와 나눈 이야기를 두 연구자에게 전달했다.

"하지만 저도 등골이 오싹하던걸요. 그 영매, 뭐라고 표현하기 힘든 박력이 있어서 그런지 말에 설득력이 느껴지더라고요."

세이치는 그렇게 이야기를 끝맺었다.

이번에는 다키에와 세이치가 응대를 했다.

이 젊은 연구자들에게 흥미가 있어서인지 동아리 활동에서 돌아온 미아도 한 자리 차지하고 앉았다.

나오쓰구는 어느 때처럼 저녁을 먹기 위해 남았고, 지금은 부얼에서 후미를 귀찮게 하고 있는 듯했다.

세이치의 이야기가 끝나자 다키에도 불쾌함을 숨기지 않고 여실히 드러냈다.

"어휴, 진짜 짜증 난다니까요. 아버지 사십구재도 치르지 않았는데 아들이라는 게 남 보기 부끄러운 줄도 모르고 그딴 인간을 데려오니 원. 몇 번이나 그만두라고 말렸는데 말이에요."

"그럼 이번에는 나오쓰구 씨를 설득해야 할 것 같군요."

가미시로가 곤혹스럽다는 듯 말했다. 오우치야마도 통통한 얼굴을 찌푸리며 말했다.

"할아버님도 만만치 않으셨지만 나오쓰구 씨는 더 어려울 것 같네요."

호빵에 금을 그은 것처럼 가느다란 오우치야마의 눈이 잔뜩 오므라들어 희미하게 웃는 듯한 표정으로 변했다.

"그러게요. 외삼촌은 사고방식이 유연한 것 같지만 남이 하는 말은 안 듣거든요."

미아가 말했다. 다키에도 다시 입을 열었다.

"그러니까 부탁 좀 드릴게요. 그 이상한 사람이 집에 드나들지만 않으면 돼요. 정말이지 이제 믿을 사람은 두 분밖에 없어요."

언젠가 미덥지 않다고 한 말은 완전히 잊어버린 것 같았다.

"하지만 그 영매라는 사람이 한 말도 어쩐지 마음에 걸려요. 있죠, 있죠, 가미시로 씨랑 오우치야마 씨도 뭔가 느껴져요? 영혼의 힘이라든가?"

미아가 묻자 가미시로는 재미있다는 듯이 말했다.

"저희에게 그런 능력은 없습니다. 그저 평범한 연구자일 뿐이니까요."

"그리고 미아 씨."

오우치야마도 눈을 실처럼 가느다랗게 뜨고 말했다.

"전에도 말씀드렸죠. 그런 위협에 넘어가서는 안 된다고요. 놈들은 사람의 마음에 공포심을 심어놓고 거기에 파고듭니다. 믿으면 안 돼요."

"그래, 미아. 믿으면 안 돼."

다키에가 딸을 타일렀다.

"히라모토 씨네 큰딸, 천공진신교인가 하는 이상한 신흥종교에 속아 넘어가서 고생이라고 하잖니. 불단을 사질 않나, 월급을 몽땅 갖다 바치질 않나. 이 사람 저 사람 가리지 않고 친척들한테 종교를 권유하는 바람에 난리도 그런 난리가 없다더라. 히라모토 씨 부인, 날마다 살이 쪽쪽 빠지는데 얼마나 안됐는지 몰라. 미아도 그런 데 속아 넘어가면 어쩌니."

"걱정 마. 난 그렇게 단순한 사람 아니니까. 그런데 가미시로 씨, 이상한 종교는 그렇다 치고 영혼은 정말 있는 걸까요?"

미아는 상당히 신경이 쓰이는 모양이었다. 질문을 받은 가미시로는 여자처럼 얇은 입술을 벌렸다.

"글쎄요. 저희는 일반적으로 사람들 입에 오르내리는 영혼은 존재하지 않는다고 생각합니다."

유능한 연구자의 표정이었다.

"일반적으로 유령이라고 하면 죽은 사람의 모습이 나타난다거나 아무도 없는 곳에서 인기척이 느껴지는 사례를 가리키는 것 같더군요. 저희는 그러한 사례를 수많이 수집했는데요. 대부분은 잘못 보았거나 자신의 감각을 오해하는 등 착각의 범주에 들어간다고 확신합니다."

가미시로는 여느 때의 냉정한 말투로 이야기했다.

"그러니 누군가의 영혼이 가까이에 있다는 발상은 난센스죠. 그 영매의 말처럼 효마 씨 부인의 영혼 운운하는 이야기는 논할 가치도 없습니다."

"그럼 역시 사이비네요."

미아가 반신반의하는 투로 말하자 가미시로는 단호하게 고개를 끄덕였다.

"물론입니다."

"그런데 어떻게 그렇게 딱 잘라 말할 수 있어요?"

"유령이란 거의 다가 착각입니다. 오래된 목조 가옥이 삐걱대는 소리를 유령의 울음소리로 착각하는 식이죠. 예를 들자면 이건 최근에 도야마 현에서 보고된 사례인데요. 어느 운전사가 심야에 구불구불한 산길을 달리고 있었습니다. 저희도 실제로 가보았는데 상당히 경사가 급하고 굽은 부분도 많은 데다 길 바깥쪽은 전부 절벽이라 위험한 곳이었습니다. 그 운전사는 바빠서 속도를 상당히 냈다고 합니다. 반대 차선에서 오는 차도 없이 험한 밤길을 달렸죠. 그렇게 한적한 산길을 달리고 있는데 느닷없이 헤드라이트 불빛 앞에 하얀 기모노를 입은 여자가 튀어나왔습니다. 위험하다는 생각에 브레이크를 밟았지만 이미 늦었죠. 둔중한 충격을 느끼고 운전사는 황급히 차를 세웠습니다. 그리고 차에서 내려 머뭇머뭇 돌아다보았습니다만, 도로에는 사람은커녕 작은 짐승 한 마리도 보이지 않았죠. 범퍼를 살펴보니 분명 뭔가에 부딪친 듯이 움푹 들어갔어요. 하지만 정작 치인 사람은 없었고요. 운전사는 유령을 치었구나 싶어 온몸에 소름이 돌았다고 합니다."

"꺅, 무서워라."

미아가 발을 동동대며 말했다. 다키에도 눈살을 찌푸렸다. 하지만 가미시로는 변함없이 차분한 투로 말을 이었다.

"저희는 이야기를 듣고 그 운전사를 찾아갔습니다. 저희 쪽에는 최면술 전문가도 계시거든요. 운전사에게 최면을 걸어 그의 심층 심리를 살펴봤죠. 그가 '가공의 사고'가 일어나기 전후에 무슨 생각을 하며 운전을 했는지 살펴봤어요. 그러자 실로 흥미로운 결과가 나왔습니다. 그는 스스로도 알아차리지 못한 의식 깊은 곳에서 이런 생각을 했습니다. 이렇게 벼랑이 많은 산길은 위험해, 다른 차도 없고 무섭네, 사고라도 나면 죽는 거다, 깜빡 졸기라도 하면 끝이야. 사실 그는 잠이 부족한 상태였다고 말했습니다. '사고'가 난 후에는 정신이 번쩍 들었다고도 했죠. 그리고 심층 심리를 더 찬찬히 살펴보니 무섭다, 위험하다, 누군가 정신이 번쩍 들 만큼 날 놀라게 해주면 좋겠다, 라는 생각이 숨어 있었습니다."

"그 **누군가**가 유령이로군요."

세이치가 앞질러서 말하자 가미시로는 조용히 고개를 끄덕였다.

"그렇습니다."

"그게 무슨 뜻이에요? 누가 유령인데요?"

미아가 불만스럽다는 듯이 묻자 가미시로는 다시 입을 열었다.

"저희는 이렇게 분석했습니다. 그는 마음속 깊은 곳에서 사고를 몹시 두려워하고 있었습니다. 어떻게든 정신을 차리고 싶었죠. 하지만 육체는 잠을 원했어요. 그리고 그가 반쯤 잠에 빠졌을 때 우연히 나뭇가지 같은 것이 범퍼에 부딪쳤습니다. 그 충격으로 잠이 달아났죠. 그때 누군가 잠을 깨워주기를 원했던 그의 무의식이 고대하던 **누군가**의 모습을 만들어내서 순간적으로 시각중추에 전달한 겁니다. 요컨대 그가 본 것은 무의식에서 솟아오른 환영이었던 셈이죠. 하얀 기모노를 입은 여자는 차에 얽힌 괴담의 정석이라고 해도 될 만한 소재니까요. 운전사의 무의식에도 그 모습이 새겨져 있어서 순간적으로 머릿속에 떠오른 거죠."

"대단하다. 뭔가 굉장히 합리적이네요."

미아가 감탄했다는 듯이 목소리를 높였다.

"두 분 설명을 듣고 나니까 유령은 전부 기분 탓이라는 생각이 들어요."

그러자 이번에는 오우치야마가 음침한 목소리로 나직하게 말했다.

"하지만 저희는 영혼의 존재를 전면적으로 부정하지는 않습니다. 물론 가미시로가 말씀드렸다시피 일반적인 의미로 말하는 유령과는 별개의 개념입니다. 인간이 죽은 후에도 그 의식은 남는다는 주제로 연구를 하는 사람도 있습니다. 물론 영혼 같은 게 아니라 더 과학적인 관점에서 접근합니다만."

"이야, 과학적으로 유령을 조사하는구나. 그런데 어떻게요?"

미아가 눈을 반짝이며 묻자 오우치야마는 히죽 웃고 나서 대답했다.

"이건 대뇌생리학 분야인데요. 뇌신경이 어떻게 작용하는지 간단히 말씀드리자면 뇌 속의 뉴런이 시냅스를 형성하고, 거기에 전기신호가 전해집니다. 외부로 전달된 그 전기신호를 다른 사람이 읽어낸다, 뭐 그런 식이에요. 흥미가 있으시면 다음에 천천히 이야기해드리겠습니다."

다키에의 냉랭한 시선이 마음에 걸렸는지 허둥지둥 이야기를 마무리했다. 다키에는 호방한 성격 때문인지 미신 따위를 그다지 믿지 않는다. 이런 화제는 지운사이가 하는 말과 비슷하게밖에 들리지 않을 것이다.

"그런데 가미시로 씨. 잃어버린 물건은 어떻게 되었나요?"

세이치는 어색해진 분위기를 수습하고자 물어보았다.

"지난주에 들고 오신 봉투 말입니다."

"아아, 그거요."

가미시로는 겸연쩍다는 듯이 웃었다.

"역시 전철 선반에 두고 내렸더군요. 학교 이름이 인쇄된 덕분에 역무원이 친절하게도 보내주셨습니다. 이야, 그것참 얼빠진 짓을 하고 말았죠."

이 냉정한 수재에게도 뜻밖에 덜렁대는 일면이 있는 듯했다.

"하지만 뭐."

가미시로는 다시 진지한 표정을 지었다.

"그 일 덕분에 알리바이가 성립된 모양이니까요. 세상만사 뭐가 도움이 될지 모를 일입니다."

"형사가 두 분에게도 찾아갔었나요?"

세이치가 물었다.

"예, 몇 번."

"어머나, 이를 어째. 괜히 저희 집안 문제 때문에 누를 끼쳐서 죄송해요."

다키에의 말에 오우치야마는 손을 내저었다.

"아니요, 저희도 그날 이 자리에 있었으니 어쩔 수 없죠. 하지만 저도 알리바이가 있으니까요. 집 근처에서 알고 지내는 세탁소 주인과 마주쳤습니다."

"우아, 그날 집에 돌아가시다가요?"

미아가 말했다.

"예, 우연히 딱 마주쳤죠. 세탁소 주인이랑 잠깐 이야기를 했어요. 그걸로 알리바이가 입증된 것 같으니 이제 형사도 더 이상 안 오겠죠."

오우치야마는 동그란 얼굴에 웃음을 띠고 말했다. 그래도 어쩐지 불안을 감추지 못하는 것 같았다.

가미시로와 오우치야마가 돌아간 후에도 손님이 몇 명 더 찾아왔다.

"손님용 찻잎이 하루 만에 다 떨어질 것 같네요."

후미가 질렸다는 듯이 말했다.

저녁에야 겨우 손님들의 파상공격이 끝났다.

낯선 사람들을 응대하느라 녹초가 된 세이치가 저녁을 먹기 전까지 2층 방에서 쉬려고 했을 때 그것을 발견했다.

계단 제일 윗단이었다.

계단을 올라가고 있자니 뭔가 둔중하게 빛나는 것이 시야 가장자리에 언뜻 들어왔다.

이상하다 싶어 가까이 다가갔다.

조그마한 검은색 구슬이었다.

왜 이런 것이 여기 떨어져 있는지 의문이었다. 손님은 많았지만 모두 어른이었다. 이런 물건을 가지고 다닐 만한 어린아이를 데려온 손님도 없었다. 그건 그렇고 계단 제일 위에 이런 것이 떨어져 있으면 위험하다. 누가 모르고 밟았다가 미끄러지기라도 하면.

퍼뜩 놀라 세이치는 고개를 들었다.

눈앞에 사에코가 잡고 다니는 금속 봉이 있었다.

계단의 봉이 달린 벽.

여기는 사에코가 지나다니는 길이다.

봉을 사용하는 사람은 사에코뿐이므로 가족 중에서 벽 옆을 통과하는 빈도는 사에코가 가장 높다. 그렇게 생각하고 다시 보자 구슬은 **모르고 밟기에** 절묘하다고도 할 수 있는 위치에 놓여 있었다.

게다가 검은색이라 거무데데한 바닥 색깔과 동화되어 빛이 나지 않았다면 세이치도 모르고 지나쳤을 것이다.

누군가 사에코에게 덫을 놓았다?

물론 누가 무슨 이유로 가지고 있다가 실수로 떨어뜨렸는지도 모른다. 하지만 그런 것치고는 위치가 **너무 결정적**이었다.

개연성의 문제다. 지금 세이치가 발견하지 않았어도 가족 중 다른 사람이 발견했을지도 모른다. 하지만 아무도 알아차리지 못했다면.

다른 가족이 밟고 미끄러졌을 가능성도 있다. 그럴 확률이 제일 높은 사람은.

역시 사에코다.

특히 사에코는 계단에서 극히 균형이 불안정하다. 만약 사에코가 이걸 밟았다면.

세이치는 두려워 몸이 벌벌 떨렸다.

간단한 일이다. 노력은 거의 필요 없다. 계단을 올라가서 구슬을 놓아두기만 하면 사에코를 위험에 빠뜨릴 수 있다. 그뿐만 아니라 누가 그랬는지 증거는 일절 남지 않는다. 만약 사에코에게 위해를 가하고자 획책하는 자가 있다면 시도해볼 가치는 있으리라.

누군가가 사에코를 노리고 있다.

지레짐작인지도 모르지만 그럴 가능성이 있다는 것만으로도 세이치를 혼란에 밀어넣기에는 충분했다.

누가, 도대체 누가? 세이치는 계단에 웅크리고 앉아 생각에 잠겼다.

누구에게나 기회는 있었다. 시간은 거의 걸리지 않는다.

게다가 손님이 많았다. 가족도 모두 집에 있었다. 거기에 나오쓰구, 지운사이, 가미시로, 오우치야마까지 효마가 죽었을 때 이 집에 있던 사람은 한 명도 빠짐없이 오늘도 방문했다. **배우는 모두 모여 있었다.**

*

오늘은 손님이 아주 많이 왔다.

나는 될 수 있는 한 손님들과 마주치지 않도록 2층에 있었다.

손님을 상대하느라 오빠도 바쁜 것 같았다.

미아는 테니스 동아리 때문에 오늘도 나갔다.

심심한 일요일이었다.

저녁에 집 안이 조용해지고 나서 뜰에 나가보았다. 계단에 내려서기 직전에 오빠와 마주쳤는데 어쩐지 정신이 딴 데 있는 것 같았다. 오빠는 모르는 사람과 이야기하는 데 익숙지 않으니까 손님들을 상대하느라 지쳤는지도 모른다. 데리고 나가지 말고 가만히 두기로 했다.

뜰로 나가서 늘 앉는 벤치로 향했다.

목발을 옆에 두고 엄마 흉내를 내어 등받이에 몸을 기댔다.

해 질 녘이라 바람이 조금 차가웠지만 기분이 참 좋았다.

잎이 속삭이듯이 서로 스치는 소리.

그리고 생각나는 것은 역시 그 사람.

오늘은 가미시로 씨와 오우치야마 씨도 온 모양이었다. 하지만 아무래도 나갈 수가 없었다.

무서웠다.

가미시로 씨와 얼굴을 마주하는 게 왠지 무서웠다.

사실 이유는 알고 있다.

나는 미움받을까봐 두려운 거다.

가미시로 씨가 나를 싫어해 사이가 멀어지지는 않을까. 그런 상상 때문에 겁쟁이가 됐다.

나는 깨달았다.

아주 서글픈 사실을 깨닫고 말았다.

가미시로 씨도 분명 건강한 보통 여자를 좋아할 테지. 나 같은 여자에게 관심을 보일 리 없다. 그런 생각이 머릿속에 꽉 찼다.

그래서 가미시로 씨와 오우치야마 씨가 왔다는 것을 알면서도 방에서 한 발짝도 나가지 못했다. 무서워서 한 걸음도 떼지 못하고 혼자 떨고 있었다.

내 몸이 남들과 똑같지 않다는 것이 혐오스러웠다.

이렇게 비참한 기분은 처음이었다.

단 한 번도 이런 생각을 해본 적 없었는데.

지금 내 꼴은 얼마나 추할까.

나보다 불쌍한 사람이 세상에 얼마나 많은데. 나는 언제나 행복한 미소를 짓던 엄마 딸이니까 하늘을 원망하지 않고 살기로 결심했는데.

내 마음이 내 것이 아닌 것 같았다.

마음이 무겁고 정말로 괴로웠다.

하지만, 하지만 이래서는 안 된다.

이렇게 생각해서는 안 된다.

그래, 그러니까 이제 그만두자.

괴로워하며 고민하는 건 이제 그만두자.

그도 그럴 것이 이건 사랑이 아니니까.

그저 동경에 불과하니까.

시간이 흐르면 잊어버릴, 눈처럼 녹아버릴, 아련하고 달콤한 착각.

그러니까 고민해봤자 아무 소용 없다.

그만두자.

나 자신에게 그런 생각을 심기 위해 애썼다. 아주 많은 노력이 필요하겠지만 그렇게 생각하려고 했다. 하지만 성공하기 힘들 것 같다는 사실도 알고 있었다.

하지만 이제 그만두자.

엄마 아빠가 목숨을 바쳐 지켜준 삶이니까. 사랑과 정과 자애를 듬뿍 받았으니까. 난 늘 엄마에게 안겨 있으니까.

엄마, 엄마, 나 어쩌면 좋아?

엄마라면 이럴 때 어떻게 했을까.

이런 비참한 기분이 들 때도 빛나는 미소를 잃지 않았을까. 그 따스함으로 혐오 때문에 얼어버린 마음까지 녹여버렸을까.

엄마, 엄마.

요즘 부쩍 엄마를 닮았다는 말을 자주 듣는다. 그 사고가 일어난 후 할아버지는 슬픔에 젖어 엄마 사진을 전부 불태워버렸다고 한다. 하지만 그런 건 아무 상관 없다. 내 마음속에는 지금도 살아 있던 시절의 엄마 모습이 숨 쉬고 있으니까. 찰랑거리는 검은 머리와 윤기 있게 반짝이는 눈동자와 뽀얗고 보드라운 뺨과 빛나는 미소가.

만약 정말로 내가 엄마를 닮았다면 내 웃음도 그 눈부시게 빛나던 미소로 보일까. 그 사람은 내게서 엄마처럼 반짝이는 아름다움을 찾아낼까.

생각이 뱅뱅 돈다.

계속해서 어지럽게 돌아간다.

엄마, 가미시로 씨, 그리고 나.

난 어쩌면 좋아.

신이시여, 신이시여, 부탁드립니다. 이 답답한 마음에서 부디 저를 해방시켜주세요.

나는 기도한다.

할 수 있는 게 아무것도 없으니까 기도한다.

할 수 있는 건 기도밖에 없다. 지금의 나로서는 그저 기도하고 바라고 꿈꾸는 것이 전부다.

바람이 밤기운을 몰고 왔다.

자, 이제 돌아가자.

목발에 손을 뻗었을 때 모르는 남자 목소리가 들려왔다.

"아가씨, 잠깐 실례합니다."

나도 모르게 소리가 나는 쪽으로 고개를 돌렸다.

*

"오빠, 오빠, 큰일이야."

미아가 숨을 헐떡이며 거실로 뛰어들었다.

"왜 그래, 미아. 그렇게 황새걸음으로 뛰어다니면 남자아이로 오해받는다."

상체를 뒤로 젖히고 소파에 앉아 있던 나오쓰구가 놀렸지만 미아의 표정은 여전히 심각했다.

"지금 그런 말 할 때가 아니라니까요. 잠깐 밖에 나갔는데 뜰에서!"

미아는 퀼로트 스커트에서 뻗어 나온 다리로 다급하게 발을 동동 굴렀다.

"괴한이 언니를 덮쳤다고요!"

"뭐라고, 뜰 어디야?"

이번에는 나오쓰구의 안색이 변했다.

"벤치, 벤치!"

세이치는 거실 유리 너머로 뜰을 살펴보았다. 하지만 나무에 가려서 거실에서는 벤치가 보이지 않았다. 나오쓰구가 소파에서 벌떡 일어났다.

"지금 간다."

말이 끝나기도 전에 세이치가 달려 나갔다. 뒤에서 나오쓰구와 미아가 따라왔다.

현관을 지나 뜰로 뛰쳐나갔다.

나무에 감싸인 잔디밭에 벤치 하나.

다가가 살펴보자 과연 거기에 낯선 남자와 사에코가 있었다.

사에코는 벤치에 앉아 양손으로 얼굴을 가리고 있었고 남자는 그 주변을 어슬렁거리며 거듭 뭐라고 말하는 것 같았다.

세 사람이 달려오는 것을 알아차렸는지 남자는 흠칫 놀라 이쪽을 보았다. 달아날 곳을 찾아 주위를 두리번거렸지만 나무로 둘러싸여 있다는 것을 깨닫고 어찌할 바를 모르겠다는 듯이 그대로 우두커니 서 있었다.

그때 겨우 세이치가 도착했다.

사에코는 울고 있는 것 같았다. 가녀린 어깨가 희미하게 떨리고 있었다. 세이치는 대번에 화가 울컥 치밀어 올랐다.

"여기서 무슨 짓이야!"

목소리가 분노로 떨리는 것을 스스로도 알 수 있었다.

"아니요. 그, 죄송합니다. 잠깐. 그, 취재로."

30대 중반쯤 됐을까. 척 보기에도 경박스럽게 느껴지는 삼백안* 남자의 목에 카메라가 걸려 있었다.

뒤쫓아 온 나오쓰구가 거친 목소리로 소리쳤다.

"취재? 누구 허가를 받고 들어왔어?"

"아니요. 그게 그, 대문에서 들여다봤더니 이쪽에 이 아가씨가 계셔서. 말을 걸어도 모르시는 것 같기에 무심코 여기까지."

남자는 쩔쩔매며 대답했다.

*눈동자 주위로 삼면에 흰자가 보이는 눈.

"아저씨, 주간지 기자?"

미아가 험악한 목소리로 물었다. 눈에 쌍심지를 켜고 있었다. 어쩔 작정인지 한 손에 테니스 라켓을 쥐고 있었다.

"네, 주간 핫샷의, 아, 저는 프리랜서입니다만."

"프리랜서가 무슨 볼일인데?"

나오쓰구가 재차 물었다.

"그러니까 취재를 하려고요. 이 집 어르신이 지난주에 돌아가셨죠. 그런데 그 상황이 불가사의하다고 해서요. 경찰도 자세한 이야기는 들려주지 않더군요. 그래서 이쪽에서 직접 이야기를 들어볼까 하고. 저, 괜찮으시다면 이야기를 잠깐 들려주시지 않겠습니까?"

세이치는 분노로 할 말을 잃었다. 나오쓰구가 앞으로 한 걸음 쑥 나섰다.

"사진 찍었나?"

시퍼런 서슬에 남자는 목에 건 카메라를 양손으로 감쌌다.

"찍었군."

나오쓰구가 말했다. 미아가 라켓을 꽉 거머쥐었다.

남자는 알랑거리듯이 실실거렸다.

"저기, 이 아가씨가 참 예뻐서 그림이 될까 해서요. 그리고 이렇게 가여운 분의 이야기를 실으면 독자의 관심을 끌기도 쉽거든요."

그 순간 세이치는 남자의 멱살을 움켜잡았다.

"잠깐, 폭력은 안 됩니다. 폭……."

양손에 들어가는 힘을 억누를 수가 없었다. 상대의 머리가 앞뒤로 왔다 갔다 흔들렸다.

"잠깐, 아야, 놓아……."

"필름 내놔!"

세이치 뒤에서 나오쓰구가 고함을 질렀다.

"하지만, 필, 이거, 폭력……."

세이치는 이성을 잃었다. 분노에 몸을 맡기고 남자의 목을 졸랐다.

남자는 헐떡거리면서도 카메라를 지키려고 안간힘을 다해 몸을 비틀었다.

"필름 내놓으라고!"

다시 나오쓰구가 외쳤다. 남자는 저항을 멈추지 않았다.

"싫, 필름은, 나, 악!"

비명과 함께 갑자기 남자의 몸에서 힘이 빠졌다.

세이치는 기회를 놓치지 않고 남자의 목에서 카메라를 벗겨냈다. 시선을 돌리자 남자 등 뒤에서 미아가 회심의 스트로크를 날린 자세로 멈춰 있었다. 라켓으로 엉덩이를 후려갈긴 듯했다.

세이치는 카메라를 나오쓰구에게 던져주고 분노를 이기지 못해 그대로 남자를 밀쳐냈다.

남자는 허리의 힘이 쭉 빠진 듯 비슬비슬 주저앉았다.

나오쓰구가 난폭하게 손을 놀려 뚜껑을 열고 필름을 꺼냈다. 필름은 셀룰로이드로 된 뱀처럼 잔디 위에 길게 늘어졌다.

"아, 아, 무슨 짓이야."

남자는 주저앉은 채 한심한 목소리로 항의했다.

"폭력을 행사한 것도 모자라 카메라까지 빼앗다니, 이런 짓을 당하고 그냥 넘어갈 줄 알아!"

"누가 할 소리!"

미아가 소리를 빽 질렀다. 미아는 새빨간 얼굴로 남자를 상대했다.

"초상권 침해, 그리고 주거침입. 이 부근에는 아직 형사님들이랑 순경 아저씨들이 돌아다니거든. 뭣하면 합당한 곳에 가서 결판을 내자고, 이 아저씨야. 도대체 뭐야, 남의 집 사정을 파헤치며 재미있어하다니. 상대방 입장에서 생각 좀 해보라고, 이 둔탱아. 댁한테도 마누라랑 자식은 있을 테지. 댁 같은 무신경한 바보 놈들이 반쯤 재미로 댁의 자식이랑 마누라를 쫓아다니는 꼴을 상상해봐. 자기 가족이 당하면 싫어할 일을 남의 집에 와서 태연한 낯짝으로 하니까 바보 놈이라는 거다. 늘 연예인 뒷소문이나 불행에 빠진 남의 집 이야기나 파헤치고 다니니까 언론이 저능하다는 거야. 이렇게 쓸데없는 짓 할 시간 있거든 세상과 사람들을 위해 좀 더 도움이 될 만한 좋은 기사를 써, 이 멍청아."

요즘 여고생답게 속사포처럼 따따부따 쏘아붙였다. 남자는 독기가 빠진 듯이 멍한 얼굴이었다. 남자의 발치에 나오쓰구가 카메라를 내팽개쳤다. 남자는 총알처럼 카메라를 집어 들었다.

"무슨 짓이야! 이거 비싸다고."

나오쓰구는 안주머니에서 명함을 꺼내더니 역시 남자의 이마에 내팽개쳤다.

"네놈의 쓰레기 같은 카메라쯤이야 얼마든지 변상해주지. 망가졌으면 청구서 들고 언제든지 거기로 와. 내 화랑이다. 달아나지도 숨지도 않을 터이니. 다만 네놈 양심에 물어보고 부끄럽지 않다는 자부심이 있다면 와라."

남자는 밉살스럽게 나오쓰구를 노려보고 내뱉듯이 말했다.

"흥, 돈 좀 있다고 뻐기기는."

"뭐라고!"

미아가 라켓을 쳐들었다. 남자는 그 모습을 보더니 카메라를 움켜쥐고 순식간에 달아났다.

남자의 모습이 대문 밖으로 사라지는 것을 확인한 후 나오쓰구는 세이치에게 돌아서서 어깨를 으쓱했다.

"언니, 괜찮아?"

미아가 사에코의 등을 문지르며 물었다.

"이상한 짓 당하지 않았어?"

"응, 이제 괜찮아."

사에코는 그제야 고개를 들었다.

"저 사람, 갑자기 말을 걸더니 할아버지가 돌아가신 사건에 관해 이것저것 물었어. 모른다고 했는데 얼마나 끈덕지던지."

사에코는 손으로 뺨을 거듭 어루만지며 말했다.

"아무것도 모른다고 했더니 이번에는 사진을……. 그만두라고 했는데도 몇 번이나 찍었어."

"저 인간을 그냥 확. 다음에 또 오면 머리통에다 스매시를 꽂아버려야지."

미아가 한 손으로 라켓을 솜씨 좋게 돌리며 말했다. 나오쓰구가 웃으며 말렸다.

"아서라, 이제 됐어. 그 정도만 해도 효과는 충분한 것 같더라. 달아나는 걸음걸이가 영 이상해 보였어. 오늘 밤에 엉덩이가 부어오를 거야."

"아유, 고소하다."

미아가 사에코에게 목발을 집어주었다.

"자, 이제 저녁 먹어야 하니까 집에 들어가자. 언니, 괜찮아?"

"응, 고마워."

나오쓰구도 일어서는 사에코를 도와주며 말했다.

"언제 또 저런 놈이 올지 몰라. 신경 써서 문단속하라고 매형한테 말해야겠다."

"네, 저도 아빠한테 말할게요."

미아가 사에코를 부축하며 걸음을 옮겼다. 나오쓰구가 따라가며 말했다.

"그건 그렇고 미아 너, 말 한번 속 시원하게 잘하더라. 정말 배짱이 대단해."

"외삼촌도 멋졌어요. '달아나지도 숨지도 않을 터이니'라고 했잖아요."

"야야, 그런 말투는 안 썼어. 무슨 사극도 아니고."

"그랬어요."

"그것보다 미아의 표현이 적절하지 못했어. 덮쳤다니 너무 지나치잖아."

"하지만 순간적으로 그 말밖에 떠오르지 않았는걸요."

세 사람은 땅거미가 진 뜰을 걸어 집으로 돌아갔다. 세이치는 그 뒷모습을 지켜보며 천천히 숨을 내쉬고 벤치에 앉았다.

사에코를 지켜야 한다. 그 생각이 다시금 절박감과 함께 가슴을 짓눌렀다.

10년 전 세이치는 의무를 저버렸다.

사에코를 맡기기에 적당한 반려자가 나타날 때까지 기사처럼 사에코를 지킨다. 하지만 꼬리를 말고 그 임무에서 달아났다. 둔한 통증과 비슷한 양심의 가책을 느꼈다.

사에코는 눈이 부실 정도로 순진했다. 고결하고 침해할 수 없이 순수한 영혼을 지닌 소녀였다. 후미가 갖은 애정을 다 퍼부어 길렀기 때문인지, 거의 밖에 나가지 않고 순수 배양된 것과 마찬가지로 자란 영향인지 사에코는 빛날 만큼 순박했다. 자신의 몸이 불편한 것을 눈곱만큼도 부끄럽게 여기지 않는 천진난만하고 청순한 소녀였다.

언제부터인가 세이치는 사에코를 지켜보는 것이 고통스러웠다.

중학교와 고등학교에 다니면서 세이치도 극히 일반적인 소년들과 마찬가지로 통속적인 감정이 마음에 싹텄기 때문이었다. 질투, 선망, 경멸, 열등감, 우월감 따위의 감정이었다.

순진한 사에코는 세이치의 추한 마음을 비추어내는 거울이었다. 순수한 사에코를 대할 때마다 세이치는 싫든 좋든 자신의 굴절된 속내를 깨닫게 되었다. 사에코의 다정한 면을 접하면 자신의 냉랭한 면이 느껴졌다. 또한 사에코의 천진난만함은 세이치의 속물적이고 타산적인 면을, 사에코의 소박함은 세이치의 내면에 깃든 허식과 허영의 그림자를 비추어냈다.

지금 돌이켜보면 하잘것없는 고민이지만 고등학생이었던 세이치는 그것이 견딜 수 없이 괴로웠다. 자신이 너무나 작고 초라하게 느껴졌다. 더럽고 야비한 인간으로 느껴져서 견딜 수 없었다. 그 무렵 세이치는 사에코에게 두려움마저 품고 있었다.

미숙하고 풋내 나는 고뇌였다.

지킨다는 의무는 다하고 싶지만 곁에 있을 수는 없다. 딜레마였다.

기사는커녕 턱없는 카지모도*다.

그래서 도망쳤다.

사에코를 정면으로 마주 대하는 것이 두려워 세이치는 집에서 달아났다. 물론 직접적인 원인은 진로를 둘러싸고 할아버지와 충돌한 일이었지만 어쩌면 그런 계기를 고대하고 있었는지도 모른다.

굴절된 좌절감은 지금도 묵직한 응어리가 되어 세이치의 내면에 남아 있다. 지금은 그것을 어루만져보고 쓴웃음도 지을 수 있지만 아름답게 성장한 사에코를 볼 때마다 응어리가 몸부림쳐서 욱신욱신 아팠다.

이번에는 기필코 사에코를 지켜내야 한다. 오늘과 같은 무신경한 세간의 눈에서, 그리고 그 검은색 구슬을 놓아둔 사람에게서. 누군가의 악의가 사에코에게 어금니를 드러내려고 한다면 이 몸을 바쳐서 지켜야 한다. 만약 그 악의가 할아버지가 살해당한 사건과 관련이 있다면 하루빨리 범인을 찾아내야 한다.

밤의 장막이 주변을 감싸기 시작한 뜰에서 세이치는 멍하니 벤치에 앉아 있었다.

공기가 조금씩 차가워졌다. 하늘을 올려다보자 아득히 멀리서 반짝이는 일등성이 보였다.

그리고 다음 날, 월요일 저녁 식사 후였다.

가족과 함께 식탁에 모여 앉아 밥을 먹어도 세이치는 더 이상 주눅이 들지 않았다. 10년이나 혼자 생활하다 보니 지난주에는 어쩐지 마음이 불편했다. 겸연쩍었던 것이다.

---

*빅토르 위고의 소설《파리의 노트르담》에 등장하는 곱사등이 종치기.

집에서 살인이 일어났는데도 하루하루 생활은 변함없이 계속된다. 그것이 조금 우스꽝스럽게 여겨지기도 했다. 흔해빠진 일상에는 망각이라는 자정작용이 있는 듯했다. 어느 가정이든 이렇게 일상을 되풀이함으로써 비극을 과거로 쫓아 보내는 것 아닐까.

어제에 이어 나오쓰구가 또 왔다.

요즘 자기 집이 어디인지 잊어버리기라도 한 것처럼 자주 얼굴을 내민다. 하지만 가쓰유키와 세이치, 무뚝뚝한 두 남자 사이에서 쾌활한 외삼촌은 식탁 분위기를 명랑하게 하는 데 일등공신이다. 그래서 다키에와 미아, 사에코도 대개는 나오쓰구의 방문을 환영한다. 그가 **대개**에서 벗어나는 화제를 꺼내기 전까지는.

"그런데 강령회 말이야. 이번 주 일요일쯤 하는 게 어떨까?"

나오쓰구는 평소처럼 비아냥거리는 듯한 웃음을 띠며 말했다. 식사를 마치고 차를 마시던 다키에가 사레들리는 바람에 심하게 콜록거렸다.

"무슨 소리야. 이제 아버지도 안 계시는데 이제 와서 뭐하러 그런 짓을 하니."

"아버지가 안 계시니까 이번에는 내가 주관하는 셈이지."

"쓸데없는 짓 하지 마. 난 그런 이상한 거 하기 싫어."

"곤란한데."

나오쓰구는 전혀 곤란하지 않은 듯이 능글맞게 웃었다.

"벌써 지운사이 선생님이랑 이야기를 진행 중이거든."

"이제 그런 이상한 사람은 더 이상 집에 데리고 오지 마."

다키에의 항의에도 아랑곳없이 나오쓰구는 말을 이었다.

"게다가 누나가 역성을 드는 올챙이 학자님들도 기대하고 있는 것 같고 말이야."

"누가 역성을 든다고 그래. 여보, 무슨 말이라도 좀 해봐."

가쓰유키는 다키에의 하소연을 듣고 안경을 낀 게슴츠레한 눈으로 나오쓰구를 보았다.

"아, 그래. 음, 그러니까 처남. 장인어른도 돌아가신 마당에 굳이 강령회를 열 필요는 없지 않을까."

"그게요, 매형. 아버지를 위해서 하고 싶은 겁니다. 아버지는 지운사이 선생님의 강령회를 꽤 기대하셨던 것 같으니까요. 강령회를 열면 아버지도 성불하실 거예요. 어때요, 매형. 아버지에게 공양드리는 셈 치고."

"아, 하지만 말이야."

이럴 때 가쓰유키는 너무나 믿음직스럽지 못하다. 세이치가 옆에서 끼어들었다.

"저도 반대예요. 그런 짓 해봤자 아무 의미도 없잖아요."

더 이상 묘한 일로 분위기가 어수선해지는 것은 질색이었다.

"있지, 있지. 그래도 재미있을 것 같은데."

미아가 몸을 내밀고 말했다.

"우리 집에서 그런 걸 할 수 있다니 멋있잖아."

"미아, 너까지 무슨 말이니."

다키에가 나무라도 미아는 들뜬 기색을 감추지 않았다.

"엄마, 이런 구경거리는 좀처럼 없다니까. 난 좀 흥미 있어. 강령회라니 오싹오싹하잖아. 저기, 외삼촌. 그렇게 위험하거나 하지는 않죠?"

"위험하기는. 우리는 그저 잠자코 보기만 하면 돼."

"그것 봐. 위험하지도 않고, 이상한 일을 하는 것도 아닌데 뭘. 보기만 하면 되니까 재미있을 것 같은데. 게다가 가미시로 씨랑 오우치야마 씨도 분명 보고 싶어 할 거야. 그 영매의 속임수를 밝혀내겠다고 기세가 등등했잖아."

나오쓰구는 응원군을 얻어 한층 즐거운 듯이 말했다.

"하지만 선생님도 그 애송이들에게 따끔한 맛을 보여주겠다고 이를 갈고 계신다는 말씀이지. 어때, 누나. 그 사람들의 대결을 보는 것만으로도 재미있는 쇼가 될 것 같지 않아?"

"같지 않거든."

"그냥 대수롭지 않은 놀이로 받아들여. 가벼운 여흥이라 생각하라고. 아니면 누나, 혹시 그 젊은 학자들이 지는 꼴을 보기 싫어서 반대하는 거야?"

"그런 거 아니야."

다키에는 골이 난 표정으로 말했다.

"아니야, 분명 그래. 강령회가 성공해서 누나가 싫어하는 지운사이 선생님이 의기양양해하는 모습을 보기 싫은 거라고. 젊은 학자들이 슬그머니 물러가는 모습을 보고 싶지 않은 거야."

"그게 나랑 무슨 상관인데?"

"그럼 됐네. 누나는 학자님들께서 선생님의 속임수인지 뭔지를 밝혀내기를 기다리기만 하면 되니까. 선생님의 코가 납작해지는 모습을 보고 웃어주면 되잖아. 아니면 역시 성공할까봐 겁나는 거야?"

"그런 거 아니래도 그러네."

이래서야 어린애들 싸움이다.

"그럼 괜찮지? 반대한다는 건 선생님의 힘이 진짜일까봐 내심 겁을 먹었다는 증거야."

"알았어. 그렇게까지 말한다면 강령회든 품평회든 열면 될 것 아니야. 그 대신에 여보."

다키에는 무서운 얼굴로 가쓰유키를 다그쳤다.

"고이케 씨에게 연락해서 와타누키 교수님께서 직접 와주십사 한다고 부탁해. 젊은 사람들만으로는 아무래도 안심이 안 되니까."

"아, 응. 알았어."

가쓰유키는 주저주저하며 대답했다.

"좋아, 이걸로 결정이다. 이번 주 일요일, 모두 시간 비워둬."

나오쓰구는 소풍 날짜를 발표하는 초등학교 선생님처럼 말했다.

"우아, 굉장하다. 기대되네요."

미아가 양손을 들고 말했다.

세이치는 자신의 의견을 내세울 여지도 없이 완전히 무시당했다. 나오쓰구의 작전이 완벽하게 성공했다. 어린애 같은 다키에가 오기를 부리게 하는 것쯤 나오쓰구에게는 식은 죽 먹기다.

정신 사나운 폭풍우는 아직 잦아들 것 같지 않았다. 세이치는 한숨을 쉬는 것이 고작이었다.

다음 날 밤에는 아버지와 술을 마셨다.

드문 일이었다.

그날 밤 세이치는 거실에 혼자 망연하게 앉아 있었다.

"어때, 한잔 안 할래?"

가쓰유키가 먼저 브랜디 한 병을 손에 들고 식당에서 말을 붙였다. 아버지는 조금 멋쩍어하는 것 같았다. 지금까지는 밖에서 만난다고 해도 대개 어머니나 여동생, 아니면 사에코와 함께였다. 둘이서만 술자리를 벌이는 것은 어쩌면 처음일지도 모른다.

간단하게 캐슈너트와 한입 크기 치즈를 안주로 준비했다. 건배를 하는 것도 어쩐지 거창한 것 같아서 세이치는 잔을 눈높이로 살짝 들어 올리고만 말았다. 가쓰유키도 같은 동작으로 응하고 잔을 입으로 가져갔다.

조용한 밤이었다.

"일은 좀 어떠니?"

가쓰유키가 불쑥 물었다.

"그냥 그래요. 좋지도 않고 나쁘지도 않고. 아버지는?"

"응, 나도 좋지도 않고 나쁘지도 않고 그래."

가쓰유키는 안경을 낀 게슴츠레한 눈을 식탁으로 향한 채 물었다.

"후회는 안 되니?"

"후회?"

너무 갑작스러워서 무슨 이야기인지 이해가 가지 않았다.

"그래. 네 할아버지 땅과 건물을 물려받아 장사라도 할 걸 그랬다는 생각은 해본 적 없어?"

"아아. 그러게요. 할아버지 재산이 어마어마했으니 지금 생각해보면 좀 아깝기도 하네. 그래도 전 지금 하는 일이 적성에 맞아요."

"실험과 연구라."

"네. 사람을 부리고 물건을 운용하는 건 서투르니까."

"그래? 그럼 됐다. 넌 네가 하고 싶은 대로 하면 돼."

중얼거리는 듯한 가쓰유키의 말을 듣고 세이치는 잔을 든 손을 멈췄다.

"아버지, 그때도 그렇게 말했죠."

"뭘?"

무슨 말인지 모르겠다는 듯이 가쓰유키는 눈을 들었다.

"제가 고등학생 때 어머니는 할아버지가 시키는 대로 하라고 화를 냈지만 아버지는 그때도 내가 하고 싶은 대로 하면 된다고 했어요."

"그런 말을 했었나?"

가쓰유키는 고개를 갸우뚱했다.

"했어요. 그래서 무슨 일이 있어도 광학을 공부하겠다고 정한 걸요."

"그랬나. 그것참 책임이 막중한 말을 했군그래."

쑥스러운 듯이 쓴웃음을 짓고 가쓰유키는 다시 시선을 식탁 한편으로 떨어뜨렸다.

가쓰유키가 그저 장인에게 대항하는 마음에서 자신을 지지한 것이 아니라는 사실은 세이치도 알고 있었다. 오히려 사람이 바라는 길로 나아가는 것이 얼마나 어려운지 잘 알고 있었기 때문에 굳이 평이하지 않은 방향을 선택하게끔 했는지도 모른다. 그 깐깐하고 개성 넘치는 효마의 데릴사위로서 세이치는 상상도 못 할 압박 속에서 살아온 아버지였기에 아들에게 그런 배려를 해줄 수 있었으리라. 세이치는 그렇게 받아들였다.

세이치의 속내를 읽은 것처럼 가쓰유키는 말했다.

"네 할아버지는 재미있는 분이셨어."

물결 한 번 일지 않아 고요하고 잔잔한 바다 같은 말투와 표정이었다.

"재미있는 분이셨지. 젊은 시절을 파란만장하게 보내셨어. 그 당시 주식 투자가는 사기꾼보다 조금 나은 정도였던 모양이라 상당히 아찔한 경험도 하신 듯해. 꽤나 악랄한 거래도 하셨는지 나쁘게 말하는 사람도 있는 것 같다만. 하지만 역시 세상은 재능이야. 어떤 일이든 살아남느냐 죽느냐는 그 사람이 진짜냐 가짜냐로 결정되니까. 그분은 틀림없이 걸물이셨어. 보통 사람은 맞겨룰 수 없는 뭔가를 지니고 계셨지. 지금 곰곰이 생각해보면 그런 삶도 분명 재미있었겠다 싶어."

아마 아버지는 할아버지를 싫어하지는 않았을 거라고 세이치는 생각했다. 작은 등불이 햇빛 아래에서 희미해지는 것처럼 아버지는 이글거리는 할아버지의 강렬한 개성 때문에 존재와 기력이 빛바랜 채 반생을 살아왔다. 그래도 일종의 동경과 비슷한 경의를 품고 태양을 우러러보지는 않았을까.

아버지는 말수가 적다. 모든 일에 체념이라도 한 듯이 남과 다투지 않고 흐름에 몸을 맡긴다. 어릴 적에는 어머니와 할아버지가 들들 볶아도 한마디 대꾸하지 않는 아버지를 한심하다고 느낀 적도 있었다. 하지만 지금은 그것이 인간관계의 알력을 피하고 모든 것을 가슴속으로 삼키는 아버지 식의 처세술임을 잘 안다. 세이치가 앞으로 그렇게 살아가고자 하는 것처럼.

브랜디를 입에 머금었다.

화끈한 액체가 기분 좋게 목으로 넘어갔다.

세이치와 가쓰유키는 평소처럼 입을 다물고 말없이 마주 앉아 조용히 잔을 기울였다.

결국 나이를 먹지 않으면 아버지와 아들은 서로를 이해하지 못하는지도 모른다. 온화한 표정으로 잔을 입으로 가져가는 아버지를 보면서 세이치는 그렇게 생각했다. 그리고 아버지의 인생을 돌이켜보았다. 그것은 앞으로 세이치가 걸어갈 안온한 일생일지도 모른다.

"그런데 세이치."

가쓰유키가 침묵을 깨고 입을 열었다. 안경을 낀 작은 눈에 여느 때 없이 장난스러운 빛이 깃들어 있었다.

"너, 색싯감은 아직 없니? 이제 슬슬 결혼도 생각해봐야 할 나이잖아."

"음…… 그러게요."

"네 엄마도 애가 타는 모양이더라. 어때, 좋은 사람 없어?"

"네, 아직은……."

세이치는 말끝을 흐렸다.

대학생 때부터 그런 일에 서툴렀다. 결벽증도 아닌데 여자들과 놀러 다니는 친구를 보면 왠지 불쾌하게 느껴졌다. 그렇다고 해서 공부벌레였던 것도 아니다. 어쩐지, 그냥 어쩐지 여자를 가까이하는 게 내키지 않았다. '여자에게 덴 적 있냐'라는 둥 '과도하게 금욕적'이라는 둥 놀림도 받았지만 성격은 쉽게 바뀌지 않았다. 사회에 나오고 나서도 마찬가지였다. 동료들이 업무에 집중하기보다 어떻게 여직원들과 사이좋게 지낼 수 있을지 열을 올리며 고심할 때도 세이치는 아무 흥미도 일지 않았다. 어떤 방법으로 여자와 사귀게 되었는지 동료가 자랑스럽게 이야기해도 그저 무심한 표정으로 고개를 끄덕거릴 뿐이었다. 오히려 혐오감마저 느꼈다. 세이치 자신도 왜 그런지 몰라 당황스러울 지경이었다.

세이치가 그러한 화제를 그다지 내켜하지 않는다는 것을 알아차렸는지 가쓰유키가 말했다.

"뭐, 그거야 네가 알아서 하면 될 일이고."

"네, 그렇죠."

세이치도 그렇게만 대답했다.

"알다시피 네 엄마가 발이 좀 넓잖니. 그래서 댁의 아드님과 어울리지 않을까 싶다면서 맞선 이야기도 조금씩 들어와. 하지만 그렇게 서두를 것도 없지. 너 좋을 대로 하면 돼."

그 말을 끝으로 가쓰유키는 더 이상 이야기를 꺼내지 않았다.

그 후로 얼마 동안 세이치는 묵묵히 가쓰유키와 함께 잔을 비웠다.

사에코가 누군가의 덫에 걸릴 뻔했다고 가쓰유키에게 상의해볼까도 싶었지만 입 밖에 낼 수 없었다. 누가 실수로 떨어뜨린 것을 세이치가 너무 지나치게 생각했는지도 모르고, 가쓰유키에게 쓸데없이 걱정을 끼치기도 그랬다. 게다가 사에코를 지키는 것은 다름 아닌 세이치의 의무다.

병에 담긴 술은 썰물 때의 바다처럼 수위가 낮아졌다.

세이치는 웬일로 좀 취했다.

가쓰유키가 침실로 돌아간 뒤에도 잠이 오지 않았다. 누군가가 사에코에게 놓은 덫과 강령회, 그리고 효마의 살인 사건이 마음에 걸려서 신경이 곤두선 탓일 것이다. 요즘 잠을 잘 못 잔다. 예상치 못하게 아버지와 고즈넉한 시간을 보낸 까닭에 약간 감상적인 기분이 들기도 했다. 왠지 모르게 사람이 그리운 밤이었다. 세이치에게는 드문 일이었다.

그 남자에게 전화라도 해볼까. 세이치보다 세 살쯤 많은 대학 시절 선배였다. 나이도 학부도 달랐지만 세이치가 유일하게 마음을 터놓을 수 있는 상대였다. 사람을 사람으로 여기지 않는 듯한 독설과 괴상한 언동으로 학교 안에서 모르는 사람이 없는 괴짜. 보통은 세이치가 제일 멀리하는 타입이다. 하지만 어째서인지 묘한 흡입력이 느껴졌다. 어쩌면 세이치에게 없는 것을 그가 모조리 갖추고 있기 때문인지도 모른다. 행동력과 호기심, 자신감과 사람을 끌어당기는 매력, 자신이 하고 싶은 말만 하는 입, 그리고 은근슬쩍 내비치는 다정함.

걸핏하면 자신만의 테두리에 틀어박히려는 세이치를 현실로 되돌려놓는 선배였다. 신경을 긁는 신랄한 말과 신기한 다정함으로. 하기야 심술궂기 이를 데 없어서 좀처럼 그 다정함을 겉으로 드러내지는 않지만.

세이치는 수화기를 들었다.

자정이 지났지만 한가한 사람이니 아직 깨어 있을 것이다.

"네, 여부세요."

예상과 달리 수화기에서는 잠이 덜 깬 목소리가 흘러나왔다.

"아, 주무시고 계셨어요?"

"당연하지, 보통 이 시간에는 모두 잔다고. 제대로 된 인간이라면 누구든 잠자리에 들었을 시간이야. 내 안락한 수면을 방해하다니 누구냐?"

"호조인데요."

"호조? 엥, 세이치냐? 이거야 원 별일도 다 있네. 사람 싫어하는 네가 먼저 전화를 걸 줄이야. 도대체 무슨 바람이 불었냐?"

"쉬시는데 죄송해요."

"정말로 죄송한 일이지, 모처럼 쉬고 있었단 말이다."

"죄송해요. 저기, 요전에는 잘 먹었습니다. 신주쿠에서."

"어이구, 변변치도 않은 걸 가지고. 그럼 잘 자."

"저기…… 선배."

세이치는 어쩐지 김이 확 빠졌지만 상대를 만류했다.

"뭐야, 난 잘 거야."

"사건에 관해 모르세요?"

호기심이 이상하게 강한 이 남자라면 반드시 사건에 관해 꼬치꼬치 캐물으려 하지 않을까 내심 조마조마했는데.

"사건이라니 뭔데?"

"저희 할아버지가 돌아가셨어요. 살해당하셨어요."

"……."

"여보세요. 선배, 듣고 계세요?"

"듣고 있다. 잠깐만, 아직 잠이 덜 깨서. 할아버지가 살해당하셨다니 너랑 옥신각신했던 그 할아버지?"

"네, 그런데요."

"네가 그랬냐?"

"무슨 말씀이세요. 이상한 농담하지 마세요. 신문 안 읽어보셨어요?"

"요즘 바빠서 신문 읽을 틈도 없었어."

"그러고 보니 전에도 그런 말씀 하셨는데 도대체 무슨 일을 하시는 건데요?"

"아직 비밀이라고 했잖아. 그건 그렇고 뭐야, 그 할아버지가 살해당하셨다니. 요전에 영매니 초능력이니 하더니 그거랑 관계있냐?"

"하아, 좀 이해가 가지 않는 사건인데요."

세이치가 사건을 대강 설명하자 상대는 당황스럽다는 듯이 목소리를 높였다.

"어허, 그거 굉장한데. 영혼 살인자에 강령회라. 암만해도 고색창연하다. 너희 집 어떻게 된 거냐. 아, 혹시 너희 집에 존이나 카터*라는 이름의 개 기르지 않아?"

"아니요, 개는 안 기르는데요."

"어이, 어이, 농담이야. 그렇게 착실하게 대답하지 마. 너도 참 융통성 없는 녀석이다. 세이치, 내일 밤에 시간 있냐?"

"어, 왜요?"

"눈치 없기는. 내일 밤에 만나지 않겠느냐고 묻는 거잖아."

아까까지만 해도 졸려 죽겠다는 목소리였는데 지금은 맛있는 음식을 앞에 두고 입맛을 쩝쩝 다시는 것처럼 물었다.

"전화만으로는 잘 모르겠으니까 더 자세한 이야기를 들려줘. 재미있을 것 같으니까."

"재밌다니요, 저희 입장에서는 심각한 사건인데요."

이 상황에 이르러서야 세이치는 전화를 건 것이 실수였음을 깨달았다. 아무래도 상대의 예사롭지 않은 호기심을 자극한 듯했다. 일단 흥미를 품었다 하면 끝까지 물고 늘어져 남이야 뭐라고 생각하든 제멋대로 휘두르는 이 남자의 성미를 얕잡아보았다. 긁어 부스럼이었다.

"아무튼 내가 이야기를 들어주겠다잖아. 고맙게 생각해라."

이 사람은 달갑지 않은 친절이라는 말을 모른다.

---

*미국 미스터리 작가 존 딕슨 카(필명은 카터 딕슨)는 작품에 종종 오컬트 요소를 혼합했다.

"하지만 이건 살인 사건이고 경찰도 열심히 수사하고 있으니까 선배에게 이야기해도……."

"또, 또 음울한 목소리로 구시렁대기는. 네가 원망 어린 투로 말하면 기분이 찜찜하다고. 어쩐지 나중에 재앙이 내릴 것 같아서 말이다."

"죄송해요."

"어이구, 또 묘비 아래에서 스멀스멀 기어올라오는 목소리. 뭐, 됐다. 신주쿠 부근에서 어때? 회사 몇 시에 마치냐?"

"저기, 선배. 바쁘신 거 아니었어요?"

"바쁘지. 다망한 내가 일부러 만나주겠다고 하잖아. 조금쯤은 고맙게 여기지그래? 내일도 아침 6시에 나가봐야 해."

"선배가요?"

조금 놀랐다. 서른 고개를 넘은 한창나이인데도 제대로 된 직업 없이 빈둥거리며 태평한 하루하루를 보내는 사람이었는데.

"그래, 눈코 뜰 새 없이 바쁘다고."

"그렇군요. 그럼 바쁜 선배의 시간을 빼앗기도 뭐하니……."

"시끄러. 관 뚜껑 아래에서 염불 외는 목소리 내지 말랬지. 아무튼 약아빠졌다니까. 그렇게 재미있는 이야기를 독차지하는 법이 어디 있어? 됐으니까 내일 만날 장소, 그리고 시간 정하자. 회사 몇 시에 끝나? 난 6시 반에는 신주쿠에 도착할 거야. 넌 몇 시면 돼?"

결국 약속을 잡는 수밖에 없었다.

세이치는 전화를 끊고 진저리를 치며 한숨을 내쉬었다.

사건에 관해 말해야 한다니 마음이 무거웠다.

하지만 잠깐. 세이치는 쥐 죽은 듯이 고요한 식당의 의자에 앉으며 마음을 고쳐먹었다.

통화한 상대가 수수께끼나 퍼즐을 해명하는 데 기발한 능력을 발휘한다는 사실이 떠올랐기 때문이다.

작년에 몇 가지 별난 사건을 그가 은밀히 해결했다는 이야기를 언뜻 들은 기억이 났다. 그뿐만 아니라 예전에 이 선배가 소속되어 있던 작은 극단에서 일어난 연쇄 살인 사건을 경찰보다 먼저 밝혀냈다는 소문도 들었다. 그 특수한 재능에 기대어보는 것도 괜찮을지 모른다. 그런 생각이 들기 시작했다.

이 선배라면 세이치는 상상도 하지 못했던 독자적인 관점에서 사건을 관찰할 수 있을지도 모른다. 사에코의 '적'이 누구인지 간파할 수 있을지도 모른다. 그렇게 생각하자 요전에 신주쿠 역에서 우연히 만난 것도 괜스레 하늘의 계시처럼 느껴졌다.

선배에게 이야기해볼까. 지푸라기라도 붙잡는 심정으로 그 선배에게 이야기해볼까.

네코마루라는 조금 특이한 그 남자에게.

막간

열두 살이었다.

그 꿈의 정경은 지금도 선명하게 내 안에 새겨져 있다. 스크린 위에 오래된 영화가 몇 번이고 되풀이해 상을 맺는 것처럼 생생하게. 툭하면 그 장면이 마음에 투영된다.

잊으려고 애썼다.

하지만 강렬한 인상은 내 가슴에 날카로운 발톱을 박고 언제까지고 떨어지려 하지 않는다. 기억의 발톱이 내 가슴을 후빌 때마다 마음은 새로운 상처로 뒤틀리고 새로운 피를 흘린다. 씁쓸한 눈물 색깔의 피다.

생각난다.

지금도 뚜렷이.

생각난다.

잠에서 깬 후 식은땀에 젖어 끈적대는 셔츠의 감촉도, 5월 공기의 향긋한 냄새도, 다다미의 감촉도, 경종을 울리듯이 쿵쿵대는 심장 고동도, 그리고 도저히 배겨낼 수 없는 공포마저도.

생각난다.

그리고 내 마음은 피를 흘린다.

영원히 낫지 않을 상처에서 눈물 색깔의 피가 흐른다.

5월의 아침.

이모 부부와 사촌 여동생이 탄 차를 배웅한 후에 잠시 졸았다.

무서운 꿈이었다.

사고, 교통사고.

꿈은 막연했다.

다만 그것이 교통사고 상년이라는 것은 분명했다.

차.

차가 부딪친다. 마치 빨려 들어가는 것처럼 어둠의 벽에 차가 부딪친다.

차는 순식간에 종잇장처럼 찌그러진다. 앞 유리창이 빛나는 빗방울이 되어 사방에 흩날린다.

열두 살이었던 내게 어렴풋한 동경의 대상이었던 아름다운 이모의 입이 공포로 경직된다.

눈썹이 송충이처럼 굵고 쾌활한 이모부의 얼굴이 절망으로 일그러진다.

그리고 인형처럼 사랑스러운 사촌 여동생이 깜짝 놀라 눈을 크게 뜬다.

엿가락처럼 우그러진 범퍼.

기묘한 곡선을 그리며 훌렁 뒤집힌 보닛.

경적.

사람들이 외치는 소리.

사이렌. 미친 듯이 돌아가는 빨간 회전등.

눈이 빙글빙글 돌 만큼 정신없이 교차하는 빛과 소리.

사고가 일어난다. 교통사고가.

꿈속에서 내가 지른 비명에 놀라 벌떡 일어났지만 잠시 옴짝달싹도 못 하고 가만히 있었다.

두려움이 소년이었던 나의 마음을 갈기갈기 찢었다.

나는 어릴 적부터 다루기 까다로운 아이였다고 한다. 한밤중에 느닷없이 불에 덴 것처럼 울음을 터뜨려 어머니를 애먹였다. 조금 크고 나서는 늦은 밤에 몽유병자처럼 복도를 돌아다녔다고도 한다.

그때도 뭔가 좋지 않은 꿈을 꾸었기 때문이었을까. 마음을 찢어놓는 꿈을 꾸었기 때문에?

하지만 열두 살 5월의 진짜 악몽은 그때부터 시작됐다.

몇 시간 후 진짜로 사고가 났다는 소식을 들었다.

진정한 공포였다.

온 세상이 무너져 내려 알 수 없는 꿈의 세계로 삼켜지는 듯한 기분이 들었다.

사고가 일어나기 몇 시간 전 나는 분명 똑같은 장면을 꿈으로 꾸었다.

몸이 계속 떨렸다.

무서움, 두려움, 공포, 회한, 공황이 밀려왔다.

그때부터 꿈은 언제나 내 가슴에 들러붙어 있고 내 마음은 눈물 색깔 피를 흘린다.

3장

"예지몽이라. 사고가 일어나기 몇 시간 전에 네가 꿈으로 사고를 예지했다는 건가."

네코마루*는 이름 그대로 새끼 고양이를 쏙 빼닮은 동그란 눈으로 세이치를 가만히 응시하며 말했다.

세련된 인테리어의 서양식 술집.

여기서 세이치는 이 자그마한 선배와 만났다.

세이치보다 5분 늦게 가게에 들어온 네코마루는 여느 때같이 유행과는 거리가 먼 헐렁한 검은색 윗옷을 조그마한 몸에 칠칠하지 못하게 걸치고 있었다. 그는 세이치를 보자마자 활짝 웃으며 어린아이처럼 손을 힘차게 흔들었다. 명랑하고 한없이 밝은 웃음. 하지만 겉보기와는 달리 성격은 그 웃음처럼 순박하다고 할 수 없다. 고등학생으로 착각할 법한 동안과 더부룩이 늘어뜨

*일본어로 네코는 고양이, 마루는 동그라미라는 뜻이다.

린 앞머리는 대학 시절부터 한결같았다. 30대 남자의 위엄은 약에 쓰려도 없었다.

두 사람은 건배를 하고 술을 마셨고, 시간이 흘러 8시 10분이 되었다.

네코마루의 재촉을 받고 사건의 상세한 내용과 소년 시절에 꾼 으스스한 꿈에 대해 이야기를 마친 참이었다.

이 기묘한 꿈 이야기를 남에게 하기는 처음이었다. 물론 가족에게도 이야기하지 않았다. 어지간해서는 믿어주지 않을 테고 도리어 정신 상태를 의심받을 것이다. 하지만 효마가 살해당한 사건이 그처럼 기괴한 양상을 보였고, 가미시로와 오우치야마 같은 어엿한 대학교 연구자도 아주 진지하게 초자연 현상을 연구하고 있다. 세이치는 그러한 사실에 힘을 얻어 털어놓을 마음이 생겼다. 게다가 이 네코마루라는 남자는 괴상한 이야기를 아주 좋아한다.

세이치가 이야기하기 위해 입을 움직이는 동안 네코마루는 왕성한 식욕을 채우기 위해 바쁘게 입을 움직였다. 감자 치즈구이, 게튀김, 아스파라거스 샐러드, 생선구이, 두부 스테이크 등 나오는 요리를 작은 몸에 차례차례 채워갔다. 낮에 하는 일이 힘들어서 시장한 걸까. 기분 탓인지 어린아이 같은 얼굴이 요전에 술을 얻어먹었을 때보다 볕에 탄 것처럼 보였다. 그래도 호기심이 왕성한 것은 변함없는지라 이야기가 시체를 발견한 부분에 다다르자 눈썹 아래까지 늘어뜨린 앞머리 안쪽의 동그란 눈이 반짝반짝 빛났다. 그리고 세이치가 예지몽 이야기를 꺼내자 '숲에서 딴 버섯과 오징어 먹물 볶음 우동'이라는 묘한 메뉴에서 시선을 돌려 고양이 같은 눈으로 세이치를 바라보았다.

"그러니까 예지했으면서 아무것도 하지 못했다는 자책감을 느끼고 있다는 거로군."

"네, 뭐."

"이런, 이런, 어두워라. 너답다. 시원스럽지 못하게 질질 끌고 있는 꼬락서니가. 무엇보다 예지몽이 정말로 있기는 해? 어이, 그거 진짜야? 정말로 꿈을 꿨어?"

"네, 확실해요."

"그거, 나중에 기억이 뒤죽박죽된 거 아닌가. 낮잠 잤을 때 꾼 꿈과 사고가 일어난 후에 밤에 꾼 꿈이 뒤섞여서 말이야. 아니면 기시감이라든가 그런 걸 수도 있고."

"아니에요. 틀림없이 사고가 일어났다는 연락이 오기 전에 꿨어요."

그 충격은 체험한 사람이 아니면 모른다.

"뭘 그렇게 흥분하고 그러냐, 정말이지 옹고집쟁이라니까. 뭐, 백번 양보해서 네 말이 옳다고 치자. 네가 예지를 했다고 치자고."

겨우 식욕을 만족시킨 듯이 네코마루는 천천히 담배에 불을 붙였다.

"그렇다고 해도 네가 책임을 느낄 필요는 없잖아. 네가 꿈을 꾸었든 꾸지 않았든 사고는 일어났을 테니까."

"그건 그렇지만……."

"그리고 무엇보다 네가 뭘 할 수 있었겠냐. 설령 예지해서 '이모 가족이 탄 차가 위험해. 어떻게든 멈추라고 해'라고 초등학생 꼬맹이가 주장한들 주변 어른들이 진지하게 받아들였을까? 무슨 잠꼬대를 하는 거냐고 무시했겠지."

"그랬겠죠."

"그러니까 그렇게 우울한 생각에 빠질 것 없어. 그때 네게 사고를 저지할 방법은 전혀 없었으니까."

"하아."

네코마루 특유의 난폭한 위로는 고마웠지만 그런 말을 들어도 세이치는 무거운 짐을 내려놓을 수 있을 것 같지 않았다. 이성이 아니라 감정적인 측면에서는 변함없이 그 비극을 막지 못했다는 자책감이 자신을 괴롭혔다. 그 사실이 무서워서 광학의 길을 선택했다. 순수한 수리와 물리의 세계로 도피했다. 사람의 마음에 내재해 있는 것들과는 되도록 접촉하지 않는 세계로. 번잡한 인간관계를 꺼리는 경향도 그 선택에 한몫했다. 초상현상 관련 서적을 뒤적이는 것조차 피해왔다. 무서웠으니까. 그런 것을 직시하면 바로 이모부와 이모의 죽음이 연상되었다.

세이치는 달아났다. 사람의 마음속에 발을 들여놓는 것에서, 그리고 사에코의 순수함에서. 그러므로 이번에야말로 사에코를 지켜야 한다. 사에코만은 지킬 의무가 있다. 그렇지 않으면 세이치의 상처는 낫지 않는다.

"또 멍하니 생각에 잠겨 있네."

불쾌함이 깃든 네코마루의 목소리를 듣고 세이치는 정신을 차렸다.

"정말이지 넌 손이 많이 가는 녀석이야. 벌써 십 년도 훨씬 지난 일 아니냐. 그걸 지금까지 우물쭈물하며 질질 끌고 오다니 원. 어째서 그렇게 만사를 소극적으로 받아들이고 뒷걸음질만 치냐. 좀 더 낙천적으로 생각하면 훨씬 편할 것을."

네코마루는 맥주를 슬쩍 핥고는 말했다. 술이 약한 네코마루에게 따라준 맥주는 아까부터 조금도 줄어들지 않았다. 긴 이야기를 하는 동안 세이치는 미즈와리*를 벌써 넉 잔이나 마셨다.

네코마루가 동그란 눈으로 허공에서 춤추는 담배 연기를 바라보며 말했다.

"그런 일이 지금까지 몇 번이나 있었냐? 꿈으로 미래를 예지하는 거 말이다."

"큰 사건은 그때 한 번뿐이었지만 그 후로도 자잘한 일은 몇 번 꿈으로 꿨죠. 대학 시절에 시험 문제를 전날 밤 꿈에서 본다거나, 꿈속에서 상사에게 미리 잔소리를 듣는다거나."

"흐음, 이상한 녀석인 줄은 알고 있었다만 역시 별나구나."

네코마루는 크게 놀란 기색도 없이 못마땅하다는 얼굴로 되지도 않는 소리를 했다.

"뭐, 그렇게 먼 옛날 일은 제쳐두고 일단 문제는 이번 사건인데. 정말 끝내주잖아. 엄청 재미있어 보이는 사건이라고. 젠장, 지금 정신없이 바쁜데 왜 하필 이럴 때 이야기를 꺼내는 거냐. 내가 좀 더 한가할 때 이야기하란 말이야."

"그렇게 말씀하시면 곤란한데요."

"또 솔도파** 뒤에서 속삭이는 것처럼 음울한 목소리. 그만 좀 해, 무섭단 말이다. 네가 그런 목소리로 말하면 어쩐지 끔찍한 저주에 걸릴 것 같다고."

네코마루는 막말을 퍼붓고 나서 맥주를 날름 핥았다. 세이치도 미즈와리를 입으로 가져갔다.

---

*술을 물로 희석하여 마시는 방식 또는 물로 희석한 술.
**위쪽이 탑처럼 뾰족하고 갸름한 나무판자. 죽은 사람을 공양하기 위해 경문 등을 적어 묘지에 세운다.

"선배, 꽤나 흥미로워하시는 것 같네요."

"암, 흥미롭다 뿐이겠냐. 흥미로워 돌아가실 지경이다. 정말 재미있겠어. 아까워라, 바쁘지만 않으면 당장에라도 현장을 보여달라고 할 텐데. 모처럼 이런 재미있는 사건의 관계자가 가까운 사람인데 아무것도 못 하다니 안타깝기 그지없다."

그 가까운 관계자가 피해자 가족이라는 사실에도 아랑곳없이 네코마루는 재미있겠다는 말을 연발했다. 불경하다고는 조금도 생각지 않는 듯했다. 애당초 이 남자가 가치를 판단하는 기준은 재미있느냐 재미없느냐 이 한 가지뿐이다. 오래 알고 지냈기 때문에 세이치는 이 남자가 호기심 앞에서는 상식도 격식도 흐려진다는 사실을 잘 알고 있었다. 불경스럽다고 나무라도 아무 소용 없다. 그것보다 뭔가 색다른 생각이 떠올랐을지도 모른다. 그 생각을 알아내는 것이 우선이다.

"혹시 뭔가 떠오르는 거 없어요? 선배라면 그 특이한 머리로 뭔가 알아내셨을 것 같은데요."

"그 특이한 머리라니 무슨 말본새가 그러냐. 내가 이상한 사람 같잖아."

허날한 얼굴로 네코마루는 새 담배를 입에 물었다. 맥주는 조금도 줄지 않았지만 재떨이에는 담배꽁초가 통나무 오두막처럼 쌓여 있었다.

"어째서 이놈이고 저놈이고 죄다 나를 괴짜 취급하는 거야. 이렇게 평범하고 멀쩡한 사람을 두고 말이야. 경찰이 일주일 넘게 조사하고도 알아내지 못했는데 그렇게 쉽게 알아낼 턱이 없지."

네코마루는 투덜투덜 불평을 늘어놓더니 완전히 김이 빠진 맥주를 핥았다.

"하지만 확실히 재미있기는 해. 유령이 살인을 하다니 실로 유쾌하잖냐."

아직도 그 소리다.

"그렇다고 결론이 난 건 아니에요. 동생이 그런 말을 하며 요란을 떨 뿐이지."

"영매 양반도 그렇잖아."

"네, 뭐."

"그 양반도 아주 재미있어 보이는 사람이야. 그런데 경찰은 그 기괴한 현상을 어떻게 보고 있지?"

"글쎄요, 어떨까요. 유령의 짓이라고 생각지 않는다는 건 확실한데요."

"당연하지, 경찰이 그딴 소리를 했다가는 세상도 말세야. 조사가 얼마나 진척됐는지 가르쳐주지는 않아?"

"네, 별로 못 들었어요. 아무래도 순조롭지는 않은 모양이에요. 그래도 선배라면 분명 좋은 아이디어가 있을 것 같은데요."

이 사람이 부추김에 약하다는 것도 세이치는 잘 알고 있었다.

"그렇지. 정말로 유령이 그랬다는 것도 나름 재미있기는 하다만 밑도 끝도 없이 단정할 수는 없는 노릇이고. 일단은 현실적으로 생각해야겠지. 우선 첫 번째로 생각해볼 수 있는 건."

네코마루가 손가락을 하나 척 세웠다.

"너랑 외삼촌, 나오쓰구 씨였던가? 그 두 사람이 못 보고 놓쳤을 가능성이지. 누군가가 통로를 건너갔는데 알아차리지 못한 거야."

"그건 아니에요."

세이치는 바로 부정했다.

"형사님도 끈질기게 물어봤고, 동생과도 잠깐 이야기를 했어요. 바깥은 어두워지고 있었고 통로에는 불이 켜져 있었으니까 못 봤을 리 없죠. 게다가 혼자라면 모를까 저랑 외삼촌 둘 다 뜰이 보이는 소파에 앉아 있었어요. 누가 지나갔다면 둘 중 한 명이 봤을 거예요."

"그래, 그럼 첫 번째 가능성은 접어두고 두 번째 가능성. 범인은 너와 나오쓰구 씨의 사각지대, 예를 들어 뒤쪽 창문 같은 곳으로 몰래 침입했다."

"그것도 아니에요. 경찰이 누가 침입한 흔적은 전혀 없다고 했어요. 그날은 비가 살짝 뿌려서 발자국이 남기 쉬웠으니까 만약 뭔가 있었다면 경찰이 발견했겠죠."

"그렇단 말이지. 이것도 글렀다면 완전히 막다른 골목인데. 범인이 침입한 경로가 없잖아."

네코마루는 두 손을 들었다. 하지만 체념하는 말과는 반대로 고양이를 쏙 빼닮은 동그란 눈에 능글맞은 웃음을 띠었다.

"하지만 이것만은 단언할 수 있지. 범인은 분명 현관으로 들어왔어, 당당히 말이야."

"그야 당연하죠. 다른 곳으로는 들어오지 않았으니까 현관으로 들어온 게 뻔하……."

세이치는 갑자기 입을 다물었다. 집의 현관이 떠올랐기 때문이었다. 뭔가 지금까지 잊고 있던 사실이 머리 한구석을 스친 듯한 기분이 들었다. 세이치는 고개를 갸웃거렸다. 하지만 위화감은 등을 휙 돌리듯이 세이치의 의식에서 사라져갔다. 신기루를 맨손으로 잡는 듯한 안타까움만이 남았다.

"왜 그래, 세이치."

네코마루가 수상하다는 듯이 물었다.

"아니요, 지금 현관이라는 말을 듣고 이상한 느낌이 들어서…… 뭔지는 모르겠지만요."

"흐음, 그러냐."

네코마루는 약간 신경이 쓰인다는 듯한 표정을 지었다가 다시 입을 열었다.

"난 범인이 현관으로 당당하게 들어올 수 있는 인물이었다는 뜻에서 현관이라고 말한 거야. 즉 사건 당일 찾아온 손님 혹은 너희 가족이지."

"손님요?"

그날 찾아온 손님은 영매 아나야마 지운사이, 세이케이 대학교의 2인조, 그리고 나오쓰구밖에 없었다.

"하지만 선배, 그 사람들은 모두 알리바이가 성립했다나봐요. 게다가 가족들도 전부 알리바이가 있고요."

"그러게, 그게 난점인데 말이야. 하지만 그럼 결국 유령이라도 나서지 않으면 이야기의 앞뒤가 안 맞는다고."

네코마루는 시선을 허공으로 돌리고 턱을 괴더니 멍한 얼굴로 말했다.

"악령이 살인범이라."

그 엉뚱한 두뇌 속에서 어떤 생각이 맴돌고 있는지 멍한 표정만 보고는 읽어낼 수 없었다.

네코마루는 아까부터 재미있어하기만 할 뿐 날카로운 의견은 하나도 제시하지 않았다. 내친김이라고는 하나 이 남자에게 상의한 것은 경솔한 판단이었을지도 모른다는 생각이 들었다.

*

오랜만에 전화가 왔다.

모리무라 가즈에 씨, 아니 지금은 마쓰노 가즈에 씨다. 가즈에 씨는 얼마 안 되는 내 친구 중 한 명이다. 학교에서, 우리와 비슷한 처지인 사람들이 다니는 학교에서 제일 사이좋게 지냈다.

"사에코, 요즘 어때? 잘 지내?"

가즈에 씨의 목소리는 언제나처럼 밝고 쌩쌩했다. 졸업한 후로는 매일 만나지 못하지만 지금도 이렇게 가끔 전화로 대화를 한다.

"응, 잘 지내. 가즈에 씨는?"

"에고, 힘들어."

"레이 때문에?"

"그래, 그래. 겨우 목을 가눈 건 좋은데 세 시간마다 젖 먹여야지, 기저귀 갈아야지, 녹초가 됐어."

가즈에 씨는 나보다 조금 나이가 많다. 그런 학교이다 보니 동급생이 모두 동갑은 아니다. 가즈에 씨는 웬걸 졸업과 동시에 결혼했디. 상대는 구청 복시과 직원. 그리고 작년 말에 기다리던 아기가 태어났다.

"정말로 손이 많이 가. 보통 사람들도 애를 키우면 노이로제에 걸릴 정도니까 나도 나름대로 각오는 했는데 말이야. 막상 실제로 키워보니 각오는 아무 도움도 안 돼. 피로에 절어서 산다니까."

말은 그렇게 해도 가즈에 씨의 목소리에서 싫어하는 낌새는 조금도 느껴지지 않았다.

"야아, 힘들겠다."

"그야 뭐 말로 다 못 할 지경이지. 힘들다는 말로는 모자라. 지금 겨우 잠이 들었는데 또 언제 젖을 달라고 칭얼거릴까 생각하면 걱정돼서 마음 놓고 잠도 못 자겠어."

"마쓰노 씨는? 안 도와줘?"

"남편? 남편은 아무짝에도 쓸모없어. 육아는 여자가 할 일이라고 케케묵은 소리나 한다니까. 밤중에 레이가 울고불고 난리를 쳐도 코만 드르렁드르렁 골아대지 꼼짝도 안 해. 그이, 신경이 얼마나 둔한지 몰라."

말과는 반대로 가즈에 씨의 목소리는 녹아내릴 것처럼 애교가 넘쳤다. 곁에서 남편이 귀를 기울이고 있을지도 모른다. 나도 모르게 웃고 말았다.

"가즈에 씨, 그렇게 불평해도 난 다 알아."

"뭘?"

"소문 다 들었어. 마쓰노 씨, 이만저만 딸 바보가 아니라서 레이 곁을 떠나질 않는다며?"

"앗, 들켰네. 그런 말을 퍼뜨린 사람은 게이겠구나. 요전에 놀러 왔거든. 뭐, 됐다. 우리 그이, 애가 귀여워서 사족을 못 써. 집에 돌아오면 나는 내버려두고 레이에게 찰싹 달라붙어 있다니까. 질투가 날 정도야."

"레이 귀엽겠다."

"귀여워 죽겠어. 조그마한 손으로 열심히 젖을 만지작거리면서 깔깔 웃는다니까. 정말 귀여워 죽겠어."

가즈에 씨는 즐거울 때 죽겠다는 말을 쓰는 게 버릇이다.

"저기, 가즈에 씨."

"응? 왜?"

"가즈에 씨, 행복하구나."

"무슨 소리야, 갑자기."

가즈에 씨는 약간 쑥스러운 듯이 말했다.

"다정한 남편에 귀여운 아기가 있잖아. 가즈에 씨 목소리 정말 행복하게 들려."

"글쎄. 하루하루가 정신없이 지나갈 뿐인걸. 이런 게 행복일까?"

"그거면 돼. 그런 게 행복일 거야."

"그럼 사에코를 봐서 그런 셈 칠까."

가즈에 씨는 웃었다. 아주 행복한 듯이.

"저기, 사에코. 너 혹시."

"뭐?"

"좋아하는 사람이라도 생긴 거 아냐?"

"왜? 아닌데."

나는 약간 허둥대고 말았다.

"나를 행복하다고 하니까 그렇지. 여자는 대개 좋아하는 사람이 생겼을 때 행복을 생각하거든."

예리하다. 역시 나를 잘 아는 사람이다.

"아니야, 그런 건 아닌데. 그냥 아기가 있으면 행복하겠구나 싶어서."

"흐음, 그래. 그럼 사에코도 조만간 한번 놀러 와. 전부터 레이를 만나러 오겠다고 했잖아. 게다가 우리 남편도 미인 손님은 대환영이야."

가즈에 씨는 익살스러운 투로 말했다.

"응, 꼭 갈게. 집안 분위기가 진정되면 반드시 갈게."

"집안 분위기라니, 무슨 일 있었어?"

가즈에 씨가 의아하다는 듯이 되물었다.

"아니, 특별하게는. 그냥 사촌 오빠가 돌아와서."

나는 바로 얼버무렸다. 가즈에 씨는 할아버지 사건을 모르는 걸까. 그 일로 내 기운을 북돋워주려고 전화한 줄만 알았는데. 우리 집에는 큰일이라도 세상 사람들에게는 그렇게 놀랄 만한 일이 아닐지도 모른다.

"사촌 오빠라니, 사에코의 친오빠나 다름없다던 그 사람?"

"응, 맞아."

"그럼 마침 잘됐네. 그 사람을 졸라서 데려다달라고 해. 우리는 언제든지 괜찮으니까."

"응, 꼭 그렇게."

그리고 잠시 가즈에 씨와 신나게 잡담을 나누었다.

가즈에 씨는 강한 사람이다. 나는 사고로 이렇게 되었지만 가즈에 씨는 불운을 짊어지고 태어났다. 신의 고약한 변덕. 악의로 가득 찬 변덕. 하지만 가즈에 씨는 그런 불운에 까딱도 하지 않는다. 언제든지 밝고 씩씩하고 기운이 넘친다. 물론 많은 일이 있었지만. 마쓰노 씨와 결혼하기로 결정했을 때도 이해심 없는 주변 사람들 때문에 괴로워하기도 했다. 하지만 그런 일에 지지 않는 사람이다. 나도 가즈에 씨 덕분에 얼마나 큰 위로를 받았는지 모른다. 가즈에 씨는 내 소중한 친구다. 뭐든지 이야기할 수 있는 상냥한 사람. 그러니까 언젠가는 꼭 가미시로 씨에 관해서도 말해줘야지. 요동치는 내 마음이 가라앉고 나면. 어떤 형태로 가라앉을지는 나도 모르겠지만.

그 무시무시한 사건에 관해서도 이야기하고 싶었다. 속마음을 털어놓고 기분을 풀고 싶었다. 하지만, 하지만 그만두자. 가즈에 씨의 행복에 그늘이 지지 않도록. 불길한 기운이 전화선을 타고 가즈에 씨에게 흘러가지 않도록.

신이시여, 신이시여, 부탁드립니다. 부디 가즈에 씨의 행복이 영원히 계속되게 해주세요.

*

"악령이 살인범이라……. 그런 일이 정말로 일어난다면 굉장하겠군."

네코마루는 조금도 줄지 않는 맥주를 핥고 나서 동그란 눈을 반짝였다. 세이치도 다섯 잔째 미즈와리에 입을 댔다.

"할아버지는 생전에 할머니 영혼이 가까이서 느껴진다고 하셨대요. 외삼촌도 할머니 모습을 봤고, 영매도 떠들어대고 있고요. 저도 그런 이야기를 듣다 보니 어쩐지 딱 잘라 부정할 수만도 없겠다는 기분이 들더라고요. 선배, 그런 일이 정말로 있을까요?"

"영혼의 세계라. 그야 뭐 있다면 재미는 있겠지."

네코마루는 긴 앞머리를 휙 쓸어 올렸다.

"그런 걸 믿는 사람이 의외로 많은 모양이다만. 요즘 그쪽 분야의 잡지가 꽤나 인기를 끌잖아."

"어, 그런가요?"

"뭐야, 세상 물정도 모르는 녀석일세. 주로 젊은 여자가 구매층인데 기적을 부르는 신비의 수정 파워나, 호감이 가는 남자의 마음을 꽉 사로잡는 갖가지 주문, 행운을 부르는 백마술 테크닉, 심령 현상 기행 등등 오컬트에 로맨티시즘이라는 양념을 잘 버무린 덕분에 제법 돈벌이가 돼. 개중에서도 독자 투고란이 재미있는데 여자들이 투고란에 글을 써서 친구를 모으고 있지."

"그런 오컬트 취미가 있는 친구를요?"

"그게 아니라 전생의 친구."

"전생의 친구?"

무슨 말인지 이해가 되지 않았다. 네코마루는 업신여기는 듯이 히죽히죽 웃었다.

"저는 전생에 고대 그리스의 신관 아메스트후테프였습니다. 그 당시 신전에서 함께 기도를 드렸던 신관이셨던 분은 연락 주세요."

"뭡니까, 그게."

"함께 아마겟돈에 대항할 동료를 모집합니다. 저는 전생에 잉카제국의 무녀 아마스테카우스였습니다. 전생에 고대 인도의 고위 승려 혹은 로마제국의 전사이셨던 분을 희망합니다. 이딴 글이 가득해."

"그거, 무슨 게임인가요?"

"아니야, 아니야. 그 사람들은 아주 진지하다고."

네코마루는 딴청을 부리는 듯한 표정을 지었다.

"뭐랄까 그런 걸 읽으면 엄청난 힘이 느껴진다니까. 그들은 아무 의심도 없이 믿어. 대단한 에너지다 싶어 감탄했지. 하지만 진심으로 그런 생각을 하는데도 그들은 평범하게 학교에 다니고 아르바이트도 하면서 정상적인 중고등학생으로 살고 있어. 뭔가 좀 어그러져 있다는 기분도 들어. 그 에너지는 분명 도

피의 에너지가 아닐까 싶거든."

"도피?"

"그래, 현실로부터의 도피. 현대는 꿈이 없는 시대야. 극히 평범한 가정에 태어나 극히 평범하게 학교에 다니고, 극히 일반적으로 취직해서 극히 보통의 상대와 결혼하고, 극히 당연하게 자식을 키우고 늙어 죽지. 너처럼 예지몽을 꾸지 않아도 내일 일이 훤히 보이는 시대라고, 지금은. 하지만 어릴 적에는 내가 뭔가 특별한 존재라고 생각하고 싶어 하는 경향이 있잖아. 나는 여기서 이딴 일을 하고 있을 인간이 아니다. 아무도 깨닫지 못하지만 주변 사람에게 좀 더 인정받아야 하는 것 아닌가 하고 말이야. 하지만 현실은 그렇게 녹록지 않아. 평범한 가정에 태어난 그들은 아무리 바래봤자 아이돌 스타가 될 수 없다는 걸 알고 있어. 느닷없이 대부호 왕자님이 나타나 청혼하지 않는다는 것도 알아. 자신에게 뭔가 멋진 재능이 잠들어 있고, 어른이 되면 그 재능이 개화해서 행복이 손에 들어온다? 그럴 일이 없다는 것도 알지. 아무리 꿈꿔봤자 인생의 레일이 향하는 곳은 뻔해. 주변을 둘러봐도 다들 그런 평범한 인간들뿐이야. 이 사람의 인생 또한 내 인생과 큰 차이 없을 테고, 저 사람의 앞날도 내 앞날과 그리 다르지 않겠지. 이 인간이고 저 인간이고 뻔할 뻔 자다. 그들은 분명 자신의 현재 상태에 만족하지 못하는 거야. 누구나 자신이 타인들과는 다른 특별한 존재이기를 원해. 나만은 하늘이 뭔가 특권을 부여해준 존재이기를 바라지. 하지만 가혹하게도 현실은 평범이라는 껍데기 속에 그들을 가둬."

네코마루는 담배를 피우며 담담히 말했다.

"지금 현재 특별하지 않은 것과 마찬가지로 장래도 분명 별

볼 일 없어. 지긋지긋할 만큼 평범한 어제와 똑같은 오늘, 오늘
과 똑같은 내일이 기다리고 있지. 절망적으로 평탄한 길에 지나
지 않는 거야. 그렇다면 달아날 곳은 과거뿐이지. 과거에 자신
은 특별했다. 주변의 어중이떠중이와 달리 존재 의의가 있고,
특별한 지위에서 특권을 행사하는 인간이었다. 그렇게 믿음으
로써 균형을 맞추지 않으면 못 해먹겠다는 거겠지, 분명. 난 그
렇게 생각해. 이 시시한 현대를 살아가기 위한 그들 나름의 보
신술이라고 해도 될 거야. 어쩐지 불건전한 느낌이 들지 않는
것도 아니지만."

"뭔가 서글픈 기분도 드네요."

전생을 이야기하는 소녀들. 그들은 정말로 그렇게 믿지 않고
서는 인생을 살아갈 수 없는 걸까.

"그리고 세이치, 살의라는 감정 있잖아."

네코마루는 이어서 말했다. 새끼 고양이 같은 눈에 진지한 빛
이 깃들었다.

"상대를 죽이고 싶다, 말소하고 싶다, 이 세상에서 존재 그 자
체를 지우고 싶다. 인간은 드물게 어두운 감정을 다른 사람에
게 품을 때가 있어. 특히 현대처럼 스트레스가 넘쳐나는 세상에
서는 한순간이나마 그런 감정에 사로잡힐 때가 적지 않겠지. 이
치로 따질 수 없는 감정은 대개 본능에서 비롯되거든. 난 분노
와 슬픔, 애정과 질투 따위의 감정과 마찬가지로 살의 역시 본
능의 일종이라고 생각해. 이해관계에서 비롯된 계산적인 살의
는 제쳐두자고. 내가 말하는 건 증오에서 발산되는 단순한 살의
야. 즉 상대를 그저 이 세상에서 소멸시키고 싶은 거지. 강한 증
오는 부글부글 끓어올라 살의라는 원초적인 본능에 도달해. 인

간의 뇌에는 그런 프로그램이 미리 입력된 게 아닐까 하거든. 만약 윤회전생이나 환생이 정말로 있다면 그 데이터도 뇌 어딘가에 들어 있을 거야. 인간은 태어나면서부터 다음 생이 정해져 있다고 말이야. 유전자 어딘가에 그 정보가 포함되어 있을 거라고. 그런데 살의와 다음 생이 둘 다 프로그램 되어 있다면 모순 아닌가? 상대를 말살한다, 즉 다음 생을 준다는 뜻이야. 그건 결코 상대를 소멸시킨다는 것과 같은 뜻이 아니지. 그렇다면 사람을 죽이는 건 아무 의미도 없잖아. 만약 다음 생이 진짜로 있고 유전자에 그 정보가 포함되어 있다면 본능 단계에서 미리 처리되어 살의라는 감정은 어디서도 솟아오르지 않을 거야. 현세에서 상대를 죽여도 어차피 다음 생에서 다시 태어날 뿐이니까 완전한 말소는 불가능해. 그러니까 살의라는 감정이 확실히 존재하는 한 다음 생이라는 개념은 허황한 것이 아닐까 생각하는데."

네코마루는 느릿느릿 손을 놀려 새 담배에 불을 붙이더니 미지근해 보이는 맥주를 조금 홀짝였다.

"하지만 다음 생이 있다는 사상을 세계 각지에서 믿고 있는 것도 사실이거든. 티베트 불교에서는 지금도 교주가 죽은 직후에 태어난 아기가 교주의 환생이라고 믿어. 달라이 라마도 그렇게 해서 뽑힌 사람이라더군. 아, 그렇지. 요전에 아는 여자애가 점을 본 모양인데 엄청 우울해하더라고. 그래서 점쟁이가 뭐라고 했느냐고 물어보니까 어떤 인물의 환생이라는 사실을 대번에 맞히더래. 야, 누구의 환생이라고 그랬는지 알겠어?"

"글쎄요."

갑작스레 물어봐도 모른다.

"그게 걸작이라니까. 카르멘이래 카르멘. 당신은 날 때부터 남자를 매혹시키는 마성의 여자라고 했다지 뭐야. 웃긴다니까. 애당초 그거 가공인물이라고. 비제와 메리메가 카르멘의 모델로 삼은 어떤 여공의 환생이라고 하면 또 모르지만 카르멘 그 자체의 환생이라고 했다잖아. 진짜 웃겨 죽겠다."

네코마루는 낄낄댔지만 세이치는 뭐가 이상한지 몰라 모호하게 고개를 끄덕였다.

"뭘 그렇게 멀거니 있냐. 무슨 말인지 모르겠어? 그 여자애는 가공인물의 환생이라는 점괘를 들었다고. 그게 가능하다면 난 미토 미쓰쿠니 공의 수하로서 전국을 만유한 '덜렁이 하치베'의 환생*이다."

느닷없이 썰렁한 소리를 늘어놓았다. 아까까지만 해도 심각한 표정이더니만 이 모양이다. 언동이 느닷없이 휙휙 바뀌니 도저히 따라갈 수가 없다.

"이러저러하여 너한테는 미안하지만 난 오컬트니 심령 같은 건 전혀 믿지 않아. 난 아주 일반적이고 상식적인 사람이거든."

네코마루는 시원스레 딱 잘라 말했다.

그다지 상식적이라고 느껴지지 않는 상대가 담배 연기를 천천히 뿜어내는 모습을 보며 세이치는 물었다.

"그럼 선배, 강령회에는 흥미 없으세요?"

"어이쿠, 그건 또 다른 문제지. 사람이 영혼을 불러내다니 재미있잖아."

---

*미토 미쓰쿠니와 덜렁이 하치베 둘 다 에도 시대를 배경으로 한 사극 〈미토 고몬〉의 등장인물이다.

하는 말이 지리멸렬하다.

"그럼 혹시 괜찮으시면 와보시지 않겠어요? 이번 주 일요일이에요. 영매는 자신만만한 모양이고 외삼촌도 대단하다고 하셨어요."

네코마루는 바로 인상을 찌푸렸다.

"가고 싶은 마음은 굴뚝같다만 요즘 정말로 바빠서 말이야. 젠장, 강령회 보고 싶은데. 그런 재미있는 구경거리는 좀처럼 없단 말이다. 짬이 나면 좋을 텐데."

"뭐, 어떻게든 시간을 한번 내보세요. 그런데 사건은 어때요, 뭔가 좋은 생각 없어요?"

세이치가 묻자 네코마루는 동그란 눈을 빙그르르 돌리더니 뜨뜻미지근한 투로 말했다.

"또 터무니없는 소리를 하네. 방금 전에 자세한 이야기를 들었는데 좋은 생각이 그렇게 펑펑 솟아나겠냐."

아무래도 그다지 관심이 없는 것처럼 보였다. 뭐가 그렇게 바쁜지는 모르지만 그 일에 정신이 팔려서 이쪽 이야기에 몰두하지 못하는 듯했다. 역시 도움이 될 것 같지 않았다. 세이치가 불만을 품든 말든 상관없다는 듯이 네코마루는 느긋한 표정으로 말을 꺼냈다.

"그것보다 세이치, 난 바쁘니까 네가 좀 조사해주었으면 하는 게 있는데."

"뭔데요?"

"일단 첫 번째는 현장 상황. 내가 가서 보는 게 제일 낫지만 그게 안 되니까. 할아버지가 살해당한 현장, 그러니까 별채 상태를 자세히 관찰해서 알려줘, 알겠냐."

그래도 조금은 생각해줄 마음이 있는 모양이었다.

"하아, 그래서 뭔가 힌트를 얻을 수 있다면야."

"다음으로 할아버지 유산은 어떻게 되는지 알아봐."

"유산이요?"

"그래, 너희 집 부자잖아."

"부자라고 할 정도는 아닌데요."

"뻔뻔스럽게 잘도 그딴 말을 하는구나. 세타가야 일등지에 무지막지하게 큰 집이 있잖아."

"무지막지하게요?"

"그래. 뜰이 이렇게 떡하니 있고, 집이 떡하니 있고, 나무가 떡하니 있고."

"아니, 떡하니는 이제 됐고요. 유산이 무슨 상관인데요?"

"멍청아, 동기 말이다. 학교 동기생 할 때 그 동기 말고 살인 동기. 유산 배분 때문에 일어나는 다툼이 동기라는 건 기본 중의 기본이야. 할아버지 유언장이 어떻게 되어 있는지, 뭔가 특수한 조항이 있는지, 그리고 가족 중에 돈에 쪼들리는 사람이 있는지 조사해봐."

대답하는 것도 잊고 세이치는 눈살을 찌푸렸다. 설마 유산을 노리고 할아버지를 죽였다니 말도 안 된다. 가족을 완전히 믿는다는 건 아니지만 현실감이 빈약하게 느껴졌다. 세이치는 실체가 있는 가족 한 명, 한 명의 존재감과 살인이라는 비일상적인 말을 합쳐서 생각하기가 어려웠다. 하지만 객관적으로 보아 그럴 가능성을 버릴 수 없다면 그다지 환영할 만한 사태는 아니다. 경찰은 어떻게 보고 있을까.

네코마루는 담배를 피우면서 세이치를 힐끗 쳐다보았다.

"뭘 그렇게 이상한 표정을 짓고 있냐. 너희 가족을 범인으로 몰고 싶어서 이러는 게 아니야. 그럴 가능성도 있다는 거지."

"그래도."

"그래도고 저래도고 간에 모를 일이잖아. 혹시 너희 가족이 범인일지도 모르고, 어쩌면 너 자신이 범인일 수도 있어. 실제로 가정에서 살인이 일어났을 때 대부분은 가족이 범인이거든. 그럴 가능성을 제외하는 편이 훨씬 부자연스럽지."

실례천만한 소리를 태연하게 한다.

"하지만 뭐, 너희 가족은 잘 지내는 모양이니까. 소설이나 영화에 나오는 것처럼 서로 죽도록 미워하는 것도 아닌 것 같고."

"그야 그렇죠. 저희 가족은 어디에든지 있을 법한 평범한 가족이에요."

"어허, 왜 또 꼴 보기 싫게 눈을 치뜨냐. 그런 음울한 눈빛으로 원망스러운 듯이 쳐다보는 거 아니래도. 어디에든지 있을 법한 평범한 가족이 집에 영매를 불러서 강령회를 열어?"

네코마루는 재미있다는 듯이 능글맞게 말했다. 고양이가 하품을 할 때처럼 눈이 초승달같이 가늘어져서 간사해 보였다.

"그건…… 외삼촌 멋대로 하는 거니까요."

"나오쓰구 씨 말이로군. 그 사람도 아주 독특한 사람 같아."

네코마루는 즐겁다는 듯이 말했다. 네코마루는 별난 사람과 이야기를 하는 것을 아주 좋아한다. 그러고 보니 네코마루와 나오쓰구는 어쩐지 비슷한 구석이 있었다. 멋지고 세련된 남자와 빈상하고 왜소한 남자. 이렇게 겉모습은 완전히 다르지만 무사태평하고 제멋대인 데다 별난 것을 좋아한다는 점이 비슷하다. 좋게 말하면 고등실업자라고나 할까. 나쁘게 말하면 그냥 놈팡이지만.

"나오쓰구 씨 하니까 생각났는데."

그냥 놈팡이가 말했다.

"네 어머니랑은 어때? 서로 영매와 연구자를 데리고 반목하는 것 같은데."

"반목이라고 할 정도는 아니에요. 어린애처럼 유치한 싸움이죠. 나잇살이나 잡수시고 남매가 서로 고집을 부리고 있을 뿐이니까."

"그렇군. 뭐, 좋아. 그런 쪽으로도 조사해줘. 인간관계 같은 거 말이야. 동기 탐색은 기본이니까. 기본은 충실하게 다져둬야지. 알겠냐."

어쩐지 개운하지 않았지만 세이치는 고개를 끄덕였다.

네코마루는 세이치의 속마음에는 아랑곳없이 대연한 얼굴로 말을 이었다.

"현재 세이케이 대학교의 두 사람에게는 겉으로 드러난 동기가 없군. 뭐, 할아버지와는 아예 모르는 사이였으니까. 죽인들 아무 이득도 없겠지."

"영매는 어떨까요, 아나야마 지운사이요."

"영매 양반이라. 그 선생이 할아버지에게 금품을 뜯어내지는 않았다고 했지?"

"네, 지금까지는요."

"그럼 동기는 없겠군. 시주라는 명목으로 쭉쭉 빨아먹고 죽인 게 아니라면 제일가는 신자를 죽일 필요가 어디 있겠어."

"그럼 만약 그 영매가 가미시로 씨와 오우치야마 씨 말대로 사기꾼이고, 할아버지에게 그 사실을 들켰다면 어떨까요?"

세이치는 떠오른 생각을 꺼내보았다.

"너 바보냐?"

하지만 네코마루는 대번에 일축했다.

"그랬다면 할아버지를 내버려두고 냉큼 다음 봉을 찾았겠지. 정체가 드러났다고 해서 차례차례 사람을 죽인다면 가짜 영매는 사람을 몇 명이나 죽여도 모자라."

"아아, 그것도 그렇군요."

"정말이지 생각이 모자란 녀석일세. 그리고 어쩌면 말이야."

네코마루는 갑자기 긴장된 표정을 지었다.

"경우에 따라서는 그 구슬, 정말로 위험할지도 몰라."

세이치는 가슴이 섬뜩했다.

"사에코요?"

"응, 어쩌면 걔에게 위험이 닥칠 가능성도 있어. 과장이 아니라고."

"무슨 말씀이세요? 사에코가 다음 목표물일지도 모른다는 건가요?"

세이치가 힘주어 묻자 상대는 오히려 곤혹스럽다는 듯이 대답했다.

"아니, 아니. 그럴지도 모르고 그렇지 않을지도 몰라. 지금 단계에서는 딱 잘라 말할 수 없어. 어쨌거나 조심하는 게 최고지. 야, 사촌 동생한테 신경 좀 써라. 설마 그럴 일은 없겠지만."

마지막은 혼잣말이었다. 무슨 생각을 하는지 통 알 수가 없다.

"아, 젠장. 화딱지 나네. 이렇게 재미있는 건수가 눈앞에 굴러들어왔는데."

갑자기 큰 소리로 외치더니 네코마루는 등을 뒤로 젖히고 기지개를 켰다.

"정말 짜증 난다. 왜 하필 이럴 때만 바쁜 거냐고. 바쁘지만 않으면 너희 집에 쳐들어가서 이것저것 들쑤셔볼 텐데."

영 마땅치 않은 말이었다. 이런 사람이 쳐들어오면 골치 아프다. 세이치는 이 괴짜가 바쁘다는 사실을 참으로 다행스럽게 여겼다.

"선배, 바쁘다는 말을 입에 달고 있는데 도대체 뭘 하시는 건데요?"

문득 흥미가 동해서 물어보았다. 대학을 졸업한 후에도 제대로 된 직장도 없이 빈둥빈둥하는 남자가 뭐가 그리 바쁜지 신경이 쓰였다. 그러자 상대는 동그란 눈을 번뜩이며 이쪽을 바라보았다.

"그게 말이야. 야, 실은 이게 엄청난 일이거든."

"뭐길래 그래요?"

이 사람이 누군가. 또 뭔가 이상한 일에 끼어든 건 아닐까.

"그게, 아무한테도 말하지 마."

네코마루는 테이블 위를 기듯이 팔꿈치를 움직여 몸을 내밀고 과장되게 목소리를 낮추었다.

"이 일이 잘만 되면 전국이 깜짝 놀라서 뒤집힐 거야."

"요전에도 그렇게 말했잖아요."

"아무렴, 엄청난 계획이지. 듣고 싶냐?"

"네, 뭐."

"뭐야, 반응이 영 시원찮잖아. 아, 김빠져."

"죄송해요."

"또 비석에 부는 바람 같은 목소리로 말하네. 뭐, 됐다. 아무한테도 이야기하면 안 돼."

"네."

네코마루는 비밀이라는 듯이 더욱 목소리를 낮추었다.

"실은 오모리에서 말이야, 일본에서 제일 오래된 공룡 화석이 나올지도 몰라."

"네?"

"오모리 말이야, 조개무지가 있는 그 오모리. 에드워드 몰스가 발굴했잖아. 가와사키에 가기 조금 전에 나오는 곳."

"네, 그건 아는데요. 그다음 말이……."

"공룡 화석이라고 공룡. 알겠냐, 일본에서는 공룡 화석이 출토된 예가 아주 적어. 그중에서 제일 오래된 건 1978년 이와테 현에서 발견된 용각류 화석이지. 이건 1억 5천만 년쯤 전 중생대 쥐라기 무렵의 물건이야. 그런데 오모리 조개무지 근처 트라이아스기 지층에서 동물 뼈 같은 것이 발견됐어. 이게 웬걸 2억 년 전 지층이라고. 이와테 현 모시에서 발견된 공룡 화석보다 5천만 년이나 오래됐어. 마침 발견한 사람이 어느 대학 고고학 동아리에 있다가 졸업한 사람이고, 땅도 그 사람 아버지 땅이거든. 지금 그 학교 학생과 졸업생이 중심이 되어 발굴 작업을 하고 있어. 근처 사람들에게는 도로 공사로 위장하고 말이야. 발굴하는 사람들 가운데 좀 알고 지내는 사람이 하나 있어서 나도 끼어들었지. 굉장하지? 일본에서 제일 오래된 화석이라고. 이게 발표되면 일본 고고학 사상 가장 큰 이슈로 떠오를 거야. 2억 년 전의 대낭만이 되살아나는 거지."

네코마루는 어린아이처럼 동그란 눈을 빛내며 말했다.

방금 전에 본인이 일반적이고 상식적이라고 스스로 평했지만 이런 사람이 괴짜가 아니면 누가 괴짜겠는가.

역시 이 남자에게는 더 이상 의지하지 말자.

세이치는 몰래 한숨을 쉬었다.

*

엿들을 생각은 없었다.

자연스레 들려왔을 뿐.

저녁을 먹고 나서 뒷정리를 하는 후미 아주머니를 도왔다. 도 왔다고 해도 내가 할 수 있는 일은 그리 대단치 않지만.

식당에서 오빠와 이모가 이야기를 하고 있었다.

미아는 내일 쪽지시험이 있다면서 일찌감치 방으로 돌아갔 고, 이모부는 평소와 같이 말이 없었다. 오늘 외삼촌은 안 왔다.

식당에서 나누는 이야기는 아주 자연스럽게 부엌으로 흘러들 어왔다.

"저기, 어머니. 할아버지가 유언장도 쓰셨나?"

오빠의 질문은 어쩐지 몹시 갑작스러웠다.

오빠는 어젯밤에 꽤 늦게 돌아온 모양이었다. 어디서 술이라 도 마신 걸까. 예전 오빠라면 상상하기 힘든 일인데. 10년 사이 에 조금은 사교적으로 변한 걸까. 회사 사람들이랑 마신 걸까. 아니면 친구랑 놀다 왔을지도 모른다. 혹시 여자와 함께? 그렇 다면 대단한 진보다. 그렇다면 늦게 들어오는 것도 나쁘지 않 다.

"유언장? 지금 세무사가 보관하고 있어."

이모는 여느 때처럼 느긋하게 대답했다.

"어머니, 그거 어떤 내용인지 본 적 있어?"

어째서인지 오빠는 조급한 듯이 질문을 거듭했다. 그런 오빠가 이상했는지 이모가 웃으며 말했다.

"얘도 참. 왜 갑자기 그런 걸 묻니?"

"아니, 그냥. 좀 신경이 쓰여서."

오빠의 대답은 약간 시원치 못했다.

"왜 그런 걸 신경 써. 그리 대단한 내용도 없는데."

"내용 아는구나."

"응, 아버지가 은거할 때 부동산을 처분하셨잖니. 그때 쓰셨으니까."

"유언장에 뭐라고 쓰여 있었어?"

"유언장이라고 할 만큼 거창한 건 아니야. 그냥 재산 목록 같은 거였지."

"그럼 특별히 유별난 조항이 있는 건 아니구나."

"특별할 게 뭐 있겠니. 그냥 아버지 은행 예금 목록이랑 주식이 이만큼 저만큼 있다는 둥, 여기 땅이랑 집이 이렇고 그렇고 저렇다는 둥 그런 내용이었어. 재산 등기부 부록 같은 거지. 왜 그런 게 신경 쓰이는데?"

"아니야, 별 의미는 없어."

오빠는 말을 얼버무렸다. 어찌 된 일일까.

"그럼 유산은 전부 어머니랑 외삼촌이 상속하겠네."

"그렇겠지. 다른 혈연은 없으니까. 아, 그리고 사에코한테도 좀 돌아가지 않을까. 원래는 사치에가 받을 몫 말이야. 하지만 유산이라고 해봤자 대부분 상속세로 빼앗길 텐데 뭐. 이 집과 땅을 빼고 나면 얼마 남지도 않아. 저기 여보, 60퍼센트였나?

70퍼센트?"

"글쎄."

이모부가 흥미 없다는 듯이 모호하게 대답했다.

"아무튼 상속세로 다 날아간대. 세무사 선생님이 미안해하더라. 이럴 줄 알았으면 일찌감치 절세 대책을 권유해뒀어야 했다고."

"흐음, 그렇구나."

"얘, 세이치. 너 돈 필요하니?"

"아니, 별로. 왜?"

"갑자기 유산 이야기를 꺼내니까 그렇지."

"그런 거 아니야."

"정말? 만약 무슨 일로 필요하면 말하렴."

"그런 거 아니라니까. 맘에 둘 것 없어."

그 말을 끝으로 오빠는 무슨 생각에 잠긴 듯 입을 다물었다.

그리고 식당은 조용해졌다.

오빠는 뭐가 마음에 걸린 걸까.

"왜 그러셔요, 아가씨. 손이 놀고 있네요. 피곤하셔요?"

"어, 아니요. 괜찮아요."

후미 아주머니의 말을 듣고 나는 황급히 접시를 다시 닦았다.

하지만 의식은 오빠 쪽을 향하고 있다.

왜 그런 걸 알고 싶어 한 걸까.

유언…… 유산?

유산. 할아버지의 돈.

설마, 설마, 그럴 리가.

무서운 생각이 떠올라 또 손이 멈췄다.

어쩌면 오빠는 할아버지가 돈 때문에 살해당했다고 의심하는지도 모른다. 할아버지 유산이 탐나서 그렇게 무시무시한 짓을 저질렀다고 생각하는 것 아닐까.

그렇다면 누가.

가족.

할아버지 유산을 물려받을 수 있는 사람은 가족뿐이다.

오빠는 가족 중 누군가가 유산 때문에 할아버지를 죽였다고 생각하는 걸까?

싫다, 싫어.

그럴 리 없다.

그렇게 무서운 짓을 저질렀을 리 없다.

하지만, 하지만 오빠는 그렇게 의심하고 있는지도 모른다.

불안한 생각이 마음을 옭매어서 나는 잠시 움직일 수 없었다.

*

네코마루와 만난 지 이틀이 지난 후, 세이치는 저녁을 먹고 밤에 혼자 별채로 향했다. 네코마루가 부탁한 '조사'를 하기 위해서였다.

하지만 그 별난 선배에게 의지하고자 하는 마음이 이제 거의 남아 있지 않은 것은 확실했다. 결국 그 남자는 그저 호기심 강한 구경꾼에 불과하므로 힘이 될 것 같지 않았다. 단 한 명의 아마추어가 경찰의 기동력과 수사력을 당해낼 수 있을 리도 없다. 그 진묘한 남자가 소설이나 텔레비전에 등장하는 명탐정처럼 초인적인 활약을 보여주기를 기대하는 것은 어린아이나 하는 망상이라고 생각을 고쳐먹었다.

호기심쟁이의 흥미를 만족시켜줘야 할 의무는 없지만 약속했으니 어쩔 수 없다. 솔직히 말해 약속을 지키지 않으면 나중에 어떤 욕을 얻어먹을지 모른다. 세이치는 별채로 향했다. 마지못해서이기는 하지만.

지붕 달린 통로를 지나가던 도중에 멈춰 서서 본채를 돌아다보았다.

부드러운 5월 밤바람이 기분 좋게 뺨을 어루만졌다.

울창한 나무들의 실루엣을 배경으로 밝은 거실 불빛이 눈을 찔렀다. 거실에는 아무도 없었지만 커다란 유리 너머로 소파 등받이에 씌운 커버의 무늬까지 똑똑히 보였다. 이 정도인데 누가 여기를 지나갔다면 못 봤을 리 없다. 세이치는 그렇게 확신을 굳혔다.

사건이 일어났을 때를 포함해 별채에 들어가는 건 이번이 두 번째다. 아니, 사건 당시는 입구에서 나오쓰구와 함께 들여다보았을 뿐이니 세이치는 지금 처음 들어가는 셈이다. 미닫이를 연후 어디쯤 있을지 짐작하고 벽을 더듬어 바로 전등 스위치를 찾았다. 눈부신 빛이 방에 가득 차는 것과 동시에 뒤쪽의 지붕 달린 통로에도 불이 켜졌다.

내부는 그날 밤과 거의 달라진 점이 없었다.

경찰이 철저하게 조사했겠지만 그 흔적은 어디에도 남아 있지 않았다. 세이치는 효마의 시체가 없다는 것과 핏자국이 깨끗하게 지워져 있는 것 말고는 차이점을 찾지 못했다.

한 발짝 들여놓자 방은 역시 사람이 생활하는 공간이라기보다 중고 매장 진열장이라고 하는 편이 어울렸다.

다다미 여덟 장짜리 방에 불경을 얹는 책상과 꽃병, 사리탑에 다섯 색깔 깃발 등 시간이 흐르면서 때가 묻은 갖가지 도구들이 무질서하게 널려 있었다. 도대체 이 방 어디서 잠을 잤을까. 수상쩍은 마음에 둘러보자, 사건이 일어났을 당시는 효마가 쓰러져 있어서 몰랐지만 방 한가운데에 딱 이불 한 장을 깔 만한 공간이 보였다. 할아버지는 이 엄청난 법구의 숲 한가운데에 잠자리를 펴고, 그것들에 둘러싸여 밤마다 꿈을 자아낸 걸까. 할아버지의 상식을 벗어난 정신 상태를 들여다본 듯한 기분이 들어 등골이 서늘해졌다.

정면 도코노마에는 아미타여래 그림 족자 한 폭이 걸려 있었고, 지가이다나에는 크기와 디자인이 제각각인 불상이 열 몇 개 놓여 있었다. 모두 다른 경로로 모은 물건인 듯했다. 결여된 통일감과 많은 개수에서 할아버지의 집념과 광기가 느껴졌다.

할아버지가 쓰러져 있던 곳을 밟고 다니기가 주저되어 세이치는 오래된 도구들 사이를 누비듯이 움직여 방을 탐색하기 시작했다.

입구 왼쪽에는 화장실과 벽장 문이 있었다. 화장실 타일의 줄눈이 깨끗하고 문도 아직 새것인 것으로 보아 효마가 여기 살기 시작했을 때 증축했으리라. 오른쪽 창문도 새시만은 새것이라 기밀성이 좋아 보였다.

도코노마 옆에는 커다란 불단이 있었다. 본존인 아미타여래 앞에는 향로 하나, 꽃병 두 개, 촛대 한 쌍으로 이루어진 법구 세트가 있고, 그 좌우에 등롱과 영락*이 매달려 있어 조화를 이

*구슬이나 귀금속을 꿰어서 만든 장신구. 원래 부처의 몸을 장식할 때 쓰였다.

루었다. 불단만은 법식에 맞추어 정식으로 차려놓은 듯했다.

껍질을 벗겨낸 나무로 만들어 향이 고스란히 풍겨올 것 같은 위패는 물론 효마의 위패다. 위패는 49일이 지나면 보다이지*에 모시는 것이 관례라고 한다. 이 위패도 앞으로 한 달 남짓 여기 놓일 뿐이다. 불단에 올린 생화가 싱싱한 것으로 보아 후미가 정성을 다하고 있음이 틀림없다. 꽃이 꽂힌 꽃병 옆에는 거무스름해진 염주가 둔중한 빛을 뿜어내고 있었다.

불단 위쪽 벽에 달린 횡목에는 요전 장례식 때 사용한 효마의 영정사진과 함께 세이치의 할머니, 하쓰에가 생전에 찍은 사진이 걸려 있었다. 낡아서 윤곽이 흐릿해지고 음영이 뚜렷하지 못한 사진이었다. 세이치가 태어났을 때쯤 돌아가셨기 때문에 세이치는 이 사진으로밖에 할머니를 본 적이 없다. 몇 살에 찍었는지는 확실치 않지만 사진 속 할머니는 충분히 앳돼 보였다. 아름답고 순한 눈과 온화해 보이는 입가에 기분 탓인지 쓸쓸한 미소가 맺혀 있었다. 어머니와도 닮았지만 굳이 따지자면 생김새는 이모와 좀 더 가까웠다.

손을 모아 할아버지와 할머니 사진에 가볍게 합장하고 나서 세이치는 다시 한 번 주위를 빙 둘러보았다.

네코마루가 뭘 기대하는지는 모르지만 이렇다 하게 수상한 점은 없었다. 어질러진 것 같지만 어떤 질서를 유지하며 정연하게 놓여 있는 오래된 도구들 말고는.

세이치는 발치에 있던 쇠 냄비의 끝판왕으로 보이는 물건을 주워 들었다. 그을고 녹이 잔뜩 슨 쇳덩어리였다. 어디에 쓰는

---

*菩提寺, 조상 대대의 위패를 모셔놓고 명복을 비는 절.

물건인지는 모르지만 이것 역시 법구 중 하나일까. 요모조모 관찰해봐도 특별한 점은 없었다. 이번에는 옆에 놓여 있던 석장을 집어 들었다. 길이 20센티미터 정도의 장식을 한 나무 막대기다. 윤기가 도는 납빛에 더러운 손때가 묻어 기분 나빴다. 다음은 도자기 촛대다. 연꽃을 본떠서 만들었는데 색감을 더하기 위해 칠한 금가루가 거의 다 벗겨져서 본바탕인 흰색이 드러났고 감촉은 미끈미끈했다. 금색 좌종은 속에 녹청이 가득 슬어서 두드려도 탁한 소리밖에 나지 않았다. 나무로 만든 금강역사 조각상은 한쪽 팔이 떨어져 나갔고, 절단면도 닳고 색깔이 거무스름하게 변했다. 자루에 관음상을 새겨 넣은 단도도 끝부분만 예리할 뿐 날은 이가 다 빠져서 무뎌졌다. 관음상의 얼굴이 서구적으로 생긴 것으로 보아 정식 법구가 아니라 옛날에 서양에서 이국을 동경하는 마음을 담아 만든 작품이리라. 할아버지는 이런 물건까지 수집 대상으로 삼았다. 확실히 정신이 온전치는 못했던 듯하다.

세이치는 잡동사니를 하나하나 들고 살펴보다가 여기서 도대체 뭘 하고 있나 싶어서 그만두었다. 경찰이 세밀하게 조사한 후에 아마추어가 뭔가 발견해내다니 도저히 말이 안 된다. 흉기인 독고도 아직 돌려받지 못했다. 다키에와 후미 말에 따르면 잃어버린 물건도 없는 듯하여 절도범의 범행이라는 측면에서는 더 이상 수사하지 않는 모양이었다. 네코마루가 뭘 바라든 간에 손이 새카매질 만큼 살펴보았으니 의리는 지킨 셈이다.

더러워진 손을 털고 허리를 폈다.

낡고 잡다한 도구들이 잔뜩 널려 있는 탓에 효마가 쓰러져 있던 공간이 넓게 느껴져서 의식하지 않아도 눈에 띄었다.

할아버지는 그날 밤 여기 쓰러져 있었다. 누군가에게 얻어맞고 이 자리에서 숨을 거두었다.

그때의 정경이 무심결에 세이치의 머릿속에 되살아났다.

옆으로 쓰러져 있던 할아버지의 모습. 이리저리 튄 선명한 피 색깔. 허공을 노려보던 할아버지의 눈. 마른 나뭇가지 같은 손가락으로 쥐고 있던 하얀 밥공기.

그 밥공기는 할머니의 유품이었다.

장례식 때 할아버지 관에 넣었기 때문에 지금은 없다.

할아버지는 할머니 영혼을 가까이에서 느꼈다고 했다. 할머니의 유품인 그 밥공기가 어떤 영혼을, 재액을 불러들이기라도 한 걸까. 그렇게 생각하자 매끈매끈한 하얀 밥공기가 괜히 무섭게 느껴졌다. 어린아이 같은 상상이기는 하지만 어쩐지 으스스한 기분을 떨쳐낼 수 없었다.

생전에 할아버지는 여기서 혼자 식사를 했다. 할머니 밥공기에도 밥을 퍼놓고 할머니와 둘이서 오붓하게 저녁 식사를 했다고 한다.

혼자 밥상 앞에 앉아 노쇠하여 여윈 등을 구부리고 아무도 없는 허공에 중얼중얼 말을 하면서.

할아버지는 수많은 법구에 둘러싸인 자신만의 공간에서 어떤 생각을 쌓아 올리고 있었을까. 세상에서도 가족에게서도 동떨어진 할아버지만의 성역에서 뭘 보고 있었을까. 젊은 날의 추억일까. 할머니와 함께해온 나날일까.

할아버지는 고독했으리라는 생각이 들었다.

심원한 어둠 같은, 그리고 끝없이 깊은 나락 같은 할아버지의 고독을 세이치는 무거운 한숨과 함께 곱씹지 않을 수 없었다.

오빠는 가족을 의심하고 있는지도 모른다.

끔찍한 상상이 머릿속에서 떠날 줄 몰랐다. 의심이 마음속에서 회오리바람처럼 날뛰어서 의식을 확산시켰다.

깊은 한숨을 내쉬고 책을 덮었다.

밤에 책을 펼쳐놓기는 했지만 아무래도 집중이 되지 않았다. 바쁜 후미 아주머니를 졸라서 모처럼 도서관에서 책을 빌려다 놓았는데 머릿속에 전혀 들어오지 않았다. 꺼림칙한 생각이 이야기의 세계에 몰입하는 것을 방해했다.

오빠가 가족을 의심하고 있는지도 모른다.

우리 중 누군가가 돈 때문에 할아버지를 죽였다니 그런 일은 상상도 할 수 없다. 이모부, 이모, 후미 아주머니, 미아 그리고 오빠가 돌아왔고 외삼촌도 왔었지. 나를 포함해서 고작 일곱 명. 일곱 명이 전부다. 그중 한 사람이 할아버지 재산을 노리고, 아니 그 어떤 이유로든 사람을, 그것도 할아버지를 죽이다니 말도 안 된다 모두 정말 착한 사람들인데 그런 일을 저질렀다니 믿을 수 없다. 그러니 하루라도 빨리 할아버지의 목숨을 빼앗은 나쁜 사람이 잡혀야 한다. 그 사람은 분명 우리 집과는 아무 상관 없이 무서운 속셈을 품은 악인이 틀림없을 테니까.

하지만 오빠는 그렇게 생각하지 않을지도 모른다.

가족 중에 범인이 있다고 의심하고 있는지도 모른다.

의혹으로 가득 찬 눈으로 가족을 살피며 두려움에 흠칫흠칫 떨고 있을지도 모른다.

그렇다면 정말로 슬픈 일이다.

오빠는 아무도 믿지 못하는 셈이다. 가족도 믿지 못하는데 도대체 누구를 믿을 수 있을까.

그러고 보니 오빠에게는 어쩐지 그런 구석이 있다.

뭐든지 자기 혼자 짊어진 채 주변에 울타리를 친 것처럼 혼자 끙끙 앓는 구석이 있다.

오빠가 사람을 싫어한다는 평을 듣는다는 건 나도 안다. 무슨 일에든지 늘 신경의 날을 세우고 다른 사람이 얼씬하지 못할 분위기를 풍긴다. 물론 내게는 아주 다정하지만.

오빠는 정말 착실하니까, 무슨 일이든 진지하게 생각하니까 그럴 것이다. 오빠는 남보다 훨씬 섬세하고 상처를 잘 받는다. 그리고 자신의 마음을 남에게 전하는 게 서투르다. 분명 오빠도 답답할 테지. 상대방에게 마음을 잘 전달할 수가 없어서.

그런 답답함 때문인지 오빠는 자신을 엄하게 통제해 남에게 기대지 않는다. 그리고 모든 것을 혼자 짊어진다.

한번은 이런 적이 있었다.

오빠가 중학생일 때였으니까 나도 아직 어렸다.

오빠가 학교에서 실로 엮은 종이학 천 마리를 가지고 돌아왔다. 반 친구들이 나를 위해서 만들어주었다고 했다. 지금 생각하면 봉사 활동의 중요성과 장애인을 옹호하는 정신을 가르치기 위해 일단 가까운 곳에서 시작하자고 선생님이 먼저 나섰을 것이다. "여러분의 친구에게 가여운 사촌 동생이 있어요. 그 아이를 위로하는 의미로 모두 함께 뭔가 해줍시다"라고.

이모도 후미 아주머니도 감탄했고 나도 정말 기뻤다.

하지만 오빠는 달랐다.

신이 나서 떠드는 내게서 종이학을 빼앗아 발기발기 찢어버렸다.

생각지도 못한 멋진 선물이 망가져서 나는 엉엉 울었다. 어린 나는 오빠가 한 짓이 몹쓸 배신으로 느껴져서 아주 험한 말까지 퍼부었다. 오빠는 이모에게도 호되게 야단맞았다. 그때 오빠가 억누른 목소리로 중얼거린 말이 지금도 내 귓속에 남아 있다.

"그 자식들이, 그 자식들이 뭘 알아."

지금은 오빠가 어떤 기분이었는지 잘 안다.

오빠는 수박 겉 핥기의 일시적이고 형식적인 선의를 부정한 것이다. 오빠는 내 아픔을 자기 자신의 아픔으로 받아들이고 있었으니까. 물론 작은 선의도 나는 아주 기쁘다. 하지만 오빠는 용납하지 않았다. 내 아픔까지도 자신의 내면에 응축시켜 혼자 짊어지는 사람이었으니까.

그래서 오빠는 다른 사람에게도 몹시 엄격하다. 오빠가 자기 스스로에게 엄격한 것과 마찬가지로.

그런 사람이니까 집에서 살인 사건이 벌어지자 주변 사람을 전부 의심한다고 한들 이상하지는 않다. 설령 그게 가족이라고 해도.

하지만, 하지만 그러면 안 된다.

나처럼 세상 물정 모르는 철부지가 오빠에게 충고해봤자 소용없을지도 모른다. 하지만 만약 오빠가 가족을 의심한다면 정말 슬프다. 아까 저녁을 먹고 나서도 혼자 살그머니 별채에 간 모양이다. 도대체 무슨 생각인 걸까.

오빠에게 직접 물어보기로 했다.

이제 9시가 좀 넘었다. 오빠도 잠들지는 않았겠지.

결심을 굳힌 나는 책을 책상에 놓아두고 목발을 집어 들었다.

"그러니까 범행 시각은 명백하잖아. 오빠랑 외삼촌이 5시 25분에 살아 있는 할아버지를 마지막으로 봤고, 6시에 시신이 발견되었으니 그 35분 사이에 범행을 저지른 게 틀림없어. 역시 문제는 알리바이야."

미아가 잠옷 차림으로 침대 위에 책상다리를 하고 앉아서 말했다.

요전처럼 코코아 향기와 함께 찾아와서 또 세이치의 침대에 눌러앉았다. 세이치는 그때까지 침대에 드러누워 책을 읽고 있다가 의자로 쫓겨나 이야기 상대를 해줘야 했다. 미아는 당연하다는 듯이 사건 이야기를 꺼냈고 지지부진하여 진전이 없는 경찰 수사를 비난하고 나서는 범행 시간을 재검토하기까지 했다.

"만약 그날 손님 중에 범인이 있다면 수상한 사람은 역시 세이케이 대학교에서 온 두 사람이 아닐까 해. 할아버지랑 사이가 제일 원만하지 못했잖아."

미아는 이미 비어버린 머그잔을 침대 가장자리에 내려놓고 말했다.

"일단 동기는 있을 법해."

"너, 그 사람들 팬 아니었어?"

세이치의 말에 미아는 예사롭게 말했다.

"특별히 그렇지도 않아. 그야 뭐 분위기도 지적이고 멋있기야 하지만 그거랑 이거는 다른 문제지. 수사는 공정해야 해. 사사로운 정에 치우쳐서 적당히 넘어가면 불공평하잖아."

"그야 그렇지만."

미아가 공정한 수사를 할 필요가 있을 것 같지는 않다만.

"그 두 사람이 돌아간 게 5시 15분. 이건 틀림없지?"

"응, 맞아."

별채를 나서는 가미시로와 오우치야마를 나오쓰구와 함께 뜰에서 보았다. 가미시로 일행은 현관에서 사에코와 대화를 나누었다고 했고, 그 후에 대문으로 나가는 모습을 세이치도 분명히 보았다.

"오우치야마 씨는 그대로 집에 돌아갔어. 6시쯤 자기 집 근처에서 아는 사람과 만났다고 했지."

"그래, 근처 세탁소 주인이랑 마주쳤다고 했지."

"음, 6시에 그 부근에 도착하려면 5시 15분에는 여기를 나서야 한다고 했는데. 그런데 거기에 무슨 트릭이 없을까?"

"트릭?"

"그래, 알리바이 트릭. 5시 25분 이후에 여기서 범행을 저지르고 6시에 알리바이를 만들 수 있게 돌아가는 방법."

"글쎄. 없지 않을까. 오우치야마는 알리바이가 완전히 성립했다고 했어. 그렇다면 경찰이 완벽하게 조사했을 테지. 무슨 일이 있어도 5시 15분에는 나가야만 그 시간에 도착할 수 있다는 걸 경찰이 분명 확인했을 거야."

"그럼 세탁소 주인이 위증했을 가능성은 없을까?"

"세탁소 주인에 관해서도 경찰이 철저하게 파헤쳤겠지."

끈덕진 경찰들이 그런 거짓말을 놓칠 리 없다.

"증언의 신빙성도 확인했을 테고. 그러니 위증은 아닐 거야."

세이치의 말에 미아는 김샜다는 듯이 입을 열었다.

"그렇구나. 역시 소용없네. 나도 이럴 줄은 알았지만, 그래도 형사조차 간파하지 못할 만한 이동 방법이 뭔가 없을까. 너무나 뜻밖이라 앗, 하고 놀랄 만한 이동 트릭 말이야. 나도 생각해봤는데 모르겠어. 있지, 오빠 무슨 좋은 생각 없어?"

그 질문은 바로 이틀쯤 전에 세이치 자신이 네코마루에게 했다. 세이치는 쓴웃음을 지으며 네코마루 흉내를 내어 말했다.

"경찰이 며칠이나 조사해도 아무 소득이 없는데 아마추어 주제에 그렇게 쉽게 좋은 생각이 나겠냐."

물론 미아에게는 통하지 않아 낙심한 표정만 돌아왔을 뿐이다.

"하는 수 없지. 오우치야마 씨는 일단 보류. 뭐, 보류라고는 해도 한없이 결백에 가까워 보이지만 일단 넘어가자고. 그리고 다음은 가미시로 씨."

미아는 짧은 머리를 약간 기울이고 말했다.

"가미시로 씨도 일단 알리바이는 성립하는 모양이야. 알지, 그 전화."

"아아, 사에코가 받은 전화. 뭘 놓고 갔다던가."

"그래, 그거 신주쿠 역에서 온 전화래. 시간은 5시 40분쯤이었을 거야."

"응."

"우리 집에서 신주쿠까지 가려면 아무리 서둘러도 20분 넘게 걸리니까. 역시 5시 15분에는 여기를 나서야 해. 하지만 알리바이 테이프라는 게 있잖아."

"알리바이 테이프?"

"응, 역에서 나는 소리나 공항 로비에서 나는 소리 같은 잡음을 넣은 장난감. 그걸 쓰면 어떻게든 되지 않을까 해서. 할아버지를 해치고 난 다음에 근처 공중전화로 가서 알리바이 테이프를 틀어놓고 우리 집에 전화를 걸어. 그리고 '아, 지금 신주쿠인데요'라고 거짓말을 하는 거지."

"그런 허술한 방법으로 사에코를 속였다고?"

"응. 그런 게 아닐까 했는데 문제가 좀 있더라고."

"뭐야, 바로 포기냐, 명탐정?"

"놀리지 마. 난 아주 진지하게 생각하고 있단 말이야."

"그래서, 뭐가 문제인데?"

"가미시로 씨는 역에서 전철을 타는 진돈야를 봤어. 그 사람들 일을 마치고 돌아가는 참이었나봐."

"아아, 사에코도 그랬지. 전화로 그런 이야기를 했다고 했어."

"응."

"그것도 경찰이 벌써 확인했을걸. 무엇보다 진돈야는 우연히 지나갔잖아. 그 사람들이 그 시간에 신주쿠 역에서 전철을 탄다는 걸 가미시로가 사전에 알았을 리 없어. 몰랐으니까 알리바이 공작에 이용하려고 해도 할 수가 없지. 가미시로는 정말로 그때 역에 있었어. 그러니까 범행 추정 시각에는 우리 집에 없었을 거야."

"오빠, 의외로 머리 좋네. 오빠 말이 맞아. 나도 똑같은 결론에 도달했어."

"의외라니 버릇없이. 가미시로는 운이 좋았던 셈이야. 한창 전화를 하고 있는데 우연히 그렇게 눈에 띄는 사람이 옆을 지나가서 알리바이가 성립했으니까."

"그렇지, 언뜻 그렇게 보이지만 분명 맹점이 있어."

미아는 커다란 눈동자를 의미심장하게 되록되록 굴렸다.

"그 순간에 진돈야가 지나갔다니 너무 그럴싸하지 않아? 우연치고는 너무 운이 좋아. 어쩐지 부자연스러운 느낌이 든다고. 그래서 말인데 이런 가설은 어때? 진돈야는 사실 가미시로 씨와 미리 짜고 그 시간에 역에 있기로 한 거야. 가미시로 씨는 계획에 맞추어 살인을 저지르고 알리바이 테이프 트릭을 사용해. 그리고 정해둔 시간에 '앗, 진돈야가 지나갔다'는 식으로 말하는 거야. 어때, 이러면 5시 40분에 신주쿠에 있었던 척할 수 있잖아."

미아가 의기양양하게 코를 벌름거렸지만 세이치는 고개를 저었다.

"하지만 세탁소 주인 위증설과 마찬가지로 그 설도 어쩐지 좀 궁색한데."

"엥, 무슨 소리야?"

미아는 못마땅하다는 투로 물었다.

"경찰은 진돈야도 분명 빈틈없이 조사했을 거야. 그 결과 정말로 우연이었음이 판명됐으니까 가미시로의 알리바이가 성립된 거고. 만약 조금이라도 수상한 점이 있었다면 가미시로는 지금쯤 지독하게 추궁당하고 있겠지. 그리고 그런 트릭을 사용하면 진돈야와의 관계가 들통나는 순간 전부 끝이야. 계획적으로 살인을 저지르려는 사람이 그렇게 위험한 다리를 건널 것 같지는 않은데."

"음, 그야 그렇지만."

여전히 불만스러운 듯이 미아가 어물어물 말했다.

"게다가 네 가설이 옳다면 가미시로는 범행을 저지른 후 5시 25분에서 40분 사이에 별채에서 달아났다는 뜻이잖아. 그건 어떻게 설명할래? 나랑 외삼촌이 지켜보고 있던 통로를 가미시로가 어떻게 지나갔다는 거야?"

"알았어, 이것도 땡. 지금 건 무효."

미아는 뜻밖에도 선선히 자신의 가설을 철회했다.

"진돈야 공범설은 취소야. 없었던 걸로 하자고. 아아, 틀렸나. 이 방법이라면 가미시로 씨가 범인으로 확정될 줄 알았는데. 쳇, 아깝다. 그럼 가미시로 씨도 현재 시점에서는 결백한 거네. 그럼 다음으로 수상한 사람은 그 괴상한 영매, 지운사이 아저씨 뿐인데."

아까부터 느낀 점인데 미아는 조금도 주눅 드는 기색 없이 사건 이야기를 떠들어댔다. 마치 게임 속에서 일어난 일을 입에 담고 있기라도 한 듯이 말투가 가벼웠다. 남매라고는 하나 미아는 이른바 늦둥이라 세이치보다 열두 살이나 어리다. 세대 차이만큼 감각도 다른 걸까. 할아버지의 죽음과 그에 얽힌 이상한 일로 고민하는 세이치와는 아주 달랐다.

"지운사이 아저씨는 5시쯤 집을 나섰지?"

미아가 가벼운 말투로 물었다. 세이치는 고개를 끄덕였다.

"그래, 응접실에서 세이케이 대학교의 두 사람과 언쟁을 벌이고 돌아갔지."

"그래서 요전에 형사님한테 한번 물어봤는데."

미아는 난감하다는 듯이 짧은 머리를 흔들었다.

"그 아저씨 5시 반 좀 넘어서부터 아사쿠사였나, 아무튼 어느 술집에 있었대."

"뭐야, 형사랑 그런 이야기도 해?"

"응, 이것저것 질문만 받다 보면 짜증 나잖아. 정보도 좀 얻어내야지."

"야, 추리 게임도 좋다만 너무 유별나게 굴지 마."

"알았어, 알았어."

미아는 전혀 알아들은 것 같지 않은 표정으로 이야기를 방해하지 말라는 듯이 손을 내저었다. 오빠의 위광이 납작해지고 말았다.

"그 아저씨, 전철에서 내려서는 집에 돌아가지 않고 곧장 그 가게로 간 모양이야. 그 가게, 여기서 가려면 아무리 서둘러도 30분은 걸린대."

"뭐야, 그럼 범행을 저지르기는 불가능하잖아."

세이치는 저도 모르게 쓴웃음을 지었다. 형사는 아무짝에도 쓸모없는 정보라서 미아에게 들려주었을 것이다. 당사자는 눈치 채지 못한 것 같았지만 요컨대 형사에게 놀림당했다는 말이다.

"응, 정말로 5시에 돌아가지 않았다면 5시 반에 술집에 도착하기는 불가능하지. 증인도 많다나봐. 하지만 찝찝한데. 그 아저씨 엄청 수상하잖아. 기분 나쁜 말만 지껄여대지 않나, 무슨 짓을 저지를지 모를 타입이야. 내 직감이 그 아저씨를 콱 찍었는데 말이야."

미아는 입을 삐죽 내밀고 말했다.

"하지만 알리바이가 확인되었으니 어쩔 수 없지, 아깝다."

"그럼 결국 세 사람 다 알리바이가 성립된 셈이군. 아마추어 탐정 노릇도 순식간에 막다른 길에 다다르고 말았네."

세이치가 놀렸지만 미아는 아무렇지도 않게 말을 꺼냈다.

"그렇지도 않아. 그다음은 우리 가족."

"우리 가족?"

세이치는 놀라서 움찔했다.

"그래, 사사로운 정에 치우치면 안 된다고 했잖아. 합리적으로 따져보면 우리 가족을 용의선상에서 제외할 이유는 전혀 없어. 그리고 우리 모두 집에 있었으니 경찰도 꽤나 의심하고 있지 않으려나."

미아는 태연하게 말했다. 네코마루도 말했다시피 역시 가족 중에 범인이 있을 가능성은 버릴 수 없는 걸까.

"공평하게 생각하자면 제일 수상한 사람은 역시 오빠야."

"나?"

"그렇잖아. 오빠는 10년 만에 돌아왔다고, 10년 만에."

가미시로 범인설을 논파당해서 화풀이를 하는 것은 아니겠지만 미아는 몹시 힘주어 말했다.

"10년이나 집에 발길을 끊었던 오빠가 돌아오자마자 일이 터졌잖아. 평범하게 생각하면 역시 이상해."

확실히 변명의 여지는 없다. 객관적으로 해석하면 이상하다고 할 수 있을 것이다. 경찰이 의심을 하는 것도 당연하다. 하지만 그렇게 따지고 들면 가장 큰 피해자는 세이치 본인이다. 그저 우연이라고 주장하는 수밖에 없다.

"오빠가 범인이면 아주 개운하게 끝날 텐데 말이야."

미아가 돼먹지 않은 말을 꺼냈을 때 문을 두드리는 소리가 들렸다.

세이치가 일어서서 문을 열자 사에코가 서 있었다. 평소처럼 목발에 체중을 실은 듯이 약간 오른쪽으로 기운 자세였다.

"아, 언니. 마침 좋을 때 왔어. 지금 오빠랑 사건을 검토 중이었거든. 언니는 어차피 텔레비전 같은 거 안 보니까 한가하잖

아. 같이 이야기하자."

미아가 침대에서 폴짝 뛰어내려 사에코를 방 안으로 맞아들였다.

"언니도 코코아 마실래? 끓여다줄게. 오빠도 한 잔 더 마실 거지?"

사에코가 침대에 앉는 것을 도와주고 나서 미아는 대답도 듣지 않고 세이치 손에서 컵을 낚아챘다.

"너, 공부는 안 해도 돼?"

세이치가 방을 나가려는 미아의 뒤통수에 대고 말하자 미아는 뒤돌아보고 혀를 쏙 내밀었다.

"또 그 소리. 잠깐 쉬는 게 뭐 어때서 그래."

"잠깐이 참 길기도 하다."

"딱딱한 소리 하지 마. 쪼잔하게 그런 잔소리나 늘어놓으니까 나이를 그렇게 먹고도 오빠한테 시집오려는 여자가 없는 거야."

그러고는 자기 컵도 움켜쥐고 쌩하니 나갔다. 시끄러운 미아가 없어지자 방에는 태풍이 지나가고 난 것처럼 정적이 찾아왔다. 그 고요함 속에 사에코는 무료한 듯이 오도카니 앉아 있었다. 어딘지 모르게 겁을 먹은 것처럼 불안한 모습이었다.

"무슨 일 있어?"

세이치가 물어보자 사에코는 약간 놀란 듯 작은 목소리로 대답했다.

"아니, 아무것도 아니야."

그래도 어쩐지 뭔가 골똘히 생각에 잠긴 듯한 표정이 할 말이 있는 모양이었다. 덧없고, 가련하고, 만지면 부러질 것처럼 연약한 분위기가 풍겼다.

사에코에게 구슬에 대해서 말해서는 안 된다. 세이치는 그렇게 다짐했다. 사에코는 미아와 다르다. 집 밖으로 거의 나가지 않고 이른바 무균상태로 자랐기 때문에 바깥세상에서 가해지는 충격에 대한 내성이 아주 약하다. 사에코의 마음은 잘 익은 복숭아 과육처럼 물러서 상처 나기 쉽다. 할아버지가 세상을 떠나는 바람에 사에코는 세이치가 상상도 하지 못할 만큼 큰 상처를 입었을 것이다. 만약 다음 표적이 자신일 가능성이 있다는 사실을 알면 약하디약한 정신에 얼마나 큰 타격을 받을까. 더 이상 사에코에게 걱정을 끼칠 수는 없었다. 세이치 혼자 알면 될 일이다. 사에코를 지킬 의무를 진 세이치 혼자.

"코코아 대령이오."

미아가 김이 피어오르는 컵 세 개를 쟁반에 얹어서 돌아왔다.

"자, 언니. 뜨거우니까 조심해. 어이, 오빠. 거만하게 앉아만 있지 말고 와서 코코아 받아 가."

미아가 야단을 하기에 세이치는 쓴웃음을 지으며 컵을 받아 들었다. 미아는 코코아가 쏟아지지 않게 조심조심 침대에 올라가 사에코 옆에 자리를 잡았다. 그렇게 나란히 앉자 사촌 자매인 만큼 아주 닮았다. 사에코는 세미 롱 길이의 생머리, 미아는 소년이 연상되는 짧은 머리. 투명할 만큼 뽀얗고 매끄러운 사에코의 빰과 볕에 타고 탄력 있는 미아의 얼굴. 이처럼 대조적이기는 하지만 생김새는 아주 비슷하다. 미아가 언니, 언니 하며 스스럼없이 사에코를 대하기에 두 사람은 마치 친자매처럼 지낸다. 세이치는 한 점의 거리낌 없이 사에코를 대하는 미아가 이따금 부러웠다.

어릴 적에는 자주 이렇게 셋이서 코코아를 마셨다. 사에코와 미아는 침대에서 떠들고 장난을 치며 후미가 부엌에서 코코아를 타서 가져다주기를 기다렸다. 물론 세이치도 코코아를 마시는 시간이 기다려졌다. 아무 고민 없이 따스한 코코아를 즐겼던 어린 시절이 눈부시고 달콤한 추억이 되어 머릿속에 떠올랐다.

"그런데 오빠 어디까지 했더라? 어디 보자, 내가 오빠가 범인일지도 모른다고 했지?"

미아가 살벌한 화제를 다시 꺼내는 바람에 세이치는 회상에서 깨어나 고개를 들었다.

"오빠가 범인이면 아주 개운하게 끝날 거라고 했어."

"그만해. 내가 그런 짓을 할 리 없잖아."

세이치가 약간 언성을 높인 것은 범인 취급당해 불만이라는 뜻을 표명하기 위해서만은 아니었다. 사에코의 긴 속눈썹에 불안의 그림자가 드리우는 것이 보였기 때문이었다. 하지만 미아는 세이치의 우려에도 개의치 않고 말을 이었다.

"하지만 10년이라고, 10년. 경찰은 역시 부자연스럽게 여길 거야."

"아무리 부자연스러워도 난 아니야. 오우치야마와 가미시로랑 똑같이 내게도 알리바이가 있어."

세이치는 조바심을 내며 말했다. 미아의 입을 막기 위해서는 논리로 공격하는 수밖에 없다. 화를 내봤자 개구리 낯짝에 물 붓기일 테니까.

"그러게. 그게 걸림돌이기는 한데."

아니나 다를까 미아는 이야기를 받아주었다.

"범행이 일어난 시간대에 외삼촌이랑 내내 거실에 있었지. 하지만 그 전에 오빠, 뜰에 나갔잖아."

"응. 할아버지가 시키셔서 외삼촌이랑 물을 뿌리러 나갔지."

"그때 무슨 잔꾀를 부리지 않았을까 싶거든."

"말도 안 되는 소리 하지 마. 난 외삼촌이랑 계속 같이 있었어. 외삼촌이 호스를 가지러 갔을 때도 고작 2, 3분 정도밖에 떨어져 있지 않았다고. 그 사이에 무슨 잔꾀를 부린다는 거야?"

"음, 그러니까 무슨 시한장치 같은 걸 별채에 설치한 게 아닐까? 시간이 되면 그 쇠막대기가 할아버지 머리에 쾅 부딪치는 장치."

"웃기고 있네."

무심코 쓴웃음이 나왔다. 역시 미아는 사건을 게임으로 받아들이는 모양이었다. 아무리 생각해도 만화에서나 나올 법한 발상이다. 세이치는 쓴웃음을 지은 채 말했다.

"그런 게 별채에 있었다면 경찰이 바로 발견했겠지."

"그러니까 나중에 오빠가 정리한 거야."

"무슨 소리야. 그럴 시간이 어디 있어? 후미 아주머니가 시체, 아니, 할아버지를 발견하고 난 뒤로 경찰차가 올 때까지 난 외삼촌이랑 네 곁을 떠난 적이 없는데. 게다가 그런 물건을 설치한 흔적이 있으면 경찰도 수상하게 생각했을 거야. 그런 이야기 못 들었잖아?"

"응, 그건 그렇지만."

과연 스스로도 어처구니없다 싶었는지 미아는 고집부리지 않고 한발 물러섰다.

"뭐, 시한장치는 농담이라 치고 오빠한테 정말 기회가 없었을까? 물을 뿌린 후에나 거실에 돌아온 후에. 어딘가에 빈틈이 있으면 좋을 텐데."

"어디에도 빈틈은 없거든. 말했잖아, 나한테는 알리바이가 있다고. 뜰에서는 계속 외삼촌과 함께 있었고, 그 뒤로는 거실에 있었는데 거기서는 부엌을 지나치지 않으면 밖으로 못 나가. 내가 거실에서 한 발짝도 움직이지 않았다는 사실은 후미 아주머니랑 네가 제일 잘 알잖아."

"그래, 그래서 난감하다는 거야."

미아는 다람쥐처럼 큼지막한 눈동자를 장난스럽게 굴리며 익살을 떨었다.

"경찰도 이를 갈고 있지 않을까. 제일 수상한 오빠에게 알리바이가 있어서 끌고 가고 싶어도 못 하니까. 만약 알리바이가 없다면 오빠는 지금쯤 중요 참고인이야."

놀리는 듯하면서도 어쩐지 안도한 듯한 말투였다. 결국 미아도 세이치가 범인이라고는 눈곱만큼도 믿지 않는 것이다. 다 알면서 게임을 하듯이 대화를 즐기고 있었다.

"그러니까 이쯤 해서 오빠도 용의자 후보에서 제외할게. 그렇다면 자동적으로 외삼촌도 제외해야겠지. 5시부터 계속 오빠랑 함께 행동했으니까 자연스레 알리바이가 성립하거든."

"그런 셈이지."

"외삼촌도 통과. 그렇다면 다음은 엄마인가. 하지만 생각해봤는데 엄마에게도 범행을 저지를 기회는 없었던 것 같아."

미아는 짐짓 골치 아프다는 표정을 지으며 말했다. 아무래도 이 게임이 아주 마음에 든 모양이었다. 네코마루도 가족 범인설에 연연했고 세이치도 요즘 그럴 가능성이 있을지 따져는 보았다. 하지만 물론 모두 결백하다는 결론에 다다랐다. 이렇게 된 이상 미아의 놀이에 적극적으로 참여해보는 것도 나쁘지 않을 것 같다는 생각이 들기 시작했다. 이렇게 미아와 의견을 나누며 한 명 한 명 제외하면 가족 범인설은 흐지부지된다. 그리하여 가족에게 품은 의혹이 사라지면 마음도 편해질 것이다. 그렇게 생각한 세이치는 다리를 바꿔 꼬고 몸을 조금 앞으로 내밀었다.

"어머니는 다섯 시 반쯤 돌아왔지?"

"응, 토란찜이 맛있겠다나 뭐라나 하면서. 하지만 기회는 없었어. 만약 엄마에게 기회가 있다고 한다면 더 일찍 돌아와서 부엌에 들어오기 전에 별채에 갔을 가능성 정도겠지."

"아니, 그건 무리야."

세이치는 바로 부정했다. 그 가능성은 이미 검토해보았다.

"나랑 외삼촌이 5시 25분쯤 거실 유리 너머로 할아버지를 봤어. 그때 이미 이슬비가 내리고 있었지. 비가 살짝 뿌리는 바람에 발자국이 쓸려나가서 지워지기는커녕 스탬프를 찍는 것처럼 뜰에 남았어. 만약 어머니가 부엌에 들어오기 전에 별채에 갔다면 돌아올 길이 막막해져. 5시 반에 돌아온 척하려면 5시 25분부터 5분 안에 범행을 마쳐야 해. 25분에는 할아버지가 틀림없이 살아계셨으니까. 범행을 마치고 아주 바쁘게 이슬비를 맞으며 본체로 돌아와야 하지. 뜰을 돌아서 현관으로 오면 뜰에 발자국이 뚜렷이 남아. 하지만 너도 잘 알다시피 별채 주변에는 발자국이 전혀 없었잖아. 유일하게 발자국을 남기지 않고 돌아올 수 있는 지붕 달린 통로는 그때 이미 나와 외삼촌의 감시 아래 있었고 말이야."

"그래, 나도 동감이야. 그러니까 엄마가 집에 돌아오기 전에 범행을 저지르기는 불가능했어. 같은 결론이네. 그리고 한 가지만 더. 엄마에게 기회가 한 번 더 있기는 했는데 말이야."

"뭐야, 한 번 더라니. 언제?"

"밥 먹기 직전. 옷을 갈아입으러 갔을 때."

미아는 목소리를 조금 낮추었다.

"이런 거야. 엄마는 돌아오자마자 거실에서 이야기를 했잖아. 엄마가 우리 앞에 없었던 건 밥을 먹기 직전에 옷을 갈아입으러 자리를 비웠을 때뿐이야. 돌아오기 전에 범행을 저질렀을 가능성은 없으니 기회가 있다면 그때뿐이지."

"하지만 그것도 이상한데."

세이치의 말에 미아는 한숨을 내쉬었다.

"응, 그러게. 이건 부자연스러워."

"그래. 어머니는 후미 아주머니가 할아버지 식사를 들고 간 후에야 식당에서 나갔으니까. 어머니가 범인이라면 엄청난 속도로 후미 아주머니를 앞질러야 해. 게다가 뜰을 지나가면 발자국이 남을 테니 지붕 달린 통로를 지나가는 수밖에 없지. 그 좁은 통로를 앞질러 갔는데 후미 아주머니가 모를 리 없어. 정말로 그 시간에 어머니가 범행을 저질렀다면 후미 아주머니와 공모했다고 볼 수밖에 없지. 후미 아주머니가 길을 열고 어머니를 먼저 보내주는 거야. 그리고 어머니가 범행을 마칠 때까지 옆에서 기다리고 있다가 어머니가 본채로 돌아가고 나서 발견자인 척한 셈이지."

세이치가 거기까지 말하자 미아가 말을 이어받았다.

"하지만 그럴 시간이 없었을걸. 할아버지를 해치고 흉기에 묻은 지문을 닦고 증거가 남지는 않았는지 확인하고…… 그럴 만한 여유는 없었어. 후미 아줌마가 식사를 가지고 갔다가 쟁반을 떨어뜨리고 돌아와서 사람들이 놀랄 때까지 아주 잠깐밖에 걸리지 않았단 말이야."

"그렇지."

세이치가 고개를 끄덕이자 미아는 놀라서 눈을 깜빡였다.

"역시 오빠도 거기까지 생각했구나."

"응. 그리고 만약 후미 아주머니와 어머니가 공모했다면 굳이 그렇게 아슬아슬하게 일을 처리할 필요는 없었겠지. 좀 더 시간이 넉넉할 때를 골라서 두 사람의 알리바이를 확실하게 증명할 수 있도록 준비하고 나서 범행을 저지르면 되는걸. 두 사람이 공범일 가능성은 없어. 결론을 내리자면 어머니가 옷을 갈아입으러 갔을 때 범행을 저질렀다는 가설도 틀린 셈이지."

"그럼 엄마에게도 기회는 없었네."

"그래, 어머니도 범인이 아니야."

세이치가 단언하자 미아는 빙긋이 웃고 나서 코코아를 홀짝였다.

"이걸로 엄마도 제외. 다음은 아빠인가. 아빠는 어렵겠는데. 기회가 있었을 것 같지도 않아."

"그렇지. 아버지는 비가 그치고 나서 돌아왔어."

"응, 뒷문으로 들어와서 엄마가 투덜댔잖아. 현관으로 들어오라고."

현관? 세이치는 뭔가가 마음에 걸려서 한순간 말문이 막혔다. 위화감이었다. 네코마루와 이야기했을 때 느낀 그 불안정한 기분. 그 후 신경이 쓰여서 현관을 잠깐 살펴보았다. 하지만 허탈하게도 어떤 특이한 점도 발견하지 못해 초조함만 남았을 뿐이다. 그런데 또 그 위화감이 되살아났다. 뭔가 중요한 사실을 잊은 듯한 기분이 들었다.

"아빠가 차고에서 뜰을 가로질러 돌아오는 모습은 오빠랑 외삼촌이랑 엄마 모두 다 봤잖아."

세이치가 수상쩍게 입을 다물었는데도 미아는 전혀 개의치 않고 말을 계속했다.

"아무리 생각해도 그때 별채로 가기는 불가능해. 세 사람이 보고 있었으니 빈틈을 노릴 수도 없었을 테고, 발자국도 차고에서 뒷문으로 곧장 이어져 있었어."

"응, 비가 그쳐서 발자국이 선명하게 남아 있었지."

세이치는 대답했다. 묘한 위화감은 그 정체를 확인하기도 전에 조금씩 사라져갔다. 어정쩡하고 찜찜한 기분만이 남았다.

"돌아오기 전에 몰래 별채에 들렀다는 가설도 엄마랑 똑같은 이유로 부정돼. 달아날 길이 없으니까. 아빠는 검토할 여지도 없어. 이리 살펴보고 저리 살펴봐도 기회가 있을 것 같지 않으니까."

미아는 어깨를 가볍게 으쓱하며 말했다.

"그리고 다음은 후미 아줌마인가. 후미 아줌마는……."

"제외해야지. 부엌에 계속 너랑 함께 있었잖아."

"하지만 오빠."

미아는 이의가 있다는 듯이 말끝을 길게 늘였다.

"후미 아줌마는 우리 중 유일하게 별채에 갈 이유가 있었던 사람이야."

"이유?"

"식사 말이야. 아줌마 혼자 할아버지 식사를 가지고 갔잖아."

"아아."

"후미 아줌마는 식사를 가지고 갔을 때 할아버지를, 뭐, 그렇게 만들고 나서 첫 번째 발견자인 양 깜짝 놀란 척하며 우리에게 알리러 온 거지. 그랬을 가능성도 살펴봐야 하지 않겠어?"

"무슨 소리야. 아까 말했잖아. 그때는 시간상 그럴 여유가 없었다고."

"아, 역시 안 걸려드네. 오빠가 알아챌 정도면 아무도 그렇게 생각지는 않겠구나."

"당연하지. 게다가 핏자국 문제도 있고 말이야."

"뭐야 그게, 핏자국이라니?"

"후미 아주머니가 알리러 와서 내가 외삼촌이랑 제일 먼저 달려갔잖아. 그때 별채를 살펴봤는데 그리 많은 양은 아니었지만 피가 튀어 있었고 몇 군데는 이미 말라붙기 시작했더라고. 적어도 10분쯤은 지났을 거야. 그러니까 나랑 외삼촌이 가기 직전에 후미 아주머니가 범행을 저질렀을 리 없지. 그뿐만 아니라 요리복도 문제야."

"엥, 이번에는 요리복?"

"응, 후미 아주머니 늘 새하얀 요리복을 입고 있잖아. 그게 조금도 더러워지지 않았어."

후미가 급하게 소식을 알리고 식당 바닥에 주저앉자 난초꽃처럼 하얗게 펼쳐지던 요리복을 떠올리며 세이치는 말을 이었다.

"아무리 피를 적게 흘렸어도 범인에게는 조금이나마 피가 튀었을 거야. 하지만 후미 아주머니의 요리복은 아주 깨끗했어. 그걸 벗어놓고 다른 요리복으로 갈아입고 올 시간은 없었고."

"이야, 오빠. 그렇게 정신없을 때 거기까지 관찰했구나."

미아는 놀랐다는 듯이 목소리를 높였다.

"냉정하다고 할까, 역시 오빠는 별나. 뭐, 그건 그렇다 치고 그럼 후미 아줌마도 제외해도 되겠네."

"그럼."

"좋아. 그렇다면 당연히 나도 제외해야겠지. 내내 부엌에서 후미 아줌마를 도와줬으니까."

"도와줬는지 방해를 했는지 알 게 뭐야."

"뭐야, 열심히 도와주는 걸 오빠도 봤잖아."

"그런 걸로 발끈하지 마. 뭐, 어쨌든 너한테도 기회가 없었던 건 확실해."

"그럼 처음부터 그렇게 말하면 될 걸 가지고. 오빠는 정말 배배 꼬였다니까. 아무튼 이제 남은 사람은 언니뿐인데."

미아는 눈을 빙글 돌려 옆에 앉은 사에코를 보았다.

사에코는 아까부터 한마디도 하지 않고 세이치와 미아의 이야기에 귀를 기울이고 있었다. 이따금 코코아가 든 컵을 조용히 입가에 가져갈 때를 빼면 마치 그 자리에서 돌로 변해버린 것 같았다.

미아는 그런 사에코에게 바짝 다가앉아 몸을 기대더니 천연덕스럽게 말했다.

"하지만 언니한테는 당연히 무리지."

사에코의 장애를 암시한 것이 분명했지만 그 말에는 악의나 가시가 전혀 들어 있지 않았다. 아주 당연하다는 말투였다.

미아는 17년 전의 그 사고가 일어난 후에 태어났다. 그래서 철이 들었을 무렵부터 사에코의 몸 상태를 당연하게 받아들인 듯했다. 미아가 보기에 사촌 언니의 장애는 그저 키가 작다거나 몸이 뚱뚱하다는 식의 신체적 특징으로 인식되는 모양이다. 미아는 실로 거리낌 없이, 때로는 세이치가 가슴이 철렁할 만큼 숨김없이 사에코의 장애를 입에 담는다. 노골적으로 놀릴 때도 드물지 않다. 하지만 사에코도 지나치게 배려하거나 신경을 쓰기보다 미아처럼 자연스레 대해주는 편이 마음 편한 듯 전혀 싫어하는 기색이 없다. 특별한 애착을 품고 사에코를 지켜보는 세이치로서는 그런 두 사람의 관계가 부럽기도 하고 사에코를 특별한 시각으로밖에 바라보지 못하는 자신이 한심하기도 했다.

"봐봐, 역시 이상하다니까."

미아가 어찌할 바를 모르겠다는 듯이, 하지만 약간 즐거운 듯이 말했다.

"이렇게 한 명, 한 명씩 제외하면 범행이 가능했던 사람은 아무도 없는걸. 이상하잖아. 그날 집에 있던 사람 모두가 용의선상에서 벗어나다니."

"그렇군. 경찰도 그래서 골치를 앓고 있는 모양이고 말이야."

"오빠, 그래서 내가 좀 생각해봤는데."

"뭐야, 아직도 뭐가 남았어?"

점잔을 빼며 말하는 미아를 보고 세이치는 무심코 미간에 주름을 잡았다. 한마디도 하지 않는 사에코의 표정에 불안과 두려움의 빛이 들러붙어 있는 것이 마음에 걸렸기 때문이었다. 가족 범인설은 부정되었으니 이제 사건 이야기는 충분하다 싶었다. 더 이상 피비린내 나는 이야기를 계속하면 사에코의 정신 건강에 나쁘지 않을까. 하지만 미아는 아랑곳없이 말을 계속했다.

"원격 살인 같은 방법은 사용할 수 없었을까?"

"원격 살인?"

"응. 곧이곧대로 생각해보면 오빠와 외삼촌이 못 보았으니 역시 아무도 별채에 다가가지 않았다고 받아들여도 되지 않을까."

"그래서 원격 살인이라고?"

"응, 흉기로 사용된 그 쇠막대기를 뜰의 나무 사이로 던진다든가 개조한 총 같은 걸로 쏜다든가. 그 정도 거리라면 나, 서브로 명중시킬 수 있어."

미아가 테니스 라켓으로 서브하는 동작을 하며 말했다.

"그러니까 도구를 사용하면 어떻게든 되지 않을까 싶은데."

"말도 안 돼. 그런 건 불가능하다고."

세이치는 미아의 말을 일소에 부쳤다.

"별채 입구는 내내 닫혀 있었어. 외삼촌과 거실에서 보고 있었는데 할아버지가 5시 25분에 밖으로 나오셨을 때만 열렸지. 그때 말고는 단 한 번도 열리지 않았어. 게다가 창문도 닫혀 있었잖아. 던지든 쏘든 흉기가 들어갈 틈은 어디에도 없었다고. 게다가 할아버지는 방 한가운데에 쓰러져 있었어. 할아버지가 열린 창문으로 날아든 독고에 맞은 다음에 일부러 창문을 닫고 방 한가운데로 가서 쓰러지다니 그런 허무맹랑한 이야기가 어디 있어."

"역시 틀렸네. 그럼 이것도 땡. 신경 쓰지 마, 그냥 생각나서 해본 말이니까. 하지만 그러면 어떻게 되는 거야?"

미아는 복잡한 표정으로 팔짱을 끼며 말했다.

"아무도 별채에 들어가지 않았고, 멀리서 범행을 시도하는 것도 불가능하고, 덤으로 관계자 모두에게 알리바이가 있다니. 이래서야 역시 유령의 짓이라고 결론 나는 거 아니야? 이거 어떻게 된 거야, 오빠?"

오히려 세이치가 묻고 싶었다.

"오빠도, 미아도, 그렇게 생각하는 거야?"

갑자기 사에코가 불쑥 말을 꺼냈다. 뭔가 생각에 잠긴 듯이 가라앉은 목소리였다. 세이치는 깜짝 놀라 고개를 들었다.

"가족에게 기회가 있었는지 없었는지 그런 생각을 하는 거야? 가족 중 누가 할아버지를 죽였다고 진심으로 의심해? 그런 거, 그런 거 난 싫어."

억양 없는 목소리로 겨우 그 말만을 했다. 쥐어 짜낸 듯 조용한 목소리에 꾹꾹 억누르고 있던 마음이 담겨 있어 그 짧은 호소를 듣자 가슴이 뭉클했다. 긴 속눈썹 아래의 둥그런 눈에 당장에라도 쏟아져 내릴 것처럼 눈물이 고였다.

"아, 그런 거 아니야."

미아가 당황해서 변명하듯이 말했다.

"그런 생각 안 해. 정말 아니야. 그냥 기분 전환이나 하려고 그런 거야. 이거 큰일이네, 언니는 뭐든지 너무 진지하게 받아들여서 탈이야. 나랑 오빠가 진짜로 아빠 엄마를 의심할 리 없잖아. 그냥 기분이나 풀려고 가볍게 이야기했을 뿐이라니까."

세이치도 급히 말을 이었다.

"그래, 그렇고말고. 나도 진심이 아니었어. 경찰 수사가 지지부진하니까 미아랑 장난 삼아 사건을 재검토해보려고 했을 뿐이야. 가족을 의심하려고 했던 게 아니야."

미아는 끌어안듯이 사에코의 어깨에 팔을 두르고 타이르는 투로 말했다.

"미안해. 이런 이야기는 언니한테 자극이 너무 강했을지도 모르겠네. 그래도 이제 개운하잖아. 가족 중에는 범인이 없다는 게 확실해졌으니까. 분명 옛날에, 할아버지가 젊으셨을 적에 문제가 있었겠지. 장례식 때 조폭 아저씨가 왔잖아. 그런 사람처럼 아주 옛날에 알고 지내던 사람이 지금에서야 묵은 원한이 떠올라서 범행을 저질렀을 거야. 아니면 그냥 강도일 수도 있고. 아무튼 괜찮아, 언니가 걱정할 만한 일은 없어."

그 말에 고개를 숙이고 있던 사에코는 아주 살짝 얼굴을 들고 물었다.

"정말로? 정말 괜찮아?"

그래도 여전히 겁에 질린 듯한 목소리였다.

"그럼, 그럼. 분명 조만간에 경찰이 범인을 잡아줄 거야. 범인은 분명 우리가 본 적도 없고 알지도 못하는 생판 남일걸. 내가 보증할게, 내기해도 좋아."

미아가 보증한다고 해서 될 일이 아니지만 이럴 때는 수많은 말보다 한마디 말에 담긴 성의가 설득력을 발휘한다. 미아는 사에코의 어깨에 팔을 두른 채 윤기 나는 검은 머리에 얼굴을 묻었다.

"그러니까 미안해. 오빠도 나도 범인이 잡히지 않아서 신경이 좀 날카로워졌었거든. 그래서 언니가 그런 고민을 품고 있는 줄 몰랐어. 정말로 미안. 오빠가 나빴어. 배려심이라고는 눈곱만큼도 없는 오빠가 잘못한 거야."

미아의 장난기 어린 말투에 겨우 사에코의 굳은 얼굴이 누그러졌다. 기회를 놓치지 않고 세이치도 옆에서 끼어들었다.

"아니, 내 잘못이 아니야. 그저께 아는 사람을 만났거든. 네코마루 선배라고 대학교 선배인데 그 사람에게 사건 이야기를 했더니 가족을 의심하라고 떠들어대서 무심코 그 말이 마음에 걸렸나봐. 나쁜 건 그 선배야. 원래 좀 별난 사람이라."

사에코의 기분을 풀어주려고 생각나는 대로 네코마루가 어떤 사람인지 설명했다.

몸집이 작고 동안이다. 서른이 넘었는데도 아직도 고등학생으로 오해받을 만큼 나이와 외모가 부조화를 이룬다. 기가 찰 만큼 호기심이 강해서 흥미가 동하는 일에는 일단 끼어들어야 직성이 풀린다. 한창 일할 나이인데도 일정한 직업도 없이 빈둥빈둥 놀며 지내는지라 어떻게 생계를 잇는지 아무도 모른다. 대학생 시절부터 기이한 행동으로 유명했다. 흥미를 보이는 대상도 전혀 일관성이 없어서 수상한 언더그라운드 극단, 아마추어 마술 클럽, 주민 자치회의 샤미센 동호회에 가입하고 다도에 하이쿠*를 즐기는 것도 모자라 결국에는 정체 모를 단식회에 입회하여 한 달 동안 산에 틀어박혀 있기도 했고, 여름방학을 몽땅 바쳐 도카이도**를 걸어서 답파했다. 최근에도 자살한 사람에 관한 신문 기사를 읽고 신경이 쓰여 현장을 방문하러 일부러 요코하마 부근까지 갔고, 작년 여름에는 니시이즈에 노 젓는 보트 다루는 법을 배우러 갔다고 한다. 하지만 흥미가 없는 분야에는 초등학생 수준의 지식밖에 없고 특히 기계와 전기 분야에 어둡다. 어두워진 형광등을 갈지 못해 일주일 동안 촛불을 켜고 생활했다는 전설이 있다. 아직까지 자동응답기를 쓸 줄 모른다는 소문도 진짜인 듯하다. 이렇듯 사소한 에피소드가 끊이지 않는 사람이기는 하다.

"뭐야 그게, 이상해."

*일본 고유의 단시.
**에도 시대에 지방 통치를 위해 만든 5개 도로 중 하나로, 도로 중간에 53개의 역참을 두었다.

미아는 재미있어하며 깔깔 웃었고 딱딱하던 사에코의 얼굴에도 그제야 평상시의 미소가 되돌아왔다. 세이치도 그 모습을 지켜보고 겨우 안도의 한숨을 내쉬었다. 아름다운 곡선을 그리는 사에코의 옆얼굴을 바라보며 세이치는 그 사람을 한번 데려와도 괜찮겠다는 생각을 했다. 네코마루는 할아버지 사건에 흥미를 품고 현장을 보고 싶다고 말했다. 분명 네코마루라면, 입부터 먼저 태어난 것처럼 유쾌한 화제가 끊이지 않는 그 남자라면 사에코가 기분 전환하는 데 도움이 될지도 모른다. 공주의 무료함을 달래는 피에로 역할도 나쁘지 않다.

그건 그렇고 여전히 범인의 모습이 그려지지 않았다. 관계자들은 범행을 저지를 기회가 없었고, 부자연스러운 상황도 그대로 남아 있다. 사에코를 지키려고 해도 정작 적의 모습이 오리무중처럼 수수께끼라는 안개에 감싸여 손을 쓸 방도가 없다. 구슬 역시 세이치의 지나친 걱정인지 아닌지 불분명하다. 사에코가 이토록 예민하니 조심하라고 주의를 시켜봤자 괜히 불안감만 커질지도 모른다. 아무 수단도 강구하지 못하고 가만히 손을 놓고 있다는 자책감 때문에 세이치는 더더욱 초조하고 애가 탔다.

세이치가 애를 태우든 말든 시간은 속절없이 흘러갔다.

토요일이 되었다.

내일이면 지운사이가 강령회를 열 것이다. 나오쓰구 말에 따르면 영매는 자신감이 넘치는 상태로, 반드시 할머니의 영혼을 불러내겠다며 기세가 등등하다고 한다. 가미시로와 오우치야마도 영매의 속임수를 밝혀내고자 준비에 한창 여념이 없을 것이다. 세이치는 가능하면 강령회가 중지되어 아무 일 없이 내일이 끝나기를 바랄 뿐이었다.

밤에 네코마루로부터 전화가 왔다.

의외로 꼼꼼한 남자라 내일 강령회가 열린다는 것을 잊지 않고 있었다.

"젠장, 강령회 가고 싶은데. 진짜 영매가 주관하는 강령회는 좀처럼 구경하기 힘들단 말이다. 정말로 아까워 죽겠어. 그렇게 재미있는 걸 독차지하다니 괘씸해. 내 몫까지 똑똑히 보고 나중에 꼭 들려줘."

네코마루는 한바탕 불평을 늘어놓고 나서 아주 당연하다는 듯이 물었다.

"그런데 세이치, 내가 요전에 부탁한 건 조사했겠지?"

세이치는 변함없이 남을 제멋대로 휘둘러대는 태도에 신물이 났지만 일단 보고했다.

별채 내부와 중고 매장처럼 널려 있는 법구들에 수상한 점은 전혀 없었다는 것. 유언장에 특별한 내용은 없고 유산은 관례대로 친자식인 어머니와 외삼촌 그리고 돌아가신 이모 대신 사에코가 물려받는다는 것.

"흐음, 너희 집 진짜 시시하구나. 드라마틱한 요소가 전혀 없잖아."

네코마루는 흥미를 잃은 듯이 감상을 늘어놓았다. 세이치는 상대하지 않고 말을 이었다.

"그리고 돈 문제 말인데요. 특별히 돈에 쪼들리는 사람은 없는 모양이에요."

가족에게서 은근슬쩍 알아낸 사실이었다.

"아버지는 보통 회사원이에요. 도박은 하지 않고 늘 저녁에 돌아오죠. 가족에게 비밀로 술집 여자한테 돈을 쓰는 것 같지도 않아요. 아무튼 목돈이 필요한 일은 없어요. 어머니도 용돈이 부족하지는 않아요. 원래 돈에는 무관심한 성격이고요. 여동생은 아직 고등학생이고 사촌 동생은 아시다시피 밖에도 거의 못 나가는 상태니까, 다만."

"다만?"

"외삼촌 화랑은 좀 힘겹나봐요. 도락으로 하는 장사니까 1년 내내 그렇지만."

나오쓰구 이야기에 따르면 그림 매매의 세계에서는 현금결제가 상식이며 지급어음으로는 거의 사고팔지 않는다고 한다. 그림이라는 상품은 항상 현금으로 거래한다. 일본에서는 미술품 담보대출도 해주지 않는다. 상품 가치를 정확하게 평가하기 어렵고, 환금성이 떨어지는 미술품을 은행이 담보로 받기 꺼리기 때문인 듯하다. 따라서 화랑은 일정한 운영자금이나 환금하기 쉬운 우량 재고를 늘 비축해두어야 한다는 이야기였다.

"어쨌든 나오쓰구 씨는 돈에 쪼들린다는 거로군."

네코마루는 짜증스럽다는 듯이 세이치의 설명을 도중에 막았다. 미술업계의 자금 조달 문제는 네코마루의 흥미 밖에 있는 모양이었다.

"하아, 아니요. 결국은 놀이 삼아 하는 장사니까요. 외삼촌은 오래전에 맨션 한 채를 통째로 할아버지에게 양도받았어요. 생활비는 그걸로 대고도 남을걸요."

"맨션 한 채라. 그것참 굉장하군. 야, 너 지금 서민의 가슴에 상처를 입혔다는 거 알고 있냐?"

네코마루는 수화기 저편에서 삐친 듯한 목소리로 말했다.

"맨션 한 채를 통째로 받았다니. 그거 어디 있는데?"

"신바시요."

"신바시라. 시가총액이 얼마 정도 될까. 나 같은 아랫것은 상상도 못 하겠어."

"저도 몰라요. 아무튼 외삼촌도 돈에 쪼들리는 건 아니라고요. 자금을 융통하기 힘들다고 죽는소리를 하기는 해도 그건 장사를 제대로 하고 있다고 에둘러 말하는 외삼촌 식의 겉치레예요."

"흐음, 네 녀석의 친척은 팔자 한번 늘어졌구나."

네코마루는 여전히 앵돌아진 투로 말했다.

"그런데 넌 어때?"

"저요?"

"그래, 넌 돈 필요 없냐?"

"별로요. 저도 어엿이 일하고 있으니까 당장은 특별히 필요하지 않은데요."

"허어, 끝내주는군. 돈 따위 당장은 특별히 필요하지 않다고 나왔단 말이지. 좋은 대사야. 과연 돈 있는 집안의 자제는 말본새부터 다르다니까."

여전히 토라진 상태다. 아무래도 맨션 한 채가 비위에 거슬렸던 모양이다.

"그건 그렇고 너희 집은 왜 이렇게 재미가 없냐. 좀 더 눈에 확 띄는 드라마틱한 요소는 없어? 근친 간의 추한 증오와 갈등이라든가, 유산을 둘러싸고 피를 피로 씻는 골육상쟁 같은 거. 이래서야 그냥 평범한 부자잖아. 평범한 부자라니 이 세상에 그것만큼 불쾌한 건 없다고."

네코마루는 시답잖은 소리를 늘어놓았다.

"뭐, 아무래도 상관없다만. 세이치, 강령회 말인데 영매의 손
에 주의해라."

"손이요?"

또 느닷없이 영문 모를 소리를 했다.

"그래, 손. 만약 지운사이 그 양반이 틀에 박힌 방식으로 강령
회를 연다면 분명 이런 패턴일 거야. 잘 들어둬. 일단 참가자 모
두를 원 모양으로 앉히고 양옆 사람과 서로 손을 잡으라고 할
거야."

"손을 잡으라고 한다."

"그래, 예를 들자면 그 양반은 왼쪽 옆 사람에게 자기 왼쪽 손
목을 잡으라고 하고 오른손으로 오른쪽 옆 사람 손목을 잡을 거
야. 그렇게 차례차례 손목을 잡고 빙 둘러앉는 거지. 모두가 왼
쪽 손목을 잡히고 오른손으로는 옆 사람 손목을 잡은 상태니까
아무도 수작을 부리기 위해 움직일 수 없어. 입회인은 물론 영
매 본인도 말이야. 그렇게 해서 '자, 속임수는 없습니다. 사기가
아닙니다'라고 주장하는 거지."

"아하, 그렇군요."

"하지만 이 방법에는 한 가지 구멍이 있어. 고전적인 수법인
데, 잘 들어봐. 일단 컴컴하게 해놓고, 뭐 강령회는 대개 컴컴한
데서 한다만. 영매가 자신의 오른손과 왼손을 바꾸는 거야."

"뭐라고요?"

"손을 바꾼다고. 전화로 설명하려니 어렵네. 뭐라고 장황하
게 말을 늘어놓으면서 영매가 양손을 자기 몸 앞으로 슬쩍 끌어

당겨. 물론 왼손은 붙잡힌 상태고 오른손으로는 옆 사람 손목을 잡고 있지. 사전에 열심히 설명을 하는 척하고 자연스럽게 그런 자세를 취하는 거야. 그리고 은근슬쩍 오른손을 봐. 오른쪽 옆 사람의 손목을 잡고 있는 자기 오른손을 말이야. 그리고 '앗, 손을 놓으면 안 됩니다'라는 식으로 말하면서 이번에는 재빨리 **왼손**으로 옆 사람의 손목을 잡는 거야. 이러면 어떻게 될까. 왼쪽 옆 사람은 여전히 영매의 왼쪽 손목을 잡고 있지만 오른쪽 옆 사람은 이제 영매의 왼손에 손목이 잡혀 있지. 하지만 그 사람은 아까와 마찬가지로 영매의 오른손이라고 믿어. 왼손으로 **일인이역**을 하는 거야. 어두우니까 아무도 그 사실을 모른다는 게 핵심이지. 자유로워진 오른손으로 영매는 여러 가지 신비한 현상을 연출할 수 있어. 흔해 빠진 수법이지만."

"정말로 그런 방법을 사용할까요?"

세이치는 반신반의하는 마음으로 물었다. 너무나도 뻔한 속임수 아닌가. 설마 그렇게 간단한 속임수에 속아 넘어갈 것 같지는 않았다.

"지운사이 그 양반이 이 방법을 쓸지 안 쓸지는 몰라. 하지만 이 수법으로 지금까지 수많은 영매가 성공을 거두어온 건 확실해. 과학자나 명사라고 불리는 지식층까지 홀랑 속아 넘어갔지. 암흑 속이라 거리감을 상실하는 데다 무엇보다 영매의 화술과 연기력에 속는 거야. 이런 일에는 단순한 방법이 유효한 법이거든. 그렇게 간단한 방법을 사용하리라고는 아무도 생각지 않기 때문에 의외의 효과를 발휘하는 거지. 그러니까 영매 양반의 손에 정신을 집중해. 수상한 움직임을 보이거들랑 바로 중지시켜도 상관없어. 알겠냐?"

"알겠어요, 해볼게요."

이 남자는 참 별난 것만 알고 있다. 보통은 입만 험할 뿐 아무 도움도 되지 않지만 내일 강령회 때는 써먹을 수 있을 듯했다. 이 쓸데없는 지식을 활용하지 말라는 법은 없다. 그렇게 생각하고 세이치는 부추김 70퍼센트에 애원 30퍼센트를 섞어서 말해 보았다.

"선배, 내일 정말로 못 오세요? 선배가 와주시면 마음이 든든 할 텐데요."

하지만 네코마루는 비밀이라는 듯이 바로 목소리를 낮추어 대답했다.

"그야 나도 가고 싶은 마음은 굴뚝같다만, 오늘 드디어 나왔 단 말이다."

"나오다니 뭐가요?"

"이런 눈치 없는 녀석아. 화석 말이야. 일본에서 가장 오래된 2억 년 전의 화석. 그게 드디어 오늘 출토돼서 감정을 기다리고 있어. 어려운 부분은 나도 모르지만 방사성 원소 함유율이라던 가 골세포 DNA 같은 걸 조사해서 연대를 확인한대. 고고학 동 아리 사람들이 내일 아침이 밝자마자 모 유명 기업 연구실로 가 지고 갈 거야. 거기는 다른 여러 대학교의 발굴 조사에도 협력 하는 회사인데 일본에서 유일하게 연대를 감정하는 설비를 갖 췄대. 내일은 일요일이지만 특별히 거기 직원이 봐주기로 약속 했어. 자세한 사정은 아직 알리지 않았지만 역사적인 대발견이 라고 했더니 흥미가 생긴 거지. 고고학과 학생들의 예상으로는 아무래도 계통분류학 쪽에서 말하는 파충강 용반목에 속하는 생물일 가능성이 크다는군. 정식으로 감정 결과가 나오려면 며칠 걸릴 모양이지만 밤쯤에 대략적인 연대 정도는 알 수 있다나 봐. 그래서 내일은 도저히 현장을 떠날 수 없어. 뭐니 뭐니 해도 고고학 사상 가장 큰 발견인걸. 그 역사적 순간을 함께하지 못하면 어쩌라는 거냐. 너도 기대하라고. 전국이 깜짝 놀라 뒤집힐 테니까."

네코마루는 완전히 고양된 목소리로 좀처럼 입을 다물 줄 몰랐다. 수화기 저편에서 분명 새끼 고양이 같은 동그란 눈이 아이처럼 빛나고 있을 것이다. 그 들뜬 모습을 머릿속으로 그리며 세이치는 다시금 생각했다.

이제 이 사람에게는 절대로 의지하지 말자고.

막간

사람들의 훈김과 떠들썩한 소리.

소란한 분위기를 부추기기라도 하듯이 꼬치 굽는 연기가 풀풀 피어올랐다.

활기, 흥청거림.

테이블은 기름으로 끈적거렸고 벽은 담뱃진과 연탄 그을음으로 시커멓게 더러워졌다. 먼지 묻은 홉피* 포스터만이 벽을 꾸미는 유일한 장식이었다.

걸걸한 목소리, 웃음소리, 서로에게 고함을 지르는 탁한 목소리가 공간을 가득 채웠다.

*1948년 일본에서 발매된 맥주 풍미의 탄산음료.

쩌렁쩌렁하게 메뉴의 이름을 외치는 소리와 함께 가게를 뒤흔들 듯이 떠드는 사람들 사이로 접시가 오갔다. 벽에 매달린 조붓한 직사각형 모양 종이에는 내장탕, 어묵탕, 눈퉁멸, 냉토마토, 말린 가자미 지느러미 등이 적혀 있다. 갈색으로 변색된 종이는 말려 올라갔고 글자도 번져서 흐릿했다.

아무 장식도 없어서 가게가 썰렁하게 느껴져도, 바닥에 꼬치구이 꼬챙이가 수없이 떨어져 있어도, 주방이 불결해 보여도 손님들은 전혀 개의치 않았다.

그들은 소주와 컵술만 있으면 기분이 좋았다. 끊임없이 마시고, 덥석덥석 먹고, 큰 소리로 떠들고 웃었다.

볕에 얼굴이 붉게 탄 중년 남자가 금니를 드러내며 웃고 있었다. 먼지투성이 작업복을 입은 청년들은 활짝 웃는 얼굴로 서로 술을 따라주었다. 한텐* 차림의 노인은 경마 신문을 펼쳐놓고 내일 술값을 마련하려면 어디에 걸어야 할지 궁리하느라 바쁜 듯했다.

그런 가게 풍경에 녹아든 것처럼 두 남자가 테이블을 사이에 두고 앉아 있었다. 이미 꽤 오래 앉아 있었던 듯 그들 앞에는 이빠진 조시**가 숲속 나무처럼 잔뜩 놓여 있었다.

"젠, 너 또 그거 한다면서."

한 사람이 커다란 사발에 술을 한 모금 꿀꺽 마시고 나서 맞은편 사람에게 말을 걸었다. 상대는 희미한 웃음을 띠고 고개를 끄덕였을 뿐 대답은 하지 않았다.

*작업복, 방한복으로 입는 짤막한 일본 전통 의상 중 하나.
**목이 갸름하고 잘쑥한 작은 술병. 더운물에 넣어 술을 데울 때 쓴다.

"너도 참 별나다. 그딴 짓 해봤자 남는 게 뭐 있냐?"

거듭 말하자 상대는 쓴웃음을 지었다.

"뭐, 그렇지."

"그럼 그만두지 그래. 일부러 수고와 시간을 들여가며 그런 짓 할 필요 없잖아."

"그렇지만 내 취미 같은 일이라서."

"취미라니 젠, 굳이 나서서…… 자원봉사 같은 거야?"

"응, 그런 셈인지도 모르지."

"아깝지 않아?"

"뭐가?"

"그렇잖아. 너 정도 실력이면 지금도 현역에서 뛸 수 있을 텐데."

"아니, 나이는 못 이기지."

"무슨 소리야. 넌 아직 팔팔해. 몸도 불편한 구석 없이 잘 움직이잖아. 나랑은 다르다고."

"그야 그렇지. 하지만 다케 씨."

"하지만 뭐?"

"시대가 달라, 시대가. 요즘 세상은 다르다고."

"그야 그럴지도 모르지만. 그럼 젠, 이제 네가 일할 만한 자리는 없다는 거야?"

"그렇지. '노병은 사라질 뿐이다'라는 말도 있잖아."

"마음 약한 소리 하지 마. 나이는 숫자에 지나지 않아. 젠, 넌 정말 사람이 좋구나."

"내가 좋은 사람이라고?"

"그래. 호인이지. 남을 위해 일부러 이런 일을 하다니. 네가 하는 일은 봉공이잖아. 멸사봉공, 호국지사야. 육탄삼용사*지."

"다케 씨, 도대체 무슨 소리를 하는 거야."

"아니, 그러니까 보시를 한다고. 사심이 없다고 해야 하나. 남을 위해서 그런 일을 하니까."

"보시라. 하지만 다케 씨, 보시는 남을 위해서 하는 게 아니야. 전부 자신을 위해, 본인을 위해 하는 거지. 나도 자원봉사 같은 장한 일을 하는 게 아니야. 나 자신을 위해 하는 거니까. 그걸로 됐어. 남을 위해서 하는 게 아니라는 걸 이 나이를 먹고서야 겨우 깨달았지."

"그런 소리는 그만둬. 아직 폭삭 늙은 것도 아니면서. 자, 마시자고."

남자는 손을 뻗어 술병을 집었다.

취기가 가게 전체를 지배하고 있었다.

하루의 피로를 풀고 오늘 일을 잊을 수만 있다면 그들은 행복했다.

행복한 남자들로 가득 찬 가게는 기분 좋은 취기에 젖어 흔들렸다.

마치 컵술을 들이켜는 손을 조타륜 삼아, 웃음소리를 엔진 소리 삼아 항해하는 작은 배처럼. 도시의 행복한 바다 사나이들로 가득한 배는 도쿄의 밤이라는 거대한 파도 속으로 힘차게 나아갈 것만 같았다.

*육탄으로 자폭해 중국군을 무찌르는 데 기여한 세 명의 병사를 기리는 말.

　그날은 날씨가 맑았다.

　세이치는 화창한 날씨가 마치 야유처럼 느껴졌다. 현실과 동떨어진 강령회라는 행사를 열기에는 어울리지 않을 만큼 쾌청했다. 천체는 인간의 사정과는 전혀 관계없이 장대한 운행을 계속한다. 이 정신 나간 듯한 모임을 비웃기라도 하듯이 구름 한점 없이 맑고 따스한 날이었다.

　오후가 되자 나오쓰구가 지운사이를 데리고 의기양양하게 집으로 왔다.

　두 사람은 정신 통일을 위한 시간이 필요하다며 총총히 강령회를 열기로 한 방에 틀어박혔다. 원래 서고였던 그 방은 예전에 효마가 엑토플라즘 실험을 본 곳이다. 그때 쳐놓았던 암막이 그대로 남아 있기 때문에 오늘 강령회에 사용하기에도 안성맞춤이었다. 서고에 들어가기 전에 지운사이는 잊지 않고 세이치 가족에게 불쾌한 말을 늘어놓았다.

"오늘 이 집에 씐 악령의 정체를 밝혀내겠소이다. 그리고 효마 옹의 돌아가신 부인의 영혼을 불러내어 여러분과 대화를 시키겠소. 하지만 잘 될지는 모르겠구려. 이 집에 깃든 사악한 기운은 아주 강대하고 강건하오. 사위스럽고 꺼림칙한 독기가 분노와 비슷한 파동으로 이 집을 감싸고 있는 것이 느껴지지 않소이까. 무섭고 악한 기척이오. 본래 이 세상에 있어서는 아니 될 아주 사악한 마음이오. 자, 느껴질 것이외다. 망자들의 혼이 흔들리는 것이, 악령들이 소란을 피우는 것이. 여기에는 무시무시한 악의 염파가 가득 차 있소. 놈들이 방해하지 않으면 좋으련만. 악한 영혼에게서 성스러운 영혼을 가호할 힘이 있으면 좋으련만. 여러분, 성공을 기원해주시오. 내 영력으로 사악한 영혼들과 맞설 수 있기를. 그렇지 않으면 반드시 이 집에 또 다른 재앙이 내릴 것이외다."

말을 마치고 난 후 지운사이는 오후 7시에 강령회를 시작하겠다고 선언했다. 원래는 법도에 맞추어 축삼시*에 거행해야 하지만 그러기는 힘들 테니 시간을 바꾸었다는 말을 덧붙였다. 세이치는 대충 넘어가는 그 모습을 보고 어쩐지 미심쩍은 기분을 지우기 힘들었다.

지운사이와 전후하여 가미시로와 오우치야마 콤비도 도착했다.

"아무래도 신경이 쓰여서 마음이 진정되지 않는지라 너무 일찍 오고 말았네요."

가미시로는 겸연쩍은 듯이 말하며 웃었다. 오우치야마는 와

---

*축시를 넷으로 나누었을 때 셋째 시각. 오전 2시부터 2시 반.

타누키 교수가 오지 못하게 되어 미안하다고 거듭 사과했다.

"정말로 죄송합니다. 간사이에서 교수님이 꼭 참석하셔야 하는 학회가 열려서요. 여러분께 잘 말씀드리라고 하셨습니다."

몸을 낮추고 머리를 깊이 숙였지만 다키에는 아주 불만스러워했다. 다키에는 오늘이야말로 교수 본인이 오리라고 믿고 있었다.

"하지만 안심하세요. 교수님이 저희에게 이번 일을 일임하셨습니다. 교수님이 다양한 비책을 일러주셨으니 분명 그 영매의 정체를 밝혀낼 수 있을 겁니다."

가미시로와 오우치야마가 이구동성으로 주장해도 다키에의 기분은 풀릴 것 같지 않았다.

그리고 응접실.

다키에는 가미시로와 오우치야마를 접대하는 역할을 세이치에게 억지로 떠맡겼다. 저기압인 다키에는 방에 틀어박혀 나오지도 않았다. 가쓰유키도 흥미 없다는 듯 "젊은 사람은 젊은 사람끼리"라고 비아냥거림으로 들릴 수 있는 말을 남긴 채 어딘가로 사라져버렸다.

세이치는 사에코, 미아와 함께 두 젊은 연구자를 상대했다.

"드디어 오늘 7시에 시작한대요. 저, 실은 강령회가 열리기를 기대하고 있었어요."

미아가 들뜬 목소리로 말했다. 호조 집안 세 사람이 나란히 앉고 가미시로와 오우치야마가 반대편에 앉았다. 후미가 방금 차를 내주고 나간 참이었다.

가미시로가 미아의 말을 받아 부드러운 웃음을 띠고 평소 때의 차분한 목소리로 말했다.

"그건 저희도 마찬가지입니다. 미리 전화해서 시간을 확인할걸 그랬어요. 기대가 큰 나머지 너무 일찍 오고 말았네요."

"그런데 그 영매 아저씨, 자신만만하더라고요. 정말로 할머니 영혼이 나타나면 어떡하죠?"

미아가 농담처럼 말하자 이번에는 오우치야마가 희미하게 웃었다.

"미아 씨, 아직도 그런 말씀을 하십니까. 걱정 마세요. 속임수야 뻔하니까요."

"솔직히 말해서 가슴이 좀 두근두근해요. 만약 진짜라면 깜짝 놀랄 일이잖아요."

"걱정 마시라니까요. 그자가 사기꾼임은 저희가 보장하겠습니다."

가미시로가 시원스럽게 웃으며 말했다.

"그것보다는 자신감이 과다한 그 영매가 어떤 수법을 쓸지가 더 기대되는군요."

"수법?"

미아가 눈을 동그랗게 뜨고 되묻자 가미시로 역시 예사롭지 않은 자신감을 내비치며 대답했다.

"예. 아직 한참 더 배워야 하지만, 그래도 저희는 일본 초심리학계의 일인자인 와타누키 교수님의 지도를 받고 있습니다. 그자도 그 사실은 잘 알 테니까요. 저희 앞에서 어떤 속임수를 쓰려는지 솜씨를 한번 봐야겠죠."

세이치는 어젯밤 네코마루에게 전수받은 방법을 떠올리며 물었다.

"영매가 어떤 속임수를 쓸 거라고 예상하시는지요?"

"글쎄요. 아마도."

가미시로는 눈을 감고 생각에 잠겼다.

"공수일 겁니다."

"공수?"

"예, 죽은 사람이 영매의 입을 빌려 말하는 방법입니다. 여러분도 잘 아시겠지만 오소레잔*의 무당이 대표적인 예입니다. 영혼이 영매의 몸에 빙의해 이승의 사람과 대화를 나누는 식이죠."

"아, 텔레비전으로 본 적 있어요."

미아가 끼어들었다.

"하얀 기모노 차림에 머리띠를 하고 네모난 모양으로 쌓아 올린 나무 한가운데다 불을 피워놓고 모두 한목소리로 이상한 기도 같은 걸 올리잖아요."

"뭐, 비슷하죠. 무당은 호마목을 태우지 않습니다만."

가미시로는 쓴웃음을 지었다.

"아마도 공수를 사용할 겁니다. 그밖에도 강령 현상을 확인할 때는 석판을 사용하거나 영매 자신의 몸에 글자가 나타나게 하는 등 다양한 방법을 씁니다만, 이번에는 분명 공수일 거예요."

"있죠, 있죠, 석판이 뭐예요?"

미아가 바로 흥미를 보이며 물었다. 이번에는 오우치야마가 대답했다.

"슬레이트라고도 하는데요. 돌로 된 판때기에 납석으로 글자를 쓰는 겁니다. 이를테면 칠판 같은 물건이죠. 학교 교실에 있

*일본의 3대 영산 중 하나. 죽은 이의 영혼이 깃든 공포의 산이라고 알려져 있다.

는 것처럼 크지 않고 들고 다닐 수 있을 만큼 작습니다. 그걸 강령 현상을 확인하는 데 사용합니다. 아무것도 적혀 있지 않은 석판에 어느 틈엔가 글자가 쓰여 있죠. 그걸 영계에서 온 메시지라고 연출하는 경우가 많은 듯하더군요."

"아무것도 적혀 있지 않았는데 어느 틈엔가?"

미아가 어리둥절해하자 오우치야마는 호빵처럼 동그란 얼굴에 자국을 낸 것 같은 가느다란 눈으로 빙긋 웃었다.

"예, 아무도 손을 대지 않았는데 글자가 나타납니다."

"뭐예요 그게? 그게 진짜로 가능해요?"

"물론이죠. 간단한 마술의 일종이에요. 알기 쉽게 트릭을 밝히자면 이런 방법입니다. 석판은 원래부터 두 겹으로 겹쳐 있어요. 나무로 만든 틀에 석판 두 장을 겹쳐서 끼워놓는 거죠. 물론 위쪽 석판은 빼낼 수 있도록 되어 있고요. 일단 아래쪽 석판에 미리 글자를 써놓고 그 위에 아무것도 쓰지 않은 석판을 끼웁니다. 이걸로 준비는 끝이에요. 나머지는 연기력에 달렸죠. 천 같은 걸 덮어놓고 정신을 집중하는 척하다가 천을 치우는 동시에 위쪽 석판을 빼냅니다. 그러면 글자가 적힌 아래쪽 석판이 나오니까 아까까지는 아무것도 적혀 있지 않았던 곳에 홀연히 글자가 나타난 것처럼 보이죠. 간단하죠? 그리고 특수한 안료를 사용하는 방법도 있습니다. 손가락으로 문지르기만 해도 석판에 글자를 쓸 수 있도록 미리 농간을 부려두는 거죠. 영매는 입회인의 눈을 속여 몰래 글자를 쓰기만 하면 됩니다. 이 방법은 석판을 남이 검사해서는 안 된다는 결점이 있습니다만. 아니면 처음부터 완전히 똑같은 석판을 두 개 준비해놓고 테이블 아래에서 바꿔치기하거나, 입회인 머리 위로 뒤에 서 있는 조수가 가지고 있는 석판과 바꿔치기하는 맹랑한 방법도 있고요."

오우치야마는 이런 이야기를 할 때 맛있는 음식을 앞에 두고 입맛을 다시는 것처럼 즐거워 보인다. 진심으로 초심리학 연구에 매진하고 있다는 것은 알겠지만 너무 마니아 같은 풍모 때문인지 세이치는 조금 기분이 나빴다.

"우아, 트릭을 알고 나니 엄청 허망하네요. 정말 그런 방법에 속는 사람이 있어요?"

미아가 흥이 깨졌다는 듯이 말하자 가미시로의 철학자처럼 단정한 얼굴이 굳어졌다.

"바로 그게 그들이 노리는 점입니다. '설마 이런 하찮은 트릭을 쓰지는 않겠지'라는 심리적 맹점을 교묘하게 파고들죠. 과장된 연출과 현학적인 해설을 방패 삼아 단순한 트릭을 쉽사리 성공시킵니다. 그런 의미에서 영매들은 저희보다 심리학의 달인이라고 할 수 있을지도 모르겠군요."

"흠, 그런가요. 그럼 아까 영매의 몸에 글자가 어쩌고저쩌고 했잖아요. 그건 어때요?"

미아가 몸을 내밀고 물었다. 네코마루 정도는 아니지만 미아도 상당히 호기심이 강하다.

오우치야마가 대답했다.

"영계에서 온 메시지라고 칭하는 글자를 영매의 몸에 직접 쓰는 방법입니다. 대개는 팔 안쪽이죠. 이 역시 글자가 멍처럼 홀연히 나타납니다."

"와, 대단하다. 멍처럼요?"

"예. 게다가 이번에는 손도 대지 않았는데 입회인의 눈앞에 나타나죠."

"으으, 기분 나빠. 그것도 트릭이에요?"

"물론입니다. 이건 극히 생리학적인 트릭이에요. 이것도 간단하게 설명하자면 실험을 시작하기 몇 분 전에 미리 팔을 긁어서 글자를 써놓습니다. 준비는 그걸로 끝이에요. 간단하죠. 그러고 나서 시간이 잠시 지나면 긁은 부분에 피가 모여서 빨갛게 부어오릅니다. 그뿐이에요. 물론 영매가 실제로 연기할 때는 다른 트릭과 조합하고, 죽은 사람의 이름을 나타나게 하는 등 좀 더 복잡하게 써먹지만요. 원리는 단지 그것뿐입니다. 누구든지 할 수 있어요. 성냥개비 같은 거로 긁어서, 아, 사에코 씨 정도면 분명 선명하게 나타나겠군요. 피부가 하야니까요."

오우치야마는 별생각 없이 말한 듯했으나 사에코는 그 말을 듣자마자 움찔하며 고개를 숙였다. 역시 오우치야마의 마니아 같은 분위기 때문에 겁을 먹은 걸까. 사에코의 신경은 여전히 예민한 상태다. 아까부터 한마디도 하지 않았다. 어쩐지 마음이 진정되지 않은 듯 기운이 없어 보였다. 미아의 말만 듣고 괜히 데리고 나왔다고 세이치는 약간 후회했다. 방에서 쉬게 놔두는 편이 나았을지도 모른다.

사에코가 힘없이 고개를 푹 숙이자 오우치야마도 당황한 듯했다.

"어, 이거 실례했습니다. 기분 나쁘셨어요? 그럴 생각으로 한 말은 아니었는데. 아무튼 그런 방법으로 영혼과 대화를 나누었다고 속이는 겁니다. 아무래도 살결이 하얀 사람이 써야 효과가 뛰어납니다."

"있죠, 있죠, 저는 안 될까요?"

미아가 헐렁한 티셔츠 밖으로 드러난, 볕에 잘 탄 팔을 내밀며 말했다. 오우치야마는 살았다는 듯이 웃으며 말했다.

"이런, 이래서야 멍 색깔과 피부 색깔의 구분이……."

"뭐예요, 제가 너무 새카맣다는 말 같잖아요."

"아니요, 아니요. 그런 뜻이 아니라……."

"그렇게 말한 거나 마찬가지지."

가미시로가 쓴웃음을 지었다.

"실례했습니다. 제 친구가 숙맥이라 여자 앞에서는 말을 잘할 줄 모릅니다. 하지만 논문을 쓸 때나 통계를 낼 때는 저희 조교들 사이에서 최고예요. 누구든 자신이 있는 분야와 없는 분야가 있는 법이니 이해해주십시오. 아무튼 지운사이가 공수를 사용하리라고 판단한 건 석판 따위의 물리적 트릭은 쓰지 않을 거라고 예측했기 때문입니다. 아직 신출내기기는 합니다만 저희 같은 연구자를 입회시킨 이상, 어느 정도의 지식이 있으면 간파되는 수법은 위험하니까요. 입회인이 그 트릭을 알고 있으면 바로 속임수가 들통나는 수법은 들고 나오지 않겠죠. 하지만 공수는 물리적 증거를 들어 트릭을 폭로하기가 어렵습니다. 증거는 영매의 입에서 나온 말뿐이니까 나중에 어떻게든지 핑계를 댈 수 있거든요. 믿는 사람은 믿고 믿지 않는 사람은 믿지 않는, 가장 모호하고 난감한 결과가 나옵니다. 그자는 분명 그런 결과를 노리겠죠. 자신감과 여유만만한 태도로 보건대 반드시 애매모호한 심리를 이용하는 수법을 사용할 겁니다. 하기야 그렇게 예측하신 분은 와타누키 교수님이시고 지금 한 말도 교수님 말씀이지만요."

가미시로는 부끄러운 듯이 웃으며 말했다. 가정교육을 잘 받은 것처럼 보이는 반듯한 외모에 걸맞는 꾸밈없는 말투였다.

"있죠, 있죠, 그러면."

청바지 차림의 미아가 긴 다리를 척 꼬면서 물었다.

"그런 식으로 영혼을 불러내는 거, 그러니까 강령회는 다 사기죠?"

"물론입니다."

가미시로가 고개를 끄덕였다.

"그럼 유령이라는 존재는 새빨간 거짓말이라고 받아들여도 되나요? 요전에 말했지만 강령회뿐만이 아니라 보통 유령을 봤다는 목격담도 대부분 착각이라고 했잖아요."

"실은 그게 문제인데요."

가미시로는 눈살을 살짝 찌푸렸다.

"모든 초상현상을 전면적으로 부정하는 것은 과학적인 사고 방식이라 할 수 없습니다. 제너 카드로 텔레파시 실험을 하는 이야기는 예전에 했었죠?"

"네, 텔레파시로 무슨 카드인지 맞히는 거잖아요."

"맞습니다. 임상 시험에서 알 수 있듯이 사이 능력은 실제로 인간이 갖춘 힘이라고 저희는 확신합니다. 그러니 강령 현상이나 영혼 목격담이 전부 가짜라고 단정 짓는 것도 과학적 사고방식은 아니죠. 물론 저런 영매들이 일으키는 강령 현상은 가짜로 받아들여도 되겠습니다만. 이것도 언젠가 말씀드렸을 텐데 국내 대학교에는 정식 사이 연구 기관이 없어요. 과학 편중 주의의 악영향이죠. 문호를 개방하기 전, 에도 시대까지만 해도 초상현상은 극히 자연스럽게 사람들의 생활 속에 녹아들어 있었습니다. 사람을 홀리는 여우, 천리안, 둔갑하는 너구리, 아주 밝은 귀 같은 형태로 사람들 사이에 널리 회자되었고 당연한 사실로 믿어져왔습니다. 하지만 메이지 유신과 동시에 서양 과학의 합리적 정신이 도입되자 초상현상은 단순한 미신이라며 무시당했습니다. 수상하고, 미심쩍고, 어리석은 맹신으로서 모조리 어둠 속에 파묻히고 말았죠. 거기에 일본 아카데미즘의 토대가 있는 겁니다. 당시 과학으로는 해명할 수 없었던 사이 현상을 죄다 부정한다는 편향적인 형태로 우리나라의 과학은 발전해왔죠. 저희는 그러한 실태를 올바른 방향으로 궤도 수정 하려고 합니다. 사이 현상이 틀림없이 존재한다는 사실을 입증하는 것이 저희가 할 일이라고 와타누키 교수님도 늘 말씀하십니다."

가미시로의 말투는 여느 때와 다름없이 담담하고 냉정했지만 세이치는 어쩐지 넘쳐나는 열의를 느꼈다. 언젠가 교단에 서면 학생들을 매료시킬 것이다. 절로 그런 생각이 들 만큼 열띤 연설이었다.

미아는 가미시로가 느닷없이 지론을 줄줄 늘어놓자 눈만 끔뻑대고 있다가 물었다.

"그럼 역시 유령은 진짜로 있는 거예요? 그러고 보니 요전에도 유령을 과학적으로 조사한다고 했나, 그린 말을 했잖아요."

가미시로는 조용히 손을 들어 미아의 말을 막았다.

"하지만 미아 씨, 유령이라고 한마디로 표현하는 건 어폐가 있습니다."

타이르는 듯한 말투였다.

"예전에도 말씀드렸듯이 심령현상으로 간주되는 현상의 대부분은 착각이나 오해입니다."

가미시로의 말에 미아는 고개를 끄덕였다.

"네, 유령을 친 운전기사 이야기를 했잖아요."

"그랬죠. 그런 사례처럼 착각을 심령현상이라고 믿는 경우가 압도적으로 많다는 건 상상이 가시겠죠. 저희 연구 대상은 어디까지나 과학적으로 해석이 가능한 사례뿐이니 그 점은 오해 없으시길."

가미시로가 말을 마치자 이번에는 오우치야마가 입을 열었다.

"저희가 그런 유령 목격담을 어떻게 해석하느냐 하면 말입니다."

두 사람 사이에서도 전문 분야가 나누어져 있으리라. 화제가 자기 전문 분야로 돌아온 것이 기쁜 듯 오우치야마는 가느스름한 눈을 더욱 가늘게 떴다.

"이건 따지자면 대뇌생리학의 범주에 들어가는데요. 대뇌피질 내부의 뉴런끼리 주고받는 정보가 인간의 행동과 사고를 제어한다는 건 아시겠죠. 뉴런의 축색돌기를 통해 미약한 전기신호가 흐르고 있다는 건데요."

"네, 대충은."

세이치는 고개를 끄덕였다. 그 정도는 생리학의 기초적 지식이다.

"그거 뇌파 말인가요?"

하지만 미아가 초점에서 약간 벗어난 질문을 하자 오우치야마는 둥그런 얼굴을 흔들었다.

"아니요, 아니요, 그게 아닙니다. 뇌파란 두피에 전극을 대고 측정하는 아주 낮은 주파수의 전압이고요. 저는 펄스 신호를 말하고 있는 겁니다. 임펄스나 활동전위라고 부르는데요, 이건 뇌의 뉴런이 시냅스를 만들어서 세포끼리 정보를 유입할 때 사용하는 전기 자극을 가리켜요. 우리가 행하는 활동들, 예를 들어 생각, 기억, 행동 등의 작용은 모두 이 전기 자극이 뇌 여기저기를 흐르기 때문에 발생합니다."

"또 어려운 얘기 나왔다."

미아가 입을 삐죽 내밀고 오우치야마의 말을 막았다.

"그렇게 까다로운 말은 빼고 저랑 언니도 알 수 있도록 설명해줘요."

오우치야마는 약간 곤혹스럽다는 표정을 지었지만 이내 나직하고 음울한 목소리로 말을 이었다.

"알기 쉽게 말씀드리자면 인간의 사고는 전부 뇌를 흐르는 전기신호로 성립된다는 뜻입니다. 예를 들어 제가 책을 읽고 지식을 머릿속에 축적할 수 있는 것도 전기신호가 뇌를 오가기 때문이고, 미아 씨가 남자친구와 데이트하며 즐겁다고 느끼는 것도 이 전기신호가 '즐겁다'는 패턴에 맞추어 움직이기 때문입니다. 즐거움, 기쁨, 슬픔 같은 감정도 이 펄스 신호가 뇌를 돌아다니기 때문에 발생해요. 요약하자면 인간의 의식은 모두 일종의 전파로 이루어져 있다는 겁니다. 인간이 생각하고 느끼는 방식, 그리고 감정도 분해해보면 모두 전기신호로 치환할 수 있습니다. 여기까지는 아시겠죠?"

대화가 유령에서 너무 동떨어진 분야로 옮겨가는 바람에 미아는 애매모호한 표정으로 고개를 끄덕였다. 사에코는 여전히 아무런 반응 없이 고개를 약간 숙인 채 이야기에 귀를 기울이고 있었다.

"우리 인간이 생각하고 느끼는 모든 사고와 감정은 죄다 아주 약한 전기신호의 흐름입니다."

오우치야마는 청중의 반응에 개의치 않고 이야기를 계속했다. 이런 이야기를 할 수 있어서 아주 즐거워 보였다. 역시 마니아 느낌이 난다.

"이건 생리학에서는 상식이죠. 어느 신호 패턴이 어떤 감정에 대응하느냐에 대한 연구도 진행 중입니다. 그리고 이 전기신호가 개인의 뇌를 흐르는 것으로는 모자라 미약하게나마 외부로 새어 나간다는 사실이 최근 연구로 밝혀졌습니다. 생각할 때의 펄스 신호가 밖으로 튀어나오는 거죠. 스탠퍼드 대학교에서는 이 특수한 뇌파를 측정하기 위해 초전도 양자 간섭계라는 물건을 만들었습니다."

"텔레비전이나 라디오 전파처럼 안테나에서 삐삐삐 나오는 거예요?"

미아가 말을 막듯이 물었다. 언제 끝날지 모르는 오우치야마의 설명에 지친 것 같았다.

"아니요, 그런 전파에 비유하는 건 타당하지 않죠."

오우치야마는 미아의 속마음도 모르고 시원스런 얼굴로 대답했다.

"그렇게 적극적으로 방출되는 전파와는 달리, 그렇죠, 예를 들어 텔레비전이나 컴퓨터 모니터 근처에서 드라이어 따위를 사용하면 잡음이 생기잖아요. 그런 느낌이라고 생각하면 이해하시기 쉬울 겁니다."

"잡음?"

미아가 고개를 갸웃거렸다.

"맞습니다. 외부로 새어 나오는 전파에 근처 물건이 간섭을 받는 거죠."

오우치야마의 기운 없이 가라앉은 말투 때문에 애가 탄 듯 미아가 목소리를 높였다.

"그건 알겠는데요. 유령은요? 그거랑 이거랑 무슨 관계가 있는데요?"

"그러니까 그게 유령의 정체가 아닐까 저희는 예측하고 있습니다."

"네? 뭐가 정체라고요?"

"외부로 새어 나오는 전파 말입니다."

"전파가 유령?"

이상하다는 듯이 말하는 미아를 보고 오우치야마는 빙글빙글 웃었다.

"예. 외부로 방출된 펄스 신호가 다른 사람의 뇌에 영향을 주는 것이 아니겠느냐는 가설이죠. 저희는 잔존사념이라고 부르는데요. 택시 무선에 이따금 전혀 관계없는 목소리가 끼어들 때가 있죠. 그것과 마찬가지입니다. 펄스 신호는 컴퓨터와 마찬가지로 이진법으로 구성되어 있으니 신호가 있느냐 없느냐 둘 중 하나예요. 그러니까 뇌를 흐르는 신호도 의외로 간단해서 조합되는 패턴의 수가 적습니다. 일정한 신호 패턴이 특정한 감정에 대응하는 셈이니까 모스 신호와 비슷하죠. 예를 들어 '억울함'이라는 감정 정보의 패턴이 흐르면 사람은 '억울함'을 느낍니다. 그리고 펄스 신호는 무의식중에 외부로 새어 나가니까 어떤 사람이 허공에 남긴 '억울함'이라는 정보의 전파가 우연히 거기를 지나간 사람의 뇌에 전달되면 어떻게 될지 아시겠죠? 이번에는 그 사람의 뇌가 떠돌던 '억울함'이라는 정보를 받아들여 느닷없이 이 영문을 알 수 없는 '억울함'이 솟아올라요. 저희는 그것이 사람들이 흔히들 말하는 유령의 정체가 아닐까 추측하고 있습니다."

오우치야마의 이어지는 설명은 여느 때와 다름없이 장황하고 지겨웠다.

"어떤 사람이 어떤 장소에서 '원망스럽다'고 강하게 생각했다고 칩시다. 그래서 그 사람이 떠난 후에도 '원망스럽다'는 감정의 신호가 그 언저리를 떠돕니다. 그리고 거기를 지나간 사람이 뇌로 정보를 받아들이죠. 하지만 사람의 뇌는 좀 더 복잡하거든요. '원망스럽다'는 기분만 돌출되는 것이 아니라 '원망스럽다'는 정보를 그 사람 특유의 감수성으로 재구성합니다. 그래서 '섬뜩하다'거나 '뭔가 무서운 것을 봤다'고 느끼는 거죠."

"그렇구나. 그걸 느낀 사람이 바로 한이 서린 유령을 봤다고 착각하는 거군요."

드디어 이해했다는 듯이 미아가 무릎을 치자 오우치야마는 고개를 끄덕이며 말했다.

"맞습니다. 그겁니다. 유령이 자주 나온다는 장소, 이른바 흉가라고 불리는 곳에는 감정 신호, 염이라고 부르기도 하는 전기 신호가 강하게 남아 있습니다. 물론 그런 곳에 가는 사람의 선입관 때문에 잔존사념을 받아들이기 쉬워지는 일면도 있죠. 유령이 자주 나온다는 소문이 도는 곳에 간다는 두려움이 마음의 채널을 활짝 열어서 '원한'이라는 신호를 받아들이기 쉬운 상태로 만드는 겁니다. 흔히 영감이 강하다는 말을 듣는 사람들은 이러한 잔존사념을 재구성하는 능력이 뛰어난 사람이죠."

"이야, 엄청 과학적이네요. 그런 식으로 생각해보니 유령도 무시는 못 하겠어요."

미아가 감탄과 어이없음을 반씩 섞어서 말했다. 오우치야마는 몇 번이나 고개를 끄덕였다.

"유령이라는 말에 사로잡히니까 문제입니다. 잔존사념의 영향을 받았다고 표현하면 깔끔한데 말이죠. 그리고 이러한 잔존사념은 물체에서 읽어낼 수도 있습니다."

"물체라니, 무슨 뜻이에요?"

"책상, 의자, 책 등등 모든 물체 말입니다. 이건 영국 연구 기관의 실험 보고서에 보고된 내용인데요. 존 브루크너라는 사이 능력자는 어떤 물건, 예를 들어 책상이라면 그 책상이 언제 만들어졌고, 주인은 누구이며 어떤 방에 놓여 있었는지를 만지기만 해도 읽어낼 수 있었다고 합니다."

"우아, 그런 것도 알 수 있구나. 어쩐지 기분 나쁘네요. 그것도 그 신호를 읽는 거예요?"

"예. 물체에는 공기보다 펄스 신호가 남아 있기 쉽죠. 저희는 만져서 읽어낸다는 뜻에서 이걸 스킨비전이라고 부릅니다. 신기한 일이지만 실제로 가능한 능력자가 있으니까 인정하지 않을 수 없죠."

"있죠, 있죠. 그런데 그 존 씨 같은 사람이 국내에는 없나요?"

"예, 유감스럽게도 지금까지는 보고된 사례가 없습니다. 상당히 특수한 능력이라서 그렇겠죠."

"흐음, 있다면 굉장할 텐데. 그럼 할아버지 사건도 흉기를 만져보면 단박에 범인이 누구인지 알아낼 것 아니에요."

"물론 영미에는 실제로 범죄 현장에서 활약하는 사이 능력자도 있습니다만 국내에서는 아직 무리겠죠."

오우치야마가 탄식하듯이 말했다.

"사후존속의 문제도 지금 말씀드린 펄스 신호설로 해석할 수 있을지도 모릅니다."

이번에는 가미시로가 입을 열었다.

"죽은 후에도 의식이 이 세상에 남는다는 발상은 옛날부터 전 세계에 퍼져 있었는데요. 이 발상을 좀 더 발전시키면 윤회설이나 환생의 사례도 과학적으로 해명할 수 있을 겁니다."

"환생을 한다면 전생이 있었다는 뜻인가요?"

세이치는 전생을 믿는 소녀들이 있다는 네코마루의 이야기가 떠올라서 물어보았다. 정말로 그런 일이 있을까.

"예, 전생의 기억을 가진 사람들이 있습니다."

가미시로가 담배를 꺼내 들며 말했다.

"실례, 피워도 될까요? 이건 미국에서 보고된 사례인데요. 캘리포니아 주에 사는 에드 가느녀라는 여덟 살짜리 소년이 갑자기 다른 사람의 삶을 이야기하기 시작했습니다. 자신은 아이다호에 사는 시드니 울프라는 이름의 농부로 8년 전에 예순두 살의 나이로 죽었다고요. 그리고 아내와 자식의 이름 및 생년월일, 울프의 생활환경, 그 밖의 세세한 삶까지 이야기했다는군요. 거실 난로의 긁힌 자국까지 알고 있었다고 합니다. 캘리포니아 대학교의 사이 연구 기관이 조사한 바에 따르면 실제로 울프라는 농부가 아이다호에 살았으며, 생전에 생활했던 집의 구조, 가족 구성, 친구 관계 등 모든 것이 꼬마가 한 이야기와 일치했다고 하네요. 물론 그 둘은 아무런 연관도 없는 생면부지의 남이었고요."

"그 소년의 전생이 울프라는 농부였군요."

미아가 말했다.

"그런 셈이죠. 정확하게 말하면 이 역시 울프의 잔존사념이 소년의 머릿속으로 들어갔다는 뜻입니다. 정보량이 너무 많다는 점에서 흥미로운 사례이기는 합니다만. 아마도 두 사람의 바이오리듬이랄까 어떤 파장이 아주 비슷했겠죠. 이 밖에도 비슷한 사례 수십 건이 신뢰할 수 있는 형태로 보고되었습니다. 저희도 가까이에서 접해보고 싶네요."

가미시로는 진지한 표정으로 말했다. 네코마루는 전혀 믿지 않는다고 했지만 자신의 예지몽과 마찬가지로 초상현상은 역시 실제로 일어나는지도 모른다고 세이치는 다시금 마음을 고쳐먹었다.

*

가미시로 씨 일행의 이야기는 정말로 신기하다:

유령, 강령, 초능력, 환생까지 가지각색의 신기한 이야기를 차례차례 알기 쉽게 풀어서 설명해준다. 마치 누에고치에서 실을 뽑아내듯이. 논리의 금실을 날실로 추리의 은실을 씨실로 삼아 반짝이는 천을 짜내는 것처럼 신기한 세계는 넓어져간다.

사례를 수집해 가설을 세우고 실증한다.

나로서는 엄두도 못 낼 사고방식이다.

이치에 합당한 사고방식이다. 분명 머리가 좋겠지. 그렇게 생각할 수 있다면 세상이 다섯 배나 열 배는 넓게 느껴질 것이다.

그리고 순수하게 초자연현상을 탐구하고자 하는 마음.

지금까지 일본 학자들이 꽁무니를 빼며 아무도 발을 들여놓으려 하지 않았던 거친 바다에 배를 띄우려는 용기. 이단시될 것을 두려워하지 않는 긍지와 스스로 나서서 곤경에 맞서는 자부심.

정말 멋지고 자신감으로 가득 찬 방식이다.

대단하다.

가미시로 씨가 살아가는 방식은 다정할 뿐만 아니라 강인하다. 나는 가슴속이 후끈 뜨거워지는 듯한 감명을 받았다.

그는 정말 멋지게 살아간다.

하지만 난 이러고 있을 뿐이다. 미아 옆에 쥐 죽은 듯이 앉아서 오빠와 미아가 그 사람과 나누는 대화를 듣고 있을 뿐.

하지만, 하지만 난 이걸로 충분하다.

여기에 이렇게 함께 있을 수 있다는 것만으로도, 가미시로 씨의 이야기를 듣고 그 사람이 몰두하는 신기한 세계의 이야기를 조금이라도 가까이 느끼는 것만으로도 충분하다.

오늘 이야기도 정말 재미있었다.

분명 나와 미아의 수준에 맞춰서 초심자도 알아듣기 쉽도록 설명해주었기 때문이겠지. 귀에 쏙쏙 들어와서 재미있었다.

특히 사람의 사고가 머릿속에서 밖으로 흘러나간다는 이야기, 잔존사념이라고 했던가. 감정과 사고는 전파가 되어 공중을 오간다고 한다.

사람의 감정은 그 사람이 죽은 후에도 허공을 떠돌고, 물건에 깃들어 이 세상에 남는다.

공기 속을 떠도는 감정.

물건 안쪽에 응축되어 가라앉는 감정.

생각해보니 참 신기하다. 사람은 그러한 감정을 이 세상에 얼마나 남길 수 있을까. 만약 나의 괴로운 속내가 그렇게 남는다면 어떤 파형을 그릴까. 시간의 흐름을 넘어 물결처럼 출렁출렁 흔들릴까. 몽롱한 잠기운처럼 아무도 모르게 정처 없이 퍼져나갈까. 바라건대 내 감정이 그 사람의 마음에 다다르기를.

"실은 대학 선배 중에 이상한 소리를 하는 사람이 있는데요."

그렇게 운을 떼며 오빠가 이야기를 꺼냈다.

그 사람은 다음 생을 부정한다고 한다.

살의라는 감정이 있는 이상 환생은 말도 안 되며, 다음 생이 유전자 단계에서 프로그램되어 있다면 살의라는 본능과 모순된다는 주장이다.

살의가 본능?

참 이상한 논리다. 정신적으로 아주 살벌하게 생활하고 있는 사람일까. 그런 주장은 도저히 받아들일 수 없다. 살의가 사람의 본능 중 하나라니, 믿기지 않는다.

그건 그렇고 이상한 사람이다. 정말로 별난 사람이 틀림없다. 별난 사람? 아아, 그렇구나. 언젠가 오빠가 들려준 괴짜 선배다. 니시이즈로 노 젓는 보트 다루는 법을 배우러 간 사람.

"과연, 재미있는 의견입니다."

오우치야마 씨가 나지막하게 말했다. 오빠 이야기에서 느낀 바가 있었는지 아주 만족스러운 듯했다.

"아주 독특한 발상의 소유자시군요. 그분은 초상현상을 전면적으로 부정하십니까? 허, 꼭 한번 뵙고 싶네요."

거듭 감탄했다. 오우치야마 씨는 한쪽으로 치우친 경향이 있어서 조금 무섭게 느껴진다. 연구에 너무 몰두한 게 아닐까. 그런 사람이다 보니 굳이 따지자면 오빠 선배의 비뚤어진 사고방식에도 마음이 동했겠지. 하지만 어째서일까. 네코마루 씨라고

265

했던가. 왜 그 사람은 일부러 어두운 우물 바닥을 들여다보는 걸까. 어쩐지 될 대로 되라는 식의 자포자기한 사고방식으로 느껴지는데.

*

"그리고 한 가지 물어보고 싶은데요. 예지라는 게 있지 않습니까."

세이치는 머뭇머뭇 말을 고르며 신중하게 말했다.

"미래에 일어날 일을 미리 아는 현상을 초심리학에서는 어떻게 해석하나요?"

네코마루의 이야기가 예상외로 호평을 받아 말문이 트인 것은 아니지만 이럴 때 전문가의 의견을 들어두는 것도 괜찮겠다 싶어서였다. 알고 지낸 지 얼마 되지 않은 두 사람에게 미주알고주알 털어놓는 것은 시기상조다. 그래서 더욱 신중해질 수밖에 없었다. 특수한 능력에 두려움과 비슷한 감정을 품고 있기도 한 데다가 두 사람의 반응도 예상이 불가능했다. 설마 쓸 만한 실험 재료가 손에 들어왔다며 느닷없이 감금하지는 않겠지만.

"그런 실험은 하지 않습니까? 오우치야마 씨."

세이치의 질문에 오우치야마가 입을 열려고 하자 가미시로가 제지하듯이 손을 들더니 평상시의 조용한 목소리로 대답했다.

"물론 하고 있습니다."

이 분야는 가미시로의 전문 분야이리라. 가미시로는 나지막하고 차분한 말투로 말을 이었다.

"대부분 일렉트로닉스를 활용한 난수 발생 장치를 사용해서 실험을 하죠. 적중률이 확률론에서 단순하게 끌어낼 수 있는 표준편차를 넘어섰을 때 예지가 성립했다고 판단합니다."

"또 어려운 말 쓰고 그러네."

미아가 끼어들었다.

"난수 뭐라던가 하는 그건 도대체 뭔데요?"

"난수 발생 장치요. 확률적으로 완전히 무작위하게 하나의 타깃을 선정하기 위한 장치입니다."

"점점 더 무슨 말인지 모르겠잖아요. 전 오빠랑 다르게 완전히 문과 사람이라고요. 좀 더 알아듣기 쉽게 설명해도 될 걸 가지고."

미아가 샐쭉한 표정을 짓자 가미시로는 쓴웃음을 지었다.

"그러니까 말이죠. 컴퓨터 모니터 화면이 있다고 칩시다. 제너 카드 같은 다섯 가지 무늬가 무작위하게 비치는 기계라고 상상하시면 돼요. 무늬가 하나 나타났다가 사라지고, 그다음에 또 무늬가 하나 나타났다가 사라지죠. 그렇게 차례대로 무늬가 나타나는데, 무늬를 선택하는 방식에는 통일성이 전혀 없습니다. 그저 기계적으로 선택된 무늬가 순서를 완전히 무시하고 나타나는 거죠. 그런 걸 난수 발생 장치라고 합니다."

"흐음, 그러니까 주사위 도박 같은 거네요. 굴려보기 전까지는 홀수인지 짝수인지 모르는 것처럼요."

"주사위는 좋은 비유입니다만, 이 경우에 도박은 관계없습니다."

"하지만 역시 그런 거잖아요. 다음에 뭐가 나올지 아무도 예상 못 하니까."

"뭐, 그렇죠. 아무튼 저희는 무작위로 선정되는 타깃을 예측하는 예지 실험을 했고, 상당히 많은 데이터를 수집했습니다. 통계에 따르면 62.5퍼센트의 비율로 유의미하다는 결론이 나왔죠. 개중에는 대단하게도 백 퍼센트 틀리는 사람이 있었어요. 타깃이 다섯 종류면 확률적으로 20퍼센트는 맞힐 텐데 말이죠."

"그 사람 감이 참 나쁘네요."

미아가 말했다. 가미시로는 재미있다는 듯이 살짝 웃었다.

"저희도 처음에는 그렇게 생각하고 웃었습니다. 하지만 백 퍼센트는 좀 이상하죠. 그래서 다시 조사해보니 그 피험자는 놀랍게도 나타나는 타깃의 다다음 타깃을 정확하게 맞혔습니다. 백 퍼센트, 완벽하게요."

"우아, 정말로요? 대단하다, 그 사람 초능력자군요."

"예, 저희도 초능력자일 가능성이 상당히 크다고 판단하고 지금도 다양한 실험에 협조를 받고 있습니다. 이 정도면 완전히 예지능력이라고 할 수 있겠죠. 다만 최근에 새로운 설이 나와서요. 난수 발생 장치를 사용하는 실험은 예지 실험에 적절하지 않다는 설이죠. 아주 흥미로운 이야기인데요."

가미시로는 시원스레 쭉 뻗은 눈썹을 살짝 추켜올리더니 말을 이었다.

"이건 예지 실험이 아니라 PK 실험에 지나지 않는다는 의견입니다."

"PK라고요? 그게 뭔데요?"

미아가 물었다.

"사이코 키네시스(Psycho Kinesis)를 줄여서 PK라고 합니다. 사고가 운동체와 생물체에 작용하는 힘을 가리키는데요. 일반적으로는 염력이라고 불러도 되겠죠. 건드리지 않고 사물을 움직이는 힘 따위를 뜻합니다."

"아아, 영화 같은 데서 초능력자가 이렇게 손을 내밀면 물건이 둥실 떠오르는 거요?"

"뭐, 그런 거죠. 그런데 미아 씨. 예를 들어 당신이 예지 실험에 협력한다고 칩시다. 미아 씨는 다음에 나올 무늬를 맞혀야 합니다. 그럴 때 역시 맞혀야겠다고 생각하겠죠?"

"그야 그렇죠. 맞혀야 멋있으니까요."

"그렇겠죠. 저희가 모은 피험자들도 보통 그런 마음가짐으로 실험에 임합니다. 어지간히 심사가 삐뚤어진 사람을 제외하면 말이죠. 자, 잘 생각해보세요. 피험자는 꼭 맞혀야겠다고 생각합니다. 미아 씨 말씀대로 그래야 재미있으니까요. 하지만 이러한 경우 만약 맞혔을 때 예지능력으로 맞힌 건지, 피험자의 생각이 PK 되어 난수 발생 장치에 영향을 끼쳤는지 구분하기가 애매모호해집니다. 즉 예지가 적중한 줄 알았는데 실은 염력으로 난수 발생 장치를 움직인 결과였을 가능성이 있는 거죠. 어떤가요, 꽤 재미있죠. 저희는 이걸 실험자 효과라고 부릅니다. 예를 들어 이렇게도 생각해볼 수 있습니다. 어떤 사람이 점을 봤다고 칩시다. 점쟁이는 조만간 그 사람이 병에 걸릴 거라는 점괘를 내놓습니다. 만약 그 점쟁이에게 잠재적인 PK 능력이 있다면 어떻게 될까요? 점쟁이는 자신의 점괘를 믿으니까 '이 사람은 병에 걸린다, 병에 걸린다, 반드시 병에 걸린다'고 흔들림 없이 생각할 겁니다. 그 생각이 PK 되어 점을 본 사람의 몸에 영향을 주어 결과적으로 진짜 병에 걸립니다. 이렇게 되면 예지인지 PK의 작용인지 아무도 판단할 수가 없죠."

"이야, 어쩐지 무섭네요. 사람의 생각 때문에 병에 걸리다니."

미아가 소리 높여 감탄했지만 세이치는 맞장구조차 치지 못하고 입을 꾹 다물었다. 찜찜한 가능성이 떠올랐기 때문이었다. 만약 지금 가미시로가 한 이야기처럼 세이치 자신에게 그런 능력이 있다면, 미래의 사고가 원인이 되어 꿈을 꾸었다는 결과가 완전히 반대였다면.

그건 예지몽이 아니었을지도 모른다. **그 꿈을 꿈으로써 사고를 일으켰을지도 모른다.**

세이치는 충격을 받았다. 얼굴에 핏기가 가시는 것이 느껴졌다. 하지만 설마 자신에게 그렇게 특수한 능력이 있다니 믿기지 않았다. 믿고 싶지 않았다. 이모부와 이모의 죽음에 자신이 직접 관여했다니 말도 안 된다.

세이치는 안간힘을 다해 솟아오르는 불길한 상상을 머릿속에서 몰아내고자 애썼다.

세이치의 마음과는 정반대로 오우치야마가 가벼운 투로 말을 꺼냈다.

"예지라고 하면 불길한 예감이라는 게 있죠."

이번에는 자기 전문 분야라는 듯이 눈을 가늘게 떴다.

"어쩐지 나쁜 예감이 든다, 가슴이 두근거린다, 이유는 모르지만 찜찜하다. 이런 걸 흔히 불길한 예감이라고 합니다. 실제로 이런 예감에 따른 덕분에 위기를 모면했다는 사람들이 의외로 많죠."

"아아, 알아요. 요전에 잡지에서 봤어요."

미아가 옆에서 끼어들었다.

"비행기 사고 이야기였는데요. 그 사람, 비행기를 타려고 탑승 절차까지 마쳤는데 뭔가 꺼림칙한 예감이 들어서 다음 비행기로 바꿨대요. 그런데 원래 자기가 타려고 했던 비행기가 사고로 추락했다는 이야기였어요."

"그렇죠. 그런 사례는 자주 귀에 들어옵니다."

오우치야마는 표정을 누그러뜨리고 씩 웃었다.

"실제로 그런 사람은 많습니다. 우타가타 산에서 여객기 사고가 일어났을 때도 그런 식으로 재난을 피한 사람이 세 명이나 되죠. 사느냐 죽느냐의 갈림길에 섰을 때 인간의 능력은 최대한 발휘되니까요."

"그런 사람들은 역시 예지 능력자인가요?"

미아가 묻자 오우치야마는 기쁜 듯이 고개를 끄덕였다.

"물론 그렇습니다. 그렇지 않으면 설명이 불가능하죠."

"그럼 그런 사람들을 잔뜩 모아서 연구하면 엄청난 성과가 나오지 않을까?"

"이미 하고 있죠."

"어, 벌써."

"예, 그런 식으로 목숨을 건진 사람들에게 협력을 요청해 유전자 레벨 연구를 진행 중입니다. DNA 배열이 다른 사람들과 어떻게 다른지 따위를요."

"우아, 굉장하다. 벌써 그렇게나 진행되었군요."

감탄하는 미아를 진정시키듯이 오우치야마는 한 손을 들고 약간 가라앉은 말투로 이야기를 마무리했다.

"다만 이건 미국 이야기입니다. 한 발짝 앞서 나가는 연구 리포트는 예외 없이 외국 연구 기관에서 발표되고 있어요. 국내에서는 그런 리포트를 쫓아가는 것만으로도 힘에 부칩니다."

"이런, 이야기가 너무 길어졌군요."

가미시로가 눈을 들어 벽시계를 보았다.

"아직 강령회까지 네 시간 가까이 남았지만 여러분의 시간을 너무 많이 뺏을 수는 없죠. 저희가 너무 일찍 온 게 잘못이니까요."

"저희는 괜찮아요. 시간은 신경 쓰지 말고 연구 이야기를 더 들려줘요."

미아가 졸랐지만 가미시로는 부드럽게 거절했다.

"앞으로 조금씩 들려드리는 것으로 하죠. 저희도 여러분과 친분 관계를 오래 유지하고 싶으니까요. 시간은 앞으로도 많습니다. 그리고 세이치 씨."

"네?"

세이치가 고개를 들자 가미시로는 빙긋 웃으며 말했다.

"뜰을 잠깐 구경해도 괜찮을까요? 실은 전부터 산책을 한번 해보고 싶었거든요. 강령회가 열릴 방을 밖에서 조사할 필요도 있으니 마침 좋은 기회다 싶은데요."

그러고는 옆방이 있는 쪽을 가리켰다. 벽 너머에서는 지운사이와 나오쓰구가 강령회 준비에 한창일 것이다.

"네, 마음대로 구경하세요. 어딜 구경하셔도 상관없습니다. 하기야 옆방에는 못 들어가겠지만요."

세이치의 말에 가미시로는 반색했다.

"고맙습니다. 그럼 집 안도 잠깐 둘러보겠습니다. 옛날에 지은 이런 목조 가옥도 참 좋다니까요. 연립주택에 혼자 살다 보니 이런 곳에 사는 게 꿈입니다."

"그렇군요. 마음껏 둘러보세요."

"예, 호의에 감사드립니다."

가미시로가 자리에서 일어났다. 미아는 아쉬운 듯했지만 사전 조사를 하기 위해서라니 어쩔 수 없다. 이로써 초심리학 강좌는 끝났고 사람들은 제각기 흩어졌다.

그 후 세이치는 거실에 잠시 멍하니 앉아 있었다.

집 안은 조용했다.

다키에와 가쓰유키는 2층에 있을까. 후미는 장을 보러 나갔을 것이다. 거실은 괴괴하고 차가운 공기에 감싸여 있었다. 세이치는 오히려 그편이 고마웠다. 지금은 혼자 있고 싶었다. 뜰에 면한 커다란 유리 너머에는 평온한 5월 햇살이 내리비치고 있었다. 나뭇가지는 활짝 갠 푸른 하늘에 닿을 듯이 뻗어 있었고, 나뭇잎 사이로 부드러운 햇빛이 비쳐 들었다. 이따금 느닷없이 나뭇가지가 심하게 흔들렸다. 들새가 놀라 온 것이리라.

평화롭고 고요한 오후 한때였다.

한가로운 광경을 보고 있어도 세이치의 마음은 어쩐지 무겁고 어두웠다. 미궁에 빠진 효마 살해 사건, 정체를 숨기고 사에코를 위협하는 누군가. 지운사이가 늘어놓는 악의 넘치고 불길한 말. 다양한 상념이 전구가 장식된 회진목마처럼 머릿속에서 빙글빙글 돌아갔다. 아까 응접실에 있을 때 사에코의 모습도 마음에 걸렸다. 왠지 마음이 딴 데 가 있는 것처럼 보였고, 뭔가를 겁내고 있는 것처럼 느껴졌다. 이상한 일이 더 이상 일어나지 않으면 좋을 텐데. 사에코의 여리고 약한 마음에 부담을 줄 만한 일. 이대로 아무 일도 없이, 아무런 풍파도 일지 않고 하루하루가 지나간다면 그것으로 족하다. 하지만 그러한 바람이 일시적인 눈가림이라는 것을 세이치도 잘 알고 있었다. 아무 일도 벌어지지 않고서 이 불안정하고 이해 못 할 상황이 끝날 것 같지 않았다. 확실치는 않지만 그런 예감이 들었다.

예지능력.

가미시로가 암시한 믿기 힘든 가능성.

세이치가 의식하지 못한 사이에 자꾸만 나쁜 방향으로 생각이 굴러갔다. 자신의 꿈이 사고의 원인이었다면. 자신의 염력 때문에 사고가 일어났다면. 아니다, 그럴 리 없다. 그런 터무니없는 일이 실제로 일어날 리 없다. 하지만 1퍼센트라도, 한없이 0에 가까운 확률이라도 그랬을 가능성이 있다면? 끝없이 퍼져나가는 생각이 세이치의 마음을 짓눌렀다. 스스로도 어떻게 된 것 같았다. 순수한 수리와 물리의 세계로 도피한 자신이 아이들이나 속을 법한 이야기에 사로잡힐 줄이야. 역시 정신적으로 피로한 것이리라. 다음 휴일에는 사에코를 데리고 어디 나갔다 올까. 바다든 산이든 기분 전환할 수 있는 넓은 곳에 가보는 것도 좋을 것이다. 자연에 몸을 맡기면 곤두선 신경도 조금은 누그러질지도 모른다. 사에코도, 세이치 자신도.

세이치가 그런 생각을 하고 있는데 오우치야마가 느릿느릿 거실로 들어왔다.

"실례합니다. 혹시 가미시로 못 보셨습니까? 대체 어디로 갔는지 통⋯⋯."

오우치야마는 둥그런 얼굴에 겸연쩍은 웃음을 띠고 물었다.

"못 봤는데요. 뜰에 계시지 않을까요? 산책을 하고 싶다고 하셨으니까."

"그런가요. 하긴 뜰이 참 근사하니까요. 저도 나중에 구경해도 괜찮겠습니까?"

오우치야마는 실처럼 가느다란 눈을 유리창 밖으로 돌리고 어물어물 말했다.

"네, 그러시죠. 그런데 오우치야마 씨는 지금까지 어디에?"

"아, 집 안을 구경했습니다. 가미시로도 그렇지만 저도 연립 주택에 살거든요. 이렇게 훌륭한 목조 가옥은 신기해서…… 듬직하니 무게감이 있어서 좋군요."

오우치야마는 몸부림이라도 치듯이 퉁퉁한 몸을 꼼지락거리며 말했다. 보고 있자니 기분이 좀 역했다.

"뜰도 정말 멋지고요. 도쿄의 일등지에 이렇게 뜰이 넓은 집이 있다니 좀 의외였습니다."

"아니요, 이 부근에서는 그리 드물지도 않은걸요. 손이 많이 가서 골치만 아프다고 어머니가 늘 불평하십니다."

"말씀은 그리하셔도 역시 대단합니다. 저희 대학교 중앙 정원보다 넓으니까요. 그건 그렇고 가미시로 이 녀석, 산책 한번 오래 하네요."

그렇게 말하며 오우치야마는 다시 뜰로 눈을 돌렸다. 어쩐지 불안해 보였다. 세이치도 따라서 눈을 돌리자 녹나무 가지에서 새 두 마리가 날아올랐다. 새 한 쌍은 끼이, 하고 한 번 울더니 아름다운 갈색 날개를 펄럭여 화창한 5월 하늘로 멀어져갔다. 바람이 약간 부는 듯 새가 박차고 날아오른 나뭇가지의 흔들림에 호흡을 맞추기라도 하듯이 나무 우듬지들이 일제히 어수선하게 춤을 추었다.

*

바람이 불었다.

5월 바람.

엄마가 좋아했던 5월 바람.

하지만 오늘 바람은 조금 쌀쌀했다. 날씨는 좋지만 엄마가 사
랑했던 다정하고 부드러운 5월 바람과는 조금 다르게 느껴졌다.
차갑고 냉담하달까.

평소처럼 뜰의 벤치에 앉아 있었다.

목발을 옆에 놓아두고 5월 햇살에 몸을 맡겼다.

하지만 기분은 별로 좋지 않았다.

강령회. 7시에 할머니의 영혼을 불러낸다고 한다.

미아는 재미있는 모양이지만 나는 가능하면 참석하고 싶지
않았다.

살아 있는 사람이 돌아가신 분을 불러내다니 어쩐지 불손한
느낌이 들었다. 돌아가신 분은 그 사람을 소중히 여기던 사람의
마음에서만 조용히 살아 숨 쉬는 법이다. 추억만이 사람이 살아
있었다는 확실한 증거다. 추억은 살아 있는 사람의 마음에 뿌리
를 내리고 줄기차게 생명의 기척을 전달한다. 소중한 것을 살그
머니 감싸 안듯이.

그리고 추억은 잠든다.

부드러운 벨벳으로 감싼 것처럼 추억은 마음속에서 조용히
잠에 빠진다. 그 평온한 잠을 깨워도 될까. 할머니의 영혼을 기
분 좋은 잠자리에서 흔들어 깨워 다시 이 세상에 데려올 권리가
우리에게 있을까.

그래서 무서웠다.

그런 짓은 용납되지 않을지도 모른다. 우리의 교만함 때문에
지금보다 더욱 무서운 일이 벌어지지는 않을까. 가능하다면 참

석하지 않을 수는 없을까.

하지만 오늘 모독적인 의식을 보기 위해 그 사람이 왔다.

가미시로 씨 일행은 강령회 때문에 일부러 왔다. 강령회가 열리지 않았다면 오늘 가미시로 씨를 만나지 못했겠지. 오늘이 오기를 고대했던 것도 사실이다. 모순된 내 마음. 생각대로 되지 않는 내 기분. 내 의지와는 상관없이 멋대로 날갯짓하여 어딘가로 날아가버리는 내 심정.

할머니, 할머니. 내가 태어나기 전에 돌아가신 분. 당신은 손녀의 이런 불안한 기분을 아실까요. 저를 용서해주실 수 있나요? 당신의 영혼을 희롱하는 자리에서 그 사람을 만날 수 있기를 기대하는 어리석은 저를요.

하지만 뜻대로 되지 않는 내 마음은 어찌할 도리도 없이 그 사람에게로 향한다. 할머니에게 용서를 구하면서도 마음 한구석은 그 사람으로 가득 차오르는 것을 억누를 수가 없다.

가미시로 씨, 가미시로 씨.

상냥하고, 온화하고, 내면이 강한 사람.

나는 도저히 흉내도 내지 못할 만큼 굳센 의지를 품고 자신의 세계에서 살고 있는 사람.

가미시로 씨 생각에 푹 빠져 있던 탓에 느닷없이 뒤에서 목소리가 들렸을 때 입으로 심장이 튀어나올 만큼 놀랐다.

"야아, 누구신가 했더니 사에코 씨셨군요."

가미시로 씨였다.

"뜰을 구경하고 있었습니다. 그런데 누가 여기 계셔서요. 저기, 사에코 씨. 저도 벤치에 앉아도 될까요?"

나는 잠자코 고개를 푹 숙이는 것이 고작이었다. 가미시로 씨가 내 옆에 앉는 기척이 느껴져 몸이 뻣뻣하게 굳었다. 어쩌지, 어쩌지, 어쩌지.

"뜰이 참 근사합니다. 마치 산장에라도 온 것 같아서 기분이 참 좋아요. 나무 종류도 다양하고, 신록이 눈부실 지경이네요. 게다가 들새도 많고요. 여기가 도쿄 23구 안이라니 믿기지가 않습니다."

"그런가요."

머릿속까지 피가 쏠린 나머지 그만 무뚝뚝하게 대답하고 말았나. 더 듣기 좋고 재치 있는 대답을 해야 하는데.

"하지만 이렇게 넓으면 손질하기도 힘들겠군요."

당황하여 허둥대는 내 마음도 모르고 가미시로 씨는 느긋하게 말했다.

"아니요…… 저기, 조경업자가 오니까……."

"하하, 그렇군요. 하긴 아마추어가 감당하기는 어려울 테니까요. 1년에 몇 번 정도 부르시나요?"

"서너 번 정도…… 할아버지가 옛날부터 잘 알고 지내시던 정원사가 젊은 사람을 몇 명 데리고……."

"와, 대규모네요. 그래도 하루 만에 끝나지는 않을 테죠."

"네……. 보통 나흘이나 닷새 정도 걸려요."

"정말 보통 일이 아니네요. 뭐, 뜰이 이렇게 훌륭하니 정원사들도 실력을 뽐내는 보람이 있겠어요. 저기, 사에코 씨."

"네?"

"무슨 일 있으세요? 기분이 별로이신 것 같은데요."

가미시로 씨가 걱정스럽다는 듯이 물었다. 나는 당황해서 대답했다.

"아니요……. 그렇지 않아요."

"그런가요. 안색이 좋지 않은 것 같아서요. 쓸데없는 소리를
해서 죄송합니다."

가미시로 씨 역시 당황했다. 그제야 겨우 알아차렸다. 가미시
로 씨의 태도도 어쩐지 어색했다. 마치 내 기분이 불편하지 않
도록 열심히 말을 붙이고 있는 것 같았다. 정말로 상냥한 사람
이다. 나를 이렇게나 신경 써주고 있다. 그래서일까, 문득 마음
속에 응석 비슷한 기분이 싹터서 말을 꺼냈다.

"저기…… 가미시로 씨."

"예. 말씀하세요."

"저, 조금 불안해요."

"뭐가요?"

"그게, 강령회요. 가미시로 씨는 그 영매가 가짜라고 하셨는
데 정말 그럴까요?"

"아아, 아직도 그런 걱정을 하고 계신 건가요?"

가미시로 씨는 안심한 듯이 말했다.

"물론 당연히 가짜죠. 제가 보증하겠습니다. 그 부자연스럽고
과장된 태도와 말투를 생각해보세요. 겉만 번지르르한 게 뻔합
니다."

"하지만 저……."

"예?"

"어쩐지 겁이 나서요. 강령회라니, 돌아가신 분의 영혼을 모
독하는 것 같아서요. 정말 몹쓸 짓처럼 느껴져요. 뭐랄까 저희
에게 허락되지 않은 영역을 더럽히는 것만 같아서……."

내가 불안한 속마음을 털어놓자 가미시로 씨는 진지하게 들

어주었다. 그리고 힘 있게 말했다.

"그 기분 잘 압니다. 저희도 연구를 하면서 아직 알려지지 않은 인간의 능력을 접할 때 뭔가 엄숙하고 숙연한 기분에 사로잡힐 때가 있습니다. 상상도 할 수 없는 신비의 세계를 들여다보는 듯한 기분이 들죠. 그런 불가사의한 영역에 발을 들여놓을 때는 경의를 표하며 신중한 태도로 임해야 합니다. 전 늘 그렇게 생각해요. 그래서 사에코 씨가 무슨 말씀을 하시는지 이해가 갑니다."

가미시로 씨의 말을 듣자 불안했던 마음이 사르르 풀렸다. 가미시로 씨는 내 말을 이해해주는 사람이다.

"하지만 저도 일단 학자가 되려는 몸이니 신비한 불가침 영역에서 눈을 돌리고 있을 수만은 없습니다. 와타누키 교수님도 자주 말씀하시는 것처럼 냉정한 과학의 손으로 얇은 껍질을 한 꺼풀 한 꺼풀 벗기듯이 꼼꼼하게 수수께끼를 풀어나가고 싶어요. 설령 상식에 반하고 불손하다는 비난을 받을지언정 저는 진리를 규명하고 싶습니다. 아, 이런. 힘이 너무 들어갔네요. 죄송합니다. 저도 모르게 진지해지는 바람에 그만……. 이거 부끄럽네요. 위인전에 나오는 대학자도 아니고."

가미시로 씨는 쑥스러워하며 웃었다.

"아니요, 그렇지 않아요. 정말로, 그, 정말로 훌륭한 일이라고 생각해요."

무의식중에 냉큼 그렇게 말하고 말았다.

가미시로 씨가 살아가는 방식.

한결같고, 순수하고, 자신감 가득 찬 삶. 목표를 가지고 걸어가는 인생은 아주 멋지다. 부끄러워할 필요 없는데.

"저기…… 가미시로 씨."

"아, 예."

"질문이 하나 있는데요."

"예, 뭔가요?"

"가미시로 씨는 어째서 초심리학이라는 학문에 뜻을 두신 건가요?"

이 사람에 대해서 조금이라도 더 알고 싶다는 마음이 앞서서 부끄러움마저 잊어버렸다.

"그게, 특별히 큰 이유는 없습니다만. 어릴 적부터 괴물이나 요괴 같은 것의 팬이었어요. 흡혈귀나 늑대 인간, 프랑켄슈타인 박사가 만든 괴물 같은 거요. 중학생 때는 라프카디오 헌이 쓴 책이 애독서였죠. 고등학교에 올라갈 무렵부터 전문 서적도 읽기 시작했고요. 그렇게 그쪽 길로 쭉 가다 보니 지금에 다다른 것 같아요. 제 친구와 달리 극적인 계기는 없었어요."

"극적인 계기?"

"예, 그 친구는 그런 모양이더라고요."

"오우치야마 씨가요?"

"아, 네. 그는 저와 달리 어릴 적부터 합리주의자였다고 합니다. 유령이니 요괴는 덮어놓고 인정하지 않았대요. 그런데 고등학생 때 이런 일이 있었다는군요. 아끼던 손목시계가 있었답니다. 하루하루의 생활을 시간에 맞추어가며 엄격하게 관리한 모양이에요. 뭐, 고등학생답게 강박적인 방식이죠. 지금 생각하면 귀여워서 웃음이 나옵니다만. 그런데 어느 날 그 손목시계가 망가지고 말았죠. 손질을 게을리하지도 않았는데 갑자기 멈췄대요. 어떤 시간을 가리킨 채로."

"네."

이야기가 어느 방향으로 진행되려는지 짐작이 가지 않아서 나는 모호하게 고개를 끄덕였다.

"이상하다고 생각하며 집에 돌아왔는데 느닷없는 사고로 친구가 세상을 떠났다는 소식이 기다리고 있었다고 해요. 그 친구는 늘 이렇게 말했다는군요. 시간에 얽매여 살아가는 생활 방식은 좋지 않다고요. 오우치야마를 타이르는 의미로 장난 삼아 손목시계를 망가뜨리는 시늉을 하고는 했답니다. 그 친구가 죽은 거예요. 그것도 망가진 시계가 가리킨 시간과 똑같은 시간에."

"설마요."

"아니요, 정말이랍니다. 등골이 오싹했다고 했어요. 어떤 의미에서는 친구의 죽음 그 자체보다 충격이었던 모양이에요. 그때부터 가치관이 180도 바뀌었다는군요. 그 시계가 망가짐으로써 지금까지의 상식이 산산조각 난 것 같은 기분이 들었다고 했어요. 안개에 가려져 있던 시야가 한순간에 확 맑아진 것 같은 느낌이었다고 했죠. 으스스한 기분이 들어서 시계를 산산이 부쉬버렸다는군요. 아무튼 그런 계기로 초상현상에 흥미를 품기 시작한 듯합니다."

"의미 있는 우연이로군요."

"그렇죠. 공시성의 가장 전형적인 사례예요. 그게 참 놀라웠던 모양입니다. 녀석은 극에서 극으로 치닫는 경향이 있으니까 여러모로 걱정입니다만."

가미시로 씨는 어쩐지 걱정스런 투로 말했다.

"감수성이 풍부한 시기였으니 충격도 컸겠죠."

"그건 그렇고 좀 무서운 이야기네요."

하지만 왠지 알 것 같았다. 그런 일이 있었기 때문에 오우치야 마 씨는 마니아 같은 분위기로 굳어버린 거겠지. 가라앉은 목소 리로 전문적인 이야기만 즐겁게 떠드는 사람으로. 그게 나쁘다 는 건 아니지만 오우치야마 씨다운 일화이다 싶었다.

"이런, 이상한 이야기를 했군요. 죄송합니다. 지루하셨죠."

"아니요. 정말로, 그, 재미있었어요."

"바람이 꽤 거세졌네요. 춥지 않으세요?"

"아니요."

'괜찮아요' 하고 말하려는데 어깨에 뭔가 부드럽고 따스한 날 개 같은 것이 와 닿았다.

가미시로 씨가 자기 윗옷을 걸쳐준 것이다.

가미시로 씨의 윗옷.

가미시로 씨의 온기.

나는 너무 당황한 나머지 고맙다는 말도 꺼내지 못했다. 경종 을 치듯 가슴이 쿵쿵 뛰어서 그에게 들릴 것만 같았다.

가미시로 씨는 추우니까 집으로 들어가자는 말은 하지 않았 다. 집에 돌아가자는 말 대신 나를 걱정해서 윗옷을 걸쳐주었 다. 여기서 나와 이렇게 좀 더 앉아 있고 싶다는 마음의 표현 아 닐까.

정말로 그렇게 받아들여도 될까. 나와 보내는 둘만의 시간을 즐거워하는 걸까. 어쩌지, 어쩌면 좋아.

모르겠다. 나는 이 사람의 마음을 모른다. 하지만 하나만은 확 실하다.

저녁이 밤으로 바뀌는 것처럼, 바닷물이 밀물 때 밀려들었다 가 썰물 때 빠져나가는 것처럼, 바람을 맞은 나뭇잎이 바스락거리는 것처럼. 천천히, 느릿느릿, 그리고 조용하게, 하지만 확실하게. 아주 자연스러운 일이라는 듯이 동경은 서서히 사랑으로 바뀌어간다. 오늘 나는 처음으로 그 순간을 확실하게 알았다.

나는 가미시로 씨의 윗옷 옷깃에 턱을 묻고 반짝이는 듯한 한 순간의 여운을 맛보았다.

옷에서 희미하게 담배와 먼지 냄새가 났지만 불쾌하지는 않았다. 오히려 따스하고 기분 좋았다. 그리운 냄새.

저녁이 찾아든 뜰은 몹시 조용했다.

*

6시가 다 되었다. 거실의 큰 유리창 밖에 땅거미가 지기 시작했다. 바람이 나뭇가지와 잎사귀를 세차게 흔들었다. 나뭇가지는 누군가를 부르듯이 짙고 차분한 회색으로 변한 하늘을 향해 계속해서 역동적으로 너울거렸다.

창밖에서 흔들리는 나무들을 바라보며 세이치는 담뱃갑에 손을 뻗었다. 평소에는 좀처럼 피우지 않지만 오늘은 벌써 열 개비도 넘게 피웠다. 옆에 있는 가미시로와 오우치야마도 바쁘게 연기를 뿜어내고 재를 터는 모습으로 보아 아무래도 세이치와 마찬가지로 진정이 되지 않는 듯했다.

다키에도 가쓰유키도 2층에서 내려오지 않아 세이치는 산책에서 돌아온 두 사람을 다시 상대했다. 상대라고는 해도 아무말 없이 셋이 둘러앉아 멍하니 담배를 피울 뿐이었지만.

테이블 위 재떨이에 꽁초가 산더미처럼 쌓였다.

별생각 없이 재떨이를 바라보자 세이치는 네코마루가 떠올랐다. 술은 약하지만 담배를 아주 좋아하는 그 남자는 늘 재떨이를 수북이 채운다. 역시 떼를 써서라도 와달라고 하는 편이 나았을지도 모르겠다 싶었다. 그 사람이야말로 이 이상한 모임의 입회인으로 적격이라는 기분이 들었다. 정신 상태가 보통 사람과는 다르기 때문에 무슨 일이 터져서 주변 사람들이 쩔쩔매는 상황에서도 의외로 냉정하게 행동하는 사람이다. 하기야 그럴 때 말고는 무슨 짓을 저지를지 몰라 조마조마하기는 하지만.

가미시로와 오우치야마는 협의하듯이 가끔 짤막하게 두세 마디 말을 나누었지만, 그런 대화도 오래 계속되지는 않았다. 앞으로 한 시간쯤 후에 강령회가 시작된다. 의지와는 상관없이 긴장감이 높아졌다.

"이제 조금만 더 있으면 되는군요."

오우치야마는 침착지 못하게 손목시계를 들여다보며 아까부터 몇 번이나 같은 말을 되풀이했다.

"어쩐지 긴장되는데요."

오우치야마가 가라앉은 목소리로 말하자 세이치는 의미 없는 맞장구를 쳤다.

"그러게요."

긴장되는 마음은 알지만 동의를 요구한들 뭐라고 특별히 대답할 말이 없었다. 대화는 그것으로 끊겼고 세 사람은 다시 초조하게 담배를 피웠다.

오우치야마가 못 참겠다는 듯이 시계를 들여다보았다. 벌써 열 몇 번째로 '이제 조금만 더 있으면 되는군요'라는 말이 나오기 전에 식당 쪽에서 나오쓰구가 다가왔다.

"이런, 이런, 기다리게 해서 죄송합니다."

나오쓰구는 전매특허인 비아냥거리는 듯한 웃음을 지으며 말했다.

"강령회 준비는 착착 진행 중입니다. 지금 지운사이 선생님이 명상을 하고 계셔서요. 방해가 되면 안 되니까 저는 나왔습니다."

나오쓰구는 거기서 일단 말을 끊었다.

"실은 변경 사항이 있어서요."

"변경 사항요?"

가미시로가 야무진 눈썹을 수상하다는 듯이 추켜올리며 말했다. 오우치야마도 어리둥절한 듯이 고개를 들었다. 나오쓰구는 한쪽 뺨에 웃음을 지은 채 대답했다.

"예, 선생님이 오늘 강령회 내용을 변경하고 싶다고 하셨습니다."

"어떻게 말입니까?"

오우치야마가 조금 불만스럽다는 듯이 말했다.

"아, 그렇게 대단한 건 아니에요. 불러낼 영혼을 바꾸려는 겁니다."

"영혼을 바꾼다?"

세이치가 묘하게 여겨 중얼거리자 나오쓰구는 세이치를 향해 돌아섰다.

"그래, 세이치. 선생님 말씀으로는 네 할머니보다 할아버지 영혼을 불러내는 편이 낫겠다고 하셔서."

"할아버지 영혼을요?"

"응, 30년도 전에 세상을 떠난 사람의 영혼은 영적으로 산실되어서 응축시키기가 어렵대. 그보다는 최근에 세상을 떠난 사람의 영혼이 부르기 쉽다더군. 영체가 이 세상에 있었을 때와 가까운 형태로 떠돌고 있기 때문에 성공할 확률이 높대. 어떻습니까, 이의 있으신 분?"

가미시로와 오우치야마는 난처하다는 듯이 얼굴을 마주 보았다. 하지만 바로 마음을 다잡았는지 가미시로가 대답했다.

"괜찮습니다. 그편이 좋다면 그렇게 하시죠."

"그래요? 괜찮단 말이죠. 선생님도 기뻐하시겠군요. 어차피 어느 쪽이든 별 차이는 없겠지만."

"예, 저희도 문제없습니다. 어느 쪽이든 간에 속임수를 밝혀 낼 테니까요."

가미시로의 도전적인 말을 듣고도 나오쓰구는 히죽히죽 웃으며 더욱 즐겁다는 듯이 말했다.

"아이고, 아무럼요. 앞으로 한 시간도 남지 않았으니 기대하고 계세요."

그때 나오쓰구 뒤에서 후미가 고개를 쑥 내밀었다.

"저기, 식사는 어떻게 할까요? 벌써 6시인데요."

후미에게는 강령회보다 하루하루의 일과가 더 중요한 것이리라. 둥글둥글하고 커다란 몸에 하얀 요리복을 걸치고 가슴을 편 채 말했다. 나오쓰구가 뒤돌아보며 대답했다.

"음. 강령회를 마친 다음에 먹어도 되지 않겠어요? 누나랑 매형도 내려오지 않을 모양이니."

"그럼 가볍게 샌드위치라도 만들까요? 모두 배가 고프실 테니 지금 뭐라도 드시는 편이 좋지 않을까 해서요."

"그거 괜찮네요. 만들어줘요. 허기를 좀 달래는 편이 나을 것 같네요."

"저쪽 손님께도 가져다드릴까요?"

후미가 통통한 얼굴을 찡그리며 문 쪽을 눈으로 가리키고 물었다. 지운사이의 식사를 걱정하는 것이다. 설령 개인적으로는 마음에 들지 않는 상대일지라도 손님으로 온 이상 대접한다는 마음 씀씀이가 후미다웠다. 나오쓰구도 그 마음을 이해한 듯 쓴 웃음을 지었다.

"아니요, 선생님은 강령회 전에는 아무것도 안 드세요. 재계하여 몸을 깨끗이 한 다음에 영계와 접촉해야 해서요."

"그런가요. 그럼."

후미는 어찌해야 할지 모르겠다는 듯이 세이치를 힐끗 쳐다보고 나서 부엌으로 돌아갔다. 정말이지, 나오쓰구 씨가 이 놀이를 그만두도록 어떻게 좀 해주세요. 후미의 살집 두둑한 등이 그렇게 말하고 있었다. 큼지막한 몸이 돌아가는 모습을 보고 나서 나오쓰구는 다시 비아냥거리는 듯한 웃음을 띠며 말했다.

"자, 가미시로 씨. 오우치야마 씨. 드디어 세기적인 순간이 다가왔습니다. 지지난 주에 돌아가신 아버지의 영혼을 불러내는 겁니다. 이건 지금까지는 없었던 역사적인 강령회가 될지도 몰라요."

가미시로와 오우치야마는 눈살을 찌푸린 채 진절머리 난다는 듯이 나오쓰구의 얼굴을 쳐다보았다.

세이치도 동감이었다. 아무리 그래도 너무 악취미 아닌가. 당치 않게도 살해당한 효마의 영혼을 불러내겠다는 영매의 무신경함을 이해할 수 없었다. 그리고 그 의견을 받아들이고 희희낙락하는 나오쓰구의 상식도 의심스러웠다. 세이치는 진저리를 치며 소파에 앉아 담뱃갑에 손을 뻗었다.

*

이제 곧 7시다.

머지않아 강령회가 시작된다.

나는 아래로 내려가기 위해 2층 방을 나섰다.

무서운 건 변함없었지만 참석할 마음이 들었다. 가미시로 씨
가 보증해주었으니까. 가미시로 씨는 지운사이 씨가 속임수를
쓰는 거짓말쟁이라고 단언했다. 그 거짓말을 반드시 밝혀내겠
다고 했다. 가미시로 씨가 그렇게 생각한다면 나도 그 생각을
믿자. 가미시로 씨가 주장한다면 무조건 그 주장을 받아들이자.
그 사람의 신념이 내게는 유일한 진리니까.

가미시로 씨와 산책을 끝내고 나는 혼자 2층에 틀어박혔다.

어쩐지 겸연쩍고 남을 만나기가 부끄러웠다. 아까 후미 아주
머니가 샌드위치를 만들었으니 먹지 않겠느냐고 왔을 때도 식
욕이 없다고 거절했다. 그 사람 가까이 가면 얼굴을 제대로 들
지도 못할 테니까.

물론 독선적이라는 것은 안다. 요즘 나는 자의식과잉인지도
모른다. 혼자 끙끙 고민하던 끝에 울적한 마음을 더욱 못살게
굴고 있다. 하지만 결국은 주관적인 생각에 불과하다. 나 혼자
쑥스럽고 수줍어서 부끄러워한다. 그 사실은 충분히 자각하고
있다.

하지만 나는 소중히 하고 싶다.

그 사람이 베풀어준 뜰에서의 한때를.

달콤하고 애절하며 마치 5월의 녹색 바람을 잔뜩 응축한 것처
럼 상쾌하고 가슴속이 스르르 녹아내리듯이 설레던 시간을. 그

사람의 넓은 마음에 감싸인 것만 같던 그 순간을.

　그런 생각을 곱씹으며 두근대는 가슴을 안고 계단을 내려가
려 했다.

　그 순간.

　계단의 제일 위.

　금속 봉을 잡은 순간.

　나는 전기 충격을 받은 것처럼 제자리에 얼어붙었다.

　색다른 느낌.

　뭔가 이상했다.

　뭔가 달랐다. 이상한 감각.

　악의?

　순식간에 날아든 기묘한 위화감에 나는 그 자리에 멈춰 섰다.

　누군가의 악의가 느껴졌다.

　하지만 어째서 이런 느낌을 받은 걸까. 어째서 갑자기 이런 감
정이 느껴지는 걸까. 누군가의 영문 모를 악의를 분명하게 느꼈
다. 한순간 악마의 손이, 휙 뻗어온 차가운 손이 심장을 직접 만
진 것처럼.

　잔존사념.

　그 말이 느닷없이 머릿속에 떠올랐다.

　잔존사념. 낮에 그런 이야기를 들었다. 인간의 의사가, 뭔가를
강하게 생각한 사람의 마음이, 그 자리에 남아서 떠돈다고.

　어쩌면 이 이상한 감각은 잔존사념일지도 모른다. 여기서, 바
로 이곳에서, 누군가가 마음에 강한 악의를 품었다. 그것도 나
를 대상으로.

　누군가가 여기서, 이 **계단 제일 위 단에서 뭔가를 했다**. 그것

도 악의로 가득 찬 어떤 행동을.

누군가가 마음에 품었던 강하고 깊고 끔찍할 만큼 어두운 상념이, 불쾌할 정도로 시커먼 증오가 이 자리에 남았다. 그 사람이 떠난 후에도 불쾌한 사념은 바닥에 들러붙어 여기에 그대로 서려 있다.

이런 일이 진짜로 있구나.

두려움이 등을 타고 천천히 기어 올라왔다. 얼어붙은 몸이 공포와 혼미함으로 가득 찼다. 마치 수없이 많은 연체동물이 질척질척하게 등에 들러붙은 것 같았다.

몸을 움직일 수 없어 나는 잠시 그 자리에 가만히 있었다.

*

사람들이 함께 방으로 줄지어 들어가자 나오쓰구가 빙그레 웃으며 맞이해주었다.

"자, 어서 오세요. 준비는 다 되었습니다."

일류 호텔 지배인처럼 부담스럽지 않은 정중함을 겸비한 태도였다. 실크 네커치프를 가슴 호주머니에 멋들어지게 꽂은 모습이 태도와 잘 어울렸다.

방 안에는 암막이 둘러쳐져 있었다. 문이 있는 곳을 제외하고 모든 벽면에 칠흑의 막이 쳐져 있었다. 전등은 켜져 있었지만 묵직한 검은색으로 뒤덮인 탓인지 분위기가 어두워서 세이치는 답답한 기분이 들었다.

세간을 치운 방 한가운데에 역시 검게 칠한 둥그런 테이블 하나만이 떡하니 놓여 있을 뿐이라 묘하게 휑뎅그렁하고 공허한 인상이었다. 테이블 둘레에는 의자가 열 개쯤 원을 그리며 놓여 있었다. 둥글게 배치된 자리를 보고 세이치는 네코마루가 가르쳐준 트릭이 떠올라 조금 긴장했다. 영매는 그 수법을 사용할 생각일까.

지운사이는 제일 안쪽 의자에 앉아 있었다. 두꺼비를 정면에서 꾹 짓누른 것처럼 괴이한 얼굴로 눈을 반쯤 감고 있었다. 시옷 자로 꾹 다문 입과 단정하게 빗질한 은발 섞인 머리가 번질번질하게 빛나는 탓에 더더욱 양서류처럼 보였다. 온몸에 심상치 않은 기운이 감도는 것이 느껴졌다.

까다로워 보이는 지운사이와는 대조적으로 나오쓰구는 쾌활하게 사람들을 맞이했다. 그 모습을 보자마자 다키에가 불끈 화가 난 표정으로 아까부터 거듭 늘어놓던 불평을 퍼부었다.

"적당히 좀 해, 나오쓰구. 아버지 영혼을 불러내겠다니 장난에도 정도가 있는 법이야. 정말이지 상식은 어디다 팔아먹은 거니?"

하지만 나오쓰구는 말대꾸하지 않고 익살스럽게 인사하며 누나의 분노를 피했다.

"어휴, 이게 무슨 꼴이람. 만약에 이상한 일이 생기면 도중에 나갈 테니까 그렇게 알아. 애당초 난 이런 말도 안 되는 모임에 참석하기도 싫었다고. 얘, 나오쓰구. 정말로 적당히 좀 해. 네 별난 짓에도 이제 신물이 난다."

다키에는 울분을 풀 길이 없어 입을 삐죽 내밀고 구시렁거렸지만 정작 나오쓰구는 다른 참석자들을 맞이하느라 바빠서 전혀 듣지 않는 것 같았다.

가미시로와 오우치야마 콤비도 긴장한 듯했다. 가미시로의 기름한 눈에 날카로운 빛이 깃들어 있었다. 오우치야마의 둥글고 축 처진 얼굴도 평소보다 약간 힘이 들어간 것처럼 보였다. 가쓰유키는 변함없이 무관심한 태도였고, 검은 테 안경을 쓴 게 슴츠레한 눈에도 평소와 다름없이 졸음이 그득해 보였다. 호기심이 많은 미아는 흥미진진하다는 듯이 큼지막한 눈동자를 되록되록 굴리며 주변을 둘러보았다. 마지막으로 미아의 부축을 받으며 들어온 사에코를 보고 세이치는 가슴이 답답해졌다. 겁에 질린 것처럼 쭈뼛쭈뼛하는 눈치였다. 아까 2층 자기 방에서 내려왔을 때부터 사에코의 태도는 이상했다. 뭔가에 겁을 먹은 것 같아서 세이치는 신경이 쓰였다. 다른 사람들 앞이라서 이유를 묻지는 않았지만 걱정이 이만저만 아니었다.

"여러분, 다 모이신 것 같구려."

테이블 건너편에 앉은 지운사이가 엄숙하게 입을 열었다. 쏘는 듯한 안광이 문 근처에 모여 있던 사람들에게 쏟아졌다.

"예, 다 모였습니다."

나오쓰구가 대답했다.

"그럼 나오쓰구 씨, 부탁하겠네."

지운사이가 재촉하자 나오쓰구는 알겠다는 듯이 움직이기 시작했다. 문을 닫고 위쪽에 달아둔 암막으로 문을 덮은 후 압정으로 암막을 고정했다. 이것으로 방은 검은색 천으로 외부와 완벽하게 차단되었다.

안에 있는 사람은 현대의 흑마술을 직접 목격하도록 허락받은 참석자들뿐이었다. 세이치, 가쓰유키, 다키에, 미아, 사에코, 그리고 나오쓰구와 가미시로, 오우치야마, 마지막으로 지운사이. 총 아홉 명이었다. 후미만은 그 특권을 부여받는 영예를 놓쳤다. 저녁 7시이니만큼 어디서 전화가 걸려올지도 모르니 가족 모두가 한 방에 틀어박힐 수는 없다. 그래서 자진하여 '현세'에서 전화를 담당하기로 했다. 물론 가능하다면 세이치도, 그리고 분명 다키에와 사에코도 후미와 함께 권리를 포기하고 싶은 마음은 굴뚝같았겠지만.

"그럼 여러분, 앉으시오."

지운사이의 쉰 목소리가 방에 울려 퍼졌다. 평소와 달리 길게 이야기하려 들지는 않았다. 어떻게든 팽팽한 긴장감과 집중력을 유지하려고 애쓰는 것처럼 보였다.

"자, 편한 곳에 마음대로 앉으시오."

지운사이가 거듭해서 말하자 그 기세를 꺾으려는 듯이 오우치야마가 앞으로 나서서 가라앉은 목소리로 이야기를 꺼냈다.

"잠깐만 기다려주십시오. 그 전에 방을 잠시 조사해야겠습니다. 부정이나 트릭이 개입할 여지가 있으면 안 되니까요."

"허어, 부정이라."

지운사이는 오우치야마를 험악한 눈으로 노려보았다.

"내가 그런 어리석은 수단을 쓰기라도 한다는 건가. 너희들은 언제나 그래. 정신이 비천한 까닭에 다른 사람들의 마음도 일그러졌을 것이라 의심하지. 추하고 왜곡된 눈으로밖에 사람을 판단할 줄 모르는 너희들이 심원한 영계의 수수께끼를 해명하고자 하니까 주제넘는다는 거다. 영혼의 세계는 너희 같은 더러운 손으로 만져도 될 만큼 속된 것이 아니야. 맑고 깨끗한 정신을 지닌 사람만이……."

"아나야마 씨."

가미시로가 지운사이의 말을 막았다.

"지금은 논쟁 따위에 시간을 허비할 때가 아닐 텐데요."

나지막하고 냉정한 말투에 지운사이도 입을 다물었다.

"상황이 여기에 이르렀으니 남은 것은 실험뿐입니다. 당신 주장이 옳은지 저희 논리가 옳은지 실험으로 증명할 수 있는 단계에 와 있습니다. 조금이라도 빨리 서로 납득할 수 있는 형태로 실험하는 편이 지금은 가장 유효하다고 생각되는데요."

"흥, 약삭빠른 소리를 하는도다."

지운사이는 경멸하듯이 콧방귀를 뀌었다.

"좋다. 조사하고 싶다면 실컷 조사해보아라. 너희들의 그 더러운 논리로 속이 시원해질 때까지."

"감사합니다. 그럼 호의를 받아들이기로 하죠."

가미시로가 조용하게 말하고 나서 오우치야마에게 말없이 신호를 보냈다. 두 사람은 분담하여 방을 수색했다. 충분히 협의한 듯 군더더기 없이 움직였다.

오우치야마가 벽으로 다가가더니 사람들에게 말했다.

"여러분도 조사해보세요. 그리고 뭔가 이상이 있거든 알려주십시오."

"와, 진짜요? 신난다."

미아가 들뜬 목소리로 소리를 지르더니 바로 바닥에 엎드렸다.

"있지, 있지, 오빠도 조사해봐. 오빠도 일단은 물리 분야에서 연구원으로 일하고 있으니까 뭔가 이상한 게 있으면 바로 찾아낼 수 있을 것 아니야."

미아의 재촉을 받고 하는 수 없이 세이치도 수색에 참여했다.

다키에와 가쓰유키 그리고 사에코는 제자리에서 움직이려 들지 않았다. 골 난 표정과 무관심한 표정 그리고 겁먹은 표정을 제각각 유지할 뿐이었다.

세이치는 오우치야마를 흉내 내어 일단 사방을 둘러싼 암막을 조사하기로 했다. 천장까지 닿은 암막은 압정으로 단단하게 고정되어 있었다. 암막 너머 책장에는 책이 빼곡하게 꽂혀 있을 것이다. 만져보자 두꺼운 천을 통해 딱딱한 책등의 감촉이 전해졌다. 세이치가 기억하는 한 책은 빈틈없이 꽂혀 있어 도저히 뭔가를 감출 만한 공간은 없을 듯했다. 암막은 사방에 둘러쳐져 있어 고양이 새끼 한 마리 들어올 틈도 찾을 수 없었다.

다음으로는 큼지막한 둥근 테이블을 살펴보았다.

다리가 네 개 달린 낡은 목제 테이블로, 표면은 홈집과 움푹 팬 자국으로 울퉁불퉁하다. 옛날 물건이라 만듦새는 튼튼하다. 그만큼 디자인이 단순하여 잔꾀를 부릴 여지는 없다. 이리 보고 저리 보며 조사해도 수상한 점은 없었다. 굳이 말하자면 그 위에 놓여 있는 물건들이 좀 묘했다. 굵은 양초를 세운 칙칙한 색깔의 촛대, 소형 카세트, 성냥갑, 손잡이가 달린 작은 종, 그리고 새를 본떠 만든 조그마한 나무 조각 장난감이 테이블 위에 놓여 있었다. 어디에 쓸지는 몰랐지만 이상하다면 이상한 조합이었다. 소도구들을 집어 들고 꼼꼼하게 살펴보았지만 수상한 구석은 어디에도 없었다. 포기하고 종을 테이블에 다시 내려놓자 댕, 하고 가벼운 소리가 울렸다.

세이치는 그것으로 탐색을 마쳤다. 원래부터 가구도 없이 그냥 넓기만 한 방이었다. 더 이상 조사할 곳은 없을 것 같았다.

하지만 가미시로와 오우치야마는 집요했다. 바닥, 벽, 암막, 테이블 등 아주 세세한 곳까지 공들여서 천천히 조사했다. 마치

모래 알갱이에 적힌 글자 하나까지 찾아내기라도 하겠다는 듯이. 그 끈덕진 모습에 호기심하면 빠지지 않는 미아도 더 이상은 못 따라가겠는지 질렸다는 표정으로 속삭였다.

"있지, 오빠. 저 사람들 언제까지 저러려는 걸까?"

뚱하니 입을 꾹 다문 지운사이가 지켜보는 가운데 두 사람의 수색은 장장 30분이나 계속되었다.

그리고 겨우 성에 찼는지 가미시로는 먼지투성이가 된 손을 털면서 이번에는 지운사이를 몸수색하고 싶다고 요청했다.

아까처럼 옥신각신 입씨름을 한 끝에 간신히 그 주장도 받아들여졌다. 가미시로와 오우치야마는 함께 지운사이의 몸을 샅샅이 뒤졌다. 하지만 이번에는 바로 끝났다. 지운사이는 평소처럼 때에 찌든 사무에를 입고 왔고, 사무에의 통소매와 바지풍의 가느다란 옷자락에는 물건을 숨길 만한 공간이 없었기 때문이다. 만약을 위해 세이치도 공항 세관 직원 흉내를 내었지만 이상한 점은 찾아내지 못했다.

모든 조사가 끝나자 지운사이는 몹시 깔보는 투로 말했다.

"어떠한가, 이제 됐겠지. 속이 후련한가."

"예, 실례했습니다."

가미시로는 신사답게 고개 숙여 인사했다.

"이제 만족했을 터이지. 이런, 이런 구제할 길 없는 녀석들이로고. 네놈들 탓에 쓸데없이 시간 낭비를 하였다. 자, 이제 시작해도 되겠지?"

"물론이죠. 저희도 바라는 바입니다."

"그럼 다들, 자리에 앉으시게."

지운사이가 말했다. 사람들이 어느 자리에 앉아야 할지 한순

간 망설이자 바로 가미시로가 나서서 지운사이 왼쪽 옆을 가리
키며 말했다.

"세이치 씨, 죄송하지만 거기 앉아주시겠습니까?"

그리고 가미시로 자신은 지운사이 오른쪽 옆에 재빨리 다가
가 앉았다.

"저는 여기 앉겠습니다. 아나야마 씨, 괜찮으시겠죠?"

지운사이는 옆에 앉은 젊은 연구자의 굴곡이 뚜렷한 옆얼굴
을 매섭게 노려보았지만 결국 아무 말 없이 승낙했다. 그래서
세이치는 가미시로가 지시한 자리에 앉기로 했다. 가미시로와
세이치가 지운사이를 사이에 두고 앉았다.

이번에는 오우치야마가 가미시로 옆의 빈 의자를 빼내며 말
했다.

"죄송하지만 나오쓰구 씨는 여기 앉아주십시오."

"이야, 저도 지정석입니까?"

"예, 부탁드립니다."

"상관없어요. 그럼 지정하신 곳에 앉아보실까."

비아냥거리듯이 능글맞게 웃으며 나오쓰구는 자리에 앉았다.
그리고 그 옆에 앉으려는 오우치야마에게 물었다.

"꽤나 열심히 조사하시던데, 어때요? 뭣 좀 찾아냈습니까?"

"아니요, 별문제 없었습니다."

오우치야마는 통통한 몸으로 자리를 잡고 나서 대답했다.

"정말로요? 아무것도 못 찾았어요?"

"예."

"그럼 바깥은요? 창밖에 당신들이 기뻐할 만한 장치가 있을
지도 모르잖아요."

나오쓰구가 놀리듯이 말하자 오우치야마는 무표정한 얼굴로 응수했다.

"걱정 마세요. 벌써 조사했으니까."

"아이쿠, 꽤나 주도면밀하시군그래."

나오쓰구가 서양 영화 등장인물처럼 어깨를 으쓱하며 말했다. 놀리는 보람이 없는 상대임을 깨달았는지 나오쓰구는 오우치야마에게 더 이상 말을 붙이지 않았다.

이것으로 지운사이를 가미시로와 세이치, 나오쓰구를 가미시로와 오우치야마가 각각 사이에 끼고 앉았다. 농간을 부릴 듯한 두 사람의 움직임을 봉쇄하려는 작전일 것이다.

"다른 분들도 편한 곳에 앉으시죠."

가미시로가 말했다.

"언니, 우리는 이쪽으로 가자, 이쪽. 드디어 시작이네. 기다리다 지쳤어."

미아는 사에코의 손을 잡고 투덜거리면서도 부랴부랴 세이치 옆에 앉았다. 그리고 사에코를 그 옆자리에 앉혔다. 동시에 가쓰유키가 말없이 오우치야마 옆에 자리를 잡았다. 처남의 취미가 썩 마음에 들지는 않지만 군말 없이 따라주고 있다는 느낌이 매우 의무적인 태도에서 역력히 묻어났다. 분명 1분이라도 빨리 이 촌극이 끝나기를 바라고 있을 것이다.

"아유, 진짜. 뭘 어떻게 하든 상관없으니까 빨리 끝내줘."

혼자 남은 다키에도 미용실 의자에 앉아서 꺼낼 법한 말을 하고 마지막 자리에 앉았다. 기분이 나쁘지만 방에서 나가지 않는 것으로 보아 다소 흥미가 있는지도 모른다.

모두가 의자에 앉았다.

지운사이에서 시작해 시계 방향으로 세이치, 미아, 사에코, 다키에, 가쓰유키, 오우치야마, 나오쓰구, 가미시로 순서였다. 가쓰유키 등 뒤의 암막에 문이 가려져 있었다.

　지운사이는 가미시로와 오우치야마가 자리를 결정하는 모습을 불쾌한 표정으로 바라보고 있었다. 그리고 모두가 앉은 것을 확인하자 뚱한 표정 그대로 사람들을 빙 둘러보고 삐걱거리는 듯한 목소리로 엄숙하게 선언했다.

　"이제야 겨우 시작할 수 있겠구먼. 어리석은 두 놈 탓에 쓸데없이 시간만 낭비했어. 자. 그럼 지금부터 강령회를 시작하겠소이다."

　가미시로와 오우치야마가 눈빛을 교환하며 가볍게 고개를 끄덕였다. 두 사람의 얼굴은 무서울 만큼 긴장감에 차 있었다.

　미아는 큰 눈을 끔뻑끔뻑하더니 영매의 다음 말을 기다리며 그의 입가를 유심히 쳐다보았다.

　가쓰유키는 무표정한 얼굴로 테이블 한곳만 가만히 바라보았다. 검은 테 안경을 낀 가느다란 눈은 아무 생각도 없는 것처럼 멍했다.

　다키에는 김샜다는 듯 팔짱을 끼고 있었다. 눈살을 찌푸린 채 지운사이를 무슨 기괴한 동물이라도 보는 듯 주시했다.

　나오쓰구는 폼을 잡듯이 의자에 살짝 걸터앉았다. 빈정거리듯이 한쪽 뺨을 일그러뜨리고 곁눈질로 누나와 매형의 태도를 재미있다는 듯이 관찰했다.

　사에코는 역시 뭔가에 겁을 먹은 것 같았다. 모양 좋은 입을 꼭 다문 채 분명히 다른 일에 정신이 팔렸다. 무슨 생각을 하는지는 알 수 없지만 세이치는 점점 더 걱정스러워졌다. 이런 모임에 데리고 나온 게 잘못이었는지도 모른다. 지금이라도 사에 코는 내보내자. 세이치가 그렇게 생각하고 제안하려고 했을 때였다.

쉭 가벼운 소리와 함께 테이블 위에 불이 켜졌다. 지운사이가 성냥을 그은 것이다. 그 성냥으로 촛대에 꽂은 양초에 불을 붙였다. 지운사이는 거드름스럽게 성냥을 흔들어 불을 끄더니 입을 열었다.

"누구든지 좋으니 전등을 꺼주시겠소이까?"

"아, 제가 할게요."

미아가 선선히 일어서서 문 옆의 암막을 더듬었다. 이윽고 스위치를 찾아낸 듯 천장에 달린 전등이 갑자기 꺼졌다. 방을 밝히는 불빛은 굵은 양초 하나뿐이었다. 노르스름하고 희미한 빛이 테이블에 둘러앉은 사람들의 얼굴을 으스스하게 비추었다. 등에 어둠을 짊어진 사람들의 음영 짙은 얼굴이 요사스럽게 흔들렸다.

지운사이는 미아가 자리로 돌아오기를 기다렸다가 이번에는 카세트에 손을 뻗었다. 조그마한 기계 표면이 어렴풋한 촛불 불빛을 반사해 무미건조하게 빛났다. 스위치를 누르자 소리가 흘러나왔다. 바람이 쌩쌩 불거나 바닷물이 용솟음치는 것처럼 선율 없이 단조로운 소리였다. 이렇다고도 저렇다고도 할 수 없는 연속된 낮은음의 홍수였다.

"여러분의 정신을 집중시키고, 영계의 파장을 내 영력과 동조시키는 특수한 주파수로 이루어진 소리외다."

지운사이가 설명했다. 영계의 파장은 둘째 치고 소리에 저주파가 포함되어 있는지 아랫배가 찌르르했다. 촛불 불빛도 소리

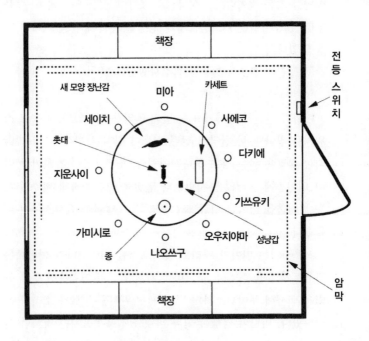

책장

전등 스위치

새 모양 장난감
미아
카세트
세이치
사에코
촛대
다키에
지운사이
가쓰유키
가미시로
오우치야마
성냥갑
종
나오쓰구

암막

책장

강령회 자리 배치

의 부추김을 받은 것처럼 덧없이 이리저리 흔들렸다. 음량은 높지 않았지만 나지막하고 파고들 듯 중량감 있는 소리는 정신을 집중시키기는커녕 불쾌감마저 불러일으켰다. 그래도 방 안 공기를 으스스하게 바꾸고 수상한 분위기를 조성하는 데는 효과가 있는 것 같았다.

"오늘, 삼천정토 저편에서 이 세상에 다시 강림하기 바라는 영혼의 이름은!"

지운사이가 갑자기 큰 소리로 외쳤다. 연극이라도 하는 듯이 억양이 독특했다.

"속명 호조 효마 옹, 향년 84세. 일전에 악령에게 살해당한 자의 영혼이오."

그 말을 듣고 다키에가 노골적으로 인상을 찌푸렸지만 지운사이는 개의치 않았다. 허공을 힘 있게 노려보자 양서류처럼 젖은 눈에 광기가 깃들기 시작했다.

"영혼을 불러오기 전에 여러분에게 주의할 점 몇 가지를 말씀드리겠소. 한 가지는 이제부터 어떤 일이 일어나더라도 절대 정신을 놓거나 허둥거리면 아니 되오. 영계와 이 세상은 극히 약하고 섬세한 정신의 파동으로 연결되어 있소. 여러분이 동요하여 정신이 흐트러지면 이 미약한 실이 끊어지지 않는다는 보장이 없소이다. 최악의 경우 악령이나 저급한 동물령이 파고들 틈이 생겨 되돌릴 수 없는 재앙을 불러올지도 모르오. 마음의 평정을 유지하고 결코 당황해서는 아니 되오. 알겠소이까."

지운사이는 호들갑스러운 투로 말했다. 기운에 압도당했는지 이제 아무도 끼어들지 않았다. 세이치는 영매가 발산하는 괴이한 박력에 휩쓸리기 시작했음을 느꼈다.

"그리고 한 가지 더. 영혼이 나타났을 때 빛을 비추어서는 아니 되오. 영혼은 자연광 이외의 빛을 몹시 싫어하거든. 인간의 얕은 지혜로 만들어낸 불빛을 비추면 영혼이 분노하여 선한 영혼도 사납게 날뛰는 악령으로 변할 수 있소이다. 모두 내 지시에 따르도록 하시오. 특히 거기 두 사람, 방해하면 아니 되네. 비열한 행동을 하려는 생각은 버리는 게 좋아. 모든 일이 끝날 때까지 절대로 개입하지 말게. 알겠는가."

지운사이는 날카로운 말투로 가미시로와 오우치야마를 견제했다.

"그럼, 일단 모두 나를 따라 해주시오."

지운사이는 그렇게 말하고 양손을 들어서 펼치더니 테이블 표면에 척 내려놓았다.

"나와 똑같이 손을 꺼내놓으시오. 그리고 내 옆의 두 사람, 이 새끼손가락을 그대들의 새끼손가락으로 누르시게."

지운사이는 양서류가 기는 듯한 자세로 말했다. 얼굴이 비슷한 탓에 그야말로 두꺼비의 두목 같은 느낌이었다. 세이치가 지운사이 옆의 가미시로를 살피자 이런 일에 익숙한지 가미시로는 주저하지 않고 왼손 새끼손가락을 지운사이의 오른손 새끼손가락에 얹었다. 세이치도 머뭇머뭇 가미시로를 따라 했다. 테이블의 움푹 팬 부분과 거칠거칠한 감촉 때문에 손바닥이 간질간질했다. 영매의 의외로 가느다란 새끼손가락에 자신의 새끼손가락을 얹으며 세이치는 네코마루가 해준 충고를 다시 떠올렸다. 하지만 지운사이의 양손은 떨어져 있다. 팔꿈치를 옆으로 벌리고 있어 양손 사이에는 그의 몸이 들어갈 만큼의 간격이 있다. 손바닥은 테이블에 딱 붙여두었으므로 이대로 움직이지 않을 작정이라면 네코마루가 알려준 방법은 사용할 수 없다.

"여러분도 옆 사람의 손가락을 누르시오."

지운사이의 말에 미아가 세이치의 왼손 새끼손가락에 가냘픈 손가락을 얹었다. 모두가 부스럭부스럭 더듬듯이 움직이자 테이블 위에 손바닥 꽃이 핀 듯했다. 꽃은 꽃잎 부분에서 각자 옆쪽과 연결되어 있었다. 하지만 결코 화사한 인상은 아니었다. 촛불의 희미한 불빛에 떠오른 광경은 죽은 사람의 손을 원형으로 죽 늘어놓은 것처럼 소름 끼쳤다.

"좋소. 이제 되었소."

지운사이는 만족스러운 듯이 양서류 같은 입매를 한껏 일그러뜨렸다.

"이리하여 우리는 하나의 원으로 이어졌소이다. 이 세상에 살아 있는 자에게서 흘러나오는 생명의 파동이 원이 되어 소용돌이치다가 성스러운 빛의 기운이 되어 승화하오. 그럼 영계로 통하는 문이 열리지. 머나먼 정토에 머무는 선한 영혼은 이 생명의 파동이 물결치는 에너지의 집중점을 이정표 삼아 현세로 내려올 수 있다오. 이 원은 이른바 현실과 피안의 접점이지. 그러하니 무슨 일이 있어도 이 손을 떼서는 아니 되오. 이게 마지막으로 주의할 점이외다. 알겠소이까. 절대로 잊어서는 아니 되오. 결코 손가락을 떼서는 아니 돼. 만일 영혼이 내려와 있을 때 살아 있는 자의 결계가 무너지면 무서운 일이 생길 것이오. 저 세상에서 영혼이 선악 구분 없이 노도처럼 이 한 점으로 밀려들지도 모르오. 만약 그 같은 사태가 발생하면 결계의 틈새를 막기 위해 내 영력을 몽땅 쏟아부어야 하지. 그리되면 그 시점에서 강령회는 중지요. 거기 두 사람도 도중에 끝나는 꼴이 보기 싫거든 내가 한 말을 마지막까지 지키게. 반드시 유념하게나. 그럼."

지운사이가 느닷없이 촛불을 불어서 껐다.

세이치는 사에코의 상태가 마음에 걸렸다. 불길하고 엉뚱한 지운사이의 말 때문에 사에코가 겁을 먹지는 않았을까 옆얼굴을 살폈다. 그래서 방이 어둠에 감싸인 순간 희미하게 흔들리는 불빛에 비친 사에코의 옆얼굴이 잔상이 되어 망막에 남았다. 고개를 숙인 탓에 찰랑찰랑한 긴 머리가 얼굴 반쪽을 덮고 있었다. 뭔가를 가만히 감내하듯이 감은 눈의 긴 속눈썹. 그리고 잔상이 사라지자 그야말로 아무것도 분간되지 않는 어둠만이 남았다.

진정한 어둠.

눈을 뜨고 있다는 것이 마치 착각처럼 느껴졌다. 눈을 뜨고 있다고 생각하지만 어떤 착오로 눈을 감고 있는 것은 아닐까. 세이치는 그런 이상한 감각에 사로잡혔다. 진정한 어둠이 이렇게 깊고, 농밀하고, 집요하다는 것을 처음으로 실감했다.

카세트에서 흘러나오는 나지막한 충격음 때문에 몸이 떨렸다. 그런 와중에 세이치는 가슴 깊은 곳에서 솟아오르는 불안감과 싸우고 있었다.

특이한 상황이 재미있는지 옆에서 미아가 쿡쿡 웃는 소리가 들렸다.

*

미아가 쿡쿡 웃었다.

하지만 나는 몹시 무서웠다.

계단에서 느낀 무시무시한 이미지가 가슴을 무겁게 짓눌렀다. 기분이 좋지 않은 상태로 강령회에 참석한 것이 후회스러웠다. 역시 그만둘 걸 그랬다. 후미 아주머니와 함께 밖에서 기다리면 됐을 텐데.

가미시로 씨가 가짜라고 보증했지만 등이 서늘해지는 이 감촉은 도대체 뭘까. 현기증이 났지만 나는 잠자코 의자에 앉아 있었다. 스피커에서 흘러나오는 바람과 물결 같은 소리가 압박하듯이 배에 전해져왔다.

신이시여, 신이시여, 부탁드립니다. 빨리 이 시간이 끝나 원래 있던 곳으로 돌아갈 수 있게 해주세요.

"8백만 신들을 거느리는 전능하신 아마테라스의 이름으로 지금 여기서 명하노니."

지운사이 씨가 중얼거리는 듯한 목소리가 들려왔다. 작지만 기백과 힘이 깃든 목소리였다.

"지금이야말로 나와 전생에 맺은 굳은 약속을 따르라. 거룩하고 성스러운 이름을 지닌 자의 명령에 복종해 산 자와 죽은 자의 울타리를 뛰어넘고 시간을 거슬러 업보마저 초월하라. 악귀를 다루고 마신을 거느려 사나운 영혼을 헤치고 나와 신조차 두려워하지 않고 여기로 내려오고자 하는 자야말로 존귀하나니. 이에 명부의 문을 열어 좁은 틈을 비집고 나올 수 있도록 허하노라……."

주문을 외는 소리는 점점 작아졌다.

그러다 카세트에서 흘러나오는 기분 나쁜 소리에 묻혀서 띄엄띄엄 들려오다가 아예 들리지 않게 되었다. 대신에 음향이 높아졌다. 일렁일렁 흔들리듯이 나지막하고 깊이 있는 소리가 서서히 커져갔다. 그리고 그 홍수 같은 소리의 탁류에 섞여 테이블 위에서 달칵, 하고 희미한 소리가 났다.

나는 깜짝 놀라 고개를 들었다.

카세트에서 나는 소리가 아니었다. 나무로 된 물건을 테이블에 내려놓듯이 실제로 느껴지는 소리였다.

하지만 어떻게? 내 오른손 새끼손가락은 미아의 새끼손가락을 누르고 있었고, 왼손 새끼손가락 위에는 틀림없이 이모의 손가락 감촉이 느껴졌다. 모두 이런 상태라면 이 소리는 어떻게 난 걸까.

착각일까? 아니면 망상?

하지만 그런 것치고는 아주 실감 났다.

카세트에서 나는 소리가 커지자 테이블도 흔들리기 시작했지만 물건이 움직일 정도의 진동은 아니었다. 그렇다면 어째서, 어째서 그런 소리가 났을까. 설마 정말로 무슨 영혼이?

탁탁.

이번에는 확실히 들렸다. 틀림없다. 뭔가가 테이블 표면을 두드리는 소리였다. 미아가 손가락을 움찔했다. 미아에게도 들린 것이다. 하지만 도대체 뭐가 소리를 내는 거지?

양팔에 소름이 오스스 끼쳤다. 등골에 불쾌한 닭살이 돋았다. 부탁이에요, 가미시로 씨, 빨리 어떻게 좀 해주세요.

타, 탁, 탁, 타닥.

테이블 위에서 나는 소리는 이제 카세트 소리에 뒤지지 않을 만큼 커졌다. 그리고.

댕, 댕, 대댕, 댕.

방울? 종? 시원스럽고 맑은 소리였다. 이 소리도 테이블 위에서 들려왔다. 거친 바람 같은 카세트 반주에 어울리지 않게 깨끗하고 개운한 종소리였다.

동요가 잔물결처럼 방 안에 퍼져나가는 기척이 분명하게 전해져왔다. 미아의 손가락도 덜덜 떨렸고, 이모의 손가락도 이따금 움찔움찔 경련했다. 모두 놀라서 어찌할 바를 모른다는 것을 알 수 있었다. 나 역시 누구보다도 깜짝 놀랐다. 나는 안간힘을 다해 소리를 지르고 싶을 만큼의 공포, 그리고 손을 놓고 싶다는 충동과 싸웠다.

타, 탁, 타닥, 탁.

댕, 댕, 대댕, 댕.

테이블을 두드리는 소리와 종소리가 확연하게 알 수 있을 만큼 동시에 들렸다.

타, 탁, 타닥, 탁.

댕, 댕, 대댕, 댕.

소리가 난다. 소리가 울려 퍼진다.

내 가슴속의 웅성거림처럼.

타, 탁, 타닥, 탁.

댕, 댕, 대댕, 댕.

공포로 심장이 쿵쿵 뛰었다.

그리고 나는 느꼈다.

뭔가의 기적을.

기분 탓일까.

테이블 위쪽에 뭔가 있는 듯한 기척. 나쁜 공기가 맺혀서 굳은 듯한, 연기가 천천히 응축되어 형태가 나타나는 과정인 듯한 뭔가의 몽롱한 기척.

그런 기분이 들었다. 테이블 위쪽 공간에서 무슨 일이 벌어지고 있다. 내가 상상도 못 할 만한 뭔가 엄청난 일이.

명계로 통하는 문이 지금 열리려고 하는 걸까. 할아버지 영혼이 그 문을 통해 돌아오는 걸까. 그런 일이…… 그런 일이.

"우…… 아……."

그것이 목소리를 냈다. 테이블 위쪽에서 나는 소리였다. 아주 희미했지만 분명히 들렸다. 결국 참지 못하고 나는 작게 비명을 질렀다.

*

어둠 속에 사에코의 비명이 작게 울려 퍼졌다. 세이치는 저도 모르게 엉거주춤하게 일어섰다. 하지만 테이블에서 흘러나오는 윙윙대는 바람 같은 소리에 지워졌고, 다음 비명은 들려오지 않았다. 아무래도 종소리에 겁을 먹었을 뿐인 듯했다. 세이치는 불안과 초조함을 한숨과 함께 내뱉고 다시 자리에 앉았다. 테이블에 딱 붙인 손바닥에 땀이 흥건했다. 양손은 아까부터 그 상태 그대로 주문에 걸린 것처럼 움직이지 않았다. 카세트에서 들려오는 중저음은 더욱 높아졌지만 테이블 위에서 나는 괴상한 소리도 그 소리에 뒤지지 않을 만큼 커졌다. 작은 종을 흔드는 소리와 나무로 테이블을 두드리는 소리. 분명 나무로 된 새 장난감이 움직이는 것이리라. 하지만 세이치는 그것이 어떤 힘으로 인해 움직이는지 이해가 가지 않았다. 지운사이의 새끼손가락은 촛불을 끄기 전에 세이치가 눌러놓은 위치에서 미동도 하지 않았다. 나무 장난감과 작은 종이 저절로 움직일 리는 없다.

테이블이 저음의 진동으로 부르르 떨렸다. 축축한 진땀이 등 전체에 송골송골 맺히는 듯한 찝찝한 느낌이 들었다. 입에 맞지 않는 담배를 피웠을 때처럼 기분이 나빴다.

타, 탁, 타닥.

댕, 댕, 대댕.

소리는 높아져만 갔다.

지운사이가 어떤 방법을 쓰고 있는지 짐작도 가지 않았다. 아니면 이건 정말로 속임수나 조작이 아닌 초자연적 현상일까.

댕, 댕, 대댕, 댕.

타, 탁, 타닥, 탁.

"누…… 누구…… 내……."

요란하게 흘러가는 거친 강물 같은 소리에 섞여 목소리가 들렸다. 세이치는 흠칫 놀라 어둠 속을 향해 시선을 집중했다. 목소리는 분명히 테이블 위쪽 허공에서 들려왔다.

"누구……냐, 내…… 하는 것은."

테이프 소리와는 다른 틀림없는 육성이었다. 분명 육체적인 느낌을 동반한 노인의 쉰 듯한 목소리였다.

"내…… 잠을…… 방해…… 것은."

목소리는 테이블 한가운데의 위쪽 허공에서 띄엄띄엄 들려왔다.

"어…… 냐, 여기는…… 어디야…… 아, 아니야…… 내가 지금까지…… 곳과…… 어디야."

세이치는 어둠 너머를 보려고 눈을 크게 떴다. 하지만 먹통 바닥 같은 어둠 속에서는 아무것도 보이지 않았다. 안타까웠다.

아무것도 보이지 않아 조바심이 났다. 발을 동동 구르고 싶을 만큼 답답해하는 세이치에게 감응한 것처럼 뭔가가 번쩍 빛났다.

테이블 위쪽 1미터 정도 높이에서 갑자기 빛이 나타났다.

부드럽고 어슴푸레한 빛이었다. 마치 어둠 깊은 곳에서 솟아오른 것처럼 희미하게 빛나는 빛의 띠가 허공에 나타났다.

세이치는 기겁하여 턱을 당겼다. 옆에서 미아가 숨을 삼키는 기척이 났다. "오오" 하고 감탄하는 듯한 목소리를 낸 사람은 분명 나오쓰구다.

빛의 띠는 신음하는 듯한 소리의 리듬에 호응이라도 하듯이 공중을 천천히 움직였다.

낭창낭창하고 우아하면서 느릿느릿하게.

마치 선녀가 날개옷을 입고 춤을 추듯이.

흡사 생명이 깃든 것처럼.

어슴푸레한 빛을 발하며 빙글빙글 돌고, 똑바로 서고, 원을 그렸다.

몇 번이고 되풀이해서 몇 번이고.

환상적인 꿈같은 광경이었다.

세이치는 혼이 빠져나간 것처럼 멍하니 그 광경을 바라보았다. 심장을 직접 움켜쥔 것 같은 충격을 받았다.

신비할 만큼 아름다웠다. 보는 사람의 마음을 끌어당길 만큼 환상적이면서도 어쩐지 요사스러운 춤이었다.

그렇다, 이것은 틀림없이 이 세상의 것이 아니었다. 다른 세계의, 지금까지 생각해본 적도 없는 저세상의 춤사위였다.

"기는…… 워, 여기……."

빛의 띠가 말을 했다.

"기는, 추……워. 여기, 는……."

나지막하고 띄엄띄엄해서 자칫하면 폭풍 같은 카세트 소리에 파묻힐 것만 같았다. 세이치는 눈을 크게 뜨고 귀를 기울였다.

"누가…… 불렀, 느……냐. 나를…… 땅……에서……."

"아버지세요?"

나오쓰구가 머뭇머뭇 말을 걸었다.

"아버지셔. 돌아오신 거야."

"나오, 쓰구냐……. 너냐…… 나를 부른…… 건. 나를 이, 추…… 곳으로……."

목소리가 처음보다 꽤나 뚜렷해졌다. 분명히 빛의 띠 부근에서 들렸다. 놀라움이 덜 가신 세이치 옆 어둠 속에서 지운사이가 말했다.

"영혼이 내려왔소. 자유로이 이야기들 나누시게."

생각 외로 냉정한 말투였다.

"아버지, 들리세요? 제가 하는 말 들리시냐고요?"

나오쓰구가 테이블 맞은편에서 외쳤다.

"나오……쓰구, 냐……. 들린……다. 난…… 째서…… 곳에……."

목소리에 곤혹스러움이 깃들어 있었다. 감정의 변화를 알 수 있을 만큼 **이쪽**에 가까워진 걸까. 빛의 띠도 감정의 변화에 맞추어 당황한 듯이 휙 돌았다.

"내가 어떻게 된……. 왜 이런 곳……. 둡다, 어두워…… 것도 보이지……. 아…… 어째서, 이런 곳에…… 모르…… 군……."

"아버지는 별채에서 살해당하셨어요."

나오쓰구가 알려주었다. 바로 지운사이가 조용한 말투로 타일렀다.

"목소리가 크오, 나오쓰구 씨. 무턱대고 큰 소리를 내서 영혼을 놀라게 해서는 아니 되네."

"실례했습니다, 선생님."

나오쓰구는 목소리를 낮추어 다시 말했다.

"아버지, 살해당한 거 기억 안 나세요?"

으스스한 목소리가 반응했다.

"살해…… 살해당했다……. 내가…… 당했다, 그래…… 그렇구나, 살해…… 똑히 생각이…… 잘 모르…….."

거기까지 말했을 때였다.

빛의 띠가 한층 높이 떠오른 순간이었다.

"윽."

묘하게 생생한 목소리가 들렸다. 지금까지와는 질이 다른 인간적인 음색이었다. 그것이 신호였기라도 한 듯이 빛의 띠가 움직임을 멈췄다. 그리고 그대로 스르르 테이블 위로 떨어졌다. 빛의 띠는 젖은 수건을 내팽개친 것처럼 힘을 잃고 축 늘어졌다. 척 보기에도 칠칠하지 못한 인상이라 방금 전까지 환상적인 꿈같은 춤을 보여주던 물체라고는 느껴지지 않을 정도였다.

세이치가 어리둥절해하고 있자니 지운사이의 새끼손가락이 세이치의 손가락 아래에서 주르르 빠져나갔다.

그리고 발치에 뭔가가 푹 쓰러지는 소리가 났다. 지금까지 방 안을 지배하던 심원한 분위기가 산산이 부서질 만큼 김빠지는 소리였다.

방 안을 채우고 있던 긴장감이 뚝, 하고 소리가 난 것처럼 끊어졌다. 야릇하고 환상적인 세계가 퇴색된 것처럼 무미건조한 어둠의 공간으로 되돌아왔다. 클라이맥스 직전에 필름이 끊긴 것 같은 느낌이었다.

그리고 아무 일도 일어나지 않았다.

세이치는 뭐가 뭔지 모르는 채 빈 오른손을 어둠 속으로 뻗었다. 지운사이가 앉아 있던 자리로. 하지만 거기에는 아무것도 없었다. 손은 허무하게 허공을 가르더니 의자 등받이에 부딪쳐서 멈췄다.

"선생님, 무슨 일이세요?"

테이블 맞은편에서 나오쓰구가 조심스레 묻는 목소리가 들렸다.

"선생님? 무슨 문제라도 생겼습니까?"

그 물음에도 지운사이는 대답이 없었다.

"세이치 씨, 손이."

가미시로가 아주 난처하다는 듯이 말했다. 역시 지운사이의 손가락이 갑자기 빠져나간 것을 수상하게 여긴 것이리라.

"네, 이쪽도요."

세이치는 어둠을 향해 대답했다.

"잠깐만, 저기, 어떻게 된 거야. 무섭잖아."

곤혹스러워하는 다키에의 목소리가 들렸다.

"먼저 불을."

가쓰유키가 그렇게 말한 것을 시작으로 방 안이 어수선해졌다. 사람들이 저마다 입을 연 까닭이었다.

"누가 불을!"

"어이, 이건 무슨 이변이!"

"어머나, 이거 어떻게 된 거야!"

"빨리 불을!"

어둠 속에 있어서 불안한 마음을 달래기 위해서인지, 지금까지 유지되던 긴장감이 한순간에 끊어진 탓인지 모두가 제각각 소리치기 시작했다. 폭풍이 치는 듯한 효과음과 합쳐져서 혼란스러우리만큼 시끌벅적해졌다.

그때 불이 켜졌다.

선명한 불빛이 방에 가득 차자 물결이 빠지듯이 사람들은 일제히 입을 다물었다.

폭력적으로 날아온 빛의 화살이 어둠에 익숙해져 있던 눈을 자극하는 바람에 세이치는 허둥지둥 팔로 얼굴을 가렸다. 이윽고 눈이 익숙해지자 문 근처에 우두커니 서 있는 미아가 보였다. 어리벙벙한 표정으로 벽을 덮은 암막 밑의 전등 스위치를 누른 채 그대로 굳어 있었다.

여전히 눈이 따끔따끔하여 인상을 찌푸리며 세이치는 방을 둘러보았다.

테이블 아래에 지운사이가 쓰러져 있었다.

의자에서 떨어지고 나서 움직임을 멈춘 것 같았다. 자기 의자와 테이블 사이에서 비좁은 듯이 몸을 구부린 모습이었다. 하지만 본인은 더 이상 비좁다고 느끼지 않을 것 같았다. 목덜미에 칼이 꽂혀 있었기 때문이다.

멍하니 허공에 고정된 영매의 양서류 같은 두 눈에서는 살아 숨 쉬는 인간의 생기가 느껴지지 않았다. 둥그스름하게 웅크린 몸에는 힘이 없었고 팔다리는 축 늘어져 있었다.

나오쓰구와 가미시로가 지운사이의 시체를 둘러싸듯이 서 있었다. 두 사람 모두 깜짝 놀란 표정으로 한마디도 하지 않았다. 가쓰유키는 가만히 앉아 있었고 다키에가 뒤에서 가쓰유키의 목을 끌어안고 있었지만, 그 두 사람의 시선도 죽은 영매에게 꽂혀 있었다. 사에코도 자기 의자에 앉아서 망연자실하게 양손을 아직 테이블에 올려둔 채 움직이지 않았다. 오우치야마는 불을 켜려고 했는지 테이블과 문 사이의 어중간한 장소에 있었다. 오우치야마가 테이블로 돌아와서 카세트를 껐다.

정적.

홍수 같은 큰 소리에 익숙해진 귀에 무서울 만큼의 고요함이 찾아왔다.

그제야 겨우 주문에서 풀려난 것처럼 나오쓰구가 숨을 크게 내쉬고 누구에게랄 것도 없이 신음하듯 말했다.

"선생님이…… 어째서……."

가미시로가 대답이라도 하듯이 잠자코 고개를 저었다.

"아, 그, 구급차를……."

가쓰유키가 목이 멘 것 같은 목소리로 말을 꺼냈다.

"헉."

다키에의 짧은 비명이 가쓰유키의 말을 막았다.

"자, 잠깐. 저거."

다키에는 덜덜 떨리는 손가락으로 테이블 위를 가리켰다.

거기에는 갖가지 소도구에 섞여 얇은 천이 떨어져 있었다. 비가 갠 길가에 방치된 누더기처럼 얇은 연노란색 천이 펼쳐져 있었다. 그토록 요사스럽게 춤추던 물건이 지금은 그저 낡은 수건으로밖에 보이지 않았다. 꿈의 세계에서 느닷없이 현실로 끌려

온 것처럼 기분이 묘했다.

하지만 다키에는 그 천을 보고 겁을 먹은 것이 아니었다.

"저거, 아버지 염주 아니야?"

천 옆에 놓인 작은 종 근처에 효마의 염주가 있었다. 낡고 손때가 묻은 검은색 낱알이 주르르 꿰어 있었다. 세이치가 보기에도 별채의 불단 앞에 놓아둔 염주와 흡사하게 느껴졌다.

하지만 어디서 이런 물건이 나타난 걸까. 세이치는 여우에 홀린 것 같은 기분으로 염주를 바라보았다. 강령회를 시작하기 전에는 분명히 없었다. 방은 구석구석 전부 조사했고 지운사이의 몸까지 뒤졌다. 허공에서 솟아났다고밖에 여겨지지 않았다. 그리고 지운사이의 목에 꽂혀 있는 저 칼도.

세이치는 여전히 혼란에 빠진 채 지운사이의 목에 꽂힌 이물질로 눈길을 옮겼다. 자루 부분이 눈에 익었다. 서구적으로 생긴 관음상을 새겨 넣은 디자인. 잘못 볼 리 없었다. 분명히 별채에 있었던 효마의 단도였다.

"그러니까 내가 그랬잖아. 이런 거 하기 싫다고."

다키에가 쉰소리를 내지르며 나오쓰구를 몰아세웠다.

"어쩌다 이런 괴상망측한 일이 일어난 거야. 도대체 어떻게 할 거야."

"아니, 지금은 그런 소리 할 때가 아니잖아."

갈팡질팡 갈피를 잡지 못하는 나오쓰구를 대신해 가쓰유키가 헛기침을 하며 일어서서 말했다.

"빨리 구급차를 부르는 편이 좋겠어. 그리고 경찰도. 생각은 그다음에 하자고."

억지로 힘을 내어 나서려고 애쓰는 말투였다. 그런 가쓰유키의 태도에는 아랑곳없이 나오쓰구가 입을 열었다.

"손을 뗀 사람? 난 계속 가미시로 씨와 오우치야마 씨의 손 가락에서 손을 떼지 않았어. 모두 손을 떼지 않았다면 선생님은 어째서 이런……. 정말로 손을 뗀 사람 없어?"

혼잣말을 하는 듯한 나오쓰구의 질문에는 아무도 대답하지 않았다.

답답한 침묵만이 방 전체를 짓뭉개버리려는 것 같았다.

막간

더러운 조립식 가건물.

넓이가 15제곱미터쯤 되는 베니어합판 바닥은 흙이 묻은 신발 자국으로 이곳저곳이 지저분했다.

구석에는 흙이 말라붙어 새하얘진 작업화가 난잡하게 쌓여 있었다. 벽에는 진흙이 튀어 후줄근해진 비옷과 안전모가 걸려 있었고, 거무스름한 목장갑이 뭉쳐진 채 여기저기에 어지러이 널려 있었다. 한눈에도 공사 현장의 임시 휴게소가 연상되는 건물이었다.

싸구려 철제 테이블과 파이프 의자가 흙과 먼지로 꺼슬꺼슬하니 뿌옇고, 벽에 커다란 지형도가 붙어 있다는 점도 공사 현장의 임시 휴게소와 비슷했다.

하지만 거기 모인 사람들은 달랐다.

남녀 합쳐서 열댓 명. 제일 연장자인 듯한 털보 남자도 서른을 갓 넘긴 것처럼 보일 만큼 모두 젊었다. 사람들은 안절부절못하고 긴장한 모습으로 말이 없었다. 어떤 사람은 파이프 의자에 앉아 있었고, 어떤 사람은 먼지투성이 바닥을 어슬렁어슬렁 돌아다녔다. 그리고 어떤 사람은 조급하게 담배 연기를 뿜어냈다.

말이 없기는 했지만 더러운 가건물 안은 그들의 고양된 감정으로 가득 차 있었다. 기대와 불안이었다. 그들은 아무렇게나 꼰 다리를 초조한 듯이 달달 떨고, 조바심을 견디다 못해 진흙투성이 안전모의 끈을 마구 잡아당기고, 모래가 쌓인 테이블 표면을 의미 없이 손끝으로 두드렸다. 육체적으로 완전히 지친 듯한 모습은 공사 현장의 임시 휴게소와 다를 바가 없지만 눈빛은 완전히 달랐다. 뭔가 소식을 기다리고 있는, 그것도 아주 좋은 소식을 기다리는 분위기였다.

저녁놀이 흙먼지로 흐려진 유리창 밖을 물들이고 얼마 지나지 않아 땅거미가 지기 시작해도 밖으로 나가려는 사람은 한 명도 없었다. 침착하지 못하게 조바심을 내고 두근거리는 심장을 가라앉히며 아까부터 하고 있던 동작을 그저 산만하게 되풀이할 뿐이었다.

마침내 문이 열렸을 때 그들은 열띤 시선을 일제히 그쪽으로 돌렸다. 앉아 있던 몇 사람은 뛰쳐나갈 것처럼 벌떡 일어섰다.

경첩 상태가 좋지 않은 문을 삐거덕 열고 들어온 사람 역시 젊은 남자였다. 등이 약간 구부정하고 삐쩍 말랐으며 둥그런 안경을 낀 청년이었다. 그의 태도는 가건물 안에서 기다리고 있던 사람들과는 대조적으로 초연했다.

그런 그의 모습을 보고 수상하다고 느꼈는지 일어선 사람 중 한 명이 작은 목소리로 머뭇머뭇 물었다.

"어땠어?"

둥그런 안경을 낀 청년은 힘없이 어깨를 축 늘어뜨렸다.

"결론만 말할게요."

사람들이 마른침을 삼키며 지켜보는 가운데 청년은 바닥 한 군데에 시선을 고정하고 말했다.

"웃음거리가 되고 말았어요."

"웃음거리라니, 그게 무슨 소리야?"

파이프 의자에 앉아 있던 장발 청년이 불안한 듯이 물었다. 둥그런 안경을 낀 청년은 울음을 터뜨릴 것 같은 얼굴을 들며 말했다.

"그게, 감정은 할 필요도 없다고 했어요. 거기 직원은 프로 중의 프로라서 감으로도 어느 정도 연대 측정을 할 수 있대요. 저희가 발굴한 뼈 석 점의 추정 연대는 지금으로부터 2천 몇백 년 전, 즉 야요이 시대* 초기라고 하더군요."

"야요이 시대?"

반다나**를 머리띠처럼 묶은 아가씨가 소리를 꽥 질렀다.

"예, 기원전 3세기 중엽이죠. 그러면 이게 무슨 뼈인지가 문제인데요. 그 사람들 말로는 꽃사슴 뼈일 확률이 99.9퍼센트래요. 크기와 형태로 보아 꽃사슴의 대퇴골이 거의 확실하다고 하던데요."

"자, 잠깐만. 꽃사슴이라니. 그건 별반 신기할 것도 없잖아."

연장자인 털보 남자가 고함을 질렀다. 둥그런 안경을 쓴 청년은 쩔쩔매며 말했다.

*기원전 4세기경에서 기원후 3세기경까지 지속된 일본의 농경 시대.
**스카프 대용으로 쓰이는 큰 손수건.

"예, 일본 전역 어디에든 있는 포유동물이죠."

"포유동물의 뼈가 왜 중생대 지층에서 나와! 그 시대에 포유동물이 있었다는 거냐!"

"저, 저한테 물어보셔도 왠지는 모릅니다."

"이상하잖아. 2억 년 전 지층이라서 공룡 화석이라고 생각한 건데."

"그러니까 저한테 말씀하셔도…… 다만."

"다만 뭐?"

둥그런 안경을 낀 청년은 털보 남자의 서슬에 주춤하면서도 입을 열었다.

"그 사람들 말로는 거기가 야요이 시대 사람들의 쓰레기장이 아니었을까 싶다는데요. 그러니까 조몬 시대* 사람들이 오모리 조개무지를 남긴 것과 같은 이치죠. 구멍을 파고 사냥해서 먹고 남은 찌꺼기를 버린 거예요. 그 구멍이 우연히 트라이아스기 지층에 도달했던 거죠. 야요이 시대 사람들이 우리가 이렇게 발굴해서 난리를 떨 줄 알고 그랬다면 이야기는 별개지만요."

"그럼 뭐야, 우리가 2천 몇백 년 전 사람들에게 놀림받았다는 거냐!"

털보 남자가 언성을 높였다.

"아니요, 그, 농담입니다. 그냥 농담."

"나도 그 정도는 알아."

"그러시겠죠. 그러니까 화내지 마세요. 무엇보다 야요이 시대 사람이 200년 후에 고고학이라는 학문이 생길 줄 알았을 리 없

*일본 신석기 시대의 한 시기. 약 1만 2천 년 전에 시작되었다고 한다.

는걸요."

"멍청아, 난 네 무신경함에 화가 나는 거다. 이럴 때 그딴 농담이 나오냐!"

털보 남자가 둥그런 안경을 쓴 청년에게 덤벼들었다.

"악, 폭력은 안 돼요. 저한테 화풀이해봤자 아무 소용 없어요."

"누가 화풀이를 한다고 그래."

이 소동에 자극을 받았는지 주변 사람들도 그제야 저마다 입을 열었다.

"그래, 좀 더 미안한 표정이라도 지어야 할 것 아냐."

"지금까지 진흙투성이가 되어 땅을 판 건 어떻게 보상받냐?"

"우리가 그만큼 공을 들였는데 전부 헛수고였다는 거야?"

"공룡 화석이라는 말을 꺼낸 녀석, 도대체 누구야?"

"아리마, 네가 제일 먼저 말을 꺼냈을걸."

"웃기고 있네. 내가 아니라 시오다 씨야."

"헛소리하지 마. 난 분명 처음에 아니라고 했다고."

"당신 고고학과 학생이면서 화석이랑 뼈도 구분할 줄 몰라요?"

"상식적으로 이런 도시 한가운데에 그런 게 묻혀 있겠어? 뻔하잖아."

"이제 와서 도대체 무슨 소리야."

"분명히 말해두겠는데 나도 말렸다고."

"넌 어째서 그렇게 금방 책임을 회피하냐."

"그래. 당신이 제일 신나게 나섰잖아."

"이게 말이면 다인 줄 아나."

"뭐가 금세기 최대의 발견이야. 그냥 병신 짓거리잖아."

"아야야야, 놔, 잡아당기지 말라고."

"책임자 나와라!"

대혼란이었다.

좁은 가건물에서 야단법석이 벌어졌고, 그 광란은 얼마간 가라앉을 것 같지 않았다.

"젠장맞을 원시인 놈들. 그딴 썩을 짓을 왜 해. 전부 공룡한테나 잡아먹혀버려라!"

고양이처럼 눈이 동그랗고 덩치 작은 남자가 한층 큰 목소리로 고함을 질렀다.

"계속 물어봐서 죄송합니다만, 세이치 씨, 정말로 옆자리에 앉은 아나야마 씨의 손가락을 계속 누르고 있었다는 거죠?"

경감은 벌레라도 씹은 듯한 얼굴로 같은 질문을 몇 번이나 되풀이했다.

"네, 틀림없습니다."

세이치는 진저리를 내면서 고개를 끄덕였다.

짜증이 확 밀려올 만큼 집요했다. 반복, 중복, 되풀이. 같은 내용을 말만 바꾸어 몇 번이고 계속해서 물었다. 그러니까 아까부터 몇 번이나 말했잖아요. 세이치는 신경질적으로 소리치고 싶은 충동을 간신히 억누르고 깊은 한숨을 쉬었다.

응접실. 시간은 자정이 지났다.

갑작스레 취조실이 되어버린 이 방에는 형사 네 명과 세이치뿐이었다.

방 안은 조용했다.

가시와기라고 이름을 댄 경감이 세이치와 대화하는 소리를 빼면 젊은 형사가 메모용 노트를 넘기는 소리밖에 나지 않았다. 문밖에서 경찰 관계자들이 바쁘게 오가는 기척이 전해져왔다.

사건 관계자들은 거실에 반쯤 연금 상태로 모여 있었다. 그리고 한 명씩 응접실로 불려 와서 조사를 받았다. 지금 세이치는 두 번째로 불려 온 참이었다. 10시 반쯤 사람들이 모두 조사를 받고 마지막으로 후미가 거실로 돌아왔을 때 일동은 이제 끝났다 싶어 서로 얼굴을 마주 보았다. 하지만 제일 처음으로 조사받은 나오쓰구가 다시 불려 가자 안도감은 단숨에 짜증 어린 실망으로 변했다. 두 번째가 있었던 것이다. 2회 4번 타자인 세이치가 자정이 지나서 불려 왔으니 이런 속도로는 형사들이 언제까지 들러붙어 있으려는지 짐작이 가지 않았다. 거실에는 틀림없이 침체된 분위기가 감돌고 있을 것이다.

"그래서 아나야마 씨가 직접 촛불을 불어서 껐고 방은 완전히 어두워졌다. 틀림없겠죠?"

경감은 질리지도 않는지 세이치의 눈을 들여다보고 물었다.

"네. 그렇습니다."

몇 번이나 그렇게 말했다. 틀릴 이유가 어디 있다는 말인가.

"그리고 아나야마 씨가 주문이랄까 축문이랄까, 아무튼 그런 걸 읊기 시작했고요."

"네."

"그렇군요, 일단 거기까지는 됐습니다. 그럼 죄송합니다만, 그다음에 있었던 일을 다시 한 번 상세하게 말씀해주시지 않겠습니까?"

경감은 정중한 말투였지만 거부는 용납하지 않겠다는 태도로

요청했다. 세이치는 울컥 솟아오르는 짜증을 한숨에 실어서 뱉어내고 입을 열었다. 아까부터 상대의 귀에 딱지가 앉을 만큼 되풀이한 이야기를 처음부터 다시 시작했다. 반복 재생 기능이 망가진 CD플레이어라도 된 듯한 기분이었다.

취조를 떠나서 도무지 이해가 가지 않는 사건이었다. 사건이 일어날 때까지의 일을 순서대로 이야기하면서 세이치는 다시금 그렇게 느꼈다.

영매의 손가락은 촛불을 끄기 전과 똑같은 위치에서 내내 세이치의 손가락 아래에 있었다. 그래서야 네코마루가 알려준 방법은 쓸 수 없다. 물론 다른 사람의 손도 양옆 사람의 손에 닿아 있었다.

방에 있던 사람은 그 누구도 움직일 수 없었다.

그리고 방은 암막으로 막혀 있었기 때문에 그야말로 고양이 새끼 한 마리 들어올 틈도 없었다. 구급차와 경찰을 부르기 위해 문 앞에 친 암막을 벗겨내는 것도 큰일이었다. 나오쓰구가 압정을 잔뜩 박은 탓이었는데, 그만큼 단단하게 밀폐되어 있었다는 뜻이다.

그런데도 불구하고 괴이한 일이 벌어졌다. 장난감 새가 테이블을 두드렸고 종이 울렸고 빛의 띠가 어지러이 춤을 춘 데다 신기한 목소리가 들렸다. 더군다나 살인이라는 덤까지 붙었다. 뜻밖에도 나오쓰구가 말한 대로 지금까지는 없었던 강령회가 된 셈이다.

정말로 뭐가 뭔지 전혀 알 수 없었다. 솔직히 말해 그것이 세이치가 느낀 감상의 전부였다. 살인 사건은 물론이거니와 강령 현상이 어떻게 일어났는지조차 오리무중이었다.

소리와 목소리 둘 다 녹음된 것은 아니었다. 틀림없이 가공되지 않은 생생한 소리가 직접 들렸고, 카세트도 조사했을 것이다. 중저음과 함께 다른 소리가 이중으로 녹음되어 있었다면 형사가 벌써 설명해주었을 것이다.

거실에서 조사 순서를 기다리고 있었을 때도 확인했다. 테이블에 둘러앉았던 사람들 모두 같은 소리를 듣고 느꼈다. 초심리학을 연구하는 두 사람조차 보고 들은 사실만은 인정했다. 강령 현상에 대한 견해를 자세하게 늘어놓지는 않았지만.

지운사이가 왜, 그리고 어떻게 살해되었는가. 그 문제에는 두 손 두 발 다 들었다. 경감 이야기로는 칼이 그리 깊이 박히지는 않았다고 한다. 다만 칼끝이 연수에 닿아 호흡 기능을 관장하는 부위에 심각한 손상을 입은 모양이다. 즉사였다고 한다.

그 때문에 강령회는 도중에 중지되었고, 또 경찰에게 수고를 끼치고 말았다.

경찰차가 도착할 때까지 모두가 한곳에 뭉쳐 있었다. 수상한 행동을 한 사람은 없었다. 그다음은 경찰이 더 잘 알고 있다. 강령회에 참석한 사람들은 영문도 모른 채 거실에 갇히고 말았으니까.

세이치가 이야기하는 동안 네 형사는 흥미롭다는 자세를 흩뜨리지 않았다. 화자를 바꾸어가며 벌써 몇십 번이나 들은 이야기인데도 아직 만족스러워하지 않는다는 느낌마저 들었다. 경찰 관계자는 질린다는 말을 모르는 모양이다.

피곤해서 몽롱해지기 시작한 머리를 흔들며 세이치는 이야기를 끝냈다.

"네, 잘 알겠습니다. 그러고 나서 저희가 도착했다는 말씀이로군요."

경감이 난감하다는 표정으로 몇 번이나 고개를 끄덕였다. 찡그린 굵은 눈썹과 매서운 퉁방울눈이 우에노에 있는 사이고 동상*과 아주 비슷했다. 효마 사건 때 별채에서 진두지휘를 하던 사람도 분명 이 세고돈**이었다.

젊은 형사는 가만히 메모만 했고, 나머지 두 중년 형사는 세고돈 양옆에 얌전히 앉아 있었다. 약사여래 좌우에 자리한 일광보살과 월광보살처럼 수수했다. 그 두 사람보다 세고돈 가시와기 경감이 나이도 어리고 어느 정도 멀끔한 인상이었다. 분명 엘리트 부류일 것이다. 하지만 진짜 동상과 마찬가지로 까까머리라서 산뜻한 느낌과는 거리가 멀었다.

"그리고 그, 발광 물체 말입니다."

가시와기 경감이 짧은 머리를 슥 문질렀다.

"이게 그 정체인데요. 비단인 것 같습니다."

그 동작을 신호로 오른쪽 형사가 마법처럼 어디선가 비닐봉지를 꺼냈다. 속에 구깃구깃 둥글게 뭉친 연노란색 천이 들어 있었다. 세고돈은 세이치에게 그것을 내밀고 홀라댄스를 추듯이 손을 팔랑팔랑 움직이며 말했다.

"발광 물질을 포함한 형광도료로 염색한 것 같습니다. 잘만 다루면 여러분이 말씀하신 것처럼 빛나는 띠로 보이지 않을 것도 없죠."

분명 테이블 위에 떨어져 있던 천이었다. 첫 번째로 불려 갔을

---

*가고시마 출신의 무사. 메이지 유신을 성공으로 이끈 사이고 다카모리의 동상을 가리킨다.
**사이고 다카모리의 애칭.

때는 보여주지 않은 걸 보면 지금까지 뭔가를 조사했을 것이다.

"자세한 건 이제부터 과학수사를 해봐야 알겠지만 재료가 재료인 만큼 지문은 검출되지 않았습니다."

"저희는 이런 것에 속아 넘어간 거로군요."

세이치가 말하자 경감은 씩 웃었다.

"그런 셈이죠. '유령의 정체를 알고 보니 마른 억새더라'라고 하지 않습니까. 여러분은 아주 환상적이고 아름다웠다고 하셨습니다."

"네, 확실히 다른 세상의 물체 같았습니다."

"일종의 집단 최면 같은 거겠죠. 그런 영매는 교묘한 말로 참석자들에게 암시를 거는 모양이니까요. 특수한 상황을 준비해놓고 초자연적이고 영적인 현상을 믿기 쉽도록 분위기를 조성하는 겁니다. 테이프의 으스스한 소리와 수상쩍은 설법으로 참석자가 그런 기분이 들도록 몰아가는 거죠. 실력이 뛰어나네요. 요즘 영매가 얽힌 사기 피해 건수가 급증하고 있어서요. 참 큰일입니다."

"그런데 그 사람이 이 천을 어떻게 움직였을까요? 제가 그 사람 손가락을 틀림없이 누르고 있었는데요."

세이치의 말에 세고돈은 표정 변화 없이 몇 번이고 고개를 끄덕이더니 어금니에 뭔가 낀 것처럼 모호한 말투로 대답했다.

"예, 예, 정말로 모를 일이더군요. 저희도 그것 때문에 골치가 아픕니다. 그걸 해결하고자 이렇게 여러분의 이야기를 듣고 있는 거죠. 피곤하시겠지만 조금만 더 협력해주십시오."

"네……."

세이치는 입장상 그렇게 대답하는 수밖에 없었다.

"그리고 이 물건들 말입니다."

세고돈은 천이 든 비닐봉지를 테이블에 탁 내려놓았다. 테이블에는 이미 봉지 두 개가 놓여 있었다. 첫 번째로 조사받을 때 경찰이 확인해달라며 보여준 물건이었다. 염주와 흉기로 쓰인 칼. 각각 투명한 봉지에 들어 있었다. 첫 번째로 조사받을 때 양쪽 다 지문이 검출되지 않았다는 이야기는 들었다. 그리고 둘 다 틀림없이 별채에 있던 물건이었다.

"어떻습니까. 여러분의 증언에 따르면 이 물건들은 강령회가 열리기 전에는 없었는데요. 도대체 누가 가지고 들어갔을까요. 다들 모른다고 하시니. 뭔가 짚이는 게 없으십니까?"

세고돈이 번뜩이는 눈으로 세이치를 바라보며 물었다. 이 질문도 벌써 몇 번이나 받았다.

"글쎄요. 전혀 모르겠는데요."

세이치는 고개를 갸우뚱하며 대답했다.

"강령회가 시작되기 전에 여러분은 피해자의 몸까지 수색하셨죠."

"네, 뭐."

"그럼 염주와 칼은 제쳐두고, 이 천은 뭉쳐서 옷 어딘가에 숨겨두었다고 볼 수 없겠습니까? 보세요, 이렇게 뭉치면 제법 작아지니까요. 어떻습니까, 몸수색을 할 때 못 보고 넘어가신 것 아닐까요?"

"글쎄요. 그렇게 작은 물건이니 감추려고 한다면야……. 글쎄요. 저는 잘 모르겠습니다."

"이것 참. 뭘 물어봐도 다 모르겠다고 하시는군요."

"하아…… 죄송합니다."

"정말로 뭐가 어떻게 된 걸까요. 이 일을 한 지 20년이 다 되어가지만 이렇게 이상한 사건은 처음입니다."

세고돈은 몹시 곤혹스럽다는 듯이 혼잣말을 했다. 하지만 본심에서 우러난 말인지 겉으로만 그렇게 보이도록 꾸민 것인지 세이치는 판단이 서지 않았다.

"무엇보다 상중에 가족이 모두 모여 강령회를 열다니 저희 같은 보통 사람들은 아무래도 이해하기 힘들군요. 거기에 또 살인이 일어나다니 이래서야 저희가 설 자리가 없겠습니다."

마치 세이치에게 책임이 있기라도 하다는 듯이 에둘러서 비꼬는 말투였다.

효마가 살해된 지 2주가 지났지만 아직 사건은 해결되지 않았다. 거기에다 또 살인 사건이 일어났으니 경감이 불쾌해하는 것도 이해하지 못하는 바는 아니었다.

"다시 돌아가서 말입니다."

세고돈이 원래의 무표정한 얼굴로 되돌아가 세이치를 날카롭게 쏘아보았다.

"누가 어떻게 피해자를 찔렀는가. 이게 현재 저희가 가장 알고 싶은 사항입니다. 세이치 씨, 현장에서 자초지종을 겪었으니 뭔가 알아차린 게 있지 않을까 기대합니다."

"그렇게 말씀하셔도……."

"어떻습니까. 탁 터놓고 말해서 범인이 어떻게 했다고 생각하십니까?"

"글쎄요."

그걸 알면 벌써 말했다.

"당신은 피해자 바로 옆에 있었으니까요. 뭔가 알아차릴 법도

한데요."

경감은 피해자 옆이라는 부분을 묘하게 강조하며 물었다.

"아니요, 모르는 건 모르는 거죠."

"여동생분의 말씀을 들어보니 효마 씨의 영혼이 나타나 염력으로 칼을 움직였다고 하시더군요."

"동생이 그런 말을 했습니까?"

"예."

"농담이 아니라요?"

"상당히 진지해 보였습니다."

이런, 이런. 미아는 그쪽 방면에 완전히 심취한 모양이다.

"강령회도 그렇고 여동생분의 주장도 그렇고 상당히 별난 집안인 것 같군요."

세고돈은 아무런 거리낌도 없이 밉살스럽게 말했다.

"뭐, 저도 직업상 심령 주의인가요, 그런 이야기는 별로 좋아하지 않아서요. 더 구체적이고 실현 가능한 방법을 찾아보고 싶습니다. 유령한테 수갑을 채울 수도 없는 노릇이고, 무엇보다 어디로 가야 그 유령을 만날 수 있는지 모르니까요. 범인을 불러내기 위해 다른 영매를 고용해 강령회를 여는 것도 이상하지 않습니까."

세고돈은 별달리 재미있지도 않다는 듯이 이상한 농담을 했다.

"자, 그 구체적 방법 말인데요. 이런 건 어떨까요. 가령 가미시로 씨가 그랬다고 합시다. 아, 물론 이건 가설입니다. 저희가 그렇게 생각하고 있는 건 아니니 오해가 없도록 미리 말씀드립니다. 아시겠죠."

"네, 알겠습니다."

"좋습니다. 가미시로 씨는 피해자 옆에 앉아 있었으니까 위치 관계만 본다면 범행을 저지르기 수월한 위치에 있었다고 볼 수 있습니다."

"하아."

그렇게 따지면 세이치도 지운사이 옆에 앉아 있었다.

"가미시로 씨가 증언한 바에 따르면 피해자의 손가락에 자기 손가락을 얹어두고만 있었다는군요. 당신과 마찬가지로요. 그러니까 문제의 순간에 냉큼 손을 떼고 미리 숨겨놨던 칼을 꺼내 재빨리 찌르는 건 어떨까요. 그런 방법도 가능할 것 같지 않습니까?"

세고돈은 익살을 떨듯이 고개를 약간 갸우뚱하며 물었다. 태연한 표정만 봐서는 진심으로 그 가설을 주장하는 것인지 아닌지 구별이 되지 않았다. 세이치는 상대의 퉁방울눈을 마주 보고 대답했다.

"글쎄요, 어떨까요. 잘 모르겠지만 아무래도 무리일 것 같은데요."

"허어, 어째서요?"

"만약 그런 일이 벌어졌다면 손을 뗐을 때 아나야마 씨가 나무랐을 테니까요. 칼을 꺼내는 사이에 분명히 아나야마 씨가 뭐라고 했을 겁니다. 아나야마 씨는 외삼촌이 목소리를 약간 높인 것만으로도 제지했을 정도고, 사전에 손을 떼지 말라고 단단히 일러두었으니까요. 그러니 손을 떼는 낌새는 없었던 것 같습니다. 게다가 그렇게 캄캄한데 순식간에 정확하게 사람의 목을 노릴 수 있을지도 의문이고요."

세이치는 그렇게 단언했다.

피해자 옆에 있었다는 것만으로 범행이 가능하다고 간주한다면 더 나아가서 세이치가 범인이라도 이상할 것이 없는 셈이다. 효마 살해 사건 때 의심을 받았던 일도 있고 하여 아무래도 세이치는 입장이 불리한 것 같았다. 어쩌면 경찰의 용의자 목록 제일 위에 있을지도 모른다. 하지만 그렇게 나온다면 단순히 불운이었다고 해명하는 수밖에 없다. 그날 집에 돌아온 것은 우연이었고, 오늘도 그저 일이 진행되는 과정을 지켜본 것뿐이니까.

지나친 억측일지도 모르지만 지금도 경감은 가미시로 핑계를 대며 세이치에 관해 이야기하고 있는 듯한 기분이 들었다. 게다가 반응을 보려고 일부러 이런 이야기를 시작한 것도 같았다. 그 사실을 깨닫게 하여 감정적으로 만들어놓고 세이치가 말실수하기만을 기다리는지도 모른다. 그렇게 생각했기 때문에 세이치는 굳이 강하게 부정했다. 게다가 손을 떼는 낌새가 없었던 것은 사실이었으니까.

"하아, 무리라고요."

세고돈은 그다지 아쉽지도 않은 듯이 말했다.

"손을 떼는 낌새는 없었다는 말씀이죠."

"네, 적어도 저는 몰랐습니다."

"그렇습니까. 그렇다면 다른 분들도 손을 뗄 수 없었겠군요."

"그렇겠죠."

"나오쓰구 씨는 오우치야마 씨와 가미시로 씨 사이에 있었으니 이해관계가 상반되는 사람이 각각 서로를 감시한 형태로군요. 이거야 원, 이래서야 어찌할 방도가 없군요. 난감합니다."

"도움이 되지 못해 죄송합니다."

"아니요, 아니요. 사과하실 필요는 없습니다. 이렇게 이야기를 해주시는 것만으로도 충분히 도움이 되니까요."

"그런데 경감님, 경찰은 살해 방법에 관해 뭔가 생각이 있는 것 아닙니까?"

"아니요. 이제부터 차차 알아봐야죠."

세고돈은 무표정을 유지한 채 기어들어가는 목소리로 얼버무리듯이 말했다. 계속 이 상태였다. 질문만 퍼부을 뿐 이쪽에서 물어보면 확실한 답을 내어주지 않는다. 이리저리 핑계를 대며 분명하게 말하지 않는 것도 조사 기술일까. 명확한 답이 없어서 그러는 건지, 속내가 드러나지 않도록 조심하는 건지 판단이 서지 않았다. 다만 이러한 경감의 태도가 세이치를 더욱 짜증 나게 만들고 있다는 것만은 분명했다. 안 그래도 피곤한데 얼굴에 얇은 가죽 한 장을 덮어쓴 것처럼 알쏭달쏭한 인물을 상대하려니 더 고달팠다. 이제 될 대로 되라는 기분마저 들었다. 어쩌면 그 역시 세고돈이 바라던 바인지도 모르지만.

"자, 그건 그렇다 치고. 그럼 다시 한 번 처음부터 이야기를 들려주시겠습니까?"

가시와기 경감은 까까머리를 한 번 쓱 문지르더니 몸을 내밀고 말했다.

"피해자가 오후 1시 넘어서 찾아왔죠. 나오쓰구 씨와 함께 왔고요. 그다음부터 들려주시면 됩니다. 일단 그 당시 피해자의 상태 말인데요."

다른 세 형사도 새로운 에너지가 주입된 것 마냥 팔팔했다. 세이치는 어이가 없었다. 이 사람들의 체력은 장난이 아니다. 제대로 상대하다가는 말라 죽을 것이다.

피로로 뻣뻣해진 등을 웅크리고 세이치는 가만히 한숨을 내쉬었다. 머릿속에 끈적끈적한 폐수라도 퍼부은 것처럼 불쾌한 피로감이 엄습했다. 이래서야 내일은 출근하지 못할지도 모른다. 멍하니 그런 생각을 하며 세이치는 세고돈의 질문에 떠듬떠듬 대답했다. 이런 경우 결근은 어떻게 처리될까. 설마 경조사 휴가로 빼주지는 않겠지. 점점 흐리멍덩해지는 머리에 쓸데없는 생각이 거품처럼 떠올랐다가 사라져갔다.

*

잠이 안 온다.

이미 새벽 4시가 넘었을까.

경찰들은 결국 새벽 3시쯤에야 돌아갔다. 사건 관계자들의 증언을 실컷 들은 후에 그 방에서 사건 재현까지 시켰다. 모두가 앉은 위치와 강령회 때 한 행동을 확인했다. 끈덕지게 몇 번이나 묻는 바람에 늦어졌다. 하기야 나는 무섭고 지친 나머지 머리가 제대로 돌아가지 않아서 무슨 질문에 뭐라고 대답했는지 거의 기억나지 않지만.

외삼촌은 우리 집에서 자기로 했고, 가미시로 씨와 오우치야마 씨는 경찰이 차로 바래다주었다.

가미시로 씨, 괜찮을까.

아주 엄하게 조사하는 것 같던데.

죽은 지운사이 씨와 사이가 좋지 않았으니까 경찰이 의심하는 걸까. 그렇다면 어쩌지. 어쩌지, 어쩌지.

잠이 안 온다.

침대에 누워 계속 몸을 뒤척이기만 할 뿐 잠이 오지 않았다.

정말로, 정말로 무서웠다.

낮에 느낀 이상한 감각.

계단 위에서 느낀 악의.

잔존사념. 누군가의 거무튀튀한 상념.

왠지는 모르지만 누군가 내게 악감정을 품고 있다. 그 악감정을 형체 없는 사념으로 바꾸어 계단에 가만히 흘려 넣었다.

생각해보면 그것이 조짐이었는지도 모른다.

무시무시한 살인이 일어나기 전의 사소한 조짐. 나쁜 일에는 나쁜 일이 겹치는 법이다. 내가 잔존사념을 민감하게 알아차린 것도 분명 앞으로 일어날 무서운 사건의 징조를 느끼고 우리 집 전체의 신경이 예민해져 있던 탓일지도 모른다.

무서운 사건.

심상치 않다.

벌. 벌이 내린 것이다. 죽은 사람을, 할아버지의 영혼을 잠에서 깨워 희롱하려고 했던 우리에게. 용납되지 못할 모독 행위를 저지른 우리에게. 우리가 불손하게도 금기를 깨뜨리는 바람에 할아버지가 화가 나서 벌을 내렸다.

분명 죽음의 잠을 방해받으면 몹시 불쾌하겠지. 잠들었을 때 억지로 깨우면 싫은 것처럼. 아니다, 죽음의 잠자리에서 깨어나면 그럴 때보다 더더욱, 상상도 못 할 만큼 불쾌할 테지. 그래서 인간은 옛날부터 죽은 사람을 애도하는 마음으로 상복을 입고 영혼이 평온하게 잠들기를 기원했다. 죽은 사람의 분노를 사지 않도록. 죽은 사람의 저주를 받지 않도록.

잠을 방해한 사람은 천벌을 받는다.

하지만 실제로는 어떨까.

그 영매는 정말로 할아버지에게 살해당한 걸까.

미아는 거듭 그렇다고 말했다. 할아버지의 원념이 칼을 움직였다고. 게다가 그때는 아무도 손을 쓸 수 없었다. 모두 손을 테이블에 딱 붙이고 있었으니까.

모르겠다.

아무것도 모르겠다. 아무 생각도 나지 않는다.

그저, 그저 무섭다.

살인 사건. 그리고 누군가의 악의.

무섭다.

이제 질색이다. 무서운 일은 이제 싫다. 제발 이 끔찍한 기분에서 나를 구해줬으면. 신이시여, 신이시여, 부탁드립니다.

잠이 안 온다.

신경이 곤두섰다.

불안과 공포가 무겁게 짓눌러서 잠이 올 것 같지 않았다.

나는 살며시 침대에서 빠져나왔다.

잠은 포기했다. 그것보다 혼자 있기가 참을 수 없이 무서웠다.

오빠는 깨어 있을까. 만약 깨어 있으면 잠깐 이야기를 하고 싶었다. 공포를 조금이라도 덜어내주었으면 했다.

발로 슬리퍼를 찾아서 신고 목발로 손을 뻗었다. 가운을 걸치고 방을 나섰다.

약간 쌀쌀한 복도를 목발로 짚으며 오빠 방으로 향했다.

역시 오빠도 잠이 오지 않는 모양이었다.

"어쩐 일이야 사에코, 잠이 안 와?"

오빠는 상냥하게 나를 맞아주었다.

"응, 잠이 안 와."

"그렇구나. 나도 그래. 그런 일이 있었으니 무리도 아니지. 이야기나 좀 할까."

"응."

오빠는 언제나 내 기분을 잘 이해해준다. 정말로 다정한 우리 오빠.

둘이서 침대에 나란히 앉았다. 오빠는 아무 말 없이 목발을 내려놓은 후 내 손을 잡고 침대에 앉혀주었다.

그리고 잠시 침묵이 흘렀다.

오빠는 말이 많은 편이 아니라서 먼저 말을 꺼내는 법이 없다. 하지만 오빠가 언제나 나를 배려해준다는 걸 알기 때문에 전혀 거북하지 않다. 말을 하지 않아도 사람과 사람은 통한다. 낮에 뜰에서 가미시로 씨와 분명 뭔가가 통했다고 느낀 것처럼.

편안한 침묵. 나는 잠시 그 속에 몸을 맡겼다. 오빠가 곁에 있다고 생각하는 것만으로도 마음이 조금 차분해졌다. 그래서 조용한 목소리로 먼저 말을 걸 수 있었다.

"저기, 오빠."

"응?"

"나, 무서워."

"응."

"엄청 무서워."

"응, 알아."

"오빠도 무서워?"

"응."

"그 영매 말이야."

"응."

"역시 평범한 방법으로 죽은 건 아니지?"

"그래, 그럴지도 모르지."

"정말 유령의 짓일까?"

"글쎄, 그건 모르겠지만…… 하지만 그럴지도 모르겠다."

"그런 일이 정말로 있구나."

"그래, 분명히 있을 거야. 과학으로는 완벽하게 해명할 수 없는 불가사의한 심령현상 같은 건 틀림없이 있을 거야."

"그렇겠지. 오늘, 아, 이제 어제인가. 어제 낮에 들었는데."

그렇게 서론을 깔고 가미시로 씨에게 들은 이야기를 오빠에게 들려주었다. 오우치야마 씨가 초심리학의 길을 선택하는 계기가 된 사건을. 망가진 시계 이야기다. 아주 신기한 이야기였다. 그런 일도 분명 있는 것이다.

"흐음, 그런 일이 있었구나. 과연 그 사람답다."

"그치? 그때부터 오우치야마 씨는 신비한 현상을 믿게 됐대."

"알 것 같아. 그래서 그런 느낌이 들었구나."

오빠는 감탄한 듯이 말했다.

"그런 느낌이라니?"

"그게, 오우치야마 씨는 어쩐지 마니아 같은 느낌이 들잖아. 뭐랄까 너무 푹 빠진 듯한 구석이 있어."

"그러게."

물론 나도 그렇게 생각했지만 가미시로 씨의 친구를 나쁘게 말하려니 마음에 켕겨서 고개만 살짝 끄덕이고 말았다.

"그리고, 오빠 기억나? 어제 응접실에서 오우치야마 씨 일행이 해준 이야기."

부끄러워서 가미시로 씨 이름을 직접 꺼낼 수가 없었다.

"응접실에서? 무슨 이야기였더라."

"잔존사념 말이야."

"아아, 그거. 그게 어쨌는데?"

"어제 그 이야기를 듣고 나서 강령회가 시작되기 전에 나도 계단 위에서 잔존사념을 체험했거든."

전기 충격처럼 순간적으로 내 몸을 뚫고 지나간 다른 사람의 감정. 어떠한 의도. 섬뜩한 악의.

"사에코, 그거 정말이야?"

내가 이야기를 마치자 오빠는 민감하게 반응했다. 어쩐지 갑자기 동요하는 바람에 내가 더 깜짝 놀랐다.

"으, 응. 정말이야."

"계단 위라니 어디쯤이었는데?"

"제일 위."

"오른쪽, 아니면 왼쪽?"

"손잡이가 있는 쪽. 오빠, 갑자기 왜 당황하고 그래?"

"잘 들어, 사에코."

오빠는 내 질문에는 대답하지 않고 힘을 주어 내 어깨를 감싸 안았다.

"넌 아무 걱정하지 않아도 돼. 안심해. 내가 지켜줄게. 넌 내가 목숨을 바쳐서라도 지킬게. 그러니까 아무 걱정 말고 내게 맡겨두면 돼. 언젠가 네가 결혼해서 이 집에서 나갈 때까지, 그때까지는 내가 계속 곁에서 지켜줄게. 알겠지? 아무 걱정도 하지 마."

"에이. 왜 그래, 오빠."

오빠의 진지한 태도가 너무 우스워서 웃음을 터뜨리고 말았다. 내가 결혼을? 도대체 무슨 소리람.

"갑자기 무슨 이상한 소리를 하는 거야."

"아니, 그러니까, 그게."

오빠는 흥분이 가라앉았는지 이번에는 어쩔 줄 몰라 했다.

"너무 끙끙대고 고민하지 말라는 뜻이야."

"응, 하지만 이상해."

나는 쿡쿡 웃으면서 말했다.

오빠가 별안간 이상해진 이유는 몰랐지만 그래도 마음이 조금 편해졌다.

이제 어떻게든 잘 수 있을 것 같았다.

*

잠에서 깨자 11시가 지난 시각이었다.

완전히 지각했다 싶어 침대에서 벌떡 일어났다. 하지만 순간 세이치는 한숨을 쉬며 침대에 앉았다. 다양한 광경이 뇌리에 되살아났기 때문이었다. 촛불 불빛에 비친 가족의 얼굴, 의자와 테이블 사이에 무너지듯이 쓰러진 영매의 모습, 세고돈 가시와기 경감의 날카로운 퉁방울눈, 그리고 새벽에 이야기하러 찾아온 사에코의 겁먹은 모습.

이른 아침에 잠에서 깼지만 회사에 가도 일이 제대로 되지 않을 것으로 판단했다. 어차피 연차휴가는 쌓여 있다. 9시가 지났을 때 회사에 결근하겠다는 전화를 한 후 안심하고 잠든 모양이었다. 어제 너무 많은 일을 겪어서 완전히 녹초가 되고 말았다.

잠이 부족해 부은 눈을 비비며 옷을 갈아입고 아래층으로 내려갔다. 복도로 나서자 어제 사건 현장이 된 방에서 수많은 사람들이 부스럭부스럭 움직이는 기척이 났다. 경찰 관계자는 태어날 때부터 튼튼하게 생겨먹은 모양이다.

형사에게 붙들리면 또 시달릴 것 같아서 세이치는 살금살금 부엌으로 향했다.

부엌에는 하얀 요리복을 입은 후미가 바쁘게 움직이고 있었다. 세이치가 들어가자 후미는 통통한 얼굴을 누그러뜨리며 말했다.

"어머나, 도련님. 이제야 일어나셨어요?"

"네, 잠이 좀 부족해서요."

"아침밥은 어떻게 할까요?"

"식욕이 없네요. 어차피 좀 있으면 점심도 먹어야 하고."

"그럼 커피라도 좀 드시겠어요?"

"네, 그럴게요. 언제 왔어요?"

세이치가 눈짓으로 문밖을 가리키자 후미는 지긋지긋하다는 표정을 지었다.

"아침 일찍요."

그러고는 드럼통 같은 허리에 양손을 척 올리더니 불평을 토해냈다.

"정말이지 여기저기 얼마나 들쑤시고 다니는지 몰라요. 이제 어지간히 정리가 좀 됐으면 좋겠는데. 나리 사건의 범인도 아직 못 잡았잖아요."

"뭐, 저 사람들도 그러려고 저렇게 조사하는 거니까요."

"아무리 그래도 시간이 너무 오래 걸려요. 어젯밤부터 계속

저러잖아요. 텔레비전에 나오는 형사님은 아무리 어려운 사건이라도 두 시간이면 해결하는걸요."

"연속극은 석 달 정도 걸리지만요."

세이치는 쓴웃음과 함께 말을 남기고 식당으로 갔다.

다키에 혼자 식탁에 앉아 멍하니 턱을 괴고 있었다.

"어머, 세이치. 회사 쉬니?"

"응, 아침에 전화했어. 아버지는?"

"벌써 출근했어. 그런 점은 아버지를 좀 본받아라. 왜 이상한 점만 닮으려고 그러니."

다키에가 불평을 툴툴 늘어놓았지만 역시 피곤한지 말투에 평상시의 활기가 느껴지지 않았다. 눈 아래에는 거무스름하니 다크서클도 생겼다.

"미아도 학교 갔어. 너만 늘어지게 잤다니까. 넌 애가 착실한 것 같으면서도 어쩐지 농땡이 기질이 있어."

"저기, 어머니."

"왜?"

"경찰이 사건에 관해 뭐라고 안 해?"

"특별한 이야기는……."

다키에는 낙담했다는 듯이 고개를 저었다.

"아침부터 저렇게 난리법석을 떨고 있을 뿐이야. 아무 이야기도 안 해주더라."

"흠, 그럼 현재로써는 해결될 전망이 없는 거구나."

"그런 것 같아."

"외삼촌은 어때?"

"아직 자. 자기가 나서서 데리고 온 사람이 죽었으니 개도 얼굴 내밀기 힘들지 않겠니? 뭐, 걔한테는 좋은 약이 됐을지도 몰라. 나이를 그렇게 먹고도 철이 안 들어서 쓸데없는 일에만 힘을 쏟으니까 이런 사달이 난 거잖아."

세이치는 다키에의 불평을 흘려듣고 거실로 향했다.

커다란 유리창 밖에 햇볕이 쨍쨍 내리쬐어 뜰의 신록이 선명하게 빛났다.

평범하고 한적한 대낮이었다. 이렇게 하룻밤이 지나고 나자 어젯밤의 혼란이 거짓말처럼 느껴졌다. 그 신비스럽고 불가사의했던 강령회의 한 막도 밝은 햇살 아래서 돌이켜보니 빛바랜 환상 같았다. 어젯밤에는 세이치도 반쯤은 인간의 지식을 뛰어넘은 영적인 힘이 그 방에 가득 차 있었다고 생각했다. 영매의 영적 능력을 믿을 마음도 생겼다. 꿈같았다. 하지만 냉정함을 되찾고 돌이켜보자 갖가지 기묘한 현상도 어떤 트릭으로 만들어낸 것이라고 여길 만한 여유가 생겼다. 도대체 어떤 방법을 썼는지는 모르겠지만.

어젯밤에 잠을 설치면서 지운사이를 살해한 범인이 누구일지도 잠깐 생각해보았다. 하지만 아무래도 범인을 찾기는 어려울 것 같았다.

범인은 그 방에 있었던 것이 틀림없다. 다른 사람의 출입은 불가능했으니까.

테이블에 둘러앉은 순서로 추정해보면 일단 제일 의심스러운 사람은 피해자 옆에 있던 자신과 가미시로다. 어젯밤에 가시와기 경감도 그 점을 끈질기게 물고 늘어졌다. 물론 세이치는 살인을 저지르지 않았다. 가미시로가 범인이라면 왼손을 테이블에서 떼고 지운사이를 찔렀을 것이다. 하지만 가미시로가 손을 뗐다면 바로 지운사이가 호통을 쳤을 테니 그렇다면 가미시로와 지운사이가 **합의하**에 손을 뗐을 가능성을 생각해볼 수 있다. 두 사람이 무슨 밀약을 맺고 몰래 서로 손을 뗐다면? 만약 그렇다면 강령 현상도 대체로 설명이 가능하다. 가미시로가 옆에서 도왔을지도 모른다. 이 가정이 맞다면 두 사람은 도대체 무엇으로 연결되어 있었는가. 이것이 문제다. 대립 관계였던 그들을 연결하는 공통적인 이익. 그런 것이 있을까. 효마 살해 사건이 일어난 지도 벌써 2주가 지났다. 그동안 경찰은 관계자의 배후 관계를 철저하게 조사했을 것이다. 대학교 조교인 가미시로와 아무 곳에도 소속되지 않은 영매 지운사이에게 어떤 연결점이 있다면 경찰이 이미 조처를 했을 것이다. 하지만 그런 움직임은 보이지 않았다. 그렇다면 가미시로와 지운사이 협력설은 성립되지 않는다. 가미시로는 결백하다는 결론이 나온다.

이것으로 지운사이 양옆에 앉는 바람에 표적이 됐던 세이치와 가미시로는 목록에서 제외된다. 그렇다면 상식적으로 누군가가 옆 사람의 새끼손가락을 풀어주어 원에서 빠져나가 자유로이 움직일 기회를 주었다고 볼 수밖에 없다. 그 사람은 어둠 속에서 몰래 지운사이의 등 뒤로 돌아가 목적을 달성한다. 그렇게 할 수 있었던 사람은 누구일까. 그것이 다음 문제다.

세이치 옆에서부터 차례대로 생각하면 일단 미아다.

하지만 미아가 범행을 저지르지 않았다는 것은 세이치가 보증할 수 있다. 세이치의 손가락 위에 한순간도 빠짐없이 미아의 새끼손가락이 얹혀 있었다. 설령 반대쪽의 사에코가 손을 치웠다고 해도 지운사이가 있는 곳까지는 너무 멀어서 손이 닿지 않는다. 아무리 용을 써도 미아는 영매의 목에 칼을 꽂을 수 없을 듯했다.

다음은 사에코다. 사에코가 자유로워지려면 미아와 다키에 두 사람이 손을 치워야 한다. 가령 그랬다고 해도 목발을 사용하며 이동하기는 상당히 힘들 것이다. 그 자리에서 아무도 모르게 움직여 범행을 저지르기는 아마도 어려울 것이다.

그리고 다키에. 다키에는 사에코와 가쓰유키의 협력이 필요하지만 일단 불가능한 것은 아니다. 미리 협의하여 사에코와 가쓰유키가 살며시 손을 치운 후 잠자코 있으면 어떻게든 기회는 있었을 것이다. 따라서 다키에가 현재로써는 범인일 가능성이 있다.

가쓰유키도 마찬가지 가능성이 있다. 다키에와 오우치야마의 협력을 얻으면 범행을 저지르지 못할 것도 없다. 오우치야마는 일단 **이쪽** 입장이라고 할 수 있으며 다키에는 오랜 세월 함께 살아온 아내다.

다음으로 오우치야마는 도저히 범행을 저지르기 불가능할 것 같았다. 가쓰유키와 나오쓰구의 협력이 꼭 필요한데 나오쓰구와는 표면상 대립 관계. 가미시로와 지운사이 협력설과 마찬가지로 숨겨진 연결점이 있을 것 같지도 않으니 범인일 가능성은 아주 낮다.

나오쓰구도 마찬가지다. 양옆에 세이케이 대학교의 두 사람이 앉아 있었기 때문이다. 그들과 비밀리에 연결되어 있지 않은 한 나오쓰구는 범인이 아니다.

이것으로 모든 검토가 끝났다. 가능성으로만 따지면 두 가지 가설이 성립된다. 일단 다키에, 가쓰유키, 오우치야마 공범설. 여기서 실행자는 가쓰유키다. 그리고 사에코, 다키에, 가쓰유키

공범설. 실행자는 다키에다.

하지만 용의자가 여덟 명밖에 없는 가운데 세 사람이나 공범이라니 조금 무리가 있지 않을까. 영화나 소설이라면 또 모를까 실제로는 약간 허무맹랑하게 느껴졌다.

세이치는 어젯밤에 거기까지 생각하다가 어처구니가 없어서 그만두었다. 요전에도 그랬듯이 가족 중에 범인이 있다니 도저히 믿기지 않았다. 하지만 가미시로와 오우치야마에게도 범행이 불가능하다면 역시 범인의 모습은 사라지고 만다.

세이치는 복잡해진 머리를 한 번 흔들고 거실로 들어갔다.

뜰이 훤히 보이는 소파에는 사에코 혼자 앉아 있었다. 무료한 듯이 오도카니 앉아 생각에 빠져 있는 것 같았다. 매끄러운 검은 머리가 햇빛을 받아 아름답게 반짝였다.

"무슨 생각을 그렇게 해."

"아, 오빠. 회사 쉬었어?"

세이치가 말을 걸자 사에코는 환히 웃는 얼굴로 돌아다보며 말했다.

"미안해. 나 때문에 늦잠 산 거 아니야?"

"아니, 그런 거 아니야. 어차피 가봤자 일이 손에 잡히지도 않았을 텐데, 뭘."

세이치가 사에코 옆에 앉았다.

곁눈질로 사에코의 표정을 살짝 살폈다. 콧날이 곧게 뻗은 말끔한 옆얼굴에 긴 속눈썹 그림자가 졌다. 사에코도 잠이 부족했는지 안색이 안 좋았다.

새벽에 사에코에게 들은 이야기가 떠올랐다.

잔존사념. 강령회 때 뭔가에 겁을 먹은 듯이 보이더니만 그래서 그랬던 모양이다. 아무래도 설명이 되지 않는 일이었다. 검은색 구슬을 놓아둔 사람의 사념이 남았고 사에코가 그 사념을 읽어냈다니 기묘한 현상이라고밖에 할 말이 없었다. 하지만 예지몽을 꾼 적이 있는 세이치는 그 사실을 받아들이기가 어렵지 않았다. 사에코가 그렇게 말했으니 분명히 일어난 일이다. 하지만 도대체 누가 이 순진한 아이에게 악의를 드러내려는 걸까.

모르겠다. 적의 정체를 파악할 수가 없다.

이런 상황에서 사에코를 지키려고 해도 도대체 어디서부터 시작해야 할지 엄두가 나지 않았다. 사에코에게 눈을 떼지 않도록 후미와 미아에게도 넌지시 주의를 줬다. 가능한 한 곁에 있어줄 생각이지만 하루 종일 붙어 있을 수도 없으니 어떻게 해야 좋을까.

"아 참, 그렇지. 오빠, 아까 전화 왔었어."

느닷없이 사에코가 말했다.

"전화?"

"응, 네코마루 씨라는 사람이었어."

잊고 있었다. 그러고 보니 강령회 결과를 알고 싶어 했는데. 신문과 뉴스로 경과를 알고 있는지도 모른다. 자세한 내용을 듣고 싶어서 아득바득 앙탈을 부리려고 전화를 걸었을 것이다.

"뭐라고 하디?"

"음, 한가해졌다고 전해달라고 했어."

"한가해졌다고?"

"응, 그 말만 남겼는데."

"그 말만? 내게 따로 한 말은 없었어?"

"아니, 그렇게만 말해주면 알 거라고 했어."

모르겠다. 또 제멋대로다. 게다가 잠든 사이에 전화를 했다는
점이 이상했다. 그 남자라면 상관없으니 깨워서 바꾸라고 할 사
람인데.

"그 사람, 나한테 볼일이 있었나봐."

"너한테?"

"응, 처음에는 후미 아주머니가 받았는데 나를 바꿔달라고 한
모양이니까."

점점 더 이해가 가지 않았다. 그 괴짜가 뭘 하려는 걸까.

"무슨 볼일이었는데?"

"별것 아니었어. 그냥 이것저것 묻더라. 할아버지는 어떤 분
이셨냐, 오우치야마 씨의 인상은 어떠냐 등등. 이상한 사람이었
어. 저기, 오빠. 네코마루 씨라면 그 사람이지, 도카이도를 걸었
다는 사람."

"응, 맞아."

"재미있는 사람이네. 나, 그렇게 별난 사람이랑 이야기하는
거 처음이야."

네코마루와 아주 새미있게 통화한 기억이 떠올랐는지 사에코
는 혼자 웃었다. 네코마루가 무슨 생각을 하는지는 모르지만 사
에코의 기분을 풀어주었으니 이것은 이것대로 잘된 일이다. 혹
시나 이상한 계획을 세우고 있지는 않을까 싶어 조금 걱정이 되
기는 했지만.

네코마루는 밤에 다시 한 번 전화를 걸어왔다. 예상한 대로 앙
탈을 부려댔다.

"야, 야, 야, 야, 세이치, 그렇게 엄청난 일이 터졌는데 왜 안
알린 거냐. 너 이 녀석, 나한테 무슨 원한이라도 있어? 아무 때

나 상관없으니까 어젯밤에 사건이 일어난 후에라도 전화를 걸었어야지."

여느 때와 다름없이 수화기 너머로 들리는 커다란 목소리는 방약무인했다. 요전에는 분명히 자고 있을 때 전화하지 말라고 했으면서.

"신문만 봐서는 잘 모르겠지만 굉장하잖아. 강령회에서 살인이 발생하다니 이건 완전히 본격 탐정 소설 뺨치는 일이라고. 어지간해서는 구경할 수 없는 일이야. 약아빠졌어. 어째서 너만 그렇게 재미있는 일에 빠지지 않는 거야. 정말이지 부러워 죽겠다고."

"부럽다고 하시지만 저희 가족 입장에서는 성가실 따름이에요. 아까까지 경찰이 수선을 떨다 갔다니까요."

"또, 또 위하수증에 걸린 국회의원이 국회에서 답변할 때처럼 우울한 목소리네. 만사를 그렇게 부정적으로 생각하지 말라고 내가 늘 말하잖나."

"하지만 아무리 애써도 긍정적으로 생각할 수 있는 사태가 아닌걸요. 그건 그렇고 선배, 오늘 아침에 제 사촌 동생한테 전화하셨다면서요."

"아아, 우리 사에코 말이구나."

"우리 사에코라니, 허물없이 부르시네요."

"뭐 어때서 그래. 어떻게 부르든 내 마음이지."

"그런데 무슨 일로 전화하셨어요? 이야기를 듣고 싶으면 저한테 직접 물어봐도 되잖아요."

"거참 시끄럽네. 사촌 동생한테 전화 한 번 했다고 그렇게 딱딱거리는 거 아니다. 네가 무슨 사에코의 호랑이 아버지라도 되냐? 좀 물어볼 게 있어서 전화한 거야."

"그게 뭔데요?"

"끈덕지기는, 그냥 이것저것 물어봤어. 아무튼 크게 참고가
됐다. 걔, 참 착하더라. 뭐랄까 올곧고 순수한 게 비굴하게 뒤틀
린 누구랑은 엄청 다르더라고."

"그것참 죄송하게 됐습니다."

"야야, 됐어. 네가 그렇게 삐쳐서 말하면 어쩐지 당장 목이라
도 맬 것처럼 들린단 말이야. 아, 그렇지. 그것보다 세이치, 너
오늘 회사 쉰다면서."

"아, 네."

"다 큰 어른이 그렇게 책임감 없이 일을 땡땡이치면 안 돼."

이 사람이 할 말은 아니지만 그렇게 받아치면 몇십 배나 되는
폭언으로 반격할 테니 그만두기로 했다.

"그럼 내일은 안 빼먹을 거지?"

"네, 물론이죠."

"좋아, 그럼 6시에 신주쿠에서 보자. 야근 같은 좀스런 짓은
하면 안 된다. 딱 정각에 퇴근해서 와. 기노쿠니야 서점 뒤편의
'토레노'라는 카페 알아? 거기서 만나자고. 7시에 누구 만나기
로 했으니까 그 전에 어젯밤에 있었던 일을 자세하게 들려줘.
아, 그리고 돈도 준비해. 약간이면 돼. 술집에서 셋이 먹고 마실
수 있는 정도면 되니까. 알겠지?"

"자, 잠깐만요. 그게 무슨 말씀이세요. 누구랑 만난다는 겁니
까? 왜 저까지 가야 하는 건데요?"

세이치가 불만을 늘어놓자 네코마루는 고함을 빽 질렀다.

"이 녀석 말본새 좀 보게! 내가 뭣 때문에 오늘 하루 종일 이

리저리 뛰어다녔다고 생각하는 거냐. 전부 너희 집 사건 때문이
잖아. 약속 잡느라 얼마나 고생했는데. 진짜 부탁이니까 정신
좀 차려라. 알겠지? 6시다. 늦지 마."

"그런데 선배 바쁜 거 아니었어요?"

"내가 왜?"

"그, 공룡 화석이 어쩌고저쩌고하셨잖아요."

"어이, 세이치."

왠지 모르겠지만 네코마루가 갑자기 목소리를 깔더니 으름장
을 놓았다.

"이제부터 내 앞에서는 공룡의 공 자도 꺼내지 마라. 한 번만
더 말하면 가만두지 않겠어."

네코마루는 얼굴만큼이나 목소리도 다양해서 갑자기 이렇게
말하면 상당히 무섭다.

"하아…… 죄송합니다."

일단 사과했다.

"좋아, 그럼 내일 보자. 늦으면 안 돼."

"아니, 그러니까 누구랑 만나는지 정도는……."

세이치의 말을 끝까지 듣지도 않고 네코마루는 전화를 끊었
다. 세이치는 어깨를 축 늘어뜨린 채 수화기를 내려놓으며 생각
했다. 도대체가 무슨 생각을 하는지 전혀 모르겠다고.

무슨 생각을 하는지 전혀 알 수 없는 이 남자는 6시 정각에 카
페로 들어왔다.

그때까지 세이치는 약간 불안한 마음으로 기다리고 있었다.

오후 6시인데도 신주쿠에 있는 카페치고는 이상하게 한산했

다. 그게 녹즙 같은 커피 때문인지 요즘 보기 드문 오렌지색 플라스틱 문 때문인지, 아니면 잔뜩 얼룩진 나뭇결무늬 벽지와 희미한 주홍색 조명 때문인지는 분명치 않았다. 그중 한 가지만 해당하더라도 멋 부린 젊은 커플들이, 혹은 젊은 커플이 아닐지라도 꺼릴 만한 가게이기는 했다. 진지하게 장사할 생각이 있는 건지 없는 건지 점원은 무뚝뚝한 젊은 남자 한 명뿐이었다. 손님도 적었다. 후줄근한 셔츠 차림의 중년 남자가 입을 크게 벌린 채 졸고 있고, 영업 사원으로 보이는 청년이 만화 잡지에 푹 빠져 있을 뿐이라 네코마루가 들어올 때까지 세이치는 어쩐지 편치 않은 기분을 맛보았다. 그래서 눈에 익은 헐렁헐렁한 검은색 윗옷을 입은 남자가 오렌지색 문을 열었을 때 적지 않게 마음이 놓였다. 불평할 마음마저도 시들고 말았다. 그것까지 계산하고 여기서 만날 약속을 했다면 이 남자 정말이지 보통내기가 아니다. 실제로도 그 정도 생각쯤은 할 만한 사람이라 다루기가 여간 어렵지 않다.

네코마루는 세이치가 앉은 테이블로 바쁘게 다가왔다. 그리고 눈썹까지 늘이뜨린 앞머리를 흔들며 조그마한 몸을 의자에 묻었다.

"자, 말해봐. 어서 들려줘. 그 영매 양반 죽었다면서? 어떤 상황이었어?"

네코마루는 인사도 하는 둥 마는 둥 몸을 내밀었다. 점원에게 주문할 시간도 아깝다는 듯이 부랴부랴 담배를 꺼냈다.

"신문 기사만 봐서는 잘 모르겠어서 답답했어. 한창 강령회가 진행 중일 때 사건이 일어난 거야?"

"네, 뭐."

세이치는 잔뜩 흥분한 상대방의 기세에 압도되어 대답했다.

"한창이고 뭐고 클라이맥스에 접어들었을 때였어요."

"오오, 그거 굉장하군. 그런데 강령회는 어떤 스타일이었지? 아니, 잠깐만. 조금 진정하자고. 허둥댈 필요 없지. 처음부터다, 처음부터. 어디 보자, 영매 양반이 몇 시에 왔는지부터 시작하자고. 서두르지 마, 천천히 이야기해."

네코마루는 새끼 고양이처럼 동그란 눈을 더 크게 뜨고 재촉했다. 이 사람은 그냥 무책임하게 재미있어하는 것 아닐까. 세이치는 그렇게 생각하며 이야기를 시작했다. 들려주지 않으면 언제까지고 끈질기게 들러붙을 것이 뻔했기 때문이다.

일단 시작하고 나자 노인이 옛날이야기를 들려주는 것과 비슷했다. 이야기가 자연스럽게 입에서 술술 흘러나왔다. 어젯밤에 형사 앞에서 몇 번이나 연습한 덕분이었다.

후환을 없앤다는 의미에서 네코마루가 만족하게끔 아주 자세하게 들려주었다. 그래도 사소하게 여겼던 일까지 상대가 질문하는 바람에 몇 번이고 이야기를 반복해야 했다. 응접실에서 오우치야마와 가미시로가 들려준 이야기, 지운사이가 으스대며 늘어놓은 말들, 그리고 어둠 속에서 세이치가 느꼈던 감정.

이야기를 마치자 목이 바싹 말랐다.

세이치는 미지근한 물을 단숨에 들이켜고 숨을 한 번 내쉰 후 맞은편에 앉은 네코마루를 바라보았다.

뭔가 이상했다.

네코마루는 동그란 눈으로 허공을 쳐다보며 혼이 빠져나가기라도 한 것처럼 멍하니 있었다. 가냘픈 손가락 사이에서 담배가 필터까지 타들어가는데도 전혀 신경 쓰지 않았다. 비유해서 말하자면 태어나서 처음으로 함박눈을 본 새끼 고양이가 넋을 놓고 창밖을 바라보는 듯한 느낌이랄까. 더부룩한 앞머리를 이마에 늘어뜨린 앳된 얼굴에, 뭔가에 놀랐는지 감탄했는지 모호한 표정이 서렸다.

"선배, 왜 그러세요?"

미심쩍은 마음에 세이치가 말을 걸어도 상대의 둥근 눈은 미동도 하지 않았다.

"저기, 네코마루 선배. 어디 몸이라도 안 좋으세요?"

돌발성 치매인가? 세이치는 그런 병이 실제로 있는지 진심으로 걱정되기 시작했다. 이 사람은 머릿속 배선이 보통 사람과는 어딘가 다르다. 그 배선이 결국 엉켜버린 것 아닐까. 이대로 제정신이 돌아오지 않으면 내버려두고 집에 돌아가도 될까.

"앗, 뜨거워라!"

네코마루가 느닷없이 큰 소리를 지르며 펄쩍 뛰어올랐다. 담배를 내던지고 손가락을 컵 속에 담갔다. 담뱃불이 손가락에 닿은 모양이었다.

"아, 뜨거워. 젠장, 또 이리네."

네코마루는 못마땅한 듯이 바닥에 떨어진 담배를 짓밟고는 말했다.

"야, 뭘 멍하니 보고만 있냐. 담뱃불에 델 것 같으면 그렇다고 말을 해줘야 할 것 아니야."

화가 잔뜩 치밀어 오른 표정이었다. 이렇게까지 극단적인 화풀이도 여간해서는 보기 힘들다.

"정말이지 도움이 안 되는 녀석이라니까."

"하지만 멍하니 있었던 건 선배인데요."

"누가 멍하니 있었다고 그래. 생각에 잠겨 있었다고, 생각에."

그게 생각에 잠겨 있는 얼굴이었다는 말인가.

"죄송해요. 그런데 무슨 생각을 하셨는데요?"

"사건의 진상."

"진상이라니, 뭔가 알아내셨어요?"

세이치가 그다지 기대하지 않고 묻자 네코마루는 아랫입술을 깨물며 말했다.

"뭔가 잡힐 듯 말 듯한 것이 조금만 더 파고 들어가면 될 것도 같은데. 어쨌거나 손에 든 패가 너무 모자라. 잘만 하면 오늘 밤 안에 어떻게든 될지도 모르겠다만."

네코마루가 중얼중얼 말하자 플라스틱 문이 열리고 새로운 손님이 들어왔다.

"오, 벌써 7시다. 분명 그 사람일 거야."

네코마루가 손님 쪽을 바라보며 재빨리 세이치 옆으로 자리를 옮겼다.

들어온 사람은 양복을 입은 젊은 남자였다. 키가 크고 야위어서 온몸이 철사로 된 듯한 인상이었다. 얼굴에도 살집이 없어서 해골에 가죽만 씌워놓은 것 같았다.

철사 남자는 가게를 잠시 둘러보다 약속 상대임을 알아차린 듯 두 사람에게 다가왔다. 철사로 만든 세공품인 양 걸음걸이도 어색했다.

네코마루는 공손하게 철사 남자를 맞이하더니 양손을 무릎에 얹고 깊이 머리를 숙였다.

"야타베 씨 맞으시죠? 아까는 전화로 실례했습니다. 이런 곳까지 오시라고 해서 정말 죄송합니다."

아주 정중한 태도였다. 철사 남자 야타베는 의자에 앉으며 말했다.

"아니요, 괜찮습니다. 어차피 오늘은 아무 일정도 없었으니까요."

겉모습에 어울리지 않게 낮은 목소리였다.

"일부러 발걸음 하시느라 고생하셨습니다. 제가 전화드린 네코마루고, 이쪽이 호조입니다."

네코마루가 소개하는 바람에 세이치는 별생각 없이 철사 남자와 인사를 나누었다.

"처음 뵙겠습니다. 호조라고 합니다. 저기 선배, 이분은 누구……."

세이치가 묻자 네코마루는 동그란 눈으로 세이치를 힐끗 쳐다보고 대답했다.

"야타베 씨는 세이케이 대학교 심리학과 조교로 계셔. 가미시로 씨와 오우치야마 씨의 동료시지."

"아, 그렇군요."

세이치가 고개를 끄덕이자 야타베는 고지식한 얼굴로 입을 열었다.

"그렇습니다. 저희 과의 가미시로와 오우치야마가 댁에 폐를 끼치고 있는 것 같더군요. 정말 죄송합니다."

"아니요, 폐라니요. 이상한 사건에 끌어들여서 저희야말로 죄송한걸요."

그러자 네코마루가 옆에서 세이치의 말을 막았다.

"자, 인사는 그 정도로 해둡시다. 그럼 전화로도 말씀드렸다시피 두세 가지 여쭈어보고 싶은 게 있는데요."

"예, 그러시죠. 뭔가요?"

야타베는 태평스레 대답했다.

"일단 오우치야마 씨와 가미시로 씨가 학교에서 어떤 입장에 있는지가 궁금합니다. 두 사람이 학교에서 어떤 평가를 받느냐는 건데요. 탁 터놓고 여쭤보죠. 두 사람이 하고 있는 초상현상 연구는 정당한 연구로 인정받고 있습니까?"

"글쎄요. 그 연구 모임, 그러니까 와타누키 교수님을 중심으로 하는 사이 연구회 말입니다만."

네코마루의 물음에 야타베는 약간 주저하더니 말을 이었다.

"실은 제 주변의 평가는 그리 높지 않습니다. 일단 명칭은 세이케이 사이 연구회지만 사실 학교와는 전혀 관계없는 동호회 같은 모임입니다. 와타누키 교수님이 개인적으로 동호인을 모아서 만든 모임인 셈이죠. 그런데 학교 설비를 마음대로 사용하고 있으니 문제가 있다고 지적하는 교수님도 계세요. 개중에는 숟가락 구부리기나 초능력자 따위는 제대로 된 대학에서 연구할 만한 주제가 아니라고 공공연하게 비판하는 교수님도 계시고요."

야타베는 웃음기 하나 없는 얼굴로 말했다.

"그렇군요. 그럼 야타베 씨는 어떻게 생각하시는지요?"

네코마루가 재미있다는 듯이 물었다.

"그게, 뭐 저는 제쳐두고 제 지도 교수님인 아리무라 교수님도 언짢게 생각하시거든요. 다른 선생님들과 함께 어떻게든 와타누키 교수님께 충고하려고 하시지만 고집이 이만저만 아니시라서요. 와타누키 교수님은 아리무라 교수님의 간언을 핍박이라고 여기시는 것 같더군요. 아무리 말려도 귀를 막고 꿈쩍도 안 하십니다."

요컨대 대학교 내부에서 벌어지는 파벌 싸움의 일종일까. 인간은 어떤 세계에 있든 이것만큼은 그만두려 하지 않는다.

"그럼 야타베 씨, 그 연구회가 앞으로 학교의 정식 연구소로 승격할 가능성은 없을까요?"

네코마루가 물었다.

"글쎄요. 아무래도 무리겠죠."

야타베는 고개를 살짝 갸웃거렸다.

"대학에서 특수한 연구 기관을 새로 설립할 때 얼마나 번잡한 절차를 거쳐야 하는지 아십니까?"

"아니요, 공교롭게도 모릅니다만."

"예를 들어 와타누키 교수님이 사이 연구회를 정규 연구 기관으로 발족시키고자 한다고 칩시다. 아니면 특수한 실험 기재를 구입하는 입장이라고 해도 돼요. 그럴 때는 문부과학성에 기획안과 추정 예산안을 제출해야 합니다."

"아, 문부과학성요."

"문부과학성에서 정해놓은 내학 실비 기준이라는 게 있거든요. 물론 현재 기준에는 초심리학 수업이 들어 있지 않아요. 새로이 과목을 개설하려면 한정된 예산에서 필요한 예산을 따와야 합니다. 그러면 당연히 다른 강좌와 연구 기관의 예산이 삭감되겠죠. 지금도 예산이 모자라 허덕이는데 초능력 연구를 하겠다고 예산을 신청한들 문부과학성이 인가해주겠습니까?"

"공무원들이 그 정도로 유연하면 좋겠지만요."

"물론 그렇지만 지금의 체질로 봐서는."

"당연히 안 되겠죠."

"예, 그뿐만이 아닙니다. 문부과학성에 기획안을 제출하기 전에도 관문이 있어요. 일단은 학부 교수회에서 승인을 받아야 합니다. 저희 인문학부에도 당장 필요한 다른 연구 기획안이 산더미처럼 쌓여 있어서요. 초심리학 기획안이 우선적으로 승인될 가능성은 없습니다. 가령 교수회에서 승인을 받았다고 해도 대학 전체를 아우르는 관리 운영 평의회에서 가결되어야 하죠. 관청에 직접 기획안을 제출하러 가는 사람은 관리 운영 평의회 책임자거든요. 그러니까 교수님들은 정부와 절충할 수 있도록 이 책임자를 충분히 이해시킬 필요가 있어요. 그렇지 않으면 관청에서도 일이 꼬일 뿐이니까요. 하지만 아무래도 평의회에서 가결될 가능성은 없을 것 같네요. 어느 대학이든 문부과학성에 숟가락 구부리기 기획안을 제출하기는 망설여질 테니까요. 대학 자체의 견식을 의심받을지도 모르고, 까딱 잘못하면 세간의 웃음거리가 될 겁니다."

야타베는 시원스러운 얼굴로 말했다. 그런데 오우치야마와 가미시로도 그렇고, 야타베도 그렇고 세이케이 대학교의 조교들은 어째서 하나같이 길게 이야기하는 것을 좋아할까. 평소에 연구에 너무 몰두하는 탓에 이야기할 기회가 없어서일까. 아니면 교수들이 수다쟁이인 탓에 입을 열 틈이 없어서 욕구불만에 빠진 걸까. 아무튼 장황한 이야기 덕분에 이 철사 남자가 어떤 입장에 있는지는 대강 알았다. 이 남자는 가미시로와 오우치야마 두 사람과 대립하는 파벌에 속한 모양이다. 그리고 비정규적인 연구가 인정받지 못하리라는 것을 알기 때문에, 승리를 확신하기 때문에 외부인을 상대로 내부 사정을 폭로한 것이다. 전화로 불러낼 때 네코마루는 분명 그러한 우월감을 교묘하게 자극

했으리라. 그러므로 이렇게 어슬렁어슬렁 나온 것이다. 네코마루가 누구인가. 마음이 스르르 녹을 만한 미사여구를 늘어놓으며 야타베를 치켜세우는 모습이 그려졌다. 아까부터 철사 남자를 아주 정중하게 대하는 네코마루의 태도에서도 그러한 경위를 거쳤을 것이라고 짐작이 갔다. 하지만 수작에 걸려들어서 남부끄러운 내부 사정을 일부러 이야기하러 나왔으니 그리 대단한 인물은 아닌 것 같았다.

"와타누키 교수님을 일깨우려는 어느 교수님은 이런 말씀까지 하셨습니다. 대학에 소속된 사람이 사이 현상이라니, 그런 비과학적인 연구를 계속하는 것 자체가 난센스라고요. 뭐, 그 교수님이 제일 극성이신 분입니다."

인간적으로는 어떤지 몰라도 대학교 연구실에 있는 만큼 야타베의 말투는 명료했다.

"현재로써는 그런 연구를 하려면 본업을 내팽개치든지 아니면 개인적인 취미활동 삼아 가볍게 다루는 수밖에 없는데, 와타누키 교수님은 그걸 아시는지 모르시는지 원. 다른 교수님들도 어떻게 해야 할지 난감해하시는 것 같더라고요. 와티누키 교수님의 준집단 행동 심리 연구는 학회에서도 괜찮은 평가를 받고 있고, 저희 젊은 조교들도 지금까지의 업적은 존경할 가치가 있다고 생각합니다. 하지만 이대로 연구실에 계시도록 내버려둘 수는 없다는 목소리도 나오고 있어요. 하지만 실적과 실력이 있는 분을 무조건 규탄할 수만도 없으니……. 제 은사인 아리무라 교수님과 오랜 세월 친구로 지내셨거든요. 그래서 선생님들은 어떻게든 와타누키 교수님을 설득하고자 힘을 쓰고 계시지만 가미시로와 오우치야마 같은 추종자들이 괜히 치켜세우고 부추기는 게 문제입니다. 정말로 애먹고 있어요. 교수님들도 골치가 아프실 겁니다."

야타베가 눈살을 찌푸린 채 늘어놓는 이야기를 네코마루는 재미있다는 듯이 경청하고 있었다. 장난꾸러기 고양이처럼 헝클어진 머리털을 손으로 쓸어 넘기는 모습이 어쩐지 묘하게 기뻐 보이기까지 했다.

"그런데 네코마루 씨. 후쿠라이 도모키치라고 아십니까?"

야타베는 녹즙 커피를 한 모금 마시고 말했다.

"이름은 들어봤습니다."

네코마루가 즐거운 듯이 대답했다.

"호조 씨는요? 아십니까?"

"아니요, 모릅니다."

그 말에 야타베가 가죽을 씌운 해골을 세이치 쪽으로 돌렸다.

"후쿠라이 도모키치는 메이지 시대의 심리학자인데요. 구 도쿄제국 대학에서 최면술을 연구했습니다. 수많은 임상 시험 사례를 모아 《최면 심리학》이라는 저서를 써서 크게 평가받았습니다만."

"점점 초심리학 쪽으로 기울어져갔죠."

네코마루가 거들었다.

"그렇습니다. 어떤 피험자가 최면에 걸렸을 때 책상에 놓아둔 책 몇 페이지에 뭐가 적혀 있는지 읽어냈다던가, 그런 이상한 현상이 일어난 것이 계기였던 모양입니다. 후쿠라이 박사는 이 현상을 두고 시각 이외의 다른 방법으로 투시했다고 생각했죠. 그 후로 투시와 염사 연구에 몰두했습니다. 염사는 아시죠?"

질문을 받고 세이치가 대답했다.

"네, 대충은요. 카메라를 이렇게 이마에 대고 셔터를 누르는, 그거 아닙니까?"

"맞습니다. 가짜 초능력자가 텔레비전에서 자주 보여주고는 하죠. 다만 당시는 아직 건판 사진을 사용했기 때문에 지금과는 방식이 약간 달랐습니다. 건판을 밀봉해둔 후 아무도 손을 대지 않고 염으로 감광시키는 방식이었던 듯합니다. 빛을 쬐지 않고 사념으로 필름을 감광시켜 상을 맺게 한다는, 물리적으로 생각하면 말도 안 되는 엉터리죠. 하지만 후쿠라이 박사는 그게 가능하다고 생각했던 것 같습니다. 그 후《심령과 신비 세계》같은 책을 내서 우리나라 최초로 오컬트를 연구하는 과학자로 이름을 알렸죠. 왜 후쿠라이 박사의 이름을 꺼냈느냐 하면 오우치야마 같은 추종자들이 와타누키 교수님을 후쿠라이 도모키치로 만들려고 한다는 소문이 돌고 있기 때문입니다."

"이야, 제2의 후쿠라이 도모키치인가요?"

네코마루가 감탄했다는 듯이 말했다.

"예. 이건 저도 풍문으로 들었을 뿐이라서 실상은 잘 모르겠지만 아무래도 사이 연구의 신벌로 삼으려는 모양이에요."

"아하, 명성과 업적이 있는 교수니까 대외적으로 괜찮은 간판이 된다는 건가요."

네코마루가 말하자 야타베가 말을 이었다.

"그것도 그렇지만 제가 들은 바로는 그저 간판이 아니라 교수님 본인도 상당히 의욕이 넘치시는 것 같았습니다."

"와타누키 교수님이오? 하지만 야타베 씨, 후쿠라이 도모키치는 그런 연구에 열중한 것이 화근이 되어 제국 대학에서 쫓겨나지 않았던가요?"

네코마루가 말했다. 쓸데없이 아는 게 많기도 하다. 야타베는 고개를 끄덕였다.

"그렇습니다. 여론과 대학 내부의 비판을 받아들여 퇴직했죠. 인심을 어지럽힌다는 이유로 경찰들도 꽤나 주목했던 모양입니다."

"일부러 그런 후쿠라이 박사가 되겠다고요? 후쿠라이는 불우한 만년을 보냈을 텐데."

네코마루가 중얼거리자 야타베가 타이르듯이 말했다.

"불우했다고는 하지만 그건 기득권 쪽에서 보았을 때의 이야기죠."

"그 말은 후쿠라이 도모키치 자신은 불우하지 않았다는 얘긴 가요?"

"무조건적으로 단정할 수 없지 않을까요? 들어보세요. 연구자에는 두 가지 타입이 있습니다. 일단 어느 정도의 지위에 올라 예산과 인력을 최대한 활용할 수 있다는 것을 기쁨으로 느끼는 타입, 그리고 자기가 좋아하는 연구에 몰두할 수만 있으면 극빈함도 괴로움으로 여기지 않는 타입이죠. 둘 다 일장일단이 있어요. 전자에게는 대학 당국의 도움을 받아야 할 필요가 있는 이상 자기 뜻에 맞지 않는 연구도 해야 한다는 단점이 있고요. 후자에게는 언제나 자금이 모자라서 고생한다는 단점이 있습니다. 그런데 후쿠라이 도모키치는 굳이 따지자면 후자였던 듯합니다. 연구에 몰두하면 아무것도 눈에 들어오지 않는지라, 요샛말로 연구 빼면 시체였다고 할까요. 어느 타입이 연구자로서 행복한지는 개개인의 자질 문제니까 행복했는지 불행했는지를 일률적인 기준으로 판단할 수는 없다고 봅니다."

"아아, 알 것 같습니다."

네코마루는 감개무량하다는 듯이 고개를 끄덕였다. 빈둥빈둥 놀고 지내는 이 남자 입장에서는 뭔가 공감되는 구석이 있었으리라.

"그렇게 생각하면 후쿠라이의 만년도 결코 불우했다고는 할 수 없겠죠."

야타베는 이야기를 계속했다.

"제국 대학에서 퇴직한 후에는 센다이에 틀어박혀 도호쿠 심령 과학 연구회를 결성하고 평생 연구에 매진했다고 합니다. 물론 자금난으로 힘들었던 것 같습니다만 후원자도 몇몇 나타났고 세상을 떠난 뒤에는 후쿠라이 도모키치 기념관도 생겼죠. 생전에 운영했던 '무스비 협회'는 '재단 법인 후쿠라이 심리학 연구회'가 되어 지금도 후배 학자들이 연구를 계속하고 있을 정도이니 뭐, 성공한 인생이라고 할 수 있지 않을까요."

"그렇군요. 그렇다면 와타누키 교수님도 후쿠라이 타입의 연구자시겠네요."

"굳이 따지자면 그렇겠죠. 한 가지 일에 열중하면 다른 일에는 눈길도 주시지 않으니까요."

"그래서 제2의 후쿠라이가 되고 싶다는 겁니까?"

"아니요, 아니요. 어디까지나 소문이니까요. 추종자들이 그런 계획을 진행하는 것 아니냐는 소문이 돌 뿐 확실한 사실은 모릅니다. 다만 추종자들은 진심으로 재단법인화를 생각하고 있는지도 모르겠어요. 출자자를 찾는다는 소문도 있거든요."

세이치는 흠칫 놀랐다. 요전에 가미시로가 한 말이 생각났다. 여러분과는 친분 관계를 오래 유지하고 싶다고. 그것은 재단법인을 만들 때 자금을 제공해주기를 은근히 바라고서 한 말이 아니었을까. 야타베의 이야기를 들으니 지금까지 보이지 않았던 부분이 눈에 들어왔다. 가미시로와 오우치야마도 그들 나름대로 꿍꿍이가 있는 듯했다. 생각해보면 당연한 일이다. 네코마루처럼 한가한 사람이라면 또 모를까, 그들은 일류 대학 연구실 조교다. 고작 영매의 속임수를 밝혀내기 위해 몇 번이나 남의 집에 드나들며 시간을 쓰다니 부자연스럽지 않은가. 설령 연구에 방해가 되는 사기꾼을 근절하기 위해서라고는 하나 그들은 필요 이상으로 열심이었다. 분명 일종의 선전 활동이었을 것이다. 영매의 속임수를 밝혀내어 자신들이 얼마나 우수한지 알린다. 그리고 그 후에 서서히 자금 원조 이야기를 꺼낸다. 비교선전이라고나 할까. 우수한 외판원이라면 누구나 사용하는 수법이다. 하지만 세이치는 조금 불만스러웠다. 나쁜 짓은 아니지만 계산적이고 어쩐지 불공정하게 느껴졌다.

자신이 속한 조직의 내막을 다른 사람에게 이야기하면 스트레스를 해소하는 데 도움이 된다. 야타베가 어쩐지 속이 시원해진 모습으로 돌아가자 세이치는 바로 네코마루에게 불평을 하기 시작했다.

"이제 알았어요. 그 두 사람, 사이 연구소의 홍보 대사가 틀림없어요."

"그게 무슨 소리냐?"

네코마루는 담배에 불을 붙이고 영문을 모르겠다는 듯이 동그란 눈으로 세이치를 쳐다보았다.

"그렇잖아요, 이러쿵저러쿵 떠들어도 결국 목적은 재단법인 설립을 위한 자금 조달이니까요."

"뭐야, 왜 이리 얌전히 있나 싶었더니 그런 생각을 하고 있었냐?"

"아닌가요? 야타베 씨는 소문이라고 했지만 그거, 분명 사실일 겁니다."

"너도 참 어수룩하다. 아직도 세상 돌아가는 이치를 몰라."

네코마루는 깔보는 듯한 눈빛을 던지며 말했다.

"야타베는 가미시로와 오우치야마와 대립 관계에 있어. 사이 연구를 하는 일파를 고깝지 않게 생각한다고. 그런데 그 두 사람을 칭찬할 줄 알았냐. 평소에 악담을 퍼붓고 싶어서 입이 근질근질했을 거다. 그래서 나 같은 외부인에게, 아니 외부인이니까 마음 편히 나불나불한 거 아니겠냐."

"그럼 재단법인이나 자금 운운하는 이야기는 소문을 부풀려서 말한 걸까요?"

세이치가 묻자 네코마루는 무관심한 말투로 대답했다.

"물론 어떤 면에서는 진실이겠지. 그렇다고 해도 그것만 가지고 그들이 돈을 모으는 데 혈안이 됐다고 판단할 수는 없어. 뭐, 네기 느꼈디시피 야타베는 분명 그렇게 여기겠지만. 그렇다고 그게 유일한 진리는 아니야. 내가 늘 말하잖냐, 만사를 한쪽 측면만 보고 판단해서는 안 된다고. 너도 참 발전이라는 걸 할 줄 모르는구나. 누구의 이야기든 객관적 사실을 제외하고는 반으로 깎아서 들어야 하는 법이야. 더 대국적인 측면에서 넓은 시야로 만사를 볼 줄 알아야지."

"그럼 오늘 왜 군이 저를 불러내신 거예요? 야타베 씨와 만나 가미시로와 오우치야마의 정체를 들려주시려고 한 줄 알았는데요."

"이런, 이런. 생각이 왜 그렇게 모자라냐."

네코마루는 길게 늘어뜨린 앞머리를 휙 쓸어 올리며 말했다.

"그 남자 입이 가벼워지게끔 해준 것뿐이야. 그래서 널 부른 거고."

"그게 무슨 뜻입니까?"

"그러니까 나 혼자 만나자고 했으면 상대방도 경계했겠지. 생판 모르는 인간이 학교 내부 사정을 이야기해달라는데 누가 나오겠냐. 하지만 너랑 같이 온다고 하면 상대방도 나올 마음이 들겠지. 설령 대립하고 있다고는 해도 겉으로는 그 두 사람과 같은 학교 사람이잖아. 동료가 폐를 끼치고 있다는 부담감이 있으니까 네가 이야기를 듣고 싶다고 하면 무턱대고 거절할 수가 없지. 게다가 널 만나고 싶기도 했을 거야. 혹시나 너희 집에서 돈을 대서 불쾌한 그룹의 목적이 달성될까봐 걱정이었겠지. 그래서 가능하다면 널 만나서 그들을 방해하고 싶었던 거야. 누구든 사촌이 땅을 사면 배가 아픈 법이거든. 네가 그 두 사람에게 좋은 인상을 품고 있다면 어떻게든 그들을 헐뜯어야겠다고 생각했겠지. 그다음부터는 기름종이에 불을 붙여놓은 거나 마찬가지야. 내버려둬도 알아서 술술 털어놓는다고."

이 선배, 작은 동물처럼 얌전한 얼굴을 하고 잘도 그런 고약한 생각을 한다.

"정말로 야타베가 그렇게까지 생각했는지는 모르겠지만 아무튼 그래서 야타베한테 이유를 만들어준 거야. 동료가 관련된 사건의 관계자를 만난다는 핑계로 여기 올 수 있게 한 거지. 그런 의미에서 오늘 넌 미끼였어."

"그럼 뭡니까. 겨우 그것 때문에 절 부른 거예요?"

"그런 셈이지."

"그럼 저는 그냥 장식입니까?"

"응, 뭐 그렇게 되나."

네코마루는 마치 남 일인 양 능청거렸다.

"이딴 짓 좀 하지 마세요. 너무 비참하잖아요."

"또 지옥의 독기를 쐬어서 호흡곤란에 빠진 것처럼 음울한 표정을 짓네. 그렇게까지 노골적으로 말하면 내가 뭐가 되냐. 야, 좀 더 자신을 소중히 해. 그렇게까지 자신을 비하할 필요는 없잖아."

위로하는 건지 놀리는 건지 모르겠다. 너무나 무례한 처사에 화를 낼 기분도 들지 않아 세이치는 그저 어이없다는 표정만 지을 뿐이었다.

"자, 다음이다, 다음."

네코마루는 내 알 바 아니라는 듯이 담배를 비벼 껐다.

"어이, 가자. 멍하니 있을 때가 아니야."

그리고 가벼운 목소리로 말하더니 냉큼 일어서서 가버렸다. 세이치가 허둥지둥 뒤를 따라가자 출구에서 무뚝뚝한 점원이 길을 척 막았다. 그제야 눈치채고 뒤를 돌아보자 아까까지 앉아 있던 테이블에 계산서가 떡하니 놓여 있었다.

그대로 집에 돌아가는 줄만 알았다.

그저께 잠을 제대로 자지 못한 영향이 아직 남아 있었다. 가능하면 바로 돌아가서 침대에 눕고 싶었다. 하지만 오다큐 선 개찰구로 향하려는 세이치를 네코마루가 억지로 JR 방면으로 끌었다.

"어디 가는 거야. 이쪽이다."

몸집은 작은데 힘은 더럽게 세다.

"자, 잠깐만요. 아직도 뭔가 남았습니까?"

"시끄럽기는. 잠자코 그냥 따라와."

네코마루는 찍소리도 못 하게 쏘아붙이더니 세이치를 전철로 끌고 들어갔다.

세이치가 곤혹스러움과 불쾌함으로 치를 떨든 말든 네코마루는 전철 안에서 내내 입을 꾹 다문 채, 손잡이를 잡고 얼빠진 얼굴로 차창을 흘러가는 거리의 불빛을 바라보았다. 깜짝 놀란 새끼 고양이 같은 그 옆얼굴에 대고 세이치는 몰래 한숨을 쉬었다. 실컷 놀려먹은 것도 모자라 이번에는 어디까지 끌고 가려는 걸까. 이 방자한 남자가 얼마나 막무가내인지는 잘 안다. 이렇게까지 억지를 쓰면 오히려 체념하게 되어 속이 편하기도 하지만 아무리 그래도 어디로 가는지 정도는 가르쳐줘도 될 텐데.

우에노에 도착하자 전철에서 내렸다.

인파를 헤치며 그대로 걸었다. 이제 아사쿠사에 꽤 가까워졌을까. 너저분한 동네 한구석에 도착했다.

원색 네온사인이 여기저기서 깜박이고 있었다. 간장이 타는 듯한 진한 냄새가 났다. 골목길 너머에 바로 큰길이 있는지 차가 오가는 소리가 들렸다. 퇴근하는 양복 차림 회사원들 사이에 섞여 술에 잔뜩 취한 사람들이 갈지자걸음으로 비틀비틀 걸어갔다.

너저분한 동네 한구석이기는 했지만 사람들이 뿜어내는 생생한 에너지로 가득 차 있는 느낌이 들었다. 소음과 체취와 인간의 체온으로.

동네는 숨 쉬고 있었다.

네코마루는 성큼성큼 나아갔다. 헐렁헐렁한 검은색 윗옷이 바람에 펄럭였다. 세이치는 자꾸만 발걸음이 늦어졌다.

당황스러웠다.

사람들과 어울리는 것에 서툴다 보니 세이치는 좀처럼 밤에 길거리를 돌아다닌 적이 없었다. 그러고 보니 이런 곳도 있었구나, 하는 놀라움과도 비슷한 감개에 본의 아니게 허둥거리고 말았다. 그렇다고 해서 불쾌하지는 않았다. 가끔은 이런 곳을 거니는 것도 나쁘지 않을 것 같았다. 네코마루가 데려오지 않았다면 밤거리를 돌아다닐 생각은 하지도 못했을 것이다.

기분 좋은 5월 밤바람이, 동네의 다양한 냄새가 섞인 밤바람이 뺨을 어루만지자 제멋대로 날뛰는 네코마루에게 품은 불만도 문질러 떼어낸 것처럼 사라져갔다. 가끔은 나쁘지 않을지도 모른다. 다시 한 번 그런 생각이 들었다. 이 남자와 있으면 어쩐지 세상이 넓어지는 것 같아서 피식 싱겁게 웃었다.

이윽고 네코마루가 한 가게 앞에 멈춰 섰다. 커다란 붉은 초롱이 매달려 있고 새끼줄 포렴이 드리워져 있었다. 가게 이름을 확인하더니 네코마루는 세이치가 따라오는지 신경도 쓰지 않고 바쁘게 안으로 들어갔다. 세이치도 뒤를 따랐다.

들어간 순간 연기가 밀려왔다. 꼬치구이에서 피어오르는 기름진 연기가 가게 안에 자욱하게 끼어 있었다.

동시에 떠들썩한 소리가 들려왔다.

남자들이 상스럽고 탁한 목소리로 왁자지껄 떠들어댔다. 소음의 물결이 넘쳐흐르듯 덮쳐왔다. 세이치는 한순간 압도당했지만 네코마루는 전혀 동요하지 않고 당연하다는 듯한 표정으로 가게를 둘러보았다.

벽은 그을음이 껴서 새카맸다. 메뉴를 적은 조붓한 종이가 갈색으로 변색되어 말려 올라가 있었다. 바닥과 천장에 묘하게 기름기가 도는 것은 담뱃진과 꼬치구이 연기가 섞여서 굳은 탓이리라. 자리는 70퍼센트 정도가 찼다. 방금 전에 있었던 카페와는 비교도 되지 않을 만큼 소란스러웠다. 털털한 차림의 사람들이 불그무레해진 얼굴로 입을 크게 벌려 웃고 있었다. 침울한 사람은 한 명도 없고, 모두 다 활기가 넘치고 생생해 보였다. 세이치는 입고 온 양복이 여기와 어울리지 않는 듯이 느껴져서 넥타이만이라도 헐겁게 늦추기로 했다.

네코마루는 만나기로 한 사람을 찾았는지 세이치에게 눈짓을 한 후 카운터로 다가갔다. 영문도 모르고 그 뒤를 따랐다.

그 사람은 카운터에 혼자 앉아 있었다.

"저, 다케이 씨이신가요?"

네코마루가 말을 걸자 상대는 느릿느릿 뒤돌아보았다. 나이는 일흔 살 가까이 되었을까. 둥그런 얼굴에 반백 머리는 짧게 깎았고, 수염은 다보록하게 길렀다. 구릿빛으로 탄 얼굴 때문에 달걀조림에 수염을 붙인 것처럼 보였다.

"밤에는 대게 '오타후쿠'라는 가게에서 술 한잔하니까 만나고 싶으면 찾아오라고 하셔서 이렇게 왔습니다."

"뭐야, 낮에 전화주었던 형씨인가."

네코마루가 빙글빙글 웃으며 말하자 초로 남자는 깜짝 놀란 듯이 깊이 새겨진 주름 사이의 눈을 크게 떴다. 술을 너무 마셔 잠긴 목소리로 이어 말했다.

"정말로 왔나. 어어, 뭐 좋아. 네코 뭐라고 했던가? 자, 앉게."

달걀조림 남자가 권하자 네코마루는 남자 옆에 냉큼 자리를 잡았다. 나무틀에 등나무 줄기를 얽은 의자가 기름으로 끈적끈적한 것이 신경 쓰이기는 했지만 세이치도 일단 그 옆자리에 앉았다. 낙타색 울 셔츠를 입은 반백 머리 노인, 헐렁헐렁한 검은색 윗옷을 대충 걸쳐 입은 조그만 동안 남자, 그리고 양복을 입고 넥타이를 맨 세이치. 이렇게 절묘하게 조합된 그룹이 만들어졌다.

"다케이 씨."

네코마루가 바로 달걀조림 남자에게 말을 걸었다.

"전화로도 말씀드렸는데, 이쪽이 그 호조입니다."

"흐음."

다케이라고 불린 달걀조림 남자는 흥미 없다는 듯이 세이치를 힐끔 쳐다보았다. 또 무슨 일에 미끼로 사용되는 것이 아닐까 경계하면서 세이치는 어중간하게 인사를 했다.

"하지만 젠 이야기라면 경찰 나리들한테 실컷 했어."

"예, 그야 그렇겠지만 저희는 저희대로 독자적으로 이야기를 듣고 싶어서요."

네코마루가 말했다.

"난 아무것도 몰라. 젠이 살해된 사건에 관해서도 자세한 내막은 전혀 모른다고."

"상관없습니다. 저희는 그저 아나야마 씨가 생전에 어떤 분이었는지 알고 싶을 뿐이니까요."

"흐음. 일부러 여기까지 왔는데 그냥 되돌려보내기도 뭐하지. 어이, 주인장."

다케이 노인이 카운터 안쪽을 향해 소리 질렀다.

"일단 이쪽 젊은 사람들한테도 맥주 좀 줘."

"어, 다케이 씨. 오늘은 웬일로 젊은 사람들과 함께 오셨네요."

카운터 안의 중년 남자가 말했다. 더러워진 흰옷을 입고 머리에는 수건을 동여맸다. 얼굴은 이쪽을 향했지만 손으로는 바쁘게 꼬치구이를 뒤집고 있었다. 이마에 땀방울이 빛났고 연기를 쐬어서 눈이 새빨갰다.

"그런 거 아니야. 이 형씨들은 젠 이야기를 들으러 왔다고."

그렇게 호통을 치고 다케이는 맥주병을 내밀었다.

"자, 이렇게 만난 것도 인연이니 일단 한 잔 들게."

"아, 감사합니다."

잔을 채우고 건배를 했다. 다케이는 단숨에 잔을 비웠다.

네코마루는 핥듯이 맛만 살짝 보고 잔을 세이치 앞에 **탁** 내려놓았다.

"저는 술을 못 해서 술은 이 녀석이 마시겠습니다. 그런데 다케이 씨, 여기 꼬치구이는 맛있습니까?"

"그럼, 맛있다는 말로는 모자라지."

다케이는 벌건 얼굴을 누그러뜨렸다.

"여기 꼬치구이는 아사쿠사에서 제일이라고 소문이 자자해."

"그거 좋군요. 그걸 먹겠습니다."

"그리고 찜이지. 그걸 먹으려고 일부러 강 건너에서 찾아오는 사람도 있다니까."

"그것도 좋군요. 여기요, 꼬치구이랑 찜 3인분씩 주세요."

"꼬치구이랑 찜 3인분씩!"

카운터에서 기운찬 목소리가 되돌아왔다.

"자, 형씨, 쭉쭉 마시게."

다케이가 세이치에게 맥주병을 내밀었다.

"아, 감사합니다."

다케이가 맥주를 벌컥벌컥 들이켜는 모습을 보고 세이치도 무심코 잔을 비웠다. 빈속에 차가운 맥주가 스며들어 기분이 좋았다.

"오, 형씨, 제법 잘 마시는군. 자, 한 잔 더."

세이치의 잔이 다시 가득 찼다.

"다케이 씨는 아나야마 씨와 옛날부터 알고 지낸 친구시래."

네코마루의 말에 세이치는 맥주를 마시다가 사레들린 기침을 쏟아냈다. 지운사이의 친구? 서민 동네의 보통 영감님으로밖에 보이지 않는데.

"자, 다케이 씨도 드세요."

네코마루가 싹싹하게 술을 따르면서 말했다.

"아나야마 씨 일은 참 안됐습니다."

"그러게 말이야. 고작 환갑을 넘겼을 뿐인데. 어차피 방에 누워 평안하게 죽지는 못할 거라고 포기했지만. 젠도 참 불쌍한 놈이야."

다케이는 잔을 쭉 비우고 쓴웃음을 짓듯이 말했다. 세이치는 신경이 쓰여서 네코마루 너머에 있는 다케이에게 물어보았다.

"저기, 그 젠이라는 이름은……."

"응? 아아, 그렇군. 형씨는 현재 예명밖에 모르겠지."

다케이는 약간 흐리멍덩해진 눈으로 쳐다보며 대답했다.

"젠도 옛날에는 본명으로 활동했어. 아나야마 젠스케. 젠스케가 녀석의 진짜 이름이야. 통칭 '꿀꺽꿀꺽 젠'이라고 불렸지. 동료들 사이에서는 그 이름으로 더 잘 통했어."

"꿀꺽꿀꺽 젠?"

"그래, 꿀꺽꿀꺽 젠. 진정한 광대라면 별명으로 통할 정도는 되어야 진짜배기라고 할 수 있지. 나도 이래 보여도 소싯적에는 '줄타기 데쓰'라고 해서 꽤 이름을 날렸다고."

"광대셨어요?"

세이치의 눈이 휘둥그레지는 것을 보고 네코마루는 재미있다는 듯이 히죽히죽 웃었다. 다케이가 말을 이었다.

"아무렴. 나도 젠도 아사쿠사 토박이 광대. 하지만 같은 아사쿠사 공원이라고 해도 번화가 쪽에 있었던 건 아니야."

"공원?"

"그래, 길거리에서 공연을 하는 거지. 젊은 사람들이야 모르겠지만. 지금도 엔니치*에는 공연하러 나올 거야. 두꺼비 기름 연고 장사치 정도는 남아 있을 테니 형씨도 본 적 있을걸."

세이치가 맥없이 고개를 끄덕이자 다케이가 갑자기 나무젓가락을 휘두르며 소리를 높였다.

"지금 보여드리는 이 칼로 말할 것 같으면 끝만 뾰족하고 잘 들지 않는 무딘 칼이 아니야. 보시다시피 잘 갈아서 날이 시퍼렇게 빛나는 칼이야. 보시라, 어디 눈앞에서 종이를 한 장 잘라보자. 자, 한 장이 두 장이 되고, 두 장이 넉 장, 넉 장이 여덟 장, 여덟 장이 열여섯 장, 열여섯 장이 서른두 장, 춘삼월에 떨어지는 꽃처럼, 산에 풀풀 날리는 눈처럼 팍팍 잘리는구나. 보시라, 이렇게 잘 드는 칼도 앞뒷면에 두꺼비 기름을 바르면 종이 한 장 못 잘라. 보시라, 두드려도 안 잘리고, 베어도 안 잘려. 헌데 두꺼비 기름을 닦아내고 나니 건드리기만 해도 한 치 두께의 철

---

*신불과 이 세상과의 인연이 가장 강하다고 하여 축사나 공양을 하는 날.

판이 싹둑 잘리는구나, 보시라!"

다케이는 능수능란한 말솜씨로 떠들어댔다. 취해서 아까까지
만 해도 목소리가 걸걸했다고는 상상도 못 할 만큼 혀가 매끄럽
게 돌아갔다. 하지만 네코마루가 그다음을 바로 이어받는 모습
이 더 놀라웠다.

"멀찌감치 서 있으면 사물의 상태와 원리를 알 수 없음이라.
산사의 종이 둥둥 잘 울린다 해도 직접 보지 않으면 큰스님이
종을 울리는지 동자승이 당목으로 장난을 치는지 그 음색을 알
수 없는 것이 도리! 그러니 와서 보시라. 지금 보여드리는 차통
에는 한 치 여덟 푼 크기의 어린아이 모양 태엽 인형이 들어 있
어. 인형 세공 하면 당연히 교토에는 슈즈이, 오사카 지방에서
는 다케다 누이노스케, 오우미의 다이조* 후자와라노아손. 지금
보여드리는 것은 오우미의 쓰모리 세공. 목에는 태엽 여덟 개를
장치하고, 등에는 메뚜기** 열두 개를 달았으니, 큰길에 차통을
내려두면 하늘의 빛과 땅의 습기를 받아 음양의 조화를 이루어
차통 뚜껑을 탁 집어."

다케이에 뒤지지 않을 만큼 유장했다. 세이치도 놀랐지만 다
케이는 더욱 놀라 입을 떡 벌렸다.

"이야, 이거 대단하구먼. 형씨, 보통이 아닌데. 도대체 어디서
배웠나?"

"그게, 그냥 어깨너머로. 아마추어의 서투른 실력이라 부끄럽
습니다."

---

*다이조의 조(掾)란 중세 이후 직인, 예능인 등에게 주는 명예호를 의미하며, 다
이조(大掾)는 그중 가장 높은 등급을 말한다.
**탕건이나 책갑 따위에 달아서 물건이 벗어지지 않게 하는 기구.

"아니야. 아니야. 대단한걸. 에도 사투리를 제대로 쓰다니 기특해. 젊은데 참 장하군. 어허, 좋다. 자, 한잔하라고."

"아, 그건 이쪽이 대신."

네코마루는 잔을 쥔 세이치의 팔을 확 끌어당겼다. 다케이는 잔에 맥주를 따르며 물었다.

"어이, 형씨도 알지. 두꺼비 기름 연고 장사치."

"아니요, 잘은 모르는데요."

"뭐야, 그쪽 형씨는 술 상무인가. 그럼 마셔, 쭉 들이켜라고."

"아, 그럼."

"오, 술은 호탕하게 잘 마시는군. 자, 한 잔 더."

다케이가 계속해서 맥주를 따랐다.

"그런데 다케이 씨, 아나야마 씨 이야기 말인데요."

네코마루가 넌지시 말하자 상대는 맥주를 꿀걱 삼키고 나서 입을 열었다.

"아아, 그렇지. 젠 이야기를 하고 있었지."

"예."

"젠이 죽은 게 어제, 아니 이제 그저께인가…… . 아직도 믿기지가 않아. 젠이 말이야. 그 전날 밤에도 여기서 술을 마셨는데. 지금도 믿기지가 않는다고."

"그 기분 잘 압니다."

"젠은 좋은 녀석이었지. 광대로서도 으뜸이었어. 말솜씨도 좋아서 젠이 이야기를 시작하면 사람들이 우르르 몰려들었지. 분했지만 부러웠어. 게다가 엄청난 묘기를 펼쳤다고. 인간 펌프 묘기로는 젠을 앞설 사람이 없었어."

"인간 펌프요?"

"그래, 펌프처럼 뭐든지 후루룩 삼켰지."

"그래서 꿀꺽꿀꺽 젠입니까?"

"암, 젠의 묘기는 재미있었어. 바늘, 전구, 금붕어, 면도칼 같은 물건들을 삼켰다가 손님이 말하는 순서대로 뱉어냈다고. 어찌나 대단했는지. 전구를 삼킨 후에 전기를 연결하면 배 속에서 희미하게 빛이 났지. 손님들이 배꼽을 잡고 웃었다고."

세이치는 깜짝 놀라 잔을 내려놓았다. 뭐든지 삼키고 다시 뱉어내는 능력. 지운사이에게는 그런 특기가 있었다.

하지만 네코마루는 눈짓으로 세이치를 가만히 제지했다.

"아나야마 씨는 예전에 길거리에서 묘기를 보여주는 광대셨군요."

"그래, 옛날에는 그런 광대가 아주 많았지. 아사쿠사 공원과 아사쿠사 절에 별별 녀석들이 죽 늘어서서 아주 떠들썩했어. 품바에 골라, 골라를 외치며 좌판을 펼쳐놓는 녀석도 있었고, 점쟁이, 내기 바둑, 학자 개라고 해서 개에게 계산을 시키는 웃긴 녀석도 있었어. 밤에는 저마다 램프를 내걸었어. 램프 불빛이 줄을 짓고, 아가씨들은 목청 높여 야스기 지방 민요를 불렀지. 여기저기 무리지어 구경하는 손님들로 활기가 넘쳤다고. 헌도구상과 헌책방은 물론 요지경에 마술사까지 있었어. 거기서 규모가 좀 큰 것으로는 흥행장을 꼽을 수 있지. 갈대로 만든 가건물에서 요상한 구경거리들을 보여주고 돈을 받았어. 뱀 여자에 해골 춤, 여자 씨름과 늘어나는 목, 곰 아가씨, 힘센 장사 아가씨 등등 참 많았어. 그중에서도 문어 남자가 재미있었지. 팔다리를 구불구불 구부리고 조그만 상자에 쏙 들어가는 거야. 그 상자를 젊은 놈들 셋이서 뒤집고 휘두르고 난리를 쳤지. 지금은 다들 어떻게 지내고 있을까. 엔니치에는 나와서 공연을 하려나. 하지만 그런 사람들도 광대의 긍지를 지니고 있었어. 나도 어떤 곰 아가씨와 잘 알고 지냈는데 일도 열심히 하고 참 야무졌지. 온몸이 털투성이인 여자인데 뒷마무리도 깔끔하게 하고 예의도 바른 것이 주변의 보통 여자들보다 훨씬 참했다고. 그러다가도 손님 앞에만 나서면 어엿한 광대로 활약했어. 구경거리가 된다고 해서 주눅 들지 않았지. 하지만 뭐 대부분은 툭하면 싸움질에 돈도 물 쓰듯이 펑펑 썼지. 난쟁이 고로스케라는 녀석은 주사위 노름에 빠져서 하루 매상을 하룻밤 만에 날려먹었다니까. 어린애 같은 얼굴로 울상을 지으며 조금이라도 좋으니 돈을 돌려달라고 얼마나 비굴하게 굴던지 원. 하지만 모두 좋은 녀석들이었어. 자부심이라고 할까, 광대 노릇에만은 혼을 품고 있었다고."

다케이는 먼 과거를 회상하는지 아련한 눈으로 허공을 바라보며 이야기를 계속했다. 네코마루는 웬일로 입을 다물고 얌전히 귀를 기울였다.

"그중에서도 꽃은 역시 우리처럼 실력 있는 광대였지. 뭐니 뭐니 해도 묘기 하나로 두각을 나타내야 했으니까. 무녀 가무, 의자 타기, 발재간, 곡예, 복화술까지 못 하는 게 없었어. 우리가 활약했을 무렵에는 나랑 젠, 그리고 괴력의 후루타라는 녀석, 이렇게 셋이 삼총사로 불렸지. 셋이서 함께 공연하면서 이 부근에서는 이름을 꽤나 날렸다고. 구경하러 온 여자와 염문을 뿌리기도 하고 말이야. 후루타의 묘기도 굉장했지. 원래 간사이 지방에서 활약하던 광대였는데 흥행주의 여자를 건드리고 쫓겨나서 이쪽으로 왔어. 기왓장을 맨손으로 서른 장이나 깼어, 서른 장을. 단숨에 작살을 내는 거지. 요즘 가라테 수련자는 상대도 안 돼. 이렇게 배에다 힘을 딱 주고 한 손으로 얍, 하고 서른 장을 단숨에 산산조각 낸다고. 엄청나지? 다만 기왓장 값이 너무 많이 들어서 안 되겠다며 끊임없이 불평을 해댔어, 하하하하. 어때 웃기지?"

"예예. 그런데 다케이 씨 슬슬 청주로 바꾸시지 않겠습니까?"

네코마루가 싱글싱글 웃으면서 말했다.

"오, 네코 씨. 참 좋은 생각이야. 어이, 거기 술 상무 형씨. 댁도 마실 거지?"

"아, 네. 마시겠습니다."

"좋아. 그렇게 나와야지. 이봐, 주인장. 청주 다섯 병."

술에 얼큰하게 취했는지 다케이의 걸걸한 목소리가 몇 곱절 커졌다.

"젊을 적에는 여기저기 많이 돌아다녔지. 아사쿠사도 좋았지만 역시 젊었으니까. 밖으로 나다니고 싶어서 몸이 근질근질했다고. 축제 때가 대목이거든. 일본 전국을 발이 부르트게 돌아다녔어. 여행으로 시작해 여행으로 끝나는 빙렁자였지. 위문단으로 중국에도 갔다고. 참 재미있었어. 아시아 여러 나라를 두루두루 돌아다니는 광대의 길이었지. 술을 떡이 되도록 마셨고, 가는 곳마다 대환영을 받았어. 맛있는 음식을 배불리 먹고 매일 밤 흥청망청 연회를 벌였지. 행군은 힘들었지만 젊었을 때니까 우리는 끄떡도 안 했어. 하지만 본국으로 돌아온 지 얼마 되지 않아 전화에 휩싸였고, 전쟁에 진 거야."

다케이가 빈 잔에 청주를 꼴꼴꼴 따랐다.

"그 무렵에 무리한 게 화근이었는지 후루타는 뿅쟁이가 됐지.

젠이랑 이런 이야기를 한 적이 있어. 역시 우리는 방에 누워 평안하게 죽지는 못할 운명 아니겠냐고. 그런데 결국 젠까지 그렇게 갈 줄이야. 젠은 좋은 녀석이었어. 사내다웠지. 여행을 가서 그 지역 불량배와 시비가 붙으면 젠이 제일 먼저 담판을 지으러 달려갔지. 좋은 녀석이었어."

반백 머리를 흔들며 다케이는 잔을 쭉 비웠다.

"무엇보다 묘기에 열심이었어. 마음에 든 묘기가 있으면 그 사람 집에 가서 배워오고는 했지. 젠은 눈썰미가 좋아서 금세 자기 걸로 만들어버렸다니까. 다마스다레*가 특기인 미키타로가 이렇게 빨리 배우면 자기는 장사를 어떻게 하느냐고 불평했을 정도야. 그렇게 다양한 묘기를 배웠어. 하지만 역시 인간 펌프 묘기가 제일 재미있었지. 그 험악한 얼굴로 전구를 꿀꺽 삼킨다니까. 얼마나 재미있었는지 몰라."

혀가 꼬일 정도로 마신 다케이의 술 상대를 한 탓에 세이치도 거나하게 술기운이 돌기 시작했다. 수면 부족과 공복도 한몫했다. 하지만 기분은 나쁘지 않았다. 주변의 떠들썩한 소리도 전혀 신경 쓰이지 않았다. 주객들의 천박하고 막된 웃음소리도 지금은 흥겨운 배경음악으로밖에 들리지 않았다.

"그런데 다케이 씨, 아나야마 씨는 언제부터 영매로 활동하기 시작했나요?"

네코마루가 물었다. 이제야 본론으로 들어갈 마음이 생긴 모양이었다. 다케이는 잔에 술을 따르며 대답했다.

"영매 그딴 게 다 뭐야. 젠의 재주 정도면 지금도 현역으로 활

---

*길이 20~30센티미터의 대나무 발을 들고 춤을 추면서 발의 모양을 바꾸는 묘기.

동할 수 있었을 텐데. 더 이상 그런 시대가 아니라는 말만 계속하고."

"그렇게 말하면서 영매를 시작한 건 언제부터인가요?"

"언제더라. 어디 보자, 10년쯤 전 아니었던가. 그래, 10년쯤 전이야. 분명 우에노의 메밀국숫집 시나노안이 망했을 때니까."

"아나야마 씨는 왜 영매를 시작하신 걸까요?"

"묘기를 열심히 하던 녀석이었으니 형태야 어떻든 뭔가 하지 않으면 마음이 편치 않았겠지."

"그럼 특별히 영매가 아니었어도 상관없었겠군요."

"뭐, 그야 그렇지만. 젠은 어린아이처럼 천진난만한 구석이 있어서 말이야. 남을 놀래주기를 좋아했어. 게다가 묘기에도 자신이 있었으니 유령을 사용하면 제일 손쉽고 재미있게 남을 놀래줄 수 있겠다고 생각한 거 아닐까."

"사람을 놀래주기 위해서요?"

"그래, 영매가 되어 돈푼이나 벌겠다는 생각은 아니었을 거야. 녀석은 돈에 무관심했거든. 내가 보기에는 남을 도우려고 그 일을 한 거야."

"남을 도우려고?"

"아무렴, 남을 돕는 거지."

다케이는 찜 국물을 아껴 먹듯이 후루룩 마셨다.

"이봐, 네코 씨. 젠이 어떤 수법을 썼는지 알고 있나?"

"아니요, 어떤 수법인가요?"

"이게 또 웃기거든. 어이, 주인장. 청주 다섯 병 더! 젠이 강령회다 제령이다 부탁받아서 남의 집에 가잖아."

"예예."

네코마루는 동그란 눈을 반짝이며 몸을 내밀었다.

"거기서 무턱대고 될 수 있는 한 재수 없는 이야기를 해서 위협하는 거야. 젠의 얼굴을 보면 그럴듯하게 생겼잖아. 그런 얼굴로 기분 나쁜 이야기를 해봐. 이 집은 저주를 받을 거라는 둥, 따님은 지벌을 입을 거라는 둥 그런 이야기를 들으면 가족들은 겁을 먹겠지. 그도 그럴 것이 젠은 옛날부터 말솜씨도 장난 아니었거든. 나도 한 번 따라가본 적이 있는데 걸작이었어. 정말 잘하더라고. 배우 뺨칠 정도였지."

"그렇군요."

"그렇게 잔뜩 겁을 준 후에 **별난 결론**을 내봐. '가족이 사이좋게 지내면 영혼을 몰아낼 수 있습니다'라고 하는 거야."

"예?"

"내가 말하면 농담처럼 들리겠지만 젠이 분위기를 딱 잡고 어려운 말을 늘어놓아봐. 가족이 힘을 합쳐 유대를 강화하면 그 힘에 져서 영혼이 물러난다는 식으로 말이야. 그 얼굴로 말하면 그럴듯하게 들린다고."

다케이는 거무스름해진 얼굴을 찡그리며 웃었다. 그리고 술을 꿀꺽 마셨다.

"요전에는 암으로 죽어가는 할망구 집에 가서 강령회를 열었다고 하더군. 죽은 남편의 영혼을 불러낸 것처럼 꾸며서 '죽는 건 무섭지 않다, 이쪽으로 와서 함께 살자'라고 말하고 왔다는 거야."

"……."

네코마루는 아무 말도 없었다. 멍한 표정으로 눈 아래까지 내려온 앞머리를 손가락으로 잡아당길 뿐이었다.

"또 있어. 나쁜 유령에 씌었다고 믿는 일가가 있었는데 젠이 거기 가서 걱정할 필요 없다, 이 집에 온 것은 조상님 영혼이다. 조상님은 가족이 사이좋게 사는지 걱정돼서 보러왔을 뿐이라고 했대. 상대가 기뻐하며 사례금을 두둑이 주려고 했는데 젠이 고집을 부려서 처음에 정한 액수밖에 받지 않았어. 그런 점이 젠답지만."

그렇게 말하고 다케이는 술을 쭉 들이켰다.

"아나야마 씨는 왜 그런 일을 하셨을까요?"

네코마루가 조용한 목소리로 물었다.

"음. 역시 묘기를 좋아해서였을 테고, 거기에다 젠은 마누라랑 자식을 잃었거든. 그 녀석 나름대로 가족에 집착이 있었던 것 아닐까."

"다케이 씨, 하나 여쭙고 싶은 게 있는데요."

네코마루는 동그란 눈을 크게 뜨고 말했다.

"아나야마 씨가 강령회를 할 때 구체적으로 어떤 방법을 썼는지 아십니까?"

"젠이 쓴 방법?"

"예, 손을 대지도 않았는데 장난감과 종이 움직이고, 빛나는 천이 공중에서 춤을 췄다고 하던데요."

"글쎄, 그건 몰라. 물어봐도 확실히 대답해주지 않았어. 마술을 하는 녀석들도 속임수만은 가르쳐주지 않았다면서 웃었지."

"그런가요. 그런데 다케이 씨는 어떻게 보십니까? 다케이 씨도 아나야마 씨와 같은 일을 하셨잖아요. 뭔가 짐작 가는 구석은 없습니까?"

"나? 난 몰라. 젠과 달리 솜씨도 부족하고 머리도 옛날처럼 잘 돌아가지 않아. 무엇보다 이제 묘기에 대한 열정이 없어. 봐, 무릎이 이렇거든."

그렇게 말하며 다케이는 오른쪽 무릎을 탁 소리 나게 두드렸다. 겉으로 보기에는 아무런 이상도 없는 것 같았지만 다케이는 탄식하며 말했다.

"옛날에는 가느다란 줄 위를 가뿐하게 걸어 다녔지. 줄타기 데쓰가 지금은 이 꼴이야. 정말 한심하기 짝이 없어."

다케이는 말을 마치고 또 술을 목구멍에 들이부었다.

"그래, 젠이 한 일은 사기였는지도 몰라. 젠이 그러려고 마음 먹었으니 아주 잘 속여 넘겼겠지. 하지만 네코 씨, 젠은 좋은 일을 한 거야. 적어도 하늘을 우러러보지 못할 짓은 하지 않았어. 그건 알아주게."

눈물 섞인 목소리였다.

"압니다. 잘 알죠."

네코마루는 달래듯이 그렇게 대답했다.

다케이는 눈물에 젖은 눈으로 몇 번이고 고개를 끄덕였다. 마치 마주 앉은 아나야마에게 고개를 끄덕이는 것처럼.

11시가 넘어서야 가게에서 나왔다.

술에 곯아떨어진 다케이는 가게 사람에게 맡겼다. 늘 있는 일이니까 걱정하지 말라는 말을 따른 것이다. 당연히 계산은 세이치가 했다.

역을 향해 네코마루와 함께 걸었다.

한가로이 거닐기 좋은 날씨였다.

술에 적당히 취해서 기분이 좋았다. 네온사인이 눈부시게 번쩍였고, 술꾼들도 소란 부리지 않고 비틀비틀 오갈 뿐이었다.

세이치는 평소와 달리 들뜬 기분으로 앞서 걸어가는 네코마루에게 말을 걸었다.

"저기, 네코마루 선배. 그 영매 말이에요. 나쁜 사람은 아니었던 모양이네요."

네코마루는 아무 대답 없이 성큼성큼 걸어갔다. 헐렁한 윗옷이 바람에 펄럭였다. 세이치는 다시 말을 붙였다.

"다케이 씨를 만난 것도 수확이에요. 그 영매의 친구인 줄 어떻게 아셨어요?"

"조사하면 그 정도는 알아."

네코마루는 퉁명스럽게 말했다.

"그래도 대단하네요. 오늘은 지운사이가 뱃속이 시커먼 인간이 아니었다는 걸 알았다는 것만으로도 대수확이에요."

"아직도 그딴 소릴 하고 있냐."

네코마루가 뒤돌아섰다.

여느 때처럼 남을 업신여기는 눈이었다.

"아까도 말했을 텐데. 그것도 한 측면에 불과해. 그 사람은 지운사이 그 양반의 친구니까 나쁜 말은 하지 않아. 냉정하게 생각해보면 그뿐이라고."

세이치는 조금 놀라서 물었다.

"그럼 선배, 다케이 씨의 이야기도 반으로 깎아서 들어야 하나요?"

"뭐, 그렇게 해두면 잘못될 일은 없겠지."

네코마루는 아무렇지도 않게 딱 잘라 말했다.

의외였다.

평소에도 정에 흔들리는 타입은 아니었지만 이 선배는 아무

감명도 받지 않은 걸까. 그런 이야기도 냉철하게 받아들여 분석해야 한다고 주장하는 건가. 그러고 보니 이 사람의 본심을 본 적이 없다. 요설과 독설로 눈을 가리고 마음 깊은 곳을 남에게 보여주지 않는다.

그렇게 생각하자 세이치는 어쩐지 들뜬 마음이 가라앉았다. 겉모습과 행동만으로는 완벽하게 파악할 수 없는 상대방의 내면, 그리고 그 앞에 버티고 선 커다란 벽에 부딪친 것 같은 기분이 들었다.

"그것보다 세이치, 재미있는 걸 알아냈어. 이거야말로 대수확이야."

네코마루가 느닷없이 씩 웃었다.

"하아, 뭔데요?"

세이치는 당황스러움을 떨치지 못하고 대답했다.

"이것 좀 보라지. 넌 중요한 부분은 전혀 안 들었어. 인간 펌프 말이다."

"아, 물론 들었죠. 인간 펌프라면 아무것도 없었던 곳에 뭔가를 꺼내놓을 수 있죠."

"그래, 게다가 입에서 뱉어내기만 하면 되니까 손도 쓸 필요 없고."

"교묘한 방법이네요. 전혀 몰랐어요."

"분명 나오쓰구 씨가 그랬지. 영매 양반은 강령회 전에 아무것도 먹지 않는다고. 너희 집 가사도우미가 간식을 권했을 때 말이야."

"네, 강령회 전이었어요. 샌드위치로 가볍게 허기를 달래자는 이야기가 나왔는데 외삼촌이 선생님은 재계를 한다나 뭐라나

하면서 말렸어요."

"그렇지, 그게 방증이야."

네코마루는 멈춰 서서 담배를 꺼냈다.

"강령회에 대비해 물건을 숨겨야 할 곳에 음식을 씹어서 넘길 수는 없으니까. 강령회 전에는 배 속을 텅 비워놓아야 했을 거 아니냐."

"그럼 배 속에서 염주를 꺼낸 건가요?"

"그래, 생전에 고인이 사용한 물건이 느닷없이 나타나면 점수를 많이 딸 테니까. 그리고 예전의 그 엑토플라즘."

"아, 할아버지가 보셨던."

"응, 그것도 같은 방법을 쓴 게 아닐까 해. 이런 식으로."

네코마루는 멈춰 선 채 담배에 불을 붙이더니 연기를 가득 들이마셨다. 그리고 천천히 내뱉었다.

"하지만 그렇게 간단하게는 안 될 텐데요. 들어보니 엄청난 양의 연기가 흘러나왔대요."

세이치의 말에 네코마루는 히죽 웃었다.

"그러니까 말이다. 엄청난 연기를 방출하는 게 뭐가 있을까 생각해봐."

"엄청난 연기?"

"그래. 아, 진짜 둔한 녀석이잖아. 모르겠냐? 드라이아이스 말이야."

"드라이아이스?"

"그래. 아이스크림 상자 같은 데 들어 있잖아. 그거, 뜨거운 물에 넣으면 연기가 무지막지하게 피어오른다고. 정확하게는 수증기지만. 넌 그렇게 안 노냐?"

이 사람, 평소에 그런 짓을 하며 논단 말인가.

"물론 그런 화학물질을 직접 삼키면 위벽이 짓무르겠지. 예를 들어 이런 건 어때. 일단 탁구공에 조그만 구멍을 잔뜩 내. 그리고 그걸 반으로 갈라. 거기에 드라이아이스를 채우는 거야. 그리고 다시 원래대로 붙이는 거지."

"그걸 삼키는 거군요."

"전구도 삼키는 양반이니 그 정도는 식은 죽 먹기겠지. 그렇게 하면 위도 상하지 않고 가지고 다니기도 편리해. 미리 더운 물을 듬뿍 마셔놓고 엑토플라즘 실험에 관한 이야기를 늘어놓은 다음, 시간을 잘 맞춰서 몰래 탁구공을 삼키는 거야. 탁구공에 낸 구멍으로 물이 들어가면 수증기가 단숨에 뭉게뭉게 피어오르겠지. 탁구공에 넣어두었으니까 기화열로 위에 화상을 입을 우려도 없어."

"그 연기를 입으로 토해내서 보여주는 거네요."

"그래. 수증기는 흘러나오면서 식으니까 공기보다 비중이 무거워진 상태야. 입가에서 아래로 툭 떨어지면서 폭포처럼 흘러나오는 거지. 이런 담배 연기보다 훨씬 중후한 느낌으로. 아주 그럴듯하게 보이지 않겠냐."

"그렇군요."

세이치는 감탄해서 상대의 동그란 눈을 바라보았다. 그 방법이라면 어떻게든 될 것 같았다. 요즘 공룡 화석에 정신이 팔려 아무래도 이쪽 사건에는 열의가 없는 것처럼 느껴졌다. 하지만 공룡 소동이 마무리된 듯하자마자 네코마루는 뛰어난 통찰력을 보이기 시작했다. 이 상태로 살인 사건에 관해서도 뭔가 알아내주면 좋을 텐데.

"엑토플라즘의 정체는 분명 그거겠죠. 선배, 경찰에 알리는 편이 낫지 않을까요?"

"뭘?"

세이치의 말에 네코마루는 어리둥절한 눈으로 쳐다보았다.

"엑토플라즘의 정체 말이에요. 그리고 오늘 조사한 내용도. 세이케이 대학교에서 온 두 사람이 재단법인화를 노리고 있다는 이야기랑 인간 펌프 이야기요."

"무슨 멍청한 소릴 하는 거야. 참 느긋한 녀석일세. 그 정도쯤은 벌써 조사했을 거다. 내 생각은 경찰들도 다 알고 있을 거야. 경찰의 수사력을 무시하면 안 돼. 수사는 벌써 상당히 진전되었을걸. 그야말로 철저하니까. 어쩌면 지금도 널 미행하고 있을지도 몰라."

"설마요."

세이치는 당황해서 주변을 둘러보았다.

우에노 역 근처.

밤은 이제부터 더욱 깊어질 것이다. 서둘러 역으로 향하는 사람들의 물결과 속 편한 듯이 갈지자걸음으로 걸어가는 사람들. 빈 택시들이 빨간색 램프를 켜고 죽 늘어서 있다. 전철 달리는 소리가 윙 하고 울려 퍼졌다. 눈에 익은 밤거리의 얼굴이었다. 아무래도 이쪽을 살피는 사람은 없는 것 같았다.

"겁주지 마세요. 형사가 어디 있다고 그러세요."

"모르지, 어디 숨어 있을지도 몰라."

네코마루가 능청스럽게 웃었다.

"그것보다 선배. 할아버지가 돌아가신 사건이든 영매가 살해당한 사건이든 뭔가 또 떠오르는 것 없어요?"

"패는 대충 모인 것 같아. 수수께끼도 크게 복잡하지는 않고 수법도 간단해. 다만 단숨에 결말을 짓지 않으면 조금 번거로워질지도 모르겠어."

세이치는 꿍얼대는 네코마루의 말을 막았다.

"간단하다니. 선배, 사건의 수수께끼를 풀어내셨어요?"

"응, 그런 것 같아."

"그럼 어째서 빨리 말씀해주시지 않는 건데요."

세이치가 언성을 높이며 다그쳤다.

"염주니 엑토플라즘이니 그런 사소한 문제는 아무래도 상관없잖아요. 정말 범인을 알아낸 거예요?"

"그럴 거야."

"어떻게 범행을 저질렀는지도?"

"그런 것 같아."

세이치는 한순간 할 말을 잃었다. 그렇다면 전부 알아낸 것 아닌가.

"선배, 느긋한 게 누군데요. 생각한 게 있으면 빨리 말해주셔야죠. 도대체 무슨 생각을 하시는 거예요?"

"그렇게 대단한 건 아니야."

안달하는 세이치와는 대조적으로 네코마루는 한가로이 말을 이었다.

"다만, 세이치 한 가지 생각해봐. 강령회 때 일어난 사건 말이야. 어째서 그런 곳에서 영매를 죽였는지 생각해보라고."

"강령회 때?"

"그래. 범인은 왜 그런 특수한 상황에서 범행을 저질러야 했는가. 그게 포인트야."

네코마루가 수수께끼를 내듯이 말했다.

"지금 퀴즈 같은 걸 낼 때가 아니잖아요. 애만 태우지 말고 가르쳐주세요. 사촌 동생이 예민해져서 큰일이니까 하루라도 빨리 사건을……."

"뭐야, 사촌 동생이?"

네코마루는 날카로운 눈으로 세이치를 응시했다.

"무슨 소리야, 무슨 일 있었어?"

"신경이 상당히 곤두선 모양이에요. 전에 계단 위에 구슬이 있었다는 이야기했죠? 선배는 믿지 않을지도 모르지만 사촌 동생이 영적으로 범인의 악의를 느꼈어요."

세이치가 잔존사념 이야기를 하자 이번에는 네코마루가 동요했다.

"이 얼간아, 왜 그렇게 중요한 이야기를 안 했어!"

목소리가 너무 커서 세이치는 반사적으로 뒤로 물러났다.

"그게, 그런 오컬트 이야기는 선배가 믿지 않는다고 하셨고…… 그렇게 중요한 일도 아닌 것 같아서……."

"중요한지 중요하지 않은지는 네가 결정할 문제가 아니야. 이 아무짝에도 쓸모없는 호랑말코 같은 놈아!"

네코마루는 의미가 불분명한 말을 외치고 짜증스럽다는 듯이 가느다란 손가락으로 앞머리를 잡아당겼다.

"잠깐만. 야, 이거 큰일인데. 젠장, 그냥 넘어갈 수 없겠어. 어이, 뭘 멍청히 서 있어? 전화해, 전화! 빨리 하라고."

"전화라니, 저기, 어디에요?"

"당연히 너희 집이지 이 머저리야. 우물쭈물하지 말고 빨리 걸란 말이야."

흥분했다. 길을 지나가던 사람들이 하나둘 무슨 일인가 싶어 멀찌감치 둘러서서 지켜보기 시작했다. 세이치는 창피했지만 그런 것을 신경 쓸 네코마루가 아니다.

"정말 답답한 녀석일세. 서둘러라, 좀."

"네…… 그런데 왜 그러는 건데요?"

"어쨌고 저쨌고 간에 우리 사에코의 안부가 걸려 있다고. 걔가 지금 어떤 상황에 있는지 빨리 확인해!"

왜 그렇게 서두르는지 알 수 없었지만 사에코의 이름이 나오자 세이치도 갑자기 불안해졌다. 절박하게 재촉하는 네코마루의 모습도 심상치 않아 보였다.

세이치는 근처에서 공중전화를 찾아 전화번호를 눌렀다. 네코마루가 초조한 듯이 담배를 피우면서 그 모습을 지켜보았다.

"네, 호조입니다."

미아가 전화를 받았다.

"아, 미아니? 난데."

"오빠? 무슨 일이야?"

미아의 목소리가 평소와 별반 다르지 않은 것으로 보아 네코마루가 초조해할 만한 변고가 일어난 것 같지는 않았다.

"아니, 그냥 술 한잔했는데……."

"누구랑? 아차, 눈치 없게 이런 걸 물어보다니. 안 들어올 거라고 괜히 전화할 필요 없는데. 괜찮아, 괜찮아. 아빠 엄마한테는 아무 말도 안 할게. 좋은 시간 보내."

"무슨 이상한 생각을 하는 거야. 그것보다 사에코는 뭐 해?"

"언니? 글쎄. 후미 아줌마가 잠자리를 준비해줄 시간이긴 한데, 모르겠어."

"이상한 일은 없었지?"

"이상한 일이라니? 오빠, 도대체 왜 그래. 무슨 소리를 하는 거야?"

미아가 수상하다는 듯이 소리를 질렀을 때 네코마루가 옆에서 날카롭게 속삭였다.

"오늘 손님이 오지 않았는지 물어봐."

세이치는 살짝 고개를 끄덕인 후에 말을 계속했다.

"손님? 음, 낮에는 학교에 있었으니 모르겠고…… 후미 아줌마가 별말 없는 걸 보니 아무도 안 온 모양인데?"

"그렇구나……."

이제 뭘 물어야 하느냐고 세이치는 눈으로 질문했지만 네코마루는 조용히 고개를 저을 뿐이었다. 흥분은 가라앉았다. 아무래도 이것으로 목적을 달성한 듯했다.

"그럼 됐어. 이제 집으로 돌아갈게."

"잠깐만 오빠. 무슨 일인데, 응? 뭔가 이상해."

전화 건너편에서 아우성치는 미아를 무시하고 세이치는 수화기를 내려놓았다.

"이제 됐습니까?"

도무지 영문을 모르겠다는 표정으로 세이치가 묻자 네코마루는 얌전한 목소리로 말했다.

"응, 됐어. 오늘은 아무 일도 없었던 모양이군. 좋아, 가자."

"가자니요? 어디로?"

"진짜 눈치가 이렇게 없어서야 어디다 써먹겠냐. 당연히 너희 집에 가야지."

"잠깐만요. 지금 간다고요? 가봤자 가족들은 모두 자고 있을 텐데요."

세이치가 기가 막히다는 듯 주장하자 네코마루는 의외로 선선히 물러났다.

"하긴 그렇군. 오늘 밤은 괜찮겠지. 그럼 내일이다. 야, 세이치. 너 내일 회사 쉬어라."

"말도 안 되는 소리 하지 마세요. 뜬금없이 무슨, 안 돼요. 어제도 쉬었는걸요."

"에라, 이런 융통성 없는 녀석아. 그럼 밤이면 되겠지. 그래, 밤이라면 너희 가족도 모두 모여 있을 테고. 그게 좋겠어. 좋아, 그렇게 하자. 오다큐 선 세이조 역에서 만나면 되겠지. 어느 쪽 개찰구냐? 너 거기 몇 시에 도착해?"

여느 때와 다름없이 억지로 약속을 잡으려고 했다. 넌더리가 났지만 결국 언제나 그랬던 것처럼 내일 저녁 세이치가 돌아오는 시간에 역 앞에서 만나기로 했다. 이렇게 별난 남자를 가족들에게 어떻게 소개해야 할까.

난감해서 어쩔 줄 모르는 세이치에게 네코마루가 느닷없이 얼굴을 확 갖다 대더니 진지한 표정을 지었다. 그리고 길게 늘어뜨린 앞머리 아래의 눈으로 세이치의 눈을 들여다보았다.

"야, 세이치. 어쩌면 정말로 위험할지도 몰라. 잘 들어, 이번에야말로 네 책임을 다해라. 과거에 일어난 교통사고에 책임을 느끼고 있다면, 사촌 동생을 지키는 게 네 의무라고 여긴다면 지금이야말로 온 힘을 다 쏟아야 할 때야. 개 신변에 주의를 기울여. 뭔가 이상이 생기면 바로 나한테 연락해. 알겠냐."

"아, 네……."

지금까지 본 적 없는 네코마루의 진지한 눈빛에 압도당해 세이치는 고개를 끄덕였다.

"걔를 지켜. 알겠지? 반드시."

다시 한 번 말하고 네코마루는 발걸음을 돌렸다. 붙잡을 틈도 없이 네코마루는 쏜살같이 달리기 시작했다. 놀라서 멍하니 지켜보는 사이에 조그마한 몸은 역의 인파에 섞여 사라졌다.

세이치는 홀로 남겨졌다.

네코마루가 사라진 쪽을 바라보며 우두커니 서 있었다. 그가 진지한 목소리로 남긴 마지막 말이 잠시 귓가에서 떠나지 않았다.

막간

세이치의 시스템 수첩

18:30~
세이조 역 남쪽 출입구 네코마루 선배
목적 불명, 의미 불명

6
장

　가미시로 씨와 오우치야마 씨는 저녁을 먹은 후에 찾아왔다.
7시가 넘었을 쯤이었다.
　미아 말로는 두 사람이 도착하기 조금 전에 전화가 왔다고 한
다. 지금 가려고 하는데 모두 집에 있느냐고. 아빠 엄마는 이미
돌아왔고, 평소처럼 외삼촌도 왔다. 오빠는 아직 오지 않았다.
어제 꽤 늦게 들어온 모양인데 오늘은 금방 올 것이다. 미아가
내용을 전하자 상대방은 "나오쓰구 씨도 계십니까? 그거 잘됐
군요"라고 했다던가. 그러고는 할 이야기가 있으니까 지금 가겠
다고 했단다.
　이모는 "이런 시간에 무슨 일일까" 하고 조금 성가신 듯이 말
했다. 이모부도 무슨 이야기일지 짐작이 가지 않는 모양이었다.
　나는 기분이 조금 안 좋았다.
　아직 사흘 전에 일어난 사건의 후유증에서 벗어나지 못했다.
도무지 이해가 가지 않는 무시무시한 사건의 후유증에서.

생각만 해도 등골이 오싹해진다. 마음이 편치 않고 식욕도 없다. 오늘도 모두에게 걱정을 끼치고 말았다. 미아는 "언니, 몸을 생각해서 조금만 더 먹어"라고 거듭 말했고, 후미 아주머니도 내 몸 상태를 몹시 걱정해주었다.

분명 안색도 안 좋겠지. 피곤해서 짜증 어린 표정일 것이 틀림없다.

이런 얼굴로 그 사람을 만나기는 싫은데.

가미시로 씨와 오우치야마 씨가 왔을 때 나는 고개를 푹 숙인 채 최대한 얼굴을 보이지 않으려고 애썼다.

"늦은 시간에 불쑥 찾아와서 죄송합니다. 여러분께 해드리고 싶은 이야기가 좀 있어서요. 차분하게 이야기를 나눌 만한 곳이 있으면 좋겠는데요."

이모부, 이모, 외삼촌, 미아, 그리고 후미 아주머니와 나. 거기에 가미시로 씨와 오우치야마 씨도 있는 데다 조금만 더 있으면 오빠도 돌아온다. 역시 응접실은 비좁다. 그래서 식당으로 가기로 했다. 그래도 의자가 모자라서 후미 아주머니는 부엌에서 정리를 하면서 듣기로 했다.

두 사람이 무슨 이야기를 하러 왔는지 몰라서 모두 불안한 듯말수가 적어졌다. 생각해보면 할아버지가 돌아가시고 그 영매도 세상을 떠났으니 가미시로 씨와 오우치야마 씨가 우리 집을 찾아올 이유는 더 이상 없다. 외삼촌도 이제 강령회를 열자는 소리는 하지 않을 테니 설득할 상대도 없다. 실은 이틀도 전에 가미시로 씨가 더 이상 오지 않을지도 모른다는 사실을 깨달았다. 이제 이곳에 올 이유가 전혀 없다는 사실을 깨달았을 때 얼마나 놀랐는지 모른다. 이제 두 번 다시 만나지 못할지도 모른다는 생각에 얼마나 슬펐는지 모른다.

그래서 아까 미아가 전화를 받았을 때 적지 않게 들떴다.

하지만 정말로 무슨 일로 왔는지 미심쩍은 마음이 완전히 씻겨나가지는 않았다.

후미 아주머니가 홍차를 끓여서 가져왔다.

식당 안이 그윽하고 따스한 향기로 가득 찼다.

하지만 이렇게 좋은 향기로 가득 해도 식당 분위기는 어쩐지 어색했다. 뭔가를 기대하면서도 두려워하는 듯한, 이상한 낌새가 침묵 속에 느껴졌다.

막 찻잔에 손을 뻗으려고 할 때 애가 탄다는 듯이 이모부가 말문을 열었다.

"그런데 이런 시간에 저희를 모아놓고 무슨 이야기를 하시겠다는…….."

이모부의 말은 끝까지 이어지지 않았다.

누군가가 복도를 걸어 이쪽으로 오는 소리가 들렸기 때문이다. 슬리퍼를 끄는 소리였다. 그것도 한 사람이 아니었다.

"세이치가 돌아온 모양이네."

이모가 그렇게 말했을 때 복도 쪽에서 낯선 목소리가 울려 퍼졌다.

"이야, 정말로 대단하다. 너희 집 진짜 끝내준다. 뜰도 그렇고 집도 그렇고 크기가 장난 아니야."

괴상하고 귀청이 떨어질 만큼 큰 목소리였다. 어디서 들은 기억이 났다. 그래, 전화로 이야기를 나눈 적이 있다. 오빠 친구인 네코마루 씨라고 했던가. 어째서 그 사람 우리 집에 왔을까, 그것도 이런 시간에. 의아하게 생각하며 고개를 갸우뚱하는데 부얼문이 열렸다.

*

네코마루와 함께 부엌문을 열자 식당에 있던 모든 사람들의
시선이 집중되었다. 가족 모두, 거기에다 놀랍게도 세이케이 대
학교 2인조까지 와 있었다.

"어머나, 도련님. 다녀오셨어요."

혼자 부엌에서 설거지를 하고 있던 후미가 싱글벙글 웃으며
말했다.

"다녀왔습니다. 어떻게 된 거예요?"

쏟아지는 시선의 폭풍에 움츠러들면서 세이치는 후미에게 속
삭였다.

"그게, 저 젊은 손님들이 할 이야기가 있다고 해서요."

"이야기요?"

"예, 그래서 방금 전에 오셨는데……."

말끝을 흐리는 것으로 보아 후미도 그들이 왜 찾아왔는지 모
르는 것 같았다. 세이치는 후미에게 묻기를 포기하고 식당으로
들어갔다.

"안녕하세요. 또 찾아뵈었습니다."

오우치야마가 동그란 호빵 같은 얼굴을 숙였다. 세이치도 고
개를 꾸벅 숙여 답했다.

"세이치, 어서 와. 마침 딱 맞춰 왔네. 여기 두 사람이 뭔가 재
미있는 이야기를 하려나봐. 지금 시작하려는 참이었어. 그런데
누구신지?"

나오쓰구가 궁금하다는 눈으로 세이치의 등 뒤를 보았다.

성가신 인간을 데려왔다는 걸 깜빡했다.

황급히 뒤를 돌아보자 성가신 그 남자는 동그란 눈으로 아무 거리낌 없이 거실을 들여다보고 있었다. 당장에라도 성큼성큼 발을 들여놓을 것 같아서 세이치는 허둥지둥 조그만 남자를 제지했다.

"아, 그러니까, 이쪽은 제 대학교 시절 선배로⋯⋯."

세이치가 말을 꺼내자 본인이 넉살 좋게 앞으로 나섰다.

"안녕하세요. 이런 시간에 느닷없이 찾아와서 정말 죄송합니다. 저는 세이치의 친구 네코마루라고 합니다. 늘 세이치에게 신세 지고 있습니다."

네코마루는 붙임성 있게 싱글싱글 웃으며 손을 무릎에 대고 머리 숙여 인사했다.

"오늘은 세이치에게 빌리고 싶은 책이 있어서 잠깐 실례했습니다. 현관 앞에서 책만 받아 돌아갈 생각이었는데 세이치가 차라도 한잔하고 가라고 권해서 말이죠. 사양했지만 꼭 마시고 가라고 해서 호의를 받아들이기로 했습니다. 정말로 면목 없는 짓을 해서 죄송합니다."

네코마루는 맥락 없는 말을 떠들어대며 멋대로 거실에서 등받이 없는 작은 의자를 하나 끌고 왔다.

말을 꺼낼 시기를 놓쳐 벙벙하게 지켜보는 사이에 사에코와 미아 사이에 쏙 끼어들었다. 뻔뻔하다거나 낯짝이 두꺼운 수준이 아니다. 몰상식을 넘어 명백하게 이상했다.

너무나 어처구니가 없어 모두 말문이 막혔다.

"염치없지만 실례 좀 하겠습니다. 뭔가 재미있는 이야기를 하

시던 것 같군요. 아, 그쪽 두 분이 세이케이 대학교 사이 연구소
에서 나오신 분이로군요. 세이치에게 이야기 많이 들었습니다.
그래서 그런지 처음 뵙는 것 같지가 않네요. 잘 부탁드립니다.
아, 눈치 보실 것 없이 이야기 계속하시죠. 저는 여기서 얌전하
게 차나 마시겠습니다. 세이치, 언제까지 거기 서 있을 거야. 좀
앉아. 자, 신경 쓰지 마시고 계속하시죠."

　네코마루는 계속해서 싱글싱글 웃으며 자리에서 움직이려 하
지 않았다. 신경 쓰지 말라니, 어떻게 신경이 안 쓰인단 말인가.
나오쓰구가 뭐라고 하려고 했지만 입만 벌렸을 뿐 말을 꺼내지
않았다. 얽히면 위험한 인물이라고 판단한 듯했다. 현명한 선택
이었다. 다키에도 비난하는 눈으로 세이치를 쏘아보았지만 세
이치는 말없이 고개만 저었다. 네코마루가 이렇게까지 억지로
버티려는 것을 보면 뭔가 계획이 있는 것이 틀림없다. 이렇게
된 이상 어떻게든 자기 뜻대로 행동할 것이다.

　혼자 멍하니 서 있기도 이상해서 하는 수 없이 세이치도 거실
에서 의자를 들고 왔다. 다키에가 험악한 눈빛을 보내기에 가미
시로와 다키에 사이에 앉았다.

"얘, 세이치."

다키에가 속삭였다.

"저 사람, 정말로 네 친구니?"

"응……."

"좀 이상하지 않아?"

"뭐, 좀 별나기는 하지."

"좀이 아니잖아. 이상한 사람은 아니겠지, 또 영매라든가."

"그런 사람 아니야. 위험하지 않으니까 걱정 마. 묘하기는 충

분히 묘하지만."

달래듯이 말해보았지만 다키에는 여전히 불만인 듯했다.

후미 역시 새로 홍차 두 잔을 끓여 와서 의아하다는 듯이 네코마루를 쳐다보았다. 네코마루가 정중하게 인사를 하고 잔을 받아들자 후미는 쩔쩔맸다.

"그런데 두 분이 무슨 이야기를 하신다고 하지 않았던가요."

가쓰유키가 테이블 맞은편에서 말했다. 아버지도 네코마루를 묵살하기로 결정한 듯했다.

"이제 시간도 시간이니만큼 빨리 끝내주시면 고맙겠는데요."

이런 시간에 찾아온 네코마루가 들으라는 듯 덧붙여 말했다. 하지만 정작 네코마루는 전혀 기죽지 않고 싱글싱글 웃을 뿐이었다.

"알겠습니다."

가미시로가 입을 열었다. 느닷없이 낯선 사람이 끼어들어 신경 쓰이는 듯 조금 주저했지만 이윽고 결심을 굳힌 표정으로 평소와 다름없이 냉정한 투로 말했다.

"실은 사건에 관한 이야기입니다. 효마 씨가 살해된 사건과 요전에 영매가 살해된 사건에 저희도 책임을 느껴서요. 물론 직접적인 책임은 없습니다만, 저희가 관여하는 바람에 사건에 영향을 끼치지는 않았을까 싶어서요. 그래서 독자적으로 조사해봤습니다."

세이치는 가미시로의 단정한 옆얼굴이 긴장했는지 조금 굳은 것처럼 느껴졌다.

"물론 살인 사건은 전문가인 경찰에게 맡겨두면 되겠지만 저희도 그들에게 조사를 당하고 적지 않은 혐의까지 받는 바람에 마음이 편치 않았습니다. 그래서 아마추어 나름대로 이것저것 조사해본 결과, 진상을 밝혀낸 듯합니다."

"진상이라고요?"

나오쓰구가 놀라서 소리를 질렀다.

"그럼 당신들이 사건을 해결했다는 말입니까?"

"예."

"아버지와 지운사이 선생님 사건 둘 다요?"

"그렇습니다."

가미시로는 나지막한 목소리로 똑똑히 대답했다. 세이치는 깜짝 놀라 네코마루의 안색을 살폈지만 네코마루는 바보처럼 싱글싱글 웃기만 할 뿐 표정 하나 바꾸려 들지 않았다. 나오쓰구도 한순간 말문이 막혔다. 하지만 잠시 후에 전매특허인 비아냥거리는 웃음을 띠며 말했다.

"대단하네요. 그래서 그 진상을 발표하고자 일부러 찾아왔다는 겁니까?"

"그렇습니다."

"호오, 그거 재미있겠군요. 어떤 고설을 들려주실지 한번 들어봅시다."

나오쓰구는 웃음을 띤 채 의자 등받이에 몸을 기댔다.

가미시로는 옆에 앉은 오우치야마에게 눈짓으로 신호를 보냈다. 오우치야마는 어쩐지 난처하고 곤혹스럽다는 듯 종잡을 수 없는 표정으로 파트너의 옆얼굴을 지켜보았다.

가쓰유키는 언제나처럼 무표정한 얼굴로 검은 테 안경 너머 눈을 움직여 테이블 위를 훑었다. 다키에는 불신감을 감추려 하지 않고 가미시로와 오우치야마를 번갈아 쳐다보았다. 영매 살해 사건 때문에 이 콤비를 신뢰하는 마음이 완전히 사라진 것 같았다. 미아가 다람쥐처럼 큼지막한 눈을 빛내며 몸을 내밀었고, 사에코는 가만히 고개를 숙이고 있었다. 네코마루는 여전히 웃고 있었다.

"그럼 시작하겠습니다. 일단 저희는 아나야마 지운사이 씨가 예전에 뭘 하던 사람이었는지 알아냈습니다."

가미시로는 여자 같은 입술을 혀로 살짝 축이고 나서 말을 이었다.

"본명은 아나야마 젠스케. 1929년 센주에서 흥행장 광대였던 아나야마 가헤이와 샤미센 반주자인 우메조의 아들로 태어났습니다. 성대모사 광대인 아버지를 일찍 여의었는데, 아버지의 영향을 받았는지 어렸을 때부터 길거리 광대로 활약했습니다. 특기는 인간 펌프 묘기였다고 합니다."

"인간 펌프라니, 그거 말이에요?"

미아가 눈을 깜빡이며 말했다.

"금붕어를 삼켰다가 토해내는 거요. 예전에 텔레비전에서 본 적 있어요."

"그렇습니다. 그 묘기입니다."

"영매 아저씨, 그런 일을 했구나."

"예. 하기야 젠스케 씨의 묘기는 더 수준 높고 복잡했던 것 같습니다. 오늘 낮에 옛날부터 그를 알고 지내던 친구라는 사람을 만나 이야기를 들었으니 확실합니다."

가미시로와 오우치야마도 다케이를 찾아간 듯했다. 세이치가 네코마루를 쳐다보자 동그란 눈으로 가만히 알겠다는 눈짓을 했다.

"그런 특기가 있었으니 영매 행세를 하며 신비한 현상을 보여주는 것은 어려운 일이 아니었을 겁니다. 사건 현장에 홀연히 나타난 염주와 칼도 배 속에 숨겨뒀을 테죠. 그래서 저희가 몸수색을 했을 때도 태연했던 겁니다."

"그렇다면."

나오쓰구가 말했다. 잔뜩 거드름을 피우며 손가락을 하나 척 세웠다.

"배 속에 물건을 숨길 수 있었다고 칩시다. 그럼 그 괴기 현상은 어떻게 된 겁니까? 손은 테이블에 딱 붙이고 움직이지 않았을 텐데요."

"그렇죠."

"그것 보라지. 그 사람이 예전에 무슨 일을 했고 어떤 특기가 있었든지 간에 그것만으로 전부 사기라고 단정 짓는 건 지나친 생각입니다. 손을 못 쓰면 그런 강령 현상은 속임수를 사용해도 절대 일으킬 수 없다니까."

나오쓰구가 빈정거리는 투로 그렇게 말했지만 가미시로는 조금도 당황하거나 동요하지 않고 조용히 응수했다.

"그래서 이게 필요합니다."

가미시로는 호주머니에서 뭔가를 꺼내더니 소리 없이 테이블에 던져놓았다. 짧은 막대기 같은 물건 두 개. 세이치는 움찔 놀라 눈을 크게 떴다.

"꺅, 이게 뭐야."

미아가 비명을 지르며 펄쩍 뛰어 올랐다. 옆에 있던 가쓰유키도 깜짝 놀랐는지 안경을 손가락으로 밀어 올리고 얼굴을 가까이 갖다 댔다.

그것은 인간의 손가락이었다.

길이는 손가락 밑동 부분에서 잘라낸 정도일까. 아주 완만한 호를 그린 채 경직된 손가락 두 개가 테이블에 놓여 있었다. 참으로 괴이한 광경이었다.

"이게 뭡니까?"

나오쓰구가 맥 빠진 목소리로 묻자 가미시로는 표정의 변화 없이 대답했다.

"보시다시피 새끼손가락 모형입니다. 플라스틱에 고무를 씌워서 만들었죠. 어떻습니까, 잘 만들었죠?"

과연 찬찬히 살펴보니 손가락 절단면이 텅 비어 있고 안쪽이 묘하게 번들거렸다. 인공물에서만 느껴지는 부자연스러운 광택이었다. 하지만 표면에는 살점의 양감이 똑똑히 느껴졌고 칙칙한 색깔의 손톱까지 실감 나게 달려 있었다.

"실은 이거, 그때 시체 옆에서 주웠습니다."

가미시로가 말했다. 확실히 이변이 일어난 것을 알아차리고 불을 켰을 때 가미시로는 지운사이 곁에 우두커니 서 있었다.

"이걸로 도대체 뭘 한다는 거예요?"

미아가 어리둥절한 표정으로 묻자 가미시로는 겨우 미소를 되찾았다.

"한번 해볼까요? 이렇게 하는 겁니다."

가미시로는 손가락 모형에 자기 새끼손가락을 집어넣었다. 그리고 양손을 앞으로 뻗어 몇 번이나 앞뒤로 뒤집어 보인 후에 사람들에게 말했다.

"어떻습니까. 위화감이 느껴지지 않죠?"

딱 맞는 손가락 크기의 고무 골무를 끼운 듯한 느낌이었다. 가미시로의 손가락은 모형 끝까지 쑥 들어갔다. 손가락 밑동에 턱이 지고 새끼손가락만 약간 굵어 보인다는 것을 제외하면 완벽한 위장이었다.

다음으로 가미시로는 자기 찻잔을 테이블 가운데로 밀어 공간을 만들고 양손을 펼쳐서 내려놓았다. 개구리가 엎드린 자세. 강령회 때와 똑같은 자세였다.

"아나야마 씨는 전등을 끈 후에 손을 이렇게 하라고 지시했습니다."

가미시로가 말했다.

"양초에 불을 붙이고 전등을 꺼달라고 했죠. 미아 씨가 불을 껐죠?"

"네."

미아가 눈을 휘둥그렇게 뜬 채 고개를 끄덕였다.

"촛불만 켜져 있어서 방이 어둑해지자 아나야마 씨는 저희에게 이렇게 하라고 요구했습니다. 형광등 불빛 아래서는 속임수가 들통날 우려가 있었기 때문이죠. 방이 어둑해지고 난 후에야 그는 손을 테이블에 얹었어요. 바로 이것 때문이었습니다. 어둠 속이라면 어지간히 주의 깊게 보지 않는 한 속임수를 간파할 수 없을 테니까요. 저희 실수였습니다. 설마 아나야마 씨의 손에 놀아날 줄이야. 말장난이 아니라 이런 방법이 있는 줄은 생각도 못 했습니다."

가미시로는 눈을 가느다랗게 뜨고 자조적으로 말했다. 그러고는 옆에 앉은 세이치에게 부탁했다.

"그럼 세이치 씨, 잠깐 도와주십시오. 제 손을 아나야마 씨의 손이라고 생각하고 당시와 마찬가지로 눌러주십시오."

세이치는 그 말에 따랐다. 한 손을 테이블에 딱 붙이고 모형 손가락을 낀 가미시로의 새끼손가락을 지긋이 눌렀다. 감촉은 전혀 부자연스럽지 않았다. 가짜인 줄 몰랐다면 진짜 손가락이라고 믿었을 것이다. 건너편에 있는 오우치야마가 가미시로의 다른 새끼손가락을 눌렀다.

"이제 아시겠죠. 아나야마 씨는 한바탕 설명을 한 후에 촛불을 불어서 껐습니다."

가미시로가 입술을 오므리고 후 하고 입김을 불었다.

"방이 완전히 어두워지고 난 다음에 이렇게 하는 거죠."

가미시로는 천천히 자기 손을 끌어당겨 손가락을 뽑아냈다. 기묘한 생물의 탈피를 보는 것 같았다.

"우아, 굉장하다."

미아가 작은 목소리로 감탄했다.

세이치의 새끼손가락 아래에 모형 손가락만이 남았다. 안쪽 플라스틱 부분이 딱딱하기 때문인지 세이치가 손가락으로 누르고 있어도 찌그러지지 않았다. 약간 힘을 주어도 탄력으로 밀려 올라올 뿐이었다.

사람들 사이에서 한숨이 새어 나왔다. 미아는 물론, 다키에와 가쓰유키조차 놀라움을 감추지 못하는 것 같았다. 가쓰유키가 안경테를 거듭 손가락으로 밀어 올렸고, 네코마루는 새끼 고양이처럼 동그란 눈을 더욱 동그랗게 뜨고 세이치의 손을 바라보았다. 후미도 부엌에서 일하던 손을 멈추고 감탄한 듯이 이쪽을 바라보고 있었다.

"저와 세이치 씨 둘 다 이렇게 속아 넘어간 겁니다."

가미시로는 담담하게 말을 이었다. 놀라며 감탄하는 사람들을 보고도 우쭐하는 기색 없이 오히려 자신의 불찰을 부끄러워하는 것처럼 보였다.

"아나야마 씨가 시키는 대로 장난감 손가락을 누르고 있었다니 부끄러울 따름입니다."

강령회가 진행되는 동안 왜 지운사이의 손가락이 옴짝달싹도 하지 않았는지 이해가 갔다. 모형 손가락은 움직일 리가 없고 진짜 손으로는 다른 일을 하느라 바빴을 테니까. 세이치는 겨우 그 사실을 알아차렸다.

"그 후에 어떻게 했을지는 상상하기 어렵지 않겠죠."

가미시로는 자유로워진 양손으로 가볍게 손뼉을 쳤다.

"나무 장난감과 좋은 손으로 더듬어서 찾을 수도 있고, 어디쯤 있는지 미리 눈대중해두어도 됩니다. 분명 아나야마 씨의 머릿속에는 무엇을 어디쯤에 두어야겠다는 청사진이 들어 있었겠죠. 그 청사진에 따라 소도구를 배치해두면 어둠 속에서도 위치 관계를 대강 파악할 수 있습니다. 손을 뻗어 필요한 물건을 집어서 자유자재로 움직이면 되죠. 방해받을 위험은 전혀 없습니다. 아나야마 씨는 자신이 손을 움직일 수 없다는 인상을 주기 위해서라기보다 아무도 방해하지 못하도록 참석자끼리 손가락을 누르게 했을 겁니다."

가미시로의 설명을 들으며 세이치는 손가락 모형을 바라보았다. 자연스레 쓴웃음이 솟아올랐다. 잘 만들었다고는 하나 이런 장난감 하나에 놀아났을 줄이야.

"빛나는 천을 사전에 발견하지 못한 것도 저희 실수였습니다. 그것도 배 속에 감춰뒀든지 아니면 사무에 안쪽에 꿰매두었겠죠. 아무튼 이번 일을 반성의 거울로 삼겠습니다. 이미 피해를 입은 여러분께는 죄송하기 그지없습니다. 그리고 몸수색을 할 때 손가락 하나도 빼놓으면 안 되겠더군요. 이것도 반성할 점입니다."

가미시로는 씁쓸하다는 듯이 미소를 지었다.

"그리고 그 목소리 말입니다. 방금 전에 말씀드린 아나야마 씨 친구의 이야기에 따르면 아나야마 씨는 묘기에 대한 열정이 아주 대단했다고 합니다. 기회가 있을 때마다 다양한 묘기를 배웠다는군요. 그래서 복화술도 수준급이었던 모양입니다. 효마 씨를 사칭한 그 목소리도 물론 아나야마 씨가 익힌 묘기 중 하나였겠죠. 목소리가 테이블 위쪽에서 들렸다고 증언하신 분도 계신 듯한데, 그건 일종의 착각입니다. 복화술은 어디서 목소리가 나는지 파악하기 어렵다는 특성이 있다고 합니다. 횡격막을 진동시키는 특수한 발성법을 사용하기 때문이라는군요. 그래서 목소리가 어디서 들렸는지 헷갈렸던 거겠죠. 물론 아나야마 씨의 화술에 유도되어 테이블 위에서 소리가 난다고 믿었기 때문이기도 합니다."

말을 마치고 가미시로는 자기 찻잔을 끌어당겨 천천히 한 모금 마셨다. 그 모습을 보고 세이치도 목이 마르다는 사실이 떠올랐다. 뜻밖의 전개에 흥분한 듯했다. 손도 대지 않고 놓아둔 찻잔의 차를 단숨에 들이마셨다. 홍차는 완전히 식어서 쓴맛이 진해졌지만 전혀 신경 쓰이지 않았다.

"그런데 그 손가락 말입니다."

가쓰유키가 머뭇머뭇 입을 열었다.

"그거 경찰에 제출하지 않은 거죠?"

"예, 아직입니다."

가미시로는 목을 조금 움츠리고 대답했다. 가쓰유키는 인상을 찌푸리고 말했다.

"중요한 증거일 텐데 그러면 됩니까? 그때 바로 경찰한테 건네줬어야죠."

"예, 죄송합니다."

가미시로는 머리를 긁적이며 웃었다. 장난치다 들킨 어린아이 같았다. 모처럼 보는 청년다운 모습이었다.

"경찰의 콧대를 꺾어주고 싶다는 생각은 아니었습니다. 처음에는 말하려고 했어요. 그런데 예상외로 엄하게 신문을 하더군요. 뭐, 아나야마 씨와는 적대 관계였으니까 무리도 아닙니다만. 아무튼 그래서 마음이 불편했던 나머지 반발심이 생겼다고나 할까요. 스스로 의혹을 씻어낸다는 의미에서도 한발 먼저 조사하기로 마음먹었습니다. 죄송합니다. 이제 형사에게 제출하러 갈 테니 마음 놓으시기 바랍니다."

가미시로는 겸연쩍은 듯이 말하며 한마디 덧붙였다.

"경찰보다 먼저 명쾌하게 해결해서 여러분의 신뢰를 얻고 싶다는 이유도 있었습니다."

아, 자금 원조 이야기다. 그렇게 생각하고 세이치는 가미시로의 옆얼굴을 훔쳐보았다. 하지만 눈치채지 못한 듯 가미시로는 홍차를 다시 한 모금 마셨다.

"지운사이 선생님이 뭘 어떻게 했는지는 제쳐두고."

나오쓰구가 말을 꺼냈다.

"가장 중요한 살해 방법은 어떻게 된 겁니까? 아까 사건의 진상을 알아냈다고 했는데."

자신이 끼고돌던 영매의 속임수가 폭로된 것은 완전히 무시하는 투였다.

"예, 대충은요."

"그럼 범인은 누구죠? 도대체 누가 지운사이 선생님을 죽인 겁니까?"

"물론 자살이겠죠."

가미시로의 말에 미아가 뒤집힌 목소리로 소리를 질렀다.

"자살?"

사에코가 겁을 먹은 듯이 몸을 움찔 떨었다.

"있죠, 있죠. 그 사람 자살한 거예요?"

미아가 외치자 가미시로는 차분하게 고개를 끄덕였다.

"예, 틀림없습니다. 그때 아나야마 씨 말고는 아무도 자유로 이 움직일 수 없었다는 사실을 상기해주십시오. 그뿐만 아니라 방에는 다른 사람이 드나들 만한 틈이 없었습니다. 그렇다면 아 나야마 씨가 스스로 자신을 찌르는 것 말고는 방법이 없죠."

"아, 그건 그러네요."

미아가 한숨 섞인 목소리로 말했다.

"아마 아나야마 씨는 한 손으로 빛나는 천을 다루면서 다른 손으로 자기 목덜미를 찔렀을 겁니다. 아까도 말씀드렸지만 칼 은 아나야마 씨의 배 속에서 나왔습니다. 그걸 쓸 수 있는 사람 도 아나야마 씨밖에 없죠."

"정말 별꼴이야."

다키에가 과장스럽게 눈살을 찌푸리며 말했다.

"왜 남의 집에서 그딴 짓을 하는 건데. 내가 그런 이상한 사람 집에 들여놓기 싫다고 했잖아. 그런데 네가 영매니, 강령회니 떠들면서……."

"잠깐만 기다려봐, 누나."

나오쓰구가 허둥지둥 다키에의 불평을 막고 가미시로에게 물었다.

"비난은 나중에 달게 받을게. 하지만 지금은 그럴 때가 아니야. 이보쇼, 왜 지운사이 선생님이 자살을 했다는 거요?"

"그야 아나야마 씨가 효마 씨를 죽인 범인이라서 그런 게 아닐까요."

가미시로는 차분하게 대답했다.

"말도 안 돼!"

"뭐라고?"

미아와 나오쓰구가 동시에 외쳤다. 세이치도 어안이 벙벙하여 숨을 삼켰다. 가미시로는 조용히 손을 들어 동요하는 사람들을 제지했다.

"아나야마 씨는 효마 씨를 살해한 후 달아날 수 없다고 생각했을 겁니다. 경찰의 포위망은 점점 좁아지고 죄의식도 심해졌겠죠. 그래서 이렇게 생각한 게 아닐까요? 하다못해 영매로서 죽고 싶다, 광대로서 가능한 한 화려하게 끝을 장식하고 싶다고요. 아나야마 씨는 그런 망집에 사로잡혔을 겁니다."

가미시로는 또박또박 이야기를 계속했다.

"어릴 적부터 오로지 광대 인생만 걸어온 아나야마 씨 입장에서는 범죄자가 되어 감옥에 가는 것보다 묘기를 부리다가 죽음을 맞이하는 편이 훨씬 행복하지 않았을까요. 강령회를 진행하다가 영혼에게 살해당한다는 설정은 영매의 마지막 무대로서 더할 나위 없이 훌륭하지 않습니까? 아나야마 씨는 그런 상황을 만들고 싶었을 겁니다. 여러분이 입을 피해는 안중에도 없었겠죠. 생각해보니 광대의 서글픈 천성이로군요."

"그래서 그런 식으로 자살한 거구나."

미아가 기가 막힌다는 듯이 중얼거렸다.

"과연 원인은 아버지가 돌아가신 사건에 있었단 말이지. 그럼 그쪽 진상도 들려주시죠."

나오쓰구가 말했다.

"예, 저희도 그럴 생각입니다."

가미시로는 남아 있던 홍차 한 모금을 마저 마셨다.

"다음은 효마 씨가 살해당한 사건입니다. 일단 그날, 저희가 여기 왔을 때 아나야마 씨는 이미 효마 씨의 별채에 있었습니다. 나오쓰구 씨도 함께 계셨죠."

"예."

"그리고 저희가 다른 분들과 응접실에서 잡담을 하고 있으니 나오쓰구 씨와 아나야마 씨가 나오셨죠."

그렇다. 세이치는 미아에게 끌려가서 가미시로와 오우치야마하고 인사를 나누었다. 그 후에 사에코가 와서 다섯 명이 함께 사이 연구에 관해 이야기했다. 그때 나오쓰구가 얼굴을 디밀었고, 지운사이도 왔다. 지운사이는 두 연구자에게 면박을 주었고두 연구자도 응수했다. 지운사이는 강령회에 참석해도 된다고 허락해주고 나서 하고 싶은 말만 늘어놓고 돌아갔다.

"그 후에 아나야마 씨는 집을 나서는 척하고 실은 다시 별채로 돌아간 겁니다."

가미시로가 말했다.

"물론 그때는 죽일 의도가 없었겠죠. 일단 효마 씨에게 양해를 구하고 화장실이나 벽장에 몸을 숨깁니다. 저희가 하는 말을 몰래 듣고 나중에 얼마나 엉터리인지 설명하겠다는 구실을 댔겠지만 사실은 저희가 무슨 이야기를 하는지 들어보고 싶었던 거겠죠. 아나야마 씨는 말로는 세게 나왔지만 내심 저희가 두려웠던 게 아닐까요? 아무리 잘할 자신이 있어도 사기꾼은 결국 사기꾼입니다. 속임수가 폭로될까봐 두려웠던 거겠죠. 저희가 어느 정도 지식을 갖추고 있는지 알고 싶었을 겁니다. 저희 역량이 어느 정도인지 알아내서 강령회에서 어떤 트릭을 쓰면 대결에서 승리할 수 있을지 힌트를 얻고 싶었겠죠."

가미시로의 차분한 목소리가 식당에 흘렀다. 후미도 부엌에서 손을 멈추고 이쪽 이야기에 귀를 기울였다. 네코마루마저 한마디도 끼어들지 않고 기분 나쁠 만큼 조용했다. 얌전하게 있겠다고는 했지만 함께 있다는 사실을 잊어버릴 정도였다.

"하지만 저희는 얼마 지나지 않아 효마 씨에게 쫓겨났습니다. 아나야마 씨가 효마 씨를 때려죽인 건 그 후입니다. 그리고 옷자락이 벌어진 채 쓰러진 효마 씨를 거들떠보지도 않고 별채에서 달아난 겁니다."

"하지만 왜."

나오쓰구가 불만스럽게 입을 열었다.

"왜 아버지를 죽인 건데요. 동기를 어떻게 설명할 겁니까?"

"효마 씨가 저희를 푸대접해서 기분이 좋았겠죠. 자신이 얼마나 신뢰받고 있는지 알고 기뻐서 어쩔 줄 몰랐을 겁니다. 그래서 예전부터 세워둔 계획대로 돈을 뜯어내려 했겠죠."

"돈이라."

가쓰유키가 혼잣말처럼 중얼거렸다. 가미시로는 그 말을 받아 이야기를 계속했다.

"예, 그런 자들의 진짜 목적은 역시 금품을 우려내는 거니까요. 효마 씨가 그 요구를 단박에 거절했든지, 아니면 어떤 일을 계기로 아나야마 씨가 사기꾼임이 들통날 위기에 처했든지 간에 십중팔구 금품과 연관되었을 겁니다. 아시다시피 효마 씨는 화가 나면 무서운 분이죠. 그래서 엉겁결에 근처에 있던 흉기로……."

가미시로가 말끝을 흐리자 방에는 침묵이 내려앉았다. 답답하게까지 느껴지는 고요함이었다. 몸을 옴쭉하는 것조차 용납되지 않을 듯한 팽팽한 분위기 속에서 다키에의 깊은 한숨 소리가 크게 울려 퍼졌다.

그때였다.

"차 좀 더 드릴까요?"

후미가 부엌에서 나오며 말했다.

"그래요. 부탁해요, 후미 씨."

나오쓰구가 유별나게 밝은 목소리로 말했다. 답답했던 분위기가 해소되어 모두 안심한 듯이 숨을 내쉬었다.

세이치의 찻잔도 어느덧 비어 있었다. 이야기가 생각지도 못한 방향으로 전개되자 긴장했는지 목이 말랐다.

후미가 테이블을 빙 돌며 홍차를 따라주었다. 거대한 물뿌리개 같은 찻주전자를 한 손으로 가볍게 들고 각각의 찻잔을 채웠다. 세이치는 별생각 없이 그 모습을 바라보고 있었다. 부엌 쪽에 있던 미아, 네코마루, 사에코, 다키에, 세이치, 가미시로, 오우치야마, 가쓰유키, 그리고 나오쓰구 순서대로 잔에 따스해 보이는 황금색 차가 채워졌다. 세이치는 그 모습을 멍하니 바라보면서 아무래도 이것으로 끝인가 보다고 생각했다. 설마 이런 일이 일어날 줄은 상상도 못 했다. 집에 돌아와 보니 사건이 해결될 줄이야. 네코마루가 나설 차례는 오지 않을 것 같았다. 하지만 아무래도 상관없다. 범인이 판명되어 사에코에게 위해가 가해질 우려만 사라진다면 그것만으로도 만족스러웠다.

하지만 아직 분명치 않은 일이 너무 많았다. 가미시로는 정말 모든 수수께끼를 해명해줄까.

차를 기다리고 있었던 듯 미아가 냅다 손을 내밀었다. 찻잔을 입에 대고 "앗, 뜨거워" 하고 인상을 찌푸렸다. 오우치야마도 재빨리 찻잔을 입으로 가져갔다. 세이치도 천천히 홍차를 맛보았다. 뜨거운 홍차의 깊이 있는 떫은맛이 흥분된 기분을 가라앉혀주었다.

가쓰유키가 홍차를 한 모금 마시고 나서 누구에게랄 것도 없이 불쑥 말했다.

"결국 범인은 그 영매였다는 건가."

미아도 소리를 내어 홍차를 호로록 마시고는 입을 열었다.

"그럼 알리바이는요? 할아버지가 살해당했을 때, 그 사람 알리바이가 있었다고요."

"그래, 게다가 언제 도망쳤는지도 문제야."

나오쓰구가 찻잔을 입가에 멈춘 채 말했다.

"별채로 이어진 통로는 나랑 세이치가 보고 있었다고. 별채에서 선생님이 달아나는 모습은 못 봤어."

그렇다. 그 문제에도 답이 필요하다. 건물 주변에 흔적이 없는 이상 지운사이는 통로로 도망치는 수밖에 없다. 하지만 통로는 시체가 발견될 때까지 세이치와 나오쓰구의 감시 아래 있었다.

"그렇군요. 시간적인 문제가 있군요."

옆에 앉은 오우치야마가 걱정스러운 듯이 지켜보았지만 가미시로는 여전히 여유 있는 표정으로 홍차를 입에 댔다.

"그것도 풀어냈습니다. 형사님께 들어보니 그날 아나야마 씨는 5시 반에 아사쿠사의 술집에 있어서 알리바이가 성립됐다고 하더군요. 저희는 이 알리바이를 무너뜨리려면 어떻게 해야 할지 생각했습니다."

갑자기 가미시로가 말을 뚝 끊었다.

다시 정적이 찾아들었다.

세이치는 찻잔을 두 손으로 들고 가미시로가 다음 말을 하기를 기다렸다. 하지만 아무리 시간이 흘러도 들려오지 않았다. 세이치는 이상하다 싶어 옆을 보려고 했다.

처음으로 알아차린 사람은 미아였다.

"가미시로 씨? 왜 그래요?"

그 목소리에 사에코가 움찔하며 고개를 들었다.

세이치는 번개처럼 고개를 돌려 가미시로를 보았다. 그리고 숨을 삼켰다.

상태가 이상했다.

가미시로는 의자에서 반쯤 일어서 있었다. 찻잔을 든 손이 어중간한 위치에서 허공에 멈춰 있었다.

깜짝 놀란 것처럼 크게 벌어진 눈. 마치 눈앞의 공기 속에서 뭔가 믿기지 않는 것이라도 발견한 듯한 모습이었다.

그리고 몸을 뒤로 확 젖혔다. 그 서슬에 가미시로의 의자가 뒤로 쓰러졌다. 의자가 덜커덩, 하고 큰 소리와 함께 바닥에 나뒹굴었다. 엉거주춤하게 선 가미시로의 손에서 찻잔이 미끄러져 떨어졌다. 찻잔은 테이블에 쿵 튕기더니 세 조각으로 깨졌다.

엷은 갈색 액체 몇 줄기가 테이블 위를 뱀처럼 기었다.

"가미시로 씨!"

"왜 그래!"

세이치와 나오쓰구가 동시에 고함을 질렀다.

모두가 굳어버렸다. 오우치야마는 백치라도 된 것처럼 입을 떡 벌린 채 아무 말도 하지 못했다.

가미시로의 상체가 재채기라도 하듯이 격렬하게 위아래로 움직였다.

"으……으…….."

가미시로는 목구멍에서 이상한 소리를 내면서 가슴 언저리를 양손으로 부여잡고 몸을 획 돌렸다. 그리고 그대로 나무가 쓰러지듯 바닥에 쿵 쓰러졌다. 두세 번 크게 경련하더니 더 이상 움직이지 않았다.

"꺄아악!"

미아가 비명을 지르며 의자에 풀썩 주저앉았다.

"이럴수가……"

네코마부가 얼빠진 목소리로 중얼거리는 모습이 이 상황과 어울리지 않게 느껴졌다.

"가미시로 씨!"

세이치는 이름을 부르며 가미시로 옆에 무릎을 꿇었다. 아무리 몸을 흔들어도 반응이 전혀 없었다. 나오쓰구도 달려와서 말을 붙였다.

"이봐, 왜 이래!"

"자, 잠깐. 이거 어떻게 된 일이야."

다키에가 새파랗게 질린 얼굴로 허둥댔다.

"의사를 불러야겠어."

가쓰유키는 다리가 풀렸는지 휘청휘청하며 전화 쪽으로 걸어 갔다.

"매형, 경찰도요."

나오쓰구가 가미시로 쪽으로 눈을 돌리고 떨리는 목소리로 말했다.

"경찰도 부르는 편이 낫겠어요. 숨을 안 쉬어요."

나오쓰구의 이마에는 진땀이 맺혀 있었다.

"싫어, 이게 뭐야!"

미아가 발을 동동 구르며 소리를 질렀다. 그 뒤에 부엌에서 튀어나온 후미가 요리복과 비슷할 만큼 하얘진 얼굴로 멍하니 서 있었다.

또다. **또 옆이다.**

세이치는 피가 몰려서 과열되기 시작한 머리로 생각했다.

매번 자기 옆에서 죽는 사람이 나왔다. 그 사실을 깨닫고 한 가지 가능성에 생각이 미쳤다.

범인이 **내게 죄를 뒤집어씌우려는 게 아닐까.** 어젯밤 네코마루가 낸 수수께끼가 떠올랐다. 강령회를 범행 현장으로 선택한 이유. 그것은 자신이 지운사이 옆에 앉았기 때문에. 할아버지를 살해한 날짜도 자신이 돌아오기를 기다려서 결정한 것이다.

"여보세요. 예, 구급차 좀 보내주세요. 손님이 쓰러지셨어요."

가쓰유키가 전화에 대고 소리를 질렀다.

"아니요, 그런 건 아닌 것 같습니다. 예, 숨을 안 쉬어요. 아닙니다, 젊은 남자요. 예? 아, 아아, 들리세요? 세타가야 구 세이조……."

수화기를 든 손이 부들부들 떨렸다.

"독인가."

나오쓰구가 쪼그리고 앉은 자세로 느닷없이 중얼거렸다.

"네?"

세이치가 되묻자 나오쓰구는 톡 쏘는 듯한 눈빛을 던지며 말했다.

"독을 먹은 게 분명해, 세이치."

"설마요."

세이치는 반사적으로 테이블 위를 보았다. 세 조각으로 깨진 가미시로의 찻잔이 눈에 들어왔다.

"설마요" 하고 세이치는 다시 한 번 되풀이해 말했다.

분명 가미시로는 후미가 다시 따라준 홍차를 입에 댄 직후에 쓰러졌다. 하지만 도대체 누가 어떻게 가미시로의 찻잔에 독을 넣었단 말인가. 첫 잔째는 아무 일도 없었다. 그리고 두 잔째는 후미가 커다란 찻주전자를 들고 다니며 각자의 빈 잔에 차를 따라주었다. 모두에게 똑같이 따라주었다. 게다가 같은 찻주전자로 따른 홍차를 미아와 오우치야마, 가쓰유기와 니오쓰구, 그리고 세이치도 마셨다. 그것도 가미시로보다 먼저. 물론 후미가 차를 따를 때 독을 넣은 것도 아니다. 세이치가 아무 생각 없이 후미의 움직임을 눈으로 좇았을 때 후미는 그저 평범하게 누구의 찻잔에나 똑같이 차를 따랐을 뿐이다. 수상한 행동은 전혀 하지 않았다. 게다가 가미시로는 설탕을 넣지 않고 그냥 마셨다. 그러니 어딘가에 미리 넣어둔 독극물이 찻잔에 들어갈 수도 없었다. 그런데 가미시로의 찻잔에만 독이 들어 있었다니 말도 안 된다.

가미시로의 찻잔은 테이블에 놓여 있었다. 특히 손가락 모형으로 시범을 보일 때 공간을 만들기 위해 가미시로는 찻잔을 테이블 한가운데로 밀어두었다. 누구에게나 보이는, 눈에 띄는 위치에 있었다. 독을 살짝 집어넣거나 하물며 던져 넣기는 불가능하다.

"하지만, 하지만 이상하잖아요. 외삼촌."

미아가 말했다. 커다란 눈을 와들와들 떨며 깨진 찻잔을 내려다보았다.

"독을 어떻게 넣느냐고요. 설마 이것도 유령의 짓?"

"이제 그만 집어치워!"

다키에가 쉰소리를 질렀다.

"그만 좀 하자고. 독이고 유령이고 어째서 우리 집에서만 이런 이상한 일이 일어나는 건데."

"엄마, 정말로 뭐가 어떻게 된 건지 모르잖아!"

"게다가 누나, 이건 독을 먹고 죽은 게 분명해!"

미아와 나오쓰구가 큰 소리로 소란을 떨었다. 가쓰유키가 못 참겠다는 듯이 돌아다보고 소리를 쳤다.

"조용히 좀 해. 전화를 못 하겠잖아!"

모두 활활 타오르는 불길처럼 흥분하여 서로에게 고함을 질렀다. 성난 목소리와 혼란으로 가득 찬 식당에서 오우치야마와 네코마루, 그리고 사에코 세 사람만 말문을 닫고 있었다.

오우치야마는 아까부터 한마디도 하지 않았다. 얼빠진 얼굴로 유령처럼 우두커니 서서 빈껍데기가 된 가미시로의 몸을 그저 멍하니 내려다볼 뿐이었다.

네코마루도 완전히 넋이 나갔다. 서 있기는 했지만 다리가 풀린 모양이었다. 이래서는 전혀 도움이 되지 않는다. 이렇게 쓸모가 없을 줄은 몰랐다. 세이치는 지금까지 이 남자를 과대평가했음을 깨달았다.

사에코는 몸을 제대로 가누지 못했다. 의자 등받이를 한 손으로 짚어 겨우 균형을 잡았지만 여전히 비틀거렸다. 백지처럼 하얘진 아름다운 얼굴에는 아무 표정도 없었다. 너무 상심하여 긴 머리카락을 흔들며 그저 서 있는 것이 고작인 듯했다. 걱정되어 세이치가 일어서자 뒤에서 가쓰유키 목소리가 들렸다.

"아, 당장, 지금 당장 가시와기 경감님께. 아, 아아, 죄송합니다. 수사 1과의 가시와기 경감님을, 아니요, 그쪽이 빠르죠. 아, 호조라고 합니다. 세타가야에 사는 호조. 예, 맞습니다, 맞습니다. 그러니까 담당자 가시와기 경감님을 당장⋯⋯."

*

"아아, 경감님. 예, 예, 호조입니다. 예, 또요. 또 사건이⋯⋯. 예, 저희 집에서⋯⋯. 예, 아아, 가미시로 씨요. 세이케이 대학교의. 예, 불렀습니다. 하지만 아마도 이미⋯⋯. 아니요, 그걸 잘 모르겠습니다."

전화하는 이모부 목소리가 들려왔다. 아주 작고 희미했다.

귀울림이 들렸다.

마치 머릿속에 벌 몇만 마리가 살고 있는 것 같다.

웡웡웡웡.

머릿속에서 벌떼가 돌고 있는 것처럼.

귀울림이 멈추지 않는다.

그래서 이모부 목소리도, 다른 사람들의 목소리도 아주 어렴풋하게 들릴 뿐이다.

머리가 아프다.

지끈지끈했다.

하지만 뭔가 생각해내야 하는데.

어째서일까.

뭔가 아주 무서운 일이 일어난 것 같은 기분이 들었다.

윙윙윙윙. 계속해서 귀울림이 들렸다.

일어나서는 안 되는 일.

일어날 리 없는 일.

그런 일이 정말로 벌어지면 사람의 마음은 움직임을 멈춘다.

일어나서는 안 되는 일. 그런데 그게 뭐였더라.

윙윙윙윙. 귀울림이 멈추지 않는다.

일어나서는 안 되는 일.

뭐였더라.

생각이 안 난다.

방금 전에 여기서 일어난 일 같은데.

윙윙윙윙. 귀울음이 아플 정도로 머릿속을 휘저었다. 머리가 아프다.

하지만 괜찮다.

괜찮아. 하룻밤만 자면 분명 좋아질 테니까.

그래, 꿈이랑 똑같다.

아침이 오면 아무렇지도 않게 녹아내려 사라질 것이 뻔하다.

일어나서는 안 될 일이 진짜로 일어날 리 없는걸. 당연하잖아.

일어나서는 안 되는 일이니까 일어날 리 없다. 내가 지금 무슨 소리를 하는 걸까?

윙윙윙윙. 머리가 아파.

너무 아파.

그러니까 날 그냥 내버려둬.

잠시 가만히 있고 싶어. 그러니까 아무도 나한테 말 걸지 마.
머리가 너무 아프단 말이야.

"에코……."

누구?

안 돼. 지금은 이야기하기 싫어.

"사에코."

엄마? 응, 괜찮아. 두통이 나는 것뿐이야. 그러니까 그렇게 흔
들지 마. 머리가 울려서 너무 아파.

저기, 엄마. 나 조금만 잘게. 내일 아침까지 푹 자고 싶어. 그
러니까 지금은 말 걸지 말아줘요.

"사에코…… 괜찮아?"

오빠.

오빠 목소리다. 현실의 오빠 목소리. 현실?

현실에서 있었던 일.

현실에서 일어난 일.

순간 머릿속의 벌들이 빛났다.

그러다 무수히 많은 유리 조각으로 변하더니 산산이 깨져서
흩어졌다.

수천수만의 빛 방울이 우수수 깨져서 사방으로 튀었다. 아무
런 소리도 없이, 조용하게. 어째서인지 그런 이미지가 머릿속을
스쳤다.

어릴 적의 악몽?

17년 전 사고.

앞 유리창이 빛의 비로 변했다.

엄마, 아빠.

현실에서 일어난 일.

가미시로 씨가.

죽었다.

거기까지, 거기까지였다.

내 의식은 그대로 깊은 암흑 속에 내팽개쳐졌다.

가시와기 경감이 무시무시한 표정으로 이쪽을 노려보았다.

응접실.

기절한 사에코를 제외하고 사건 관계자 모두 여기에 모여 있었다.

경감은 문을 등지고 서서 펼친 수첩과 사람들의 얼굴을 교대로 쏘아보았다. 벌레를 씹은 듯 불쾌한 표정으로 입을 꾹 다물었다. 경감 좌우에 선 다른 형사 네 명도 하나같이 뚱한 얼굴이었다. 수수한 양복을 입은 중년 형사 세 명에, 가정교육을 잘 받은 듯한 고상한 얼굴의 젊은 형사가 한 명. 경감의 언짢은 기분이 전염되기라도 한 것처럼 네 명 모두 험악한 표정을 누그러뜨리지 않았다.

"뜰에 있는 광에는 자물쇠가 달려 있지 않았다. 그래서 아무나 자유로이 드나들 수 있었다. 틀림없겠죠?"

경감이 말했다. 입에서 불이라도 뿜어낼 듯한 말투였다. 요전의 겸손하고 정중한 태도는 어디 갔는지 이 사람 저 사람 가리지 않고 물어뜯을 기세였다.

"예, 틀림없습니다."

가쓰유키가 꺼져 들어가는 목소리로 대답했다.

"광에 있던 제초제는 누구든지 손에 넣을 수 있었다는 말인데. 이것도 틀림없겠죠."

"아, 예."

경감의 공갈과도 비슷한 질문에 가쓰유키는 힘없이 고개를 숙였다.

"도대체 관리를 어떻게 하는 겁니까? 다이쿼트 계열 제초제는 치사량이 고작 6그램입니다. 맹독이라고요. 그걸 자물쇠도 채우지 않고 방치해두다니, 그게 무슨 짓입니까?"

"하지만 그건요, 경감님."

화를 내는 경감을 향해 나오쓰구가 아주 난처하다는 듯이 말했다.

"아까도 말씀드렸다시피 거기에 그런 물건을 놓아둔 건 뜰을 관리하는 업자입니다. 저희 가족은 관계없으니까 그렇게 책망하신들……."

"무슨 말입니까. 그렇다고 해서 책임이 아예 없다고는 할 수 없습니다."

"하지만 기껏해야 광에다가 자물쇠를 다는 것도……."

"그래서 무책임하다는 겁니다. 그런 극약을 보관할 거면 상응하는 조처를 하는 게 상식 아닙니까."

"경감님, 저희 가족은 거기 그런 물건이 있는 줄 몰랐다고 아까부터 몇 번이나……."

"모르는 물건이 왜 손님 찻잔에 들어 있었습니까?"

가시와기 경감이 일갈했다. 관자놀이가 바르르 떨렸다.

상당히 안절부절못하는 듯했는데 그것도 당연한 일이다. 현장 책임자로서 이렇게 차례차례 사람들이 죽어나가면 설 자리고 뭐고 남아나지 않을 것이다.

"그럼 가미시로 씨는 역시 그 제초제를 먹은 거군요."

질리지도 않고 나오쓰구가 묻자 가시와기 경감은 무섭게 한번 노려보고 차갑게 대꾸했다.

"당신이 참견할 필요는 없어요. 그걸 알아내려고 검시관과 감식반이 있는 거니까."

퉁방울눈이 충혈되어 있었다. 가고시마의 위인도 화가 나면 이런 표정이었을까. 경감은 날붙이처럼 예리한 눈으로 사람들을 둘러본 후 거친 콧김을 뿜어내며 짜증스럽다는 듯이 말했다.

"도대체 이 집은 어떻게 된 겁니까. 가장이 살해당한 지 얼마되지도 않았는데 관계자가 차례차례 죽어나가다니요."

"경감님, 무슨 말씀이 그래요."

다키에가 눈물 섞인 목소리로 항의했다.

"저희도 피해자예요. 어째서 우리 집에서만 이런 일이…… 저희가 묻고 싶을 정도라고요."

"묻고 있는 건 이쪽입니다."

"하지만 경감님. 아버지가 돌아가신 사건도 아직 해결 못 했잖아요. 경찰이 그 사건을 일찌감치 해결했다면 이런 일은 일어나지 않았을 거라고요."

다키에가 토라진 듯이 말했다.

어머니, 쓸데없는 소리를. 세이치는 저도 모르게 고개를 숙였다. 무사태평하고 안일한 성격이 나쁘다는 것은 아니지만 그런 성격이 화근이 되어 어머니는 이따금 상대의 신경을 긁는 소리를 한다. 아니나 다를까 이번에는 세고돈 옆에 선 중년 형사가 언성을 높였다.

"그러니까 이렇게 자세한 사정을 묻는 거 아닙니까! 그런데 뭐라고요? 당신들, 협력할 생각이 조금이라도 있기는 합니까? 무엇보다 모두 같은 주전자에 들어 있는 차를 마셨는데 피해자만 쓰러지다니 그런 말도 안 되는 이야기가 언제까지 통할 것 같습니까! 그래놓고 영혼이다 뭐다 쓸데없는 소리만 늘어놓다니, 적당히 좀 합시다."

"도노무라, 그 정도로 해둬."

가시와기 경감이 잔뜩 흥분한 형사를 달랬다. 얼핏 보기에도 진심은 요만큼도 느껴지지 않았다. 형사는 여전히 거칠게 숨을 몰아쉬며 불타는 듯한 눈으로 다키에를 노려보았다.

세고돈은 마음을 가다듬듯이 크게 숨을 한 번 내쉬고 강압적인 투로 말했다.

"그럼 자세한 사정은 나중에 한 사람 한 사람 따로 불러서 듣겠습니다. 지금은 여기서 대기하세요."

나중에 실컷 쥐어짤 테니까 각오하라는 낌새가 여실하게 전해져왔다.

형사들을 재촉해 가시와기 경감이 문손잡이를 잡았을 때 후미가 그를 불러 세웠다.

"저기, 경감님."

"뭡니까."

"그게, 제가 사에코 아가씨를 돌보고 싶은데요."

"의사와 간호사가 있으니까 그럴 필요 없습니다."

"하지만 걱정이 돼서요."

"걱정 마세요. 의사가 충격으로 빈혈을 일으켰을 뿐이라고 했어요. 방에서 쉬면 바로 회복될 겁니다."

그렇게 말을 내뱉고 문을 여는데 후미가 다시 경감의 등에 대고 말했다.

"저기, 경감님. 그리고요."

"뭡니까."

"저기, 경찰분들께 차라도…… 한 잔 드시면서 잠깐 쉬시는 게 어떨까 해서."

"됐습니다."

경감은 딱 잘라 거절하고 밖으로 나가려고 했다.

"있죠, 경감님."

이번에는 미아였다.

"예, 뭡니까."

"힘내세요."

"고맙습니다!"

경감은 노골적으로 이를 갈더니 고함을 지르듯이 말하고는 드디어 거실에서 나갔다. 중년 형사 세 명도 그 뒤를 따랐다. 젊은 형사 혼자 남아 문을 닫더니 경비원처럼 그 앞에 똑바로 서서 움직이지 않았다. 아무래도 관계자, 아니 용의자를 감시하는 역할인 모양이었다.

세고돈과 형사들이 나가자 긴장된 응접실 분위기가 천천히 풀리기 시작했다. 태풍 통과. 마치 방 전체가 한숨을 내쉰 것 같았다.

오늘은 계속 이 모양이다. 세이치는 그렇게 생각했다. 흥분과 침묵이 교대로 되풀이되고 있다.

가족들은 저마다 생각에 잠겨 있는 것 같았다.

가쓰유키는 소파에 앉아 평소와 같이 무표정한 얼굴로 테이블 한곳을 바라보았다.

다키에는 그 옆에서 소파에 축 늘어진 채 몸을 기댔다.

미아는 카펫에 주저앉아 있었다. 청바지를 입은 긴 다리를 뻗고 이따금 문 앞에 선 형사를 불안한 듯이 쳐다보았다.

나오쓰구는 소파 팔걸이에 걸터앉아 여느 때처럼 눈꼴시게 보이는 자세로 팔짱을 끼고 있었다. 전매특허인 비아냥거리는 듯한 웃음은 자취를 감추었고, 꼰 다리를 달달 떨었다.

후미는 아무 할 일도 없이 사람들의 뒤를 어슬렁어슬렁 돌아다녔다. 마음이 진정되지 않아 큼지막한 몸을 둘 곳을 찾고 있는 것처럼 보였다.

오우치야마는 아직 충격에서 벗어나지 못한 것 같았다. 다키에의 맞은편 소파에 몸이 뻣뻣하게 굳은 채로, 마치 소파와 한몸이 되기라도 한 것처럼 앉아 있었다. 뭔가 두려운 듯 호빵처럼 둥근 얼굴에 핏기가 없었다. 완전히 혼란에 빠졌는지 아까 경감이 질문했을 때도 만족스레 대답조차 못 했다. "아무것도 모릅니다. 오늘은 가미시로를 따라왔을 뿐이에요"라는 말만 되풀이했다.

네코마루 역시 허탈감에 빠진 듯 그저 초라하고 쓸쓸히 앉아 있을 뿐이었다. 빠져나간 넋이 길을 잃은 느낌이었다. 이래서야 털끝만큼도 의지하지 못할 것처럼 보였다.

사람들이 그저 멍청히 거실에 모여 있는 가운데 젊은 형사 혼자 딱딱한 표정으로 서 있었다. 키가 크고 어쩐지 나긋나긋한 분위기에 얌전하게 생기기는 했지만 온 힘을 다해 문 앞에서 권위 있는 척하려 애쓰고 있었다.

뭐가 뭔지 전혀 모르겠다. 주체하지 못할 침묵 속에서 세이치의 머릿속에 효마의 살해 사건 이후 몇 번이나 느낀 감상이 소용돌이쳤다. 어째서 가미시로까지 살해당한 걸까. 어떻게 하면 찻잔에 독을 넣을 수 있을까. 가미시로의 추리는 어디까지 옳을까. 그러한 의문에 가시와기 경감은 어떤 답변도 해주지 않았다. 도대체 뭐가 어떻게 되어가고 있다는 말인가. 담배를 피우고 싶었지만 세이치는 평소에 피우지 않기 때문에 가지고 다니지 않는다. 외삼촌에게 한 개비 받아야겠다고 생각하고 고개를 들었을 때 네코마루와 눈이 마주쳤다.

넋이 돌아왔다. 앞머리에 반쯤 가려진 새끼 고양이 같은 두 눈에 정기가 되살아났다. 게다가 전에 없이 묘한 빛을 띠고 있다는 사실을 세이치는 깨달았다.

네코마루는 그 동그란 눈으로 세이치를 똑바로 바라보며 이상한 말을 꺼냈다.

"미안, 내가 멍청했어. 이렇게 될 줄이야 예상도 못 했군. 어쨌거나 내 실수야. 용서해줘."

세이치는 깜짝 놀랐다. 이 삐뚤어진 인간이 순순히 사과하다니 정말로 보기 드문 일이다. 아직 제정신이 아닌지도 모른다.

네코마루는 세이치의 대답을 기다리지 않고 눈을 획 돌리더니 혼잣말을 중얼거렸다.

"시간이 없군. 서둘러야겠어. 늦으면 큰일인데. 좀 연극 같아서 꼴불견이기는 하다만. 상황이 상황이니 어쩔 수 없나."

그러더니 무슨 생각을 했는지 느닷없이 일어서서 큰 소리로 외쳤다.

"여러분, 안심하세요. 사건은 모두 해결되었습니다."

자리에 있던 모두가 깜짝 놀라서 그 조그마한 괴짜를 쳐다보았다. 젊은 형사도 느닷없는 발언에 대처할 방법이 떠오르지 않았는지 그저 입만 떡 벌렸다.

다키에가 네코마루의 기에 눌려 더듬더듬 입을 열었다.

"저기…… 얘, 세이치, 이쪽은 어떤……?"

"나도 물어보려고 했어."

나오쓰구도 기분 나쁘다는 듯이 물었다.

"세이치, 이 사람 뭐 하는 사람이야?"

네코마루는 그러한 말들을 싹 무시했다.

"안심하십시오. 그동안 여러분을 괴롭히던 갖가지 사건들은 오늘로 전부 마무리될 겁니다. 제가 이렇게 온 이상 걱정하실 필요 없습니다. 오늘 밤부터는 안심하고 편안하게 주무실 수 있을 거라고 약속드리겠습니다. 질문이 하나 있는데요. 미아 씨, 당신은 주무실 때 뭘 입습니까?"

"네?"

미아의 눈이 네코마루에게 뒤지지 않을 만큼 동그래졌다. 무리도 아니다. 오빠 친구라며 찾아온 사람이 갑자기 이상한 소리를 하는가 싶더니 이번에는 엉큼한 아저씨 같은 질문을 던졌으니까. 이래서는 그냥 변태라고 할 수밖에.

"뭘 입고 자느냐고요!"

네코마루의 박력에 압도되어 미아는 어물어물 대답했다.

"저기, 파자마요."

"파자마라, 그렇군요. 그럼 예를 들어 전통식 여관에서 유카타*를 입고 잔다고 칩시다. 유카타를 입을 때 띠의 매듭은 어디다 짓습니까?"

"네?"

"띠 말입니다. 띠. 알죠, 기모노를 입을 때 매는 거. 여관에 가 보면 개어놓은 유카타 위에 둥글게 말아서 올려놓잖아요."

"으음, 그러니까…… 이렇게 해서……."

미아가 양손으로 자기 허리 언저리를 만지작만지작했다.

"그, 여긴가. 여기 허리뼈가 튀어나온 곳이요."

미아가 옆구리 아래를 누르며 말하자 네코마루는 눈을 가느스름하게 떴다.

"그렇군요, 거깁니까. 됐어요. 그럼 가쓰유키씨, 당신이라면 어떻게 하겠습니까?"

느닷없이 질문을 받고 가쓰유키는 저도 모르게 끌려들어가듯이 대답했다.

"아아, 잠을 잔다면 저도 그쯤에 짓겠죠. 그것보다 당신은 대체……."

"됐습니다. 대부분 그쯤에 매듭을 짓겠죠. 알겠습니다."

네코마루는 아주 진지한 표정으로 젊은 형사를 불렀다.

"그리고 말인데요, 형사님."

"예?"

젊은 형사는 흠칫 놀라 네코마루를 보았다.

"저희는 지금부터 잠깐 잡담을 하겠습니다. 잡담 정도는 해도

*두루마기 모양의 긴 무명 홑옷. 목욕 후 또는 여름에 평상복으로 입는다.

괜찮겠죠. 그러니까 지금 여기서 하는 이야기는 어디까지나 하잘것없는 수다입니다. 들으시든 듣지 않으시든 상관없습니다. 너무 신경 쓰지 마세요. 아시겠죠?"

네코마루의 말에 형사는 아무 반응도 보이지 않았다. 잡담이야 그냥 마음대로 하면 될 일이니 머리가 이상한 관계자가 뭐라고 떠들든지 자기 직무가 아니라고 판단한 듯했다.

"자, 그럼 어디서부터 이야기를 할까요."

네코마루는 짐짓 뜸을 들였다.

"일단 강령회 때 쓴 트릭부터 갈까요? 그게 제일 이해하기 쉬운 데다 여러분도 신경이 쓰이시는 모양이니까요. 영매 아나야마 씨가 어떤 수법으로 여러분을 속였는지 들려드리겠습니다."

"어, 잠깐만요, 네코마루 선배."

세이치는 당황해서 네코마루를 말렸다. 더 이상 뚱딴지같은 행동을 하도록 내버려둘 수는 없었다.

"그건 이미 알아냈잖아요. 아까 가미시로 씨가 설명한걸요."

가미시로가 죽기 전에 증명한 손가락 모형 트릭. 실물은 이미 경찰에게 넘어갔다. 방금 전에 들었는데 이 남자, 얌전하다 싶더니만 졸기라도 한 걸까.

하지만 네코마루는 오히려 어이가 없다는 듯이 세이치를 힐끔 바라보더니 가족들 앞에서 태연하게 욕을 퍼부었다.

"그 장난감 손가락이 어쩌고저쩌고한 거? 이런, 이런. 기가 탁 막혀 죽겠네. 야, 도대체 넌 뭐로 생각을 하는 거냐. 네 목 위에 얹힌 건 파인애플이냐? 머릿속이 싱싱한 백 퍼센트 과즙으로 가득 찼어?"

인정머리고 자비고 없었다. 너무 과격한 언사에 세이치는 말문이 막혔다. 식당에서 뒤집어쓰고 있던 고양이*를 완전히 벗어버렸다. 네코마루(猫丸)가 고양이(猫)를 벗으면 둥글어져야(丸) 할 텐데 실제로는 상당히 모가 나 있었다.

"알겠냐, 잘 생각해보라고. 현실적으로 판단할 때 영매가 그런 위험한 수단을 쓸 리가 없잖아. 옆에서 가미시로가 손가락을 누르고 있다고. 영매 입장에서 상상해봐라. 적이 옆에 있는데 장난감에게 대역을 맡기고 싶은 기분이 들겠냐. 상대는 어떻게든 이쪽의 속임수를 밝혀내기 위해 호시탐탐 기회를 노리고 있다고. 한창 속임수를 쓰고 있을 때 옆자리의 가미시로가 손가락을 조금이라도 움직일 위험성을 고려하는 게 보통이야. 그런데 누가 장난감 손가락 따위를 사용하겠어. 잘 들어. 만약 가미시로가 멋대로 손가락을 옮기기라도 해봐. 손가락 하나만 데굴데굴 굴러가겠지. 그러면 죄다 파투 난다고. 가미시로가 장난감을 움켜쥐고 불을 켜면 그걸로 끝. 속임수를 썼다는 증거가 고스란히 상대에게 넘어가서 이러지도 저러지도 못하는 진퇴양난에 빠져. 위험을 각오하고 영매 양반이 그딴 방법을 사용하다니 아무리 생각해도 이상해. 그런 터무니없는 가설을 곧이곧대로 받아들이다니 너도 참 단순하구나. 여기서 그 말을 믿는 사람은 분명 너뿐일 거다. 경찰은 물론 가족들도 그 정도는 한참 전에 깨달았을 거라고."

"어? 하지만 저는······."

미아가 뭐라고 말하려다 중간에 입을 다물었다. 적어도 단순한 사람이 세이치 혼자만은 아닌 듯했다.

---

*일본어로 '고양이를 뒤집어쓰다'는 본성을 숨기고 얌전한 체한다는 뜻이다.

"그럼, 선배."

세이치가 말을 꺼냈다.

"아까 가미시로 씨가 해준 설명은."

"안타깝게도 오답이야."

네코마루는 아무렇지도 않게 딱 잘라 말했다.

"전부 다는 아니지만 대부분 틀렸어. 아마 그 장난감 손가락은 가미시로가 예전에 다른 영매에게서 가로챈 전리품 아닐까 싶어."

"다른 영매? 그럼 그건 아나야마 씨의 물건이 아니었다고요?"

"당연하지. 지금 말했잖아."

"그럼 가미시로 씨는 뭣 때문에 그런 물건을 가져와서 이야기를 한 건데요?"

"뭐, 그 사람 나름의 사정이 있었겠지. 그것도 차차 말해줄게."

"그럼 아나야마 씨가 자살했다는 것도 틀렸나요?"

"당연하지. 가미시로의 가설에서는 영매 양반이 칼도 배 속에서 꺼냈다고 했는데 칼은 못 삼켜. 염주는 그렇다 쳐도 칼은 삼키면 위에 구멍이 뚫린다고. 긴 검을 스르륵 삼키는 묘기가 있지만 그건 식도에 미리 칼집을 숨겨놓기 때문에 가능한 거야. 칼만 삼키다니 그건 아무리 숙련된 인간 펌프라도 불가능해. 하지만 칼집은 현장에서 발견되지 않았고 피해자의 배 속에서 발견됐다는 경찰 발표도 없었지. 흉기는 역시 다른 사람이 숨겨서 가지고 왔다고 봐야 해. 범인이 말이야."

"그럼, 아나야마 씨가 할아버지를 살해한 범인이라는 것도."

"물론 틀렸지."

"그럼 사건은 다시 원점으로 돌아가는 건가요?"

"아니, 말했잖아. 마무리될 거라고. 오늘로 마무리. 멋지게 막을 내리는 거야."

네코마루는 씩 웃고 주변을 둘러보았다.

모두가 신기하다는 듯이 이 조그마한 남자를 바라보았다. 뭔가 진기한 물건이라도 구경하듯이. 개중에서도 나오쓰구는 흥미가 동한 듯 얼굴에 여느 때의 빈정거리는 듯한 웃음이 되돌아왔다. 고설을 들어보실까, 하고 말이라도 꺼낼 분위기였다. 네코마루는 주변의 반응을 즐기듯이 다시 한 번 빙그르르 둘러보았다.

"자, 그럼 강령회에서 지운사이 씨가 어떤 트릭을 썼는지 알려드리겠습니다. 사실 간단했어요. 정말이지 어처구니가 없다고 해도 될 만한 방법이었습니다."

네코마루는 기대감을 고조시키듯이 천천히 말했다. 듣는 사람의 집중력을 끌어 올리는 테크닉임을 잘 아는 것 같았다.

"아까도 말씀드렸다시피 한창 속임수를 쓰고 있을 때 양쪽 사람이 언제 손가락을 움직여 확인할지 모르니 지운사이 씨는 양손을 분명 처음 위치에서 움직이지 않았을 겁니다. 즉 지운사이 씨는 정말로 손을 쓸 수 없었던 거죠. 아시겠죠. 그럼 실제로 해볼까요."

그렇게 말하고 네코마루는 양손을 펼쳐 테이블 위에 내려놓았다. 개구리를 흉내 내는 듯한 자세. 후미와 형사를 제외하고 여기 있는 모두가 요전에 같은 자세를 취해보았으므로 익숙한 자세다.

"이 자세로 지운사이 씨는 갖가지 괴이한 현상을 연출할 수 있었습니다."

네코마루는 거기서 잔뜩 뜸을 들였다. 사람들의 관심을 집중시키기에 효과적인 방식이었다.

　"이 자세 그대로 종을 울리고 빛나는 천을 다룬 거죠. 얼핏 보기에는 불가능하게 느껴질 법도 합니다."

　"그래요. 불가능하니까 유령의 짓이라고 믿은 거죠."

　미아가 제일 먼저 네코마루의 화술에 말려들었다. 네코마루는 어린아이처럼 웃으며 미아를 돌아보고 말했다.

　"그렇게 믿도록 만드는 게 영매니까요. 그럼, 해보겠습니다. 저는 연습하지 않았으니까 지운사이 씨처럼 잘하지는 못하겠지만, 뭐 그 점은 너그러이 봐주십시오. 일단 이 자세로 주의 사항을 설명한 후에 촛불을 끕니다. 어둠 속에서 주문을 외운 후 이렇게 하는 거죠. 영차."

　기합을 넣으며 네코마루는 양손을 짚은 채 팔꿈치를 펴고 다리를 버둥거리며 테이블 위로 올라갔다.

　모두가 어안이 벙벙한 얼굴로 네코마루의 기이한 행동을 지켜보았다.

　네코마루는 테이블로 올라가서 엉덩이를 붙이고 앉았다. 물론 손바닥 위치는 변함없었다.

　"이때 테이블이 흔들리고 소리가 납니다. 그걸 얼버무리기 위해 카세트로 배경음악을 틀어놓았던 겁니다. 배경음악 소리가 상당히 커서 테이블이 진동할 정도였다죠?"

　그렇게 말하며 네코마루는 테이블에 댄 엉덩이를 움찔움찔 움직였다. 손바닥은 움직이지 않고 엉덩이만 앞으로 나아갔다. 손을 뒤에다 짚고 편히 쉴 때의 자세라고나 할까.

　"아까 가미시로 씨도 말했는데, 지운사이 씨는 묘기에 대한 열정이 아주 대단했던 사람이라 특기인 인간 펌프 말고도 다양한 묘기를 익혔습니다. 효마 씨의 목소리를 연기한 복화술도 그중 하나죠. 그리고 한 가지 더, 발재간이 있었습니다."

발재간. 그러고 보니 다케이가 아나야마의 동료들이 무녀 가무, 의자 타기, 발재간, 곡예 등의 묘기를 뽐냈다고 했다.

"발재간은 말 그대로 발을 사용한 묘기입니다. 물구나무를 선 채 발로 통을 돌리거나 공기놀이를 하는 거죠."

네코마루는 테이블에 앉은 채 두 다리를 천장을 향해 뻗고 이리저리 가볍게 움직였다. 마치 수중발레를 하는 것 같았다.

"발가락 사이에 대나무 꼬챙이를 끼우고, 그걸로 손님이 던지는 돈을 받아내는 굉장한 묘기도 있었다고 합니다. 돈은 묘기를 구경한 값으로 광대의 호주머니에 들어갔다고 합니다만. 지운사이 씨 역시 발재간을 쓴 거죠. 생각해보십시오. **손을 쓰지 못하면 발을 쓸 수밖에 없지 않겠습니까?** 아무리 생각해도 이 발상이 제일 자연스럽습니다."

네코마루가 입을 다문 후에도 사람들은 아무 말 없이 멍하니 있을 뿐이었다. 네코마루의 두 다리만이 가뿐가뿐 움식이고 있었다. 다른 사람 집의 응접실에서 보여주기에는 다소 예의 없는 모습이었지만 아무도 책망할 기분은 들지 않는 모양이었다.

"자, 보십시오. 이렇게 편하게 두 다리를 움직일 수 있습니다. 나이가 많았던 지운사이 씨에게는 약간 힘들지 않았을까 싶지만, 젊었을 적에는 더 힘든 동작도 했을 테니 이 정도야 식은 죽먹기였겠죠. 몸에 딱 맞는 사무에를 입은 것도 다리의 움직임에 방해가 되지 않도록 하기 위해서였습니다. 옷자락이 옆 사람 팔에 닿지 않게끔 하려는 의도도 있었겠죠. 강령회가 한창 진행 중일 때 새끼손가락이 움직이지 않은 것도 가짜였기 때문이 아니라, 손바닥을 받침점으로 삼아 몸을 지탱하고 있었기 때문입니다. 보세요, 이렇게 자유자재입니다."

네코마루는 흥이 났는지 다리를 사방으로 흔들어댔다.

"그리고 이 자세에서는 어린아이도 발로 테이블 위의 물건을 움직일 수 있죠. 빛나는 천은 간단한 몸수색으로는 발각되지 않도록 바지 솔기 같은 곳에 교묘하게 꿰매 넣었을 겁니다. 그러면 한쪽 발로 꺼낼 수 있으니까요. 효마 씨의 목소리가 테이블 위에서 들린 것도 착각이 아니라 당연한 일입니다. 테이블 위에서 복화술을 썼으니까요. 지운사이 씨 본인의 대사를 할 때는 몸을 뒤로 젖혀 입을 자기 의자 쪽으로 옮기면 되고요. 감각이 예민한 사람이라면 테이블 위 허공에서 무슨 기척이 나는 것을 느꼈겠죠."

말을 마친 후 네코마루는 테이블에서 휙 뛰어내렸다. 체조경기에서 마무리 착지를 하는 것처럼 깔끔한 착지였다.

그나저나 이렇게 터무니없는 방법이었다니.

"정말로 우리가 이런 방법에 속았다고요?"

다키에가 얼떨떨한 표정으로 말했다. 모두가 네코마루의 화술에 차례차례 빠져들었다.

"영매는 늘 터무니없을 만큼 단순하면서도 의외의 수법을 쓰는 법이죠."

네코마루는 유쾌하다는 듯이 말했다.

"멋진 마술의 트릭이 그렇듯이 들으면 '뭐야, 그렇게 간단한 거였어' 하고 김샐 만한 수법들이 많습니다."

네코마루는 담배를 꺼내서 한 모금 깊이 빨아들였다.

그때 문이 쾅 열렸다.

감시를 하던 젊은 형사가 허둥지둥 뛰쳐나갔다. 네코마루는 그 뒷모습을 슬쩍 보고 연기를 후 내뿜더니 느닷없이 낭랑한 목소리로 이야기하기 시작했다.

"자, 이 일련의 사건들의 공통적인 특징은 무계획성과 돌발성이라고 할 수 있습니다."

아까 개구쟁이처럼 영매의 수법을 직접 보여줄 때와는 달리 진지한 태도였다. 그러한 변모도 청중의 관심을 끌기 위한 방법 중 하나인 듯 사람들은 더욱 흥미를 느끼는 것 같았다.

"모든 게 어중간해요. 계획성이 없고 돌발적이며 주먹구구로 일을 진행했다는 인상까지 받았습니다. 제가 왜 그렇게 생각하는지 말씀드리죠. 일단 효마 어르신 살해 사건입니다. 범행 현장이었던 별채는 전혀 어질러지지 않았습니다. 제가 세이치에게 부탁해서 조사한 결과에 따르면 별채는 불상과 법구 들로 중고 매장처럼 어수선했다고 하는데, 그건 원래부터 그랬던 것이지 범인이 어지럽힌 게 아닙니다. 범인은 거기 있던 물건에 손을 대지 않았습니다. 아시겠습니까. 그래서입니다."

네코마루는 담배를 한 모금 피우고 나서 말을 이었다.

"효마 어르신 살해 사건은 불가능하다고 여겨지는 상황에서 발생했습니다. 아무도 드나든 흔적이 없는 곳에서 범행이 일어났어요. 그래서 영혼이 살인을 저질렀다는 엉뚱한 발상이 제기될 여지가 생긴 겁니다. 그런데, 그런데 말입니다. 만약 범인에게 처음부터 그럴 의도가 있었다면, 계획적으로 불가능한 상황을 만들어내서 영혼이 살인을 저질렀다는 점을 부각시킬 의도가 있었다면 왜 별채를 어지럽히지 않았을까요? 영혼이 살인을 저질렀다고 단적으로 보여줄 수 있는 소도구가 별채에 산더미처럼 있었는데 말이죠. 효마 어르신 부인의 영정사진, 불상, 유령을 그린 족자, 아니면 강령회 때 지운사이 씨가 그랬듯이 염주라도 좋습니다. 어째서 산더미처럼 많은 소도구를 사용해 잔꾀를 부리지 않았을까요? 효마 어르신이 밥공기를 끌어안고 있었다는 점이 <u>으스스</u>하다면 <u>으스스</u>하지만 기껏해야 그게 다죠. 좀 더 자극적으로 연출하려고 했다면 얼마든지 그럴 수 있었을 겁니다. 염주를 시체의 목에 감아둔다거나, 목탁을 입에 쑤셔 넣는다거나, 흉기를 불상의 손에 쥐여주는 등 생각만 있었다면 적합한 재료가 별채에는 널려 있었다고요. 하지만 범인은 그런 소도구를 사용하지 않았습니다. 그래서 범인에게는 그럴 생각이 없었다고 판단한 거죠. 처음부터 범행이 불가능한 상황을 만들 예정은 없었다. 즉 계획적이지 않았던 겁니다."

네코마루는 짧아진 담배를 재떨이에 꼼꼼하게 눌러 껐다.

"좀 이해하기 힘드셨죠. 그럼 더 이해하기 쉬운 사례를 들어볼까요? 다음으로 강령회 때 일어난 사건입니다. 여기에 한 가지 큰 문제가 있습니다. 다름 아닌 왜 범인이 강령회라는 특수한 상황에서 범행을 저질렀느냐는 겁니다."

네코마루는 긴 앞머리를 가볍게 쓸어 넘기고 세이치에게 살짝 눈짓을 했다.

"생각해보면 이상하죠. 만약 지운사이 씨에게 살의를 품었다면 밖에서 범행을 저지르면 그만입니다. 굳이 용의자가 한정되는 특수한 밀폐 공간에서 살인을 저지를 필연성은 없어요. 실제로 용의자의 범위는 확 줄어든 상태입니다. 강령회에 참석한 사람 가운데 범인이 있다고 <u>스스로</u> 선언한 셈이나 마찬가지죠. 그

렇게 생각하면 이 사건 역시 계획성이 없고 돌발적이라는 제 의
견에 수긍이 가실 겁니다."

네코마루가 거기까지 말했을 때 형사들이 방에 우르르 몰려
들어왔다. 다섯 명의 선두에는 눈에 익은 세고돈의 까까머리가
섰다. 방금 전에 있던 젊은 형사를 제외하면 나머지 세 사람은
세이치가 처음 보는 얼굴이었다.

젊은 형사가 가시와기 경감에게 뭐라고 귓속말을 했다. 손으
로는 네코마루를 가리키고 있어서 마치 고자질이라도 하는 것
처럼 보였다. 얼굴이 게 같이 생긴 형사가 뭐라고 말하려 하자
가시와기 경감이 손으로 제지했다. 경감이 무슨 말을 꺼낼 것
같아서 보고 있었지만, 불쾌한 듯이 팔짱을 낄 뿐 아무 말도 하
지 않았다. 불안해진 나머지 네코마루는 어떤가 싶어 살펴보자
그 괴짜는 재미있다는 듯이 미소 짓고 있었다. 그리고 태연하게
다시 사람들을 둘러보고 말을 이었다.

"자, 그럼 범인은 왜 강령회장에서 범행을 저질렀을까요. 지
운사이 씨를 죽이고 싶다면 강령회가 열리기 전날에라도 밤길
에서 덮치면 됩니다. 그래야 용의자 범위가 넓어져서 지금보다
범인을 한정하기 어려워질 테니까요. 그렇다면 어째서 그러지
않았을까요? 범인에게 강령회가 열리는 당일에야 지운사이 씨
를 죽여야 할 이유가 생겼기 때문입니다. 그것 말고는 생각할
수 없어요. 그전까지는 죽일 생각이 눈곱만큼도 없었는데, 그날
비로소 살인을 저질러야 할 이유가 생기고 만 거죠. 그렇지 않
다면 밀폐된 방에서 사람을 죽일 필연성이 없으니까요. 그렇다
면 그 필연성은 뭘까요? 이건 말할 필요도 없겠죠. 강령회가 열
린 당일, 변경 사항이 있었기 때문입니다."

"변경 사항? 뭘 변경했죠?"

나오쓰구가 물었다. 수상쩍게 여긴 것이 아니라 그저 순수한 질문이었다. 어느 틈엔가 나오쓰구마저 네코마루의 화술에 말려들었다. 네코마루는 살짝 쓴웃음을 지었다.

"당신이 잊어버리면 어떻게 합니까. 분명히 뭔가 변경했을 텐데요. 당일 지운사이 그 양반이 느닷없이 불러낼 영혼을 바꾸겠다고 했잖아요."

"아아, 맞아. 그랬어."

나오쓰구가 무릎을 쳤다. 네코마루의 말투가 평소의 스스럼없는 말투로 되돌아왔지만 전혀 신경 쓰지 않는 눈치였다.

"그날, 오후 늦은 시간에 지운사이는 효마 어르신의 영혼을 불러내기로 했다고 변경 사항을 발표했습니다. 이게 범행의 직접적인 동기였다고 판단하는 게 제일 자연스럽지 않을까요. 만약 범인이 예전부터 그 양반을 죽일 마음을 품고 있었다면, 강령회 날짜는 이미 결정되어 있었으니 범인을 알아내기 힘들도록 강령회가 열리기 전에 살해했을 겁니다. 그날, 불러낼 영혼을 바꾸었다는 것밖에 범행의 계기가 될 만한 일은 일어나지 않았습니다. 범인이 그날 범행을 저질러야 할 이유는 그것밖에 없어요. 그런데 지운사이는 정신 통일을 한다면서 방에만 틀어박혀 있으니 범인은 하는 수없이 그 밀폐된 공간에서 범행을 저질렀던 거죠. 자, 그럼 범인은 왜 그 변경 사항을 듣고 범행을 저지르기로 결심했을까요? 이게 포인트입니다."

네코마루는 숨을 한 번 내쉬고 새 담배에 불을 붙였다.

"영매 양반 본인에게 변경 사항은 큰 의미가 없었을 겁니다. 물론 30년도 전에 돌아가신 효마 어르신의 부인보다 얼마 전에 세상을 떠난 효마 어르신을 등장시키는 편이 효과적일 것이라는 계산은 했겠지만, 결국 영매 양반이 할 일은 달라지지 않으니까요. 복화술로 이야기할 내용이 조금 달라질 뿐입니다. 하지만 범인에게는 큰 문제였죠. 그 폐쇄된 공간에서 무모한 범행을 저지를 만큼 타격을 입은 겁니다. 자, 어째서일까요."

네코마루는 담배 연기를 천천히 내뿜으며 말했다. 하얀 연기가 긴 앞머리를 스치고 흔들흔들 올라갔다.

"혹시 영매들이 사용하는 방법 중에 이런 방법이 있다는 걸 아십니까? 가짜가 아니라고 강조하기 위해 강령회 때 특정한 사람밖에 모르는 사실을 말하는 방법인데요. 텔레비전에 자주 나오죠. 영능력자가 영시를 사용해 당신 고향 집에는 이런저런 나무가 심긴 뜰이 있다고 말하거나, 현관에 이런 장식품을 놓아두었다고 말해서 게스트로 나온 연예인이 깜짝 놀라는 장면요. 영매가 절대로 모를 사실을 맞히는 기술입니다. 실은 사전에 동료가 미리 조사해놓습니다. 고향 집에 몰래 조사하러 가고, 방문 판매를 가장해 집을 방문하죠. 영매는 그런 정보를 듣고 그럴듯하게 연기만 하면 되니까 상당히 편한 기술이라고 할 수 있어요. 뭐, 여담은 이쯤 하고요. 지운사이 그 양반도 강령회에서 이 방법을 사용하려 했는지는 이제 알 수 없습니다. 하지만 범인 입장에서는 엄청난 위협 아니었을까요? 뭔가 특별한 의도가 있어서 효마 어르신을 불러내겠다고 변경한 것은 아닐까. 어쩌면 효마 어르신밖에 모르는 일을 강령회장에서 폭로할 작정은 아닐까. 그런 걱정으로 안절부절못했을 겁니다. 범인은 이렇게 생각했겠죠. 어쩌면 이 영매가 사건에 관해 뭔가 알고 있는 것 아닐까. 강령회에서 효마 어르신인 척하고 그 사실을 말하려는 것 아닐까. 강령회 당일 갑자기 변경했을 정도니까 아주 큰 정보를 쥐고 있는 게 틀림없어. 의심암귀죠. 효마 어르신 살해 사건과 관련해 뭔가 뒤가 켕기는 인물이 있다면 두려워하는 게 당연합니다. 만약 영매 양반이 비밀 정보를 쥐고 있고, 그 정보를 강령회 때 활용한다면 효과가 엄청나겠죠. 예를 들어 어르신의 영혼이 내려와서 자신이 살해당했을 때의 상황을 재현하면 임팩트가 굉장할 겁니다. 효마 어르신 음색으로 '으악, 넌 누구누구 아니냐. 무슨 짓이야, 그만둬. 으악' 하는 식으로 말이죠. 범인은 그럴까봐 무서웠던 게 아닐까요? 범인은 영매가 진범이 누군지 알면서도 연출 효과를 노리기 위해 지금까지 잠자코 있었다는 의혹에 사로잡혔고, 그게 강령회를 저지한 이유라고 생각합니다."

네코마루는 말을 마친 후 담배를 비벼 끄고 새끼 고양이 같은 눈을 들었다. 아무도 이의를 제기하지 않았다. 네코마루의 화술은 이미 거실 전체를 지배하에 두었다. 다섯 형사들조차 아무 말도 꺼내지 않았다. 복잡한 표정으로 벽 앞에 나란히 늘어서서 팔짱을 끼고 있을 뿐이었다.

"이것으로 효마 어르신 살해 사건과 영매 살해 사건의 범인은 동일 인물이라고 할 수 있겠죠. 범인은 변경 사항을 듣고 영매 양반을 죽이기로 결심했습니다. 바꿔 말해 범인은 이미 어르신의 피로 손을 더럽혔다는 뜻입니다. 영매 양반이 그날 거기서 살해당할 조건은 그것밖에 없으니까요. 이제 왜 제가 전체적으로 계획성이 없다고 했는지 이해하셨겠죠. 그리고 이처럼 무계획적인데도 범인이 지금까지 붙잡히지 않고 위기를 극복한 것은 오로지 운과 배짱 덕분이었습니다."

네코마루는 잠깐 생각에 잠겼다가 말을 이었다.

"운, 그렇죠. 운입니다. 이토록 계획이고 책략이고 없는 범인의 행동이 지금까지 밝혀지지 않은 건 무서울 만큼 운이 강했기 때문입니다. 지금까지 들통나지 않은 것이 거짓말 같습니다. 저는 초상현상이나 심령현상 따위는 전혀 믿지 않지만 만약 이번 사건에 그런 오컬트적인 요소가 있다면 단 한 가지뿐이죠. 어처구니없이 간단한 사실을 지금까지 아무도 알아차리지 못했다는 점뿐이에요. 범인은 그야말로 행운의 여신에게 보호받고 있었습니다. 그만큼 이 사건은 실로 아슬아슬하고, 기적적이라고도 할 수 있을 만큼 위태위태한 한 가지 사실로 지탱되고 있었습니다. 범인 입장에서는 줄타기, 그것도 나이아가라 폭포 위에 걸쳐진 한 줄기 철사를 건너는 것이나 마찬가지로 위험한 상황이었습니다. 어처구니없이 간단한 사실, 그건 범인이 **어느 인물의 어떤 특징**을 이용했다는 것입니다."

*

의식이 천천히.

둥실둥실, 거품처럼.

마치 고여 있는 폐수 수면에 거품이 떠오르는 것처럼.

둥실, 둥실.

그 거품은 유해한 가스로 빵빵하게 부풀어 있다.

거품은 걸쭉한 물속을 조용히 올라간다. 점액 같은 물의 저항을 뿌리치고.

둥실, 둥실.

이윽고 물 위로 튀어나온 거품은 뻥 터져서 흩어진다.

그리고.

정신을 차렸을 때 나는 침대에 누워 있었다.

꿈인가?

찜찜한 꿈이었다.

정말로 찜찜한 꿈이었다.

아직도 지독하게 걸쭉하고 더러운 물이 몸에 들러붙어 있는 것 같아서 기분이 나빴다.

지금 몇 시쯤 됐을까.

아무래도 묘한 시간에 잠들어버린 모양이다. 언제 침대에 누웠는지 조금도 기억나지 않다니.

요즘 잠이 부족해서 그만 선잠을 자고 만 거야. 따스한 이불 속에 조금만 더 이렇게 누워 있을까.

그런데 어째서 그렇게 무서운 꿈을 꾼 걸까. 현실에서는 일어날 리 없는 무서운 꿈을.

아직 머리가 개운치 않았다. 어쩐지 꿈과 현실의 경계가 모호해진 것 같았다.

일어날 리 없는 일.

일어나서는 안 될 일.

거짓말.

나는 펄쩍 뛰어오르듯이 침대에서 상체를 일으켰다.

거짓말. 거짓말이야.

가미시로 씨가, 가미시로 씨가.

그런 일이 일어날 리 없다.

그제야 나는 아직도 평상복을 입고 있다는 사실을 깨달았다.

어째서 이런 꼴로 잠들었을까. 후미 아주머니가 잠자리를 준비하러 와주지 않은 걸까. 아니면 역시 선잠을 잔 걸까.

"어머, 정신이 드신 모양이네요."

모르는 여자가 아직 정신을 차리지 못하고 멍하니 있는 내게 말을 걸었다.

"기분은 좀 어떠세요? 선생님도 가벼운 빈혈이라고 했으니 걱정할 필요는 없어요."

여자는 그렇게 말하고 내 손목을 잡았다.

"저기."

"잠깐만 조용히 계세요. 맥을 짚고 있으니까. 아, 저는 간호사예요. 선생님을 모셔올까요?"

"아니요, 괜찮아요. 저기, 다른 사람들은요?"

"아, 가족분들은 아래층에 계세요."

현실.

현실이었다.

그건 악몽이 아니었다.

일어나서는 안 될 일이 정말로 일어나고 말았다.

"저기."

"네? 기분이 안 좋으세요?"

"아니요. 그런 게 아니라, 그 사람 어떻게 됐어요?"

"아, 쓰러지신 분요. 안타깝게도 돌아가셨대요."

그 말을 듣고 나는 할 말을 잃었다.

역시 정말이었다.

가미시로 씨가, 가미시로 씨가 죽었다.

현실이, 지금 내가 있는 진짜 세상이 악몽 속으로 쭉 빨려들어갔다. 내가 앉아 있는 침대가 통째로 다른 세상으로 떨어져 내렸다.

확인해야 한다.

나는 침대에서 내려섰다.

확인해야 한다. 이게 진짜 세상인지. 정말로 일어나서는 안 되는 일이 일어났는지.

확인해야 해, 확인해야 해.

헛소리처럼 중얼거렸다.

확인해야 해.

"왜 그러세요. 어디 가세요?"

"아래층에. 다른 사람들이 있는 곳에요."

"괜찮으시겠어요?"

"네."

"그래요. 혼자 있는 것보다 그편이 나을 수도 있겠네요. 조심하세요. 같이 가드릴까요?"

"아니요, 괜찮아요."

간호사가 내 목발을 집어주었다.

나는 그대로 방을 나섰다.

목발을 통해 비현실적인 복도의 감촉이 전해져왔다.

푹신푹신해서 구름 위를 걷는 것 같았다. 이것 봐, 역시 꿈이야. 내가 비틀거려서 이러는 게 아니야. 꿈속에서 걷고 있으니까 복도가 이렇게 푹신푹신한 거라고. 목발 없이도 걸을 수 있을 것 같아. 목발을 내던지고 뛰어갈 수 있을지도 몰라. 그 사람이 있는 곳으로. 그 사람 곁으로, 곧장 내달리는 거야.

"아가씨, 괜찮습니까?"

하지만 계단에서 맞닥뜨린 남자가 나를 현실로 되돌려놓았다. 형사님일까.

"빈혈이었다면서요. 그런 일이 있었으니 무리도 아니죠."

내게는 익숙한 동정 어린 말투. 모르는 사람이 내게 말을 걸 때는 항상 이 독특한 말투를 쓴다. 그래서 역시 달릴 수 없다는 사실을 깨달았다.

"저기, 가족들은요?"

"가족분들은 응접실에 계십니다."

"그런가요, 고맙습니다."

"아가씨. 너무 여기저기 돌아다니지는 마세요. 아직 조사 중이니까요."

"네, 죄송합니다."

나는 어깨를 축 늘어뜨리고 계단을 비틀비틀 내려왔다.

1층은 시끌벅적하고 어수선했다.

사람들이 돌아다니며 뭐라고 서로 지시를 내리고, 여기저기를 헤집었다.

물론 경찰들이다.

절망감이 무겁게 내 몸을 짓눌렀다. 정말이었구나.

응접실 문 앞에 섰다.

문손잡이에 손을 뻗는데 안에서 남자 목소리가 들려왔다. 약간 높지만 깊이가 있어 잘 들리는 목소리였다. 분명 오빠 친구인 네코마루 씨라는 사람이다. 아까, 그 일이 있기 전에 오빠와 함께 왔었지. 그런데 그 사람이 여기서 무슨 이야기를 하는 걸까. 무슨 연설이라도 하는 것처럼.

"입장에서는 줄타기, 그것도 나이아가라 폭포 위에 걸쳐진 한 줄기 철사를 건너는 것이나 마찬가지로…….”

네코마루 씨가 말하고 있었다.

“위험한 상황이었습니다. 어처구니없이 간단한 사실, 그건 범인이 **어느 인물의 어떤 특징**을 이용했다는 것입니다.”

내 이야기를 하고 있다.

직감적으로 그렇게 느꼈다.

그래서 나도 모르게 문을 열고 방 안을 향해 외쳤다.

“그 특징은 **제 눈이 보이지 않는다는 건가요!**”

거실에 있던 수많은 사람들이 일제히 돌아다보는 기척이 전해져왔다. 숨을 삼키며 놀란 듯하다는 것도 역력히 느껴졌다.

“그렇습니다. 그런 뜻입니다. 사에코 씨.”

잠시 침묵이 흐른 후 네코마루 씨가 대답했다.

17년 전 끔찍한 사고로 아빠 엄마를 잃음과 동시에 나는 오른쪽 다리의 자유와 시신경 기능도 함께 잃었다. 그래서 밖에도 나가지 못했고 시각장애인 학교에 다니던 때만 집 밖에서 활동했다. 내 시각적 기억은 다섯 살 때 멈췄으니 엄마 사진은 없어도 **상관없다.** 그 기억 속에 엄마 얼굴을 남겨둘 수 있어서 다행이었다. 엄마를 닮았다는 말을 들어도 지금의 나로서는 확인할 방법이 없지만.

“하지만 네코마루 선배.”

이번에는 오빠 목소리가 들렸다.

“사에코의…… 그러니까 그 특징을 범인이 어떻게 이용했다는 겁니까?”

“음, 글쎄. 이용이라고 하는 말은 약간 적절하지 않을지도 모르겠군.”

네코마루 씨가 대답했다.

"처음에는 그저 사소한 착각이 아니었을까 해. 그렇죠. 오우
치야마 씨?"

"그렇습니다."

가미시로 씨가 대답하는 목소리가 들렸다.

*

"보세요. 지금 사에코 씨가 보인 반응으로 제 상상이 옳았다
는 것이 증명되었습니다. 저렇게 놀라워하잖아요."

네코마루는 후우, 하고 크게 한숨을 내쉬고 말했다.

"미안합니다, 사에코 씨. 많이 놀란 것 같군요. 누가 좀 사에
코 씨가 앉게 도와주시죠. 금방이라도 쓰러질 것 같은데요."

말이 끝나기도 전에 미아가 펄쩍 뛰어오르듯이 일어나서 사
에코를 소파로 데려갔다.

사에코는 무너지듯이 주저앉았다. 세이치는 사에코의 눈동자
를 바라보았다. 바깥세상의 모습이 비치지 않는 두 눈동자에 긴
속눈썹이 그림자를 드리우며 전율하듯이 떨리는 것을 가만히
지켜보았다.

"처음에는 사소한 착각이었습니다."

네코마루는 사에코가 소파에 앉기를 기다렸다가 나지막이 입
을 열었다.

"가미시로 씨와 오우치야마 씨는 남을 만날 때 상대방을 가리
키며 서로의 이름을 소개하는 버릇이 있는 것 같습니다."

그렇다, 확실히 그랬다. 세이치는 어렴풋한 기억을 떠올렸다.

처음에 응접실에서 두 사람을 만났을 때 분명히 그런 식으로 소개를 받은 기억이 났다. 그때는 괜찮은 콤비 같다고 느꼈을 뿐이었는데.

"2인 1조로 활동할 일이 많아서 그런 버릇이 생겼을 겁니다. 하지만 설마 처음 본 젊은 아가씨의 눈이 불편할 줄은 꿈에도 몰랐겠죠. 그래서 무심코 평소처럼 서로 소개를 했고, 사에코 씨는 목소리만 듣고서 잘못 이해하고 말았던 거죠. 그렇죠, 오우치야마 씨?"

네코마루가 묻자 오우치야마는 천천히 고개를 끄덕였다.

"예……. 하지만…… 얼마쯤 지나서 알아차렸습니다."

가라앉은 목소리로 조용히 말했다.

"다만 처음 만났을 때는 사에코 씨가 그…… 그런 상태인 줄 몰라서…… 그래서 나중에 곤란해졌죠."

머뭇머뭇하며 말끝을 흐리는 오우치야마의 뒤를 이어 네코마루가 입을 열었다.

"애매모호하게 말하는 일본인의 특성 탓에 야기된 결과였다고 할 수 있습니다. 평소 누구도 사에코 씨의 눈 상태를 구체적으로 입 밖으로 꺼내 화제로 삼지 않습니다. 저도 세이치와 이야기를 나눌 때는 '몸이 불편한 사촌 동생'이라고 말할 뿐이죠. 그렇게만 말해도 상대방에게 통하니까 그냥 그러고 맙니다. 방금 전에도 세이치는 말을 흐리고 나서 '그 특징'이라는 표현을 썼고, 오우치야마 씨도 '그런 상태인 줄은'이라고 모호한 표현밖에 쓰지 않았습니다. 그 상태를 정확하게 뜻하는 단어를 사용하지 않아요. 이를테면 일상 수준에서의 금기어라고나 할까요."

네코마루는 다시 담배에 불을 붙였다.

"오우치야마 씨. 나중에 실수했다고 생각하셨겠죠. 사에코 씨가 착각한 줄 바로 아셨을 테니까요. 이름으로 부르면 이 사람이 이름을 반대로 기억하고 있구나, 하고 대번에 알잖아요. 그래서 어떻게 대처하기로 하셨습니까?"

"아니요…… 특별히 대처는…… 알아차렸을 때는 사에코 씨가 이미 그렇게 믿고 계셔서 정정하는 것도 실례가 아닐까 싶어…… 가미시로와도 상의해서……."

오우치야마가 말했다. 호빵처럼 둥그런 얼굴이 새파랗게 질렸고 고통을 참는 듯한 표정을 짓고 있었다.

"아, 그렇겠죠. 눈이 불편한 사람에게 눈 때문에 일어난 착각을 지적하면 너무 수치스럽지 않겠느냐. 그러니 마음 상하지 않도록 그냥 말하지 않고 놔두자. 우리 일본인은 그런 걸 좋아하니까요."

네코마루는 담뱃재를 잔뜩 흩뿌리면서 말을 이었다.

"사람의 인상이란 각자가 품고 있는 선입관과 호감도에 따라 크게 달라지는 법입니다. 아무래도 겉모습에 큰 영향을 받죠. 그러고 보니 며칠인가 전에 사에코 씨와 전화로 이야기했을 때 효마 어르신의 인상을 물어보았습니다. 사에코 씨는 효마 어르신이 다정하고 모든 것을 품어주는 큰사람이었다고 했어요. 그런데 세이치 말을 들어보니 어르신에 대한 주변의 평가는 사에코 씨의 말과 꽤 다르더군요. 완고하고 무섭고 교만한 인물이라고 했습니다. 사에코 씨는 이 차이를 신기하게 여겼습니다. 이처럼 가족이라 하더라도 사람의 인상은 개인차가 큽니다. 하물며 타인은 더하겠죠."

네코마루는 짧아진 담배를 끄고 이야기를 계속했다.

"특히 사람을 처음 만날 때 그렇습니다. 대개 누구든 처음 만난 사람을 외관적 특징, 즉 체형이나 생김새 따위의 겉모습으로 평가해 일정한 카테고리에 집어넣죠. 그리고 자신의 경험을 기준으로 삼아 그 카테고리에 속하는 사람의 성격과 행동 같은 심리적 측면을 판단합니다. 이건 슈나이더의 순간적 판단이라고 불리는 심리 작용인데요. 흔히 사람 보는 눈이라고들 하죠. 아무튼 사람은 종종 겉모습을 보고 남의 심리적 속성을 판단합니다. 이런 걸 '내현 성격 이론'이라고 하는 모양이더군요. 예를 들어 세이치는 오우치야마 씨를 두고 가라앉은 목소리로 말하며 음침하고 어두운 성격의 마니아라고 평했습니다. 실례, 상황이 상황이니만큼 거침없이 말하겠습니다. 야, 네가 실제로 그렇게 실례되는 말을 해놓고 뭘 이상한 표정을 짓고 있어. 세이치의 평가는 오우치야마 씨의 외모에 크게 영향을 받지 않았을까요? 어, 이래서야 내가 실례한 셈인가. 아무튼 사에코 씨로 넘어가죠. 사에코 씨는 겉모습이 보이지 않으니까 그런 선입관이 없습니다. 이야기를 들어보니 사에코 씨는 오우치야마 씨가 조용하고 지성적으로 말하며 연구에 열심이고 성실한 사람이라는 인상을 품고 있더군요. 이렇듯 한 개인의 인상은 사람에 따라 크게 달라집니다. 제 눈에 안경이라고 흔히들 말하지 않습니까. 어떤 사람에게 호감을 품으면 그 사람의 어떤 점이든 호의적으로 판단하게 됩니다. 어라, 왜 그러십니까? 사에코 씨까지 이상한 표정으로. 뭐, 이런 걸 행동심리학에서는 후광효과라고 한다는군요. 아, 전문가인 오우치야마 씨가 계시니 공자 앞에서 문자 쓴 격이었네요."

네코마루는 쑥스러운 듯이 쓴웃음을 지었다.

"그런 건 아무래도 상관없으니 넘어가도록 하고 포인트는 사에코 씨가 두 사람의 이름을 반대로 알았다는 사실입니다. 지금까지 주변의 누구도 이 사실을 알아차리지 못했다니 정말로 기적이라고 할 수밖에 없네요. 보통 이런 착각은 일상적으로 대화를 나누다가 정정되는 법이지만 뭐, 사에코 씨 말수가 적은 것도 한몫했겠죠. 물론 경찰은 이 사실을 미리 파악하고 있었겠지만요."

네코마루는 문 앞에 한 덩어리로 뭉쳐 있는 형사들을 거들떠보지도 않고 말했다. 형사 중 한 명이 뭔가 말을 꺼내려 했지만 또 가시와기 경감이 막았다. 네코마루는 개의치 않고 뭉때리듯이 말했다.

"아까도 말씀드렸지만 이건 어디까지나 관계자끼리 나누는 잡담입니다. 무슨 이야기를 하든지 저희 마음이에요. 그러니 그냥 내버려두셨으면 합니다."

마치 형사들이 거기 없기라도 하다는 듯한 태도였다. 발끈했는지 이번에는 게처럼 생긴 형사가 입을 열려고 했다. 하지만 이번에도 세고돈이 막았다. 마지막까지 들으려는 것인지, 아니면 무슨 꿍꿍이가 있는 것인지는 그 퉁방울눈에서 읽어낼 수 없었다.

네코마루는 신경 쓰는 낌새 없이 아무 일도 없었다는 것처럼 앞머리를 쓸어 올리고 이야기를 이어나갔다.

"자, 잡담을 계속하겠습니다. 이 착각 때문에 무슨 일이 일어났을까요? 당연히 효마 어르신 살해 사건의 양상이 달라집니다. 구체적으로 생각해볼까요. 일단 가미시로 씨와 오우치야마 씨가 돌아갈 때입니다. 그날 나오쓰구 씨와 세이치는 뜰에서 물을 뿌리다가 두 사람이 별채에서 나오는 모습을 목격했습니다. 설득에 실패한 듯한 모습을 보고 나오쓰구 씨는 야유를 하셨죠. 갑자기 소나기가 오는 바람에 나오쓰구 씨와 세이치는 허둥지둥 호스를 정리하러 달려갔습니다. 그 사이에 사에코 씨는 현관에서 가미시로 씨 일행을 배웅했고요. 사에코 씨는 거기서 가미시로 씨와 이야기를 나누었다고 증언했습니다. 하지만 이제 아시겠죠. 사에코 씨에게 가미시로 씨는 사실 오우치야마 씨입니다. 사에코 씨가 이야기를 나눈 사람은 여기 있는 오우치야마 씨였던 거죠. 그 후 호스를 정리하고 돌아온 세이치가 현관에서 대문을 나서는 오우치야마 씨의 모습을 보았습니다. 물론 사에코 씨가 분실물 일로 전화 통화를 한 사람도 오우치야마 씨였고요. 신주쿠 역에서 진돈야를 본 사람도 오우치야마 씨. 자택 부근에서 알고 지내는 세탁소 주인과 이야기를 한 사람도 오우치야마 씨였습니다."

그러고 보니 학교 이름이 들어간 봉투는 분명 오우치야마가 들고 갔다. 하지만 통화를 한 사에코의 증언 때문에 가미시로의 물건이라고 생각했다.

"자, 하나부터 열까지 몽땅 오우치야마 씨죠? 그날 집으로 돌아간 사람은 오우치야마 씨뿐이었습니다. 2인 1조라고 여겼지만 그날만은 두 사람이 따로 행동한 겁니다. 의도하지 않은 일인이역이라고나 할까요."

일인이역. 세이치는 언젠가 네코마루가 가르쳐준 영매의 수법을 떠올렸다. 한 손으로 양손 역할을 하는 속임수다.

"어떻습니까. 이걸로 가미시로 씨에 관한 증언이 몽땅 사라졌습니다. 물론 알리바이도요. 그럼 가미시로 씨는 어디에 있었을까요? 오우치야마 씨 혼자 돌아갔으니 대답은 당연히 이 집 안입니다."

"그럼 할아버지를 죽인 범인은……."

미아가 어안이 벙벙한 얼굴로 말했다. 네코마루는 시원스런 얼굴로 한마디를 날렸다.

"가미시로 씨가 틀림없습니다."

아무도 이의를 제기하려고 들지 않았다. 네코마루의 완전한 독무대였다.

"아까 가미시로 씨가 주장한 아나야마 범인설은 그의 작전이었습니다. 죄를 전부 그 양반에게 뒤집어씌우려고 한 거죠. 결과적으로는 마지막 발버둥이나 마찬가지인 셈이었습니다만. 자, 그럼 좀 더 파고 들어가서 고찰해볼까요. 사건 당일에 있었던 일을 순서대로 재구성해보겠습니다. 나오쓰구 씨와 세이치는 오우치야마 씨와 가미시로 씨가 지붕 달린 통로를 걸어가는 모습을 봤습니다. 하지만 두 사람이 본채로 들어가는 모습까지는 못 봤습니다. 비 때문에 그럴 상황이 아니었죠. 그리고 여기서부터 제 추측인데 그때 가미시로 씨만 별채로 되돌아가지 않았을까요? 어떻습니까, 오우치야마 씨. 맞나요?"

"예. 너무 금방 쫓겨나서…… 화가 가라앉지 않는다며…… 혼자 다시 한 번 설득해볼 테니까 저더러 먼저 돌아가라고……."

오우치야마가 신음하듯이 말했다. 네코마루는 가볍게 고개를 끄덕였다.

"다행이네요. 여기서 부정당하면 어떻게 하나 싶었습니다. 하지만 결코 억측을 한 건 아닙니다. 방증이 있어요. 바로 세이치가 느낀 위화감입니다."

"위화감?"

세이치가 앵무새처럼 따라 말하자 네코마루는 특기인 남을 업신여기는 듯한 웃음을 지었다.

"그래, 네가 현관에서 느낀 위화감. 그 위화감의 정체가 뭘까 생각해봤지. 그래서 찾아낸 해답이 가미시로의 신발이었어."

가미시로의 신발?

"너, 물을 뿌리고 돌아왔을 때 사에코 씨 상태가 이상한 것 같아서 거기 정신이 팔린 모양인데 그때 가미시로의 신발을 본 거야. 가족들 신발에 섞여 있어서 잘 몰랐겠지만 무의식중에 봤겠지. 그래서 10년 만에 돌아왔으니 확증은 없지만 집에 돌아왔을 때와 어딘가 다르다고 은연중에 느낀 거야. 세이케이 대학교에서 온 두 사람은 돌아갔을 텐데 어째서 여기에 신발이 한 켤레 더 있을까 무심결에 이상하다고 생각한 거지. 이게 네가 느낀 위화감의 정체였어."

"아, 그렇구나."

세이치는 저도 모르게 감탄사를 흘려냈다. 스스로 알아차리지 못한 사실을 남이 지적해주자 기분이 묘했다.

네코마루는 악당처럼 히죽거리는 웃음을 거두고 고상한 미소를 짓고는 말했다.

"실은 다키에 씨도 알고 계셨을 겁니다."

"어, 내가요?"

다키에가 어리벙벙한 얼굴로 네코마루를 쳐다보았다.

"예, 사실을 말씀드리자면 다키에 씨의 한마디가 제게 위화감의 정체를 알려줬죠."

"어머나, 무슨 말인지 당최 모르겠네."

"다키에 씨는 집에 돌아오신 후에 '애들 아빠는 아직 안 왔어? 별일이네, 집에 온 줄 알았는데'라고 말씀하셨다는군요. 다키에 씨는 가쓰유키 씨가 집에 온 걸로 착각하셨어요. 가쓰유키 씨가 집에 돌아왔다고 판단할 만한 뭔가를 보셨기 때문이죠. 다시 말하자면 현관에서 가미시로 씨의 신발을 보신 겁니다. 남자 신발은 보통 겉모양이 크게 다르지 않아요. 다키에 씨는 가쓰유키 씨가 돌아왔을까 생각하면서 집에 도착하셨습니다. 그리고 가미시로의 신발을 보시고 별생각 없이 가쓰유키 씨가 집에 돌아왔다고 여기신 거죠. 사소한 일에 신경 쓰지 않는, 아 실례, 대범한 성격의 다키에 씨는 깊이 생각하지 않고 그렇게 믿으셨다가 그대로 신발의 존재를 잊어버리셨지만."

"이야, 그런 생각을 했었나."

다키에가 남의 일처럼 감탄했다. 네코마루는 쓴웃음을 지으며 말을 이었다.

"신발 문제도 있고 해서 오우치야마 씨나 가미시로 씨 둘 중 한 명이 몰래 별채로 되돌아간 게 아닐까 추측하고 있었죠. 그리고 내선 전화 덕분에 확증을 얻었습니다."

"내선 전화라니, 아버지 전화요?"

나오쓰구가 물었다. 네코마루는 고개를 끄덕이며 대답했다.

"그렇습니다, 효마 어르신이 건 내선 전화. 세이치, 그 전화 무슨 용건으로 거신 거였지?"

"아, 후미 아주머니가 받았더니 뜰에 물을 뿌려두라고……."

"그건 첫 번째 전화잖아. 한창 잘 나가고 있는데 초 치지 마라. 두 번째 전화를 묻는 거라고. 네가 직접 받은 전화."

"아아, 저녁 먹고 나서 별채에 오라고 하셨어요."

"누구한테?"

"저한테요."

"그뿐이었어?"

"네, 그 말뿐…… 아!"

"어때, 이상하지?"

네코마루는 고개를 갸웃거렸다.

"그때 효마 어르신은 네가 돌아온 줄 모르셨을 것 아니냐. 저녁 먹고 오라고 한 건 전화 받는 사람이 너인 줄 알고 나서 한 말이야."

그랬다. 할아버지는 세이치가 이름을 대자 놀랐다.

"그럼 세이치, 그때 효마 어르신의 진짜 용건은 뭐였지?"

"글쎄요…… 안 물어봤는데요."

"그거다. 아시겠습니까?"

네코마루는 목소리를 높여서 말했다.

"두 번째로 전화를 걸었을 때 어르신에게는 이렇다 할 용건이 없었던 겁니다. 오랜만에 손자가 집에 돌아온 것에 비하면 아무래도 상관없는 용건으로 전화를 걸었다, 즉 의미 없는 전화였죠. 여기서 되새겨보아야 할 것이 바로 어르신의 버릇입니다. 첫 번째로 전화를 걸어 물을 뿌리라고 지시했을 때 나오쓰구 씨가 그 버릇을 세이치에게 말씀하셨죠."

"아아, 그렇구나. 알았다."

나오쓰구가 무릎을 쳤다.

"무슨 말을 하고 싶은지 알겠습니다. 그 버릇 말이군요. 마음에 들지 않는 손님이 오면 전화를 걸어 굳이 할 필요도 없는 일을 시키는 버릇. 그러니까 두 번째로 전화가 왔을 때도 별채에 마음에 들지 않는 손님이 있었다는 거죠?"

"아, 그렇구나!"

미아도 동의하듯 소리를 질렀다. 네코마루는 기쁜 듯이 고개를 끄덕였다.

"그렇습니다. 전화를 건 것도, 날씨를 살피러 밖을 내다본 것도 모두 그 마음에 들지 않는 손님에게 기분이 언짢다는 사실을 넌지시 드러내기 위해서가 아니었을까요? 그날 효마 어르신이 싫어했던 손님은 세이케이 대학교에서 온 연구자들밖에 없었습니다. 그래서 연구자 두 명 중 한 명이 별채로 되돌아간 것이 아닐까 추측한 거죠. 하지만 양쪽 다 알리바이가 있었습니다. 그래서 생각했죠. 어떻게든 둘 중 하나의 알리바이를 무너뜨릴 수는 없을까. 둘 중 한 명이 남아 있어도 둘 다 돌아간 것처럼 보이려면 어떤 조건을 만족시켜야 할까. 그 부분을 집중적으로 파고들어봤어요. 이러저러하여 가미시로 씨의 알리바이를 지탱하고 있는 사에코 씨의 증언에 구멍이 있는 게 아닐까 하는 생각이 떠올랐습니다. 거기까지 오고 나니 사에코 씨의 착각을 알아차리는 건 그렇게 어렵지 않더군요."

가쓰유키가 감탄했다는 듯이 후우, 하고 숨을 내쉬었다.

"효마 어르신 사건에서 제일 문제였던 것은 나오쓰구 씨와 세이치의 증언이었습니다. 아무도 별채로 이어지는 통로를 지나가지 않았으니 별채에 드나들 수 있는 사람은 없었다는 증언입니다. 하지만 **들어가는** 문제는 해결됐습니다. 범인은 두 사람이 호스를 끌어안고 뜰에서 우왕좌왕하고 있는 동안 별채로 들어갔으니까요. 남은 것은 **나오는** 문제, 즉 도주 경로입니다. 이렇게 되면 퍼즐이죠. 도주로와 달아날 타이밍만 찾아내면 됩니다.

도주로는 별채로 이어지는 지붕 달린 통로밖에 없었다는 사실이 경찰 수사로 판명되었으니 타이밍이 문제군요."

네코마루는 거기서 잠깐 뜸을 들이다 말을 이었다.

"가미시로 씨는 효마 어르신을…… 뭐, 그…… 때려 죽였습니다. 물론 계획적으로 저지른 행동은 아니었겠죠. 목적은 어디까지나 설득이었을 겁니다. 그 부분은 나중에 자세하게 이야기하겠습니다. 아무튼 살해한 후 제정신을 차리고 흉기에 묻은 지문을 닦아내는 등 뒷정리를 하고 있을 때 후미 씨가 저녁을 담은 쟁반을 들고 온 겁니다. 후미 씨가 느닷없이 문을 여는 무례한 행동을 하지는 않았겠죠. 반드시 말을 걸었을 겁니다. '식사 가져왔습니다'라고요. 어떻습니까, 그렇죠?"

"예예. 틀림없어요."

구석에서 가만히 몸을 웅크리고 있던 후미가 덩치에 맞지 않게 가느다란 목소리로 대답했다.

"가미시로 씨는 그 목소리를 듣고 당황해서 화장실에라도 숨었겠죠. 반사적으로 일단 발각을 1초라도 미루자는 심리가 작용했을 겁니다. 그리고 후미 씨는 시체를 발견했습니다. 후미 씨가 쟁반을 떨어뜨리고 급보를 알리기 위해 본채로 달려가자 가미시로 씨는 즉시 그 뒤를 쫓은 겁니다."

"뒤를…… 쫓았다!"

미아가 놀라서 소리를 질렀다.

"그래요. 가미시로 씨는 후미 씨 바로 뒤에서 그림자처럼 달렸습니다. 지금 달아나지 않으면 달아날 기회가 없다고 순간적으로 판단했겠죠. 범인이 현장에서 사라질 타이밍은 이때밖에 없습니다. 그 직전까지, 후미 씨가 식사를 가지고 갈 때까지는 나오쓰구 씨와 세이치가 거실에서 보고 있었으니까요."

후미가 으스스하다는 듯이 굵은 목을 돌려 뒤를 돌아다보았다. 마치 지금도 등 뒤에 살인자가 있기라도 하다는 듯이. 그 모습을 보고 세이치도 웃을 기분은 들지 않았다.

"세이치와 나오쓰구 씨가 달려갔을 때 화장실 문이 반쯤 열려 있었던 것도 이 사실을 뒷받침하는 증거입니다. 후미 씨와 가미시로 씨가 본채로 돌아올 때는 아무도 통로를 보고 있지 않았죠. 여러분은 식당에 가 계셨으니까요. 너무 동요한 나머지 후미 씨는 범인이 바로 뒤따라오는지도 모르고 여러분이 계신 식당으로 뛰어들었습니다."

그렇다. 후미가 급히 뛰어든 반동으로 부엌문이 닫혔다. 그 순간이라면 누군가가 복도를 지나가도 세이치를 비롯한 가족들은 보지 못한다.

"가미시로 씨는 그대로 현관을 나서서 달아났습니다. 그때 현관도 대문도 아직 잠겨 있지 않았다는 건 여러분도 아실 겁니다. 가쓰유키 씨는 그래서 부인께 한 소리 들으셨죠. 그건 그렇고 실로 아슬아슬한 타이밍이었습니다. 계획을 세웠다면 이렇게 잘 풀리지 않았을 거예요. 이 일을 보더라도 역시 범인의 운이 강했음을 알 수 있죠. 아슬아슬한, 아주 위태로운 상황에서 빠져나갔으니까요. 뭐, 여러 가지 우연과 범인의 행운이 겹쳐서 그 불가능한 상황이 만들어진 셈입니다."

네코마루는 그렇게 말하고 새끼 고양이 같은 눈을 돌려 사람들을 둘러보았다.

"그런데 네코마루 씨."

나오쓰구가 평상시의 심술꾸러기 같은 분위기를 걷어내고 복잡한 표정으로 질문했다.

"일이 어떻게 진행되었는지는 알겠는데, 가미시로는 왜 아버지를 죽인 겁니까?"

"그것 말인데요. 이미 두 분 다 고인이 되셔서 그야말로 제 억측에 불과합니다만……."

네코마루는 잠시 주저하다가 말을 이었다.

"밥공기를 깨뜨리려고 했던 게 아닐까 상상해봅니다."

"밥공기?"

"예, 효마 어르신 부인의 유품요. 가미시로 씨는 심령현상을 맹신하는 어르신을 설득하고자 충격요법을 시도한 게 아닐까 싶어요. 아무래도 가미시로 씨가 고등학교 시절에 겪은 일화와 관련이 있는 것 같습니다. 가미시로 씨가 초상현상에 흥미를 느끼는 계기가 된 일화. 분명 강령회 날 사에코 씨가 오우치야마 씨에게 들었죠. 가미시로 씨가 오랜 산책을 마치고 돌아온 후 오우치야마 씨도 뜰을 구경하고 싶다면서 나가서 사에코 씨에게 이야기를 들려주었다고 합니다만."

네코마루는 가미시로의 시계에 얽힌 이야기를 간추려서 설명했다.

"그런 일이 있고 나서 가미시로 씨는 그때까지 자신의 생활을 통제하던 시계를 부쉈다고 합니다. 자신이 의지하던 물건이 망가짐으로써 어떤 틀에서 탈피할 수 있었죠. 시야가 맑아진 것처럼 느껴졌다고 말했답니다. 의식이 180도 변했다고도 했고요. 그러니까 어쩌면 가미시로 씨는 효마 어르신에게 그런 식으로 가치관의 변혁을 강요하려 했는지도 모릅니다. 효마 어르신에게 그 밥공기는 심령 주의에 의지하기 위한 상징물인 것 같더군요. 죽은 아내와 자신을 이어주는 유일한 끈이라고 생각하셨던 것 같습니다. 가미시로 씨는 효마 씨가 심령 주의에 매달리는 데 필요한 상징적인 물건을 파괴하고 싶었던 게 아니었을까요. 예전에 가미시로 씨가 자기 시계를 부순 것처럼요. '이건 그냥 도자기 밥공기 아니냐', '이딴 물건에 의존해서는 안 된다'는 거죠. 하지만 효마 어르신에게 '이딴 물건'은 부인과 둘이서 식사를 할 때만 사용할 만큼 소중해서 절대 잃어서는 안 되는 물건이었죠. 충격요법으로 효마 씨의 눈을 뜨게 하고자 가미시로 씨는 밥공기를 깨뜨리려고 합니다. 하지만 효마 어르신은 저항했겠죠. 난폭한 행패를 부리려는 가미시로 씨에게 어르신이 화를 냈는지 울면서 애원했는지는 모르지만 젊은 시절부터 독단적이고 옹고집이었던 노인은 필사적으로 저항했을 겁니다. 가미시로 씨는 과학에 근거한 진언에 귀를 기울이지 않는 상대의 무지함에 애가 탔을 테고, 그 완고함 때문에 분노가 솟아올랐을 거고요."

네코마루는 뭔가를 생각하듯이 한숨 돌리고 나서 말을 음미하는 것처럼 이야기를 계속했다.

"듣자 하니 가미시로 씨는 '일반인'이라는 말을 자주 사용한 모양입니다. 일반인의 이해를 얻다, 일반인을 일깨울 사명이 있다는 식으로요. 가미시로 씨는 상당히 머리가 좋은 사람이라 자신과 '일반'을 구별해서 생각했던 게 아닌가 싶은 구석이 있습니다. 약간 독선적인 성격의 밑바탕에 머리가 좋은 사람이 흔히 그렇듯이 선민의식이 깔려 있던 게 아닐까 싶네요. 가미시로 씨는 걸핏하면 심령론에 휩쓸리는 대중을, 연구를 방해하는 거추장스러운 존재로 느꼈던 것 같습니다. 그러니 밥공기를 지키려고 저항하는 효마 어르신의 완고함과 맹신이 참을 수 없이 혐오스러웠겠죠. 노인 특유의 유아성과 우직함을 용서할 수 없었을 겁니다. 그리하여 티격태격하는 사이에 연구를 방해하는 어리석은 대중을 향한 증오가 끓어올라 감정이 단숨에 폭발한 게 아닐까 상상해봅니다. 그래서 그만 근처에 있던 독고를 집어 효마 어르신의 머리를⋯⋯."

네코마루는 도중에 말을 끊었다. 모두가 숨을 죽인 채 네코마루의 입만 처다보고 있었다. 무거워진 분위기를 환기하듯이 네코마루는 앞머리를 휙 쓸어 올렸다.

"그런 연유로 효마 어르신은 밥공기를 지키듯이 품에 꼭 안고 있었던 게 아닐까⋯⋯. 뭐, 상상이지만요. 이를테면 이건 늙음과 젊음, 망집과 신념의 대결 아니었을까요. 신문에서는 이런 사건을 말다툼 끝에 발끈하여 어쩌고저쩌고 운운하며 산문적인 표현으로 정리하겠죠."

네코마루는 불쾌하다는 듯이 입술을 약간 일그러뜨렸다.

"제 상상은 어쨌든 간에 이런 불가능한 상황에서 사건이 발생해 모두 어리둥절했습니다만, 제일 어리둥절했던 사람은 가미시로 씨 본인이었겠죠. 자신도 모르는 사이에 기억에도 없는 알리바이가 성립되어 있었으니까요. 하지만 머리가 좋은 사람이니만큼 그 알리바이에 편승하기로 했습니다. 오우치야마 씨와 상의하여 신주쿠 역에서 전화한 사람은 자신이라고 주장하기로 했죠. 어떻습니까, 오우치야마 씨?"

오우치야마는 천천히 고개를 들었다.

"저도 괴로웠습니다. 하지만 녀석이⋯⋯ 자기가 안 그랬다고 하도 우겨서⋯⋯. 우연히 알리바이가 생겼으니 그대로 놔두자

고……. 괜히 의심받아 시간을 낭비할 필요 없다면서……. 저
도 처음에는 당연하다고 생각해서 하자는 대로 했는데……. 하
지만 얼마 전부터 이상하다는 생각이 들어서……. 하지만 녀석
은 아니라고 하니 믿는 수밖에 없어서…… 뭘 어떻게 해야 좋을
지…….."

"이봐요."

다키에가 인상을 찌푸리고 말했다.

"이상하다 싶었으면 바로 경찰에 말했어야죠. 어째서 빨리 말
하지 않은 거예요. 당신이 더 빨리 그 사실을 말했다면 사건은
이미 끝났을지도 모르는데."

"죄송합니다……. 저도 말해야 한다고 생각했는데……. 녀석
은 지금까지 함께해온 동료라…… 친구를 고발하는 짓…… 도
저히 저는……."

네코마루는 울음을 터뜨릴 것 같은 오우치야마를 딱하다는
듯이 바라보다 입을 열었다.

"과연 그럴 것 같았습니다. 가미시로 씨는 오우치야마 씨의
성격도 계산에 넣고서 말하지 말라고 못을 박으면 되겠냐고 판
단했겠죠. 자, 그럼 다시 진행하겠습니다. 가미시로 씨는 그렇
게 안전을 확보한 후, 사에코 씨를 제거하기 위해 나섰습니다."

사에코가 가녀린 어깨를 움찔 떨었다. 미아의 눈이 휘둥그레
졌다. 네코마루는 이야기를 이어나갔다.

"그건 가미시로 씨가 가급적 신속하게 완수해야 할 사명이었
죠. 언제 사에코 씨가 두 사람의 이름을 반대로 알고 있다는 사
실을 알아차릴지 모르니까요. 너무 간단한 일이니까 언제 들통
나도 이상하지 않아요. 그 사실이 판명되는 순간 게임은 끝납니

다. 하지만 중요한 증인인 사에코 씨의 입만 막으면 증언은 서류상의 기록이 되고, 알리바이만이 남습니다. 서둘러서 나서야 할 만한 가치는 있어요."

"역시 녀석……."

오우치야마가 비통한 표정으로 말했다.

"그런 생각까지 했을까요…… 그런 터무니없는 생각을……."

"오우치야마 씨도 눈치챘습니까?"

"예……. 어렴풋하게는…… 낌새가 이상하다 싶기는 했는데 하지만 설마, 그런…… 그런 생각까지는, 설마……."

네코야마는 불안정한 시선을 던지는 오우치야마에게 말했다.

"그게 아니라면 효마 어르신이 돌아가신 후 가미시로 씨가 이 집에 몇 번이나 드나든 이유를 설명할 수 없지 않습니까? 평범하게 생각하면 가미시로 씨는 두 번 다시 여기에 접근하지 않는 편이 안전합니다. 사에코 씨를 만나면 그만큼 진실이 들통날 가능성이 커지고, 경찰 관계자와 얼굴을 마주칠 기회도 늘어나요. 당연히 평계를 만들어 영매와의 대결을 포기하고 이 집과는 아예 연을 끊는 편이 낫죠. 하지만 가미시로 씨는 그러지 않았어요. 사에코 씨는 좀처럼 외출하지 않으니 위험을 감수하고 여기에 올 수밖에 없었던 겁니다. 그리고 사에코 씨를 노릴 기회를 엿봤겠죠."

무서웠다. 검은 속내를 가지고도 그토록 태연하던 가미시로의 왜곡된 정신이 세이치는 섬뜩할 만큼 무서웠다.

"물론 위험한 장면도 몇 번 있었던 것 같더군요. 예를 들어 강령회가 열리는 날 오후, 사에코 씨와 세이치, 미아 씨와 이야기를 하다가 이름을 부르고 질문하자 파트너를 손짓으로 제지하고 대신 대답하는 궁여지책을 사용했습니다."

그 말을 듣고 세이치는 그때 두 사람이 어떻게 행동했는지 떠올랐다. 전문 분야가 달라서 그런 것이 아니라, 목소리와 이름이 불일치한다는 사실을 사에코에게 들키지 않도록 그런 방책을 세운 것이다.

"아까 가미시로 씨가 독살당하는 소동이 벌어졌을 때도 엄청난 우연이 작용했죠. 여러분은 **가미시로 씨가** 살해당했다며 소란을 떨었고, 오우치야마 씨는 너무 놀란 나머지 한마디도 하지 않았습니다. 기적 같은 우연이죠. 그 상황을 귀로만 들은 사에코 씨는 누가 쓰러졌는지 몰랐을 겁니다."

네코마루는 다시 이야기를 시작했다.

"가미시로 씨의 목적은 사에코 씨의 입을 막는 것이었습니다. 하지만 효마 어르신 때는 흥분했으니까 그렇다 쳐도, 가미시로 씨 역시 멀쩡한 정신으로 살인을 저지르기는 힘들었겠죠. 사에코 씨에게 원한이 있는 것도 아니니까요. 그래서 가미시로 씨는 덫을 놓았습니다. 세이치도 사에코 씨가 지나다니는 계단 위에 떨어져 있는 구슬을 발견했죠. 그런 덫을 몇 개나 되풀이해놓았을 겁니다. 몇 번이고 몇 번이고."

사에코는 계속 고개를 숙이고 있었지만 꽉 쥔 양손이 바들바들 떨렸다. 자신을 노리고 설치된 수많은 덫들.

"그 사람 목적이 있어서 우리 집에 자꾸 온 거구나."

미아가 패씸하다는 듯이 말했다. 그러자 다키에가 오우치야마에게 독설을 퍼부었다.

"그럼 당신까지 어슬렁어슬렁 따라올 필요는 없었잖아!"

"죄송합니다."

오우치야마는 꺼져 들어갈 듯한 목소리로 말했다.

"하지만 저도 혹시나…… 녀석이 그런 무서운 생각을 하는 게 아닐까 걱정이 됐고…… 그렇다고 친구를 고발하려니 마음이 괴롭고……. 그래서 하다못해 사에코 씨를 지키고 싶어서…… 무슨 일이 있으면 안 되니까…… 사에코 씨를 지켜보고 싶어서…… 그래서……."

오우치야마의 태도에서는 진정이 넘쳐났다. 열의와 감춰둔 투지가 충만했다. 말은 얼버무렸지만 눈만은 한결같이 똑바로 들고 있었다.

사에코 씨를 지키고 싶어서.

생각지도 못한 아군이 가까이 있었음을 알고 세이치는 눈이 휘둥그레졌다. 그것도 이렇게 진지한 태도로 깊은 우려를 표명할 줄이야. 진심으로 사에코의 안부를 걱정하는 듯한 오우치야마의 말에 가슴이 찡했다. 다키에도 오우치야마의 마음을 이해한 듯 더는 말대꾸를 하지 않았다.

네코마루는 안심한 듯이 살짝 웃었다.

"뭐, 오우치야마 씨의 기사도 정신은 일단 제쳐두고요. 그런 이유로 가미시로 씨는 몇 번이고 사에코 씨에게 공격을 감행했습니다만 이번에는 행운이 약자의 편을 들어주었습니다. 공격은 매번 실패했고, 결국 강령회 당일이 찾아왔죠. 그리고 이건 아무래도 상관없는 일이기는 한데, 나오쓰구 씨가 어째서 강령회를 열자고 주장했느냐는 문제가 있습니다. 뜰에서 어머님의 유령을 목격했다며 경험하지도 않은 심령현상을 날조하고 영매를 신용하는 척하거나, 효마 어르신이 돌아가신 후 더 이상 필요도 없는데 강령회를 열자고 고집을 부리기도 했죠. 생각건대 나오쓰구 씨는 지운사이 양반의 방침을 알고 있었던 것 같습니다. 그 양반의 방침이란 가짜 강령회를 열어 죽을 때가 가까워진 사람에게서 죽음의 공포를 덜어주고 가정에는 원만한……"

"그런 사소한 일은 이제 아무래도 상관없잖아!"

나오쓰구가 언성을 높이며 네코마루의 말을 막았다.

"당신, 누군지 모르지만 발칙한 사람이군. 뭐든지 다 꿰뚫어 보고 있다는 식으로 말하면 다인 줄 알아? 아니야, 돈이라고. 그 선생과 손잡고 아버지에게 돈을 우려내려고 했을 뿐이야. 하지만 자기는 그런 일에 흥미가 없다면서 폼을 잡아서 말이지."

나오쓰구는 골이 난 표정으로 말했지만 귀까지 빨개졌다. 억지로 악당인 척한다는 것을 한눈에 알 수 있었다. 서투른 연극이었다. 세이치가 눈짓하자 네코마루는 가벼운 윙크로 응했다.

"그렇게 말씀하신다면 그렇다고 해둘까요. 그럼 잡담을 계속하겠습니다. 말을 너무 많이 해서 이제 지치네요. 후딱 정리해 버립시다. 자, 강령회 때 일어난 사건입니다. 아까도 말씀드렸지만 효마 어르신을 살해한 범인이 강령회 때도 살인을 저질렀습니다. 이건 의심할 여지가 없는 사실입니다. 하지만 일단 변호해두자면 가미시로 씨의 목적은 어디까지나 강령회를 저지하는 것이었습니다. 반드시 죽이려 한 것이 아니라 영매 양반에게 상처를 입혀 강령회를 중단시키는 것이 진짜 목적이었다고 생각합니다. 바로 이어서 말씀드리겠지만 그 전에, 강령회를 시작하기 전에 가미시로 씨는 한 가지 할 일이 있었습니다."

네코마루는 그렇게 말하더니 새 담배를 입에 물었다. 재떨이에는 담배꽁초가 줄줄이 놓여 있었고, 주변에는 화산이 터진 곳도 이러랴 싶을 만큼 재가 수북이 쌓여 있었다. 네코마루의 머리와 혀는 담배 연기를 연료 삼아 움직이는 것 같았다.

"가미시로 씨가 할 일은 사에코 씨를 목표로 놓은 덫을 치우는 것이었습니다."

연료를 보급하자 기운이 났는지 네코마루는 지친 기색 없이 말했다.

"가미시로 씨는 몇 번이나 사에코 씨에게 은밀한 공격을 가했습니다. 물론 그날도 시도했겠죠. 이 집을 방문하는 몇 번 안 되는 기회를 헛되이 날릴 수는 없으니까요. 아마 그날은 뜰을 산책한다면서 자취를 감췄을 때 덫을 놓았을 겁니다. 그 후 강령회의 변경 사항이 발표되었고 가미시로 씨는 강령회를 중단시키기로 결심합니다. 그리고 생각했죠. 어쩌면 영매 양반에게 상처를 입힌 후에 사에코 씨가 덫에 걸릴지도 모른다고요. 아무리그래도 하루에 두 명이나 부상자, 혹은 사망자가 나오면 곤란합니다. 그래서 하는 수없이 덫을 치운 거죠. 생각건대 그날은 봉을 고정하는 부품을 헐겁게 해두지 않았을까 싶습니다. 계단 제일 위, 사에코 씨가 계단을 내려올 때 손으로 잡는 부분의 나사를 헐겁게 풀어둔 거죠."

"선배, 어떻게 그런 것까지 아세요?"

세이치가 의심스럽다는 듯이 물었다.

"덫을 치웠다면 원래대로 단단히 죄어뒀다는 뜻이잖아요. 그런데 잘도 알아차리셨네요."

"그렇게라도 생각지 않으면 사에코 씨가 말한 잔존사념을 설명할 길이 없잖아."

"잔존사념?"

"응. 난 그런 건 안 믿거든. 사에코 씨가 받은 이상한 느낌에 합리적인 해결책을 제시해보고자 했지."

네코마루가 말을 이었다.

"가미시로가 풀어둔 나사를 다시 죌 때 나사 머리에 아주 작은 홈집이 나서 미세한 거스러미가 일지 않았을까 싶어. 가미시로가 확인해도 눈치채지 못할 만큼 작은 홈집이지. 하지만 매일 사용해서 익숙해진 물건은 조금만 달라져도 위화감이 느껴지잖아. 하물며 사에코 씨는 점자책을 읽을 만큼 손끝 감각이 예민한 사람이야. 예민한 촉감이 그 홈집도 놓치지 않았겠지. 그리고 사에코 씨는 항상 계단은 위험하다고 의식하고 있어. 목발을 사용하면 균형을 잡기 힘드니까 떨어질 위험이 크다고 인식하고 있는 거야. 그렇게 조심성이 몸에 밴 상태에서 봉이 평소와 다르다는 것을 감지했어. 홈집이 났다는 것을 똑똑히 알 정도는 아니었지만 위화감을 느꼈지. 그러자 계단의 무서움을 잘 알고 있는 사에코 씨의 무의식이 본능적으로 그 위화감을 신체적 위기감으로 바꾼 거야. 효마 어르신이 살해당해서 긴장감과 공포감이 높아진 사에코 씨는 그 위기감에서 타인의 악의를 연상한 거고. 그런 흐름이 머릿속에서 반사적으로 일어난 게 아닐까, 저는 그렇게 생각합니다. 그리고 낮에 들은 잔존사념 이야기가 인상에 깊이 남아 있어서 바로 그것과 연결한 거죠. 이런 해석은 어떠십니까?"

마지막은 사에코에게 던진 질문이었다. 사에코는 아무 대답도 하지 않았지만 윤기 흐르는 긴 머리를 흔들며 보일락 말락 살짝 고개를 끄덕였다. 심리 마술. 스스로도 완전히 파악하지 못했던 마음의 흐름을 네코마루가 읽어내자 놀라움을 감추지 못하는 것 같았다.

"각설하고 서둘러 진행할까요?"

네코마루가 말했다.

"가미시로 씨는 덫을 치우고 별채에 숨어들어 효마 어르신의 칼을 가지고 나왔습니다. 그걸 흉기로 고른 데는 두 가지 이유가 있죠. 첫 번째는 느닷없이 상황이 변해서 갑자기 흉기를 준비할 필요가 생겼기 때문에. 흉기를 손에 넣기에는 별채가 제일입니다. 효마 어르신이 돌아가신 후 거기에 볼일이 있는 사람은 아무도 없을 테니 들어가기 수월할 뿐 아니라 전에 한 번 와봐서 별채에 칼이 있다는 사실도 알고 있었으니까요. 그리고 어디에 뭐가 있는지 모르는 남의 집에서 어정거리며 흉기를 찾아 돌아다니지 않아도 됩니다. 그래서 그 칼을 흉기로 고른 거죠. 두 번째 이유는 나중에 일이 유리하게 돌아갈 것이라고 계산했기 때문입니다. 애초에 가미시로 씨는 영매 양반에게 상처를 입혀 강령회를 중단시킬 계획이었습니다. 아까 말씀드린 것처럼 그 양반이 효마 씨 살해 사건에 관련된 비밀 정보를 폭로할까봐 두려워서요. 만약 계획이 잘 진행되어 큰 소동이 벌어지고 강령회가 어중간하게 끝나면 나중에 어떤 상황이 연출될까요?"

"지운사이가 상처를 입었고…… 강령회장에는 할아버지의 칼이 떨어져 있었다."

세이치가 말하자 네코마루가 말을 이어받았다.

"바로 그거야. 그렇게 되면 상처는 어쨌거나 지운사이 그 양반에게도 마이너스 요인이 아니지."

"아, 그렇구나."

이번에는 미아가 손뼉을 짝 치고 말했다.

"칼 같은 게 없었는데 갑자기 나타나면 모두 깜짝 놀라겠죠.

정말로 할아버지 영혼이 나타났다고 믿는 사람이 나올지도 몰라요."

미아는 자신이 그런 사람이었다는 사실을 잊어버린 것처럼 말했다.

"그렇습니다. 영매 양반이 염주를 꺼내놓은 것과 같은 이치죠. 죽은 사람의 물건이 강령회장에 나타나는 건 영매 양반에게 불리한 일이 아니에요. 그러니 상처를 입어도 영매 양반이 그 자리에서 소란을 피우지는 않을 것이라고 계산한 겁니다. 영매 양반은 분명 '이런, 면목 없소이다. 효마 씨의 영혼이 강대하여 찔리고 말았소'라는 식으로 둘러대며 그 자리에서는 범인을 찾아내지 않을 것이라고 예상했겠죠. 효마 어르신의 영혼이 확실히 존재한다는 사실이 증명되면서 강령회는 일단 성공을 거둡니다. 영매 양반은 의기양양하게 강령회를 마무리 짓겠죠. 그리하여 가미시로의 목적은 달성됩니다. 영매 양반이 알고 있는 뭔가를 일단 폭로하지 않았으니까요. 뭐 임시변통이지만요. 아무튼 한숨 돌렸으니 천천히 영매 양반과 거래를 하든지, 다른 곳에서 입을 봉하든지 내키는 대로 하면 됩니다."

네코마루가 이야기를 계속 진행해나갔다.

"가미시로 씨는 그런 계획에 따라 칼을 가지고 강령회에 참석했습니다. 영매 양반은 몸수색을 당했지만 가미시로 씨는 그럴 걱정이 없으니 숨겨 가지고 있어도 아무 문제 없습니다. 가미시로 씨는 영매 양반의 영력을 눈곱만큼도 믿지 않았습니다. 그러므로 반드시 속임수를 쓸 테고 그때가 칼을 사용할 기회라고 생각했겠죠. 그리고 강령회가 본격적으로 시작되자 영매 양반은 발재간을 선보였습니다. 가미시로 씨는 바로 무슨 수법인지 알아차렸겠죠. 저도 알아차렸을 정도니까 평소 그런 방면을 연구하는 가미시로 씨에게는 어려운 속임수가 아니었을 겁니다. 그래서 자신도 다리를 뻗어 옆의 의자를 더듬어보자 역시 몸이 없어요. 가미시로 씨는 영매 양반이 테이블 위에 올라갔다고 확신하고 눈에는 눈, 발에는 발이라는 식으로 칼을 발가락 사이에 끼워서 테이블 위로 천천히 뻗었습니다."

"발에? 칼을?"

미아가 뒤집힌 목소리로 외치자 네코마루가 담배를 내밀며 제지했다.

"아까도 말씀드렸죠. 손을 쓰지 못하면 발을 쓸 수밖에 없다고. 발은 편리합니다. 양말을 신고 있어 흔적도 남지 않고요."

"하지만 발로 그렇게 찌르는 건 좀 힘들지 않을까요?"

미아가 말했다. 하지만 네코마루는 바로 반박했다.

"그러니까 가미시로 씨도 그렇게까지 깊은 상처를 입힐 생각은 없었던 겁니다. 아주 살짝, 영매 양반이 아파서 강령회를 속행할 수 없을 정도의 상처만 입히려 했을 뿐이에요."

"하지만 실제로는 죽었잖아요."

"예. 아시겠습니까, 이건 타이밍의 문제입니다. 영매 양반은 빛의 띠가 한층 높이 올라갔을 때 신음을 냈습니다. 그 순간 영매 양반이 어떤 자세를 취하고 있었을지 상상해보세요. 아까 제가 취한 자세에서 빛나는 천을 잡은 발끝을 가능한 한 높이 쳐들려면 등을 테이블에 붙이고 물구나무를 서듯이 다리를 위로 뻗는 수밖에 없습니다. 축구의 오버헤드킥처럼요. 그 자세를 취했을 때 빛의 띠가 가장 높이 올라갑니다. 그 전에 가미시로 씨는 영매 양반의 위치를 발로 확인하고 있었죠. 물론 칼을 발가락 사이에 끼운 채로요. 띠의 위치와 영매 양반의 키를 기준으로 역산하면 몸이 어디쯤 있는지는 바로 알겠죠. 가미시로는 칼을 이렇게 수직으로 세워서."

네코마루는 담배를 손가락 끝에 직각으로 세웠다.

"테이블 표면을 따라 슬금슬금 이동합니다."

그리고 손을 조금씩 수평으로 움직였다.

"칼끝이 영매 양반 등 아래에 다다랐을 때 영매 양반이 문제의 자세를 취하고 만 거죠. 등을 테이블에 붙이고 뒤로 한 바퀴 돌기라도 할 것 같은 자세, 그러니까 테이블을 받침대 삼아 칼이 세워져 있는 곳에 영매 양반이 누워버린 겁니다. 그렇게 된 거죠. 어떻습니까. 타이밍이 좋다고 해야 할지, 나쁘다고 해야 할지. 우연이라고는 하나 그럴 확률은 상당히 높았을 겁니다. 칼에 찔린 영매 양반은 뒤로 구르려는 힘을 스스로 제어하지 못해 그대로 테이블에서 굴러떨어졌습니다. 칼 꽁무니에 찍혀 테이블이 패였겠지만 낡은 물건이라 다른 홈집에 뒤섞여서 범행의 흔적은 남지 않았습니다."

암흑 속에서 그런 발재간이 펼쳐졌을 줄이야.

"하지만 당신의 추측이 옳다고 해도 말이죠."

웬일로 가쓰유키가 네코마루의 말을 막았다.

"굳이 칼 같은 위험한 물건을 쓸 필요가 있었을까요?"

가쓰유키는 안경을 손가락으로 밀어 올리며 조용한 목소리로 말했다.

"만약 당신 말대로라면 가미시로 씨는 강령회를 중단시키고 싶었을 뿐일 텐데요. 그렇다면 발로 더듬어서 영매가 의자에 앉아 있지 않다는 사실을 알았을 때 의자를 발로 누르고 불을 켜라고 소리를 지르면 됐을 겁니다. 영매가 제자리에 앉아 있지 않다는 사실은 확실하죠. 의자에 가미시로 씨가 발을 올리고 있으니까요. 그러면 속임수가 들통나서 목적을 달성할 수 있었을 텐데요."

"아니요. 그래서는 안 됩니다."

"어째서요? 속임수가 들통났는데도 강령회를 진행할 만큼 우리 가족은 호인이 아닙니다만."

"그게, 그 정도로는 속임수를 밝혀냈다고 할 수 없기 때문입니다. 만약 그런 상황이 벌어졌다 해도 영매 양반은 누가 불을 켜러 가기 전에 테이블에서 뛰어내리면 그만입니다. 가미시로 씨가 발로 의자를 누르고 있다고 해도 영매 양반은 바닥에 자빠져서 이 애송이가 느닷없이 걷어찼다고 발뺌할 수 있습니다. 가미시로 씨가 분명히 앉아 있지 않았다고 주장해도 영매 양반이 네가 걷어차놓고 무슨 소리냐고 벋대면 참석자들은 누구를 믿어야 할지 모르겠죠. 언제나처럼 결국은 진흙탕 싸움입니다. 이렇게 되면 그 자리에서 다시 새로 시작해야 할지도 모릅니다. 그러면 영매 양반은 다른 수법을 사용하겠죠. 그래서 가미시로 씨는 상대에게 상처를 입히거나 자칫하면 죽이는 한이 있어도 칼을 쓸 수밖에 없었던 겁니다."

네코마루가 설명을 마쳤다. 가쓰유키는 더는 반박하지 못하는 것 같았다.

"또 다른 질문 없습니까? 좋습니다. 이게 강령회 때 일어난 사건의 진상입니다. 가미시로 씨는 의심에 사로잡혀 강령회를 중단시키려다가 잘못하여 영매를 죽이고 말았다. 쉽게 말하자면 그런 겁니다. 그리고 그런 결과가 나온 것을 기회 삼아 영매 양반에게 모조리 뒤집어씌우려고 했죠."

그렇게 말하고 네코마루는 담뱃갑에 손가락을 넣었다. 하지만 이미 다 피운 듯 인상을 찌푸리고 담뱃갑을 콱 구겼다. 미련이 남은 듯 담배꽁초가 산더미처럼 쌓인 재떨이를 손가락으로 헤집었다. 나오쓰구가 보다 못해 자기 담배를 내밀었다.

"자, 한 대 피우시죠."

"아, 이거 감사합니다. 그럼 한 개비만."

네코마루는 받은 담배를 물고 맛있게 한 모금 빨아들였다. 나오쓰구가 그 태평해 보이는 옆얼굴에 대고 말했다.

"당신 이야기가 틀리지는 않은 것 같은데, 그렇다면 그 남자는 왜 죽은 겁니까?"

"그러게요. 죄의식에 사로잡혀 자살이라도 한 걸까요?"

세이치도 뒤이어 말을 꺼내자 네코마루가 새끼 고양이 같은 눈으로 매섭게 쳐다보았다.

"아직도 그딴 소리를 하고 있냐. 간단하잖아. 경찰은 벌써 알아냈을 기고. 경찰들은 현장에서 일하느라 바쁠 테니 잡담을 하는 김에 이 이야기도 잠깐 해볼까."

네코마루는 변함없이 문가에 서 있는 형사들을 무시하고 말을 이었다. 담배 연기를 한 번 뿜어내고 말투를 가다듬어 이야기를 진행했다.

"처음에 여러분께 물어봤었죠. 유카타를 입을 때 띠의 매듭을 어디다 짓겠느냐고 말이죠. 유카타를 입고 잘 때는 누구든 대개 옆구리의 이 언저리에다."

네코마루는 자기 옆구리 아래쪽을 가리켰다.

"매듭을 짓는다는 이야기였습니다. 이걸 머릿속에 새겨두시기 바랍니다. 자, 다음으로 질문입니다. 효마 어르신이 돌아가셨다는 소식을 듣고 제일 먼저 달려간 사람은 나오쓰구 시와 세이치였습니다. 여기서 두 사람에게 질문. 그때 효마 어르신은 어떤 자세로 쓰러져 있었습니까?"

네코마루가 동그란 눈으로 응시하자 나오쓰구는 고개를 살짝 갸우뚱했다.

"어떤 자세라니……. 그렇지, 옆으로 누워 있었습니다."

"오른쪽을 아래로 하고 옆으로 누워 이렇게 새우처럼 웅크린 느낌이었는데요."

세이치도 보충 설명했다. 네코마루는 만족스러운 듯이 고개를 끄덕였다.

"됐습니다. 그럼 문제없겠군. 그리고 아까 가미시로 씨가 저희에게 영매 양반 범인설을 들려줬죠. 여기서 다음으로 미아 씨에게 질문입니다."

미아가 눈을 크게 뜨고 네코마루를 쳐다보았다.

"미아 씨, 기억하십니까. 가미시로 씨는 분명 영매 양반의 행동을 순서대로 설명할 때 이렇게 말했습니다. '저희는 얼마 지나지 않아 효마 씨에게 쫓겨났습니다. 아나야마 씨가 효마 씨를 때려죽인 건 그 후입니다. 그리고 옷자락이 벌어진 채 쓰러진 효마 씨를 거들떠보지도 않고 별채에서 달아난 겁니다.' 한 글자도 틀리지 않을 자신은 없습니다만, 분명 이렇게 말했을 겁니다. 미아 씨, 틀렸다면 정정해주시겠습니까?"

"네, 그렇게 말했죠. 대부분 맞는 것 같은데요. 그런데 그게 왜요?"

궁금해하는 미아를 상대하지 않고 네코마루는 말을 이었다.

"아니요. 그럼 됐습니다. 제 기억이 틀리지 않았다면 그걸로 충분합니다. 그럼 이번에는 후미 씨에게 질문입니다."

"예, 무엇인지요?"

후미는 미심쩍어하는 표정으로 대답했다.

"효마 어르신은 평소에 기모노를 입고 지내셨던 모양이더군요. 맞나요?"

"예, 나리는 늘 기모노를 입으셨어요."

"사건이 일어난 날도 그랬습니까?"

"예, 맞아요."

"됐습니다. 자, 어떻습니까. 이것으로 가미시로 씨가 말실수를 했다는 사실을 아셨겠죠."

네코마루는 모두의 얼굴을 순서대로 둘러보며 말했다. 어쩐지 의기양양해 보였으나 무슨 말인지 전혀 감이 잡히지 않았다.

"아까 가미시로 씨의 이야기를 들으며 줄곧 생각했는데요. 가미시로 씨는 말할 때 불필요한 수사나 비유를 거의 사용하지 않는 특징이 있습니다. 말에 군더더기가 없죠. 저처럼 말을 쓸데없이 꾸미지 않고 간결하게 객관적 사실만을 이야기하는 버릇이 있는 것 같더군요. 필요 없는 묘사를 하지 않고 학자답게 남에게 쉽게 전달될 만한 말을 골랐어요. 그런데 지금 미아 씨에게 확인했듯이 가미시로 씨는 영매 양반 범인설을 설명하다가 '옷자락이 벌어진 채'라는 표현을 썼습니다. 가미시로 씨의 버릇으로 미루어볼 때 이건 뭔가 꾸미는 의미에서 사용한 말은 아니라고 추측됩니다. 말 그대로 옷자락이 벌어져 있었다는 상황을 가리킨 말이 아닐까 해요. 그리고 이것이 바로 가미시로 씨의 말실수입니다. 아시겠습니까, 나오쓰구 씨와 세이치의 말에 따르면 효마 어르신은 옆으로 누워 새우처럼 몸을 웅크린 채 쓰러져 있었습니다. 하지만 그 자세에서는 '옷자락이 벌어진' 것처럼 보일 수가 없어요. 기모노란 왼쪽 옷섶이 앞에 놓이는 옷입니다."

네코마루는 헐렁헐렁한 윗도리 가슴 언저리를 좌우의 손으로 잡아당겼다.

"일단 이렇게 오른쪽을 입고 나서."

오른손을 왼쪽 가슴으로 가져갔다.

"그 위에 왼쪽을 포개어서 입죠."

오른쪽 옷깃에 왼쪽 옷깃을 겹쳐 보였다.

"기모노를 입으면 오른쪽 옷깃은 가슴에 밀착하고 왼쪽 옷깃은 언제든지 그 위에 포개어집니다. 시신을 관에 넣을 때만 반대로 입힐 뿐, 언제나 왼쪽 옷섶이 앞쪽으로 나오죠. 이렇게 되면 옷자락도 당연히 왼쪽이 바깥으로 나옵니다. 자, 생각해보세요. 효마 어르신은 몸 오른쪽을 아래로 하고 쓰러져 있었습니다. 즉 왼쪽은 천장을 향해 있었던 셈이죠. 그렇다면 옷자락은 어떻게 될까요? 몸 왼쪽이 위를 향하고 있으니까 옷자락은 몸을 가뿐히 덮습니다. 결코 '옷자락이 벌어지는' 상황은 일어나지 않아요. 만약 그 자세에서 옷자락이 벌어지려면 왼쪽 옷자락이 활짝 젖혀져서 정강이가 완전히 드러나야 할 겁니다. 하지만 누구에게 물어봐도 그렇더라는 이야기는 못 들었습니다. 따라서 효마 어르신은 가미시로 씨에게 살해당했을 때 '옷자락이 벌어진 채' 쓰러져 있던 게 아니었을까 싶습니다. 아마도 옷자락이 벌어진 채 정강이를 내놓고 사람 인(人) 모양으로 쓰러져 있던 게 아닐까요. 그 인상이 강하게 남아 있어서 가미시로 씨는 무심코 말실수를 한 겁니다. 요컨대 가미시로 씨는 자신이 방치한 시체의 모습을 묘사하고 말았던 거죠."

그러더니 네코마루는 별안간 얼굴을 긴장시켰다.

"그리고 그날 효마 어르신은 가쿠오비*가 아니라 헤코오비를 매고 있었습니다. 헤코오비, 아시죠? 폭이 넓은 천을 접어서 격식 없이 소탈하게 매는 띠 말입니다."

그러고 보니 그랬다. 세이치는 생각해냈다. 정원에서 물을 뿌리다 보았을 때, 그리고 거실에서 별채 입구에 선 효마를 보았을 때도 할아버지 허리 뒤편에 기모노 띠 끄트머리가 고양이가 가지고 노는 장난감처럼 축 늘어져 있었다.

"자, 다시 한 번 후미 씨에게 묻겠습니다. 별채에서 효마 어르신을 발견하고 식당으로 달려갔을 때 어르신이 '돌아가셨다'고 하셨다면서요."

"예, 그랬죠."

후미는 크게 한 번 고개를 끄덕여 대답했다.

"사망했다는 건 직접 확인하셨습니까? 아무리 피가 튀었다 한들 쓰러져 있는 모습만 봐서는 정말 돌아가신 건지 다쳐서 쓰러진 건지 알 길이 없죠. 분명 별채에 들어가서 확인하셨을 겁니다. 그렇지 않고서는 돌아가셨다는 말을 못 할 테니까요."

"예, 물론 확인했어요."

후미가 대답했다. 나오쓰구에게 받은 담배가 짧아지자 네코마루는 불만 어린 얼굴로 재떨이에 비벼 껐다.

"알겠습니다. 여기서 방금 전의 유카타 띠 이야기로 돌아가겠

*두 겹으로 된 빳빳하고 폭이 좁은 남자용 기모노 띠.

습니다. 어째서 잘 때 매듭을 허리 옆에 지을까요? 물론 등에다 매듭을 지으면 아프기 때문입니다. 똑바로 누워 자면 띠의 매듭 때문에 등이 배겨서 아파요. 그걸 알기 때문에 누구든 옆구리에 다 매듭을 짓죠. 그럼 다시 한 번 효마 어르신 살해 사건으로 돌아가겠습니다. 후미 씨는 쓰러진 효마 어르신을 발견했을 때 매듭의 위치가 마음에 걸렸을 겁니다. 설마 뜬금없이 살인이라는 생각이 떠오르지는 않을 테니까요. 어찌 됐든 간에 등이 아프지 않을까 걱정스러웠을 거예요. 그런 생각이 들지 않았더라도 무의식중에 걱정하는 것은 아주 자연스러운 일입니다. 만약 병이라면 숨쉬기가 곤란해서는 안 된다 싶어 한층 등 뒤의 매듭이 신경 쓰였겠죠. 그래서 안아 일으켜 사망했음을 확인하고 나서 무심코 옆으로 눕힌 것이 아닐까 합니다. 그리고 후미 씨는 이 사실을 아무에게도, 경찰 말고는 아무에게도 이야기하지 않았다는 것에 생각이 미쳤죠. 효마 씨가 처음에 똑바로 누워 있었다는 것은 후미 씨와 수사 당국, 그리고 범인밖에 모르는 사실이었습니다. 그래서 후미 씨는 가미시로 씨가 실수한 말을 듣고 저와 똑같은 사고 과정을 거쳐 범인의 정체를 알아차렸습니다. 그러고서 후미 씨는 미리 세워둔 계획을 실행에 옮긴 겁니다."

"늦지 않아서 정말 다행이었어요. 경찰이 앞질러서 잡아갈까 봐 조바심이 났다고요."

후미는 방글방글 웃으며 말했다. 마치 날씨 이야기라도 하는 것처럼 온화한 말투였다. 그래서 세이치는 후미가 무슨 말을 하는 건지 처음에는 이해가 가지 않았다.

그러다 경악의 파문이 퍼져 나갔다.

후미가 한 말을 곱씹을 수 있을 만큼 충격이 천천히 물결쳤다.

말 없는, 목소리 없는 동요였다. 네코마루의 침통한 표정을 보고 세이치는 겨우 무슨 일인지 이해했다.

침묵은 무거웠다. 오늘 하루 흥분과 침묵이 되풀이되는 가운데 가장 무거운 고요함이었다.

*

모르겠다.

난 모르겠다.

차례차례, 폭풍이 유리창을 흔드는 것처럼 차례차례 놀라움이 덮쳐오는 바람에 목소리도 나오지 않았다.

이제 뭐가 뭔지 전혀 모르겠다.

머릿속이 텅 빈 것 같았다.

더는 아무 생각도 할 수 없었다.

아무것도 모르겠다.

텅 빈 머리로는 아무 생각도 할 수 없다.

하지만, 하지만 목소리만은 귀에 흘러들어온다. 텅 빈 머릿속에 목소리만이 흘러들어와서 뒤얽힌다.

네코마루 씨의 목소리. 신기하게 사람을 끌어들이는 목소리로 방금 전부터 그 무시무시한 사건의 수수께끼를 풀어나가고 있다. 꼭 마법 같이 느껴졌다. 하지만 지금 네코마루 씨의 목소리는 아까와는 달리 어쩐지 아픔을 참고 있는 것처럼 슬프고 애절하게 들린다.

"그 홍차에 직접 손을 댄 사람은 후미 씨뿐이었습니다. 쓸데없는 장식을 떼어내고 단순하게 생각하면 후미 씨가 그랬다는 것은 그야말로 자명한 사실입니다."

"하지만…… 어째서……."

이모가 떨리는 목소리로 말했다.

"어째서…… 그런 짓을."

"사모님, 그야 당연하죠. 나리를 그런 꼴로 만든 놈인걸요. 게다가 아가씨의 목숨을 노리다니. 정말이지 얌전하게 생긴 얼굴과는 달리 흉악하기 그지없는 놈이었어요."

후미 아주머니는 평소와 다름없이 부드러운 투로 말했다.

"그럼 역시 사에코 씨가 누군가의 표적이 되었다는 사실을 알고 계셨습니까?"

네코마루 씨가 물었다.

"예예. 아가씨의 외출용 엘보 클러치 나사가 헐겁게 풀려 있었어요. 제가 알아차리지 못했으면 아가씨가 어떤 일을 당했을지……. 그 생각을 하면 지금도 등골이 오싹하다니까요. 물론 그때는 누가 그랬는지 몰랐지만."

"가미시로 씨의 공격 중 하나로군요."

네코마루 씨가 중얼거렸다. 그러자 이번에는 외삼촌이 입을 열었다.

"하지만 굳이 죽이지 않아도…… 경찰에 맡겨뒀으면……."

"아니요. 나리가 베풀어주신 은혜를 생각하면 당연한 일인걸요. 그리고 무엇보다 아가씨를 해치려 하다니 용서 못 하죠."

후미 아주머니가 말했다. 오히려 자랑스러운 듯이.

맙소사.

후미 아주머니가 날 위해 사람을 죽이다니…… 그럴 수가…… 그럴 수가.

아, 신이시여.

"그런데 네코마루 선배."

오빠가 말했다.

"어떻게 그 찻잔에 독을 넣을 수 있었을까요? 후미 아주머니가 차를 따르는 모습은 제가 계속 보고 있었다고요. 특별히 이상한 행동은 하지 않았는데요."

"방법이라. 뭐, 이제 와서 그걸 알아봤자 무슨 소용이겠느냐만……."

네코마루 씨가 못마땅하다는 듯한 목소리로 말했다.

"잡담하는 김에 말해둘까. 예를 들어 이런 방법은 어떨까. 후미 씨는 둘 중 하나가 범인이라고 짐작하고 있었을 거야. 어떻게 거기까지 한정했는지는 나도 모르겠지만, 효마 씨가 살해당했을 때 이 집에 왔던 사람 중에 영매 양반은 죽었으니 그렇다면 역시……."

"그렇다면 간단하죠. 가족들이 그런 짓을 할 리 없으니까요. 남은 건 두 사람뿐이에요. 그 정도는 저도 알아요."

후미 아주머니의 목소리. 확신으로 가득 찬, 그리고 다정함이 넘쳐나는 후미 아주머니의 목소리.

"과연, 그렇군요. 이야, 그런 신념 앞에 서니 제 어설픈 추측은 빛이 바래는군요. 그래서 후미 씨는 기회를 노렸겠죠. 범인을 알아내면 실행할 작정으로 독을 준비해놓고요. 그리고 오늘 밤 범인 후보 두 사람이 찾아왔습니다. 이것이야말로 기회라 생각하고 후미 씨는 두 사람의 찻잔에 독을 탔습니다."

"무슨 말도 안 되는 소리를. 오우치야마 씨는 멀쩡하잖아요."

오빠가 말했다.

"그야 평범하게 독을 탔다면 오우치야마 씨도 지금쯤 무사하지 못했겠지. 하지만 예를 들어, 그래, 찻잔 가장자리에 닿을락 말락한 곳에 발라뒀다면 어떨까. 그것도 손잡이 위쪽에만 말이야. 손잡이 위에는 보통 입을 대지 않아. 그리고 가장자리에 가까이에 발라두면 차에 섞여 들어갈 일도 없지. 이렇게 두 사람의 찻잔에 미리 독을 발라둔 거야. 만약 범인이 누구인지 알아내면 결행하고, 알아내지 못하면 다음 기회로 미루면 돼. 그런데 가미시로 씨가 말실수를 해서 결국 후미 씨는 범인을 알아내고 말았지. 그래서 마침내 독을 먹이기 위한 행동에 나섰어. 차를 더 들도록 권한 후 찻잔 가장자리에 묻힌 독이 씻겨 내려가도록 차를 붓는 거야. 독을 바른 곳에 차를 부어 녹아들도록 하는 거지. 반대로 오우치야마 씨의 찻잔에는 바닥에다 천천히 독에 닿지 않도록 조심해서 차를 따르고 말이야. 이게 다야. 어때, 간단하지?"

"정말 대단하신 분이군요."

후미 아주머니가 감탄한 듯이 말했다.

"정말로 뭐든지 다 알고 계셔요. 천리안 같으시네요."

후미 아주머니는 천천히 내게로 다가와 나를 다정하게 끌어안았다.

"아가씨, 죄송해요. 이제 더 이상 곁에 있어드릴 수가 없네요. 더는 돌봐드릴 수가 없어요. 저는 그것만이 참 걱정이어요. 정말로 죄송해요. 하지만 아가씨도 이제 어른이시니까요. 후미가 없어도 괜찮으시죠? 외롭지 않으시죠? 후미가 없어도 끄떡없으시죠?"

후미 아주머니는 나를 꼭 안아주었다.

후미 아주머니의 커다란 몸.

후미 아주머니의 부드러운 감촉.

후미 아주머니의 냄새. 따스하고 다정한 냄새.

후미 아주머니가 내 등을 어루만졌다. 어린 시절 악몽에 시달리던 나를 달래주었을 때처럼. 아가씨, 아가씨, 가엽게도 무서운 꿈을 꾸셨군요. 무서운 괴물이 아가씨를 괴롭혔군요. 하지만 괜찮아요, 이제 마음 놓으셔요. 후미가 여기 이렇게 있으니까요. **나쁜 놈은 후미가 몽땅 해치웠어요.** 그러니까 아가씨, 안심하고 주무셔요. 그때처럼 내 머리를 쓰다듬고 등을 천천히 어루만져주었다.

"후미 아주머니, 후미 아주머니, 후미 아주머니."

눈물이 멈추지 않았다.

후미 아주머니의 몸에 매달렸다. 내 마음은 둑이 무너진 것처럼 후미 아주머니를 향해 넘쳐흘렀다.

"후미 아주머니, 후미 아주머니, 후미 아주머니."

몇 번이고 이름을 부르며 후미 아주머니에게 달라붙었다.

후미 아주머니는 대답해주듯이 손바닥으로 내 등을 문질러주었다.

눈물이 마를 줄 모르고 계속 흘러내렸다.

*

사에코의 울음소리를 들으며 세이치는 얼빠진 사람처럼 멍하니 있을 뿐이었다.

네코마루는 소파에 축 늘어졌다. 자포자기한 것처럼 조그마한 몸을 아무렇게나 내팽개친 듯한 태도였다.

형사들이 다가와서 후미를 에워쌌다. 사전에 미리 협의했는지 정연한 움직임이었다. 그리고 흐느껴 우는 사에코를 후미에게서 떼어냈다. 곧 쓰러질 것만 같은 사에코를 다키에가 단단히 부축했다. 미아도 옆에 달라붙어 사에코의 머리카락에 얼굴을 묻었다.

형사 중 한 명이 후미의 한 손을 거칠게 잡아당기자 커다란 몸이 약간 비틀거렸다.

"우리 가족한테 함부로 하지 마!"

가쓰유키가 고함을 질렀다. 세이치는 아버지가 이처럼 험악한 목소리를 낼 수 있다는 사실을 지금까지 몰랐다.

형사가 후미를 끌고 거실에서 나가려고 하자 네코마루가 날카롭게 소리쳤다.

"경감님."

잘 갈아놓은 화살촉처럼 기백이 깃든 목소리였다.

"아까부터 몇 번이나 말했는데, 지금까지 여기서 한 이야기는 전부 관계자끼리 나눈 잡담입니다. 알겠습니까. 잡담을 하다가 우연히 범인이 판명된 거라고요. 그러니까 그 사람은 자수한 겁니다. 알겠죠, 그 사람은 자수한 거라고요."

네코마루는 아주 단호하게 말했다. 그리고 머리를 깊숙이 숙이고 말투를 바꾸어 인사했다.

"잡담이 끝날 때까지 기다려주셔서 고맙습니다."

세이치의 눈에는 살짝 돌아다본 가시와기 경감이 아주 희미하게 고개를 끄덕인 것처럼 보였다.

형사들이 줄지어 나갔다.

하얀 요리복을 입은 후미의 뒷모습도 그 사이에 섞여서 사라져갔다.

네코마루는 고단한 듯이 그 모습을 눈으로 좇으며 변명이라도 하는 것처럼 나지막하게 말했다.

"세이치, 미안하다. 이 방법밖에 없었어. 찻잔에 무슨 짓을 했는지 경찰이 알아내는 건 시간문제였어. 후미 씨는 경찰에게 발각될 줄 알면서도 각오를 단단히 하고 그런 짓을 한 거야. 하지만 체포당하는 것보다 자수하는 편이 조금이라도 나아. 그러니까…… 이렇게 하는 수밖에 없었어."

아니요, 선배. 그걸로 충분해요. 세이치가 그렇게 말하기 전에 나오쓰구가 호주머니에서 담뱃갑을 꺼내 네코마루에게 휙 던졌다. 네코마루는 무릎 부근으로 떨어진 담뱃갑을 솜씨 좋게 받았다. 네코마루는 긴 앞머리를 흔들며 조용히 인사하고 나서 바로 담배 한 개비를 뽑았다.

네코마루는 연기를 깊이 들이마시고 맵다는 듯이 얼굴을 찌푸렸다.

종
장

오후 한때. 뜰에 나왔다.

사에코는 좋아하는 벤치에 앉았다. 그 뒤로 오우치야마가 사에코의 그림자처럼 바싹 달라붙어 서 있었다. 사에코와 목발같이 마치 **한 세트**이기라도 한 것처럼.

세이치는 두 사람 옆에 서서 빠져들어갈 것처럼 넓고 푸른 하늘을 올려다보았다.

그리고 세이치 옆 네코마루. 오랜만에 이 집을 방문한 네코마루는 뜰의 잔디를 보고 감탄해서 마구 떠들어댔다. 싹트기 시작한 초록색 융단 위를 데굴데굴 구르며 어린아이처럼 환성을 질러 사에코를 웃겼다. 그리고 놀다 지쳐서 지금은 이렇게 세이치 발치에 앉아 있다. 네코마루는 결코 길지 않은 두 다리를 잔디 위에 뻗고 새끼 고양이 같은 동글동글한 눈으로 뜰의 나무들을 바라보았다.

나무들이 햇빛에 반짝여 녹색으로 빛났다.

한없이 깊은 담청색 하늘. 폭신한 솜사탕 같은 흰 구름 하나가 파란색 하늘에 빨려 들어가듯이 흘러갔다.

태양이 눈부신 황금빛으로 내리비춰서 서 있기만 해도 땀이 배어날 정도였다.

빛의 은혜를 듬뿍 받고 나무들은 푸르른 가지를 실컷 뻗었다. 눈부실 만큼 찬란한 생명력을 과시하며 넘치는 활기를 발산했다. 나무들은 마치 함성을 지르는 것처럼 빛났다.

조용했다.

네 사람 모두 아무 말 없이 풍요로운 자연 속에 그저 몸을 맡기고 있었다.

시원한 바람.

나무 우듬지가 일제히 흔들렸다.

나뭇가지들의 환성. 마치 그 생명을, 이 계절을 사랑하여 춤추듯이 푸르른 가지가 흔들렸다.

졸음을 불러올 만큼 맑은 오후 공기.

사건이 마무리된 지 두 달이 지나 여름은 지척까지 다가왔다.

세이치도, 가족들도 평온한 생활로 돌아갔다. 물론 예전과 조금 달라지고는 있다. 조금씩이기는 하지만.

가쓰유키는 도쿄에서 최고의 변호사를 선임하겠다면서 바쁘게 돌아다녔다. 그리고 요전에 겨우 변호사를 선임하여 첫 공판에 대비해 협의를 하느라 연일 바쁜 나날을 보내고 있다.

미아는 아무래도 본격적으로 요리에 눈을 뜬 듯 지망 대학도 가정과가 있는 단과대학으로 바꿨다. 꿈은 요리 연구가. 꿈을 이루지 못하면 냉큼 시집을 가버리겠다는 것이 본인의 주장이다. 이제 와서 진로를 변경하는 바람에 부모님은 안절부절못하지만 본인은 승산이 있다고 생각하는지 부엌에서는 미아의 콧노래가 끊이지 않는다. 요리에 젬병인 어머니를 조수로 쓰는 탓에 콧노래에는 이따금 호통이 섞인다.

다키에는 잔소리가 심한 요리 반장의 눈을 피해 변함없이 집을 자주 비운다. 학원에, 쇼핑에, 근처 아주머니들과 차를 마시며 수다까지 떠느라 바쁘다. 하지만 짬을 내어 자주 구치소에도 다닌다는 것을 요리 반장도 잘 알기에 그다지 불평하지는 않는 모양이다.

나오쓰구는 도락 삼아 하는 일에 힘을 쏟고 있다. 다만 요즘 결혼을 한다는 소문이 돌아서 그런지 어쩐지 분위기가 차분해진 것 같았다. 본인은 부정하고 있지만 미아가 화랑에 놀러 갔다 와서 "엄청 미인이야. 그냥 미술을 좋아하는 손님이라고 변명했지만 보통 사이가 아닌 거 같더라니까"라고 증언했다. 일의 진위는 앞으로 명백해질 것이다.

그리고 사에코.

세이치는 벤치에 앉은 사에코를 가만히 지켜보았다. 시원한 바람이 긴 흑발을 부드럽게 만지고 지나갔다.

한때는 밥도 제대로 못 삼키는 상태가 계속되었지만 요즘 들어서야 아름다운 용모에 본래의 빛이 되돌아오고 있었다.

그것이 오우치야마의 헌신적인 위로 덕분임은 모두가 인정하는 바였다.

"제 탓입니다. 제 책임이에요. 제가 우유부단했던 탓에 여러분께 폐를 끼치고 사에코 씨를 슬프게 만들었습니다."

오우치야마는 말버릇처럼 그런 말을 되풀이하며 본인의 건강이 걱정될 만큼 온 정성을 다해 사에코의 기운을 북돋워주려고 애썼다. 그러한 노력이 단순히 책임감에서 비롯된 것이 아니라는 사실은 이제 모두가 다 알고 있다. 지금도 이렇게 바쁜 시간을 쪼개서 사에코 곁에 달려왔다. 물론 가족 모두가 쌍수를 들어 오우치야마를 환영하는 것은 아니지만, 사에코가 놀랄 만큼 건강해졌으므로 지금은 그의 방문을 묵인하고 있다.

기사처럼 사에코를 뒤따르는 오우치야마. 가녀린 공주를 맡길 상대로서는 약간 미덥지 못하다는 기분도 든다. 그다지 신통한 구석이 없는 풍모와 명백하게 믿음직하지 못한 성격. 불안 요소를 들자면 한도 끝도 없다.

그런 세이치의 속내를 읽어낸 듯이 네코마루가 갑자기 소리를 질렀다.

"'연애의 첫걸음은 영감이다. 하지만 그 후의 긴 여정에는 인내와 너그러운 용서가 필요하다.' 이탈리아의 시인 제라르 펠리니체의 말입니다."

네코마루는 잔디를 쥐어뜯던 손을 멈추고 사에코와 오우치야마를 올려다보았다. 그리고 새끼 고양이 같은 동그란 눈을 온화하게 누그러뜨리고 두 사람에게 미소를 지었다.

"인간은 말이죠, 미완성품인지라 그야말로 결점투성이입니다. 처음부터 완벽한 사람은 없어요. 하지만 재미있게도 둘이라면, 두 명이 함께 있으면 결점을 보완하고 극복하여 서로를 향상시킬 수 있죠. 그렇게 두 사람이 한 쌍이 되어가는 겁니다. 그게 진짜 연애라고 시인은 말하는 거예요."

무지막지하게 느끼한 말투였다. 어설픈 카사노바 같아서 듣는 사람의 손발이 오그라질 지경이었다. 네코마루가 이런 말을 하는 것은 처음 들었다. 세이치는 곁에서 듣고 있다가 낯을 붉

혔고 사에코의 뺨도 발그레하게 물들었지만 그 이유는 서로 다른 듯했다. 오우치야마는 네코마루를 똑바로 바라보고 고개를 크게 끄덕였다. 아무래도 세이치를 제외한 두 사람은 네코마루의 말에 감명을 받은 모양이었다. 이 남자 식으로 말하자면 정말이지 기가 막히고 코가 막혀서 같이 못 놀 판이다.

세이치가 쓴웃음을 숨기려고 고개를 옆으로 돌리자 네코마루가 느릿느릿 일어섰다. 헐렁헐렁한 윗옷을 탁탁 쳐서 잔디를 털어냈다.

"야, 세이치. 여기 죽치고 앉아서 방해하면 안 되니까 슬슬 가자. 오우치야마 씨도 모처럼 시간이 났을 텐데."

네코마루는 그렇게 말하고 씩 웃으면서 세이치의 어깨를 두드렸다.

오우치야마는 초심리학 연구 그룹에서 빠져나와 전공인 사회심리학에 몰두할 결심을 했다고 한다. 최근에는 인수인계를 하고 사무적인 절차를 밟느라 아주 바쁘다고 들었다.

세이치는 천천히 걸어가는 네코마루의 뒤를 따라갔다.

선배의 장난꾸러기 고양이처럼 헝클어진 머리털이 밝은 햇살을 받고 빛났다. 네코마루는 앞을 보고 어슬렁어슬렁 걸으며 세이치에게 말을 걸었다.

"야, 세이치."

"네, 뭔가요."

세이치는 앞에서 나아가는 폭신폭신한 머리를 뒤따라가며 대답했다.

"네 예지몽 말이다. 예를 들어 이런 해석은 어떨까."

네코마루는 느릿느릿한 발걸음을 유지한 채 말했다.

"너, 에이키치 씨라고 했나, 그 운전기사가 수면 부족이란 걸 알고 있어서 그런 꿈을 꾼 게 아닐까. '저렇게 잠이 부족한데 운전해도 괜찮을까. 사고가 나지 않으면 좋겠는데'라는 걱정이 꿈에 나온 게 아닐까 하는데."

"네? 그게 무슨 말씀이세요? 에이키치 씨가 수면 부족이었다니요."

"네 기억에는 없더라도 잠재의식에는 그 사실이 새겨져 있었던 게 아닐까 해."

"제가 어떻게 그런 걸 알고 있었다는 말씀이세요?"

"그게 말이다. 너 어릴 적에 다루기가 엄청 까다로웠다면서. 밤중에 몽유병자처럼 돌아다닌 적도 있었다고 했잖아. 뭐, 어릴 적에는 가끔 그럴 때가 있지. 잠이 깊게 드니까 잠이 덜 깨어 흐리멍덩한 상태에서 실수를 하는 거야. 아무튼 사고 전날 밤에도 잠결에 돌아다니다가 에이키치 씨가 잠이 부족한 원인을 엿보지 않았을까 해."

"잠이 부족한 원인이라니 뭔데요?"

"그러니까 그…… 당시 젊었던 에이키치 씨와 후미 씨의 부부 침실이지."

네코마루는 뒤돌아보지 않고 말했다.

"그때 넌 열두 살이었나. 그쯤이면 슬슬 성에 눈을 뜨기 시작할 나이야. 그때 엿본 광경이 동경하는 이모의 이미지와 겹쳐서 죄악감과 자기혐오를 느낀 거야. 그 나이대에는 그런 걸 혐오의 대상으로 여기는 경우가 제법 많거든. 특히 넌 그게 그대로 이모의 죽음에 직결됐어. 강한 죄악감 때문에 넌 그 기억을 무의식 속으로 밀어 넣은 거야. 물론 잠이 덜 깬 상태라 잘 기억나지도 않았겠지만. 그래서 너 자신에게는 자각도 기억도 없는 거야. 다만 심층심리에서는 그 기억이 상처로 남아서 성적 이미지가 격렬한 혐오감, 더 나아가서는 동경하는 사람의 죽음하고 바로 이어져. 어때, 그렇게 생각할 수 없을까? 난 그런 이유로 네가 여자를 싫어하게 된 게 아닐까 싶어."

"특별히 여자를 싫어하지는 않는데요."

세이치가 어물어물 말했지만 네코마루는 상대하지 않았다.

"넌 예지몽을 꿨다고 굳게 믿었고, 그 후에 어림짐작이 맞거나 우연이 일어났을 때도 전부 예지라고 여긴 거지. 뭐, 그런 거 아니겠냐."

세이치가 아무 대답도 하지 않자 네코마루는 걸음을 멈추고 하늘을 휙 올려다보았다.

"언제나 말하듯이 조금만 더 긍정적으로 만사를 생각해라. 끝난 일을 언제까지고 질질 끌며 고민하지 마. 어찌해도 음울한 성격이 바뀌지 않을 것 같으면 차라리 좀 더 미래의 일로 고민하는 편이 나아. 위를 쳐다보고 있으면 재미있는 일은 얼마든지 쏟아져 내린다고. 자, 봐라. 오늘도 얼마나 날씨가 좋냐. 이렇게 맑은 하늘 아래 있는 것만으로도 뭔가 해낼 수 있을 것 같은 기분이 들지 않냐?"

네코마루는 그렇게 말하고 담배를 꺼내더니 느긋하게 불을 붙였다. 크게 한 모금 빨아들였다가 연기를 후 내뱉었다. 연기는 바람을 맞고 순식간에 흩어졌다.

세이치는 가만히 뒤를 돌아다보았다.

태양이 수선을 떠는 잔디밭 벤치에 두 사람이 있었다. 넘쳐날 듯한 햇살과 흐드러진 녹음에 감싸인 두 사람의 모습이 아지랑

이 속에서 흔들렸다.

세이치는 네코마루의 말도 일리가 있다고 생각했다. 꿈 해석으로도 나쁘지는 않았다. 그렇다면 어젯밤에 꾼 꿈은 뭐였을까.

휠체어를 탄 신부.

새하얀 베일에 실크 드레스. 기묘하게 실감 나서 마치 진짜 영상의 한 부분을 보는 듯한 느낌이었다. 신부의 긴 속눈썹이 눈물에 젖어 있었다. 가느다란 넷째 손가락에서 백금 반지가 빛났다. 빨간 꽃으로 만든 부케 색깔까지도 선명했다.

"야, 뭐하냐. 눈치 없기는, 그만 좀 봐. 그러다 말에 걷어차여 죽는다.* 뭘 멍하니 있냐."

네코마루가 말했다. 그 새끼 고양이 같은 눈에는 평소의 능청스러운 표정이 깃들어 있었다.

"아니요, 아무것도 아니에요."

지금은 아무 말도 하지 말자. 그것이 진짜 예지몽인지 아닌지는 언젠가 시간이 대답해줄 것이다.

"선배, 갈까요."

발걸음을 돌리고 네코마루의 조그마한 등을 밀며 재촉했다. 그리고 세이치는 두 번 다시 돌아다보지 않았다.

*

오빠와 네코마루 씨가 가버렸다.

---

*일본 야담(野談)에 '남의 연애를 방해하는 자는 말에 걷어차여 죽어버려라'라는 말이 있다.

우리 둘만 남았다.

그 사람과 나 둘뿐이다.

기분 좋은 침묵이 느껴졌다.

나뭇잎이 웅성대는 소리만이 우리 사이를 빠져나갔다.

둘이 함께 있는데도 이렇게 편안한 침묵이 흐를 수 있다는 것을 처음으로 알았다. 오빠의 배려와는 또 다른 상쾌한 고요함이다. 정말로 평온해서 뭐랄까 마음이 푹 놓인다. 아주 차분해서 마음속 깊은 곳에서부터 편안해지는 듯한 신기한 감각.

무엇보다 기쁜 건 그 사람, 오우치야마 씨도 나와 마찬가지로 편안하게 있어준다는 점이다. 편안함이 손안에 있는 것처럼 분명하게 느껴진다. 그 사람도 내 기분을 안다. 서로 통한다는 것이 이렇게나 부드럽게 마음을 감싸준다는 사실도 최근에야 알았다.

그 사람과 이렇게 같이 있을 수 있다는 것만으로도, 여기 이렇게 있을 수 있다는 것만으로도 나는 충분히 만족스럽다.

물론 후미 아주머니가 없어져서 외로움은 아직도 마음 깊숙이 남아 있다.

하지만 후미 아주머니는 반드시 돌아온다.

나는 믿는다.

신이시여, 신이시여, 부탁드립니다. 부디 후미 아주머니가 하루라도 빨리 돌아오게 해주세요. 제 곁으로 돌아오게 해주세요. 저희 곁으로 돌아오게 해주세요.

"사에코 씨."

그 사람이 불쑥 말했다.

"네."

나도 조용히 대답했다.

"어떻게 책임을 져야 할지 아직 모르겠어요. 제가 우물쭈물하는 바람에 후미 씨가 그렇게 돼서 정말 죄송합니다. 저는 어떻게 죄를 갚아야 할까요."

"오우치야마 씨."

"예."

"당신이, 그리고 저와 제 가족이 해야 할 일은 정해져 있어요."

"그게 뭐죠?"

"인내와 너그러운 용서예요."

나는 웃는 얼굴을 천천히 그 사람에게 돌렸다. 내 미소는 빛나고 있을까. 엄마의 미소처럼 반짝반짝 빛나고 있을까. 그 사람은 그렇게 봐줄까.

바람이 또 한바탕 불었다.

바람이 분다.

바람이 나와 그 사람 사이를 지나간다.

아빠와 엄마에게도, 내가 태어나기 이전의 아빠와 엄마에게도 이런 바람이 불었을까.

바람이 불고.

그리고 바람은 물든다.

지나가는 녹색 바람은 나와 그 사람의 새로운 색으로 물들어 간다.

잠시 이렇게 바람에 몸을 맡기고 있자. 그게 어떤 색깔인지는 모르지만.

하지만 상관없다.

바람은 지나가는 법이니까.

시간은 흘러가는 법이니까.

그래, 바람은 언제나 미래를 향해 불어가는 법이니까.

참고 문헌

《초심리학자 후쿠라이 도모키치의 생애(超心理学者福来友吉の生涯)》, 나카자와 신고
《실록·주식의 세계(実録·株の世界)》, 야스다 지로
《마법의 심리학(魔法の心理学)》, 다카기 시게오
《파라사이콜로지(パラサイコロジー)》, 존 펠로프 엮음
《종교와 과학 사이(宗教と科学の間)》, 유아사 야스오
《사이 과학의 전모(サイ科学の全貌)》, 세키 히데오
《초능력·영능력 해명 매뉴얼(超能力·霊能力解明マニュアル)》, 오오쓰키 요시히코
《초능력의 트릭(超能力のトリック)》, 마쓰다 미치히로
《기적·대마법의 비밀(奇跡·大魔法のカラクリ)》, W.B. 깁슨

* 사이 연구 현황은 거의 사실에 근거하여 썼지만 일부 묘사는 완전한 창작임을 알립니다.
  – 구라치 준

지
나
가
는 녹
색
바
람

2017년 11월 15일 초판 1쇄 인쇄
2017년 11월 22일 초판 1쇄 발행

지은이 | 구라치 준
옮긴이 | 김은모
발행인 | 이원주
책임편집 | 조예원
책임마케팅 | 임슬기

발행처 | (주)시공사
출판등록 | 1989년 5월 10일(제3-248호)

주소 | 서울 서초구 사임당로 82(우편번호 06641)
전화 | 편집 (02)2046-2869·마케팅 (02)2046-2800
팩스 | 편집·마케팅 (02)585-1755
홈페이지 | www.sigongsa.com

ISBN 978-89-527-7917-5(04830)
ISBN 978-89-527-7918-2(set)

이 도서의 국립중앙도서관 출판예정도서목록(CIP)은 서지정보유통지원시스템 홈페이지(http://seoji.nl.go.kr)와 국가자료공동목록시스템(http://www.nl.go.kr/kolisnet)에서 이용하실 수 있습니다.(CIP제어번호: CIP2017022446)